纪实与传奇：辛亥革命100周年纪念丛书

ZHONG SHAN JIAN

中山舰

陈立华 著

暨南大学出版社
JINAN UNIVERSITY PRESS
中国·广州

中山舰

中山舰上的胡汉民先生瓷刻像

中山舰上的孙中山先生雕像

中山舰上的海军第一届全军运动会纪念章

中山舰上的匾牌

中山舰上的国民革命军海军第一舰队总司令部证章

中山舰舰长萨师俊印章

孙中山先生与中山舰官兵合影留念

作者（左二）在参观正在修复中的中山舰。右一为吴莲珍副主任，
右二为郝兵总经理，左一为王银娥副主任

中山舰正在航行中

南下广东的护法舰队

中山舰最后一任舰长萨师俊

中山舰事件的重要当事人之一、
共产党员李之龙

陈炯明

蒋介石

廖仲恺

周恩来

1923年9月23日，孙中山在飞鹅岭亲自指挥并发炮轰击叛军头目陈炯明盘踞的惠州城

得知打捞中山舰的消息，中山舰副舰长吕叔奋在老伴的帮助下，写信与昔日的战友联系。吕叔奋于 1996 年 5 月去世

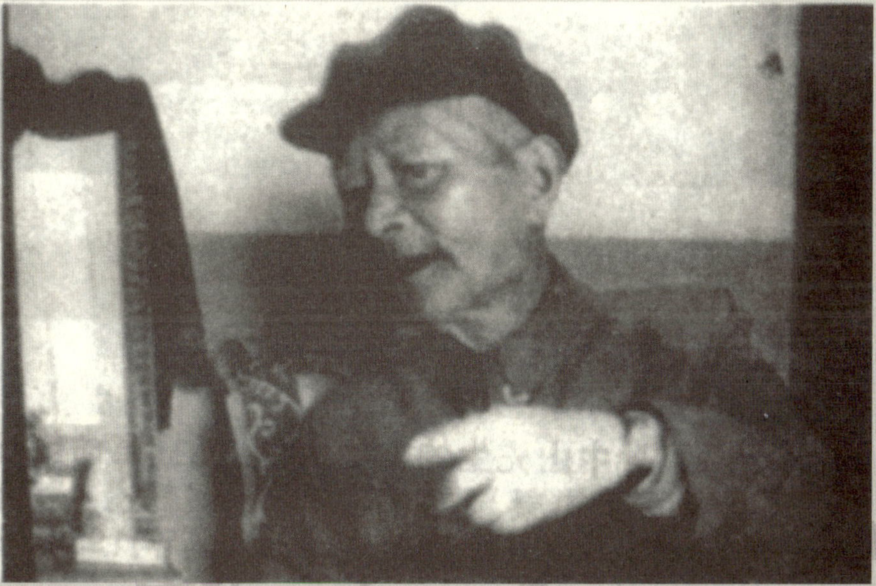

张嵩龄，中山舰的最后一任电讯官，于 2001 年 4 月去世

董树仁，中山舰幸存者之一，担任中山舰轮机兵，于2000年去世

国务委员李铁映观看中山舰的打捞过程，他兴奋地说：“打捞中山舰，是凝聚民族精神的壮举！”

自 序

中山舰原名永丰舰，于1910年在日本订制，1913年建成。舰长62.1米，宽8.9米，吃水深度2.4米，排水量780吨，主、副炮共8门，舰员编制140人。

中山舰具有光荣的服役史，曾于1917年7月随孙中山南下护法。1922年6月，陈炯明叛乱，孙中山登上此舰指挥平叛。1925年4月，广州革命政府为纪念孙中山蒙难，将永丰舰改为中山舰。随后，在国民革命中，该舰又成为震惊中外的“中山舰事件”的历史见证。

1938年10月24日，中山舰在武汉长江金口水域与日本空军发生激战，之后壮烈殉国，沉入长江。

——题记

要认识中山舰，先要了解中山舰的历史。

1911年10月10日，武昌起义爆发，起义胜利后，孙中山于1912年元旦就任中华民国临时大总统。1912年孙中山下野。1917年北洋政府撕毁条约，解散国会，护法战争爆发，孙中山在海军护法舰队的支持下，在广州建立军政府，誓师讨伐北洋军阀。

在这支支持孙中山革命的海军舰队里，就有中山舰，当时的名字，叫永丰舰。

护法战争期间，孙中山建立的广州军政府受到桂系军阀的多方干扰，海军总长程璧光被暗杀，陆军总长张开儒被逮捕，军政府被非法改组。在复杂的斗争环境中，海军将士们一如既往地支持、保护着孙中山，并勇于与桂系军阀进行斗争。1920年7月，孙中山令手下陆军总指挥陈炯明率部回到广东，打垮桂系军阀，恢复军政府。1921年4月，孙中山成立中华民国政府，5月就职为总统，发起讨伐各路军阀的战争。

1922年春，陈炯明叛变，炮轰总统府，孙中山转移至永丰舰上避难，并将该舰作为旗舰，指挥舰队炮击叛军。

1924年1月，孙中山通电全国，讨伐陈炯明，海军舰队积极响应；4月，孙中山改组国民党，组建黄埔军校。1925年3月孙中山病故，永丰舰更名为中山舰。1925 年 8 月，廖仲恺被暗杀。1926 年 3 月 20 日，震惊全国的“中山舰事件”爆发，蒋介石借机驱逐共产党人，完全掌握嫡系军队。

从 1917 年护法战争开始，直至 1926 年“中山舰事件”，海军舰队多数官兵一直在支持孙中山先生的革命主张，并积极与各路军阀及国民党右派进行斗争。

1937 年 7 月 7 日，“卢沟桥事变”爆发，抗日战争全面拉开序幕；12 月 13 日，南京失守。1938 年 3 月，台儿庄战役爆发，日军大败，之后聚集兵力围攻武汉，妄图将中国政府消灭在华中地区。在这种情况下，中国各路军队奔赴武汉，包括中山舰在内的海军舰队也游弋在长江上，准备打击来犯之敌，武汉会战序幕拉开。

在会战期间，中山舰上的官兵为顾全大局，不顾自身安危，将多数舰炮拆下，安放在陆地作为支援炮火使用。1938 年 10 月 24 日，仅剩两门舰炮的中山舰在武汉长江金口水域巡防时，与日本空军发生激战，战斗中该舰击落敌机两架，后在敌机的轮番轰炸下，该舰壮烈殉国，沉入长江。

1997 年，该舰被湖北省政府组织人力物力打捞出水，并为此舰建立纪念馆。

1998 年 10 月 24 日晚，纪念中山舰蒙难 60 周年组委会主任郝兵，将我引见给当年中山舰上幸存的老兵陈鸣铮先生[①]**。陈先生握住我的手说：“在这个不平凡的日子里认识你很高兴，我们作为当年的见证者，都希望你能把中山舰的故事写出来，你有什么问题尽管问，我会与其他四名健在的幸存者将所有知道的情况都告诉你！”顿了一下，陈先生又无限感慨地说，“你写中山舰，要告诉读者中山舰的灵魂是什么，要告诉大家，只有保持团结、爱国的精神，中国才会有出路……”**

于是，我记下了关于中山舰的血与火的故事。

① 1998 年 10 月 24 日，纪念中山舰蒙难 60 周年时，中山舰幸存者陈鸣铮在武汉与作者握手交流。2010 年 9 月 21 日，陈鸣铮又在台北参观了中山舰的模型。

目　录

第一卷　护法舰队

第二卷　陈炯明叛乱

第三卷　中山舰事件

第四卷　血染长江

第一卷　护法舰队

小引

1911 年 3 月 29 日，广州新军起义失败。这时孙中山的战友黄兴奉孙中山之命将同盟会总部迁抵上海。不久武昌起义的旗帜飘扬在黄鹤楼上。11 月 3 日，黎元洪在武昌阅马场筑军坛拜黄兴为革命军战时总指挥。得到胜利消息的孙中山，于 12 月 25 日回到光复军攻占的上海，并于 1912 年元旦就任中华民国临时大总统，黄兴任陆军总长兼参谋长。3 月初，孙中山先生因种种原因辞去临时大总统职务，由袁世凯继任临时大总统。袁世凯任职后免去黄兴原任职务，仅任其为南京留守府留守，不久黄兴也辞去此职。稍后，袁世凯将国民党王宠惠、蔡元培、宋教仁、王正延四大阁员的职务解除，并暗杀了宋教仁，引起国民党人士的愤怒。

以孙中山、黄兴为首的中国国民党首要官员，此时云集日本东京，改组国民党为中华革命党。1913 年讨袁战争失败。1915 年袁世凯派杀手赴日本暗杀以孙中山为首的革命党人，暗杀不成就封官送钱以收买，孙中山等不为所动。1917 年（民国六年）北洋军阀政府撕毁条约，解散国会。于是以孙中山先生为首的一支护法军在全国各地兴起，孙中山先生领导的这支护法军，尤以南下护法海军舰队为支柱。从此，护法战争拉开了战幕——

一、暗杀海军司令

1917年7月的一天晚上，上海市的夜空阴沉沉的，天气格外闷热。这时位于上海市高昌庙的中国北洋政府海军司令部四周，除海军司令部正常警卫部队外，又有一支海军陆战队刚刚赶到，他们在海军舰队一位中校的指挥下，正在抢占有利地形，一挺挺轻机枪被部署在隐蔽处潜伏待命。他们得到的消息是：陆军今夜将要进攻海军司令部，其目的是阻止第二舰队司令官程璧光投入孙中山的反袁护法战争。而这时，在上海高昌庙中国海军司令部内，中华民国总统孙中山，与北洋政府海军第二舰队总司令程璧光正在进行舌战，只见孙中山突然站起，无比气愤地拍着桌子说："程司令，请你南下护法，是利国利民的国家大事。维护国家法律是军人义不容辞的责任，你作为海军的一个舰队司令，怎么能目睹国法遭叛军践踏而充耳不闻，视而不见呢？这是失职，失职！你明白吗？"

程璧光听着低头沉思。

"1894年的甲午中日海战，我们的海军比日本海军强大得多，海战却打得一败涂地，几乎全军覆没，这是为什么？仅仅只是军事问题吗？不是的，而是我们国家没有一个能够团结民众共同抗敌的政府！"孙中山继续诚恳地开导着程璧光说。

程璧光作为中国北洋政府第二舰队司令官，对我国海军发展史以及海军在现代战争中的地位和作用是十分清楚的。从同治末年到光绪二十年（1874—1894年），这期间我国最早的海军为水师，由皇帝直接任命为水师提督统领。当时从世界各国海军的状况看，中国水师的装备尚居世界第六位，实力还是比较强大的。在67艘战舰中，"定远"、"镇远"等军舰都比日本军舰吨位大、装备好，但是在甲午年海战，尽管邓世昌等中国海军官兵浴血奋战，却仍然大败，举国上下悲愤至极。

1908年，也就是光绪末年，清王朝决心再振海军雄风。一天上午，筹办海军事务的海军事务大臣载洵，将担任过海军总长的程璧光请进他的办公室，午饭毕，载洵问："沈寿坤已故，你对南洋舰队统领一职的安排有何见地？"

当时的中国海军，载洵为海军事务大臣，原海军提督萨镇冰为副大臣。载洵

根据朝廷谕旨，又将南北残存的舰只集中统编为南洋舰队和北洋舰队。北洋舰队统领萨镇冰，南洋舰队统领沈寿坤，这些人事安排、舰只分布，他程璧光都了解一些内幕。现在南洋舰队统领沈寿坤病故，载洵当然要考虑南洋舰队统领一职的人选问题。程璧光非常明白载洵提出这个问题的潜在意思，他没立刻表态，而是沉默了一段时间后，才老谋深算地说："下官离开海军赋闲有很长一段时间，对诸位将帅的情况不甚了解。不过，下官认为一个舰队的统领，首先要忠于朝廷，其次是深谙水师的战略战术，能刻苦操练士率提高战斗力，这样才上可以报效朝廷，下可以保卫黎民百姓。"

"璧光兄满腹韬略，且能忧国忧民，实为朝廷良将，朝廷任命你为南洋舰队统领，五日内到职！"载洵说，"不久就有圣旨下来。"

程璧光到任后，看到中国海军舰只陈旧，毫无作战能力，多次上书要求改善海军的装备，于是，载洵、萨镇冰分赴意大利、奥地利、德国、日本、美国购买战舰。其中命名为永丰舰的（后改称中山舰）军舰，就是在日本购买的，为800余吨位，与永翔舰为兄弟舰。

"北洋军阀政府撕毁约法，解散国会，我们也知道这是违反民众意愿的事情，海军本应由沪南下赴粤护法。但是，如果途中遭炮火袭击，陆军能否支援我们？"程璧光问孙中山。

"要有艰苦血战的……"孙中山在地图前低语。

上海高昌庙以西的一栋洋楼里，北洋军阀政府派到上海刺杀孙中山先生的杀手，原永丰舰二副成袋划正与童启财等七人在密谋。作为杀手组长的成袋划听着组员的争论和发言。在北京出发之前，军阀政府中的谍报官、少将刘华汉把他叫到密室问："成袋划，你不是没日没夜地上蹿下跳想干大事吗？"

成袋划原在永丰舰任二副时，有一次，永丰舰到天津巡视，一个偶然机会在天津认识了同乡刘华汉。刘华汉从二副混上了少将，而成袋划才刚刚捞了个二副。但他决心不失时机地投靠同乡刘华汉，利用他作为自己升官的梯子。刘华汉在永丰舰小住十日，他更是利用同乡的关系去讨好巴结了十天十夜。终于，刘华汉在离舰时将其带到京城，提升为中尉谍报官，也算是一个小小的京官，在湖北枝城老家很是荣耀了一阵子。刘华汉见成袋划竭力讨好，自己也需要一条狗，又将居住上海的情妇周萍丽介绍给成袋划做妻子，不知内情的成袋划还感激不尽。这次刘华汉问他是否想干大事，他沉思片刻便冷静地问："长官，您想要我干点什么？"

"袁大总统驾崩"，刘华汉说，"黎元洪大总统登基，这正是升官发财的机会，你得干点名堂出来，我也好给你报功请赏！"

“长官”，成袋划忙说，“我听您的，您说怎么干，我就怎么干！”

“现在有人花一千块大洋在我手中买机会”，刘华汉说着一脸奸笑，“但人不能光为了大洋，我想把这个机会留给你老弟！”

成袋划听着心中大喜，两眼盯住刘华汉，口水几乎都流出来了：“到底是什么事呀，华汉兄怎么卖起关子来了？要是用得着我成某人的话，上刀山下火海，老子皱一下眉头就是他妈的孬种！”

“你当我是跟你扯淡？”刘华汉说，“我要的就是你这句话！”

“一切听凭长官差遣。”成袋划的神经被刺激得兴奋起来。

“干这个！”刘华汉从办公桌抽屉里拿出一把匕首、一支手枪放在桌子上，“有胆吗？”

“暗杀？”

“对了，我要你去除掉一个人！”

“谁？”

“孙中山！”

“保卫措施相当严，恐怕没有机会下手！”

“程璧光呢？”

“行，杀他没问题。”成袋划胸有成竹地说。

“你把三黑子和四毛都邀上，还有特务队的二虎子几个都是杀人的好手，事成之后我晋升你为少校。”刘华汉说着拿起手枪掂了掂，“这玩意儿是德国造的，很好使。”

“程璧光的贴身卫士蒋丛武跟我有点交情”，成袋划说，“这小子怕死，据说蒋丛武的老婆是程长官的什么亲……”

“我知道，只是程璧光一个老部下的女儿，别的没什么关系。”刘华汉说，“你把蒋丛武买通了，什么事都好办。”

“对对对！”成袋划说着把手枪和匕首掖进腰里，“我有办法，他干也得干，不干也得干！”

“啊，你有这么大的能耐让姓蒋的听你的？”

“明天晚上，你在隔壁房里听！”

成袋划为了尽快地晋升到少校军阶，第二天他邀请程璧光的贴身卫士蒋丛武赴晚宴，蒋丛武本来不想来的，但盛情难却。酒足饭饱后，蒋丛武正要抽身走路，成袋划拿起电话不知拨到什么地方，然后大声对蒋丛武说：“丛武兄，嫂子来的电话！”

“啊，她怎么知道我在这儿？”蒋丛武瞪起醉红的双眼，拿起电话，“喂，虹玉吗？”

“丛武”，陈虹玉在电话中用带着哭腔的声音说，“你一切听从成袋划先生安排吧，不然我娘俩没命啦！”

蒋丛武大吃一惊，在电话中大声问：“你……你是怎么回事，你娘俩在哪里？”

“啪！”对方把电话挂断了。蒋丛武气得脸成了猪肝色，扭过头盯住成袋划，“你……你在搞什么鬼把戏？”

“想跟你做一笔生意，用程璧光的头，换你老婆孩子的命！”成袋划似笑非笑地说，“很简单的买卖嘛。”

“姓成的，我哪里得罪了你！”蒋丛武愤愤地吼叫。

“你哪里也没有得罪我”，成袋划冷冷地说，“兄弟我也是上命难违呀，不得不出此下策。”

“你！”蒋丛武拔出手枪，逼住成袋划，“活得不耐烦啦，嗯？”

“我能不想活吗？”成袋划斜视蒋丛武手中的枪，不屑一顾地说，“你最好看看你的后面。”

蒋丛武扭过头，只见三黑子和四毛拔枪站在他的后面。

“怎么样，蒋兄？”成袋划揶揄地问。

蒋丛武颤抖着，枪被卸掉了，他一声不吭，如同一个泄了气的皮球瘫倒在地上。这一夜蒋丛武在成袋划的威逼下，写了保证，表示要寻求机会干掉程璧光，决不让他率领海军南下护法！

有蒋丛武的老婆孩子做人质，又有他亲手写的保证书捏在手上，成袋划不怕蒋丛武不尽心办事，自己便一头扎进北京的烟花巷中过逍遥日子去了。

前不久，成袋划突然收到蒋丛武从上海发来的电报：

> 孙中山不分日夜地督请程璧光南下护法，程璧光近日有些动摇，多次透露拥护孙中山的军政府。孙中山声称将来的海军部长非程璧光莫属，实为诱饵。

成袋划将电文给刘华汉看，刘华汉异常震怒，训斥他办事不力，并要他立刻前往上海，督促蒋丛武尽快杀死程璧光。

现在，成袋划与七名杀手赶到海军司令部左侧的小院外面，杀手马七和成袋划耳语说：“孙中山走了，警卫也全撤了。”

“海军司令部的警卫呢？”成袋划问。

“老样，没多大变化。”马七说。

成袋划摸摸头说：“快看看，东院门口是不是放了一盆花？”

马七一手握枪，一手抓匕首，越过东门小院外面的矮墙，一眼扫见月光下有一盆花，这是蒋丛武发出的暗号，意思是告诉成袋划，程璧光正在办公室，可以立即动手。

“长官”，马七返回来说，“小院门口有一盆花，表示可以行动！”

“马七，你带六人行动，我跟王志勇在外面接应！”成袋划命令，“杀死程璧光，割下他的首级，北京的人要过目的。”

“成长官，六人证实处决了他还不行？”

“不，上面要查看首级！”

马七一拍胸：“别说程璧光，就是孙中山的首级，只要长官你下命令，我也敢去取！”

成袋划面色一沉：“见到程璧光的首级，我为你邀功请赏。”

“走！”马七一挥手枪窜进海军司令部后院。

成袋划一看马七进去了，向保镖王志勇说：“走，万一马七他们走了水，我们再跑就来不及了！”

马七他们一行顺着暗号指引的路线，很快来到程璧光办公室的外面，从窗户里看见程璧光正背对门，脸对着墙上挂着的地图在沉思。马七一挥手低声说：“牛黑子，跟老子上！”

牛黑子从后面两步跨上来。

“我砍下他的头，你提着跟我一起跑！”

牛黑子脸上横肉抽动两下，点点头。

“你们都听着，有情况就掩护我跟牛黑子撤退！”

“是！”众杀手凶狠但小声地回答。

“孙中山要出人头地，抓程璧光跟他打天下，程璧光也想当海军总司令，老子要他做官梦去吧！”马七心里暗暗骂着一推门，门是虚掩着的。他明白这是内线在起作用，举刀冲上去，从程璧光背后挥刀便砍。

“不准动！”突然，四周吼声如雷，伏兵四起。

马七一看大势不好正要开枪，蒋丛武猛扑过来，一刀削掉他的右胳膊。

“马七，你看看被你砍的人吧！”蒋丛武提起被马七砍掉的人头，“明白吗？你做梦也不会想到吧？”

原来这是一个用稻草做的假人，套上程璧光的军服，再把他竖在地图前面，从背后一看的确是程璧光。这时马七的胳膊血流如注，脸上不停地抽搐着，眼睛里冒着火，与此同时外面几个杀手全都被绑来了，牛黑子因反抗已被击毙。

“蒋丛武，你不是我们的人吗？竟然背叛我们！”马七忍着剧痛愤愤地说。

“笑话，我什么时候是你们的人，我背叛了谁？”蒋丛武揶揄着说，“像你们这种军阀的走狗，才不值得我背叛呢！”

“你们的护法运动迟早要完蛋的！”马七号叫着。

“告诉你马七，程长官已经决定率领舰队南下护法，你们北洋军阀政府想反对已经是不可能的了。成袋划听刘华汉的唆使，用我妻子、儿子做人质迫使我做内应杀程长官，真是痴心妄想。你跟着成袋划这个爱钱如命、成天只想往上爬、不惜拿别人的生命作梯子的人，这样的人有几个是好东西?”蒋丛武说，“今天饶你条狗命，回去告诉成袋划，如果不把我妻儿安全送到广州，不跟北洋军阀政府决裂，我总会有办法找他算账的！”

“你杀了我吧，我马七决不回去！”

“提不了程长官首级，他们要杀你?”

马七沉默不语。

蒋丛武大吼着对韩长福说，“给这条狗包扎一下，放了他。”

“是！”韩长福提起马七，“滚，回去跟那帮混蛋报信，就说程长官服从孙大总统指挥，率舰队南下护法！”

二、永丰舰上的搏斗

1917 年 7 月的一天晚上，永丰舰航行在东海洋面，巨大的海浪拍打着舰体，发出阵阵的轰鸣声。

此刻，韩长福站在永丰舰主炮的炮位上，两手举着一架德国制造的高倍望远镜，盯住前方海面上的一个小岛。这个小岛又叫蛇岛，因蛇多而得名，很多喜欢猎奇的外国军舰上的水兵们都到过这里。中国东海的海蛇、海鸟和海龟，以及岛上具有极强生命力的各种灌木杂草，使他们感到好奇。

“韩长福!”

“到!”韩长福看见副舰长江南天走过来，忙立正：“报告长官，韩长福正在观察洋面!”

江南天走到他跟前，指着前面的蛇岛说：“你眼睛放亮一点，舰队马上就要通过蛇岛，孙中山先生就在海琛舰上，万一有什么不测，我们整个舰队官兵都是要担当责任的，明白吗?”

“明白!”

“前甲板主副炮全由你指挥”，副舰长江南天说，“作为舰炮指挥官，对攻击目标要认清，炮要打得准，打得狠!”

“长官，蛇岛右边刚才出现灯光晃了两下又消失了”，韩长福有些不安地说，“蛇岛四周沿岸草木丛生，树木很茂盛，隐蔽几百吨的大军舰都不容易发现，我真担心总统的安全呢。”

“命令各炮炮手注意搜索可疑目标!”江南天说。

韩长福又举起望远镜向刚才晃过亮光的地方观察。

前天晚上，韩长福紧跟着副舰长江南天赶到海琛舰时，看到海军总长程璧光和海军第一舰队司令官林葆怿都在主舱室里。韩长福向各位官长敬礼，林葆怿走过来拍打着他的肩头说：“程总长很感谢你捕捉了一批杀手!”

“保护长官安全是我的责任!”江南天忙代替韩长福说，“请司令官放心，永丰舰永远会忠于政府的!”

孙中山面带微笑地注视他们。

“听说你不但是主炮手，还是武艺高强的绿林好汉出身?”林葆怿问韩长福。

“报告长官，韩长福六岁跟太爷进山习武，十三岁打死乡霸投奔河北驻军徐永昌部海军，进入永丰舰，舰上官兵推举我为武术教头，我拜江长官为炮兵教头，练兵习武服从命令！”韩长福说着扫了眼林葆怿与江南天副舰长，“永丰舰南下护法，我作为军人，正是为国效命的时候，本人将追随长官，唯长官的马首是瞻。”

“舰炮官韩长福”，程璧光走过来，“有句话今天必须告诉你们，本人请诸位南下护法，一不是为做大官，二不是去发大财。作为海军将领应该维护国民的利益、国家的根本大法。我跟着孙先生南下护法，北洋军阀政府的暗杀队由刘华汉指挥，成袋划带领马七等杀手，企图暗杀我等拥护孙大总统的军人，但这绝不能动摇本人率领舰队南下之决心，跟着孙大总统，我相信这是永丰舰官兵最正确的选择，永丰舰全体官兵，永远不会背叛孙大总统！”

“对，忠于孙大总统！”江南天忙回答。

“对，忠于孙大总统！”韩长福回答。

这一夜，韩长福与总统孙中山、海军总长程璧光、第一舰队司令官林葆怿进行了长谈，更加认清了海军南下护法的重大意义。

孙中山先生是乘海琛舰率领舰队南下的。为了整个舰队的安全，海琛舰编在舰队中间，程璧光总长乘坐海圻舰，与第一海军舰队司令官林葆怿同乘一舰，率领肇和舰、永丰舰、同安舰、豫章舰、舞凤舰、飞鹰舰、福安运输舰等舰只，将同时已泊广州水域的永翔舰、楚豫舰会合，一起组成海军护法队伍，支援陆军作战。

韩长福刚一回到永丰舰，两个水兵就纠缠着他，要他教他们练武，正好江南天副舰长从内舱出来，一见韩长福便喊道：“韩炮官，请过来一下。”

韩长福听见江南天喊他，匆忙跑过来：“长官，您找我？”

江南天问：“你认识一个叫康香特的福建人吗？”

韩长福愣了一下说：“认识，但有好几年没见了。”

“你怎么认识他的？”

“我俩同拜一个武术教师，据说他在北洋政府中做骑兵军官，后来也投奔海军当了海军陆战队的武术教官。”韩长福说，“长官您认识他？”

“不认识，但有康香特发来的电文，电文是专门发给你的。”江南天说着将一封电报递给他。

韩长福接过电报，认真读了起来：

韩兄长福炮长钧鉴：

欣闻兄随永丰舰南下护法作战，并担任孙总统海琛舰的护法主舰之炮官，弟向你祝贺。今特电告，上次北洋政府暗杀程壁光长官未果，刘华汉又命令成袋划等人，驾驶鱼雷快艇多艘，将在你舰队必经之某海域夜袭海琛与海圻两舰，妄图置孙大总统、程壁光总长和林葆怿司令官于死地而后快。弟身虽在北洋政府，心里却想着孙大总统，拥护孙先生的施政纲领。望兄转告孙先生及海军众将校，本人不为升官，不为发财，只想能追随孙大总统的左右，服膺孙大总统领导，担起孙大总统倡导的国民党革命之责任，矢勤矢通，决不退缩。兄受重命担任总统之警卫，责任重大，不容玩忽。望兄万般提高警惕，谨防宵小之阴谋得逞。则国家幸甚，民众幸甚！

“他们又要下毒手！”韩长福惊异地说，“长官，您看！”

“立即转告总统、总长和司令官！”江南天阅读完忙说，“命令炮手进入炮位。”

“成袋划他们不会是单枪匹马，夜袭旗舰的可能性很大，舰队通过蛇岛时不可掉以轻心。”韩长福说，“请长官通报各位舰长，蛇岛两侧航道与不远处的环礁处礁洞极多，很适合鱼雷快艇隐蔽，我们夜晚通过蛇岛，能见度差，请各舰按战斗编队前进，保持距离，互相策应！”

“你在这里注意敌情”，江南天说，“我去通报各军舰做好战斗准备。”他说着赶紧跑进了通信室，沟通了与各舰的联系。

蛇岛那边的鬼火又亮了两下就很快消失了，韩长福以为自己看花了眼，使劲揉了揉眼睛，什么也看不见了。“涂爽强”，韩长福大声呼叫，“快过来一下！”

信号兵涂爽强拜韩长福为武术教师学了一身硬功夫，平时就极听韩长福的招呼，见韩长福喊他，赶快一跃从前炮位跑过来：“炮官，有何训示?”

“你看见蛇岛那边的亮光了吗?”韩长福问。

“看见了。”涂爽强说，“闪两下就不见了。”

“有鬼，他们在与我们舰队的某一个人联络。”韩长福自言自语地说。

“哦，记起来了。”涂爽强一拍脑门，压低声音说：“蛇岛第一次闪光的时候，我们舰尾也闪了两下光，过了一会儿，水手秋子平就从舰尾过来了。”

“啊，真的吗?”韩长福睁大了眼睛。

“绝对没错”，涂爽强说，“我是信号兵，对各种信号都很敏感，你现在说起来，我也觉得他在与什么人联络呢。”

“暂时不要声张。”韩长福打了个神秘的手势。

“还有”，涂爽强接着说，“他跟许克力关系很好，听说他还带许克力到北京城去拜见过什么大官。大官赏了他一些钱，两人分赃不均还发生争执，最后还是秋子平少拿一点才把事情摆平了。”

“你都听谁说的?”韩长福问。

“前天晚上，我跟许克力喝酒，他多喝了几杯亲口讲的!”

“找秋子平去!”韩长福说着一挥手，“你去向江副舰长报告，就说秋子平、许克力很可疑，我已经去找他们了，叫他多注意舰上。”

“是!”涂爽强回答着扭头向副舰长江南天所在的塔台跑去。

永丰舰是日本船厂制造的一艘钢木结构炮舰，1910 年动工，1913 年建成下水交中国海军北洋舰队使用。这艘舰长 62.1 米，宽 8.9 米，自重 836 吨，时速为 13.5 海里，配装有主炮、副炮共 8 门。在孙中山先生的再三努力下，终于说服程璧光，使第二舰队从北洋政府倒戈进入孙中山先生麾下，护国护法，讨叛逆作战。永丰舰也随第二舰队南下远征，同时担任孙中山先生所乘海琛舰的护卫舰。

海浪在有节奏地敲打舰体，黑夜中航行的舰灯在与各舰保持密切的联络。

韩长福悄悄地赶到水手秋子平所在的机舱外面，听见里面传来一阵窃窃私语，他忙停住脚，两手扶住机舱门，借着门缝里射出的一道光亮，贴住门缝朝里一看，只见秋子平正与许克力在对饮，不知是盐水鸡，还是水煮鸭什么的，撕扯着朝嘴里塞，秋子平吞下一块肉，翻了一下白眼，兴奋地说：“这回事成后，不光是发财啰。”

“怎么，还能给我们一个什么官?”

“这就看我们的了，永丰舰毁不毁倒没有什么，炸沉海琛号或海圻号，无论是炸死孙大炮，还是炸死程璧光这个官迷心窍的白眼狼，都是我们在北洋政府中立的头等大功!”

“子平兄”，许克力放下酒杯，一边扯着肉，一边问：“就凭几艘鱼雷快艇，能炸毁海琛舰与海圻舰?”

“只要一开战，我干掉我们舰上的正副舰长，你打死炮官韩长福，再干掉几个不听话的军官，将来永丰舰正副舰的职位不就是我们的了吗?”秋子平兴奋得脸上泛着红光，“老子们信奉的是有奶便是娘，管他妈的护法不护法，只要把正副舰长、韩炮官他们都收拾掉，谁还敢不听我们的?”

“我就不听你们的!”韩长福一脚踢开门怒视着这两个家伙。

秋子平与许克力都大吃一惊，扭头朝门口一看，韩长福手中握着的枪，枪口里冒着阴森森的凉气。

“韩炮官，你这是……”秋子平惊慌了一会儿，马上又镇静下来，“我们听从程总长的命令南下护法，拥护孙大总统有什么罪，请你放下武器!”

“秋子平，你勾结北洋政府中的狼，又拉着许克力反对南下护法，企图炸毁

海琛、海圻两舰，谋杀孙大总统与程总长，你……你得了北洋政府多少块大洋？他们封你什么官？”韩长福愤愤地说，“今天不说个明白，我手里的枪是不认人的！”

“长福兄”，秋子平因枪放在床头，现在赤手空拳，忙举起双手站了起来，“本人跟你一样，当兵吃粮，并不为当官发财，你弟兄若放本人一马，日后定当重报，如若不讲交情，命就这么一条，脑袋掉了也就是碗大个疤，二十年后又是一条好汉，你想怎么样我也无力反击，只好听你办了！”

“韩炮官，我可是你的弟子呀”，许克力忙也讨好地说，“一日为师，终身为父，你难道忍心看见你的弟子死在你的枪口下面？我们刚才说的几句鬼话，你只当是狗放的屁。还望韩炮官高抬贵手，放我一条生路吧。”

“想活，很简单，马上交代你们的联络信号！”韩长福说着用枪一指，“秋子平，你是首犯，快交代。”

“我交代了有什么好处？”

“保你一条狗命！”

“如果舰长要处死我呢？”

“我用脑袋担保放你走！”

“好”，秋子平的眼睛迅速地转了两转，趁韩长福稍一分神，猛地拉灭电灯，大吼着扑上来，“老子跟你拼了！”

韩长福的枪被打掉了，后腰被许克力狠狠抱住。他急忙朝下一蹲，反手一个饿虎抄裆，抓住他的裆部使劲一拧。

“哎哟！”许克力一声惨叫，忙用双手捂住下身，倒在地上。

韩长福摆脱了许克力，刚要站起，黑暗中呼地一拳打了过来，正中他的右太阳穴，他脑袋撞在桌子上，昏死过去。

等韩长福醒过来，房间的灯也亮了。

“姓韩的”，秋子平掂着手枪，右脚踏在韩长福的胸口上，脸上挂着一丝冷笑，“怎么样？想不到落到我的手里了吧！不过，我还是蛮看重你韩炮官的，只要你跟我干，保证有你的好处，如果仍然执迷不悟，那老子就不客气了。”

韩长福一听就明白他是一个死心塌地为北洋政府卖命的走狗，思索了片刻后问：“要我跟你干，怎么干？有什么好处？”

“等会儿鱼雷攻击海琛、海圻两舰，如果炸死了孙中山、程璧光和林葆怿便罢，如果他们没有死，你不论在什么地方处死他们中间任何一个人，保证你高官任做，骏马任骑，还有金钱美女，你这一生荣华富贵，是不成问题的。”

“我没有那么大的本事。”

“凭你手头的武艺准行！”

“你想想，你三两下就把我制服，我这三脚猫的功夫谈不上本事。”

“话不能这样讲，我这只是……”

“秋子平”，韩长福打断他的话，“你他妈的听着，跟着孙大总统南下护法是我坚定的决心！”

“你……”

“哎……”韩长福闪电般跃起，一掌砍在秋子平持枪的手腕上，手枪飞了出去。这时许克力从地上挣扎着用双手抱住他的右脚，号叫着：“快来，揍死他！”

“抱住他。”秋子平则从腰里拔出一把短剑向韩长福扑上来，“老子放你的血！”

韩长福明白必须首先解除后顾之忧。他向后反弹一脚，正中许克力的面部，许克力在极度痛苦中仍不放手，韩长福用左脚狠劲往许克力的脚踩去，只听“卟吧”一声，许克力的脚骨断了，他哀号了一声松开双手，韩长福一跃而起，一脚把许克力踢得滚了几个转，瘫在地上如同一条断了脊梁骨的癞皮狗。

秋子平扑上来了，这一回他右手举起匕首直捅韩长福右胸，韩长福略为一偏，飞起一对鸳鸯连环腿，左脚踢飞了他手中的匕首，右脚踢到他的太阳穴上。秋子平跌倒在地上，心里暗暗叫苦：“今天老子算遇到了克星，看来难逃性命了。”突然他的眼睛一亮，那把被韩长福踢飞的手枪就在手边，他迅速抓起手枪对着韩长福逼过去：“韩老兄，早就听你这武术教官刀枪不入，今天我要验证验证了！”说着双手握住枪。

韩长福缓缓地向后退着、退着……

三、蛇岛海战

北洋政府派出的鱼雷快艇果然正潜伏在蛇岛的沿岸礁石之中。今天负责指挥京都号鱼雷快艇的是成袋划，负责津运号鱼雷快艇并督战的是刘华汉、李昌功。

“李昌功，给老子与成袋划联络，看这个婊子养的跟永丰舰上的秋子平联络上没有！”

“我到礁石上联络！”李昌功说着忙提着信号灯下了快艇。

成袋划瘦瘦的个子，是个善于上蹿下跳的家伙，外号吊眼狼。那天马七没有杀死程璧光，被韩长福他们放回来。一见到逃回的马七浑身是血，右胳膊已被砍断，左腿也残废，成袋划冷冷地问：“马七，你这是不是周瑜打黄盖，搞的苦肉计？”

“哎呀，长官”，马七说，“我不是放回的，是逃回来的！”

“去的人都死了，为什么就你一人逃回来了？”成袋划说。

“我真是逃出来的！”马七编造了一个潜逃出来的故事。

“告诉你马七，你前脚走，后脚电报就到了！”成袋划拿出电文，“这是从程总长身边发来的电报。”

马七伸出沾满血迹的左手接过电文，忙读了起来：

韩长福他们放回马七有可能是使用的苦肉计，万万不可轻信马七的鬼话！

“谁，谁发来的电报？”马七扭头盯住成袋划，“秋子平这只老狼，只有他才做这种烂屁眼的事！”

“这么说你是他们放回来的？”刘华汉走上前问。

马七语塞。

“杀了，留着他干什么！”李昌功恶狠狠地在一边说，“这种祸害，当初我就看不中的，是你们他妈的说他好！”

“姓李的”，马七干脆豁出去了，“当初你弟弟有病、老父肺出血都是老子帮你找医寻药，这会儿为了得到别人那点好处，就出卖朋友！”说到这里他扭头对着成袋划，“姓成的，你他妈也听着，姓李的为了个人利益可以处死我，到时候他为了保全自己也可以处死你的，这种人不能结成真正的朋友，只能利用一下就行了！”

成袋划与刘华汉对视了一眼。

“去你妈的！”李昌功一刀将马七劈死在地上，鲜血溅了他一头一脸。马七的肢体在地上扭动几下就没动静了。

“把屋子打扫一下。”刘华汉命令人将死尸拖出门，然后走到成袋划跟前问，“怎么办？”

“我去！”成袋划口里吼着，吊眼翻起。

“成袋划”，刘华汉说，“你口里喊杀连天，可真叫你上阵胆都吓破了，你若真有这么粗的胆子，为什么叫王志勇护着你跑？”

成袋划顿时愣住了。

“告诉你，军机副臣程诚应这个老王八蛋再三跟老子讲，不处死孙中山、程璧光或林葆怿，连我也要治罪，决不留情！”

“李昌功、王志勇！”成袋划呐喊般命令，“都过来！”

两人听到命令忙赶过来。

“你们赶快做好准备，跟我去执行刺杀总统的任务，身上绑上炸药，不成功便成仁！”

“是！”

刘华汉结实的肌肉绷紧了，别看他平时语言不多，但升官发财的欲望急切，巴结讨好程诚应是他朝思暮想的事情。

“还没等你上舰，孙中山的眼线就捕住了你们。我们不能白送死！”刘华汉一挥手，“程诚应给我们备有四艘鱼雷艇，潜伏于孙中山南下舰队必经之路的蛇岛附近礁石洞中，夜袭舰队，主攻海琛、海圻两舰！”

成袋划沉默一会儿说：“有程长官在幕后支持，什么都好办。”

“对”，刘华汉忙说，“什么升官呀，发财啦，不就他们一句话，朝中无人不做官嘛。讨好他，我把你推荐给他，不知道费了多少口舌呢。”

“你……你什么时候给我引见引见呢？”成袋划迫不及待地问。

刘华汉见其上钩，不动声色地说：“见了他有些事还不好办，先让我从中周旋，将来什么事我替你说话，比你自己说有分量，这年头干什么事都得谋划谋划，你明白吗？”

“明白，明白！”成袋划急忙点头哈腰，“你动脑子，我动手，还有一帮子不怕死的弟兄大打出手，好办事！”

“行”，刘华汉说，“四艘艇准备好了，上海方面有关水兵人选，一律为胆大者，要让他们知道刺杀孙中山、程璧光、林葆怿的任务！”

“好，我知道了！”成袋划兴奋地一拍脑袋，“人为财死，鸟为食亡！”

“人为友死！”刘华汉忙纠正。

当晚，成袋划集中了四艘鱼雷快艇的艇长。当李昌功、王志勇、易玉祥、龙翔致听完刘华汉的训令后，成袋划将一枚缝衣针握在右手，走到四人前面说：“四位勇士，孙中山策反程璧光、林葆怿背叛政府，声称南下护国护法，实为要海军保护他们的权力、地位与北洋政府分庭抗礼。大家跟着北洋政府走，维护国民同胞的利益，我们就是要去杀死这帮祸国魁首！”

“跟长官去作战！”四艇长异口同声表态。

“王志勇！”成袋划命令。

王志勇昂首挺胸从队列中站出来。

成袋划两眼平视他：“你指挥京都号鱼雷快艇，潜伏于蛇岛 107 号礁石缝中”，他指着地图上的一个标点，“在这里，我跟随你督战，炸沉海琛号，若孙中山乘舢板逃跑，我们就用机枪扫死他！”

“海琛舰被击中后，我将命令快艇靠近寻找孙中山，一定将其打死在大海中！”王志勇回答。

“如果有大部队掩护呢？”

“我们着南下水兵的制服，攻击时间又是晚上，冲进去后很难分清敌我，趁混乱集中攻击海琛、海圻号一定会成功！”王志勇说。

“李昌功，你打算怎样攻击？”成袋划扭头问。

“长官”，李昌功忙出列立正问，“你要我进攻哪艘舰？”

“程璧光、林葆怿的旗舰为海圻号，放出三枚鱼雷，抵近攻击！”

“万一有失呢？”

“刘华汉长官督战你的艇！”

“我担心的是万一有失！”

“易玉祥、龙翔致指挥的军舰作为预备队，你们两艇打头阵，争取在天亮之前解决海琛、海圻两舰！”

“海军陆战队在蛇岛上接应！”刘华汉说，“鱼雷艇攻击后立即回撤，不能久留在洋面！”

部署完毕，成袋划举起手指与右手的钢针：“为我们出击胜利，以血酒结盟！”说完，用针刺破自己的手指，血滴向酒杯中。

几个人手指的血滴进酒杯中后，大家共饮血酒表示视死如归。

……

现在，成袋划打出信号与李昌功联络上了。李昌功回头对刘华汉说：“成长

官回信号，没有与秋子平联络上!”

“告诉他，快接近目标，不要等信号了!”刘华汉说着指向一座较高的礁石，“上去，高些目标大!”

李昌功拿起信号灯亲自向礁石上爬。

成袋划向永丰舰一连打出五六次信号，仅收到一个回复信号，他命令王志勇：“驶出礁石，向永丰舰靠近!”

鱼雷快艇在风浪中缓缓地驶离蛇岛。

永丰舰上，韩长福在赶来的官兵协同下，击毙秋子平。许克力为了保命，交代了与敌舰联络的暗号。

“看，永丰舰打出信号弹!”成袋划欣喜地在鱼雷艇上跳起来。

“他们告诉我们，海琛号在他们以西的洋面两海里处。”

“快，按永丰舰指示的目标前进!”成袋划命令。

永丰舰上，副舰长江南天守在主炮前甲板指挥位置上，韩长福操纵着前甲板主战炮。

“目标在我左前方出现!”信号兵报告。

“韩长福，第一炮必须击中目标!”江南天命令。

韩长福点头咬牙开始瞄准，炮镜中闪耀着敌鱼雷艇的光点。

“报告海琛舰，请向我永丰舰尾靠近，请海圻舰与海琛舰保持并列航行位置，以便我舰掩护!”江南天副舰长发出命令，“永丰舰全体官兵注意，准备战斗!”

“长官，又有三艘敌鱼雷快艇向我发出询问信号。”涂爽强报告。

“告诉敌舰，立即向我右侧前方两海里前进，等待我舰信号才能施放鱼雷!”江南天回答。

信号很快发出，敌艇满以为是秋子平在引导他们，而实际是许克力在两支枪的逼迫下发出的信号。

“副舰长”，韩长福扭头问，“敌艇不停地发出闪亮信号，请求马上实施鱼雷攻击。”

“有把握炮击成功吗?”

“有!”

“打!”江南天副舰长果断下令。

“各炮注意”，韩长福命令，“各主、副炮协同作战，瞄准目标，听我的口令射击!”

各炮手在紧张地捕捉。

“放下小艇”，江南天命令，“决不放走一个落水的混蛋!”

在京都号鱼雷快艇上，成袋划正兴奋地要跟王志勇说着什么，一发炮弹在空中拖着长长的火焰直飞而来，在海上的夜空中显得那么刺眼。他们措手不及，正乱作一团之时，炮弹“轰”的一声在左舷的海水中爆炸了，巨大的水柱冲向空中又狠狠地砸下来，浪涛几乎要冲翻鱼雷快艇。“他娘的，老子们上当了。”成袋划恼怒地吼道，“撤，快撤！”

“报告长官，我们四艘快艇同时遭到炮击！”王志勇惊恐地说，“请你看。”

成袋划顺着火光一看，急忙举起无线电受话器：“余长官，我们遭到舰炮袭击，我们遭到舰炮袭击，你们怎么样？”

“成袋划，我们也遭到舰炮攻击，秋子平他们也许叛变，我们遭到有预谋的暗算！”刘华汉这时才反应过来了，“实施鱼雷攻击！”

“距离太远，又没有可供选择的角度，施放鱼雷只会失败！”成袋划狠毒地说，“我请求用快艇撞他们的军舰，与他们同归于尽！”

“好，你向永丰舰撞上去，掩护我们攻击海琛、海圻舰！”

“我马上出发！”成袋划回答完跑到船舱，“目标永丰舰，撞上去，撞上去！”

“长官，刘长官命令你，马上转移到黑虎号上！”信号兵向成袋划报告，“黑虎号正向我艇靠近！”

成袋划压根儿就没有准备去死，他早在暗地里做好了逃离快艇的准备，现在刘华汉命令他撤离，正好有了借口。他明白现在刘华汉还用得着他，不会让他去死，而是要王志勇替他去拼命。

京都号鱼雷艇熄灭了所有灯光，使永丰舰失去了攻击目标，但由于月光明亮，大海中鱼雷艇那淡淡的黑影仍然能被永丰舰的炮手们识别出来。舰炮开始射击了，打得京都号快艇四周水柱冲天。

没有多久，黑虎号接上了成袋划，京都号鱼雷快艇像一条嗜血的鲨鱼，朝永丰舰后面的海琛号军舰猛扑过去。

“王志勇，向左120度，蛇形前进！”成袋划在电台中命令。

舰长王志勇坐在艇中的鱼雷发射架后面，心情极不平静，他扭头问鱼雷发射手：“汤复超，攻击有把握吗？”

“长官，永丰舰上舰炮火力拦截，我们失去几次施放鱼雷的良机，再攻可能会失败。”汤复超说。

“我们撞上去，长官怕死跑到黑虎舰上，你愿意送死吗？”王志勇问。

“你们当官的都喝过血酒，说什么要同生死共患难，现在到了紧急关头，长官怕死跑了，我们当兵吃粮的凭什么去送死？”

突然不远处传来巨大的爆炸声，火光映红了一大片夜空。

“长官，我们一艘快艇被击中爆炸。”一个水兵惊叫。

王志勇朝大海中腾起的火团望去，哀叹道：“李昌功他们送死啦！”

“长官，我们怎么办？”汤复超问。

王志勇朝永丰舰与海琛舰所在的方位望去，舰炮还在追射他们与另外两艘快艇。他突然吼着：“返航！”

“王志勇，京都……京都号，撞上去，快撞上去！”电台中传来成袋划的命令。

“成长官，你命令我们撞上去，你却乘黑虎号向蛇岛撤退，别忘了我们是一起喝过血酒的，除非你再登艇指挥，我们一起共赴死亡！”王志勇不紧不慢地说，“如果你不来指挥的话，我们请求返航，等天亮寻找机会攻击！”

“撞上去，撞上去！”刘华汉命令着又在电台中号叫，“003，003，督促京都号撞上去！”

003号鱼雷快艇服从命令，恐惧地逼上去了。

一看003号逼上来，王志勇大吼：“王八蛋，把老子往死路上逼！”他吼着推开汤复超，“弟兄们，攻击永丰舰也好，攻击海琛舰也好，只会艇毁人亡。我们现在打掉逼我们的003号，再向南下舰队投降，也许是条生路，海琛、海圻、永丰舰上都有我的同学，赞成的举手！”

艇上的官兵不知虚实都不敢吭声，将目光投向与艇长相处得很好的汤复超的脸上，等待他的决策。

“弟兄们”，汤复超立即意识到自己充当的角色，“不撞，003号会击毁我们，撞上去，永丰舰炮一定会打沉我们，打掉003，向永丰投降，拥护南下护法，这是唯一一条生路！”

“赞同汤老兄的决定！”艇员们异口同声地回答。

“好！”汤复超转起轮机舵，对着逼上来的003号发射出两枚鱼雷。鱼雷在海水中直向003号艇游去，京都艇又转头快速脱离003快艇的武器射程。

“报告，京都向我放射鱼雷后逃跑！”成袋划在黑虎号电台中听到003号的急切报告时，003号已经轰地爆炸了，腾起的火焰映红了海空……

“京都号反叛！”刘华汉狠狠一耳光打在成袋划脸上，“快，打掉他们！”

“长官，命令他们回来……”

“他们不可能回来，快打！”刘华汉命令。

成袋划一转快艇轮机舵，一枚由京都号发射过来的鱼雷向黑虎号飞过来。幸亏舵手反应极敏捷，鱼雷在艇左前方的水域触礁爆炸了。飞过来的弹片击破了艇体，海水“哗啦啦”地直朝艇舱里涌。

“堵住！”刘华汉命令。

一个水兵用专门工具堵住了海水。

“鱼雷，攻击！决不许王志勇反叛南下！”

成袋划忙亲自操纵鱼雷发射器，追踪着京都号快艇。

“这就是你信任的人”，刘华汉举着望远镜骂开了，“你亲自打掉京都号，不留一个活口！”

成袋划向京都号鱼雷艇连续发射了两枚鱼雷，京都号被击中了，大海中又腾起一股烈焰直冲上夜空，海空映红了一片……

四、午夜的阴谋

1917 年 8 月，护法海军舰队经过艰辛的航行赶到广州，孙中山先生称这 11 艘军舰组成的舰队为西南护法舰队。北洋政府总理段祺瑞指使的暗杀队也赶到了广州，很快与段祺瑞在广州扶植的反动势力龙济光等取得了联系，他们的目的是一举推翻以孙中山为首的中华民国军政府。

一天晚上，成袋划受刘华汉的指派，躲躲闪闪，终于甩掉了广州军政府侦缉人员的跟踪，来到珠江边一座两层的德造小洋楼里，龙济光派来的冷面杀手赵广伦早已等在那里。

“这位就是赵广伦先生”，一个领他进到楼里的家伙说，“他在这里已经等你很久了。”

“久仰，久仰，冷面杀手的名声早已如雷贯耳，今天一见，果然气度不凡。”成袋划边说边两手抱拳打躬。

“彼此，彼此”，赵广伦也站起来，双手抱拳，“成先生不要客气，有什么事情只管吩咐。”

“那好，我就直说了吧，这次请赵先生与我们合作，目的是炸毁海圻号军舰。”他顿了顿接着说，“谁能炸毁海圻号军舰，谁就是北洋政府的英雄，晋升为少将军阶！”

赵广伦是一个老牌的杀手，他两手玩弄着一支尚未点燃的烟，一字一顿地说：“海圻舰是这支西南护法舰队中最大的军舰，请问成先生，我们需要组织多大的敢死队？”

“用两艘鱼雷快艇。”成袋划忙说。

“谈何容易。”赵广伦明白价码越高，任务越艰难。他想了想说，“由成先生具体指挥，刘长官亲自督战的四艘鱼雷艇，在蛇岛如此好的地理条件下夜袭护法舰队都没有成功，反而损失了三艘快艇。而现在是在广州，快艇用什么掩护？怎么样接近海圻号？这些都得好好想想。”

“炸毁海圻舰虽然影响大，能挫伤护法队的官兵士气，但是可能性很小。”赵广伦的副手毛国金说。

“那么炸毁海琛舰呢？”成袋划问。

“海琛舰有3 300吨，炸毁了影响也很大。”成袋划的副手武庆仁说，“毁掉海琛号，孙中山也心痛。”

“成先生”，赵广伦微微一笑说，“海琛舰有350名官兵，它与海圻舰同泊黄埔码头，陆军协同海军陆战队防守，炸沉黄埔港的军舰可能性不大。”

“这么说没有办法炸沉一艘军舰?”成袋划问。

赵广伦似笑非笑地说：“广东地方各派力量都有，明的暗的不好说，我看这次行动不能太急。孙中山带来的这支海军力量是他的政治靠山，就凭我们几个杀手在这里空口说白话是办不成事的!”

“赵先生对这次行动没有信心?”

“有信心，但现在不是时候，动手要找机会。”

“什么叫机会?”门外有人回答，随着说话的声音门被推开了。

赵广伦一看，是他昔日的副官，现在的护法舰队鱼雷艇艇长少校史良桥。

“你……你怎么来了?”赵广伦惊异地盯着他问，回头又瞟了一眼成袋划，“是你的客人?”

成袋划点了点头，并对史良桥说：“少校，请进来讲讲吧，赵先生他们需要我们开导开导。”

趾高气扬的史良桥走进来时，装模作样地将众杀手扫视了一遍，就走到成袋划跟前，两手撑在桌子上说：“各位”，他语气短促有力，“孙中山策反我北洋政府海军总长程璧光，率九艘军舰南下与原锚泊广州黄埔的楚豫、永翔两舰组成西南护法舰队，应该说对我们有利，因为只要我们炸毁一艘，其他军舰上的官兵就会被动摇军心，我们利用这一时机再组织一次打击，他们就会倒戈了!”

“史艇长，你夸什么海口?”赵广伦马上反击，“你才当了几天艇长，知道什么叫打仗?坐下，还是听听大家的高见!”

“我们要打击孙中山的海军，你却阻止。赵先生，你是什么意思，嗯?”成袋划自以为是北洋政府派来的官员，说话的语气居高临下。

“成先生，这里是广东，广东有广东的情况，你以为是北京来的就事事正确，你们那是纸上谈兵。史良桥艇长过去做过我的副官，我对他了如指掌，说句不客气的话，他才在军中吃了几天饭?在广州他有什么发言权?”

“这么说我在你眼里一文不值?”史良桥的脸变成猪肝色，“我怀疑你是孙中山的特务，至少是拿了他的钱!”

“你……你爱怎么讲，就怎么讲!”赵广伦说，“像你这样容易激动、头脑简单、大话连篇的人参加这种秘密行动，我怀疑这次联合行动的严肃性!”说完他站起来，“成先生，我告辞了!”

史良桥立即跟成袋划耳语几句。

“快”，成袋划叫住赵广伦，“没有我的命令，谁也别想走！”

两个卫兵在门口用枪逼住赵广伦，其中一个低声说：“赵先生，请你回到座位上！”

“你们要干什么？”赵广伦板起脸孔，“我是龙济光先生的代表，龙先生是北洋政府任命的两广巡阅使！”

“有损龙先生使命的官员都是叛徒，我成袋划有权代表段祺瑞总理处决！”

“你敢！”赵广伦拔出手枪。

“谁敢动赵先生一根毫毛，我跟他们同归于尽！”赵广伦的副官毛国金“唰”地拉开衣服，露出他腰上、胸上绑住的一包包炸药，在场的人顿时惊呆了。

成袋划一看势头不对，忙用缓解的语气说：“各位冷静，有话好说，有话好说。我们都是自家兄弟，何必自相残杀呢，大家各自回去冷静地想想，明天这个时候再研究，散会！”

“成先生，请你陪同我出去，保证我的安全！”赵广伦要求说。

“赵先生”，成袋划皮笑肉不笑地说，“我陪你，送你出门！”

成袋划陪同赵广伦走出门刚一转身，背后闪出早有准备的史良桥，他扣动扳机，连击两枪正中毛国金，毛国金没有来得及引爆身上的炸药就气绝身亡了。赵广伦想拔枪还没有拔出来，成袋划的副手武庆仁已经开了枪，两个不赞成立即向护法舰队偷袭的同伙，遭到暗杀。

史良桥看到两个对手一死，似乎龙济光就只认他了，虽然位卑，但他认为只要靠上了段祺瑞手下的人，日后必会飞黄腾达。因为他跟着赵广伦走南闯北，去过北京几次，那些大官们有的比他还年轻，何等的威风！于是他得出一个结论：做官的不在乎本事多大，而在乎是否有人欣赏你，只要有人欣赏，也就是说有后台老板把你扯上台了，配上些副官、参谋什么的，智谋就来了，用不着事事自己操心。这次他通过刘华汉的表弟认识了成袋划。成袋划前天两次单独找他谈了，只要他能炸沉一艘护法舰队的军舰，将来北洋政府占领了广东，他就是龙济光巡阅使军事参事，最低也是少将军阶！史良桥当然高兴，高兴之余又有些担忧。他的鱼雷艇平时没有装备鱼雷，只有几条枪，实习练兵也是一条作废的鱼雷艇作教练艇用，全艇32人，各怀异心，很不好指挥。

处死两个龙济光巡阅使的人，他们又回到会议室，史良桥指着地图说：“锚泊白鹅潭的永丰舰我有关系，二副和无线电官都跟我是同学、同乡。”

“我们搞条鱼雷艇给你，明天夜里装船，明夜1点30分开始行动”，成袋划说，“你估计舰上会有阻拦吗？”

“鱼雷官任波是我的铁兄弟，他同意了我们就成功一半。明天白天我到永丰舰去，以访同乡同学的名义观察水域，便于夜间行动。”史良桥说。

“这样吧，明天我化装成你们艇的军士长一同去！”成袋划说，“武庆仁也去，明夜他协同你行动！”

“很好，事成之后还请成先生多多关照。”

“这事上面有话，事成晋升为少将，到时候史先生是我们的主事官，还望多多关照啊。”

“哈哈哈……”几个人同时大笑了。

护法舰艇分舱面与机舱两部分，也就是驾驶与轮机两个部分。驾驶方面的官员为舱面官员，包括舰长、副舰长、大副、二副、三副、无线电官、医官，除舰上官长外，士兵一般分军士长、副军士长、上士、中士、下士、一等兵、二等兵、三等兵。副舰长以下官兵的职务级别很复杂，分别为驾驶官、机炮官、鱼雷官、军需官、帆缆官、无线电官、信号士兵等级别。

机舱也就是轮机部分，那里的官员就更复杂，有轮机长、大管轮、二管轮之分。机舱的士兵包括电灯匠、锅炉匠、鱼雷匠、铜匠、中油匠、升火匠等不同级别。海圻号为护法舰队旗舰，拥有五百官兵之众。设上校舰长一人，中校副舰长一人，少校舰长协理一人，除舰长级三人外，下设机炮、鱼雷、驾驶职别的上尉、中尉、少尉的大副、二副、三副各一人，上尉军需大副一人，上尉军医官一人，中校轮机长一人。少校、上尉、中尉大管轮、二管轮、三管轮各两人。像永丰舰这样八百吨以上的军舰，舰长为中校，副舰长为上尉，舰员一般为七十人左右。像炮艇、雷艇之类不足百吨的快艇，艇长一般为少校或上尉，副艇长一般为中尉，机舱部分上尉、中尉、大管轮、二管轮，全艇官兵三十人左右。

第二天深夜，史良桥出动了，鱼雷快艇向月光下的永丰舰快速驶去。他让中尉鱼雷官任波在晚上 11 点 40 分到白鹅潭码头装一枚新鱼雷。任波疑虑地问：“这么晚装鱼雷干什么?”

“中尉，军人以服从命令为天职，你不会不知道吧?”史良桥用教训的语气说。

“炸永丰舰吗?”任波问。

“这是孙中山的队伍，是反北洋政府的，炸毁永丰舰就能在广东威慑孙中山的整个舰队，影响他们的士气。”史良桥喋喋不休地说着，做着甜甜的梦。

而任波此时的脑际并没有将史良桥的语言变成美好的想象。他想到南下护法舰队进抵广州的那天，正好下雨，孙中山先生在雨中主持了盛大的欢迎护法的大会，当他激昂地致完欢迎词后，常幽默地说：“海军与水结下了不解之缘，而今天在欢迎护法海军时，又逢天下大雨，这说明上天也欢迎海军将士们的到来！”

“跟着孙先生创建国家！维护国家大法！”海军将士们在雨中呼起了口号。

任波作为海军永丰舰的少尉鱼雷官也挤在人群中，浑身热血沸腾。前不久他被派到鱼雷快艇上任职。在离开永丰舰的那天，正副舰长都跟他握手话别，希望他到了鱼雷快艇上后努力工作，在这次护法作战中与永丰舰保持联络。

史良桥的鱼雷艇越过永翔舰时，永翔舰左右的护卫艇都用信号灯询问。信号兵按照史良桥的命令，回答到永丰舰公干。任波明白了，他闪电般拨弄一下发射鱼雷的按钮，问史良桥："距离?"

"听我的命令发射!"史良桥白了他一眼回答。

前面就是永丰舰的锚泊水域了，舰上那亮着的灯光如同一颗颗星星。

"左满舵，左满舵!"史良桥命令。

轮机长大声说："左满舵!"

"史良桥"，任波"唰"地站了起来，"你要我们炸毁永丰舰，反对孙大总统? 我们办不到!"说着拔出了手枪对着史良桥。

史良桥惊异地瞪大双眼："你要干什么?"

"停止罪恶行动，返航!"任波坦然地回答。

"你!"史良桥说着猛地朝艇舱卧倒，闪电般向任波开枪。

"砰砰砰……"顿时艇上枪声大作，拥护孙中山的水兵们与支持史良桥的水兵展开枪战。

"快向永丰舰发信号，请求支援!"任波边打边对信号兵说。

信号刚一发出，两颗罪恶的子弹几乎是同时击中任波腹部，他两手一垂，手枪掉在了艇舱里。史良桥乘机冲上来正要按动发射鱼雷的开关，任波拼尽最后的力气一拳击中他的鼻子，史良桥"啊呀"一声倒退了几步。任波抬眼一看，艇上几个早有准备的史良桥的亲信，正用枪扫射。

五、兵发海南岛

天刚黑下来不久，广州城的路灯却亮了起来，这是孙中山先生的广州军政府成立后不久的一天晚上。此刻，一辆黑色轿车“吱”的一声停在了大元帅府门口。军政府的海军部部长程璧光从车上下来后，径直走进了大元帅府办公室。他敲敲门，里面传来了孙中山的声音：“请进！”

程璧光进门后毕恭毕敬地说：“孙先生找鄙人有何训令？”

“坐，坐，坐！”孙中山向他招招手，示意他坐下，“听说高州、雷州的情况不好，想找你来面议一下。”

“您收到高州、雷州方面的电报了吗？”程璧光问。

“程部长”，孙中山愣了一下问，“什么电文？”

“您看看就知道了。”程璧光拿出电文，“这是我刚收到的，请您过目。”

孙中山接过电报，仔细地看了起来：

> 敌两广巡阅使龙济光，指挥海、陆两支部队，已经于今天下午攻破我军政府控制的高州、雷州等地，战情紧急。我军正在两地山区处于危险境地，请求海、陆军支援作战……

孙中山把电文重重地往办公桌上一拍，站起来，倒背着手在办公室里踱起了方步。

1916 年 5 月，袁世凯因称帝遭到国人的强烈反对，搞得心力交瘁，大病一场。5 月 8 日他任命段祺瑞为参谋总长。不久徐世昌辞去国务卿一职，段祺瑞又继任国务卿一职。袁世凯死后，黎元洪继任大总统，段祺瑞仍担任国务卿。1917 年 7 月的一天下午，段祺瑞从天津返回京城，副官金晓昌向他报告说：“情况有些不妙，程璧光反水了，带着舰队跑啦！”

“我在天津已经知道了，他在孙中山策动下已经南下广州，我已安排刘华汉去干掉他们！”段祺瑞说完挥挥手，“安排一下，请广东的龙济光来个电报。”

为断送孙中山的军政府，段祺瑞任命龙济光为两广巡阅使，也就是说龙济光是广东广西的军政首脑。龙济光被任命后很是高兴，他找到自己的亲信洪仁道说："你跟随我多年，没有出人头地的时候，今有一美差我想留给你露露脸！"

洪仁道跟随龙济光任军事顾问多年，虽为参军，实际没有指挥过战役，不过是纸上谈兵而已。今天听出龙济光的意思是要他挂帅出征，沉默了片刻说："巡阅使的意思是……是不是要我出征广东？孙中山在广东成立军政府，自任大元帅，封唐继尧、陆荣廷为两个元帅，这都是虚晃一枪的招式，明眼人一看就知道，他是相中了唐、陆掌管的西南六省的军政大权……"

"少废话"，龙济光打断洪仁道的话，"只要叫你吹，你就夸夸其谈没完没了，尽说些沾不着边的鬼话。我要你说说我们与孙中山在广东的斗争！"

"有他没我，有我没他，就这么简单！"洪仁道说。

"对，两广首先是广东，核心是广州，我们要把孙中山赶出去！"龙济光说着激昂地一挥手，"到时候你就是两广的军事长官之一了。"

洪仁道听着心里甜甜的，美美的。

"现在我命令你，举兵攻占高州、雷州两地，然后集结兵力攻夺广州！"龙济光激昂地挺胸而立，仿佛胜券在握。

海南岛是龙济光的地盘，陆军部队的集结地，孙中山的军政府部队尚未进抵。洪仁道受命令后立马出击，一举攻占高州、雷州等地。一时间，反动势力甚为猖狂。

……

看到孙中山只是沉默不语，程璧光心绪更是不安，他站起来正要说什么，孙中山抬头迎住他的目光问："程部长，你好像心里有很多话要讲？"

"袁世凯也好，黎元洪也好，反正北洋军阀政府已经撕毁民国约法，解散了国会。虽然先生率我海军由沪南下抵粤护法，但兵力太单薄了。"程璧光有些担心地说。

孙中山听着默默踱步，自从7月率海军从上海出发，8月进抵广州后，他发出多封急电给国会议员，请他们速来粤商讨国家大业，维护约法的实施。但真正赴粤的国会议员仅仅只有91位。按约法规定不足法定人数。在众人提示下，才以非常会议名义举行了一次会议。这次会议决定成立中华民国军政府，选举了孙中山为海陆军大元帅，唐继尧、陆荣廷为海陆军元帅，主持军政府军事工作。9月10日孙中山先生就职，应该说这是孙中山先生第一次在广东组建政府。

"各省虽然响应大元帅的号召，护法政府声势很大，但大元帅手上真正的力量仅只有南下的海军，长期下去很可能又会失败的。"程璧光说。

"这我心里有本账"，孙中山缓缓地说，"目前国会认可的军政府中共有三大首脑，这就是我与两个元帅。"

"对"，程璧光接上，"但唐继尧、陆荣廷系西南六省军政大员，手握重兵不服从命令前来广州就职，恐怕跟我们军政府是同床异梦！”

“有道理”，孙中山点头赞同，“请说下去。”

“您封我为海军部部长，林葆怿为护法舰队司令，就是这点军权，除此您手头还有什么实力?”程璧光说。

“那么唐继尧的兵力，可供我们军政府使用吧?”孙中山不置可否地带着询问的语气说。

“不见得”，程璧光头脑冷静地回答，“也许大元帅心里早就明白唐继尧目前的心态。”

“我明白”，孙中山说，“唐继尧是应付目前政治、军事形势才赞同我们护法……”

“对对对”，程璧光一听，说到他心里去了，连忙打断孙中山的话，“他对大元帅既不反对，也不怎么支持，是一个隔岸观火的家伙，跟我们军政府貌合神离，人称他为西南王，在他心目中根本就没有什么国家的约法，他自己怎么想，就怎么做，他自己想的就是法！”

“他在坐山观虎斗，有利就走一步，不利就退一步。谁的势力大就跟着谁干！”孙中山停停又说，“他跟陆荣廷是一路货色，既有勾结又有各自的小算盘！”

“不过陆荣廷跟他就不能比了。”程璧光说。

“为什么?”孙中山盯着程璧光。

“陆荣廷的骨子里就是反对我们！”程璧光愤愤地说，“为了巩固他统治两广的地盘，他早就与北洋政府勾结在一起了！”

孙中山说：“我一贯主张勘定内乱，恢复约法，而段祺瑞的主张是对外宣而不战，对内战而不宣，就是企图统治湖南与两广。段祺瑞的政治主攻方向就是把陆荣廷赶出两广势力范围，跟陆荣廷发生了权力、利益冲突。所以陆荣廷反对段祺瑞个人，并不是反对北洋政府！现在我们护法与他反对段祺瑞的目标一致，他跟着我们呼喊护法，只是想利用这块招牌而已！”

“陆荣廷完全是这种阴谋，先生看得非常准确。”程璧光说，“我们军政府有碍他统治两广，危及他在两广的根本利益，所以他现在公开表示拥护北洋政府，反对军政府！”

“因此，我着重把工作放在争取唐继尧上”，孙中山说，“他到广州任元帅一职，还是军政府秘书长为特使，亲自到云南请来的。但他人来了，心还在云南呢。”

“是呀”，程璧光叹了口气，“现在到达广州的国会议员有两百多人了，对军政府来说也算是一支政治力量了。大元帅阁下，您看到没有，真正支持您的又有多少人呢？”

“支持我的不多，反对我的也不多，中间派倒不少”，孙中山说，“国会议员鱼龙混杂，有些人只知道升官发财，根本不把民族利益放在心上。”

“陆荣廷这次干的卑鄙勾当”，程璧光说，“我早就听陆军总长张开儒告诉我，陆荣廷暗地用金钱、升官、暗杀等可耻手段威逼利诱，利用杨永泰到处煽动，终于使国会通过改组军政府方案，选出七个政务总裁，其目的就是逼先生你下野！”

“他们的所谓改首领制为合议制，就是一个阴谋，逼我下野，这我明白。”孙中山说，“我最痛心的是，以杨永泰为首的政学系议员中，多数原来都是我国国民党员，他们投降到军阀那里去了，我不能理解啊！”

“还有蒋介石，口口声声最忠于您的，现在怎么样？”程璧光说着有些气愤，“杨永泰反对您最积极，他是陆荣廷支持的，而蒋介石却将杨永泰引为知己朋友，这不是物以类聚，沆瀣一气吗？”

孙中山听着，沉默踱步，脸色很难看。

“这些人随时可能背弃我军政府的！”程璧光焦急地说，“我真担心海军将来支撑不住！”

“是呀”，孙中山说，“驻在广东的陆军大部分是陆荣廷的桂军，一小部为唐继尧的云南部队，他们的部队是调动不了的，营长以上的多为他们的亲信。”

“先生正处于最困难的时期”，程璧光感叹道，“军政府是成立了，政府中的六个部长只有陆军总长张开儒到位，其余的都宣称由次长代理。参谋总长李烈钧也因唐继尧的关系不到职，一个军政府的最高指挥首脑中，就是您一个人支撑着，简直就是空架子嘛。”

“有你这个海军总长在，我心里多少还是踏实些。”

“先生，我海军总共就那么一点兵力，舰船总共才一万多吨位，力量太单薄了。但是，只要我还有一口气，就坚决支持以您为首的广州军政府。”

“谢谢你，谢谢你！”孙中山上前紧紧握住程璧光的手激动地说，“将来一定要重用海军官兵！”

“先生，海军南下护法，不是到广州寻求升官发财的。我程璧光在上海同意率海军跟您走，就是为了护法！”

孙中山微笑着点点头说：“龙济光在雷州、高州猖獗，我想请李根源为陆军总指挥，你们海军派海圻、海琛、肇和、永丰四舰开赴海南协同作战，击败了龙济光，广州的局势才会稳定！”

“对，先收拾龙济光给那些反对我们的人看看！”程璧光赞同道，“龙济光部控制的广东盐务缉私小艇很多，只要打败了龙济光，俘获了这些舰艇，将来以盐务税收作为海军经费，对海军的稳定发展是会有好处的！”

“很好，你马上命令四舰出发，让林葆怿与李根源研究一下具体的作战问题。”孙中山说。

程璧光海军总长与孙中山长谈后，连夜传达孙中山大元帅的命令，四艘战舰立即驶向海南岛，协同陆军李根源部反击龙济光的部队！

六、大败龙济光

海南岛，由李根源指挥的陆军正在与龙济光的部队激战。

海南岛以西的洋面，龙济光的一艘“归顺”号军舰正指挥一批盐务缉私队的舰艇向西溃逃。

“江南天，打掉敌‘归顺’号！”永丰舰舰长命令。

副舰长江南天接到命令，冲出指挥塔直奔前甲板主炮，敌军打来的四发炮弹在舰前的海水中爆炸，掀起巨大的水柱，冲到了前甲板上，炮手韩长福浑身被海水淋得透湿。

“韩长福，准备跳帮！”江南天命令。

“明白！”韩长福坚定地回答。这时战舰切半径向敌艇“归顺”号猛压过去！

这次奉孙中山元帅的命令，海军协同陆军刚刚进入雷州半岛海域，龙济光的岸炮打得战舰无力支援陆军登陆作战。海圻等舰只与敌人岸炮进行炮战，虽然有些战绩，但海军毕竟不能占领陆地。第二天撤下来已经是晚上了，李根源将军是陆军指挥官，连夜召开舰长会议，研究击溃敌人的最佳作战方案。经过几个小时的决策，大家达成共识：舰炮掩护步兵从203目标突击上去，用陆军攻击敌岸炮阵地，舰队才可能将大批步兵送上海岛作战。同时要组织一批敢死队跳帮，将敌艇完整地俘获过来装备我舰队！

韩长福听了江南天副舰长的开会精神，立即命令主炮手进入敢死队进行跳帮作战，争取生俘敌艇装备自己。作战任务异常艰巨，万一有个闪失对整个战斗都会造成不利的影响。

远征海南的官兵们心里都很清楚，这次海南作战，直接关系到广州军政府的命运，如果不打垮龙济光的这支部队，广州局势就很难稳定！舰队出发前，海军总长程璧光在永丰舰上检阅了队伍。他站在甲板上，目光里含着对官兵们的无限信赖，以及孙大总统的沉重嘱托，向每位接受检阅的官兵扫视了一遍，然后才发表热情激昂的讲话：“兄弟们……我把各位从北洋政府带来，领到广东军政府中，又派到海南岛去征战，不是为做官，而是为护法！龙济光勾结北洋政府企图推倒广东军政府，我们海军坚决不答应，我们要狠狠教训龙济光！我祝海军旗开得胜，海军万岁！万岁！”

一连两个万岁把官兵们喊得热血沸腾。韩长福在编队后排看到副舰长江南天似乎比自己更激动，一散会他就跑过去问：“副舰长，三艘大舰已经出发了，我们什么时候起锚？”

“别急，仗有你打的！”江南天说着向四周扫了眼又道，“三艘大舰是主战舰，我们永丰舰作他们的预备队。”

永丰舰是坚决执行命令的，当他们在指定时间赶到战区时，担任远程瞭望的信号兵卢大界突然大声报告：“请长官看看，我舰正面有大批敌艇！”

江南天忙赶到瞭望塔上，顺着信号兵卢大界的手指方向望，晨雾中在一片礁石林立的石缝里，停泊着很多巡逻艇与快艇。“长官，在那片礁石的左前方还有两艘军舰。”卢大界又报告。

江南天忙又顺着卢大界的手势看去，果然两艘军舰保持互相炮火支援的距离泊在洋面，由于四周都有小山般的礁石，不到一定距离是认不清它们的。

“向海圻舰报告，我们发现敌大批巡逻艇和快艇！”江南天命令。

通信兵很快向旗舰海圻号发电报。

战前，林葆怿舰队司令告诉过各路战舰指挥官，只要发现敌缉私艇的隐蔽地，必须马上报告。

很快，旗舰回答，“生俘两艇中的一艇，既不放走艇，又不准击沉！”

“靠上去，进入敌艇炮火的死角！”江南天命令。

战舰向敌艇驶去！敌艇在炮击！

“长官，打掉敌主炮吧？”一个炮手请求。

江南天看到敌艇打来的密集炮弹，眨了眨眼说：“向敌发信号，快！”

敌归顺号艇长喻建津中校原是龙济光的海军参谋，对实际战术颇有研究，这次协同陆军从海南岛直袭雷州半岛，他是有战功的，但是他万万没有料到广东军政府的舰队会来得这么快。昨天晚上到今天清晨海风很大，海浪高，小小的盐务缉私炮艇在海水中几乎要被海浪淹没。龙济光命令盐务缉私炮艇一律进入这一地区避风，由喻建津率两军舰护航担任警戒，等风小一点后再向西撤进广西领地。没有想到与孙中山的舰队遭遇，看来一场海战是不可避免的。

“长官，永丰舰在我炮火死角出现！”炮手陈关亮赶过来报告，“两名机枪手已经阵亡。”

喻建津这时已注意到，永丰舰沿着礁石与礁石之间的狭小间距，悄悄地驶过来了。

“长官，他们完全可以用火力将我舰击沉，为什么不打炮反而冲过来呢？”陈关亮问。

“长官，我上！”机枪手曹二国从下舱冲上甲板，向喻建津请求。

“你怎么打？”喻建津问。

“我乘救生艇隐蔽在左前方的礁石后面，等永丰舰驶过来，我就实施突袭，打死塔台上的指挥官与前甲板上的炮手！”

“你不想活了？”陈关亮吼着。

“想长命百岁，我就不来当兵！”曹二国回答。

喻建津舰长心情极为复杂不安，在攻打雷州前，龙济光亲口对他说过：“我们从海南岛越洋作战，就是要搅乱孙中山在广州的军政府，打了胜仗我会晋升你的！”

“长官，能不能再给我一艘军舰？”

龙济光沉默一会儿说：“江海舰归你指挥，你们两舰掩护盐务巡逻艇！”

喻建津很高兴，特别是打下雷州、高州后他更是兴奋。然而前天晚上他得到消息，海南岛已被孙中山的海、陆军攻占。而现在要掩护这么一批巡逻艇撤往广西，已经有点力不从心，偏偏又与孙中山舰队遭遇了。他有一种很不安的预感，迅速向曹二国扫了一眼说：“突袭有一定效果，但不一定会成功！”

“装两颗水雷，我悄悄放在航道上！”曹二国说。

“去几个人？”喻建津问。

“三个人，两挺机枪，将舰上的那艘救生艇放下去，装两颗水雷！”曹二国果敢地说。

“行”，喻建津说，“三人敢死队动作要快！”

曹二国点点头。

“放救生艇，快放救生艇！”喻建津命令。

永丰舰上，韩长福与其他官兵都准备好了，只要永丰舰靠近归顺号，他们就飞身跃上归顺号进行扫射。

“右前方的礁石缝中发现有一艘小艇在向我运动！”信号兵卢大界报告。

江南天急忙顺着卢大界提示的方位看去，确实有一小艇顺着不易发现的水域驶过来了，而且比较快。江南天举起右手向韩长福一招：“韩长福快过来！”

韩长福正向前甲板跑来，航海官赵四晋一把扯住他：“你看，划过来的小艇上晃白布啦！”

“长官发现了吗？”韩长福说着，一边向江南天副舰长跑去。

江南天也看到了驶来的救生艇上晃动着一块白色的布。当小艇相距仅只两百多公尺时，他喝令：“喂，你们干什么的？”

“我们是龙济光的海军，我们要弃暗投明，前来投奔你们！”对面艇上回答。

这可是意外又意外的变化。江南天担心对方是骗局，忙命令：“甲板上的人全部卧倒，注意驶过来的那艘救生艇！”

“长官，艇上有三人和两挺机枪！”韩长福报告。

“把宾云风叫过来！”江南天命令。

“宾云风，长官命令你快过来！”韩长福传达副舰长的命令。

神枪手宾云风忙提枪赶过来了。

“问问这艇上的三人，是真投过来，还是欺骗我们，注意掌握分寸。”

“明白！”宾云风回答时托起步枪，向驶过来的救生艇上的人瞄准。

敌救生艇上，举着白色布块摇动的曹二国，两眼盯住永丰舰甲板上的动静，当时他被上下起伏的海浪摇晃得极其难受，只好将艇靠上一块礁石。这时“砰”地一发子弹掀掉了他头上的军帽。

“二国兄，快卧倒！”一个敢死队员扑上来，将曹二国按倒在艇舱里，“看样子我们靠不上去了！”

曹二国笑了：“他们为什么不打我的头，只打掉帽子？”

雷寿宁愣愣地看着曹二国不大了解。

“这叫武力询问。”曹二国说，“你快告诉他们，我们不打他们！”

“不打？”雷寿宁大吃一惊，“我们是敢死队，专门来炸毁永丰舰的！”

“北洋海军第二舰队司令程璧光跟随孙中山先生南下护法，目前是孙先生的海军总长，庞大的舰队连海南岛都扫荡了，我们这点海军力量算什么，跟他们干，就是找死！”曹二国说着观察雷寿宁的神色，“怎么样，我说的你感到吃惊？”

“二国兄”，雷寿宁冷冷一笑，“你要领着我们投奔孙中山，背叛龙济光先生？”

“现在，只要永丰舰一个炮弹，我们就要葬身海底了，硬拼肯定是艇毁人亡，我想先委曲求全，等上了他们的舰再见机行事。”

“对对对，这叫好汉不吃眼前亏，君子报仇三年不……”

“你说错啦，这叫有勇必有智，智勇相结合才是军人的头脑，明白吗？”曹二国打断他的话说。

“你！”一双大手死死地从背后掐住了曹二国脖子，“我要挖出你的心下酒！”

“周佛炎，你他妈的找死！”雷寿宁一看同行的敢死队员周佛炎反对，企图处死曹二国，忙举枪冲上来。

“你们俩想乘机反水，投奔孙中山的军政府？”周佛炎扭头盯住雷寿宁，“请你放明白点，救生艇上还有两颗水雷，搞不好我们大家一块儿完蛋！”说完伸手去摸手枪。

“砰！”雷寿宁手中的枪响了，正好击中他的军帽，“再不老实我就掀掉你的脑盖子！”

“你们反了！”周佛炎呐喊着。

“这不是反，而是想办法混上永丰舰，再进行攻击，最终是夺取永丰舰。”

“把这次丢失的雷州、高州夺回来！”曹二国说。

“他妈的”，周佛炎松开手，“你们怎么不先跟我通通气呢。”

“你是喻舰长的心腹，是督战敢死队的，名义上我是头儿，暗地里你在监督我”，曹二国说，“佛炎兄，将来副舰长的位置肯定是你的，我们现在为你打天下，你还不明白！”

“这叫大水冲了龙王庙，自家人不认识自家人！”雷寿宁忙接上话，“快看，永丰舰在打旗语问我们。”

“快回答，我们投降，先骗住他们，好上他们的舰！”曹二国说。

雷寿宁打出旗语，周佛炎暗暗寻找打击永丰舰的目标。曹二国在忙着准备上永丰舰，三人各怀心计。

永丰舰上，副舰长江南天与几个官兵耳语几句，伏在甲板上架好机枪，韩长福在前面对礁石缝中的救生艇喊话：“你们不投降，我们开炮啦！”

“我们是来投降的！”曹二国忙回答。

“把武器放到艇首甲板上，举起双手！”韩长福向他们命令。

曹二国等三人立即照办。

永丰舰靠上去了，舰上的人用机枪监督他们并放下梯子，让三人顺利地攀上永丰舰。

看到三个举手列队在甲板上的龙济光部士兵，韩长福用目光在他们脸上扫了两下后大声问：“谁出列用信号向归顺号发信号，让舰长喻建津率部投降？”

“我！”曹二国立即回答。

韩长福将手枪口顶住曹二国：“记住，不听从命令我立即处死你！”

“报告长官，我过去是同安舰的炮手”，曹二国说，“我跟贵舰副舰长江南天长官是同乡！”

“啊”，韩长福大吃一惊，忙问，“江副舰长认识你吗？”

“一个月前我被人弄到龙济光的归顺舰上当炮兵教官，由于我技术好，喻舰长很重用，今天借机逃出虎口，本人甘心引导永丰舰作战。这两个家伙都是龙济光的忠实走狗，快把他们押起来！”

韩长福立即命令，把他们押进里舱。

两个中了曹二国圈套的水兵被押走了，江南天是认识曹二国的，他们交换了一下情况。曹二国与韩长福同乘救生艇驶向归顺号。

归顺号军舰舰长喻建津一看曹二国回来了顿时大喜，站在甲板上问：“怎么样？”

“他们要求跟我们跑到广西求发展！”

“怎么，他们要反叛军政府？”喻建津问。

“快放梯子，我上来说吧！”曹二国说。

永丰舰进入龙济光的怀抱，喻建津自然高兴，心里如同抹上二两油，忙命令士兵：“放梯子，快放梯子！”

永丰舰停在不远处的海浪中，用舰炮监视着龙济光控制的广东盐务巡逻小艇。江南天副舰长亲自掌握一门主战炮，无论哪艘舰艇想升火起锚，他就会用舰炮收拾他们！

韩长福攀上归顺舰，曹二国正跟舰长喻建津耳语，喻建津的脸色由阴转晴，一见韩长福忙抬眼说：“欢迎永丰舰归顺龙将军，走，进里舱谈！”

韩长福跟着喻建津走进舰长舱，跟着进来的曹二国反手将门关死，韩长福一见他的眼色，又见喻建津正好背对他拉椅子，忙跨前一步拔出暗藏的手枪顶住舰长喻建津的后背，压低嗓门说：“喻舰长，你是要命，还是要钱？”

喻建津大吃一惊，只听得韩长福说：“姓喻的，向全舰下命令，归顺孙中山先生的军政府！”

“你们，你们要干什么？”

“归顺孙中山先生，拥护广东军政府！”曹二国回答。

“你引狼入室，不得好死！”喻建津吼叫着。

“再不下命令投降，我打出旗语，两发炮弹就要炸沉归顺号，你也会死在我的枪口下！”韩长福说。

喻建津沉默了片刻突然脸上堆满笑意地迎住韩长福，又转向曹二国说：“小老弟，我早就知道你这个炮兵教官非一般士兵，嘿，老实说吧，本人早就想投奔孙先生护法。今天二位与我心心相印，走，挂旗归顺军政府！”

韩长福用枪逼住他：“下命令，全舰官兵到甲板集合，放下武器归顺军政府！”

喻建津见韩长福极富经验，一眨眼他又装出笑脸说：“我立即下命令！”

“下，快下！”曹二国逼住他。

“龙将军的军舰追上来了，谁能抵挡呢？”喻建津问，“就永丰舰这几门舰炮行吗？”

“告诉你喻舰长，我们海陆联合作战，又已扫清了雷州、高州，你们隐蔽在这片礁石缝中，又能混几天呢？就是风停了，海浪小了，你们又能怎么样，成得了大气候吗？”韩长福说，“你只要真心归顺，我们还会让你当舰长。我们舰队福建人很多，大家都是你的同乡，一定能干出一番大事业的！”

“当兵吃饭，跟谁干都一样，快拿个主意吧！”曹二国催促道。

“再给你一点时间，我数一二三，数到十你不发投降命令，我开枪打死你！”韩长福威胁他。

“你听，永丰舰在用汽笛询问我们的情况。”曹二国说。

听到汽笛声韩长福当然理解，他开始数了，第八刚出口，喻建津拿起电话：“各炮位官长注意，我们无论当官当兵，都是为了吃饭养家。现在龙将军被军政府打败了，跟着龙济光没有出路。为了大家，也为了我自己，我命令全舰集体归顺广东军政府，服从护法舰队指挥，全体到前甲板集合。不服从命令的立即处决，执法队由曹二国军士长指挥！”

龙济光的部队被孙中山派出的海陆军击败了。归顺号军舰也在喻建津中校舰长指挥下归顺了广东军政府，由永丰舰押回黄埔锚泊，同时，广东的局势也相当稳定了。海军永丰舰在高州、雷州协同海圻、海琛、肇和舰争取了龙济光部的归顺号军舰起义，同时全部俘获了由归顺号掩护的龙军所控制的广东盐务缉私舰艇。海军总长程璧光更是兴奋，他向孙中山请求，将这批舰艇分配给他所控制的各盐务稽核处使用，并将一艘较好的木质舰通过改装，更名为璧光号军舰，投入盐务税收，解决海军军费。此役后，程璧光的海军粮饷有了着落！

然而，新的斗争又摆在了海军面前！

护法舰队在复杂的军政形势下，面对的政敌更毒更狠，因为广东并不只是一个龙济光，而是数把毒剑对着孙中山和他领导的军政府！

七、炮击观音山

自从在海南岛打掉了龙济光反对军政府的嚣张气焰，广东的政局出现了暂时的稳定。但是广东督军多年来都是桂系军政人员，两广军政大权实际上牢牢操纵在桂系的手中。像岑春煊、陆荣廷、莫荣新、陈炳焜都是桂系在两广的实力派人物。广东是各派军、政力量争夺的重点。

1917 年 12 月的一天晚上，护法舰队的同安舰、豫章舰悄悄驶进统治两广的督军总指挥部观音山附近，前甲板两门主炮的炮位上，炮手冯小二对另一炮手说："炮击观音山督军指挥部，将来我们能脱得了关系吗？"

炮手冷地林拧了拧眉头说："军人以服从命令为天职，谁叫我们吃当兵这碗饭呢。"

"全体官兵注意"，舰长吴志馨在塔台下达作战命令，"各炮位做好战斗准备，目标观音山督军指挥部，听我的口令，全舰炮火齐射。"

军舰上官兵立即全部进入战斗位置，军舰从左向右转动，调整到一定角度后，加速向观音山驶去，舰炮直指观音山，一发发炮弹已经填进炮膛！

"加速，再驶近一些！"舰长吴志馨命令。

舰长吴志馨这时站在指挥塔上，两眼平视前方，双手握住双筒日造望远镜，心里直犯嘀咕："同安舰舰长温树德为什么停滞不前，迟迟不向观音山靠近呢？"

前不久，吴志馨到广州城去开会，散会出来时已经是下午 5 点 30 分了，同安舰舰长温树德快步走到他背后叫住他："走，我请你赴宴！"

"有什么喜事，请我吃饭？"吴志馨问，"是升官，还是发财？"

"都是，都是，其中也有你！"温树德说着扭过头，"郑副官，你陪吴舰长到东堤吉花酒楼，我马上就到！"

温树德的副官郑小泳是个极灵活又会看长官眼色行事的幕僚，听了温树德的吩咐，忙说："吴舰长文武全才，要我陪，只怕委屈他，小弟有照顾不全的地方，还请吴舰长多多包涵！"

"哪里，哪里，我算狗屁的文武全才，郑老弟谦虚了，都是自家人，何必客套呢！"吴志馨说着同郑小泳一同往吉花酒楼走去。

粤军江防司令魏邦平早就在吉花酒楼等待两位舰长了。

一个月前，陆军少将杨泰伟赶到他家里气冲冲地吼道："邦平兄，我们省的督军都是桂系，陈炳焜滚了，又来了个莫荣新，你二表兄唐崇春被他抓走了，你知道吗?"

"为什么?"魏邦平问。

"莫荣新的内弟田哲洪是观音山的警备部队头目。你表兄唐崇春去观音山公干，回来时途中看到莫荣新的人将大批我省所产物品运上船。他忙上前问一少尉，少尉……"

原来，唐崇春走到码头，看到码头上堆满大批农产品和工业产品，码头工人正在装船。他走到一堆布匹前问："运到什么地方去?"

"运到什么地方你管得着吗?"一个少尉没好气地回答，"你们粤人就是这样，自己管不了自己，请我们桂系官员来帮忙管理，吃你们一点，拿你们一点，又算得了什么?"

"本人是江防司令的表兄，无论是本省船队，还是桂系舰船出入粤军防区，必须经司令本人审批!"

"告诉你表弟魏邦平，粤军江防司令又有什么权?都要听我们莫荣新将军指挥!"少尉根本不把魏邦平司令放在眼里，"你哪儿好到哪儿去吧，这里不是你神气的地方!"

唐崇春听着顿时气得脸像泼了猪血一样，由红变紫，几个随从在左右也气呼呼地不服气。但四周全是桂系官兵，他们不好下手，只好强忍内心的愤恨怏怏而去。回到广州后，他将情况如实报告给魏邦平，不一会儿魏邦平接到电话，是莫荣新的副官、观音山警备队队长田哲洪打来的："魏司令，莫督军请你马上来一下!"

魏邦平不敢不去。当他走进莫荣新的办公室时，只见卫队都推弹入膛，手指勾在扳机上，分左右列队让他从中间走过去，田哲洪手中的轻机枪跟着他转。

"长官，你们这是欢迎我?"魏邦平壮起胆子，两眼平视，指着那些人问，"我犯了什么事，他们如临大敌一样对待我?"

"听说你阻拦我的东西运走?"莫荣新问。

"我表兄仅仅问问，别的没说什么。"

"今天请你来，几件事你得记住"，莫荣新说，"其一，你是江防司令，要绝对执行我下达的命令，其他的事你就不要多嘴多舌了；其二，你们粤军就那么一点本钱，没有我们桂系作督军，你们便成不了气候，如果你们再暗地跟我过不去，我知道了决不轻饶，无论官大官小，一律处死!"

魏邦平听着不吭声，脸色阴沉沉的。

受到极大侮辱的魏邦平回到自己的司令部，气得发了疯一般，忙对副官命令说：“快把杨泰伟将军请来，我他妈的要杀进莫荣新的观音山，亲手宰了姓莫的才解心头之恨！”

副官赶到少将杨泰伟家，杨泰伟一听忙用电话与魏邦平联络说：“小不忍则乱大谋，过几天找个时间再议，你先压压火气。”

魏邦平在杨泰伟的劝告下总算忍住了这口气，暗暗地寻找机会，准备教训莫荣新。今天，少将杨泰伟怒气冲冲赶来，称他表兄唐崇春被抓。

两小时后，魏邦平的二表兄被莫荣新的内弟田哲洪处死，罪名是带头反对督军莫荣新，企图潜入观音山谋杀督军！

魏邦平下决心荡平观音山，让乱炮炸死莫荣新，以解心头之恨！于是与杨泰伟少将商议，决定动员护法舰炮轰击观音山督军府，由杨泰伟的陆军协同攻打！这一决定告知同安舰舰长温树德后，温舰长当着魏邦平与杨泰伟的面说：“你们粤桂两派不和，我护法舰队本应不介入，但魏司令这口气不出也确实无脸再坐司令的位子，只是我同安舰兵力单薄，火力有限，万一遭到岸炮攻击后果不可想象。”

“吴志馨人很义气，让他率豫章舰一同行动，他不会不同意吧？”魏邦平说。

“对，吴志馨讲义气，豫章舰与同安舰协同炮击观音山，威力大，火力猛，也让莫荣新知道厉害。”杨泰伟说，“我陆军在你们舰炮火力伸延时，向观音山发起冲击，保证占领观音山，击毙莫荣新他们这群横行霸道的野毛猪！”

三人取得了一致意见，只等吴志馨来最后敲定。

现在，豫章军舰舰长吴志馨来了。在魏邦平的盛情款待下，吴志馨与温树德两舰长酒足饭饱之后，魏邦平拍着吴志馨的肩头说：“豫章舰主、副炮强大，炮弹充足，吴舰长权力大啊！”

“魏司令”，吴志馨似醉非醉地道，“你是江防司令，手头又有一支实力可观的兵力，你可是广州的实力派人物啊！”

“吴舰长，我要是实力厚，早把观音山扫荡了，十个莫荣新的头也会挂在我的门前当鼓敲！”

“此言怎讲？”吴志馨忙问。

“魏司令有什么心事不妨讲出来，本人与吴舰长虽仅舰长一职，但有一身义胆，一腔热血！”温树德接着道，“说吧，把心里话倒出来！”

杨泰伟叹气，只是摇头，目光在两舰长之间扫来扫去，好似有千言万语。

“啪！”魏邦平一掌击在桌子上，“他姓莫的欺诈我粤军倒不说，他还打着支持广州军政府的幌子，暗地勾结北洋军阀政府，企图将我军政府的军事支柱护法舰队分化吃掉，派杀手刘华汉、成袋划在广州妄图炸毁永丰舰，就是铁证！”

别的吴志馨并不知道，而北洋军阀政府派来的杀手要炸毁永丰舰他是知道的。

那天，忠于军政府，忠于护法舰队的任波引爆鱼雷，与杀手史良桥同归于尽了，而杀手左明之只炸断了右大腿，被永丰舰上的韩长福救起，经过紧急抢救，他从昏死中醒过来，第一句话就说："快报告孙先生，桂系督军莫荣新，勾结北洋政府派来的杀手成袋划，要谋杀孙先生，谋杀军政府要员，颠覆我护法舰队。北洋政府主谋杀手刘华汉，已经将金条送到莫荣新手里，要他协同行动。"

"你是怎么知道的？"韩长福问。

"成袋划告诉史良桥，我悄悄听到的！"

"不怕，史良桥死了，我们马上通缉成袋划。"

"听成袋划说，莫荣新正着手训练敢死队，协同龙济光收拾军政府，还说首先要收拾护法舰队！"

这些来自伤兵与各方的消息、情报使吴志馨日夜不安。有一天夜里他跑到同安舰去见温树德，述说了所见所闻，温舰长苦苦一笑说："我们护法舰队是北洋政府的眼中钉，也是莫荣新他们桂系的肉中刺。程总长、林司令官都表示总有一天我们会收拾他们的！"

"什么时候下手？"吴舰长问。

"听永丰舰副舰长江南天说，有情报，北洋政府派来搞颠覆的家伙都住进了观音山，跟莫荣新混在了一块儿。你想想，莫荣新这个广东督军，油水有多厚自不必说，而且是广东的太上皇，呼风唤雨，八面威风，我们军政府若强大起来必然要取代他，他甘心让我们推倒吗？"温舰长说。

"攻下观音山收拾莫荣新！"吴舰长愤怒地道。

"没到时候，等与陆军联络好了，迟早是要收拾这帮桂系的。"

"粤军一样不是好东西！"吴志馨说，"反对桂系，反对北洋政府，他们能与我们同一个心眼？"

"桂、粤矛盾很深，很复杂"，温树德说，"看军政府的决定吧。对于我们护法舰队，莫荣新一时半会还不敢怎么样，特别是教训龙济光后，反对我们的人老实多了。"

"魏司令"，吴志馨不能再回忆、沉默了，"你说怎么办！"

"只要魏司令作出决定，我与吴舰长冒死也干！"温树德说。

"二位舰炮一响，我陆军一气杀进观音山，扫荡莫荣新的司令部！"杨泰伟少将响应说。

"周五夜炮击观音山，二位舰长干不干？"魏邦平问。

"干，死也要干！"温树德"唰"地站起来回答。

"同安舰上的官兵个个是汉子，我豫章舰上的官兵也不是狗熊。只要魏司令下命令，周五夜我舰炮击观音山，炸不死莫荣新，也要让他知道，军政府的护法舰队不是从北到南游玩的！”吴舰长说。

“吴舰长鼎力相助，我代表粤军将士首先向你表示感谢！”魏邦平说，“陆军怎么样，泰伟兄？”

“保证协同舰炮，一举夺取观音山！”

“好，就这么定了，明天晚上研究作战方案！”魏邦平一看火候到了，忙拿出讨莫檄文让各位签字。

今天正好是约定炮击观音山，协同陆军扫荡督军司令部的时候。吴志馨舰长一看时间已到，忙命令：“各炮注意，准备，放！”

“轰……”豫章舰上的主副炮向观音山齐射，顿时观音山一片火海，颇为壮观。

“报告舰长，同安舰没有开炮！”信号兵报告。

吴舰长一惊，忙拿起电台受话器：“温舰长，为什么不开炮？”

“你们炮击后，地面杨泰伟的陆军没有行动”，温树德说，“是不是情况有变？”

“你能与魏邦平、杨泰伟任何一个联络上吗？”吴舰长问，语气有些气愤焦急。

“联络几次都没有联系上，我也很着急。”温树德说，“撤吧，万一有事不好办！”

吴、温各自率领军舰撤下来了，广州城闹了一夜。然而，更可怕的阴谋正向海军护法舰队逼来。

护法舰队，又处于可怕的恐怖笼罩之中。

八、暗杀风波

1918年2月26日夜，广东军政府海军司令部所在地海珠，被夜雾浓浓地罩住。此刻，由北洋政府派遣的杀手成袋划，桂系莫荣新派出的杀手田哲洪组成的敢死队，正在悄悄地向军政府海军部部长程璧光逼近！

“肖思桂，肖思桂”，田哲洪从后面的竹林里奔出来，对走在前面的人压低嗓门叫，“停一下！”

成袋划选中的杀手肖思桂，是一个武林高手，无论搏击、射击还是刀术，样样精通，技艺过人。成袋划力荐他担任主杀手是经过多方考虑的。

“田队长，有事吗？”肖思桂扭头问。

田哲洪耳语道：“我带来的剑手艾发常失踪了。”

“啊，他刚才出发前不是还要了两支手枪吗？”肖思桂说，“不会出事吧？”

“他哥艾汉青是被军政府海军陆战队打死的，他跟程璧光是有深仇大恨的。”田哲洪说。

“那怎么不见人呢？在这种关键时候，开不得半点玩笑”，肖思桂以北洋政府杀手自居，“告诉你田先生，我们对你们派出的杀手，总有些担心！”

“肖先生，你不要忘了，这是我粤人领地，莫督军的天下！”田哲洪一拍胸，“要不是反对军政府、反对孙中山，我们是不会走一条路的！”

强龙不压地头蛇，肖思桂眼球一转忙说：“田先生，请谅解肖某失态，杀了程璧光后我回北京为田先生请功！”

“只要肖先生眼里有我们，不要看不起我们就行了！”田哲洪忙将话题一转，“现在，我们还得快点把艾发常找回来，万一这狗东西发疯，事先跑去通报程璧光就麻烦了。”

“田先生”，肖思桂忙拦住田哲洪，“你叫你的随从汤延平与我的随从胡全智同行，去找艾发常。我们还是按原计划行动，准时提程璧光的人头回去！”

“也好”，田哲洪扭过头，“汤延平！”

“到！”汤延平忙从后面奔过来回答。

田哲洪上下打量了一下他，又看看北京来的杀手胡全智，才说：“你跟胡先生一同去寻找艾发常，有情况立即报告。在我们杀死程璧光之前，截断艾发常有可能跑到程璧光处报信的道路，在必要的时候，嗯!”田哲洪说着做了个杀头的手势。

“明白!”汤延平立正接受命令。

“肖先生，我们走吧!”田哲洪说，“夜长梦多，我们赶快趁热打铁，宰了程璧光，我们也好回去复命。”

肖思桂左右扫了眼几个杀手，说：“各位，今夜行动关系到摧毁军政府，赶走孙中山在广东的统治。莫荣新都督是北洋政府的朋友，今有田先生与我们一同行动。现在，艾发常有可能叛变，我们已分派人去追查了。如果他真的叛变了，我们的行动就暴露了，各位都要有不成功便成仁的准备!”

众杀手都圆睁着双眼表示服从命令。

“现在我们要作艾发常已通报程璧光的最坏打算，防止其卫队反扑，我建议田先生率你的五名杀手突袭暗杀，我率我的五人在外掩护接应，暗号改为‘天子’，答‘皇帝’。”

田哲洪听着心中很不高兴，按照事先确定的暗杀方案，肖思桂他们进行暗杀，田哲洪的人担任掩护。

“田先生，你不要不服，现在改变各自的作战任务，是因为你的队伍中出现了叛徒。你的人太不可靠了，像这样莫都督日后的位置怎么能坐稳?”

“肖先生，你凭什么指责我？你不就是北洋政府的一名杀手吗？昨天成袋划先生指令我担任暗杀队队长，我讲客气让给了你，你要不识抬举，别怪我姓田的不客气!”田哲洪说着摇晃了一下手中的枪，对手下的人说，“我们走，提回程璧光的人头，看谁是他妈的孬种!”

十人组成的两路队伍，分成前后直奔程璧光在海珠的海军司令部，一场暗杀进入关键阶段。

自从上次没有炸毁护法舰队的军舰，反使自己的杀手艇毁人亡后，北洋政府派出杀手总指挥刘华汉又火速赶到广州。成袋划战战兢兢地安排刘华汉在云风酒楼住下，向他汇报了整个行动失败的过程。刘华汉没有像成袋划想象的那样把他狗血淋头大骂一通，反而很平静地说：“广东各军情况复杂，工作有一定难度，且风险极大，仅我们北京来人是不足的，必须尽快与莫荣新拉上关系，两支人马一起行动，由我们的人领头指挥，莫荣新的人充当杀手，无话事成与不成，都要中途把他的人杀掉封口，自己人也杀几个陪葬，不会引起莫荣新注意……”这一夜，刘华汉帮助成袋划打开思路，传授阴谋手段，成袋划受益匪浅。

第二天上午，刘华汉与成袋划到观音山督军府拜见莫荣新，经过五小时长谈，双方达成共识：要想颠覆军政府除掉孙中山，首先必须搞掉护法舰队，因为护法舰队是孙中山的武装力量，是孙中山掌握的一支实力雄厚的部队，而分化打

掉护法舰队，就必须除掉军政府的海军总长程璧光，杀了他就等于剪断了孙中山的羽翼。只要程璧光一死，舰队一分化，大家各奔东西，孙中山也许又会亡命异国他乡，军政府垮台，两广便是莫荣新的天下，北洋政府也可控制两广了。于是，便由肖思桂、田哲洪共同组成暗杀队直取程璧光的海军总部。

就在莫荣新、刘华汉、成袋划共同策划谋杀程璧光之时，孙中山先生召见了海军总长程璧光。两人长谈了广州军政府前途，以及海军的建设与发展。孙中山从抽屉中摸出一封电报说："总长先生，这封电报你不能不看。"

程璧光接过来一看：

据可靠情报，北京派遣杀手近日南下广州，与莫荣新的人组成敢死队，暗杀对象是孙中山、程璧光等人……

"我知道"，程璧光愤怒地道，"上次企图炸毁永丰舰的几个家伙，就是北京南下的特务成袋划策划的"，他说着停了下又道，"怕死，我就不会跟着先生南下。军政府信任我，先生信任我，比当官发财心里都舒服。我不怕，只要还有一口气，我坚决拥护孙先生！"

这位原北洋政府海军第二舰队司令，在出发前的上海之夜，满怀激情地要求南下护法，今天他照样一如既往，孙中山凝视着他，心里无比欣慰。"程将军"，孙中山说，"特务多次暗杀我，两广督军莫荣新明里表示护法，暗地勾结北洋政府反对我，只要我们团结一致，他们就拿我们没办法！"

离开孙中山，程璧光遥望夜空中的星月沉思。这时他的副官汪西作上校走过来："总长，我们该回去了。"

"汪副官，最近北洋政府与莫荣新的暗杀队已经云集广州。请你在四天内组织一支反暗杀队伍，将这群狼全部杀死投入大海喂王八！"

"请总长放心，我在四天内组成一支反暗杀队，由我亲任队长，请情报参谋处的李世杰少校任副队长。成袋划是个贪财贪色的家伙，是北京南下的，李世杰手下有个参谋跟成袋划相识，搞他几次没有搞倒。李世杰跟我喝过血洒，他表示不杀死成袋划决不为人！"

"成袋划不会亲自出面干的，他会利用替死鬼，抓住一个顺着摸出这个毒瘤！"程璧光说，"李世杰忠于军政府，但头脑简单，你多关照他。"

上校汪西作点点头。

当肖思桂、田哲洪向程璧光处赶去时，参加暗杀队的艾发常悄悄地离开队伍直奔海珠以东的海军陆战队兵营。他手中的枪已经压满子弹，左手锋利的砍刀在淡淡的月光下闪着寒光。

艾发常是来自河北的拳手，在桂林街头卖艺为生。去年3月，田哲洪在桂林带着小老婆李娟樱游玩返回旅馆途中，突遭甘蔗地里冲出的五六名强人堵住，抢走了钱物后，为首的头目金白军一把扯住李娟樱："先生，太太借用一下，明天或后天送她回去!"

"本人是莫……"

"别他妈拿大官压人，干我们这一行的只管要钱要命。你不识相也好，老子放你的血!"金白军说着拖起田太太就走。

"田哲洪，你还是什么男人、汉子，看着自己女人遭人欺……"女人的嘴被金白军堵住拖进甘蔗地，搅得甘蔗叶子哗啦啦直响。

"滚!"两个劫匪狠狠踢了田哲洪一脚。

田哲洪怏怏地起身就走。

回到旅馆，田哲洪正要去报告桂林地方军警，一辆人力车载着李娟樱赶回了，车上挽着他太太的正是艾发常。

原来艾发常正在甘蔗地里睡觉，听到叫喊声赶过去一看，几个劫匪正要对女人施暴，一身正气的艾发常哪里见得这般，飞身过去一阵拳打脚踢打倒几个劫匪。头目金白军大吃一惊挥拳而上。艾发常连续两个勾拳打得金白军顿时口吐鲜血倒地不起，众劫匪溃败而逃。艾发常忙背起李娟樱一溜小跑出得甘蔗地，问明情况就找了辆人力车送她回来了。

听得艾发常一述，田哲洪与李娟樱双双跪拜其救命之恩，连夜宴请艾发常，并邀其到他的军中任职。为了混饭吃，艾发常也想有一个稳定的饭碗，就到了田哲洪的军中。莫荣新任两广督军进驻观音山，田哲洪任警卫队队长，艾发常因武艺超群也被选去担任观音山卫队队员。今夜谋杀程璧光，艾发常感到不可理解，护法舰队进抵广州时，孙中山为迎接这支舰队的到来，在广州冒雨举行集会欢迎，孙中山与程璧光都在会上讲了话，艾发常也赶去听过，回来后听田哲洪说："孙中山为国奔走，护法舰队为维护国家法规南下广州，军人以服从命令为天职。我是你的长官，我命令你干什么就干什么"，田哲洪说完又拍拍他的背，"明白了吗?"

艾发常为了每月养活父母及弟妹，他跟着田哲洪当着观音山的卫兵，站岗放哨，跟随莫荣新左右做保镖，在别人眼里也算是一个美差。

今天，莫荣新命令卫队去暗杀程璧光，艾发常耳畔回荡起那天程璧光在雨中的演说，特别是程璧光这样一句话使他永世不能忘记："……无论是我们南下的海军，还是两广及其他部队的官员，都是为了国家的安定和人民的安居乐业，要想不让我国同胞不受洋人欺压，只有国人团结才是唯一出路！弟兄们！同胞们！

我们不可互相残杀……”

回忆着程璧光的讲话，看着眼前一溜杀手马上就要杀死这样一位爱国将军，艾发常乘他跑在最后没人注意，沿着一条小路直奔海珠海军司令部，他决心赶在田哲洪他们前面向程将军报告，将这群杀手一网打尽。

越过一道海军陆战队新筑的阵地，艾发常看到哨兵在月光下游动的身影。他伏在小坑中四下扫了眼没见田哲洪的人追上来，忙从小坑中站起，突然背后一股急风袭来，不等他扭头，一根棍子狠狠打在他右胳膊上，手枪被打得掉在地上。艾发常明白遇到了对手，忙闪身向右，两把刀横在他胸前，并有一恶狠狠的声音道：“姓艾的，把你当人，你却做鬼害人！”

艾发常定睛一看是汤延平与北京杀手胡全智，知道他们是在此专门等自己，冷冷一笑问：“延平兄，你们这样干什么？”

“你想叛变，向程璧光通风报信，邀功请赏！”汤延平说着，将刀从胸口移到他脖子上架着。

“你放狗屁！”艾发常怒视着他，“是程璧光命令护法舰队海军陆战队的人杀死我大哥，我跟程璧光有血仇！”

艾发常的大哥艾汉青是一个精神失常的中年人，他跑到广州来找弟弟艾发常，艾发常把他送到医院治疗。一晚他闯进护法舰队海军陆战队兵营，杀死哨兵夺了枪，扣响扳机在军营乱射一通，在打伤一名中尉军官后被乱枪射死。艾发常第四天才知此事全过程，他对陆战队官兵表示理解。而田哲洪在一次会议上大声宣告：“什么军政府，随意开枪打死我同胞兄弟，艾发常的大哥之死就是他们乱杀无辜的铁证！”

现在，面对田哲洪的人横枪举刀，艾发常故意把这件事提出来堵住他们的嘴。汤延平说：“是的，你跟程璧光有血仇，但你现在离开大队，一人向这里溜又怎么解释呢？”

“我解小手回来，你们不见了，就顺道跑到了这里！”

“不，你想做大官，不想失去这么个机会。”胡全智说。

“跟着田队长干，有什么不好？千里做官，为了吃穿，现在有吃有穿，我跟着长官干，什么也不想！”

“你想飞黄腾达，投靠程璧光！”汤延平说。

“真没有这个意思，不信见了田队长你们就清楚！”艾发常说着突然向他身后一指，“来人啦！”

乘汤延平扭头一瞬间，艾发常闪电般飞起一脚击中汤延平下腹部，汤延平两手一松一头栽倒在地上。艾发常忙抓起他掉在地上的刀，准备向他刺去，这时，汤延平忍痛爬起，抓起一石头狠狠砸过去，将刀击落，胡全智抓起沙石向艾发常撤去。艾发常跃起一脚要踢胡全智，胡全智右手抓住艾发常踢来的左腿正要发力，艾发常猛地腾起，整个身子拔向空中，闪电般将右脚踢出，胡全智哎呀一声血流满面倒了下去。艾发常乘机抓起刀向他砍去，胡全智的身首分家了，四肢在沙地上乱弹一通。

汤延平正要溃逃，艾发常飞起一刀投过去，正中汤延平后背，汤延平哎呀一声，挣扎了好半天，才拔出在背后的刀："艾发常，今天你是想死，还是想活？"

"活又怎么样，死又怎么样？"艾发常问。

"活，你放了我，我不会来杀你的；死，我俩同归于尽！"

"我要活，也不会放你生；死，也不会跟你同归于尽！"艾发常说，"告诉你，田哲洪是个不讲义气的家伙，他今天就是杀了程将军，也决不会活过今年。孙先生的兵迟早会处死他！"

"姓艾的"，汤延平朝后退着，两手举着刀，"你放了我吧，兄弟今生今世也不会忘记你！"

"我也不想记住你，你他妈这种黑心肠的家伙，也别记住我。看拳！"艾发常赤手空拳扑上去……

月光是那样昏暗，天地是那么阴沉，利刀与双拳在夜空中搏击，两人杀得难解难分……

这时的田哲洪一行人悄悄地潜入军政府司令部外围，一双贼眼四处骨碌骨碌一转后发现司令部外有哨兵走动，几处固定岗楼里还亮着灯光。田哲洪如同一条狗般伏在海军司令部外面的两道墙之间的小巷中，当他两眼搜索到左前方那栋半旧的房子外面有两个士兵站在一起，不知道在嘀咕什么时，忙向后面一招手："武开明，过来！"

几乎是耳语般的声音也被武开明竖起的耳朵捉住了。武开明是田哲洪的心腹干将，多次暗杀任务都是由他执行，从不手软。

"长官，我去！"武开明对着田哲洪的耳边，边说边指向那房间口的哨兵，"是要活还是要死，下命令吧！"

"情报上说只有一个哨兵，怎么又冒出来一个？"田哲洪那双倒八字眉皱成一堆。

"多一个少一个没有什么，只不过是多提一个头罢了，关键问题是程璧光在不在里面？"武开明问。

"不好说"，田哲洪犹豫了一下接着说，"你和邓德中从左边绕过去看看，若程璧光在里面，那么我们负责解决哨兵，你和邓德中负责冲进去干掉程璧光。"

"好！"

“慢”，田哲洪又低声喝住正欲走开的武开明，“告诉肖思桂这群怕死鬼，一定要把我们的退路守好，有情况掩护我们撤，火力要猛、狠，吸引住对手！”

“是！”武开明说。

望着武开明与邓德中的背影渐渐消失在黑夜中，田哲洪向另两个杀手说：“都仔细听着武开明他们的动静，只要我示意，你们就要以最快的速度除掉这两个哨兵。”

两杀手点点头。

担任掩护的肖思桂派部下安合基来了，安合基伏在田哲洪右侧低声问：“田长官，怎么还不下手？”

“告诉肖队长，他的任务是负责掩护。在我职责范围内的事让他闭上嘴巴，一个屁也不准放！”田哲洪很烦躁。

“肖长官说，再不下手就可能失去机会。万一艾发常真的叛变，汤延平他们堵截失败，我们不但杀不了姓程的，连我们自己也有可能完蛋呢！”不怪安合基不识相，因为是性命相关的大事，即使挨训，也要把话说出来。

“去去去，别在这里自作聪明！”田哲洪教训安合基，“北京来的人如果真有种，腰粗、胆大就应该冲在前面，刘华汉、成袋划都他妈当缩头乌龟，算什么角色，怕死鬼！”

“田长官，这是什么时候，什么地方，要威风有用吗？”安合基说着，从地上爬起来就走。

“注意，巡逻兵！”一个杀手说。

田哲洪本来就绷得很紧的神经这一下更绷紧了。他举目向小巷外面望去，只见一个军官带着四个士兵向这边过来了。

“他们一有动静，我们就开枪，先下手为强！”田哲洪命令，“身子贴地，贴着地。”

军政府海军司令部里，海军总长程璧光正在与几位作战参谋研究广东军事形势，一个中校作战参谋小声问：“总长，据多方情报显示，莫荣新表面支持护法，实际与北洋政府相勾结，想分化瓦解我们海军，你知道吗？”

“这个情况孙先生也知道。海军南下护法是主要任务，上次企图炸毁永丰舰就是北洋军阀政府罪恶的大暴露，这个大家都看得很清楚。钱五勋到永丰舰上来向我投降，就已交代出莫荣新暗地与北洋政府相勾结一事。”程璧光说着将目光转向两天前投奔到永丰舰的原莫荣新处少校李忠成，“少校先生，请你向在座各位谈谈莫荣新的罪恶吧。”

少校李忠成站起来开始向与会各位报告莫荣新反对军政府、反对孙中山，勾结北洋政府的情况。

程璧光坐着听了一会儿，起身向会议室外面的厕所走去。

身着护法舰队中尉海军军服的暗杀手武开明与邓德中，听从田哲洪的安排从右绕开正门哨兵，走到右门口。右门口一个哨兵见来者都是中尉军官，忙举手敬礼。也就在他举手敬礼的刹那间，早有准备的武开明闪电般一刀向其颈部削去，哨兵顿时被杀。邓德中扑上去将这死尸甩到暗处，然后拾起哨兵的枪学着哨兵的样子，大模大样地成了海军司令部的哨兵。

“注意，我进去了！”武开明握枪提刀，朝海军司令部走去。

武开明边走边观察，他决定到那间没有关灯的房间去探探虚实。正当他偷偷摸摸靠近时，房门突然轻轻地开了，武开明忙闪进背后的厕所内，蹲下装成大便的样子。不一会儿，从房间出来那人来到了厕所门口，但他站住了，只瞥了一眼，武开明的心就剧烈地跳起来，以他干杀手练就的目光，他认出这正是那天在海军南下护法集会上讲话的程璧光，也正是自己此行所要寻找的目标，机不可失！武开明做好突袭准备，正要冲起，却发现两个卫士也跟随而来了，其中一个抢先一步走到程璧光前面。程璧光的警卫经验是很丰富的。正值非常时期，形势较乱，像程璧光这样职位的人，无论何时何地警卫都不离开的，即使上厕所，也是首先必由卫队进去观察一番，确定没有危险后当官的再进。见两个卫兵同时在，武开明紧张起来，先打前面的警卫，程璧光有可能在后面警卫的掩护下逃离，若首先开枪打死程璧光，自己必死无疑。但不动手是肯定不可能的，因为此次谋杀不成功，回去莫荣新会斩尽自己全家。这次敢死队员中只要家室在广州的，全部关进观音山做了人质，因而只能铤而走险。

一个卫兵快步向厕所走进，厕所那盏灯放出昏沉沉的光亮。

程璧光边走边从口袋里摸出一支烟，就在他停步划火柴点烟的刹那间，武开明手中的枪响了，“砰砰”两枪射向程总长。刚刚跟上程总长的参谋范长春“哎哟”一声惨叫还没倒下，趁前面的卫兵还没反应过来的当口，武开明又一枪结果了前面的卫兵，程总长后面的卫兵冲上去，一手抱住正在倒下的范长春，一手举枪反击。

刹那间海军司令部里人声鼎沸！

武开明右腿被程璧光的警卫击中，前来接应的邓德中搀扶着他向外撤离，邓德中看追兵的子弹在四周飞舞，人声越来越近，便对武开明说：“快走，他们追上来了，追上来了！”

“没法走快，你背着我跑吧！”觉得自己立了如此大功，回家肯定得到大奖的武开明此时更显求生心切，他哀求着邓德中，“快背着我跑吧！”

邓德中向后一连打了几枪，转头看武开明左手死死抓住自己，右手捂住伤口，一瘸一拐地实在慢，忙将枪口对着武开明后背“砰砰”连开两枪，一边骂着：“滚！”一下将其推倒。

武开明连中两弹倒在地上，仇恨的两眼瞪住飞快逃命的邓德中，渐渐地，挣扎的四肢不能动弹了……

田哲洪他们刚刚避开巡逻队，就听到了枪声，知道是武开明他们下手了，正兴奋地准备撤退时，见邓德中奔过来了，他忙迎上去：“怎么样？程璧光死了吗？”

“死了，是我打死的……”邓德中将武开明仓促间说的几句变成了自己的经过。

“武开明呢？”田哲洪问。

“怕死鬼，叫他掩护，他比兔子都溜得快，越怕死越出鬼，还是被乱枪打死了”，邓德中说，“快跑，他们追上来了！”

“撤！”田哲洪命令。

暗杀队按照事先部署的路线撤退，当四人越过一座小院，还未与肖思桂他们的掩护队会合时，田哲洪对邓德中说：“你掩护一下，等我们冲出小院你向左跑，把敌追兵吸引进肖队长的伏击圈！”

“是！”毫无戒备的邓德中边回答，边伸长脖子向小院外面看追兵情况，田哲洪闪电般一刀削下了他的头。其他的杀手已经冲出小院，没有看到这以其人之道，还治其人之身的精彩一幕。

“田队长，顺利吗？”田哲洪刚冲出小院，肖思桂迎面就问。

“那还用问，武开明阵亡在司令部，邓德中刚才在小院里中弹身亡。”

“你们还有人负伤吗？”

“没有！”

“快走，我们掩护！”肖思桂很关心地对田哲洪说着。

杀死了程璧光在两广督军及北洋政府看来是立有头功的，田哲洪得意非凡地飞快撤退。

肖思桂他们一行五人在背后掩护。当他们快要摆脱追兵，进入居民区的低矮房子时，肖思桂对左右说：“开枪！”

“砰砰……”

田哲洪他们一行全部后背中弹倒下了，肖思桂冲到近前一看田哲洪还没有死，他的四肢在挣扎，眼睛也睁着，嘴唇翕动着，就是发不出声。肖思桂冷冷一笑说：“田先生，这一功说什么也不能给你呀，就算你给我们先作点贡献，弟兄们升官发财了，会给你烧把纸钱的！”说完手起刀落，削掉了田哲洪的头。另一个杀手飞起一脚将这颗脏兮兮的头颅踢得如同足球一般滚出老远老远。

“把他们的头都下了！”肖思桂命令。

几个杀手将另外几个人的头给削掉了，才一个个箭般溃逃。

艾发常终于杀死汤延平从血泊里站起来时，已经是四肢无力了。但是激烈的枪声告诉他，田哲洪、肖思桂他们杀进了海军司令部，程璧光总长的生命处在危险之中。想到此，艾发常心急如焚，鼓起全身劲，抓起枪正要走，突见前面出现几条黑影。他猜测是撤下来的田哲洪一伙，自知一人无法与一伙硬拼，急忙一闪身隐蔽在路边的小坑中。果然没有一会儿，他看到提枪奔跑的肖思桂，后面的人是边射击边跑。追兵火力很猛，两个杀手在枪声中倒下了。

“不能让这家伙跑掉！”艾发常自语着，举枪向肖思桂瞄准。

“长官，胡全智死在这里了！”

“你看，汤延平也完啦！”

两个士兵惊叫起来。

肖思桂低头一看正要说什么，“砰”的一声，他头部中了弹，肖思桂一声不吭地栽倒在胡全智身上，总算搭了个垫背的同伙。另两个杀手看队长被不知哪里来的子弹打中，抬头正发愣之时，艾发常连击两枪，这两条狗命也结束了！

海军陆战队与卫队都追上来了，他们在路边的小坑中发现了艾发常，艾发常双眼含泪，低沉地说：“我没有向你们报告，我来晚了，我对不起总长先生！”

“这……这是怎么回事？”一个少校指着一具具死尸问艾发常。

“都是我打死的狼，打死的狼！”

这次程璧光海军总长只是受了一场虚惊，但是13天后，在他乘艇横过珠江，刚抵海珠对岸码头之时，却被暗杀队用机枪扫死。一个坚决的护法高级军官不幸遭到暗杀，孙中山失去了一位忠诚的战友。从此海军护法舰队更复杂了，一个又一个的斗争漩涡向官兵们压过来。舰队谁主沉浮呢？

九、吴雪梅遇难

程璧光海军总长被刺杀的第二天深夜，孙中山先生刚刚入睡，副官通报，有位叫吴雪梅的大汉请求接见。孙中山一听急忙披衣而起：“请他进来！”

“这人样子很凶，他腰里有手枪一支，手榴弹两枚，背上大刀一把，腿上还各绑一包炸药。我们请他将武器留在卫队室，他不同意。为了您的安全，请您下命令解除他的武装，然后再让他进来！”副官宋仁选说。

“请他进来，不必解除武装！”孙中山若无其事地说。

副官宋仁选犹豫着，但是有孙中山先生的命令他又不得不执行。他走进卫队室，命令左右士兵：“大家轻装，做好准备，随时用生命保卫孙中山先生的安全。”

门外来客吴雪梅可是一位孙中山了解的血性汉子。早在 1913 年黄克强在南京弃师而败，中国各省的独立也就相继取消，国民党人孙中山、黄克强以及国民党高级要员谭人凤、胡汉民、陈其美、李烈钧、李根源、许崇智、陈炯明、柏文蔚、程潜、居正等也相继进入日本，到了 1915 年这些人中还有很大一部分在日本过着艰苦的日子。8 月的一天晚上，湘西支部部长覃振在湘西同乡会办公处的一间房中，举行秘密会议。会议由湘西支部部长覃振主持，出席会议的有杨思义、林修梅等十几人。覃振见主要人员都到了，边说边站起来：“同胞们，同乡们”，他环扫四周与众人的目光相交流后又说，“我们跟着孙中山先生，拯救民众于水深火热之中有什么罪？”

支部队员两眼一起盯住覃振，表示对他的信赖和支持。大家决心跟着孙先生出生入死地将国民革命进行到底！

“覃先生”，杨思义说，“1911 年辛亥革命，1913 年亡命到日本，你作为中华革命党湘西支部部长，追随孙中山先生，我们跟着你！”

“杨先生说得对”，覃振用力地一挥手，“我们被袁世凯逼出国门，亡命东洋，他还不放过我们，专门派了一个叫蒋自立的大特务头子，带了不少钱来东京，准备对革命党人下毒手。具体情况请苗作炎先生作详细介绍。”说着，他向一中年妇人指了指。

中年妇人是湘西同乡会副会长，是专门从事侦察的，她站起来说：“我们从六个同乡口中侦察到，这个蒋自立从北京到东京后，已经住到小石川七町。他亲自放出口风，这回到日本是用钱买通日本的地痞流氓，专门杀害逃到日本的国民党要员。一般国民党人只要投降自首，并亲自写上‘身为华人，当爱中国，犯上作乱，天诛地灭’的自首词，就可以免于惩处，愿意回国做官的，最小给副县长，不愿回国的，可补发一笔留学生的官费。我们湖南人的败类周熬山，已经叛变革命投入蒋自立怀抱，补上了留学官费，还介绍了几个人叛变回国做了官。大家说说，对这个袁世凯的走狗怎么办？”

众人听着很气愤，但都没有吭声。

“蒋自立对我流亡日本的党员威胁很大”，覃振拍着桌子，“不处死他，我们在日本避难的人员就不会安全。”

“派人去杀死他！”大家异口同声地说。

“对，杀了他，也给袁世凯敲敲警钟！”林修梅站起来讲。

“林先生”，高绪清望着林修梅说，“你是行伍出身，又是营长级军官，打打杀杀，冲锋陷阵你是内行，请你出马，肯定成功。”说着又扭头看大家一眼，“各位说林先生行吗？”

“对，林先生是最佳人选，我们大家也放心！”吴道界忙说。

林修梅受众人抬举，心中非常激动，他站起来郑重地说：“各位同乡如此信任，我去干。但总不能赤手空拳吧？谁有手枪借我用！”

“正好一位朋友的左轮手枪寄放在我家里，我去拿来借给你用。”荆嗣佑接上去说，“枪很新，我跟他一块到乡下去放过几枪。”

“有多少子弹？”林修梅问。

“有几盒，可能是两百颗吧。”

“很好，请今夜就交给我”，林修梅说着把在座的人扫一眼，“请问，哪位胆大的敢跟我同行，给我做个帮手？”

林修梅这么一问，在座的人互相看着没有一人敢吭声。林修梅有些气愤，但还是很平静地说：“既然大家都不敢跟我去，那我只好孤家寡人去干了。荆先生快去取枪，我就是死，也要除去那个祸根！”

“哈哈……”一阵狂笑声传进来。

“抓住他，探子，肯定是蒋自立的探子！”覃振吼叫着，林修梅首先冲出去一把抓住那人的胳膊，“什么人，敢来偷听我们议事？”

几个人冲出来已经架住了哈哈大笑的人。

“啊，你不是刚从湖南桃源来的留学生吴雪梅吗？”覃振惊异地走上前，“放开，我认识他！”

吴雪梅 19 岁，生得魁梧奇伟，两眼迎住人们惊异的目光。

“吴先生为什么隐蔽在外面窃听呢?”覃振问。

吴雪梅冷冷一笑。

“你笑什么，有什么值得你笑的，嗯?”林修梅逼过去问。

吴雪梅说：“我笑你是个饭桶，这点小事还要请人做帮手!”

林修梅被他搞得面红脖子粗，简直无地自容，他是军人出身，在众人眼里是勇敢的象征。

“各位同乡”，吴雪梅侃侃说道，“我是湖南人，正宗中国人，也想跟着孙中山先生干革命，所以就特地赶来开会。我走到屋门口，正好听到覃先生征求各位的意见，要一个去当帮手，我没有听到哪一个人勇敢地站出来执行除奸的任务。我笑你们胆小鬼，连除掉一个姓蒋的，而且是在东洋都不敢去，还想打倒袁世凯吗?”

众人都被他的一席话给怔住了，注视着他不知如何是好。林修梅已感觉无颜在此待下去，干脆乘机出了门。

覃振脸上的肌肉抽动几下走了过去：“我们湖南有的是好汉、勇士!”说着一拍他的胸，“吴先生敢一个人铲除蒋自立?”

“怎么不敢? 没有这个胆气我今天就不会放这个屁!”吴雪梅说，“只可惜我不是你们国民党员!”

“我们大家都欢迎你现在就加入本党!”覃振说。

“对，欢迎吴先生入党!”大家都异口同声地赞同。

吴雪梅毕竟是留学生，有知识、有胆识、有见识! 他在众目睽睽之下填写好誓言。覃振双手捧给他一碗白酒，他对酒宣誓，然后一饮而尽，面对众人说：“我吴雪梅现在也是革命党人，有酒壮行，有众同乡的信任，此去东洋剪除奸邪，如有不测，请转告孙中山先生，我吴雪梅为党为国而死，我不后悔! 也请大家转告我在国内的亲友，不要为我伤心，要化悲痛为力量，完成我的未竟事业!”

大家举行晚宴欢送吴雪梅出征。吴雪梅连连抱拳打躬：“承蒙各位同乡错爱，今晚喝了壮行酒，我吴雪梅虽肝胆涂地，也要为在日本的党人除去隐患。”

第二天下午4点，吴雪梅身藏手枪，根据覃振提供的详细地址踏上了征程……

这是一栋两层小洋楼，不太大的小院子带点儿西式味。吴雪梅推开未上锁的门走到房子的大门口，大门是紧闭的，只是门上写着几个字：“请贵客自报家门。”

吴雪梅从覃振的叮嘱中已经知道，蒋自立到日本后深居简出，行踪诡秘，总是关门闭户，很少出门，一般也不会客。无论来人与他是什么关系，首先须将名片从缝中塞进去，让他与他在日本新找的临时女人共同认可后，才会开门迎客。

“蒋先生，周熬山先生请我来给你送信!”吴雪梅站在门口叫，“开门，我是周先生请来的!”

做贼心虚的蒋自立一听是周熬山派来的人，忙走到门口小声问：“你跟周先生是什么关系呀?”

“同学，也是老乡。”吴雪梅说。

“他让你送什么信？刚才我俩通话他没说你来呀?”蒋自立问。

“我想回国做官，也想在日本争取官费留学”，吴雪梅说，“周先生要我来拜见你，要我与你多谈几句。”

蒋自立听着没有开门。吴雪梅乘机从门缝里朝内窥视，发觉门内的人白白胖胖很结实，是地道的彪形大汉，又操北方口音，就认定他是蒋自立：“蒋先生对周先生派来的人不相信?”

“不不不”，蒋自立说，“上海有通报，说有些人企图在东京谋杀我。”

“谁?”吴雪梅问，“说出来我找弟兄跟那家伙算账去!”

“以后有机会再谈”，蒋自立说，“这里有我，你放心干吧。无论哪国干特工的，总是吃香的喝辣的。”

门开了，蒋自立马上发现吴雪梅眼睛暗藏着杀机，倒抽一口冷气，正要关上门时，吴雪梅很敏捷地从门缝里挤了进去，两眼平视着他问：“你是蒋自立先生?”

“对对对，请问先生……

“你奉袁世凯的命令跑到日本来杀国民党官员?”

“不……不完全是这样，我只是……”

“你只是什么?”吴雪梅拿出手枪，冷冷地说，“杀人，诱骗没有骨头的家伙背叛孙先生?”

“先生，我……我请求你饶……”

“我要你的狗命!”吴雪梅左手抓住他的衣领，右手握枪顶住他胸口扣动扳机。

“砰!”枪响了。

蒋自立双手捂住胸口栽倒在地上，吴雪梅踢了他一脚，见他还没有彻底断气，又抓起他的头发，对着他的脑门“砰”地开了一枪，才若无其事地离去。

30分钟后，日本警察匆忙赶到，根据与蒋自立同居的日本女人提供的线索，便怀疑是胡汉民派人暗杀的。一群警官在胡汉民住宅搜查了四五个小时，没有查出丝毫疑迹，直到半夜才收兵回营。袁世凯多次照会日本政府，请求捉拿凶手，但此案一直成为悬案。

处决了蒋自立，尽管袁世凯多次命令派出杀手谋杀孙中山等人，但特务们都不敢去日本，即使被逼去了，也不敢下手，无非是免费去东洋旅游一趟而已。覃振他们为吴雪梅除奸成功举行盛大酒会，并在会上宣布：“吴雪梅先生除祸首功在国家，利在国民，经孙中山先生研究，决定给赏金5 000元！”

吴雪梅一时成为英雄，受到孙中山先生多次接见。考虑到他的安全，让他秘密乘船离开日本，回到上海隐居做秘密工作，与从日本潜回的暗杀团成员史海波以及陈独秀组建的上海暗杀团成员刘制天结为兄弟。

所谓日本暗杀团是杨守仁先生于1903年掀起拒俄运动后，黄兴等同志在日本成立的暗杀团，专门惩处那些在日本出卖中国利益，危害革命的家伙。1904年杨守仁先生与张继、何海樵等从日本潜回北京，谋杀西太后失败，又赶到上海，联络陈独秀等扩建上海暗杀团，吴雪梅与上海暗杀团联络上后，一直在上海、北京等地进行革命活动。

1917年7月，孙中山先生策动北洋政府海军第二舰队司令程璧光南下护法，吴雪梅也在背后做工作。现在他深夜求见必有大事！

吴雪梅走了进来，他与孙中山先生互相握手问好后，左右扫了眼问：“孙先生，左右还有人吗?”

“没有，有话请讲。”

“陈复初勾结北洋政府派到广东的特使刘华汉，成袋划又勾结莫荣新，龙济光也叛变了。”吴雪梅说，“他的暗杀队有多人潜入我军内部，又在海军中发展暗杀队员！”

“陈复初是护法军中的将军，他的叛变将对革命造成极大的危害，立即组织人手除掉他这个叛将！”孙中山先生气愤地说，“他要的是升官，要的是发财，这种人革命军永远不会要他们！”

“我今日特地赶来报告孙先生，陈复初组织的暗杀队，与北洋政府的莫荣新、龙济光共同勾结，企图谋杀你！”吴雪梅说，“我是专门为先生的安全而来的。”

“谢谢你，吴先生。你战斗在这条战线上很辛苦，很危险，请多多保重！”孙中山握住吴雪梅的双手，用无限感激的目光看着他。

告别孙中山先生，回到自己的住所刚刚躺下，就听到门外有动静，吴雪梅忙谨慎地用右手抓住手枪，一条黑影已经溜了进来。

“谁?”吴雪梅一跃而起问道。

“吴雪梅”，五个家伙围了过来，“陈复初将军命令处死你！”

“砰砰砰！”吴雪梅先行开枪击毙三个特务。

“快卧倒！”另两个特务卧倒开枪了。

吴雪梅没有被击中，他乘黑暗冲到门口时，一头撞倒一个杀手。不等这家伙反应过来，吴雪梅的手枪响了，但没有击中这家伙，反而被这家伙一拳打掉了他的手枪。

“哎……”吴雪梅挥起左拳向这家伙脸部击去，被这家伙一偏头避过。吴雪梅匆忙一个扫堂腿将其扫倒，扑上去对着他脸部狠狠一脚踏下去，只听杀手“呀”一声，失去反抗能力。吴雪梅乘机在黑地上摸枪时，后背被一个硬邦邦的东西顶住了。

“吴雪梅”，背后的声音传来，“你打死我们四个弟兄，该受惩罚了！”

“刘支根”，吴雪梅听出来是陈复初的特务队长，“你杀了我，你就当大官啦？还不是一条看门狗。”

“你……你……”

“我明明白白做人，不像你，活着不如死了好！”吴雪梅骂着扭头就打，企图夺枪再战。

刘支根开枪了，吴雪梅背后连中四弹倒在血泊中。此时吴雪梅的队友赶到了，刘支根拔腿就跑，被一阵乱弹所击毙。当孙中山先生得知吴雪梅先生不幸遇难时，他沉痛地说：“我们又失去了一位勇士、一位好同志！”

十、教训莫荣新

1918年3月16日，是广东军政府海军总长程璧光遇难的第二十天，海军护法舰队开始动荡，逐渐分化。特别是海军中闽籍舰长以上军官并不安于驻守广东，策划将舰队带回上海，脱离军政府；但许多非闽籍官兵不愿脱离军政府，他们仍然愿意继续支持孙中山先生的军政府，支持孙中山先生的革命事业。孙中山调不动海军了，军政府背后没有一支军队撑腰，桂系莫荣新更加疯狂！

夜，永丰舰副舰长江南天站在前甲板上，八门主炮副炮全部对准着观音山，主炮手韩长福正在校准目标，闽籍炮手濮利洪走过来问：“长福兄，今夜炮击观音山，想炸死谁？”

“军人以服从命令为天职，我们当炮手的问这些干什么，服从命令，命令叫怎么打，就怎么打！”韩长福说着一挥手，“快回炮位，江副舰长在前甲板督战呢。”

“督战又怎么样，我问他去！”濮利洪气愤地说着，悄悄拔出手枪，向江南天副舰长走去。

江南天副舰长并不知道濮利洪向他走来，他正跟信号兵说：“注意同安舰与豫章舰上的信号！”

“是！”信号兵龙国行点点头又爬上信号塔。

江南天捧起德造双筒望远镜，又一次搜寻同安舰上的行动信号。

五天前，也就是程璧光死后十五天的晚上，孙中山先生乘坐小艇赶到同安军舰上，与舰长温树德、豫章舰舰长吴志馨共同研究军事形势，途中永丰舰副舰长江南天奉命赶到，温树德舰长向他介绍了情况后，认真严肃地说：“江副舰长，自从海军总长程璧光先生遇难后，海军的局势多受桂系莫荣新操纵，根本不听孙中山先生的命令，你知道这个情况吗？”

“知道”，江南天说，“参谋长毛仲芳的副官倪则良，专程到我们永丰舰找过我。”

“啊，他怎么说的？”温树德盯着他问，“快讲。”

原来程璧光遇难仅三天之后，江南天在后甲板与韩长福议论海军面对的军事形势时，中尉冷友远匆匆地赶来了，对着他耳朵说：“副舰长，毛仲芳参谋长的副官倪则良上了舰，急切地要求见你!”

江南天与冷友远在舰上有些矛盾，一听说倪则良来到舰上，首先找的是冷友远，便眨了眨眼睛问：“他什么时候来的?”

“两小时前上的舰，在我那喝了点酒”，冷友远说，“我俩是老乡，都是福建厦门人，也一同在马尾造船厂当过焊接工。”

“叫他过来。”江南天说。

“他有要事找你”，冷友远对江南天说，“在你的办公舱等你呢。”

江南天不知道有什么事，只好回到自己的副舰长办公舱。果然毛仲芳参谋长的副官倪则良在办公舱等他，神情是那样友善。

“倪副官”，江南天一见倪则良就开门见山地说，“我们接孙中山先生的命令开拔到黄埔锚泊，海军司令部为什么又命令我拒绝执行孙先生的命令，原地锚泊不动呢?”

“江副舰长，我就是为这事奉命来见你的”，倪则良忙说，“你们舰上官兵现在还平静吗?”

“还行，程总长遇难后舰上没有多大的动乱”，江南天说，“不知道别的军舰上有什么异常没有?”

“我奉毛参谋长的命令，其一是看看你，其二是想了解你们舰上的官兵情况，其三是永丰舰的去向。”倪则良认真地说，“这是毛参谋长写的信，请你不要给舰长看。”说完递到江南天手里。

“只允许副舰长看?”江南天问。

“说清楚，只让你看!”倪则良说。

江南天副舰长拆开信认真地看起来：

程总长为什么死？那是他认识到当初从上海南下护法，是上了孙中山的当，受了骗，将海军搞成了孙中山的私卫队，所以程总长决定脱离军政府回上海。莫荣新将军支持这一行动。孙中山侦知程总长的下一步行动计划后，使派心腹将程总长刺杀了，这就是内幕，绝不是莫荣新长官所为。外间传说莫长官长短，实为谣言，万不可信。倪副官前来贵舰向你通报情况，并请你做好回上海的准备，有反对者军法从事……

“明白了”，江南天读完信后，极力保持平静的神态，“参谋长对我永丰舰今后的行动有具体命令吗?”

“你保持与参谋长联络，注意温树德、吴志馨的动态，他俩跟孙中山关系密切，为争夺总长一职都在讨好孙中山。”倪则良说，“其实他俩也反对孙中山，

只是一时跟莫荣新长官的关系没有调整好，他们最近与孙中山总是深夜交往。同安、豫章两舰的官兵都赞同我们脱离军政府回上海，就是温、吴两位舰长暂时没有明确态度。”

“你深夜到此地目的就是让我监视温、吴两位舰长的行动？”

“对”，倪则良说，“他俩都信任你，跟你无话不说，你要利用这个关系打进去。参谋长讲了，今后回到上海永丰舰就由你主政，你要服从命令听指挥！”

“请倪副官转告参谋长先生，永丰舰官兵是坚决执行命令的。有些事我虽然不能满口答应，但我可以告诉参谋长，我江南天将会把良心放在中间干事，决不会干见不得人的丑事！”江南天说完一挥手，“备夜餐招待倪副官，中尉以上军官陪客！”

倪则良在永丰舰受到江南天的盛情款待后，凌晨由小艇送走。江南天急忙赶到同安舰向温树德舰长作了报告。

了解到莫荣新分裂海军的阴谋，温树德与吴志馨舰长通了气，一同去向孙中山先生作了报告。孙中山先生听了报告后说：“莫荣新、龙济光勾结北洋政府分裂我海军，企图整垮军政府，我们要教训莫荣新，两位舰长看怎么办好？”

“炮击观音山，摧毁莫荣新的司令部”，吴志馨说，“舰炮火力很猛，陆战队又可在陆地干，看他莫荣新有几个脑袋！”

“孙先生”，温树德说，“不用武力教训莫荣新，他是不晓得马王爷长三只眼的。”

“告诉永丰舰江南天，统一行动！”吴志馨说，“永丰舰炮火力猛！”

“就这样决定了，舰炮教训莫荣新，海军陆战队随时准备收拾莫荣新的观音山警卫部队。通知李根源把陆战队集结好。”孙中山先生作出了决定。

两舰长举双手赞成，并派人立即通告江南天这一决定。

海军舰队参谋长毛仲芳，是莫荣新安插在护法舰队中的心腹，他对莫荣新无时无刻不寄托着升官发财的希望。莫荣新这天晚上盛宴款待他后，毛仲芳说：“莫长官的督军公署是孙中山的眼中钉、肉中刺，我们剪除了孙中山的羽翼程璧光，还有三个毒瘤！”

“哪三个？”

“同安舰舰长温树德，豫章舰舰长吴志馨，永丰舰副舰长江南天！”

“派人搞掉他们！”

“他们警惕性都很高，不好下手。”

“海军局目前是我们的人操纵，程璧光一死孙中山就调不动海军了，看来他有可能去抓这三个舰长，特别是温、吴很不可靠”，莫荣新说着向后一看，“刘先生，你能不能在三五天内派人将同安、豫章、永丰舰的头目干掉？”

刘华汉沉思片刻说：“三五天我不能保证，但一个月内除去祸根是可能的。”

莫荣新直摇头：“晚了，太晚了！”

“督军大人，军政府的反暗杀团很凶狠，我们在这里密谋，我相信孙中山也不会睡大觉，他头脑冷静得很！”毛仲芳说。

“好，暗杀队由成袋划亲自指挥，在孙中山、温树德、吴志馨、江南天四个人中挑选两个短命鬼！”刘华汉拍着胸脯。

会议就这样决定了。夜餐这时也进来了。莫荣新刚拿起一块点心，副官涂明炳快步跨进来对他耳语：“督军先生，孙中山的三艘军舰正向我观音山水域驶来。”

莫荣新一听大吃一惊问：“哪三艘？”

“同安、豫章、永丰，其中永丰舰已经进抵我观音山督军公署正面。我公署处于永丰舰的舰炮火力控制下。”涂明炳惊恐地说，“其他两艘正在调整方位。”

“我明白了”，莫荣新皱紧眉头寻思着问，“海军陆战队方面有什么动静？派人看了吗？”

“李根源的司令部灯火通明，他是海军陆战队的直接指挥长官，扫荡雷州、高州，荡平海南岛都是他干的，他是孙中山的忠实执行者呢。”涂明炳说，“我看今夜孙中山要下手了，怎么办呢？”

“怕什么？”莫荣新故作镇静地说，“他孙中山是军政府头子，那是空架子，除了海军十几艘破旧军舰，还有什么？杀死温树德、吴志馨、江南天后，海军中听他的长官就不多了，他等着被我们收拾吧！”

“轰……”急袭的炮弹在观音山四周爆炸，永丰舰首先开炮，击中了督军公署司令部警备部队指挥部，火光冲天，司令部大乱。

同安、豫章舰的舰炮巨大的火力将观音山打成一片火海。

“韩长福向督军公署中心楼攻击！”江南天命令。

“明白！”韩长福转动炮口，“填弹，准备，放！”

莫荣新在四个卫兵的护送下跑进避弹坑时，毛仲芳也赶到了。莫荣新气呼呼地迎住他恐惧的目光说：“毛参谋长，怎么搞的，他们炮击督军府你们事先不知道？”

“莫长官，要知道还算什么突袭呢？”毛仲芳没好气地说，“你的侦察情报处养了那么多人，不是也两耳聋、两眼瞎吗？”

“报告，李根源的海军陆战队已经将公署包围！”一个作战参谋跑进来报告。

“他们来了多少人？”莫荣新问。

“我们有人向他们发信号，我们内部有奸细，他们想搞内应外合。海军陆战队的小炮架到公署前面的房顶，炮口对着我们这边的。”作战参谋又报告说。

“有准备的，这是有准备的！”莫荣新焦急地踱步，“毛参谋长，命令其他军舰不要误会，请各舰原地泊位。”

“这个时候就是海军局的人也指挥不了海军，请莫长官跟军政府联络最好。”毛仲芳建议。

这时炮击更狠了，莫荣新说：“这么说要我向孙中山求情？”

“炮击肯定是他的命令，其一是吓吓你，其二是赶走你，其三是在乱炮中炸死你。”毛仲芳说，“反正他反对你联合龙济光与北洋政府，教训你与军政府不一条心。”

莫荣新听着，忙问：“除了三舰协同炮击，还有其他舰吗？”

“又有几艘军舰驶过来了。”刘华汉从外面跑进来回答，“看来他们早就侦知我们在这里开会，就先下手为强，想把我们一勺烩！”

“毛参谋长要赶快把护法舰队的权力抓到手”，莫荣新说，“上次也是温树德、吴志馨与江防司令魏邦平勾结炮击观音山，程璧光假惺惺地把他们惩处了一下，他妈的不几天又官复原职！”

上次江防司令长官魏邦平为反对莫荣新的桂系督军，利用同安、豫章两舰炮击观音山后，次日莫荣新找到程璧光请求查处，程璧光为掩人耳目，与桂系表面搞好关系，命令舰队司令林葆怿将吴、温两舰长撤职。调吴志馨到黄埔鱼雷局任管带、温树德到海军司令部任参议。但他二位始终未到职，过几日又都回原舰视事了。

“跟孙中山的联络电话通了。”一个副官跑进来报告。

“他……他怎么说？”

“孙先生说，如果你执意插手海军，分化海军，就只有挨打。海军坚决打击那些表面护法、暗地勾结北洋政府的人，决不会手软！”

“快告诉孙先生停止炮击，有事好商量！”莫荣新急忙说。

十一、林葆怿出走

护法海军在复杂的政治、军事斗争中进入1919年3月。

这天晚上，护法舰队司令官林葆怿在旗舰海圻号上刚刚吃完饭，永丰舰副舰长江南天向他发出信号。他忙请卫队放下小艇送他去永丰舰。今夜他要与温树德、吴志馨、江南天在永丰舰上共同商讨护法舰队的命运问题。

自从去年3月炮击观音山，桂系的莫荣新经舰炮与海军陆战队的打击，反孙中山、反军政府的气焰暂时有些收敛，表面上表示服从军政府，但内心里仇恨更深。于是莫荣新召见护法舰队司令官林葆怿，在热情接待的表面现象掩盖下，似笑非笑地问：“林司令，同安、豫章两舰炮击督军公署，听说是你下达的命令？”

林葆怿对这次炮击观音山确实是不知道，忙说：“督军先生，两舰炮击观音山我不知道，更谈不上是我下的命令。”

“没有你这个司令官直接下达命令，而他们竟敢向我开炮，这三位舰长真是狗胆包天啦？”莫荣新的眼睛乜斜着林葆怿。

“除了我之外，谁都调得动三艘军舰”，林葆怿若有所思地说，“这个问题你心里很清楚，何必向我问罪！”

“我当然清楚，是孙中山下的命令。”

“孙先生作为军政府的大元帅，是有权指挥海军舰队的。”

“带兵的人都应该明白，下级只能服从直接上级的指挥，而海军三舰长并未接到直接长官的命令，竟然只听孙中山大元帅个人的命令擅自开炮，这是违反军队纪律，扰乱部队秩序的非法行为。”

“督军大人的这番话我觉得有失偏颇”，林葆怿说，“虽然军队还没有完整的条例条令，但上级对下级越权指挥，是不成问题的。”

“这三位舰长真是目中无人”，莫荣新眼珠子一转，挑拨地说，“他们根本没有把你这个海军司令放在眼里。”

“督军大人认为应该怎么办？”

“撤职查办！”

“这么大的事只怕要请示孙先生，听听他的意见。”

“他擅自调动军舰，剥夺你的指挥权又征求过谁的意见？”莫荣新继续挑拨。

“莫将军，你这样不尊重孙先生，恕我直言，你表面拥戴军政府，拥护孙先生，暗地与北京派来的特使来往密切，孙先生不能坐视不管吧？”

“你胡说……你血口喷人！”

“督军大人，你不要忘了，是你指使陈复初这个败类，杀死护法勇士吴雪梅；是你勾结北洋政府，又联络龙济光攻击雷州、高州军政府控制的地区。李根源将军打败了龙济光，你心里不舒服是不是？”林葆怿司令单刀直入，“江防司令魏邦平与你们桂系有矛盾，是他请求豫章舰炮击观音山，你怎么不敢动魏邦平一根毫毛？”

“你是护法舰队司令，是驻防广东的海军，而我是两广的督军！”

“我是一个耿直的忠勇的军人，只知道公正无私，如果一味拿官职压人，我林某是不吃那一套的。”

“你，你……”莫荣新气得七窍生烟，“我是两广督军，是两广当家的，两广的军政大事我说了算。我现在宣布，向观音山开炮的舰长一律撤职查办。孙大元帅擅自调动军舰照样交军法处论处。”

林葆怿司令无法说服莫荣新，只好向孙中山先生报告。1918 年 5 月，孙中山先生气愤桂系的专横，只好向国会辞职离粤赴上海。但是他仍然关注两广及全国政局，关注着军政府，关注着海军护法舰队的动态。特别是与林葆怿将军的交往日益频繁，他们的心愿就是让护法舰队不断成长壮大，成为反封建、反军阀的中流砥柱！

现在，林葆怿刚一离开海圻舰，监督林司令的副官部情报官易集时很快报告给参谋长毛仲芳。毛仲芳又向莫荣新作了报告。

莫荣新的第一感觉就是：“林葆怿肯定在策划反对我莫荣新的阴谋，一定不能让他们的阴谋实现！”

“莫督军，这回是一不做，二不休呢，还是再次放他一马？”毛仲芳阴阳怪气地问。

莫荣新想了想，说：“孙中山自封什么大元帅，又建立什么军政府，其目的是想统治两广，占领全中国，最终把我们这些人关的关，杀的杀，赶的赶，而眼前他手头只有护法海军为他撑腰，具体说就是程璧光。程璧光死后，他又依靠林葆怿。他人虽然住在上海，可心一天也没有离开过广东，三天两头都有电报和信函寄过来，就是指挥林葆怿与我们作对，最终是想赶走我们！”

“这么说要干掉林葆怿？”毛仲芳问。

“我们若杀了姓林的，姓孙的必会从上海暗杀团中派人来杀我。让姓林的多活几天，等待机会再除掉他也不迟，最好的办法是逼迫他，赶他走路！”莫荣新刁滑地说，“林葆怿不怕死，只能软来。”

“我说还是来干脆的”，毛仲芳凶狠地说，“带人去，把他捆起来扔进海里，背上绑块大石头，让他永远沉到海底！”

“万万使不得，万万使不得”，莫荣新说，“想办法逼他走才是上策，但也要杀个把人压压邪气。要他们知道，我们杀人如同杀一只鸡一般简单。跟我们作对只有两条路，一条是死路，一条是跟军政府决裂，为我们工作。否则我们决不手软！”

“督军的话我记住了。”

“准备一些短武器，水雷、鱼雷都要有准备，万一永丰舰有情况不允许你们上去，就击沉它！”莫荣新说，“永丰舰上人不多，但支持孙中山的人多。”

“只要江南天一死，就群龙无首啦！”

“还有个韩长福，别看他只是炮官，号召力可大呢。”莫荣新的副官在一边插话，“他是江南天的左右臂，而江南天又是孙中山的心腹！”

“走，你们去”，莫荣新对毛仲芳说，“让你的副官倪则良也去，他杀气重，有些动手的事可让他出面干。你们放心，大小事我在背后顶着，他孙中山远在上海，只能跟他们电话电报联络。再说他是个空架子，除了政治上还有那么一点虚招外，又有什么呢？”

毛仲芳点点头说：“督军先生，今夜永丰舰上有出好戏，你在家里听好消息吧！”

一支装备精良的队伍随毛仲芳出发了。他的副官倪则良是这支队伍的指挥官，又是毛仲芳的卫队长。

永丰舰上，舰队司令官林葆怿和温树德、吴志馨、江南天，以及肇和舰舰长林永漠，楚豫舰航海三副胡文溶（后升任二副），海圻舰协长田炳章少校，鱼雷大副赵梯昆上尉，肇和舰副舰长田士捷，三副李毓藩、盛延琪，轮机长二车任治龙及温树德的亲信欧阳格、郭朴等一起举行会议。在林葆怿司令官讲完这次会议的主要目的是稳定舰队、服从孙中山先生领导、坚决护法后，肇和舰副舰长田士捷说：“各位长官，各位弟兄，当初我们南下护法是写了血书的，男人的血不是尿，不是在什么地方都可以撒的。我们肇和舰坚决拥护孙先生，决不动摇。但现在各舰上大批闽籍水兵官员都在串联，他们企图赶走我们外省籍海军官兵，使他们好投靠桂系莫荣新，投靠北洋政府，所以我认为打击以毛仲芳为首的闽籍官兵气焰很必要！”

“对！闽籍人排外，总想独占永丰舰，今夜一定要收拾他们！”海圻舰协长田炳章少校说。

“各位长官、弟兄们”，江南天副舰长站起来，目光温和地扫了众人一眼，

“今天林长官召开这个决定护法舰队命运的会议，我认为非常及时。自甲午中日大海战，我国海军惨败后，为恢复海军的元气，维护国家利益，我国政府在福建马尾建立了像样的军舰制造厂，开办了海军官兵训练学校与有关训练基地。由于地区原因这些在校学员以闽籍人占大多数，再加上个别分子的操纵养成了一些不良的宗派思想，闽籍官兵将海军视为福建海军、私人财产，认为是他们闽人的铁饭碗，不能给外省人吃这碗饭。也是这些原因，造成了一批闽籍官兵的错误认识，他们就加紧排斥外省人。莫荣新、毛仲芳正是利用这一点在闽籍官兵中散布各种谣言，使闽籍弟兄与我们貌合神离。在整个护法期间，他们不但不与我们团结，反而暗地勾结桂系，勾结北洋政府，暗杀程总长，还阴谋暗杀我们大家。我们不等死，我们手中也有枪，腰里也有刀，舰上还有炮，我建议惩办那些闽籍官兵中惯于煽风点火、挑拨离间的首恶分子！”

“报告，毛仲芳参谋长率人已经登上我舰！”一个参谋跑步过来打断了江南天副舰长的发言。

众人愣住了。

“谁放他们上来的？”江南天问。

“舰上的闽籍军官发的信号，搞的里应外合！”

“韩长福呢？”

“正跟他们争执！”

“各位冷静，我去一下马上来！”江南天说着快步跨出来，直奔舰尾甲板。

韩长福率领一群官兵堵不住毛仲芳，因为毛仲芳是舰队参谋长，没有理由不让他上舰巡视。江南天一出会议舱，毛仲芳已经率领一路人马正朝他走来，他急忙上前向毛仲芳敬礼。毛仲芳的副官倪则良恶狠狠地问：“江副舰长，你们永丰舰什么时候成旗舰了？什么时候升的官？我们该庆贺庆贺喝几杯喜酒吧？”

“倪副官，你这话什么意思？”江南天说着向后一挥手，“来人啦，把这个胡说八道的家伙抓起来打四十大板！”

永丰舰卫队“唰”地持枪握刀冲了上来。

毛仲芳的卫队也持枪迎上来。

这时，毛仲芳走到江南天面前说：“江副舰长，我这个参谋长是孙先生任命的，还没有撤职嘛，你急什么呢？再说参谋长这个职位你未必看得上眼，海军总长的位置才是你想要得到的宝座呢！”说完一挥手，“走，找林司令去！”

“用不着找，我来了！”林葆怿司令从会议舱怒气冲冲走出来，“有什么事，毛参谋长，劳你大驾找到永丰舰上来了？”

毛仲芳在林葆怿的锐利目光下，装出一脸卑微的笑容：“啊，林司令官，莫督军命令我俩立即去开会，说是有紧急情况，我就到各舰找你了。”

“莫督军为什么不直接通知我？”林葆怿说，“请你立即回海圻舰，没有我的命令，你不能去开会。我现在还没有撤职，我还是海军司令，有事我会直接跟莫督军联系的，用不着你这样辛苦地到处找。”

“林司令，你召集人在这里开会，避开我又是什么意思？”毛仲芳问。

“我是舰队司令，是军政府、孙先生任命的，在哪儿开会，找谁参加都是我的权力，你是我的下级，没有资格查问我！”

“我是奉莫督军的命令前来找你的！”毛仲芳干脆把莫荣新推出来，“他对你很不放心！”

“毛参谋长，你说话有没有分寸？”温树德舰长走过来问，“我们大家都在这里”，他指了下从会议舱出来的各位军官，“各位向毛参谋长报告，看看我们在这里是议正事，还是像别人一样老躲在阴暗角落里搞阴谋！”

“毛参谋长，我们是大家聚一聚嘛。”

“林司令官从来不搞阴谋……”

“你们都听着”，毛仲芳扯起嗓门，“护法舰队是维护军政府，是孙先生的。现在孙先生到上海去了，广东的军政大事由莫督军负责。我们海军的大事要向他报告，任何个人的命令是不能代表护法舰队的！”

“参谋长”，鱼雷大副赵梯昆说，“你是代表莫荣新呢，还是代表护法舰队？”

“你……你有什么权力盘问我？”

“我是海圻舰鱼雷大副，别说我，就是一个士兵也能这样问你！孙先生早就说过，官兵平等！”

“林司令官，你这不是围攻我吗？”毛仲芳只好把目光移向林葆怿。

“你带了这么多官兵来找我是什么意思？”林葆怿气呼呼地说，“你挑拨闽籍官兵与外省籍官兵的关系，分裂海军，错误是严重的。今天来，就是想赶我走。但走也决不会交权给你！我不会信任你！”说着他将脸转向会议舱出来的军官，“弟兄们，我跟莫荣新、毛仲芳水火不容，他们赶我走，我成全他们吧。”说完从口袋里摸出舰队司令官印拿在手里，走到毛仲芳跟前，“毛参谋长，这是体现舰队权力的司令官大印，我该交给你吧？”

毛仲芳愣了下立即苦苦一笑说：“林司令，你不能走，我们全舰队官兵都离不开你。”

“心里不是这样想的吧？”江南天在一边愤怒地说。

“司令官，大印不能交给他！”有几个人异口同声说。

“把印交给他，我们都不干了！”三副盛延琪大声说。

“你们不干了，这正合某些人的意思！”协长田炳章说，“我们不但要干，还要干好！”

林葆怿握住舰队司令官大印笑了："毛参谋长，官兵们不让我把代表他们利益的大印交给你，我只好收回刚才的话了。"

毛仲芳两手不知放到哪儿。

林葆怿也站着凝视着他。

"林司令官，你决定走了？"倪则良挤过来问。

"是呀，你想当司令官？"

倪则良一听气得两眼喷火，大气出不来。

"举枪！"倪则良猛地转过身对众卫队员命令。

"唰"地，卫队打开枪机哗啦啦响成一片。

"告诉你们，这是永丰舰！"韩长福带着卫队包围，"谁敢动，我们的枪可不是吃素的！"

"放下武器！"毛仲芳一看自己的卫队被包围，好汉不吃眼前亏，急忙命令说，"谁胡来我枪毙谁！"

毛仲芳的卫队员一个个像斗败的公鸡，垂头丧气地收起枪。

林葆怿司令官向众官兵扫了一眼，将眼睛盯住忠厚善良的肇和舰舰长林永漠说："请林舰长出来！"

林永漠忙从后面挤到林司令面前。

"我将司令官印交给你，并电告孙先生，力荐你为舰队司令，所有经费明天上午交给你，请你率领舰队继续护法！"说完将印交给他。

"林司令官，你不能走！"众官兵跪在甲板上。

一艘小艇载着林葆怿渐渐地远去……

十二、杀机四伏

海军护法舰队司令官林葆怿见局势不稳，迫于莫荣新的压力，以及在一些受蒙蔽的不明真相的闽籍官兵的责难与反对下，愤然离开舰队。孙中山批准他的保荐，任命林永漠为舰队司令，出于稳定舰队等因素，毛仲芳仍然担任参谋长，闽籍官兵与外省籍官兵的矛盾日益突出，几乎到了动刀枪的时候了。

1919 年 6 月 9 日晚上，海圻舰上的大副苏栋界，在后舱给到来的每个闽籍官兵发一支手枪和一把短剑，然后又走到毛仲芳的副官倪则良跟前说："报告倪副官，一切准备完毕！"

倪则良冷冷地说："弟兄们，你们护法南下广州，在舰上吃不好，喝不好，生活无着落，更谈不上养家糊口。所谓护法实际是为孙中山个人卖命，可是他给了我们什么好处？"

"千里做官，为了吃穿。现在我们日夜漂泊在水上。孙中山跑到上海过花天酒地的生活，林葆怿又捞了一笔钱跑了，军政府是空架子。"苏栋界帮腔说，"我们干脆投靠北洋政府，投靠莫督军！"

"苏大副言之有理，我们他妈的不能空着肚子给孙中山卖命！"又一闽籍少校应和着。

"我们这里都是闽籍弟兄，亲不亲故乡人。"又一个中尉说，"跟着军政府跑没有什么好处，我们反了，反了！"

"小老弟"，倪则良冷冷一笑，接住话，"反了不是那么简单的，我们舰上近 500 官兵中，有 200 多为外省人，他们以林永漠司令官为后台，跟我们对着干，现在不是你死，就是我亡。"

"前天永丰舰的外省人韩长福、副舰长江南天在广州城里与我舰外省人聂威战一伙人吃酒，一个个在酒桌上群情激昂，肯定是针对我们的！"中校轮机长说，"聂威战他妈的这些日子异常活跃，老是朝永丰舰跑，肯定是有什么新阴谋！"

"我们今夜就是要研究对策，收拾他们！"倪则良说。

众闽籍官兵在副官倪则良的煽动下，策划着赶走海圻舰上的外省籍官兵，就在这时候，海圻舰上外省籍人聂威战已经率领一支敢死队赶到了参谋长毛仲芳的舱室门口，他见里面灯光明亮，就悄悄地走过去，通过门缝朝里一望，四五个人

正围着毛仲芳低语着什么，只见毛仲芳拧着眉背着手在寻思，而大胡子的上尉军需大副黄杰书右手扶住腰带上的手枪不停地说：“参谋长，赶走林永漠是上策，让他跟林葆怿一样一拍屁股滚最好！”

“不不不”，毛仲芳老谋深算地说，“林葆怿心计深，不但有军事头脑，而且善于玩政治把戏，性格刚烈，而林永漠过分老实，有他在前面挡着我反而好干事，把他赶走了就是撤走了我的挡风墙。”

“那……那怎么办？”黄杰书问。

“其一，赶走海圻舰上外省官兵；其二，不准永丰舰上的外省人到各舰串联；其三，尽快将全舰队外省人赶下舰，舰队立即脱离孙中山与北洋政府挂钩，保障舰队生活必需品、设备。”毛仲芳说。

“什么时候行动？”

“先从海圻舰开刀，然后串通其他舰一艘艘地来。别急，搞窝里斗比搞外面斗更要冷静，要使心计，不外露，不声张。要不动声色地杀聂威战，要放风说他是自己出走的，为他人所害。”毛仲芳说。

上尉黄杰书听着，那种急于表现的激情暂时收敛了一下。

“今夜倪副官率弟兄们行动，黄杰书作为我的卫队长指挥官兵干，软硬兼施地送走外省人离舰。有反对的悄悄干掉抛进海里，不过最好还是投进锅炉烧化！”

“愿意投降屈服的给不给路费呢？”

“既不资遣，也不重新安排进部队任职。”

“万一这帮人在外面散播我们的内幕呢？”黄杰书问。

“以你为首组织一个暗杀队，你告诉他们，谁离舰后胡说八道，他的性命可能要受到威胁！”毛仲芳说。

……

听到毛仲芳他们的对话，聂威战他们大吃一惊，恨不得立即冲进去击毙这群披着人皮的狼！他向后面的敢死队员、三管轮张海京说：“中尉，快去通报电灯匠尤永财，将自制的炸弹抱十几个来！”

“是！”中尉三管轮张海京立即跑去。

半小时前，聂威战正在舱里休息，他的好朋友闽籍枪炮官秦基冰慌慌张张地赶来了，不等聂威战说句客气话，他就抢着压低嗓门说：“少校，毛仲芳他们要收拾你们……”

少校大管轮聂威战，平时与舰上官兵相处得很好，无论闽籍官兵还是外省官兵，都以这位山东青岛大个子为朋友，特别是他的副手秦基冰炮击技术不太理想，聂威战耐心地传授他的炮击技术。他是由炮长改任少校大管轮的。舰上闽籍官兵与外省籍官兵关系紧张，但他们关系仍然很好。现在生死关头秦基冰赶来报信，足以证明他与聂威战的友谊，是经得住血与火的考验的友谊。

听了秦基冰的通报，聂威战少校深感情况严重，要想通知舰上所有外籍官兵已经不可能了，而自己逃走丢下难兄难弟又太不仗义。于是他将十几个能通知到的人全部召到轮机舱，简单介绍了情况后，他带着八个人赶到毛仲芳的机舱，其余的人分别两人一组占领有利舰位，另有两人一组监视倪则良他们的行踪。

前甲板上，倪则良指挥人将海圻舰上外省籍官兵全部集中了。这些官兵并不知道内情，只是听集合号音赶到，而闽籍官兵一到，就由指挥官命令他们到后甲板集中。

“报告倪副官，聂威战等十几个外籍官兵没有到！”大副苏栋界惊恐地赶过来说。

倪则良大吃一惊地问：“搜查了没有？”

“派人找了两次没有找着。”

“行动之前你不是看到他在舰上吗？”

“是呀，可现在没有找到了。”

倪则良眼球一转说：“注意警戒！”

为了防止外省籍官兵起哄反对，四周架起了机枪，几个卫队员手里握着揭开保险盖的手榴弹，只要倪则良一声令下，手榴弹就会在外籍官兵队伍中爆炸。倪则良看到外省籍官兵都用敌对的目光盯住他，胆怯地摸了摸枪，壮着胆说：“弟兄们”，他语气尽量缓和，“今天宣告大家一件意外的事情，也是意料之中的大事。”

众外省籍官兵都睁大双眼盯住他。

“我们舰队明天离开广东回上海或到福建去，这是因为我们护法近来，舰队补给中断，孙先生又离粤，军政府处境困难，各位如果不反对的可以留下，反对的现在可以被送上岸，各自谋生。当兵，特别是当海军不是唯一的生活出路，大家应该清楚。”倪则良说着长长叹口气，“我才转告舰队司令官这一决定，请各位好自为之。”

前甲板上100多官兵都沉默着，神情悲凉，只有浪涛击拍军舰的“哗哗”声，在人们耳畔回荡。

“我们请求见见林永漠司令官！”上尉军医官打破这死般的寂静，“或者让我们见见毛参谋长也行。”

“你是什么意思，不相信倪副官？”上尉苏栋界走过去用枪顶住他胸口问，“告诉你关医官，放明白点，别他妈伸出脑袋接枪子儿！”

军医官关统埔上尉不敢吭声了。

“你这是逼我们外省人离舰嘛！”队列中有人大声说，“倪副官，不要逼人太甚，我们当兵的都不是怕死鬼！"

"有种的站出来！"苏栋界寻声望去，"滚出来！"

"你他妈狗嘴里吐不出象牙来！"人群中有个声音洪亮反击，一个黑塔般的汉子走出来，"看你把老子怎么样！"

人们的目光都寻声转过去。

倪则良定睛一看是鱼雷大副少校赵梯昆，忙向上尉苏栋界使了个眼色。苏栋界急忙握枪走过去，赵梯昆不等他反应过来"啪"地一拳击掉他手中的枪说："狗！一条断了脊梁骨的狗！"

"你……你骂谁？"

"骂你，骂那些叛徒，勾结莫荣新、北洋政府的狗！"赵梯昆愤怒地说，"军舰是南下护法的，是军政府的海军，不是毛仲芳的私人卫队，更不是莫荣新的家私。赶我们外省人下舰，在闽籍官兵与外省官兵中制造分裂，破坏我们不同籍官兵的友谊，是毛仲芳与莫荣新企图夺走海军指挥权的阴谋。现在林舰队司令官不来，我们死也要跟你们拼了！"赵梯昆说，"大家都被你们赶走，我也决不会走！"

"机枪，机枪准备！"苏栋界恼怒地咆哮。

"谁有这么大的狗胆！"舰中间甲板上传来吼声。

倪则良扭头一看大吃一惊：聂威战，是他？

"倪副官，你不是让你的狗腿子到处搜查我吗，老子不请自到，倒要看看你这个龟儿子怎么样孝顺你老子！"聂威战骂着走过来。

倪则良一看只他一人，就向上尉苏栋界使了个眼色。苏栋界就冲着聂威战迎上去："站住！"

"你他妈小狗小狼的上蹿下跳什么？"聂威战骂着向后扭头，"带毛仲芳！"

几个外省籍水兵押着毛仲芳走过来了。在场的人都惊住了。

毛仲芳被聂威战他们生俘后，聂威战将两个用瓶制作的小土炸弹分别绑在他后背与前胸，对他说："参谋长，你的副官将我们外省弟兄集中在前甲板，对我手无寸铁的弟兄施威。我现在请你过去下道命令，把弟兄们送上岸，你也得去护送！"

毛仲芳明白，只要士兵手指一动，导火索就会引燃两颗炸弹，到那时他前后都会开窗子。这样一想他恐惧地说："老弟，何必这样对待我？"

"那么你又何必对我们这样毒呢？"

"我……我是奉命……"

"告诉你毛仲芳，在海圻舰上与其他舰上吃饭的外省籍弟兄，不一定都会离开军舰。若将来他们有个三长两短，你就是飞到天边，也会有人找你算账。信不

信由你，反正我先把话讲在前头，到那时别说我们外省人不义气！”聂威战说完又一笑，“我先出去！”

毛仲芳心想，求生，什么都好商量。留得青山在，不怕没柴烧！

“倪副官”，毛仲芳走了过来，他用极为痛苦而又不便表露的神情盯住倪则良，“把弟兄们集中在前甲板干什么，嗯？”

“我们太困难，想请一部分弟兄们高就。”倪则良说。

“长官”，赵梯昆走过来了，对毛仲芳说，“倪副官要遣散海圻舰上的外省籍官兵。他只是一个参谋长的副官，有这么大的权力吗？我们要求见林司令，他就要对我们下毒手！”

“林司令上岸去了，今天回不来，舰上今天的事我当家”，毛仲芳说，“无论怎么说，大家千里赶到广东护法，没有罪。如果有人想离开，我护送各位离舰，不走的还是我们舰上的好官兵。”

“倪副官做出违法的事，谁制裁？”聂威战问。

“我！”毛仲芳走上去“啪”地一记耳光打在倪则良脸上，“滚！”

这可真是周瑜打黄盖，倪则良捂住脸灰溜溜地下了舱，甲板上的人这时乱哄哄的，后甲板上的闽籍官兵因总后台毛参谋长被作为人质，也不敢乱说乱动，都列队在后甲板等候命令。

赵梯昆走到聂威战跟前耳语：“这舰上不能再待下去了，让毛仲芳护送兄弟们离舰，保证弟兄们的安全！”

“永丰舰支援我们来了！”不知谁喊了一句。

聂威战一看永丰舰开过来了，炮口一律对着海圻舰。虽然吨位小，火炮力度不大，但只要是先发制人，一阵急袭足可摧毁海圻舰。

“毛参谋长，上艇吧！”一个上尉说。

毛仲芳看到增援的永丰舰驶近了，又望望甲板上的外省官兵，只好顺着梯子向小艇走近。

月光下，一艘艘小艇护送着海圻舰上的外省籍官兵向岸边驶去，由于有毛仲芳做人质，永丰舰在监督，海圻舰不敢开枪开炮。

十三、劫船

1920年4月1日中午，决定护法海军舰队命运的决战开始了。150余人的敢死队分为三个小队，一队温树德指挥，二队陈策指挥，三队孙祥夫指挥，攻夺海圻、肇和、海琛、永丰等舰。

第一敢死队的温树德，亲自乘坐在编号为106的小火轮上，108号小火轮在他的前面，由敢死队队长赵梯昆指挥，以旗语保持与106号轮上的温树德联系。当两艘小火轮进入港汊分歧处不久，时针指向上午11点10分，赵梯昆把举着的望远镜突然放下了，回头对田士捷说："差轮来了，准备夺取差轮，冲上去！"

温树德看到旗语忙对李毓藩说："准备接应赵梯昆，向前开进一点！"

"是！"李毓藩回答。

3月31日晚上，温树德走进位于广州东山后面的海军基地六号会议室外面时，早已到达的陈策走过来："该到的都到了，开会吧！"

海圻舰中校协长田炳章，鱼雷大副赵梯昆，肇和舰副舰长田士捷，三副李毓藩、盛延琪，楚豫舰航海三副胡文溶，轮机二车任治龙，还有温树德的亲信官员郭朴、欧阳格等，以及广东省海军江防司令部的反桂系、反闽籍官兵的官员都在座。

"各位弟兄"，温树德两眼平视座位上的校尉官员，"大家都是与我温某同呼吸、共命运的多灾多难朋友。我海军南下护法以来，众弟兄出生入死跟着孙先生，拥戴军政府，在这里我代表孙先生和军政府向诸位表示感谢！"

在座的听着感到奇怪：温先生今天怎么这样谦和、客气呢？他能代表孙大元帅与军政府？

"请大家来，是为了夺取护法舰队全部军舰的指挥权！"温树德简洁地说。

座位上的人们骚动起来。

"各位安静，陈策先生宣读孙中山大元帅的命令！"温树德说。

陈策一听站了起来，打开文件夹，朝人们扫了眼就宣读起来：

密令温树德将军：护法海军舰队自1917年8月进抵广州以来，为

维护广东军政府作出历史性的贡献。但程璧光总长被北洋政府与桂系莫荣新派出的杀手暗刺身亡后，舰队中占有一定地位的闽籍长官依附桂系为虎作伥，分化瓦解护法势力，排斥外省籍舰队官兵，有叛变离粤之可能。现命令温树德为总指挥，陈策将军为副总指挥，夺取护法舰队各舰的指挥权，严惩个别别有用心、煽动闽籍士兵闹事的闽籍军官，重新组建护法舰队，保持护法舰队的纯洁性……

“诸位”，温树德说，“请提出战斗措施！”

经温树德一提议，众人开始议论开了。

门外，哨兵仇四毛将耳朵贴在墙上偷听会议上诸将校的发言。室内陈策副总指挥说：“敢死队应为五个分队，一共160人。由我与温将军分别率领，应首先夺取海圻舰……”

“四毛，怎么样？”一直隐蔽在旁边的苏栋界突然冒了出来，“他们都在说些什么呀？”

“孙中山给温树德的命令是，清洗舰队中所有闽籍官兵！”仇四毛告诉他，“他们组织了160人的敢死队向各舰队发起进攻！”

“怎么打，有作战计划吗？”苏栋界问。

“听赵梯昆在会议上讲，事先雇火轮隐藏在港汊分歧处，待送菜送粮食的差轮驶近后，冲上去截住，让敢死队换上差人衣服，冒充差人登舰。”仇四毛说。

“时间，他们行动的时间呢？”

“4月1日上午，乘舰上官兵吃午饭时下手。”

“你注意偷听，凌晨到牛头街9号找我！”苏栋界说。

“苏先生，倪先生没有来呀？”一个声音从一个坑中传出来。

苏栋界一听大吃一惊，但不见人，只有声音，他不敢移步。两眼愣愣地寻声凝视。

“是毛仲芳派你来的呢，还是莫荣新的命令？”

“你……你是谁？”

“我不说你猜不到，一见面你就吓一跳！”

“你……你是孙先生的副官……”

“我是莫先生，莫荣新的副官，也是北京派来的，你猜我是谁？”

“你是刘华汉，还是成袋划？”

“这两人是干什么的？”

“是北京来的大杀手，我不认识。”苏栋界说，“先生你是……”

“你知道得太少了！”土坑里的人打断他的话站了起来。

苏栋界定睛一看大吃一惊："韩长福，是你呀！"

"怎么，是没想到呢，还是我不该在这个时候、这个场所出现?"韩长福的手枪逼住他。

苏栋界惊恐地倒退一步，扫了眼仇四毛，已经有四个士兵将其捆绑起来了。苏栋界忙说："韩老弟，我跟仇四毛是同乡，今天我来找他是有点私事。听说他在岗上，我就找来了。"

"想当初你向我学习武艺时还是很诚实的，没想到你为了升官发财，什么勾当都干！"韩长福说，"我老实告诉你，今天温将军奉孙大元帅的命令，开会研究抓捕像你这样的王八蛋，没想到你送上门来了，你不请自到也好，免得我们费事！"

"韩先生"，苏栋界跪到地上，"我认罪"，说着一下子抱住韩长福的双腿，闪电般又从袖口拔出隐蔽的手枪，"老子找个垫背的！"

"啪"扳机响了一下，但枪没有响。富有经验的韩长福霎时间反应过来，苏栋界在向他裆部开枪，子弹卡了壳。说时迟那时快，韩长福闪电般一拳击在他脸部，苏栋界痛苦地"啊哎"一声倒在地上。

早在10天前莫荣新就得到毛仲芳的情报，称孙中山有可能命令温树德对护法舰队采取行动，莫荣新认识到情况严重，命令毛仲芳派出得力杀手买通温树德卫队中的官兵。毛仲芳经过了解，知道苏栋界与温树德的贴身卫队中的仇四毛相识。苏栋界带着金条来找仇四毛，仇四毛在金条面前屈服了，同意出卖情报。当他下午接到担任秘密会议警卫时，忙与苏栋界通气。苏栋界就赶来了，隐蔽在会议室外面保持与仇四毛联络。没想到他前脚走，后脚温树德就派武艺高强的韩长福跟踪上来了。

仇四毛、苏栋界被连夜秘密处死了。派来的杀手刘华汉与成袋划得不到他们的消息，急忙找莫荣新。莫荣新焦急中安慰他俩说："我的人很谨慎，不会有什么问题的，也许是潜到了他们内部暂时进出不得，等两天我会通报二位的！"

刘华汉一贯沉默不语，平时议事他总是处处表现出直率、不想升官、不想发财的语言、态度。但他骨子里，总是踏着别人往上爬，处处想捞好处，利用别人的手、嘴达到自己要达到的目的。而成袋划是个外露型的家伙，处处好表现自己，对金钱与升官有着特别的兴趣与敏感，两人由于有着共同的爱好所以情投意合。这次从北京南下广州，如果搞掉了孙中山及孙中山手下的大人物，回京后一定又能得到重赏。杀死海军总长程璧光已经捞了一笔赏金，但分化瓦解护法舰队的命令又下达了，他俩都感到担子沉重，但莫荣新拍胸作了担保：只要派出的杀手抓住时机出击，谁当海军总长就杀死谁，护法舰队就会自生自灭，彻底分化瓦解！

4月1日从凌晨开始，刘华汉与成袋划都企盼着苏栋界归来，他俩等着情报便于研究暗杀行动……

温树德率领的一路敢死队，按照昨夜研究的作战部署行动。

第一敢死队队长赵梯昆指挥的小火轮驶过去，截住了运菜的差艇。差艇上的中尉很不耐烦地问：“你们是干什么的？”

“最近很复杂，有人要炸舰，我们是军政府的巡逻队，奉命检查与舰队接触的各类舰船。请中尉先生看证件！”赵梯昆从口袋里摸出一张纸在手中摇晃，并在轮上官兵努力下用铁钩挂住了差艇，两船还没有完全靠住时，敢死队员一跃扑进差艇，并用枪逼住他们：“想活的放老实点，想死的我们打发你们去喂鱼！”

“你……你们到底是干什么的？”被缴了枪的中尉恐惧地问。

“借你们的衣服、差艇用一下，明白吗？”

“你们是哪部分的？”

“军政府的！”一个敢死队员回答并命令，“快脱衣服！”

中尉明白了，他利用两手解衣扣的霎时间猛扑上来，抱住赵梯昆眨眼间滚进水里，顿时船上大乱。

“跪下，再不跪下打死你们！”敢死队员命令。

船上的差人都跪下，再也不敢吭声。

赵梯昆被中尉抱住推下水，他一把死死掐住这家伙的脖子不放。中尉在水中挣扎了几下后四肢停止了运动。

“王八蛋，找死！”赵梯昆爬上差艇说，“不老实，一样喂王八！”

差员们跪在舱里大气不敢出。

“上火轮，快！”赵梯昆命令。

差员们赤手空拳向小火轮走去，他们扫视这些劫船的人腰里有枪，背上插着刀，腰带上还挂着一颗颗炸弹，行动敏捷，好像个个都是江湖好汉。上了火轮是生是死，他们心里都在敲鼓。

昨夜通宵会议上，极其细致地研究各舰的行动步骤、作战任务，给敢死队员除发手枪、大刀外，还发了用香烟罐制作的炸弹，命令中午乘各舰官兵正吃午饭时行动！

“赵队长，温将军命令向海圻舰开去！”一个敢死队员说。

赵梯昆看了看106艇发出的旗语，又看到田士捷、田炳章他们拦截差艇成功，向目标前进。他兴奋地命令：“海圻舰，开足前进！”

泊位于黄埔港的护法舰队的军舰，除海圻、海琛、肇和三艘大军舰外，另外还有飞鹰、福安两艘中型军舰。

现在，赵梯昆命令化了装的敢死队员准备拼杀了，他自己将帽子拉得很低，不让舰上岗哨认出。他们的任务是夺取黄埔港军舰。昨夜各路敢死队点将时，赵梯昆没有点，他说服从命令。温树德只好命令：“攻夺黄埔各舰的敢死队队长为赵梯昆！”

“是，战死不悔！”赵梯昆站起来。

温树德又说：“田炳章、田士捷、李毓藩、盛延琪！”

四人在点名声中相继站了起来，回答：“服从命令！”

“你们四位听着，你们分别担任第一、二、三、四副队长，赵梯昆队长若战死，你们活着的接替指挥！”温树德说。

“无论谁战死，我们接替指挥！”四人异口同声。

温树德满意地点点头又说：“王文泰、孙玉哲、王福玉、李得胜、袁世绪、李季东等20位是敢死队队员，另有150人的预备队跟进。首先夺取海圻、海琛两舰，肇和舰内应兵力很强，用不着各位。你们三舰一得手，立即用舰炮威逼其余军舰投降，否则用舰炮打击！”

“坚决执行命令！”敢死队官兵回答。

温树德与众指挥看到敢死队队员的精神风骨很激动，与他们一一握手话别，然后温树德乘指挥艇督战。

今天温树德的兵力部署是很认真的。清晨，各路敢死队分别出发后，内外指定的各舰官员，与预约内应行动官员、敢死队官兵、各路指挥官，都由广东江防舰江大号率领的两艘小艇运送到指定地点，各类标记都戴在执行官兵胸前。

“前面就是海圻舰！”敢死队队员王文泰对赵梯昆说，“我先上！”

“动作快一点，反抗者一律处死！”赵梯昆命令。

海圻舰上，毛仲芳和心腹副官倪则良正在一块儿喝着贵州名酒茅台。毛仲芳将半杯酒一饮而尽后快意地说：“则良，要想永远有好酒洗肠肚，不把持住这支舰队是不行的！”

“参谋长”，倪则良一边倒酒一边说，“赵梯昆失踪有几天了，这人跟闽籍官兵总唱对台戏，是不是送他回老家算了？”

毛仲芳微闭双眼不语，筷子夹着肉块儿往嘴里送。

“据说外省人以温树德为首想对我们下手呢。”

“我已经命令各舰舰长，将舰上的枪支弹药一律加锁，派闽籍官兵看守，只有舰上值班官兵才佩带手枪。舰上值班官兵晚上一律为闽籍人，白天舰上值班军官也必是闽籍人。说实在的我也怕各舰起内讧呢。”毛仲芳心有余悸地说。

“现在舰队司令林永漠是聋子的耳朵——摆设。由你实际操纵着海军舰队，能不能迫使孙中山下令解除林永漠的职务，而任命你为舰队司令呢？”倪则良问，

“莫荣新不是讲，由你担任司令官吗?”

“我当了司令官，你就是参谋长了”，毛仲芳说，“我建议把海琛舰副舰长叶心传叫来，研究一个10人的敢死队，首先把温树德、赵梯昆、田士捷、胡文溶、欧阳格他们杀了，然后利用各种关系向孙中山左右渗透。真正想要统治南下海军舰队，继而夺取两广，非狠毒不可!”

“对对对”，倪则良说着忙得意地笑了，“我早就看出参谋长心胸装的不是南下舰队，而是两广督军的位置!”

“一个好汉三个帮嘛，我左右有你这样的忠良相助，这一生打一块天下我想是不成问题的。”毛仲芳说，“不过我也要警告你，遇事不要太锋芒毕露，而要将真正的企图隐蔽起来。”

“对对对，人与人交往要有保密意识”，倪则良说，“我他妈的有时就是把不住这张嘴!”

“以后注意就行了……”

“哒哒哒……”一阵急袭的机枪声打断两人的谈话。

“怎么回事?”毛仲芳第一个冲出门大声问。

“砰!”一发子弹擦着耳畔掠过。

“参谋长，快进舱!”一个卫队队员扑上来，将毛仲芳推进内舱，“倪副官，你也进去!”

“怎么回事?”倪则良问。

“赵梯昆带着外省人夺舰啦!”卫队副队长方建武口答。

“赵梯昆下手了!”毛仲芳更恐惧了，“要阿五快来见我!”

“是，我马上去找他!”方建武回答完就向外冲。

海圻舰的前甲板上，敢死队队员王文泰打死值班水兵向前冲时，在左后的炮位上，一个闽籍少尉闪电般扑上来，抱住他就向水里推。王文泰右手死死抓住对方的头发，左手一下子抓住对方的衣领不放，他的身子悬空如同挂在海圻舰的舰体外面。

“李得胜、袁世绪，快堵住中舱门，快堵住中舱门!”赵梯昆在中甲板上指挥作战，“快，打死那个中尉，快打死那个中尉!”

闽籍三管轮南邮海从饭厅舱冲上来，两手各抓住一支张开机头压满子弹的手枪，腰里插着揭开保险盖的手榴弹：“冲上去，他们外省人只是少数，快冲上去!”

“手榴弹，快投弹把他们炸下舰，炸下舰!”闽籍上尉机炮长阿五也从另一舱冲上来。

前甲板上打得翻天覆地!

赵梯昆他们今天行动迅速。小轮一靠上海圻舰，舰上的哨兵一看是送菜、送粮的差轮忙放下梯子。敢死队员们因大都是被闽籍军官赶下舰的外省人，对舰上的值岗口、机炮舱口位置很熟悉，攀上舰就占领有利位置。当赵梯昆爬上前甲板时，枪声已经大作，几个反抗凶狠的闽籍军官已经被击毙！

“占领弹药舱，快占领弹药舱！”赵梯昆命令。

敢死队员王福玉带着三个人直扑弹药舱！他过去就是海圻舰的军需官，对舱位很熟悉。他一边跑，一边向前面的闽籍军人反击。

“田炳章，把一小队拉过来，快！”赵梯昆命令。

田炳章率领六名敢死队员紧紧地跟随赵梯昆直扑海圻舰毛仲芳的参谋长办公舱。刚刚打退闽籍水兵的进攻，一个双手抱住炸弹的闽籍少尉咆哮着扑上来了。赵梯昆举手一枪击毙这家伙，但他手中的炸弹还在冒白烟，导火索在缩短。田炳章不等赵梯昆反应过来，飞跃上去一脚想将敌尸踢进海里，但没踢动，死尸在甲板上翻滚了一下而炸弹从怀里滚了出来，赶上来的敢死队员孙勇（又叫孙玉哲）飞起一脚，将炸弹踢出舰外，在落进海里的空中爆炸了，有几块弹片击在舰中舱铁板上“当当”作响。

“田炳章，敌人上来了！”赵梯昆命令，“把中舱口堵住！”

在餐厅吃饭的几百名闽籍士兵蜂拥而上，情况异常危险。负责夺取弹药舱的王福玉他们仅三个人。

“我去，你们按计划行动！”敢死队的李毓藩率领第四小队增援王福玉他们去了。

“快，把毛仲芳先捕住就好办！”赵梯昆命令。

第一小队仍然执行原定作战计划不变，飞快地赶向毛仲芳的指挥舱。今天舰队司令官林永漠进广州城访友去了，海圻舰上的毛仲芳更是为所欲为。

“队长，在这里！”冲在前面的一个敢死队员一指，“我看到毛仲芳窜进军需官舱的！”

“是吗?”赵梯昆忙扭头，“田炳章，毛仲芳在军需官舱隐蔽，想跑！快把军需官舱堵住。”

“是！”田炳章率队急冲军需官办公舱。

办公舱里，毛仲芳左右只有五六个官兵了。毛仲芳惊恐地将一件水兵制服套在身上，倪则良也换好水兵服，几个卫队队员手中有两挺德造轻机枪，其余为日造手枪与几枚德造手榴弹。毛仲芳忧心如焚地问：“倪则良，能不能杀开一条血路?”

“所有舱口、救生艇、公差轮都被他们占领了。”倪则良说。

毛仲芳咆哮道：“跟他们拼几个垫背的！老子也是一条好汉！”

“参谋长，好汉不吃眼前亏。”倪则良忙缓和语气，“向他们暂时投降，不是没有骨气。现在退，也是为了将来大踏步前进嘛！”

“开门，请毛参谋长开门！”门外有人狠狠地砸舱门，“开门，我们是军政府敢死队！”

军需舱里的人惊住了，一时没有人作出反应。

“再不开我就用机枪扫射，用炸弹炸！”门外又叫。

“怎么办？”倪则良问毛仲芳。

几个士兵已经将枪口对着门准备反击。

“伏下！”毛仲芳命令。

舱里的人全伏地两眼盯住舱门。

“哒！”机枪点射，一发子弹击穿舱门从倪则良头发尖上飞过。

毛仲芳伸手向伏在左侧的士兵说：“给我两枚手榴弹！”

倪则良扭头对毛仲芳说：“参谋长，不能拼命！”

“被人捉住挂在舰体外活活让太阳晒死？”毛仲芳咆哮道，“我不能这样死，我要跟他们拼！”

“把参谋长按住，不能让他拼命！”倪则良命令。

三个士兵分别按住伏地的毛仲芳，不准他冲出舱拼命。

“咚！”舱门被撞开了，黑洞洞的枪口对准了他们，几个按住毛仲芳的卫队员松开手爬了起来。

赵梯昆冷冷一笑用枪指着前面地下：“全舰停止反抗，投降！”

“你……你们这是干什么？”毛仲芳恐惧地问。

“奉孙先生、军政府的命令，清洗海军护法舰队中的反动分子。你是其中一个祸首！”赵梯昆说。

“你……你们！”毛仲芳扑上来，“跟你们拼了！”

“上！”两个敢死队队员在田炳章的命令声中扑上去，死死扭住毛仲芳，“老实点，不然把你四肢一捆，丢进海里喂王八去！”

“我……我死也不会向你们投降！”毛仲芳吼叫着。

倪则良已经恐惧得两腿颤抖，一看毛仲芳被敢死队按住，自己的卫队全部自动举手缴枪投降，只好对赵梯昆说：“我向你们投降！”

“他妈的软骨头！”田炳章骂了一句。

这时枪声停止了。两个敢死队员正拖着一具血淋淋的死尸从舱口路过，倪则良与毛仲芳都扫见了，两人几乎同时对看了一眼。

“你们都出去，在前甲板集中！”田炳章命令毛仲芳左右已经投降的卫兵，“快走，到前甲板去。”

几个卫队员老实地举着手向外走，一个敢死队员握枪监视着他们的一举一动，他们刚才的威风烟消云散，举手垂头毫无生气。

“报告，除底舱有几个顽固分子还在反抗外，其余人全部投降！”一个中尉赶过来向赵梯昆报告。

“敢于反抗的就地处决！”赵梯昆命令。

毛仲芳慢慢地垂下头：“传我的命令，投降！”

海圻舰上的各个舱位都能听到毛仲芳在呼叫投降的声音。闽籍官兵几百人从不同舱位走出来了，他们看到敢死队员们封住了所有舱口、炮位、机枪位及火药舱等舰上重要地方，前后甲板，到处是一具具死尸浸泡在血泊中，伤者倒在甲板上惨叫，炮口也指向了海琛、肇和号军舰，只得叹着气跪地举手，不敢动弹。

倪则良跪在甲板上，他的左右是四五具死尸，伤兵在哀求包扎。军医官在忙乎着，不时拿目光扫视他，好像在说：“把昔日的威风收起来吧！”

“上尉”，倪则良压低嗓门叫闽籍军医官，“其他两舰能跑吗？”

“倪长官，别吭声，敢死队打死你是不用谁核准的！”

倪则良只好老实地跪地举手，不敢再想什么心事了。

海琛舰上的副舰长叶心传不服，在枪口下他不敢反抗，又看到海圻舰、肇和舰都挂起白旗，只好投降。黄埔泊位码头的各舰相继都投降了，将闽籍官兵用小火轮向黄埔岸上送去关押。只有省城方位枪声大作，赵梯昆驾舰向永丰舰增援！

敢死队第三分队长聂威战奉命驾小火轮驶近泊于省城白鹅潭的永丰舰时，舰上接应的信号没有出现。他扭头问敢死队员李静和：“永丰舰江南天、炮官韩长福是早上回舰的，怎么没有动静呢？”

“是不是出了问题？”又一敢死队员卢沛海问。

“照说不会吧，江副舰长与韩炮官办事都很谨慎”，辜发方说，“我们当了敢死队员，韩炮官说他回舰接应，也算是敢死队员，并说成功后他在广州城请我们吃酒！”

“都别猜了”，聂威战表面冷静，吩咐道，“靠上去，永丰舰若反击我们就用机枪和手榴弹开路，我阵亡了李静和接任，李静和死了由辜发方上，一定要夺取永丰舰，孙先生在看我们作战呢！”

敢死队员们都绷紧神经遥望锚泊水中的永丰舰，小火轮开足马力向永丰舰接近。

永丰舰上，舰长与其他舰的舰长一样一般不在舰上，而是与老婆孩子居住于广州城比较舒服的环境中。而副舰长江南天与韩长福昨夜参加了行动秘密会议后，今天一大早就赶回永丰舰。在上舰之前江南天就看到闽籍上尉协长高梁乔正

举着望远镜向他们看。江南天扭头对韩长福说，“高梁乔在注意我们了。”

“他注意又怎么样?”韩长福说：“我看他活得不耐烦了!”

“注意一些，他若问就按计划好的口径讲。”

“明白!”韩长福回答。

事情就这么复杂。昨天下午江南天与韩长福离舰不久，江南天在广州城里住的老乡周春方找他，说是江南天的父亲从北方赶来看儿子。协长高梁乔忙去找时，一直奉命注意外省籍官兵的胡祯岩忙神秘兮兮地说：“他俩相继离开军舰，去向不明。”

“你向莫督军指挥部报告了吗?”

“没有。”

“立即向毛参谋长报告。江南天与韩长福是毛参谋长交代的重点控制人物。莫督军对他们也早有戒心!”高梁乔说。

胡祯岩不敢不执行命令。

昨天深夜，莫荣新部作战参谋电告各舰指挥官，对舰上外省籍官兵的去向要严加审问，没有特殊情况外省籍官兵不得离舰!

但是这个电文来晚了，永丰舰副舰长江南天与炮官韩长福已经下舰。

而现在，这两个形迹可疑的外省籍军官清晨出现了，高梁乔立时命令左右：“先把他们扣押起来，没有我的命令不准释放!”

胡祯岩听着就对几个士兵说：“弟兄们，江南天密谋夺我们的饭碗，赶我们下舰，昨夜与韩长福外出策划阴谋行动。现在他们回来了，等他进中舱后，听我的命令行动!”

十几个闽籍水兵都点点头。他们把在军舰上当兵作为铁饭碗，现在有人要夺走自己的饭碗，他们都瞪起血红的双眼，抓住枪准备拼杀!

江南天副舰长已经有准备，他刚一上舰二副罗介佛就迎上来说：“长官，高协长病了，很重。”

“请军医官看看，我马上就到!”江南天一听就知道里面有诈，扫了眼罗介佛，一直向副舰长舱走，心里在盘算敌人会怎么行动。

今天清晨赶回舰的楚豫舰航海二副胡文溶，分手时江南天对他说：“楚豫舰需要我配合尽管说，都在同一水域。暗号不能错。”

胡文溶想了想说：“我们楚豫舰上舰长以下军官都不在舰上，我安排军士长于风志，下士敢死队队员孙怀福，在我们行动的时间里值班，将吃中饭的士兵堵在舱里，我在甲板上接应敢死队火轮!”

“事成后请向我永丰开过来，增援我们，永丰协长高梁乔是毛仲芳的亲信，而且非常狡猾。”

“你们回舰首先把他捆起来扔进海里!”胡文溶很气愤,“你手软,他们是绝不会手软的!”

“对,我们回去先收拾这家伙!”韩长福说。

江南天沉默着没有立即表态,他们告别胡文溶匆匆往回赶,希望楚豫舰顺利夺取并能增援他们。

而现在,他刚一推开副舰长舱的门,两个士兵已经将枪口顶住他:“长官,我们奉毛参谋长的命令扣押你!”

“我是舰长,是舰上的长官!”

“江副舰长”,高梁乔走进来阴阳怪气地冷笑说,“我是协长,官比你小,但我奉命扣押你!”

“你……你们反啦?”

“还有他!”高梁乔向外一指。

江南天扭头一看,韩长福已被闽籍军人捆起来了,两人的目光相遇之时,韩长福说:“长官,我跟你一同到城里有什么罪?”

江南天一听就明白在按预先的计划对付高梁乔他们。但高梁乔不吃这一套,他对士兵们说:“先将江副舰长与韩炮官看押起来。下午 4 点送旗舰,由毛参谋长审问!”

江南天与韩长福由两名闽籍水兵看押在副舰长办公舱,谁也不准进去。外籍士兵与闽籍水兵争执也没有作用,外籍水兵胡家召组织 13 人的队伍到高梁乔那里说理也没有打动高梁乔。

中午,永丰舰上高梁乔与其他士兵都在饭厅吃饭,舰中间的甲板上,闽籍水兵鲁新安正在站岗,看到一持枪敢死队员直奔永丰舰,又有两艘小火轮直驶而来,鲁新安忙用枪拦住来者:“干什么的?”

登舰的敢死队员举枪就射,舰上的闽籍值班士兵也开了枪,击中一名敢死队员。队长聂威战气愤地开枪击中敌人。

“快,冲上去!”聂威战大声命令。

“快,把各舱口、炮位占领!”舰上接应的胡家召命令。

“把高梁乔抓住,别让他跑了!”有人在呼叫。

“吹集合号,吹集合号!”聂威战命令。

舰上反抗的闽籍士兵都被击毙、击伤了。被闽籍水兵打伤的胡家召吃力地出现在前甲板上说:“快,江副舰长被他们关押在这里!”

顺着胡家召的手势,聂威战他们奔过去撞开舱门,制服两个闽籍水兵,将江南天与韩长福手上的绳子解开说:“长官,我们胜利了!”

江南天、韩长福都笑了，跟着聂威战走出舱时，一个隐蔽在炮位的闽籍伤兵向聂威战开了一枪，聂威战头部中弹栽倒了。

江南天一把抱住聂威战，命令韩长福，“快打死敌人！”

闽籍伤兵自知必死无疑，他向韩长福连开两枪没击中，就滚下舰掉进海里了。

江南天在硝烟中站在前甲板上，看到七十多位水兵集中列队都注意他，沉思片刻，然后大声说：“弟兄们，大家受惊了！”说着他将手枪插在腰带上，“本人奉孙大元帅的命令，改组永丰舰海军。请闽籍官兵站在右边，外省籍的原地不动！”

水兵中骚动起来。

“快，闽籍的站这边！”韩长福挥枪命令。

“砰！”后甲板一声枪响。

“谁在开枪？”江南天大声问，“快，过去看看！”

“砰！”又是一枪。

韩长福率敢死队员赶到后甲板一看。协长高梁乔、士兵胡祯岩都倒在血泊中，显然他们是自杀的。

江南天听了报告忙向楚豫舰望去，楚豫舰已经挂起了白旗。楚豫舰的舰炮已经朝着永丰舰，随时可火力增援。

“挂旗！”江南天副舰长命令。一面白旗在永丰舰上出现！

永翔舰、同安舰、豫章舰等都与永丰、楚豫舰处于同一水域，看到胡文溶、江南天他们负责的两舰得手，内外接应也很快挂起了白旗。江南天兴奋地与各舰联络后从通信室出来，被一闽籍士兵从机舱底下面开枪击中胸部，不幸阵亡，顿时舰上一阵骚动。韩长福立即命令闽籍水兵必须坐在甲板上不许动，温树德派来的队伍赶到了，永丰舰再次平静下来，闽籍水兵在看押下乘小轮离开军舰。

“向阵亡的江副舰长致哀！”韩长福沉痛地说。

二十支手枪一起向空中射击，表示对江副舰长的悼念……

从中午到下午4点钟，整个护法舰队的十一艘战舰全部肃清反动分子，1 200名闽籍官兵集中到黄埔资遣回原籍，只有毛仲芳、叶心传、倪则良三人暂时扣押（3个月后释放）。

4月2日晚上，温树德率领各舰长官前往观音山五层楼，面谒孙中山先生。孙中山听后异常兴奋。很快孙中山先生对海军护法舰队的组织任命也下达了：温树德为海军司令兼海圻舰舰长（不久就任命吴志馨为海圻舰舰长），赵梯昆为副舰长，李毓藩为协长，肇和舰舰长田士捷，海琛舰舰长何瀚澜，楚豫舰舰长潘文治，同安舰舰长欧阳林，豫章舰舰长欧阳格。其余的永丰、永翔、福安、舞凤等

中小型军舰，由广东省地方海军官员补充为舰长。舰上不满官兵位置，一律到北洋水兵中去招收。舰队总司令部设于海珠不变，总司令参谋长为常光球，参谋为丁竹庚，秘书长为高福生，军需长郭林，轮机长任治龙，副官长胡文溶，舰队副官袁方乔，海军陆战队司令为孙祥天，改编警卫营一连为海军陆战队，海军陆战队第一营营长为王文泰，第二营营长为孙勇。

由于护法舰队改革重建，宣誓忠于孙中山，忠于军政府，在西南各路军中声势大振。温树德司令头脑冷静，一日他向孙中山先生报告说："先生，广东各路军阀之间关系紧张、复杂，为了使海军舰队不受牵制，突遭叛军攻击，请求将虎门、长洲等地炮台上的德造大炮之炮栓，一律撤下来，存放于海圻舰上，以防万一。"

孙中山先生思考着温将军的建议，联想着广东复杂的军事局势，还有那些遣散的闽籍官兵中，有不少还流动在广东等地结党为奸，各路军中又有他们的同党朋友，只好同意了温司令的请求。

护法舰队，走过了不平凡的岁月！

第二卷　陈炯明叛乱

小引

孙中山在海军护法舰队支持下，在广州建立军政府。1917 年 12 月桂系实力派、军政府元帅陆荣廷正式宣告取消护法。1918 年 1 月，桂系驻粤督军莫荣新，捕杀大元帅府卫队官兵 70 余众，诬称为匪一律处死，同时，军政府两个元帅唐继尧、陆荣廷组织“西南各省护法联合会”与孙中山的军政府对抗；2 月，护法舰队司令程璧光被桂系暗杀；5 月，军政府陆军总长张开儒被桂系囚禁，军政府被非法改组，孙中山先生只好于 6 月 1 日离粤赴沪。早在军政府鼎盛期间，孙中山从广东省长朱庆澜手中得到 20 营，计 5 000 官兵组成援闽粤军，孙中山任命陈炯明为总指挥。这支部队在 1920 年发展成两万之众，邓铿为总参谋长，许崇智为第二路军总司令，蒋介石为许崇智的上校参谋，这是孙中山手头的一支陆军。1920 年 7 月，孙中山命令朱执信带 15 万元大洋支持闽粤军回师。陈炯明率部杀回广东讨伐桂系，桂系大败，陈炯明收复广东。11 月 29 日，孙中山再赴广东恢复军政府。1921 年 4 月，国会决议取消军政府，成立中华民国政府并选举孙中山为总统，5 月 5 日就职。这是孙中山第二次在广东组织政府。6 月，孙中山命令粤、滇、黔、赣各路大军攻击广西陆荣廷，桂军大败。两广为革命政府根据地，各省部队除粤军陈炯明一部不服从指挥外，其他各省部队都服从孙中山指挥，并与皖军段祺瑞、奉军张作霖达成共识，南北夹击直系，北伐条件具备，1922 年春，孙中山先生在桂林前线大本营决定北伐。但粤军情报送达，陈炯明反叛——

十四、矛盾重重

1922年1月的一天晚上，孙中山在桂林前线指挥部刚刚送走几位将军，第二军军长许崇智又赶来请求接见。“许崇智这么匆忙赶来要求接见，很可能出了什么大事。”孙中山心里有一种不祥预感，忙大声说：“请他来！”许崇智跨进孙中山的指挥部，急切地说：“陈炯明要独占广东，叛变革命，不知大总统可否知道?”

“许军长，我早知有此一说，但我想不会吧”，孙中山说，“他反对我，真是忘恩负义呀！”

许崇智是清王朝官宦门第出身，他的爷爷是清朝浙闽总督许应奎。许崇智生长在福州，毕业于日本士官学校，清朝末年他任协统一职。陈炯明任援闽粤总司令时，许崇智任第二路军司令。援闽军大胜，在闽颇有建树，队伍迅速护编为两万之众。此时，孙中山与陈炯明的矛盾渐露端倪。孙中山任命许崇智为第二军军长，蒋介石任第二支队司令（原任司令部上校参谋），吴忠信任第八支队司令，孙本武任第十支队司令。陈炯明担心部队中没有自己亲自任命的长官掌握部队，就任命亲信龚振鸣为预备支队司令，其弟陈炯光为警备支队司令。这就可以看出，孙中山与陈炯明之间隐藏着不可调和的矛盾。许崇智是中华革命党成员，他所担任的第二军军长一职颇有吸引力，部队扩展极快。陈炯明处心积虑地在潮州、汕头地区培养他的军事将领，将亲信钟景棠、黄风纶等都安插在其弟陈炯光身边，同时多方排挤孙中山安排的参谋长邓铿，并悄悄地培植参谋处处长叶举，为将来赶走邓铿、许崇智等做准备。终于他的翅膀硬了，开始反对孙中山先生了。

“他反对大总统，我是有证据的！”许崇智看着半信半疑的孙中山，忙掏出一张纸，“您看，这是他亲笔写的！”

孙中山接过纸条，认真地看了起来：

孙大炮想做大总统，我没能阻止住。现在他想统一中国，做中国的皇帝，这是他北伐的真正目的。在广东，我们握有财政大权，凡孙部北伐部队必需之粮、弹一律以各种理由拖住不给，北伐不成，他就当不了

中国的皇帝了，大总统也是空的……邓铿、许崇智是他安在粤军中的钉子，除之有一定困难，看来只有借北洋军阀吴佩孚的刀了……

读完，孙中山的脸顿时变成铁青色。1917 年护法战争中，他深夜将陈炯明召进办公室说：“我好不容易得到 20 营官兵，现交给你援闽，委你为援闽粤军总司令，希望你有所建树！”

陈炯明感激得热泪盈眶，双手接过任命书：“大元帅如此信任，炯明跟随大元帅打天下，肝脑涂地，万死不辞！”

孙中山忙说：“只怕你羽毛一丰满就忘了喽！”

“炯明跟着先生护法决不是为了升官发财争地盘！”陈炯明说。

孙中山望着他微笑着点点头：“邓铿头脑冷静，又懂军事，善于处事。就请他做你的参谋长吧！”

“先生指派的都是将帅之才，有他们辅助我更有信心！”

“许崇智做过清朝的福州协统，跟福建各方熟悉，请他率一路部队进军福建。蒋介石资历虽浅，但可以做个总司令部的上校参谋吧。”

“一切听从孙大元帅安排！”陈炯明回答。

援闽粤军大胜之时，孙中山却被桂系逼出广州，只好到上海存身。陈炯明与邓铿商量，请孙先生下命令扫荡盘踞在广东的桂系。由于桂系太狂妄，龙济光、莫荣新等都遭到各省军阀反对，孙中山一号召讨伐桂系军阀，各方面都起来响应，讨桂战争大获全胜。1921 年 3 月粤军攻下广州。一天晚上，陈炯明把许崇智叫到指挥部，问：“先生今天对第一师、第二师官兵训过话吗？”

许崇智一听忙说：“大元帅任你为粤军总司令兼广东省省长，他说广东的胜利对稳定全国局势很有利，北方局势也对我们有利，应以广东为革命根据地，向全国推进！”

“啊，这些话我听他讲过，还说了些什么？”陈炯明截住许崇智的话问，“你简洁一点好吗？”

许崇智想了想又说：“先生还说，革命政府是号召革命的根本，比如经营企业或生意，首先必须挂起招牌，择吉开张，以广招徕，决不能以半掩门的姿态出现。非常政府成立后，才可以得到外国的承认并争取权力到我们手里来。”

“你明白这句话的潜在意思吗？”陈炯明问。

许崇智说：“名正言顺地统一国家！”

“不，孙先生是想做大总统！”

“孙先生现在是军政府大元帅，又是击败桂系、创建广东革命根据地的总指

挥，拥戴他为大总统，国人是欢迎的！”许崇智说。

“不见得都拥戴他当大总统吧？”陈炯明踱了两步后说，“秘书邓伯伟赴湖南与赵恒惕联络过，他就不赞成孙先生担任大总统。赵先生拉我与北洋督军吴佩孚结为金兰兄弟！”

“这里必有阴谋！”许崇智说，“我们与吴佩孚势不两立！”

“对”，陈炯明说，“我派谭参谋到吴佩孚那里联络。谭参谋长与吴佩孚串通一气，还为吴佩孚拉拢了洪兆麟，准备拆我的台！”

“我说嘛，吴佩孚不是好东西！”

“在这种情况下，我建议不选大总统，而采取联省自治”，陈炯明忙说，“把广东建成普鲁士，将中国改变成德意志式的联邦。段祺瑞、唐继尧、赵恒惕、卢永祥都默契合作。”

“这不符合孙先生的建国主张，联省自治行不通！”许崇智说。

“这么说你赞成孙先生的主张？”陈炯明问。

“从现在的情况看，各方对选举孙先生做大总统都很欢迎，看来只有陈总司令有些想法。”许崇智直言。

4月，非常国会选举孙中山为大总统后，陈炯明对许崇智说：“他虽然被选为大总统，但我劝他暂不就职为好，若他执意就职，就应以中华民国大总统的名义，赴欧美各国作政治活动。”

许崇智一听惊异地问：“总司令，孙先生当选大总统是国民之意愿，你怎么能这样出言不恭呢！”

“许军长，你跟孙先生接近些，他又很信任你，我才告诉你呢。现在北洋政府摇摇欲坠，北洋军阀的督军们都在伸手向北洋政府要钱要物，北洋政府拿不出钱，而孙先生为南方几省的大总统，没有人找他要钱要物。南北政府谁的寿命长？我看还是联省自治好。”

“你……你这不是反对大总统吗？”

“先生不是表白过谁能推翻满清，他就让位于谁的诺言吗？”

“他就是不当选，也选不上你嘛，何必在路上设一道坎子呢！”许崇智说着气愤地站起来，“先生对你一点也不薄呀！先生当选大总统，又委你为陆军总司令、内务部部长、粤军总司令，还兼广东省省长。你四权在握，一人之下，万人之上，不知陈总司令还有什么不满足的地方，执意与先生作对。陈总司令若是执意不改，将来跟你走的人怕只有叶举与你弟陈炯光了！”

……

许崇智将前前后后的情形回顾一番，孙中山拧紧眉头不语。

“报告大总统，廖仲恺先生求见！”外面的卫士报告，“还有蒋介石参谋长与

吴忠信司令。”

廖仲恺这时任国民党政府的财政部次长，蒋介石为许崇智部参谋长，吴忠信为支路军司令官。

“来得正好！”孙中山高兴了，“快请三位！”

三人进门与孙中山、许崇智寒暄一番后，孙中山将他与许崇智探讨的陈炯明反叛问题全部说出来，让大家共同研究对策，政府财政部次长廖仲恺用沉重的语气说：“陈炯明与许军长交往，是想拉许军长与他走一条路，也许是借许军长的口向先生转告他的思想。我承认陈炯明在准备反叛，但现在还不可能。广东目前兵力很少，若互相残杀，势必造成革命力量自行消灭，北方军阀有可能乘机南侵！”

“不不不，不除内奸，不能北伐！”许崇智表态。

“大总统若不指挥我们清除陈贼，北伐是很难成功的”，蒋介石说，“北伐的各路部队，粮、弹都由陈炯明提供，可他扣着不给，大总统批发的粮弹领不到，没有权威又怎么指挥部队作战？”

“他先是阻止先生当选大总统，后又用枪、弹卡住我军北伐，从没停止过与北洋政府勾结，这样的家伙留着干什么？”吴忠信也气愤地说，“请大总统决策！”

孙中山环扫众将军后说：“各位，你们都是拥戴我做大总统的，我就职时对外宣告地方自治、和平统一、开放门户、发展实业的四大主张；对内唯有使各省人民完成自治，自定省宪、自选省长，中央分权于各省，各省分权于各县，庶几既分之民国，复以自治主义相结合，以归于统一，不必穷兵黩武，徒苦吾民。至于重要经济事业，则由各省担任，发展实业，保护平民。对于外交则由中央负责，根本民意，讲信修睦，维护国际平等地位，保障远东永久和平。全国最大之利源，悉矛开发，抱门户开放主义，欢迎外国之资本与技术。”他讲到这里激昂地问，“这些主张，非利国利民吗？”

“拥戴大总统的主张！”参谋总长李烈钧大呼。

“我军到韶关集中，由大本营秘书长胡汉民代大元帅，督师各军向江西出击。我不同北伐军前行，而坐镇广州，看陈炯明能把我怎么样！”孙中山更加激昂，“李烈钧参谋长，请重新制订北伐计划！”

“是！”李烈钧参谋长忙回答。

门外，陈炯明一手扶持起来的旅长谢文炳听到室内的讲话，忙回去向陈炯明发电报报告。

十五、邓铿之死

1922年3月21日下午5点10分，广九铁路大沙头火车站中间站台上，接客的人很多，大家都盼着香港开过来的列车尽快到来。人群中，陈炯明部营长陈少鹏，粤军总司令部侦缉处长黄福芝各握着手枪也在盼着。陈少鹏急于晋升团长，黄福芝要保住侦缉处长的位置。如果今天杀死粤军总参谋长兼第一师师长邓铿，他们的目的就都能达到!

“营长，掩护你的三人都进入你指定的伏击地点!”一个化装成商人的上士走过来低声说。

“好，你快去通知黄处长，进攻与撤退全部执行第二套方案。”陈少鹏说。

“是”，上士点头向一个戴礼帽的人走去。

火车隆隆地开过来了，陈少鹏悄悄地打开手枪的保险栓。

火车上，邓铿正跟香港客人周孝怀在低声耳语，随行的几个便衣卫队正在清理行李。

都是陈炯明的人，他们为什么要杀害邓铿总参谋长呢?

早在援闽粤军奉命回师广东，赶走桂系取得大胜的那天晚上，粤军总司令陈炯明，将参谋处处长叶举叫到办公室，问:“听说邓参谋长这些天跟孙大元帅交往很密切，你都知道吗?”

“总司令”，叶举跟陈炯明关系很好，陈炯明也格外信任他，有什么事他是随时向陈炯明报告的，“邓参谋长说钟景棠、黄凤纶与你弟弟陈炯光形成海丰派，叫我不要搞什么派，说蒋介石、吴忠信、孙本武、龚振鹏都是可信的同志，有事多与他们研究。”

叶举说完注意陈炯明的脸色。

陈炯明听完哈哈一笑说:“邓铿平时说话、做事很谨慎，刚才你说的那番话不可靠，恐怕是你推测的。但说他跟孙先生交往密切却是事实。你对这个问题怎么认识呢?”

“孙先生不顾国情，只想坐大总统的位置。其实天下是我们打的，他凭一张嘴能赶走莫荣新?”叶举说，“总司令提出的联省自治很好，各地都赞成，就是许崇智、邓铿跟着孙先生转，反对我们的主张。”

陈炯明听着不吭声。

“目前，孙先生率赣军李烈钧，滇军朱培德，黔军谷正伦、彭程万、黄尤伟，另外还有许崇智、梁鸿楷、李福林等我粤军部队，已在全州一线准备北伐，再不设法阻止，我们联省自治的主张就不能实施了。”叶举说。

“你看怎么办呢？”陈炯明反问。

“你现在身兼四个要职，虽不直接北伐，但要保障北伐部队的粮饷弹药供应。如果你对大总统的命令不予理睬，对北伐部队的粮草一律不发，实在逼急了少发一点，应付一下，扫了大总统的威信，谁还跟着他北伐？”叶举阴险地说。

陈炯明还是听着不言语。

叶举知道陈炯明今天摸他的底来了，忙竭尽全力，绞尽脑汁，搜肠刮肚表现自己。

“外面都传说总司令跟邓参谋长貌合神离。”叶举放出一弹看陈炯明的反应，“虽然这些离间的话不可信，但是外面传说总司令保境息民来阻止北伐，还说总司令勾结曹锟与吴佩孚，说曹、吴许你为两广巡阅使，不知这些谣言是谁煽出来的阴风，还说总司令甘心附逆，充当内奸等等。”

“你相信这些吗？”陈炯明脑袋发热了，“你相信？”

“这是邓铿造的谣，中伤总司令！”门外有人气愤地说。陈炯明与叶举同时向门口看去，来者是广东省议会秘书长陈觉民（陈觉民后为煽动地方团队图谋叛变，被邓铿部第一师捕住处决）。

“啊，秘书长驾到，失迎，失迎了！”叶举忙站起来，“请坐，快请！”

陈炯明朝他只是笑而不语。

“总司令，我这个时候不该来？”陈觉民问。

“你是贵客，什么时候都是我的座上宾。再说一笔难写两个陈，五百年前也许是一家子呢！”陈炯明边说边走过来，“怎么样，心情不舒畅？”

陈觉民一听苦苦一笑：“我的心情好不好，总司令应该明白嘛！”

原来，援闽粤军回师广东进军到中山县时，桂系莫荣新部团长肖四老率部溃逃，中途遇到负伤的副旅长严家金。严家金问：“四老，你部还有多少兵力？”

“报告长官，建制是满的，没有打我们就跑出来了，六团在后面掩护死伤过大半了！”肖四老说。

严家金一听气呼呼地在担架上说：“我们伤亡这么大，你他妈的一个团一枪不放就跑”，他一挥手枪，“八连长，把肖四老的枪下了！”

肖四老一听要下他的枪，猛地举枪：“老子看哪个龟孙子敢下你爷爷的枪！”骂着一挥手，“把严副旅长绑了。他不打仗还要老子抬着跑，把老子们都累死了！”

严家金溃下来仅只十几个卫兵在左右，肖四老的人足足一个团。几下子就缴了严家金与卫队的枪，其中那个八连长被肖四老一枪击毙。肖四老又一气之下打死副旅长严家金，不敢回去了，只好将全团带着进入公路中间举起白旗向邓铿的第一师投降。邓铿将这支部队改编成第七路支队，正要将营长安海里晋升第七路军司令时，陈炯明执意让陈觉民担任第七路司令官。

由桂系改编的第七路军驻防广州河南宝岗整训，闹得四周鸡犬不宁。两个月后的一天下午，邓铿将陈觉民召进司令部，对他说："觉民兄，你是文人出身，又没有做过军人，你手头这支部队又是桂系改编的，成分复杂，我决定把七路军解散！"

陈觉民一听司令官做不成了，问："这么大的事跟陈总司令官商量过没有？"

"我们司令部的事你就不必过问了。"邓铿说。

"解散一支部队只怕不能由你一个人说了算吧？"

"研究决定的，请你执行！"

"我服从命令，今后我可不可以不做军队的事，而去担任两广盐运使潮桥运副呢？"陈觉民想捞到这一肥缺，因为盐税重，很来钱的。

邓铿说："省议会秘书长一职已经给你安排好了，请你休息两天后就到职。"

陈觉民肺都气炸了，赶到陈炯明处诉苦，陈炯明声言他什么都不知道，都是邓铿一手搞的，于是乎陈觉民对邓铿恨之入骨，时刻在寻找报复之机。

……

回忆着这件事，陈炯明与陈觉民都心里有数。陈炯明为了把陈觉民心里的火烧起来，也装着极为不悦地说："过去的事我不知道，部队遣散了邓参谋长才告诉我。说心里话，都遣散了我们还当什么司令、军长、师长、旅长，我们靠什么升官发财嘛！"说到这里他一挥手，"过去的就让它过去吧，我跟叶处长还有事研究，你没有别的事情明天再来吧！"

"总司令，你赶我走？"陈觉民不知陈炯明的潜在阴谋，生气地问。

"不不不，我们正研究邓参谋长的事呢！"

"有什么研究的，你们手里有兵有枪，还不方便？"陈觉民说，"他就知道跟你作对，留着他是祸根！"

"觉民兄，他是我的参谋长，是孙先生亲自点来的将，你可不能怠慢了他，引来杀身之祸啊！"陈炯明忙阻止他，"有什么冷静点讲，叶处长也想听听各方面的意见嘛。"说完，向叶举使了个眼色。

叶举会意地说："觉民兄息怒，别说你，我对姓邓的也很恼火。他心里鬼点子特别多，总是变着戏法拆总司令的台，把我们朝孙大炮设立的死胡同里引，害死人！"

陈觉民在日本读大学时专攻法律，粤军在福建时他在漳州邮局做咨议，因与陈炯明同族，当粤军由闽回粤时由陈炯明力荐他做了粤军第七路司令，部队驻两阳时还兼任两阳警备司令，对女人与金钱有着特殊的爱好。邓铿解散了七路支队，让他做了一个两袖清风的议会秘书长，昔日前呼后拥，八面威风，以及大把大把的钞票，大群大群的美女都不见了，他心里怎么不恨邓铿呢？

“他拆我们的台，我们就不能拆他的台？”陈觉民干脆朝椅子上一坐，“我不走，把心里话倒出来再走！”

叶举的目的达到了，忙泡上一杯茶双手送过去：“不要烦，不要急，慢慢讲，慢慢讲嘛！”

陈觉民还真的如同演说一般品了口茶，放下杯子才说：“总司令，叶处长，你们准许我把心里话倒出来，说错了杀不杀头，坐不坐班房？”

叶举扫了下陈炯明的眼色，心领神会地一笑说：“今天是自由发言谈心，错了对了都没有事，大家都是为了广东这块地盘，为总司令的位置在转嘛，又没有安别的什么坏心眼！”

“邓铿是孙大炮派进来监视总司令的，你们不相信？”陈觉民的目光在陈炯明与叶举之间转。

陈炯明看着他脸上毫无表情。

叶举说：“跟我一样的想法，是这样。”

“总司令，你不这样看？”陈觉民盯住陈炯明。

“有话说下去，闷在心里难受。”陈炯明引导他发言。

“孙大炮他们主张用我们的财力、物力去支持北伐，打败北方的军阀，达到统一中国之目的，这样的结果，必定是搞得举国兵连祸结、民穷财尽。你们说，北伐不是劳民伤财又是什么？这都是邓铿、许崇智、蒋介石这帮家伙想升官、想发大财，跟孙中山出的歪点子，孙中山又想做全国的大总统，官迷心窍！”陈觉民说，“而总司令主张联省自治，和平统一国家。彼此政见不同，孙中山、邓铿他们就是敌人了，而敌我是不能并存的。这是你死我亡的斗争，手不能软，谁软谁就会掉脑袋！”

“对对对，陈兄与我的想法完全一样！”叶举说。

“总司令，你说呢？”陈觉民又逼向陈炯明。

“这里没有司令，只有弟兄”，陈炯明用语言将关系拉近，“本小弟今天只带来耳朵，没有带嘴来，请二位多多指教，多多发表颇有建设性的意见，请觉民兄继续论证，继续论证！”

“好，既然总司令这样客气，我就继续吹了”，陈觉民喝口水，“孙中山他们这次若北伐成功，他们是不会让我们有立锥之地的。若失败了，全部溃回广东，到那时他们强，我们弱，我们还是会被他们吃掉。孙中山手下的邓铿、许崇智这帮人毒得很！”

“还有蒋介石，他现在是许崇智的参谋长，毒得出奇，不信你们等着看，许崇智早晚会吃他的亏！”叶举说，“他巴结邓铿巴得很紧，在找梯子朝上爬！”

“怎么样，总司令，我们看戏的，比唱戏的看得清醒一些吧？”陈觉民得意地说，“邓铿是孙大炮的左右膀，把他给清除了，就等于下了孙中山的一条大膀子！”

“觉民兄，你是公报私仇吧？”陈炯明踱了两步说，“据邓参谋长告诉我，洪兆麟、钟景棠、杨坤如、陈小岳、陈修爵，还有你与我小弟陈炯光等人，走私鸦片达五六十万元，被邓参谋长查获烧毁了，你们损失太大才对他下手？”

“总司令，鸦片的事就是晏公街的那次嘛，那是几个下级军官干的，跟我们无关。邓铿硬要朝我们身上拉，造谣造到你胞弟炯光头上了嘛。这样的人目无长官，目无同事、朋友，自以为是，一意孤行，总认为背后有孙中山撑腰，跟他串成一气，搞什么北伐，他们将来兵多马壮，非把我们活埋不可。不杀邓铿，将来广东丢了，名誉、地位什么都丢干净了，到时候就是跪地求情也是会掉头的，你手软，他才不会软的！”

“有这么危险吗？”叶举问。

“当然有！”陈觉民说，“杀不杀邓铿，总司令也不必说好，也不必说不好，事情我们去干，你默许就行，万一孙中山派人追下来，你挡一阵子就过去了。问题是蒋介石，他跟邓铿感情非同一般，就担心他组织暗杀党搞我们！”

“这你就放心，蒋介石要真跟老子们翻浪，我就在他头上开个天窗。他过去在上海十里洋行混，本身就不是个货色。他巴结邓铿，就是想邓铿在孙中山面前为他说好话，得到孙中山的重用，也是官迷心窍的家伙！”

“叶处长说得对，蒋介石野心大，他连孙中山都想吃掉！”陈觉民说，“有人跟蒋介石画了像，称他为吃狼的狼！”

“你不要扯远了”，叶举说，“你有什么本事杀了邓铿而滴水不漏呢？”

“老实讲，上次在广州晏公街被查收的鸦片达两百多担，在燕塘焚烧时陈小岳都哭了……”

“觉明兄”，陈炯明截断陈觉民的话，“前清道光年间林则徐总督在虎门焚烧英国人的鸦片后，当时是令国人称快的壮举啊！”

“总司令，这跟那次焚烟是两回事，那是英国人、洋鬼子的财富，而这是我们……”

“你别东扯西拉了。”叶举见他说得前后矛盾收不了场，急忙打断陈觉民的话反问，“你有什么办法除邓？”

“我跟陈小岳商量好了。杀手由陈炯明部营长陈少鹏担任，我跟他关系不错。他说了，只要晋升他为团长，这个险他冒定了！”陈觉民回答，“我恐怕不保险，又跟侦缉处的黄福芝处长谈好了，黄处长说只要保住侦缉处长这个肥差，什么事都可以干。”

“好办，这两件事我包了！”叶举说。

“你们谈，我有点事！”陈炯明借故走了。

“好，总司令默认了！”叶举望了眼陈炯明的后背说，“你准备什么时候动手？”

“就是机会很难寻找，找多了人怕漏了风。”陈觉民说。

叶举听着两眼凝视门口沉思。

“依我之见，只要邓铿一死，总参谋长的位置除了你，神仙都抢不走了！”陈觉民说。

“陈兄，我们都不是为了升官，而是维护总司令在广东的大业，你知道吗？”叶举急忙转舵。

“别扯远了，你能不能提供机会？”

“据我所知，邓铿 3 月 21 日从香港乘火车回来，估计是下午 5 点多钟到，在大沙头车站下车。”

“好，邓铿的死期到了！”陈觉民一拍大腿，“我马上通知陈少鹏与黄福芝！”

叶举笑了，突然问：“万一陈少鹏与黄福芝被邓铿的卫队打伤或捉住怎么办？”

“我安排七个杀手，如果发现邓铿的卫士捉住陈、黄其中任何一人或他们负伤了，都要不顾一切冲上去打死他们，千万不能给邓铿的人留下活口！”

“觉民兄，你的布置真周密”，叶举说着拍着他肩头，“外面有人说你狡猾、奸诈、贪婪、阴险、无恶不作。我可以给你正名为：智勇双全、能文能武。邓铿撤了你第七路军司令、遣散队伍是绝对错误的，你是一个很难得的将帅材料，我有机会在总司令面前好好给你说说。在总司令部干个副总参谋长是最好的人选！”

“那就拜托叶处长了！”

“哈哈哈……”

几条毒蛇出动了。

广州大沙头车站，粤军总参谋长兼粤军第一师师长邓铿，陪同客人周孝怀正说着话向车外走，他根本就没有料到车站的站台上，有几支枪正从不同方向瞄准着他。

邓铿早在漳州为官时，就对地方上鱼肉百姓的贪官污吏及沉迷于鸦片赌场女色之中的腐败分子进行了惩治，并命令宪兵队处决一批为首分子。其中有一个叫毕端金的副团长本在处决范围内，但他不知道从什么地方得到消息而逃跑了。一天夜晚他敲开粤军总司令部主事顾问金章的卧室门，对他说：“金先生，你是总司令的亲信，我们与你往日无仇，今日无恨。现在邓铿在背后算计总司令，我受屈死鬼的亲友委托，求你杀死邓铿为朋友报仇！”

金章是个正直的人，在巨大的金银财富面前也不干卑鄙无耻的勾当，但为了自己的安全他只好辞职回上海另谋生路。邓铿送他启程时他将情况如实报告给邓将军。邓铿明白有人在图谋暗算他。

在金章先生离开不久的一天中午，邓铿突然从外面回到总司令部，陈炯明恰好到饭厅进午餐去了。邓铿走到陈炯明办公桌前一看，发现他桌上有一本少见的密码本，一份译出大半的电报。邓铿拿起一看是吴佩孚发给陈炯明的，上面译出一段：

> ……你的联省自治很好，要尽快从粮饷军械方面卡住孙中山，不让其向北出兵，将来你需要，我与湖南联手为你在广东站住脚而出兵。孙中山北伐的目的是吃掉我们……

邓铿读到这里心里明白了，他急忙将电文原样放回，然后佯作不知，回到自己桌上装着写公文。陈炯明回来一看密码本与电文还在桌上，顿时神情异常惊慌地扫了眼邓铿，邓铿还是装作什么也不知道。当夜他将情况立即报告给孙中山先生与许崇智、蒋介石。至于广东省长公署咨议邓伯伟往返洛阳与吴佩孚联络，又跑到长沙与赵恒惕勾结，邓铿早已向孙大总统作了报告，并请许崇智关注陈炯明部队的动态。邓铿将自己的安危放在脑后，一心扑在工作中。

……

邓铿走出了车厢，他与周孝怀先生并列走着。他的卫队分左右前后护卫着他。

杀手陈少鹏向黄福芝使了个眼色后，黄福芝借助前面两个旅客作掩护向邓铿靠上去了，但由于邓铿的卫队防守极严他没有下手的机会。陈少鹏有些生气地白了他一眼：“怕死鬼！”

邓铿他们快要越过第二道站台了，杀手陈少鹏一看邓铿正在等离他只有两步远的周孝怀之时，正好胸口对着他，他闪电般举枪“砰”地开火，没有来得及开第二枪，就恐惧地钻进人群中逃跑了。

车站顿时大乱，担任掩护的杀手一边高呼抓凶手，一边掩护陈少鹏逃跑。

邓铿胃部中弹，他双手捂住伤口倒在地上，清醒地对四周人说：“杀手是反对北伐的，反对北伐的！”

“将军，我们快去医院！”卫士们急忙上前。

“回司令部，先回司令部！”邓铿坚持着。

汽车将邓铿将军送回司令部时，血水已经渗透了他的衣服。他向陈炯明简短地交代几句工作后，陈炯明说：“你安心治疗。”

邓铿一听忙说：“你切不可来看我，总之好人难做！”

陈炯明目送汽车开走，他沉重的心似乎这刻轻松了一点，急忙向叶举的办公室走去。

邓铿将军的胃部中弹，当他住进广州韬美医院进行手术时，因发生腹膜炎而身亡，一代名将消失了！

孙中山先生得知邓铿将军遭奸人暗算的消息后无比悲痛，许崇智、蒋介石等将领赶来参加了邓铿的追悼会。更加阴险的明枪暗箭还在后面呢！

十六、暗杀朱执信

这天上午，已经是9点30分了，陈炯明走上天字码头登上一艘军舰，他对随行卫队长说："把军务处张处长找来！"

军舰在码头上，四周是那样平静，只有游动的卫队队员的脚步声不时传到舰的甲板上。

这时，军务处长张录村没有来，而谋士、财政厅长钟秀南赶到了，只见他满头大汗气呼呼地推开陈炯明的舰舱门说："总司令，你不能到梧州去，不能去，你这一去孙中山四周的狗头军师许崇智、蒋介石、吴忠信，肯定会加害你的！"

"谢文炳发来的秘密电报你再看看，不去就会前功尽弃！"陈炯明气愤地说着，同时右手拍打着桌上的绝密电文稿。

钟秀南再次审读谢文炳旅长发来的情报：

> 孙中山召开军事要员会议，研究决定由李烈钧在前线指挥北伐，孙中山坐镇韶关，他将先去韶关再赴广州……

"谢文炳是我多年培植起来的旅长，他发来的电文情报百分之百准确"，陈炯明说，"我不去缓解局势，万一他们加快北伐步伐，我们准备不足就半途而废了！"

"总司令"，舱外是张录村的声音，"张录村奉命赶到！"

"进来！"陈炯明说。

军务处长张录村走进来了，一看陈炯明的心腹钟秀南在座，犹豫了一下后才说："宋才青已经抓回来了，是不是押来总司令亲自审问？"

"押过来，顺便请侦缉处的黄福芝带家伙来！"陈炯明说着咬了一下牙，"很可能是他坏的事！"

早在孙中山决定给陈炯明15万大洋以回师广东时，孙中山将忠于他的党员朱执信召到内室问："陈炯明羽毛丰满了，这次回师广东，将来有没有什么变化？"

"据邓铿将军寄来的信说，参谋处处长叶举喝多了酒在花楼对军务处长张录村说：‘这次陈炯明表面服从命令回师广东，驱逐桂系，实为自己独占广东而战，将来胜利了他会反叛的！’”

“这个人反叛的可能性很大”，孙中山说，“你把回师款交给他们后马上去广州隐藏，听说他已经在与吴佩孚勾结，查一查心里有数，再说将来揭发他也有真凭实据。”

朱执信点头走了。

走进福建漳州陈炯明的司令部，陈炯明热情招待朱执信。这天晚上，邓铿参谋长与朱执信进行了长谈，这一夜他们是凌晨4点才上床。而负责监视他们言行的侦缉处长黄福芝一直在外面偷听，邓铿与朱执信的谈话结束，黄福芝赶到陈炯明住地。陈炯明没有入睡，他正等待黄福芝，黄福芝一出现他便迫不及待地问：“他们搞了什么名堂？”

黄福芝阴险地一笑说：“邓铿对朱执信说，陈炯明总司令这次回师广东，其用心是独霸广东，野心很大。朱执信对邓铿说处处要设防，万万不可大意，有情况速向先生报告……”

陈炯明听了黄福芝的转告说：“孙中山对我们的动向分析得很清楚，把我们看透了。这跟他四周有一批有智谋的谋士有关。朱执信对孙中山忠贞不贰，且头脑很清楚。当初程璧光为海军总长，被莫荣新暗杀后，孙中山在广东就站不住了，只好跑到上海。这次我们把朱执信除了，他不就少了个谋士？”

“我去干掉他！”黄福芝急于表现自己。

“慢！”陈炯明说，“不要过于激动，像杀人这样的事最好找别人下手，自己在幕后为好！”

“那……那找谁去呢？”

“你们侦缉队有个叫宋才青的杀手嘛。听说他杀人不眨眼，过去在漳州是山霸中的七哥？”陈炯明问，“叫他去，万一有情况就处决他封口！”

“对，还是总司令高明！”黄福芝忙回答，“我马上去找他，布置他行动！”

这宋才青原在漳州山匪中排位第七，外号毒蛇头。他家穷得叮当响，是因还不起租子杀了漳州府警察局局长的老父，又跑到漳州城杀死警察局局长代忠多后跑进山的，陈炯明部进抵漳州后收编地方团队时，宋才青看这支队伍不像其他队伍那样欺压平民，就打死大哥与二哥，团结三哥与六哥，率这支百十号人的山匪投靠了陈炯明。不久黄福芝听说投奔来的绿林好汉宋才青身怀绝技、武艺极强，就将其召进侦缉队，成为侦缉队第二小队的队长并兼任侦缉队武功教官，最近又晋升为上尉队副。今夜黄处长单独神秘召见，宋才青感到可能有重大任务要他执行，他赶到黄福芝办公室时，黄福芝装出比司令还神气的姿态问：“宋老弟，又升为上尉军阶啦？听说你回家乡去很风光了一阵子，乡下的官员杀猪宰羊欢迎你，有这种事吗?”

“长官”，宋才青说，“这些欢迎我的乡绅富豪，都是过去欺诈过我父母，捆打过我的。见我这回率了队伍还乡，又做了个小官，他们怕我报复才这样鬼搞的，根本不是存心欢迎我!”

“不管怎么说，总算光宗耀祖了嘛”，黄福芝说，“不过要想一人之下，万人之上，必定要有人栽培，我与总司令都看中了你，将来第十二路军司令部成立，我做司令，你做个副司令是没有问题的。”

“谢长官栽培，只是本人才……”

“自家兄弟不要说些不中听的话”，黄福芝说着放低声音，“住在邓参谋长前面那间房子的家伙，是广州来的特务，是莫荣新的谋士，来煽动总司令跟着桂系跑，我们决定今夜干掉他!”

“邓参谋派了明哨暗探保护着他，听说是孙大元帅从上海派来的谋士，送了15万大洋给我们做路费杀回广东的!”

“那是说给别人听的，你不要相信，这人真正的身份就是广州来的特务!”黄福芝说，“你不相信我?”

“相信，当然相信!”宋才青连连说。

黄福芝走过来，将钱塞在他手里，“辛劳费，我们要他死!”

“万一邓参谋长派的人抓住我呢?”

“我们会有人掩护你的，你从窗子里打两枪，打头!”

“好，我一定执行黄处长的命令!”

宋才青拿了奖金，又换了两支新德国造左轮手枪出发了。当他走近指定的房间窗下时，正好房间的人出来小便，他抵近对着头与胸连开五枪，结果了朱执信的性命。但他并不知道死者真正的身份，一直认为死者就是桂系莫荣新的谋士，是来策反的特务，不杀不足平愤!于是他晋升为少校，颇受黄福芝的宠爱，在侦缉队可是能通天的人。黄福芝对他的评价是：对上他会来事，对下他受人欢迎。因为他有三分直气!

这次回师广东大胜后，他跟许崇智的作战参谋兼情报队副队长李建宗关系很好，向李建宗述说了他杀死莫荣新谋士的事。李建宗是许崇智线上的人，跟邓铿关系非同一般，是反对陈炯明背叛孙中山的人，他一听宋才青的神秘报告，顿时瞪大双眼用枪逼住宋才青：“我的七哥，你杀错人了，黄福芝骗了你，你杀的是孙先生派来漳州，为我军送来15万块大洋的朱执信，是孙大元帅的特使!”

“不会吧?黄处长亲自跟我讲他是……”

“他欺骗你，他跟陈司令一条线反先生，邓参谋长才是真正忠于先生的人，明白吧?”

“好一个黄福芝，老子有机会非给他的头开个天窗不可！”宋才青说，“他等着老子收拾他！”

“你不要激动，我向许长官报告！”

两人的交谈被黄福芝的暗探侦知，李建宗在逃跑时被击毙，宋才青右腿负伤被捉，陈炯明要亲自审问。因为他怀疑孙中山在梧州的决定，是宋才青把他的罪行通过别人报告了孙中山或许崇智。

现在，宋才青被反绑着押进了陈炯明的舰舱。他左眼插着一根缝衣针，正流着鲜血。一见陈炯明他忍着痛说：“可惜，我死不瞑目的是这辈子没有杀死你这个忘恩负义的杂种！”

“你！”陈炯明站起来，“宋才青，只要你他妈听老子的，好好回答我的话，我一个眼色你就不会吃苦，而且还会升官！”

“先生给你20营兵发迹，你现在暗中策划要反叛，你叫黄福芝这条狼来欺骗我，杀了先生的谋士朱执信。朱先生给你送来15万块大洋，收了洋钱再杀人，你他妈是不是人？你罪该万死，连山匪都不如。别看你现在神气，成不了大气候的！”宋才青一口气骂得陈炯明狗血淋头，浑身颤抖……

“黄福芝，用小刀绞死他！”陈炯明命令刚刚赶来的黄福芝。

四个士兵扭住宋才青，黄福芝将一把锋利的小刀刺进宋才青眼睛里然后绞动。宋才青这条汉子没有开叫，咬着牙昏死过去了。

“拖出去喂狗，让饿狗活活撕吃他！”陈炯明狠毒地命令。

宋才青被拖下去了。陈炯明狠狠地一拳击在桌子上道：“谁反对我，就让他像姓宋的一样竖着进来，横着出去。”

在场的人都恐惧地发抖，谁都不敢吭声。

“大家都出去一下，我跟总司令有点事商量。”钟秀南见众将校如此惊恐，只好打圆场说。

众人一走，陈炯明说：“秀南兄，孙大炮肯定知道我要反他了！”

“既然是这样，你为什么还要上梧州呢？”钟秀南说，“应该立即向各省鼓吹联省自治，分散北伐力量，我们加快反叛准备，你现在去必会被孙中山扣押处死的。”

“我们怎么样使他们解除对我们的怀疑，分散他们的精力，缓和局势，为我们准备反叛争取时间呢？”

“给孙中山发报，请他免去你的所有职务，由他的亲信许崇智担任你的职务。”钟秀南献策。

陈炯明赞成道：“发报，我向孙大炮辞去他委认我的所有职务！”

钟秀南这个狗头军师总是在陈炯明左右转，献谋献策。大小事陈炯明都找他策划。不久，孙中山复电陈炯明：免去广东省省长，免去粤军总司令，保留陆军总司令与内务部部长职务！

接到孙中山的电报，陈炯明对参谋长叶举说：“孙大炮又失策了，他免了我的两个闲职，而保留了我的两个实际有权力的职务。”

是夜，叶举、钟秀南、张录村、陈炯光、钟景棠、洪兆麟聚集在陈炯明司令部。陈炯明：“命令第一传达所所长叶举，为粤军总指挥！”

叶举站起来环扫众将校：“听从陈总司令指挥！”

“命令军务处长张录村，升任总参谋部代参谋长兼参谋处处长！”

“是！”张录村站起，好像比别人都高出一头，自我感觉良好。

“黄福芝处长”，陈炯明点名，“你怎么办？”

黄福芝立正不吭声。

“说呀，总司令问你有什么打算！”钟秀南在一边催促。黄福芝说：“服从总司令的命令！”

“我命令你，选出一支敢死队，在孙中山从梧州到韶关，从西江进出韶关指挥所期间，想办法干掉他。要像处决邓铿一样，神不知鬼不觉！”陈炯明命令。

“我立即执行！”黄福芝说。

“各位”，陈炯明向众将点头扫视，“今天是绝密会议，透点风出去了就事关大局。诸将都是跟随我多年的心腹，我就不多言了。”

“请问总司令到什么地方指挥？”叶举问。

“我建议”，钟秀南忙接住话，代替陈炯明回答，“总司令带参谋和邓以鋆上校、李昂重、陈君韬，还有三位副官住进惠州的百花洲作幕后指挥，并发表坚决拥护北伐、服从先生指挥的通电，但推延不出兵，不知总司令可否接受？”

“好，我去百花洲作幕后指挥，叶举在前台！”陈炯明表示赞成，“暗杀队明天出发，目标孙中山！”

十七、谋杀与反谋杀

5 月末的一天晚上，陈炯明命令黄福芝组成的敢死队，由黄福芝的内弟魏帮罗指挥，到达西江与韶关之间的小镇吉泰窝。他们正集中研究在夜晚的行动和各自所担当的任务。

“弟兄们”，魏帮罗指着地图说，“这里是吉泰窝小镇的全图，我们从西江进击，杀死孙大炮后从西南的这条道冲出来，顺着这条路可进可退”，他指着红线标出来的路，“裴会珍！”

“到！”杀手裴会珍从座位上站了起来两眼平视魏帮罗。

“你准备怎么样下手?”魏帮罗问。

“裴老兄，杀孙中山、许崇智、吴忠信、蒋介石都是大买卖，你把方案拿出来共同研究，万一有失就会出大祸的！”杀手聂茂夫说着冷冷一笑，“督战队是黄队长亲自指挥，你明白吗?”

裴会珍点点头表示明白，他沉默片刻说：“我是从一师出来的老人，又跟陈可钰、李章达、叶挺、薛岳、张发奎都有交情，凭这一串关系我是能打入孙中山身边的。杀不死他，也许能取到许崇智、蒋介石、吴忠信其中一人的首级！”

“万一都杀不到就把陈可钰的头提了，因为陈可钰是孙中山的卫队长，这样可以警告孙中山！”聂茂夫停了停又接着说，“各位放心，我们不会空手而归！”

“裴会珍”，魏帮罗说，“你们五人为第一梯队，我在后面为第二梯队。据说黄处长还派人在我们后面督战。我最后只说一句：决一死战！”

陈炯明的暗杀队出发了！

而此时，孙中山的卫队团团长陈可钰、副团长李章达、营长叶挺、薛岳、张发奎五人都围住电话，只要电话一响他们就会各赴战斗位置！

早在 1921 年 8 月间，孙中山在许崇智的公馆开会研究北伐问题，当时出席这一机密会议的是汪精卫、胡汉民、廖仲恺、许崇智、邓铿、胡应芬、钟秀南、张录村。研究北伐问题后，孙中山对邓铿说：“李福林的一师首先同我出发到桂林！”

“好，这已经通知李师长了。”邓铿回答。

“登同的部队跟我一年多，但不会打仗，是不是从你的第一师调一个团给我做卫队?”孙中山问。

“我给先生主编一个警卫团”，邓铿回答。“请陈可钰任团长，李章达任副团长，三个营的营长分别由叶挺、薛岳、张发奎担任，随先生出发。”

就这样陈可钰被选为警卫团长。

不久前的一天，陈可钰上午刚进办公室，一个电话记录放到他面前：

09 号来电，一队狼群已经出发，估计五日内到达目的地。

看到这个电话记录，陈可钰扭头大声问：“一营六连长到了没有？”

“报告长官，六连长正在等你！”副官回答。

六连长谭光纪赶来了，他是营长叶挺最信任的部下之一，十天前已经得到陈炯明组织暗杀队的情报，陈可钰团长与营长叶挺紧急协商，调六连长组建反谋杀队，随时在团部待命，果然敌人来了！

“六连长，敌人出发了，是中途拦截，还是关门打狗？”陈可钰团长反问。

“团长，等我派出的内线回来再商量。”

“内线？”陈团长问。

“我们的内线 09 号没有随敌暗杀队行动”，六连长说，“而我联络的内线正是敌敢死队成员之一，而且是里面一个不大不小的头目，我正联络他呢。”

陈可钰团长听了六连长谭光纪的报告，心里格外兴奋，于是一个围歼敌暗杀队的作战方案制订下来。今夜，正是具体实施这一作战计划的时候。

电话铃终于响起来了：“报告长官，敌暗杀队正向我第四套作战方案地点集结！”

“明白了！”陈可钰团长回答，“出发！”

夜，吉泰窝小镇西头的小道两侧树林里，谭光纪指挥的反谋杀队隐蔽在里面。谭光纪就潜伏在一个小坑中，四周的树枝将队伍掩盖住了，只有神枪手徐国景与石东川在担任第一瞭望哨。

“副班长，你看！”石东川从树上溜了下来，“有人过来了！”

徐国景忙从小坑边的树下站了起来，顺着石东川手指的方位望去，月光下一溜人影在向前移动，不知是什么原因路中间还有人站着。

“你数了没有，一共多少？”徐国景问。

“有十几条黑影。”

“快通知谭队长，敌人先头进了伏击圈！”

“是！”石东川扭头就向谭光纪所在的位置赶去。

徐国景向左边的伏击点低声命令：“五班的，跟上，向小石头山前进！”

五班长因发烧没有上战场，徐国景率领五班越过公路刚刚占领石头山，担任封口袋的一排向空中一连打出三发红色信号弹。徐国景一看乐了："五班的都听着，尽量抓活的，不行的就干脆送他们上西天。"

"哒哒哒……"一排长叶海际他们干开了，机枪朝敌屁股一扫，立时走在最后的敌杀手廖准友一头栽倒了，他倒在血泊中大声叫："扶着我，快扶着我跑！"

敌暗杀队队长魏帮罗赶过来，一把扶起他并大声叫："聂茂夫，快掩护撤，我们被包围了！"

"长官"，裴会珍一边反击，一边奔跑过来，"肯定是我们的计划透了风，孙大炮他们有准备了！"

"撤，你掩护撤！"魏帮罗说着急忙扭头从聂茂夫手里拉过伤兵，"廖准友伤得不轻，我搀扶他走！"

廖准友双手死死抓住魏帮罗，头垂在魏帮罗肩头不住地呻吟。魏帮罗左手扶住他，右手举起枪，对着他后脑扣动扳机，只听到"砰"地一枪，廖准友两腿一软"咚"地倒下了……

"裴会珍"，魏帮罗指着地下尚未完全断气的廖准友说，"谁伤了就这样，不然被孙大炮的人俘走了，交代了谋杀的情况，我们陈总司令的大事就完了，明白吗？"说完他对着地上的廖准友又开一枪。

裴会珍明白了！

"报告长官，我们三面都是火力阻击，只有石头山方向暂时没有枪声。"

魏帮罗急忙举起望远镜朝石头山望去，不一会儿他放下望远镜："裴会珍，石头山上肯定有埋伏，我们怎么办？是向东，还是向西？"

"石头山在南，现在东、西、北三个方向枪声大作，南边的石头山肯定有埋伏，我们是不是从西突击出去？"斐会珍说，"动作不能慢！"

"吹号，向西杀开一条血路！"魏帮罗命令，并对裴会珍说，"你在后面掩护，保证我突出去！"

"长官，只要我不死，背也要把你背出战场交给陈总司令！"裴会珍说。

"有你这句话我心里就踏实了！"魏帮罗说。

魏帮罗率部向西突围，几挺机枪在喷吐火舌，裴会珍抢占了两处制高点压制住几挺扫来的机枪。

在陈可钰团长组织的反谋杀队中，只有石头山上的徐国景班尚未投入战斗，他们在石缝中隐蔽。当一排又打出两颗绿色信号弹时，五班副徐国景说："敌人集中向西突围，一排长叶海际请求增援"，他说着向左叫，"毛产跃，你的机枪就埋伏在这里，我们其余人都支援一排去！"

五班一阵风般向阵地冲去！

一排长叶海际打死一个敌人后左大腿中弹，他伏在路边的石头上双手抱住一挺轻机枪在对敌纵射。从后面赶过来的二班长正要给他包扎伤口，叶海际推开他命令道：“二班长，敌人两挺机枪居高临下压住了我们，你快绕到敌人后面去。”

“啊……”一个战士在前面惨叫一声倒下了。

“二班副负伤了！”一个战士惊叫，“快掩护我抢救二班副！”

不等机枪火力转过来，二班副向敌机枪投弹时，头部中弹阵亡了。

“快掩护！”班长上去了，中途也倒在双方的火力网中，无法救下火线。

很快，二班伤亡过半。叶海际排长不顾伤痛向敌人边压制边爬过去了。子弹在他四周打成一片火焰，他压制住愤怒，咬牙前进，血水浸透了他的军衣……

五班副徐国景赶到了，但是一排长叶海际阵亡了，二班也只剩三个战士投入战斗了。

“敌人扑上来了！”有人呼叫，“敌人向五班扑来了！”

徐国景对着一个敌人点射，击倒敌人时他的火力位置暴露了。他急忙转移再开枪时，又一个敌人倒在他枪口下，而他背部中弹，站不稳急忙向右一靠，身子倚靠在一棵树上继续射击！

裴会珍退下来了，他看到长官魏帮罗由两个士兵搀扶着正向小石头山跑，急忙上前问：“长官，你到什么地方去?”

“掩护我撤，我去把……”

“你俩把机枪火力压住，我背长官撤！”裴会珍命令两个士兵。

两士兵匆忙放下长官，一齐向石头山上的火力攻击。

石头山上那挺由毛产跃掌握的机枪在欢叫，两个敌军士兵分左右两侧向机枪位置逼过来。毛产跃很有战术，他打完一发子弹，就悄悄地向另一石缝转移，而敌人认为他负伤了更疯狂地直扑上来。

敌裴会珍搀扶着长官魏帮罗向前走了几步，就狠狠地一把将魏帮罗推倒在地上，“咚”的一声，魏帮罗重重地摔在石头上，吃力地抬起头：“裴……裴……”

“对伤兵的纪律是长官你传达的，本人坚决执行长官的命令！”裴会珍说完对着他头“砰”地一枪。

魏帮罗一死，裴会珍逃生的欲望更强烈了，他左右扫了，发现刚才冲锋的两个士兵无影无踪了，断定他们是自谋出路了，就拔腿向小石头山跑。

东方泛红时战场上的枪声停止了，孙中山先生的警卫团长陈可钰、副团长李章达、营长叶挺来到战场，看到缴获的一堆武器，又看到躺在地上的一具具敌人死尸，他们都笑了。

三天后，陈炯明听说暗杀突袭孙中山的行动失败，暗杀队除两人失踪，其余全部阵亡时，他对黄福芝说：“对裴会珍，活要见人，死要见尸，他要是跑到孙中山那里去了，一定要找人去杀死他，留下他这个活口对我们太不利了！”

十八、阴云密布

6月14日夜，空气异常沉闷，这时广州卫戍司令魏邦平匆匆地赶到总统府，请求立即拜见孙中山先生。警卫团长陈可钰与魏邦平司令是好朋友，但是出于军务需要他还是阻止住魏司令并严肃地说："孙先生今天很累，是不是明天再来?"

"不行，我有紧急情况必须立即报告!"魏邦平板起脸说。

"陈团长，海防司令陈策长官，求见大总统!"值班军官谭光纪这时也赶来报告。

"请转告陈司令官，总统已经休息了，有事情请明天来。"陈可钰拒绝说。

"陈司令官一再声明说有重要情况，必须现在报告，不能过夜!"谭光纪（原为六连连长）说，"他还声明说，今夜不见总统他决不走!"

魏邦平抬头望着陈可钰说："可钰兄，陈策报告大总统的情况肯定与我报告的相同!"

"你们到底是什么事这么急嘛?"陈可钰追问。

"陈炯明要进攻广州，把大总统赶下台，他在广东称王称霸!"魏邦平说，"你说这个情报重不重要?"

"啊，有这么回事?"陈可钰惊异地一挥手对副官说，"请陈司令与魏邦平同时向大总统报告，快!"

"是!"谭光纪扭头就传达团长陈可钰的命令。

今天上午孙中山在韶关上火车之前，陈可钰团长陪同许崇智赶到孙中山住地，一见孙中山的行装全部准备完毕，许崇智走上前心情沉重地说："先生现在万万去不得广州，陈炯明马上要叛变进攻广州了!"

"他还没有这么大的胆!"孙中山气愤地拍击桌子说，"我坐镇广州，为北伐军督供粮饷军械的决心不变!"

"总统不相信我们。那好，你自己审问吧!"许崇智说完一扭头命令，"把罪犯带进来!"

陈炯明组织的暗杀队杀手裴会珍，由两个士兵押了进来，不知是他装的呢，还是真的恐惧，两腿一软瘫倒在地，脸色如同白纸一般。

那天晚上，裴会珍从枪林弹雨中溃逃出来后，惊恐地隐蔽在山中，由于又饿又渴，他不得不从石缝中爬出来左右环视，发现山腰中有一破草房，门口坐着一位中年妇人正吃着什么，为了填饱肚子，就壮起胆子朝草屋走去。中年妇人听到背后有脚步声，扭头一看是一个衣服被撕成碎片的男人，似乎发现什么似的站起来直朝她屋里走，忙“呼”地跑进门。这时裴会珍左右扫了眼不见妇人有什么异动，就谨慎地走进屋，只见妇人将一碗白花花的米饭放在桌上后就站在门口了。不等他说什么，那妇人就热情地问：“你是昨夜打仗的官人吧？你饿了，快吃饭，快吃。我家男人也是军中官人，跟随陈总司令在福建打回了广东，现在正跟随总司令在惠州驻防呢。”

裴会珍一听是自己人，顿时惊喜地问：“大嫂，今天有从西江与韶关过来的官兵找伤兵吗？”

“还没有看到”，中年妇人说着朝桌子上的那碗饭一指，“快吃饭，有人来，你就说是我男人的朋友。”

“在西江与韶关的来人面前，千万不能提你男人是在陈总司令那里做官，更不能说我来过。”

“为什么？”妇人惊异地问，“西江与韶关的军队跟陈总司令的军队不是一样的队伍？”

“吃了饭再跟你讲，我饿得心慌。”裴会珍说着双手捧起碗狼吞虎咽地吃起来。

正当裴会珍埋头吃饭时，中年妇人走进里层，眨眼间，两个大汉从他背后窜出来，悄悄地用枪顶住他的腰：“不许动！”

裴会珍惊呆了。

昨夜经过激战，整个战区纵横十里很快就由部队封锁了，其目的是围歼那些漏网的敌人。打扫战场时，在一个山洞中生俘一个负重伤的杀手，他供称有个叫裴会珍的杀手溃逃了，他正是掩护裴会珍潜逃时负的伤。团长正要问个仔细时，这家伙突然断气了。失去了追踪线索后陈可钰团长并不放过这条线索，他命令再次扫荡战区，但一无所获，而许崇智部特务队在驰援途中得知这一消息后，断定裴会珍不会潜逃得很远，饥饿会促使这些漏掉的豺狼自己跑出来寻找吃的。于是在战区内各个单独居民房中都派出兵力潜伏，并由军中善于周旋之女士化装成家庭主妇。果然，裴会珍中了潜伏！

现在，裴会珍面对他要刺杀的对象孙中山，两眼发直，大气不敢出，孙中山两眼平视着他不语。过了一会儿，海防司令陈策对裴会珍说：“你向大总统如实交代陈炯明为什么要杀害先生？”

裴会珍为了求生存，在怒目下交代了自己的罪行后，扭头盯住魏邦平：“我有罪，我们按照陈炯明的命令连你与陈策司令都要杀害!”

孙中山终于明白了，他命令先押下杀手裴会珍，听候发落。

“大总统，你必须尽快离开总统府，陈炯明进攻广州的目的是杀害你!”陈策说。

“对，他们的目的是杀害先生!”魏邦平抢着说。

当得知陈炯明反叛后，孙中山先生出于对大局的考虑，立即命令魏邦平、古应芬、李文范、罗翼群等赶到百花洲，调节他与陈炯明的矛盾。陈炯明对魏邦平说：“邓铿参谋长被人所害，一说是邓将军缉查第二军许崇智部包运烟土积恨太深，被许部的人杀害；二说是邓参谋长到香港迎接周孝怀来粤，被其政敌处死，我看都不是。邓将军一到香港桂系奸细就跟踪上了，明明是他们所为，还有的血口喷人，说是我派陈觉民、黄福芝、陈少鹏所为，魏司令也是带兵的人，你看我是那种刁横霸道、忘恩负义的人吗?”

“先生（指孙中山）对陈总司令是很友好的”，魏邦平说，“这次……”

“魏司令你少说几句”，陈炯明截断他的话，“朱庆澜辞去广东省长一职，孙先生凭什么召集议会选出胡汉民为广东省省长，他胡汉民有什么资历、政绩担任省长职务?”

“依我看，大总统四周都是奸臣，广东有他，全国有他，就是不团结因素!”陈炯明愤愤地说，“大总统认为是我在阻止他北伐，其实这是错误的。我手下的军长许崇智就是坚决主张北伐的嘛。但是他应看到全国各省都主张联省自治，建立联邦德国治国的体系，这又有什么不好呢？国家连年征战，只有百姓遭灾啊!”

“北伐大策已定，各路人马已动，请总司令还是以少数服从多数为妥，国家的大业，陈总司令是看清楚了的。”

“好吧，我顾全大局，拥戴北伐，服从先生指挥!”陈炯明眼球一转，为应付魏邦平他们，“明天我就发表北伐声明，请各位转告先生!”

果然陈炯明发表声明进行北伐，支持孙中山统一国家的政治主张，但他一拖再拖就是不出兵。

孙中山从韶关进抵广州后，胡汉民奉命代理韶关大元帅行营职守。

……

现在，魏邦平与陈策走进孙中山办公室，孙中山先生正埋头批公文，听到脚步声抬头一看他俩进来了，忙笑着说：“你们一个卫戍司令，一个海防司令，两个大司令深夜造访必有要事，快请坐，请坐。”

这时正在整理公文的宋庆龄向二位笑笑之后离去。每当大总统接见军政要员，她都是避开的。

魏邦平刚刚落座，就向陈策使了个眼色，陈策说：“魏司令报告的与我要报告给总统的不谋而合，还是请魏司令向大总统报告吧。”

“你们谁说都一样”，孙中山说，“谁说都一样嘛。”

“我得到多方情报证实，先生宴请粤军各将领，以叶举为首的陈炯明部将领都托故不到！”魏邦平说。

“叶举派旅长尹骥赴惠州的西湖百花洲，向陈炯明报告，提出请先生下野，陈炯明佯装不同意。”陈策说。

“陈炯明一贯表面拥护先生，背地唆使部下揭起反先生的旗帜！”魏邦平说，“他不是个好东西，善于耍阴谋！”

“我们今天特地赶来，其一，是向先生通报陈炯明反叛的情报的确是事实，请先生一定早做准备；其二，是劝先生尽快离开总统府，不能遭到陈炯明的杀害！”陈策说。

孙中山深深地望着他俩说：“我免去陈炯明广东省省长与粤军总司令的职务，而保留他陆军部部长与内务部部长两职，就是促其悔悟。我在广州不走，也是促其悔悟的一个方法。他要背叛我，要做割据称雄的封建军阀，根本不懂什么是革命。当了广东省省长，就宣称保存现有实力，巩固自己的地盘，借口保境息民来阻挠北伐，暗中联络直系充当内奸，你们想想，我可以成全他当反革命吗?”

“他野心很大，想占领广东称王。他是什么货色！”陈策说。

“魏司令上次去百花洲，我已经请魏司令转告了陈炯明，我把广东交给他，也不要他的部队北伐，只要他为北伐军接济饷械。我北伐胜利了就在北方，决不回广东，失败了更无颜见广东百姓，我向他这么讲了，他还见利忘义，总不会有好结果的！”孙中山愤愤地说完后只是叹气，“当初我看错人了，现在我不走，决不走！”

“他杀了邓铿，我要杀死他才解恨！”魏邦平气愤地吼道。

孙中山默默地踱步、沉思。

夜，总统府内空气异常紧张！

十九、廖仲恺蒙难

6月14日，雨雾沉沉，一辆汽车在乡间公路上匆匆向惠州驶去。汽车内坐着国民政府财政部次长廖仲恺与他的两个卫士及随行秘书（财政部部长由伍廷芳兼任，实际负责财政的是廖仲恺）。

昨天下午，廖仲恺忙完孙中山交代的几件事，就收到陈炯明发来的电报。看了电报，他走到来访的广州卫戍司令魏邦平跟前说：“你看，陈炯明发给我的电报！”

魏邦平展开一看，电文中有一段是：

按计划已将款筹集好，请廖公亲自来取。我最近很闷，还有些事情想当面请教你……

“你决定去?”魏邦平读完电报问。

“你认为呢?”廖仲恺反问。

魏邦平不语。

“有什么讲什么嘛”，廖仲恺见他纳闷，就开导他，“怎么想的就怎么讲，不要有顾虑!”

魏邦平站起来用沉思般的语气说：“先生几次领导革命失败，真正跟着先生走的只有程璧光、朱执信、邓铿与我，而前三位都被先生的政敌杀害。除程璧光将军外，另二位都有可能是陈炯明所为。现在陈炯明反先生，广州几乎人人都知时，陈炯明又同意北伐，但条件是要先生交出胡汉民，先生没有达到他的目的时，他又电邀你前往惠州，你这不是自投狼窝吗?”

“这么说他要加害于我?”廖仲恺问。

“不能说没有这个可能”，魏邦平说，“你前往惠州劝导他服从先生，他口口声声说服从，就是不出兵，还叫黄福芝派特务威胁我，说什么跟着孙大炮走，最终跟邓铿的下场一样！你说，这是什么人干的事？这样的人又有什么事做不出来呢?”

“陈炯明在担任援闽粤军总司令期间，饷械全部是我组织送给他的，可以这样说，没有我从财力上倾力供给他，他是没有今天这般实力的。会师广东，除孙先生送达15万大洋外，其余饷械我又组织大半送去，从情理上讲他不会是那样忘恩负义的人，再说我又不跟他争权夺利，没有根本的利害冲突。”廖仲恺平静地说。

“廖公，你对他的认识完全错误了，你忠于先生的事业，他坚决反对先生的事业，这怎么不是根本的利益冲突呢？”魏邦平说。

“为了国家利益，我决定去，最后相信他一回吧！”廖仲恺说。

魏邦平司令尽力表达对廖仲恺的关心，但没能阻挠住廖仲恺。廖仲恺本着第一为北伐军筹集饷械，第二去见见陈炯明做做他的挽救工作的思想，第二天一大早就直奔惠州。

陈炯明这次电邀廖仲恺赴惠州是绞尽脑汁想出的阴谋。6月10日夜，陈炯明召集叶举、邓以鋆、李昂重、陈叔杰四人共进晚餐后，又将他们引进会议室。陈炯明站在会议桌前环扫四人说：“叶将军从广州回来，告诉我广州军政界都在传说我准备反叛。你们都是我的高参，叶将军是我的左右膀。请大家想想我们应该怎么办！”

上校参谋李昂重见叶举盯住自己，明白是要他先发言，他喝了口水润润嗓子说：“总司令今晚召开这个会，实际是这些天我们共同关心、研究的继续，今天只是增加了叶将军而已。关于攻占广州，夺取广东，与各省力求合作，在全国搞联省自治，建立联邦德国式的中国一直是总司令的心愿，我们按照总司令的要求，也跟各省实力派做了很多工作，围绕这一目标，我们除掉了朱执信、邓铿，要达到最终除掉孙中山的目的，首先必须阻挠北伐，而阻挠北伐的首要任务是卡住孙中山的饷械，没有后勤保障的部队，最终是会失败的。所以，我建议除掉廖仲恺，夺了孙大炮的钱袋子，他还搞什么北伐呢，不就都饿死了吗？”

“李参谋的意见是必须除掉廖仲恺？”陈叔杰上校问。

“提出来大家研究，并非决定嘛。”叶举问，“陈参谋的意见呢？”

“我想重提旧事”，陈叔杰说，“邓铿将军是清末广东将弁学堂毕业，周孝怀先生当时任该学堂总办。辛亥革命后师生关系颇密，周先生对邓将军颇为赞许，邓将军也格外敬重他。总司令（指陈炯明）回师广东大胜，意设广东民国总局的位置给周先生。邓铿将军赴港迎周先生在大沙头被击，重伤后还请求立即回总司令部向总司令报告，可见他对总司令忠贞不贰。”

“陈参谋，按你这么说我们除掉邓将军是错误的行动？”李昂重上校有些不满地问。

“你急什么，我还没说完”，陈叔杰说，“在孙中山梧州军事会议前，廖仲恺乘小火轮赶到梧州参加会议。当时社会上传说我们反叛，与北方的曹、吴勾结。许崇智、蒋介石、吴忠信都坚决主张先讨伐我们，再北伐，只有廖公反对，认为我们不会反叛，尽量说服孙先生相信他。如果说我们杀错了邓铿将军，失去了一部分人心，那么再杀廖仲恺这样的忠诚之人，又会失去一部分人。没有人跟我们走，大家还当什么官、什么参谋呢？”

“陈参谋”，叶举迫不及待地站起来，怒视着陈叔杰，“你是不是神经有些错乱？还是有别的企图？”

“我仅仅只是提示这两件事，请各位研究我们的决策是否有利于我们今后的行动！”陈叔杰解释。

叶举逼过来：“陈叔杰，你这说的是心里话？”

“当初”，陈炯明不能再沉默了，“暗杀队遭伏击失败，现在陈参谋这般行为，肯定是又想去给孙中山报信争取时间。我断定陈叔杰是孙中山的情报官，是睡在我们中间的老虎！”

“我们查到一个叫09的情报代号，就是他！”李昂重说，“是09向孙中山报告我暗杀队出动。”

“杀了！”邓以鋈咆哮开了。

“对，把孙大炮埋在我们司令部的炸弹拔掉！”叶举也吼叫起来，“总司令，下命令吧！”

陈叔杰似乎没有听到他们的怒吼，他向左右扫视后，两眼就迎住陈炯明的目光说：“总司令，当年孙先生花了很大心血弄来20营5 000官兵交给你，我那时就跟你做作战参谋。从中尉到上校，我很感谢你的栽培、信任。那么，你从5 000官兵到做几万部队的大官，也应感谢孙先生的培养吧？今天你忘恩负义，我不能忘恩负义。如果你执意要杀害廖仲恺先生，我也不想活了，也不玷污你的手！”说完他拔出手枪，对着自己的脑门之时，又问：“总司令，你还有什么要问的？”

这时已经有四五个卫士护着陈炯明，他们担心陈叔杰开枪打死陈炯明。

“没有什么，你走吧！”陈炯明说。

“你！”陈叔杰闪电般举枪向陈炯明射击，子弹打中了一个扑上去的卫士背部。

“砰砰砰！”陈叔杰被卫队开枪打倒。

淡淡的硝烟中陈叔杰倒在血泊里，两个卫士拖走了还在呻吟的陈叔杰。又一条硬汉倒在陈炯明跟前。叶举冷冷一笑说：“反对总司令的，一律处决！”说完将手枪放回枪套。

“向廖仲恺发电报，骗他说取款与有大事相商，他会来的，快！”陈炯明命令道，“除掉了孙大炮埋在我司令部的炸弹，我们占领广东，除掉孙中山，歼灭许崇智等部就有望了，请各位努力作战！”

陈炯明决定杀害廖仲恺了！

廖仲恺并不知道陈炯明要杀害他，汽车直向惠州飞驰，他根本没有想到会有杀身之祸在等待着自己。

汽车进抵石龙了，这是进入惠州的兵家必争之地。当汽车越过一段乡间公路，前面出现一座不太大的哨楼时，驾驶员扭头对廖仲恺说：“长官，哨楼下面有官兵站在路中间拦车。”

“告诉他们，我是到惠州报告公务的政府官员，把证件给他们看看。”廖仲恺说。

“停车，停车！”说话间，两个少校军官亲自拦住汽车，几十个士兵都抱枪对着汽车。

汽车停住了，司机探出头并递出证件：“我们车上是财政部次长廖先生！”

一个少校接过证件扫了眼后，忙上前几步立正敬礼说：“报告廖部长，我奉命在石龙招待你休息吃饭，请你下车！”

廖仲恺忙拉开车门下来，朝少校笑笑问：“请问少校奉谁的命令？”

“总司令的命令！”少校仍然立正回答。

“算了吧，我还是赶到惠州见总司令。”已下车的廖仲恺说着转身准备坐进汽车。

“报告廖先生，本职在执行任务，请你跟我们去吃饭！”少校态度坚决，不可改变。

廖仲恺一愣，立即意识到有麻烦事了，他向司机及随行人员说：“总司令安排我们在石龙吃饭，大家都下车吧。”

“不”，少校忙制止，“各位可以马上回广州了，廖先生由我们总司令的汽车迎接。”

“他们都是跟随我的，有些事需要他们做。”廖仲恺说，“我不乘总司令的专车，就与大家同行。”

“廖先生，卑职只是执行命令，别的事情你见了总司令后再说吧”，少校说完扭过头对司机说，“你们可以回广州了。”

廖仲恺已经完全明白这是怎么回事了，他只好向汽车内的随行官员说：“请回吧！”

汽车转过头刚要驰去，另一位少校拉开车门坐进副驾驶室，命令汽车向与广州相反的方向开去。

“你们扣押我可以，不能扣押他们！”廖仲恺气呼呼地吼叫，“我抗议，我要见总司令!”

“廖公!”少校阴阳怪气地说，“我们叶将军请你去，请不要让我们为难了。”

“我不走，请你们这里最高长官来!”廖仲恺说，“谁是你们这里的最高长官?”

“在石龙兵工厂里等你的叶举将军!”少校说。

“你请叶将军来见我!”廖仲恺说。

少校只好走进哨楼，不一会儿他出来气势汹汹地对左右命令:“捆起来，把他捆起来!”

“长官，他可是政府的大官，财政部次长廖仲恺，捆错了是要杀头的。”一个中尉忙低声说。

“中尉，我看你是廖仲恺线上的人!”少校狠狠一巴掌打在他脸上，“滚!”

“你!”中尉闪电般拔出枪，“你打我，我打死你这条狗!”中尉扣动扳机，只听到“砰”地一枪，少校倒下了。四周的士兵顿时愣住了，因为是他们连长开枪打死了上面派来的长官，谁也不敢对中尉怎么样。

“弟兄们”，中尉说，“总司令要反叛……”

“砰!”士兵中射击一发点射的子弹击中中尉头部，中尉头一垂倒下了。

“弟兄们”，副连长走上前，“连长早有反叛思想，卑职一直奉命监督他。今天他打死长官自我暴露，我奉总司令的命令处死他!”

众士兵大气不敢出。

“走，把廖仲恺送到工厂交给叶举将军!”副连长命令着，押着廖仲恺向石龙兵工厂走去。

二十、郑仙祠内的阴谋

6月15日下午4点，白云山郑仙祠内叶举的总指挥部里，陈炯明的心腹将领，全部集中在这里。粤军总指挥叶举，传达所所长翁式亮，军长熊略，师长陈炯光（陈炯明的胞弟）、钟景棠、洪兆麟，旅长李云复、尹骥、罗献祥，江防司令周天禄，炮兵司令王惺庵，财政厅长钟秀南，粤军参谋长张录村以及上校参谋林延华、邓以鋈、李昂重等都到齐了。会议由叶举主持，军长熊略与其同桌入座。林延华上校参谋被叶举召到前排就座。

“各位都是总司令信任的军官”，叶举环顾众人后说，“我现在向诸位宣告一个孙中山的决定！”

将校们的目光都盯住叶举。

“孙大炮请各位去吃饭，是一个阴谋，谁去都有可能被扣押起来。我托故不去，你们知道，他恼怒地说什么？”叶举望着大家沉思片刻才说，“孙大炮称，叶举带着一群忠于陈炯明的狗，躲在白云山郑仙祠不敢出来。他们认为据守白云山就可以胡作非为，我以永丰舰几门大炮就可以收拾他们。这就是孙大炮对我们的态度，你们说怎么办？”

“攻下总统府，把孙大炮捉住用火烧死！”陈炯光咬着牙咆哮说。

“烧死他，洒下油烧！”洪兆麟也跟着吼叫。

“他要我们北伐送死，借北方军阀的刀除尽我们，但是他必须先交出胡汉民！”钟秀南说，“胡汉民算什么货色！”

军长熊略看着发言的都是海丰系的人，心里有了数。

“现在，泡在广州各大小旅馆的大小政客、军人都等着孙大炮给他们封官，把广东的钱拿去为孙大炮打天下当全国的大总统，这样的罪行只有他孙大炮才会有，留着他，你们说是不是祸国殃民？”洪兆麟虽不算什么海丰派系，但他坚决反对孙中山。

“对，孙中山是中国的灾星！”钟景棠应和着。

“看来我们对孙中山的认识已经达成共识”，叶举说，“民贼不除，国无宁日。今日开的会是为民请命的会、共诛民贼的会，应各献良策计谋，作出共同的认可决定，然后各位将校举兵实施！”

“还请诸位注意的是”，江防司令周天禄接上去说，“14日那天孙中山从韶关进抵广州车站时，海防司令陈策与陈少白，广州卫戍司令魏邦平，派出永丰舰送他直达天字码头，把我们都排在欢迎的官员外，可见他们对我们已经有所防备了。”

“防备又怎么样？”陈炯光说，“先收拾他！”

“连许崇智、蒋介石、吴忠信统统杀了！”钟景棠说，“要他妈的北伐成为泡影！”

“诸位”，军长熊略站了起来，“大家冷静，听我来讲几句。”

熊略毕业于清末广东将弁学堂，也是周孝怀的学生。邓铿死后，他与叶举、周孝怀交往极密切。周孝怀可以说是他的谋士，有些孙中山与陈炯明的矛盾，熊略能冷静地与周孝怀研究。在众将校中熊略以持重稳健有头脑著称，一般都能听从他的话。而叶举只是以权势压人。现在熊略挥手示意大家听他讲几句，所有的议论都停下来了，大家都迎住熊略的神情。

“孙中山是民贼，既然是民贼则必是人人得而诛之，这是毫无疑问的”，熊略讲到这里向大家扫了眼，“我们粤军，是陈总司令一手培养起来的军队，不能随便损失这支队伍。关于打不打总统府，我看值得研究。若要打，就是孙先生作为总统偏听了左右的谗言，免去了总司令关键职务，只留下一个陆军部部长，不是让我们总司令没脸面吗？不打呢，就是送孙大总统出门，让他去北伐，这对我们是有好处的。我提出两个建议诸位考虑。”

“熊军长的意思是不打死孙大炮，而是赶鬼出门？”一直不吭声，但内心支持熊略的上校参谋林延华说。

“对，我是这个意见。”熊略与林延华一唱一和。

“打死他！”

“用炮炸死他！”

“炸不死捉他点天灯！”

主张炮击总统府，活捉孙中山的气氛占优势。

熊略挥起双手：“大家安静，安静！”

骚动又平静下来。

“熊军长威望高，我们推举他担任攻城指挥官好不好？”叶举微笑着问众将校。

“好！”众人异口同声地回答。

“感谢诸位的信任，我建议由叶举将军担任，他是总司令任命的粤军总指挥嘛。”熊略忙说。

“熊军长”，叶举扭过头，“大家相信你，你就不要推托了。这是效忠总司令栽培的一役，打下广州，占领广东，广州市长一职就会是你的了！”

“叶总指挥”，熊略哈哈一笑，“效忠总司令你说得很对，但我没有想到将来去做广州市长。”

“好好好，你就做了攻城指挥官吧，总司令催促我们快干起来，你就不要再客气了嘛。”钟秀南说。

叶举说：“不推了，就这样定了。熊略军长为攻夺广州城的总指挥，炸不死孙中山，也要活捉他！”

熊略还能说什么呢？他只好在众将校推举下做了进攻广州的总指挥官。他心里明白这是叶举的又一阴谋。

议论很长时间之后，大家各就各位又坐下了。熊略作为进攻的总指挥官，也只好拿出一个作战计划与叶举研究，很快制订出来了。他坐在叶举左侧：“各位信任，我只好作出下列决定！”

钟秀南说：“熊军长，快布置嘛。”

熊略说：“钟景棠将军！”

“到！”师长钟景棠起立。

“你看”，熊略用地图示意棒在地图上旋划一下后，指着上面的三角标点说，“你部的作战任务是，夺取鱼珠、牛山炮台，监视黄埔港各军舰的动态，随时向我报告部队进展情况与敌炮台变化。”

“报告军长，卑职军中没有攻击军舰的大口径炮！”钟景棠说，“是否可考虑调配重炮四门？”

“钟将军，请你注意，我给你的命令是攻击两炮台，监视孙中山的海军舰队，并不是命令你夺取海军舰队！”熊略有些不耐烦地说。

“卑职完全明白将军的意思，坚决执行命令！”钟景棠回答。

熊略点点头。

叶举补充说：“据报，在鱼珠、牛山炮台上下都有步兵据守，魏邦平的卫戍部队战斗力虽不强，但忠于孙中山，服从指挥，请钟将军组织敢死队，夺取两炮兵阵地，看住黄埔港中的舰队！”

钟景棠表示明白。

“对付炮舰的手段呢？”熊略问钟景棠。

“夺取两炮台后，利用这些炮看住军舰！”钟景棠说，“但卑职不能完全有把握打下舰炮！”

“尽力而为吧”，叶举说，“想阻止舰炮可能你是无力的，部队尽可能隐蔽地行动。要组织一支炮队专门监视舰队，不要让其摧毁步兵阵地！”

“是！本职坚决执行！”钟棠掌回答。

叶举满意地笑了。

熊略军长向他微微点头表示满意后，两眼停在洪兆麟脸上，火焰般的目光使洪兆麟浑身不得安宁。

“洪将军，你是极力主张直取总统府的将军，我断定你的部队作战情绪高涨！”熊略说，“是吗？”

“报告熊军长，我部作战情绪很高，少校以上军官我都进行过训令，他们一致认为大总统解除总司令两职是不得人心的，要为总司令报仇！”洪兆麟说，“请军长给我部最艰巨的作战任务！”

“好！”熊略点头说，“粤秀楼的总统卫队兵力及武器分布情况你知道吗？”

“不很详细。”

“你看”，熊略向墙上的巨幅地图一指，“在这个交合处，有两挺重机枪可纵扫三面。”

“明白！”

“在东、西两个院落及总统卧室左右，是轻机枪与几门小炮组成的火力网”，熊略说，“我跟叶举将军研究决定，你以一个旅的兵力攻击粤秀楼，集中火力歼灭总统卫队，具体作战方案，参谋长会给你下达命令！”

“卑职坚决夺取粤秀楼，聚歼总统卫队！”洪兆麟回答时精神极佳，表现出极大的信心，显示出他忠于陈炯明的决心。

“洪师长”，参谋长张录村走到地图前，指着标明粤秀楼的坐标说，“部队进抵粤秀楼后，以一个团的兵力在正面攻击，一个团作两侧攻击；敢死队在激战时寻找敌火力较弱的地点为突破口，告诉将士无论是谁第一个冲进粤秀楼，都晋升两级，奖大洋100块！”

“参谋长，我部请求补充轻机枪五挺交敢死队使用！”洪兆麟说，“重机枪两挺用于掩护冲锋队伍，夺取总统府的机枪阵地！”

“现在武器无法满足，打下总统卫队，所缴获总统卫队的武器，一律留下装备你的部队”，张录村参谋长（他于新中国成立后叙述过这段史实）说，“过去作战迟疑者一律处死的决定，这次攻击中不要执行，以避免官兵的逆反心理！”

“卑职坚决照办，只是敢死队的装备不是太理想。”洪兆麟说着面转向熊略，“不知道钧座能否考虑？”

“我要考虑的参谋长已经讲了”，熊略说，“总统府中陈可钰团是总统贴身卫队，你以一个旅的兵力，协同罗献祥部攻击总统府正面的陈可钰团。陈团的叶挺营、薛岳营、张发奎营及特务连，是块最硬的骨头，你打算怎么啃？”

“罗献祥部的进攻我不敢多言”，洪兆麟说，“我部将组织四个敢死队，多方寻找薄弱处。陈团特务连长殷化民少校与我部营长云山金相识，由我云营长部围攻，估计不会有多大损失！”

“四支敢死队都由谁指挥?”参谋长张录村问。

“这四个指挥官很重要，要不怕死，敢于冲在前面的军官担任。”叶举强调，“最好是由上尉连长指挥!”

“我决定由四个副营长担任，敢死队员一律由新兵担任。新兵不怕死，敢于上，老兵顾虑多，冲锋时有些犹豫，所以敢死队我一律用新兵!”

“这个经验各位应该吸取!”叶举赞扬，“但一定要训练有素的新兵，老兵最怕死，又不好掌握。”

洪兆麟的用兵情况受到赞扬，心里顿时乐了。

“我的部队”，熊略说，“担任沙河大沙头到长堤一线的戒备，也就是这里一带。”他指着地图上一条绿线，“对魏邦平的卫戍部队实施看守、监视，以防他们增援总统府。”

“请各部与熊军长保持联络，他的部队可随时增援友邻战区。”叶举说，“暗码由参谋长等一会儿向诸位通报。开战前电台、电话都要全面检查。”

“陈炯光将军!”熊略盯住他叫。

陈炯明的胞弟陈炯光挺立平视熊略。

“你的部队在开战前三小时，必须进入西关一带戒备。敢死队集中调用，不得分散!”熊略命令。

“卑职执行命令!”

“西关地区敌精兵较多，舰炮火力可攻击多个方位。兵力在天亮之前撤到战略要地，减少炮火伤亡。对付舰炮攻击的唯一手段是越过射程外。”张录村参谋长交代，“若韶关方向敌军增援上来，你必须尽快报告熊军长，不得迟疑!”

“对对对，你的部队任务很重!”熊略说，“叶举将军会随时巡视你的防区。”

“是!”陈炯光因陈炯明的背景，一贯傲气十足。

“炮兵司令王惺庵!”熊略命令。

“到!”炮兵司令王惺庵站起来。

“江防司令周天禄!”熊略命令。

“到!”周天禄神气地挺立。

熊略朝他俩凝视刹那后命令：“你们所有的大小炮，于16日凌晨3点整，准时炮击总统府，洪、罗二位的步兵即向总统府进攻。活捉孙中山，死要见尸，不得放跑!”

“是!”两位司令异口同声地回答。

夜幕降临了，各路将校领命直奔自己的驻防区。只有熊略没有走出白云山的郑仙祠，当叶举陪同两个来访的客人刚刚离去，他飞快走出来跟亲信连长武力锡交代几句，又将一纸条塞在他手中，武力锡连长明白情况紧急，快步向总部跑去!

二十一、炮击总统府

6 月 16 日凌晨 2 点 30 分已经过去了，当广州卫戍司令魏邦平、海军司令陈策从总统府出来一直奔向自己的防区司令部时，孙中山先生的秘书林直勉、参谋林树巍、副官张国森（即张猛，后在南京中山陵护灵，担任拱卫组副组长职务）、警卫团长陈可钰都没有休息。他们看到总统孙中山安然入睡，一个个都焦急地互相问：“怎么办，总统不走怎么办？”

原来，军长熊略向其部下达完攻击总统府的任务后，一直在叶举司令部不走。他要找机会秘密行动，命令亲信上尉连长（警卫连长）武力锡，立即向作战参谋陆志云通报，请他马上通知总统孙中山离开总统府！

陆志云赶到总统府后，向总统警卫团长陈可钰作了报告。陈可钰团长深感事态发展太快，后果不敢想象。于是他一边命令人向魏邦平、陈策等将领通报，一边赶到总统孙中山处报告。

孙中山听完报告后问陆志云：“熊略现在在什么地方？”

“正在叶举指挥部，但也有可能现在回了他的司令部。”陆志云回答，“请总统看看熊军长亲自写的情报吧。”

孙中山接过情报就读：

> ……叛军兵力是：钟景棠部进攻鱼珠、牛山炮台，并有炮兵与机枪监视黄埔舰艇；洪兆麟部以一个旅的兵力突袭粤秀楼的总统卫队，同时又有一旅兵力，协同罗献祥部在总统府正面突袭陈可钰的警卫团；熊略所部在长堤、沙河、大沙头一线警备；陈炯光部在西关一线警备；江防司令周天禄、炮兵司令王惺庵，集中各类炮于 16 日凌晨 3 点向总统府突袭攻击，洪、罗各部在炮火掩护下攻击总统府……

“字是熊略将军写的”，孙中山阅读完低声说，抬头问陈可钰，“你通知部队了吗？”

“已经通知了。魏邦平、陈策司令官也都通报了。”陈可钰说，“请总统立即离开，大战马上就要拉开了。”

孙中山沉默着。

“叶举他们昨天下午开会至深夜，旅以上军官都参加了！从百花洲来的陈炯明的几个作战参谋也参加了。”陆志云说，“情报很可靠！”

“报告，魏邦平司令来电话，敦请总统尽快离开，叛军马上开炮了！”副官张国森进来说。

“报告，陈策将军来电话：陈炯明部在广州反叛，请总统离开，快离开！”参谋林树巍报告。

“报告，西关地区陈炯光部在抢劫百姓东西！”秘书林直勉报告，“其部一个旅在监视我卫戍部队驻该地的一个营。”

“总统，叛军马上开炮了，您走，您必须走！”陈可钰说完又命令，“林直勉先生，林树巍参谋，离敌开炮的时间不多了，我去团部指挥，你们马上送走总统！”

“我不走，我不走，我就是要坐镇总统府！”孙中山气愤地背手踱步，“他陈炯明是我一手扶植起来的，他真的反叛，是不道德，是忘恩负义的小人！”

“总统，现在不是跟他讲理的时候”，秘书林直勉说，“走，你的安全是第一位的！”

“这是陈炯明恐吓我！”

“不，熊略将军派人送出的情报绝对准确！”

孙中山问：“卫戍部队都部署好了吗？”

“魏司令与海防军陈策司令都接到情报了。”

“我不走，他在恐吓我！”孙中山仍然坚持这种意见，执意不走。

秘书林直勉、参谋林树巍、副官张国森等都在一边束手无策。

“轰……”一发炮弹在总统府附近及院子内外爆炸了。警卫团长陈可钰命令：“古元默！古元默！快把机枪抱进掩体，快把机枪抱进掩体！”

古元默一听回答：“团长，敌敢死队上来了，敌敢死队上来了！”

由于炮声隆隆，陈可钰团长无法听到古元默的声音。

古元默命令：“三排跟上，进入一线防守区！”

三排官兵进入阵地时，三副排长胡承游抱着一挺轻机枪赶到了四班长跟前，指着前面说：“四班长，敌敢死队上来了，你顶着打，我迂回上去！”

“长官”，四班长一甩手，“你掩护，我上！”

“别争了，总统还在总统府没有走，不能让敌人冲进来！”胡承游说着向背后的总统府扫了眼，炮火的硝烟已经淹没了房子。

敌敢死队队长周企甘在炮火的掩护下，已经冲到总统府正面的院子外面了，两挺机枪交叉的火力封锁住他们的去路，周企甘在火力下面不敢抬头，一个劲对

左右命令："上，投手榴弹炸！"

十五六个敌敢死队员冒着机枪子弹向总统府门口爬过去！

这时守卫总统府的团长陈可钰奔跑在各个阵地，督战反击敌人敢死队。炮弹的气浪不时将他推倒，他从炮弹坑中爬起来又继续督战！

"古元默，你这里怎么样？"陈可钰团长大声问。

"报告团长，敌敢死队两次冲锋被我打退！"

"你们怎么样，伤亡大吗？"

"长官，我请求补充一个班！"

"我明白"，陈可钰说着扭过头，"特务排，把二班交给古排长投入战斗！"

特务排二班十五人加入了古元默排的战斗序列。总统府门口正面的战斗更加激烈。子弹与炮弹交织着打得黎明前的天际一片火红。

古元默打完一梭子弹正换机枪弹夹之时，突见四五个黑影在左前的硝烟中晃动。那个方位正是副排长胡承游率领四班防守的阵地：莫非敌人突破了那一阵地？

"胡承游，胡承游，四班长，四班长！"古元默呼叫时，子弹向他倾泻过来。他立即意识到四班可能伤亡殆尽，敌人占领了四班的阵地。古元默向团部特务排二班的班长许培烈命令，"把四班的阵地夺回来！"

"是！"许培烈命令，"二班，跟上！"

许培烈他们一走，血淋淋的副排长胡承游从炮火中冒了出来，不等古元默发话他就吃力地说："排长，四班阵地丢失了，四班长与战士梁宜智还在！"

"他们呢？"

"隐蔽在二号机枪阵地掩体后面！"

"命令他们打响，协同特务排二班打退敌人！"

"是！"胡承游又返回四班阵地，二班已经与敌人敢死队展开了肉搏战，只见身材高大的二班长许培烈挥刀砍掉两个敌人的头后，后面的敌人"唰"地卧倒向他开枪。

"卧倒！"胡承游扑上去推倒二班长，子弹从他头上飞过，闪着淡黄色的火苗。

"打！"二班长许培烈从副排长身下翻起来就地一滚，转过枪口一阵纵射……

胡承游一看二班长真是条汉子，也不顾伤痛坐起来，发现四个敌人向二班长左右扑去。他忙速射开枪，"砰砰"结果了二班长左侧的敌人，而右侧的敌人忙转过枪口向他扑来，胡承游朝地下一卧开枪反击！

二班长许培烈一连击毙四个敌人，正想回援胡承游，正面一个装死的敌人突然从地上跃起，对着他左胸一刀刺来，许培烈闪电般挥枪打掉敌人手中的刀，敌人左手一把抓住了他的枪管，两人厮打起来。二班的战士看到班长在激战，但无力支援，因为他们每个人都面临两三个敌人，正在拼杀之中。

敌洪、罗两部压向总统府，敢死队在炮火掩护下与总统府的卫队展开激战！

总统府内，总统府秘书长谢持双手抓住电话："喂，海军司令部吗？谁值班？"

"我是司令部副官胡文溶"，对方在电话中回答，"我正在值班！"

"我是总统府秘书长谢持，陈炯明反了，请你立报舰队司令温树德，派海军陆战队，在海珠对岸到永汉马路一线担任紧急警戒，迎接二位乘人力车的长官去海军司令部，请海军务必保护好他们！"

副官胡文溶接到电话，又听到广州城里炮声轰鸣，看到炮弹拖着火焰在空中纵横，总统府方向喊杀声交织，断定有重大情况，忙向司令部去电话。这时海军司令官温树德与海军陆战队司令孙祥夫，以及其他随员都匆忙地推门而入了。

"报告司令官，总统秘书长谢持通知，派海军陆战队警戒海珠对岸至永汉马路一线，掩护乘人力车来海军司令部的长官！"胡文溶上前报告说。

温树德神情紧张地举起望远镜向总统府方向观察，红色的炮弹在空中纷飞，直坠总统府！

今天晚上，温树德与海军陆战队司令孙祥夫、舰长们以及几个作战参谋邀在一块儿去仙人酒楼吃饭，东堤这地方就这家酒楼较好一点。席间胡文溶派舰队副官袁方乔赶到酒楼，不安地说："总司令，陈炯明部在沿岸布防，不知道为什么！"

温树德一听忙问："叶举有动态吗？"

"他们开了会，决定今夜攻击总统府！"

温树德断定情况有异，忙对海军陆战队司令孙祥夫说："陈炯明要反啦，怎么办？"

"报告，有炮在袭击观音山总统府！"外面一副官跑进来报告，"枪炮声大作，陈炯明部向我左前跑步前进，十几匹战马已经冲到我酒楼前面，好像是直冲卫戍部队二营防地去的！"

"回司令部！"温树德命令。

现在听了胡文溶副官的报告，温树德深感责任重大，立即命令："驻省各舰即刻升火，听候命令。若陈部向我舰开炮或机枪射击，我舰当还击！"

命令传达到各舰，海军司令部开始急速运转起来。陆战队司令孙祥夫，亲自率八十人的海军陆战队官兵进入海珠附近及永汉马路警戒布防。司令部卫队及特务连进入战时状态。

"谢秘书长吗？"胡文溶向总统府去电话，"我是海军司令部副官胡文溶，一切按你的命令执行完毕，请你们行动。"

“谢谢胡副官！”谢持放下电话，飞快地跑出来，一见孙中山还不走，忙命令：“林直勉、林树巍，把总统扶住，从后院走，我已备好人力车，海军陆战队已经布置好了，海军是忠于政府，忠于总统的！”

“温树德在哪里？”孙中山问谢持。

“在海珠海军司令部迎接总统！”

“孙祥夫呢？”

“他亲率海军陆战队戒备，迎接总统到海军司令部休息！”

“舰队，舰队开过来没有？”

“温司令已命令各舰升火，听候总统的命令！”谢持回答，“卑职作为总统秘书长，要为总统的安全负责！”

“陈可钰、李章达他们呢？”孙中山又问。

“正在反击叛军！”谢持说。

孙中山听着不语，扭头正要冲出门时，谢持命令：“架住总统从后院走！快！快！”

不管孙中山同意不同意，林直勉、林树巍两人架住孙中山向后门奔去。孙中山此时光着头，没有戴帽子，身着夏布长衫，满头大汗地在卫队的掩护下走出总统府。

一辆人力车载着孙中山与秘书长谢持，沿着海军陆战队的防区直奔海军司令部所在地海珠。

海军总司令温树德正为孙中山的安全担心。这时炮火更集中地轰击总统府，陈可钰部、李章达部正浴血战场，魏邦平的卫戍部队因兵力有限，又在陈炯明部的包围之中，不敢动弹，急得魏邦平在电台中吼叫：“陈策，陈策，炮火，炮火支援！”

但陈策也不敢开炮，其一他的炮火有限；其二又怕伤了自己的队伍；其三敌兵力情况不详！

人力车飞快地冲过来了，温司令忙迎上去时，一看孙大总统满头是汗正要安慰几句，孙中山咆哮般气愤地说：“陈炯明反了，陈炯明反了！”

“总统息怒，由海军收拾他！”胡文溶忙上前说。

孙中山气呼呼地在温司令的陪同下，走进温树德的司令部。孙中山一边喝着汽水，一边举着望远镜观察总统府方向的炮火。他问胡文溶：“胡副官，总统府的卫队撤下来没有？”

“联络不上，好像是电话线被炸断了。”一个副官回答。

这时谢持拿着笔与纸进来了。孙中山正挥笔疾书时，警卫团长陈可钰风风火火地赶到了：“报告总统，叛军分四路向海军司令部压过来！”

“熊略部呢?”孙中山问。

“现在看不到是谁的部队”，陈可钰说，“地面部队除敢死队外，火力都不猛，只有炮兵凶狠些。”

“他们要用炮弹炸死我，他想当广东的土皇帝，忘恩负义!”孙中山气愤地说，“快派人将这封信送到三水去，这一封送到韶关，这是给陈炯明的，看他还敢把我送到西天去不成!”

三封信分别交给了三个军官后，温树德与孙祥夫从外面跑了进来。温树德说:“总统，海珠这地方接近长堤，不太安全!”

“请总统还是离开海军司令部为好!”孙祥夫也说。

孙中山望了大家一眼说:“叛军在向这里推进?”

“正在集结!”胡文溶说。

“我去顶住!”陈可钰说着提枪就走了。

“陈炯明反了，真是我做梦都没有想到的，快通知廖仲恺及其夫人撤出来，陈炯明不会放过忠于政府的人的!”孙中山对谢持说。

“总统，廖先生已经去了惠州，是陈炯明电告他去取款的，说有要事相商。”谢持回答，“我是听他夫人讲的。”

孙中山沉默了一会儿说:“这个时候电告他去取款，怕是有阴谋。”

“总统，上楚豫舰再说吧，这里太危险。”温树德截断他的话说。

孙中山同意了，这一夜他走上了楚豫舰并夜宿该舰。

二十二、海军参战

第二天，也就是16日上午8点，孙中山先生乘小轮船从楚豫舰转达永丰舰时，应通知前来开会的军官们都到齐了。永丰舰舰长欧阳林将卫队全部安排好后，走到温树德跟前小声问："总司令，什么时候开始炮击敌人？"

温树德沉默刹那后扭头望着他说："欧阳林，不该问的事应该纳口不言，这是军人的基本准则，明白吗？"

欧阳林知道自己错了，忙点点头。这时孙中山先生的副官从中甲板走了过来："温总司令，总统请你去一下！"

折腾了一整夜，孙中山先生精神状态还是比较好。他一见温树德走进舱就直接问："温司令官，听说你反对今天炮击叛军？"

温树德说："我不是反对，而是说叛军重兵在什么地方不太清楚，盲目开炮既浪费炮弹，又达不到消灭叛军的效果。"

"依你的意见就是不打叛军？"孙中山反问。

"我想请海军陆战队的侦察连，派出兵力化装进入敌人前沿，摸清叛军情况再打！"温树德说。

"敌中心指挥部在白云山，敌各路部队都集中在沙河、瘦狗岭、沙头、观音山一线，只要炮弹在这一带爆炸，总会有效果的。"孙中山说，"我不明白你在怕什么，我跟陈炯明已经势不两立了！"

"总统，我跟陈炯明也没有什么关系，他反叛我早有所闻，也向你报告过，今天他反叛了，我们海军是坚决支持您的。炮击敌人我们也是服从您的命令。只是没有陆军协同我舰炮攻击，不可能给叛军更大的打击，收效不会很好。"温树德说，"海军跟着先生南下护法，老长官程璧光先生不幸被暗杀，敌人日夜都在关注我舰队，企图从各个方面削弱、消灭我们！"

"我看海军是有能力先教训一下叛军的，过几天许崇智他们北伐军回粤，将会扫荡陈部！"

温树德望着孙中山暂时不作正面回答，但他对炮击叛军持消极的态度。

"温司令，把你扫荡闽籍官兵，改革海军的激昂情绪拿出来，打击叛军，维护国民政府的利益！"孙中山扯起嗓门，"你不要顾虑。就凭你们舰炮的大炮，还敌不过叛军六五厘米的步枪吗?”说完，他异常愤慨，激动地转身进舰舱内，站在地图前认真观察。永丰舰在锚泊中等待众将校与总统的决策保持一致。

“总统”，海圻舰副舰长赵梯昆走进来了，语气低沉，但具有较强的英气，“请您不要生气，偌大的舰队官兵大多是拥护您的!”孙中山扭过头一看，海军司令部副官胡文溶、海军舰队副官袁方乔、永丰舰舰长欧阳林，以及其他几艘舰的舰长，永丰舰上的官兵挤满了前甲板，一个个用饱满的热情注视着他。

“军人们”，孙中山认为现在是鼓励官兵打击叛军的极好机会，“诸位南征北战，跟着我孙中山干就是护法，就是要彻底扫除中国的军阀，所以大家都赞成北伐。为了实现与各位共同的目标，苏联已经派马林先生与我联络上了，苏联的鲍罗廷先生也到过广州。为打败各路军阀，我们与苏联谈判有很大进展，联俄计划正预备逐步实行。而早有阴谋成为广东最大军阀的陈炯明看到我政府的政策对他不利，更加剧了他反叛的野心。他勾结北洋军阀，暗杀了邓铿参谋长，又炮轰总统府企图谋杀我。这样的敌人不打，我们的舰炮还留着干什么?我们的军队还留着干什么?”

“消灭叛军，活捉匪首陈炯明!”永丰舰炮官韩长福高呼着，众官兵立即挥手应和。

孙中山兴奋地向众将士挥手致意!

“报告总统”，赵梯昆跨前几步立正在孙中山面前，接着他以一个标准的军人姿势转过身，面对众官兵，“弟兄们，我们都是南下护法的，当初是跟着孙先生护法从北洋军阀中反叛到广东的。现在陈炯明这个新军阀反对政府，勾结北洋军阀对总统下毒手，我们海军就是剩下一发炮弹，一发子弹，也要打陈炯明这个叛逆!”

“向叛逆陈炯明开炮，开炮!”甲板上众官兵怒吼。

温树德的目光在水兵们脸上扫来扫去，他也显得有点激动。

“弟兄们，我们舰队在温司令的具体指挥下，经过1920年4月2日夺取舰队，改革舰队，重新整建，当时诸位都宣言拥护孙先生护法革命。现在大总统府遭叛军炮击，护法革命出现困难，海军应该仍然是一支支持护法的军队!大总统命令我们炮击叛逆，我们坚决服从!”一个炮官大声道。

“这位讲话的是谁?”孙中山问舰队副官袁方乔。

“永丰舰炮官韩长福，他武艺超人，炮技很不错，胆大心细，有勇有谋!”袁方乔倍加赞扬地说。

孙中山用目光在韩长福脸上扫来扫去，若不是人多把他拦住，他真要走过去将韩长福拥抱住。

“总统，你下命令吧!我们打击叛逆!”胡文溶与袁方乔走过去异口同声地请求。

“总统，不要犹豫了，我们海军陆战队就是全部战死也决不遗憾！”孙祥夫司令官表态。

孙中山与每位的目光相遇后，扭头对温树德说：“温司令，都看到了吗？请你部署兵力打！”

“打，坚决打叛逆陈炯明！”温树德司令挥拳命令。

“司令，把命令下达给各舰！”胡文溶走到温树德面前请求。

“袁方乔、赵梯昆、胡文溶、欧阳林（原为同安舰舰长）、吴志馨（海圻舰舰长）、田士捷（肇和舰舰长）、何瀚澜（海琛舰舰长）、潘文治（楚豫舰舰长）、欧阳格（豫章舰舰长）、孙祥夫（陆战队司令），你们统统留下，其余弟兄请回舱待命！”温树德命令。

甲板上，挤在孙大总统舱前的官兵，除温司令要求留下的外，其余人员离开了。他们三个一组、五个一群地议论开了。

众将校围住了总统与温司令。温树德看着急于请战的各位长官，此役虽是打叛军，但没有陆军支援，此话必须向诸位讲明白，将来有失误就不会怪他了。

“锚泊于白鹅潭的永丰、永翔、同安、楚豫、豫章五舰，另有多艘炮艇，利用今天下午1点钟涨潮的时间，各舰顶潮直驶逼近白云山、瘦狗岭，主炮攻击白云山、瘦狗岭之敌，副炮扫荡长堤各敌据点，总统亲莅永丰舰，我与胡文溶副官转到永翔舰为临时旗舰！”温树德命令。

“各位注意”，胡文溶副官接着说：“据报，叛军组织了一支数十人的神枪手队伍，专门打击我炮手与军官，请通报舰上官兵注意隐蔽，命令小炮扫荡主炮死角之敌。舰上机枪由射击技术好的官兵把持，专打攻击我炮火死角的叛军！”

“我们今天没有陆军配合作战，主炮注意重点攻击敌军集中的工事与集结地！”袁方乔说。

“还要注意叛军炮火反击我舰，发现敌炮兵阵地后五舰炮齐射，坚决捣毁，否则后患无穷！”胡文溶补充。

“诸位回舰准备，注意选择打击目标！”温树德下达完命令，就宣布散会。

叛军方面，叶举正在白云山郑仙祠中气愤地踱步，洪兆麟、罗献祥两旅长、周天禄江防司令、王悭庵炮兵司令挺立在他面前都垂着头。而熊略坐在办公桌旁两手扶住桌子，两眼注视着桌上的电报，心里充满了一种怪怪的滋味……

昨夜3点准时由炮兵司令王悭庵督战炮兵阵地，炮击总统府一直打到天亮，掩护洪兆麟、罗献祥部急袭总统府，并放火烧观音山。4时许，洪兆麟气愤地跑到炮兵阵地，看王悭庵正在指挥部内喝茶，冲上去狠狠一掌打掉他手中的茶杯，恼怒地吼道："炮兵，炮兵司令在喝茶，怪不得我的敢死队死光了！"

王惺庵愣了一下突然咆哮起来："谁敢打老子的茶杯，卫队长，把这个王八蛋给老子办了！"

"你敢！"洪兆麟带来的一个排的卫队，"唰"地转过枪口，异口同声地吼。

正当王惺庵与洪兆麟在战地互相干起来时，罗献祥赶到洪兆麟的指挥部，一见参谋长方汉冈抓着电话贴着耳朵吼，一把抓下他手中的电话筒骂："鬼叫什么，姓洪的呢？"

方汉冈忙缓和语气问："罗将军，有话好好讲嘛，怎么出手打人呢？"

"老子问你洪兆麟呢？"

"他……他找炮兵去了。"

"熊略命令我的部队与他同时进击总统府，你们派的什么王八蛋兵嘛？三路敢死队两队反叛，投了陈可钰，一支被李章达打败死伤大半，搞得我的人伤亡一大批，老子找他算账来了！"罗献祥痛骂着。

"罗将军，我三路敢死队，其中两路全部阵亡，另一路爬回来仅只两个中士，可见我敢死队是敢于拼杀作战的呀！"参谋长方汉冈解释。

"一队长，你出来讲！"罗献祥向门外呼叫。

一副担架抬进一个浑身绑着绷带的人。只见担架上的人眨着血红的眼睛说："我……我们攻到总统府门口，眼看就要攻进去时，罗部两路敢死队突然向我军开火，我第一敢死队除我以外全部阵亡；第二队刚赶上来，又是罗部敢死队协同敌陈可钰部反击，第二队全部阵亡。我……我是在死人堆里爬回来的！"

"清楚了？"罗献祥说，"走，向叶总指挥报告。"

现在，叶举把洪、罗都召进指挥部了。几个主将都知道既没有打死也没有活捉孙中山，"总司令要拿你们问罪，这就是问罪的电报！"叶举骂着，从熊略面前抓起电报握在手中，"你们看，你们看！"

"洪兆麟，你手里那个营长呢！"熊略问。

"他是敢死队的总指挥，两条腿被打断了，已经抬来了。"洪兆麟说，"战场上他是拼命的汉子！"

"他是什么汉子？指挥的三支敢死队中，有两支反叛，一支决战不力，使罗献祥部损失惨重。这一仗没有打死孙大炮，没有捉住他，跟他有非常大的关系。他就是拥孙反陈总司令的家伙！"叶举说，"你还护着他干什么？"

"我早就听说，洪部有亲孙派，这次证实了。"熊略说，"我看要么送总司令审决，要么戴罪立功！请叶总指挥定夺。"

叶举说："孙中山已经跑到永丰舰上。据报他将利用涨潮的机会，组织舰队反攻！"

“先把他的卫戍部队魏邦平吃掉!”洪兆麟恶狠狠地建议说，“留着眼皮下的狼睡觉，醒了他非咬了你的心不可!”

“总司令的意思很明确，只针对孙中山，否则引怒了各方队伍，我们这点队伍在广东是吃不消的。要吃掉魏邦平那是下一战的任务，不是现在!”叶举说，“你们马上组织反击敌舰队的兵力!”

“还有”，熊略站起来说，“陈可钰部、李章达部很有战斗力，他们很可能将组织敢死队争夺我炮兵阵地，请罗献祥部派一个团掩护炮兵转移!”

罗献祥点点头。

“谁敢组织夜袭艇去偷袭永丰舰，炸死孙中山?”叶举问，“他在永丰舰，炸不死赶出广东也是好的!”

“我!”洪兆麟回答。

“怎么，你又想给孙中山补充队伍!”叶举讥笑地问。

“总指挥”，洪兆麟迎住叶举的目光，“我派我的警卫连连长任彦斯亲自去，他是我一手扶起来的，他若叛变你就毙了我吧!”

“怎么样，熊总指挥?”叶举问熊略。

熊略沉默了一会儿说：“任彦斯我了解，他勇智不多，是不是应该请罗献祥将军选出一个军官来?我知道，你的侦察连长文一国会开艇，会游水，是炸舰的好料子，派他去也许有点希望。”

可是他的左脸昨夜被打伤，刚才已断气了呢!”罗献祥说。

“就在洪部选出十人敢死队，今夜出去!”叶举命令。

洪兆麟从叶举那里一回来，就召集军官到长堤边的探花楼下开会，研究夜袭永丰舰、炸死孙中山的方案。

二十三、炮战

海潮的规律是不可抗拒的，下午1时果然海潮翻滚，白浪滔天。由孙中山坐镇，温树德指挥的海军舰队乘海潮冲向预定地点。

“向总统报告”，温树德对电台电讯官说，“永翔舰还有10分钟进入攻击炮位！”

“是！”

永丰舰上，舰长欧阳林向孙中山先生转达了温树德的报告。孙中山听着高兴地点点头，然后举起德国造双筒望远镜，看到永翔舰正随潮冲进。按照战略部署，永翔舰打响第一炮，其余各舰发炮攻击，目标为白云山、瘦狗岭叛军阵地。

“报告舰长”，永丰舰上炮官韩长福向舰长欧阳林报告，“在长堤沿岸的护堤林里发现有小型巡逻艇！”

欧阳林舰长因今天总统督阵其舰，早就命令各机炮手特别认真地观察沿岸动态。听到韩长福报告，他忙问：“巡逻艇里有多少人，装备情况怎么样？”

“暂时没有发现。”韩长福回答。

“注意寻找护堤林里是否有火炮潜伏！”欧阳林说。

“是！”炮官韩长福回答。

永丰舰在潮水中直逼目标。

“轰……”永丰舰的主炮向白云山叛军龟缩的郑仙祠开火了，一发发炮弹拖着淡红色的火焰射向目标，顿时硝烟腾空而起。“开炮！”欧阳林舰长继续命令。

“打！”炮官韩长福吼叫着，打出一发炮弹，各主副炮几乎同时都开火了。

这时，在长堤探花楼下开会的叛军洪兆麟部少校以上军官，听到炮轰，中校龙杨芝第一个从会议室冲出来朝外一看，扭头大吼：“快，舰队，舰队炮火压过……”

“轰！”两发炮弹几乎同时在探花楼顶爆炸；横飞的砖瓦木材从空中砸下来，一个正在奔跑的少校被一块砖砸中后大腿。他倒下之时，一发炮弹在他右前爆炸，纵射的炮弹片撕开了他的头骨，顿时脑浆四溅。

龙杨芝目睹这一幕，惊恐地回头叫：“快散开，散开！”

“中校，中校曾凡地！”洪兆麟在里面不敢出来，“你快到机枪队去，快去机

枪队，向敢于靠近长堤的舰队开火。命令炮队赶走向我进击的舰队！”

“是！”曾凡地回答时，与几个官兵一同朝护堤林方向飞跑。

永丰舰连续向白云山郑仙祠开炮，打得正火热之时，突然韩长福发现左前护堤林里喷射出一团团火焰，一条条火舌腾空而起。

“二炮手岳洪舟”，韩长福扭头叫着，“你快观察护堤林里的叛军炮位！”

“是！”上士岳洪舟急忙举起望远镜。

又有两发炮弹在永丰舰右前爆炸，掀起的水柱溅在舰首甲板上，炮手黎元其气得大吼：“敌炮的距离，请测炮手快报出数据！”

“敌人小舰四艘向我左右开过来！”有人高叫。

“各副炮注意”，欧阳林舰长命令，“叛军四艇分左右向我袭来，注意打沉它，打沉它！”

“舰长”，一门副炮的炮手彭昌志在呼叫，“快，敌左艇有机枪向我舰扫射！”

欧阳林定睛一看，左侧的两敌艇正向永丰舰冲来，欧阳林拧紧眉头赶到副炮位上时，主炮位的韩长福大叫：“长官，让我来打！”

“快，不准敌艇进入主炮火的死角，打沉它，快打沉它！”欧阳林命令，“注意敌放出的漂雷！”

“明白！”韩长福两眼盯住敌艇，寻找最佳炮击位置，争取一炮就击中小艇，给叛军毁灭性打击！

叛军中校曾凡地极具实战经验。昨夜他率领敢死队血战失利，被洪兆麟召去时，他断定必要追查他的战时去向，一进门他就先发制人地对洪兆麟说：“报告将军，我部遭罗献祥部反叛官兵纵射，战场打死我敢死队多人！”

“我知道了”，洪兆麟平静地说，“我只问你，当时你在什么地方？”

“我打掉陈可钰部的一个重机枪阵地后，正率刀安国、斯守光他们两个班攻击李章达部机枪阵地。刀安国、斯守光相继阵亡。我正要率余部进击，被我炮火误伤九人，不得不背着负伤的中士黄静波撤出战斗！”曾凡地说。

“有谁能证实你在战区激战？”洪兆麟问。

“敌陈可钰与李章达！”

洪兆麟一听肺都气炸了：“你怎么不说孙中山可以证明你在攻击他的总统府？”

“洪将军，我的队伍遭罗献祥部惨杀，你为什么不向总司令报告处决罗献祥，而拿我这个忠于你、拼死激战的战场指挥官呢？你有气拿我出，算什么英雄？有能耐找总司令或孙中山去！”

“曾凡地，你说这些是不是不想活了？”洪兆麟单刀直入，“你的生死是操在我手里的！”

“我没有死在敌军枪林弹雨中，而死在自己长官的刀枪下。像我这样足智多谋的忠勇军官你都杀，将来谁敢再跟着你？没有下级，你一个光杆将军还算哪路长官？”曾凡地说着解下身上的武器，脱下军衣，“卑职解甲归田，请长官多多保重！”说完转身就走。

“来人哪！”洪兆麟拍桌大呼，“把曾凡地活埋了！”

四个卫兵上去反扭住曾凡地的胳膊，拖起就朝外面走。

曾凡地扭头白了他一眼，根本就不向他求情。

“慢！”洪兆麟又道，“先拖到我面前。”

四个卫兵将曾凡地又拖进来按倒在洪兆麟面前。洪兆麟问：“你死前还有什么话要说？”

“只有一件事！”

“说出来，我帮你办到！”

“孙中山肯定要利用海军舰队反击。请将军早做准备，千万要谨慎！”曾凡地头也不抬地说。

“放开他！”洪兆麟一听大声命令。

四个卫兵立即放开曾凡地。

“拿酒来！”洪兆麟命令副官。

曾凡地默默地抬起头望着洪兆麟问：“长官，你开恩不杀我？”

“怎么，你想死？”

“卑职尽管作出种种努力，但还是打了败仗，杀一儆百这是长官的指挥艺术，也是军规。卑职死而无怨！”曾凡地说。

洪兆麟拍着曾凡地的肩，一字一顿地说：“像你这样的军人太少了。刚才让你受委屈了。来，为我们真正认识，真正地互相信任，解除昔日的误会干杯！”

曾凡地轻轻地推开洪兆麟举过来的酒杯，一本正经地说：“长官，我把我比作货，你识货，我很高兴。现在干杯为时过早，等收复广州，巩固好广东局势，为总司令与你在广东争得这块宝地时，再干杯也不迟！”

“今后是今后，我请你干杯是现在！”

“无功不受禄！”

洪兆麟只好苦苦一笑说：“这么说你不给我面子了？”

“大丈夫能屈能伸嘛”，曾凡地说，“刚才你把我押出去活埋，现在又双手捧杯为我敬酒，我不是什么都没说吗？人的地位、脸面、财富、贵贱都不好说，只要自己心里感觉好就行了，用不着看别人的脸色去改变自己的心态！”

“说得好，我提晋你为我的作战参谋副官！”洪兆麟激昂地说。

曾凡地笑了笑：“我建议将军马上研究攻防问题。孙中山不但要组织舰炮反击，还会命令北伐大军回援广东，那个时候许崇智部会向我进攻，他又熟悉我们部队的装备与战斗力，胜负就难说了。”

“你的意思是先收拾敢于攻击我们的海军舰队，再向总司令建议撤出广州？”洪兆麟问。

“有这么一点意思。”曾凡地说。

“好，我交给你一支部队对付孙中山的舰队！”

曾凡地赶到长堤边的一段护堤林里，将昨夜16门轰击总统府的大炮，全部集中在护堤林里面，命令每艘巡逻艇内配三到四挺机枪，备足子弹组成敢死队，当孙中山的海军舰队随潮水冲过来时，每四艘艇分左右攻击一舰，进入炮火死角杀伤舰炮官兵，达到打败军舰进攻之目的，同时命令炮火点射军舰，非拼个鱼死网破不可。

现在，叛军炮兵司令王惺庵、江防司令周天禄都在护堤林里亲自指挥作战。而曾凡地亲率四艘巡逻艇，十五挺机枪组成火力网，与永丰舰激战，双方都进入拼杀！

永丰舰上，韩长福炮击白云山叛军时，他盯住了来自护堤林里的一门速射的叛军火炮。这门炮几乎是统帅，只要它打出一发炮弹，别的炮也跟着急袭而来，韩长福问担任瞭望的炮长：“金行中，看到那门指挥炮了吗？”

“看到了！”金行中回答，“护堤林里面，树尖尖上有面小红旗的下面！”

“我明白了！”韩长福说着大吼一声，“备弹！”

“咣当！”一发金灿灿的炮弹推进炮膛。

“准备——”韩长福命令，“放！”

“轰……”一发炮弹拖着愤怒的火焰坠进护堤林里。

炮弹击中处叛军大炮停下来了，韩长福正在高兴，突然那坠落炮弹的护堤林里，又飞出一发发炮弹，直向永丰舰袭来。

“敌炮！”韩长福呼叫着，军舰向左猛旋转作蛇形前进，四发敌炮弹“轰轰”地在军舰右侧爆炸。

“真险！”欧阳林舰长奔过来惊叹道。

“舰长，长官”，韩长福一边操纵火炮，一边对欧阳林说，“请命令军舰再向前靠近，让我炮火收拾护堤林中的敌炮兵阵地，不捣毁这些叛军大炮，后患无穷！”

“传我的命令，军舰向护堤林再靠近！”欧阳林舰长命令，“各炮注意，点射敌炮，机枪扫射向我靠近的巡逻艇！”说完，他自己跑向一挺机枪，抱住机枪压制一艘冲过来的叛军巡逻艇。

韩长福一看舰上八门主副炮，只有他操作的二号主炮没有开火，顿时两眼凝视敌方阵地。透过硝烟他发现一群敌官兵在树林里忙乎着，好像是在推一门炮进入炮位似的。

“叛匪在转移主炮！”韩长福说，“备弹，捣毁它！”

“炮官”，三炮手冯林问，“盯准没有？”

“准了”，韩长福满有把握地说，“非捣毁它不可！”

叛军炮兵司令王惺庵一看舰炮齐射由他指挥的四门主战炮阵地，命令袁合意：“转移，快转移，不能让这四门主战炮被捣毁！”

袁合意一看王惺庵下达转移命令，就在卫队的掩护下，直奔避炮掩体，气愤地低声骂道：“怕死鬼！”

“长官，四门炮同时转移人手不够！”一个上尉奔过来报告袁合意，“是不是先转移一门？”

“集中推一门，其余各炮停止射击，不能自我暴露炮位，引来舰炮齐射！”袁合意下达命令。

叛军们集中在一门主炮跟前正在喊一二三时，四发炮弹呼啸着坠下来爆炸，顿时血肉横飞，叛军大炮被炸成碎片……

“哎哟……”袁合意倒在硝烟中，右胳膊被炸飞。

“长……长官”，一个伤兵挣扎着说，“快……快给我一枪吧……”他突然头一歪不吭声了，但四肢仍在血泊中扭动。

袁合意痛苦地眨眨眼睛吃力地向前移动。

“打，给老子打！”王惺庵跑过来在硝烟中咆哮着命令。

“司……司令……”

王惺庵寻声一看，上校袁合意正躺在血泊中向他吃力地摇手呼叫。他忙走过去问：“你为什么不反击，集中在一块儿挨打？”

“你命令转移，我……我就执行你的命令……”

“砰！”王惺庵举枪击毙袁合意，“怕死鬼都这样死！”号叫完他扭过头，“各炮停止转移，原地向军舰射击！”

永丰舰上，欧阳林在命令舰炮抵近射击。炮弹的命中率很高，孙中山先生一直在舱里通过双筒望远镜观察战场敌阵伤亡情况，不停地为舰炮击中叛军而兴奋、呐喊！整个战舰官兵都知道总统在军舰上督阵激战，官兵们充满巨大的战斗激情。

“我舰炮已经命中一门叛军主炮！”一个士兵向欧阳林报告。

欧阳林点点头又拿起话筒高声命令：“韩长福，反击。”

“韩长福明白！”他回答时，两眼不眨地在寻找目标，眨眼间他说，“备弹，准备，放！”

一发炮弹拖着火焰直坠炮位，敌炮位一股黑烟腾起。永丰舰炮位上官兵欢呼：“击中了，又击中了！”

“轰！”一发叛军炮弹在永丰舰锚泊处爆炸，淹没了甲板上官兵的欢呼声。战舰在爆炸的气浪中左右大坡度摇晃了两下。

韩长福正要寻找这发炮弹是来自何方之时，欧阳林舰长冲过来：“打掉它，快打掉它！”

韩长福发现一艘叛军巡逻艇，在四挺机枪喷吐火舌中直逼永丰舰，顿时气不打一处出地命令：“备弹，准备，打！”

一发炮弹命中叛军巡逻艇，只见爆炸声中，巡逻艇被炸成碎片在空中横飞，其中一个叛军的大腿被炸飞，一具无首尸体在水上漂浮了几下后，便沉入水中，其余艇上的官兵也无一幸存。

“速射！”韩长福命令，又一艘叛军巡逻艇被击中起火……

二十四、何香凝的忧虑

第二天，当护法舰队继续向叛军反击之时，广州城里廖仲恺先生的夫人何香凝女士，正在寻找总统夫人宋庆龄。但是到处都是叛军哨卡，她因处处受到阻止无法寻找。一个同情孙中山的少校悄悄地告诉她：“只要叶举或熊略有手令，乘坐他们派出的车什么地方都可以去，否则不得通行！”

“叶举在哪里?”何香凝问少校。

“陈炯明已经到了广州，正在白云山郑仙祠开会，他们都在那里呢。”暗中同情孙中山，并将熊略传出的情报报告给孙中山的陆志云接着说。

“对，他们都在郑仙祠！”少校也证实说。

“我到郑仙祠找他们去！”何香凝说着拔腿就走。

“警卫的是唐理友，他是个笑面虎，很刁滑，请你跟他多磨一下，最好是声音大一点跟他们争执，熊略将军会从里面出来的。”陆志云悄悄地出点子说。

“明白了！”何香凝告别两人直奔白云山郑仙祠。

昨天深夜，当陈炯明反叛的炮弹直坠总统府时，孙中山先生在秘书与卫队的主张下，从后院出走，当时孙中山先生说：“夫人你先走！”

“不”，宋庆龄坚决地说，“你是总统，你重要，有我在一块儿目标大，不方便！”

“不，你一定要先走！”孙中山说。

“不行，他们是要害死你，民国不能没有总统！”宋庆龄说，“请总统先行，我等一会儿再走！”

“不，一块儿走！”孙中山坚持说。

“不，你必须走。”宋庆龄扭头对秘书长谢持说，“请秘书长立即安排总统走，我由马湘副官陪同等会儿走。你们快走，总统的安全要紧！”

“多保重，夫人！”孙中山用深情的目光看着她说。

“总统快走，快走！”宋庆龄也深情地目送他。

孙中山乘人力车离去后仅两三分钟，总统府门口枪声更加激烈，一排排炮弹在总统府门口及其四周爆炸，硝烟充满空气中。宋庆龄左右扫了眼后大声问：

“总统冲出去了吗?”

“已经冲出总统府了。”副官林树巍说。

“夫人”，外面陈可钰的特务连长向智先奔进来，“陈团长命令你们快走，叛军已经放火烧了总统府，他们想打死、炸死、烧死总统!”

“夫人，快走呀!”马湘副官焦急地说。

“等总统走远一点我再走。我要把叛匪吸引在这里。”宋庆龄扭头对特务连长说，“向连长，请你转告陈团长、李长官（指李章达），我还在这里，请他们把叛军顶住，多顶住一分钟，总统就会向海军司令部更近些，危险会少一点!”

“夫人”，向智先说，“请你快走，总统的安全没有问题了，你快走，我们特务连为你开路，为你开路!”

“快走，夫人!”卫队及秘书、副官、作战参谋们异口同声地请求。

“走，请向连长为我们开路!”马湘副官拉住宋庆龄的右手，直向门外硝烟中冲去，向连长在前面开路。

夜空被炮火几乎映红了，总统府及总统住宅之间要经过一座天桥。天桥上下及其四周被陈炯明部洒上汽油、煤油、草、木材点燃，正在熊熊燃烧，将四周的一切映得雪亮。驻守总统府的陈可钰、李章达部正与叛军血战。当向连长赶到宋庆龄前面正要命令机枪开路时，一个少校副官奔过来大声训斥道：“向连长，这里有几千敌人在围攻，你怎么让总统从这里突围?”

“长官，总统已经从另一个方向走了，现在我是掩护总统夫人突围，请你们协同特务连冲开一条血路吧，总统夫人是慰劳会的会长……”

“废话”，少校恼怒了，“这里有敌人的几路敢死队在炮火掩护下冲击，我们伤亡很大，很难冲出去!”说完他又转头，“四连长，四连长!”

“到!”四连长华贵平跃出硝烟奔过来立于少校面前。

“你协同……啊……”少校右手捂住头栽倒。

“快，少校中弹啦!”华贵平连长扑上去抱住少校，“长官、长官……”

少校一声不吭地瞪大双眼，望着华连长，血从太阳穴处流了下来……

宋庆龄奔过来抱住少校的头，血水渗透了她的衣袖，她泪流满面地紧紧抱住为她阵亡的少校……

“快，左右机枪开火，掩护夫人突围!”特务连长向智先在悲愤中没有忘记自己的职责。

特务连向敌人发起反击，四连的官兵也杀上去。

马湘副官与宋庆龄在弹雨中越过一道火墙，迎面四五个叛军冲过来，其中一个叛军军官大声呐喊：“快，总统夫人，抓总统夫人啦，在这里抓孙夫人!”

“向连长，向连长”，马湘副官向左呼叫，“把敌人压住，把敌人压住，我们突出去，我们突围！”

“哒哒哒……”向智先连长亲自抱住机枪一阵急袭纵射，那个叫喊的叛军军官一头栽倒，向连长也在激战中被叛军乱枪扫倒在血泊中。

马湘副官不管孙夫人同意不同意，他拉住宋庆龄的胳膊在激战中狂奔……

天未亮，叛军占领了总统府，何香凝担心陈炯明杀害她的孩子，就将孩子喊醒，请人立即送廖承志往香港避难，自己一人留在广州奔走，打听丈夫廖仲恺与孙大总统及其夫人宋庆龄的下落。有一未透露姓名的上校赶来从门缝里告诉她，廖仲恺在陈炯明处，到底是什么原因还没有回来不清楚，他说他正在打听，弄清楚了会立即来告诉她的。孙大总统已经逃到永丰舰上，只是孙夫人去向不明，说完，这个人不准她开门看见，扭头就走了。不过他走的时候说过一句，他暗地保护她，只是有时力不从心！

从门缝中何香凝女士深情地目送着这位同情革命的上校的背影，后来她打听到这是熊略派来的人。不久这位上校在执行暗杀陈炯明的行动中，被陈炯明的卫队用机枪扫死在行动中，终年36岁。这是后话。

……

何香凝女士赶到白云山下时，果然有一队警卫拦住了何香凝，左右的很多卫兵是认识何女士的，她的公开身份是慰劳会的副会长。在陈炯明奉命于1920年7月回师广东讨伐莫荣新、沈鸿英等部作战中，她亲自在战场为官兵服务过。

“副会长，这里暂时不能通行！”果然少校唐理友皮笑肉不笑地走过来了，“请回去休息，现在是战时。战时对每位公民来说都是不安全的！”何香凝一看他佩戴少校军衔，知道他是谁了，忙迎住他的目光问：“你好像是唐理友吧？”

“啊，副会长认识我？”唐理友仍然是一脸奸笑。

何香凝大声说：“我怎么不认识你呢，当初孙先生就任大总统的时候，洪兆麟、叶举两将军去庆贺，你当时是卫队副队长，也一同去祝贺过嘛，我没有记错吧！”说完注视他的神情变化。

“对对对”，唐理友说，“副会长记忆真好，真好！”

“唐老弟为什么现在要反对大总统呢？”何香凝质问他，“我只求你们给一张通行证，我去把孙夫人找到，她的安全我非常担心。请队长开恩。”

“哎呀副会长，”唐理友忙为难地说，“这就不好办了，通行证都由叶举将军、洪兆麟将军签发，卑职哪有那么大的权力呢？我的为人你还不清楚，无非是跟着长官鞍前马后的一个小卒。敬请谅解。”

“难道你没有权力放我进去见陈总司令或叶将军、洪将军吗？”

“卑职真的没有这个权力。”

“你怕我杀了他们，可我手无寸铁呀！”

“不不不，卑职是执行公务，无权放人进郑仙祠。”

“若是陈司令的妈，叶将军或洪将军的妈现在来了要进去呢？”何香凝气愤地质问。

“那……那我也没有权力让她们进去，只能先通报长官们。”

“你现在为什么不去向长官通报，我要见他们呢？”何香凝进一步质问，“请你去报告长官，我请求见他们！”

“副会长，我真的无权力。”唐理友压住怒火保持表面的冷静，其实他恨不得拔枪打死她。

“唐老弟”，何香凝点他名，其实是说给在场的官兵听的，“你们过去都非常热烈地祝贺孙大总统成立军政府，现在更应该追念孙先生是推翻清王朝首创中华民国的人，各位不都是由于孙先生倡导革命，以及黄花岗等各次战役烈士们流血牺牲，激发起全国同胞共同奋斗，推倒清王朝，成立了中华民国，才有中华民国的官做的吗？你们今天饮水思源，不应该这样对待孙先生及其夫人的！”

“副会长，请你不要再多言了，这里是公务场所不能久留，请你立即离开！”唐理友翻脸了。

“姓唐的”，何香凝见提起孙中山无法说服他们，眼睛一转也忙改变态度，“你们纵不让我去找孙先生，也该给个通行证让我去找孙夫人吧？各位应该记得，孙夫人是我们慰劳会的会长，去年讨伐桂系莫荣新，是她发起征军人慰劳会，募捐了十几万款慰劳你们，还动员大批医护人员到战场救治伤员，送粮送衣服，你们把这样的恩人都忘了，还有良心吗？”

“再不走，用枪打死你！”一个少尉凶狠地奔过来，“快走，我们是军人，执行公务、服从命令是天职！”

“小老弟，你不就是手里有枪吗？你有本事开枪打呀。我何某人在老一点的军官中还是有朋友的，他们将来会收拾打死我的人！我不怕死，你开枪，开枪吧！”

“不不不”，唐理友继续充当奸臣角色，“他不懂事，不晓得副会长是谁，我们再教育……”

“副会长，让你受惊了！”哨楼里走出几个人说。

“原来是洪、叶二位将军！”何香凝忙扭过头迎住他们，“怎么样，我来了你们躲在里头不想见我？”

当何香凝女士朝哨卡走来时，正好洪兆麟与叶举准备出哨卡，老远看到何香凝，他俩忙躲进哨楼避而不见，担心何香凝找他俩要丈夫，没想到她是为了找孙夫人，并坚持要通行证。

“副会长”，洪兆麟似笑非笑地说，“你这样忠心于孙夫人，精神可嘉，我派两个卫士跟你一块去找。孙大总统跑到永丰舰上去了，孙夫人我们确实不知道在哪里，不光你找她，我们也想保护她呢。”

“洪将军这般盛情，我先代表孙夫人表示感谢了！”

“宋会长去年给我的部队送过很多食品，这次让她受了惊很过意不去。”洪兆麟说，“你给我们的好处，我们也是知道的！”

“副会长，我给你派汽车。”叶举忙说，“我还给你派个口令官跟着去找会长。我们当年都得到你与宋会长的关心，今天不好意思让你们受惊了！”

何香凝心里明白他们派卫兵、口令官同行都是为了监视她的，但还是说：“谢谢二位将军的支持。”

随同何香凝的官兵过去都得过她的慰劳，一路上他们都表示出友好的态度。

汽车在广州城区、郊区行驶着，由于口令官及卫士、通行证的作用，一路畅通无阻，但沿途有的地方枪炮声激烈，只好停下来。到天黑时，何香凝从副官那里要了通行证与口令，第二天她一个人出门去寻找宋庆龄的下落。

夜，岭南大学校园东南角的一间平房内，宋庆龄女士平卧在床上，腹部一阵阵隐痛在折磨着她。她的同学守在床前低声安慰着她。孙夫人脸色蜡黄，用饱含泪水的双眼盯住同学低声问：“你知道总统在哪里吗？”

“暂时还不知道，不过听说叛军没有谋害到总统，陈炯明还因此而枪杀了几个下级军官。”女同学说。

孙夫人不语，内心祝福着孙中山平安无事。

“咚咚咚！”有人在敲门。

“谁？”女同学惊恐地问。

“我，何香凝。”

“啊，是她？”宋庆龄惊喜地要从床上挣扎着翻起来时，女同学忙扶住她说：“别动，你不能动！”

何香凝走进来了，孙夫人扑倒在她怀里痛苦地说：“叛逆，叛逆总有一天要被收拾的！”

“副会长，孙夫人小产了。”女同学悲痛地说。

何香凝双手捧住孙夫人的脸，凝视着她，泪如雨下，过了好大一会儿才说：“总统平安地到了永丰舰，我相信北伐军只要回师，许崇智他们一定会打败叛逆，我们一定会胜利……”

这一夜她们谈了很久。

二十五、联俄联共

6月27日上午，何香凝女士乘一艘小火轮向永丰舰驶去。

永丰舰与其他舰协同作战近10日，战绩异常地大。特别是第一天对叛军攻击时，各艘战舰一直打出省城，航抵黄埔绕过深井村，再次进入西江扫荡省城叛军。经过车歪炮台时，叛军五六门大炮一齐向永丰舰纵射，欧阳林舰长命令韩长福："长点射！"

这时五舰全部赶到，排成战斗队列，由温树德司令统一组织火力一阵劲射，将车歪炮台叛军大炮全部捣毁，五舰官兵精神大振。

现在，永丰舰锚泊白鹅潭。当孙中山先生看到何香凝女士出现在甲板舰前时，激动地快步迎上去："廖夫人，英雄，你是真正的英雄！"

何香凝走进舰舱，向孙中山报告了孙夫人小产的情况，"仲恺他……"她说不下去了，只有用悲愤的泪水洗面。

当何香凝找到孙夫人宋庆龄后回到住所后，她安排好家里，又持叛军通行证日夜寻探丈夫廖仲恺的踪迹，但是怎么也找不到一点蛛丝马迹。一天夜晚她听到门好像有些响动，忙赶到客厅，发现门缝中夹着一个纸卷，她忙跨前两步拉出纸条展开，上面的字迹使她大吃一惊：

> 廖仲恺先生已被陈炯明扣押在石龙兵工厂，只有熊略将军或叶举同意才可探望。

"啊！"何香凝惊叫一声拉开门，那人已经无影无踪了，不用问她就明白这是一位支持革命的人士所书。她忙将纸条吞进肚里，收拾东西就走。

陈炯明部负责总攻广州的总指挥熊略刚刚从陈炯明处开会回来，一屁股坐在椅子上，心里很是不悦。昨天晚上他与叶举被陈炯明召见，陈炯明满腹恼怒地盯住他问："熊将军，我们现在最大的问题是什么？"

熊略沉默了刹那说："总司令，你认为我失职了，就把我撤了吧，换一个智勇双全的军官指挥！"

"关键时刻人手都不够，你怎么还想离开部队，另谋生路呢？"陈炯明说。

“总司令心里很烦，熊将军怎么能这般呢?”叶举忙上前宽慰，“广东局势不像我们想象的那样好收拾，万一北伐部队回援广东，海军又夹击，我们在广州就无立足之地了。”

“我现在找二位来，就是研究我军的出路，也就是你们的出路。在广州相持时间不宜再长了。海军舰队炮击很凶，孙中山在永丰舰不走，就能稳住广东局势，北伐部队一定是会回援广东的!”陈炯明说，“我这些天日夜都在想能有什么办法把海军温树德拉过来，孙中山那时就上天无路，入地无门了。你们是不是多想想这个问题呢?”

熊略明白了，这一夜他没有回去睡觉，他知道孙中山督师在永丰舰与陈炯明对抗，等待北伐军回师广东，讨伐陈炯明，到那时舰炮与地面部队协同作战，陈炯明必败无疑，现在只是时间问题了。今天清晨陈炯明再次召见将校，也是围绕谋杀孙中山、分化瓦解海军舰队、收买舰队司令温树德等一批司令、舰长一事，特别是永丰舰上的舰长及其长官。

“长官，何香凝副会长求见!”警卫连长武力锡走过来小声报告。

熊略一听就问：“是不是陆志云通知她的?”

“不知道，不过陆志云昨夜出去很晚才回来。”

“叶举的人盯住他没有?”

“陆志云出去一般很谨慎，叶举的人是不知道的，再说我们这条通总统的线很秘密!”

熊略沉默刹那说：“你去报告叶举，就说何副会长找到我这里来了，叫他跟我通个电话。快去!”

“是!”武力锡回答着又问，“那么请不请何副会长进来呢?她急等见你，就怕叶举知道她来求你呢。”

“叫她快进来”，熊略说完忙去泡茶，并挥手对左右说，“你们都出门一会儿，都到外面去，不要在门口站着听!”

左右及门口的人都离去后，熊略见何香凝在武力锡陪同下走进来忙迎上去。武力锡扭头离去，熊略问：“副会长，您找我?”

“仲恺先生是民国政府的官员，也是无数次为你们集款的财政次长，听说他被你们陈司令扣押在石龙，我想去看看他，请行个方便。”何香凝不卑不亢地对熊略说。

熊略将一杯茶送到何香凝面前，苦苦一笑说：“副会长，我知道是你与总统夫人把粮饷送到一线，是你们从火线抢下我们的伤员。但这次兵变陈总司令并不是针对你们夫妇。廖长官暂时在陈司令安排的地方小憩，也是为了他的安全。请你不必担心。至于你到石龙看他，我必须请示总司令才行，卑职无权放行，请你

谅解吧。”

“叶举不是粤军总指挥嘛，你也是这次兵变广州的总指挥，两人一商量不就行了，何必又去请示陈炯明，把事情弄复杂了呢！”

熊略听着站起来自己给自己倒杯水说：“廖夫人，有些事我是知道你的难处的。那天我同意给你行方便找孙夫人，叶举也提供了车，到头来总司令追问下来别人都无事，就只有我不被放过。”他说着向门外扫了眼问，“武力锡，叶将军怎么说呀？”

“叶将军说由你决定！”武力锡在外面房间回答。

熊略扭头：“副会长，我派陆志云参谋陪你去，中途不要跟叶举闹起来，他是陈总司令委任的粤军总指挥，我在他手下吃饭的！”

何香凝点点头，跟着参谋陆志云向电汽船走去，乘电汽船到石龙兵工厂是很方便的，廖仲恺被关押在石龙兵工厂尚未转移。一路上陆志云没有跟何香凝说话，大家都保持沉默。

廖仲恺自从那天被扣押，被送到石龙兵工厂院内的一栋三层楼房关起时，晚上，陈炯明的副官兼心腹曹祥每风风火火地赶了来。他一进门见廖仲恺正坐着注视他，故作惊异地说：“长官受惊了，长官受惊了！”说着扭过头，“快，给廖先生泡茶，泡茶来！”

廖仲恺认识曹祥每，这是个刁滑的人，成事不足，败事有余的黑打手，早年为漳州地区山匪。陈炯明部打败闽军进驻漳州时，他一看粤军势力大，就率领600余山匪投靠了陈炯明。为稳定这支黑杀手队伍，陈炯明将其编为特务敢死队，在这次回师广东讨伐桂系莫荣新的激战中，始终打头阵。陈炯明终于利用桂系的刀杀死了这支队伍中的574人，只剩不足一个排了。为了安慰曹祥每，陈炯明将其从少校晋升为中校副官，掌握那不足一排人作司令部特别行动队，他们的任务说白了就是专门绑架刺杀总司令的政敌。现在陈炯明派他来安慰廖仲恺，廖先生明白这是黄鼠狼给鸡拜年——没安好心。

茶送来了，各种点心送来了。廖仲恺淡淡一笑问：“曹先生是奉总司令的命令呢，还是叶总指挥的命令，这般热情？”

“廖先生”，曹祥每说，“讨伐莫荣新时我们部队缺粮差弹，是长官派出部队送达前线，今天……”

“今天你又有事要求我？”廖仲恺打断他的话问。

“廖先生何必这样激动呢”，曹祥每脸色一沉，刚才露出的那点假笑烟消云散了，“卑职现在来，是奉总司令的命令，跟你谈谈，希望你跟我们合作，早点出去为人做点善事。”

“怎么合作？”廖仲恺问。

“通电反孙中山，主张全国联省自治，建立德意志式的联邦政府！”曹祥每回答。

“通电反对孙大总统，杀我的头也不干”，廖仲恺把自己的生死置之度外，“你回去报告总司令，联省自治，勾结北洋军阀分裂北伐军，杀了我也不会跟着他走。请你转告司令向国人谢罪，向总统谢罪，否则我北伐雄师杀回广东，非拿他问罪不可！”

“廖先生，你知道这是什么地方？”曹祥每问。

“进了陈炯明的门，我就没有想到能长寿”，廖仲恺说，“曹先生当初投靠陈总司令，是相中了副总司令还是副参谋长的位置？”

“你……你大概是没有吃过苦，不晓得我是干什么职业的吧？”曹祥每说着对门外哨兵吼，“来人呀！”

“到！”外面四个叛军奔了进来。

“姓廖的跟孙大炮同谋败国殃民，给我捆起来！”曹祥每咆哮。

“长官”，一个士兵奔过来低声说，“他是财政部次长，捆这么大的官是不是要跟上面报告一下？”

“这是陈炯明的命令，怕什么？干！”曹祥每恶狠狠地说。

“咣啷！”一捆又粗又长的铁链甩在地上，士兵围住了廖仲恺。

“捆！”曹祥每咆哮着。

现在，何香凝走上二楼，推开了囚室的门，出现在她面前的丈夫廖仲恺，身上缠着三道铁锁——手上捆锁一道，腰间捆锁一道，脚上也捆锁。夫妻俩对视着久久没有说一句话，都咬住嘴唇不吭声，还是廖仲恺先开口：“他……他们把你也关进来了？”

“他们什么都做得出来的！”何香凝双手抱住丈夫，“你……你被他们整成这个样子！”

“陈炯明忘恩负义，小人！”廖仲恺愤怒地骂着时，一个上校走了进来，廖仲恺忙问：“看什么呀，吴集公，你还不认识我夫人，嗯？”

“廖夫人，副会长”，上校吴集公连连点头说，“对不起，我也是执行公务！”说着快速退出。

“你还是十天前冒雨穿的夹衣，这房子又是朝西，天又热，汗流成这个样子，再穿下去怎么受得了啊！”何香凝说着动手去帮他脱。可是几道铁链锁着怎么脱呢？

“门外的哪个做点积德的事，帮我找把剪刀来！”何香凝对哨兵叫，“你们这样对待他，还有良心吗！”

一个尚存一点良心的哨兵送来了一把剪刀，何香凝没有办法，只好将廖仲恺身上的衣服剪成一块块扯下来，又将带来的干净衣服套在丈夫身上，血水汗水交织着散发出一股刺鼻的怪味……

听了何香凝的述说，孙中山痛苦地长叹一声问："你怎么不找陈炯明，把仲恺身上的铁锁打开呢?"

"我昨天又去找了，陈炯明躲了，熊略与钟秀南又当不了家。后来听说是熊略找的叶举，叶举点头后才开了锁。"

"熊略是人在曹营心在汉，至少现在是这样。很多情报是他叫武力锡、陆志云联合送到我手里的。"

"有些人平时看起来很不错，到了关键时候都跑了，有的到了香港，有的到了别的地方隐蔽了，像我这样东奔西跑的不多了!"

"是呀"，孙中山沉重地说，接着又问，"你上舰他们同意?"

"熊略给了我通行证、口令，但上永丰舰他们知道是来见总统的，就坚决阻止。我一路骂上来的，士兵都很好，就是那个曹祥每坏透了，还有一个姓朱的女副官跟他一样坏，她是陈炯明开报馆养的婆子，专门跑英国人的领事馆，因为会几声鸟叫才用她的。"

"陈炯明反叛，很多人的嘴脸都露出来了。"孙中山说，"过去表面看坚决跟随的，这次比谁都跑得快，而那些平时少言少语，不唱高调的人都在支持我们呢。仲恺夫人，我感谢你，感谢支持革命的民众。这几天我在永丰舰上想了想，一定要联俄联共!"

"对，我支持!"何香凝说，"只有联俄联共中国才有出路!"

二十六、阴谋破产

叛军首领陈炯明这些天并不安宁。这天下午他将亲信将领洪兆麟、叶举召进办公室，板起脸问："洪将军，孙大炮还在永丰舰上指挥海军跟我们作对，你看怎么办?"

"当初要听我的计划倾力攻击总统府，不炸死也会活捉他。而贻误战机造成这样的被动局面，洪将军是有责任的!"叶举坐不住了，担心陈炯明追查他，先一板子打在洪兆麟身上，显示出他是没有一点责任的。

洪兆麟有什么好说的呢？他与罗献祥协同攻击总统府，已经被总司令教训过一次了，今天是否又要被教训一通呢?

"今天请二位来"，陈炯明看来不想算旧账了，"是研究解决孙中山的生死问题，你们说有什么新点子？尽管说，错了也不怕，整不死赶走他也行，不然广州不安宁，我们不安宁!"

叶举不说话看着洪兆麟。

洪兆麟问："到底是要他死，还是仅仅赶他走?"

"死!"陈炯明恶毒地说出这个字。

"他不死，国不安，民不宁。"叶举说。

"什么国呀，民的，就是我们不安，不宁!"陈炯明干脆道白，"今天也别再耍什么花样，我就是要他死!"

"我明白总司令的意思了。"洪兆麟说，"我的特务队有几个胆大不怕死的家伙。他们过去都是土匪出来的，一无爹娘，二无老婆孩子，今日有酒今日醉的光棍，把钱朝他们口袋里一装，有钱垫背，死他们也干!"

"怎么杀呢？有办法爬上永丰舰吗?"

"杀了差艇上的人，换了差人的衣服混上去，用机枪扫，孙中山的命就那么大，机枪扫不死?"叶举说，"过去海军改革，不就是这个办法夺舰吗?"

"不行，使不得。"洪兆麟说，"永丰舰上根本不准差人上，生活用品一律由舰上的军需官下到差艇上来取，差人是不准爬上舰的。"

"你怎么知道的?"叶举问。

"廖仲恺的老婆不是去了几次永丰舰吗?"

"好"，陈炯明一跺脚，"你说服廖夫人……"他声音越说越低。

"对对对！"洪兆麟回答时连连点头。

"你马上去安排，明天行动！"陈炯明说。

陈炯明的命令洪兆麟是坚决执行的。他赶回司令部，将敢死队的三个家伙召去，对其中一个问："程映沉，最近手头上紧不紧呀？我怎么没有看到你喝酒？"

程映沉外表看是白面书生，文文静静不抽烟，但对酒与女人有着特殊的爱好。据说他有性病，是洪兆麟送钱给他治好的，所以他对洪兆麟也有一种独特的感情。现在洪兆麟这么问，他断定是有大买卖，忙哈哈一笑说："长官，有新的命令？"

"上永丰舰给孙总统送封信，连你一共去三个人，你说你是上校谈判代表，见了他就用枪打死他，我会派人掩护你的，都放心干，不会出事。"

"怎么上去呢？"另一个杀手问。

"跟何香凝一同去。廖仲恺被我们扣在石龙兵工厂，她就往返永丰舰上蹿下跳。杀了姓孙的再收拾她也不迟。"洪兆麟说，"有没有勇气？"

"有！"三个杀手异口同声。

"好，这是给你们壮胆的。"洪兆麟将钱送到他们手里又说，"说不定我让曹祥每跟你们一块去。他的鬼点子多，杀十个八个的不眨眼呢！"

"长官，肥水不外流，我们三人在永丰舰上的内线配合下，只要有办法上舰，一定会成功！"程映沉拍着胸说，"这回看我们的了，你放心吧！"

有了三个杀手去冒险，洪兆麟亲自找到何香凝家，敲开了她的家门。

何香凝与洪兆麟相识，明白他是陈炯明手下反叛最坚决的家伙。一见他来了忙说："洪将军，你可是稀客，是陈总司令叫你来的呢，还是你又在用什么鬼把戏，想加害于我？"

"廖夫人"，洪兆麟在何香凝面前不好摆架子，"听说夫人多次往返永丰舰，是为了见到总统？"

"不见他，我去永丰舰看谁呀？"何香凝干脆地回答，"难道我看总统也错了吗？"

"不不不，看总统当然是对的，卑职是军人，军人以执行命令为天职。这场误会是我们总司令与总统之间的事，与卑职无关。卑职奉总司令的命令，派代表随你去永丰舰向总统报告有关情况，不知道夫人意下如何？"

"跟总统谈什么？"何香凝问。

"现在永丰舰白天黑夜开炮轰击，打得军民不得安宁，我们派几位副官去与总统谈谈解决的方法，不能总是这样你打来我打去地搅乱安宁吧？"

"就是为了这个吗？"

“还有为你!”

“为我?”

“对”，洪兆麟说，“只要你照办了，我们马上放廖仲恺先生出来，用不着你找谁担保了。”

“你们想加害大总统，把关放廖仲恺作交换条件?告诉你洪兆麟，你去向陈炯明报告，说我何香凝是吃饭长大的，不是吃狗屎长大的。我身上穿的是衣服，不是披着狼皮!”

“你……你骂人?”

“我没有骂你，是骂那些黑心毒肝的杂种!”

洪兆麟气得两眼冒火，但为了完成陈炯明谋杀孙中山的命令，只好强忍住气故作无事的神态说：“请廖夫人再想想，这是救你丈夫的一次很好机会，机会难得，机会难得啊!”

“洪兆麟，你到底是安的什么坏心肝!”

“只要你明天或什么时候，肯再去一次永丰舰，我们三个人同行，仅这一条，你同意，明天放你丈夫回家。”

“这件事办不到。”

“夫人，你要想想你的后果!”

“你回去告诉陈炯明，就说我不同意，我不会离开广州，你们想什么时候来抓我，我也没有什么可怕的，反正我是半俘虏了!”

“夫人，你只要肯帮这个忙，对你，对你丈夫与总统都是有好处的，何必引火烧身呢!”

“大不了一死，又有什么”，何香凝说，“他关了我丈夫，背叛了孙大总统，又来杀我一个妇道人家，那时他叛徒的臭名传得更远了。”

洪兆麟无力说服何香凝，只好打道回府去挨骂了。

何香凝关好门刚刚坐下，又有人敲门，她忙小声问：“谁?我睡了，有事明天讲!”

“廖夫人，我是日本国的山田良政的弟弟山田纯三郎，请开门吧，有急事找你呢!”门外的人低声说。

何香凝认识这位日本朋友，无论是当年在日本，还是在中国，他们之间都有书信、电话来往。这位日本朋友在广州、香港、上海都有产业。她忙打开门惊异地迎进这位日本朋友。

“廖夫人，我与我哥哥都知道你们的情况，也打听到他们会来抓你。你现在很危险，若你想离开广州，我们开来的船停在珠江，是专门供你到香港去的，我哥哥在香港等你呢。”

“山田先生，谢谢你们兄弟俩的关心。现在孙大总统还在永丰舰上，仲恺又被叛军囚禁，他们不脱险我是不会离开广州的。”

“夫人，他们是会谋杀你的，不走是白送死！”山田纯三郎焦急地说，“我是冒险化了装来找你的，再不走你会遗憾的！”

“山田先生，我谢谢你的关心，我真的不走！”

“他们是不会放过你的！”

“大总统，还有永丰舰、我丈夫被他们扣押，他们最困难的时候都需要帮助呢！”

“他们杀了你，你还怎么帮助呢？现在是保住你的生命，有了生命，帮助他们的机会有的是！”

何香凝听着听着泪如泉涌，日本朋友也流下了同情的泪水。

“山田先生你快走，你的安全我也很担心呢。”何香凝只好这样说，“我与丈夫都非常感谢你们的关心，对比陈炯明对孙大总统忘恩负义，以怨报德的行为，真使我感慨万分啊！”

日本朋友告辞了，何香凝目送着这位同情中国革命的异国朋友久久没有回头。

“夫人！”

何香凝定睛一看，目光中一条黑影在房子前面的树背后晃了一下，传出她似熟悉非熟悉的声音。

“请问你是谁？”何香凝忙警惕地问，“为什么躲着不让我看见你？”

“夫人，请你赶快转移到维多利亚旅馆去住，陈炯明今天深夜或是明天深夜会派杀手来谋害你的。你快走，千万快走。再见！”那人说完又消失在月光下，再也没有出现了。

何香凝惊异中不敢多虑，冲出来正要追上去认准是谁时，对方又在一个黑暗处说：“夫人，我是长官派来通报你的，请你相信，陈炯明叛变的队伍中，很多人并不是死心塌地跟着他走的。我们长官就是身在曹营心在汉。请你务必 10 分钟内离开，长官已派出五人在你四周保护你，你快走！”

“谢谢先生与你的长官，谢谢先生！”何香凝向报信的人深深地表示敬意后，扭头去准备转移。

来报信的正是武力锡与陆志云等人。

刚才，洪兆麟没有说服何香凝回到陈炯明那里，阴沉着脸说：“总司令，何香凝油盐不进！”

“怎么，她知道我们是去刺杀孙大炮？”

“她猜出来了！”

“你没说这是放她丈夫的条件?”

“说了，她说她不会拿孙中山的性命去换丈夫的性命!”

“好”，陈炯明咬牙沉默了一会儿说，“今夜3点，派人把她送上西天，快去准备!”

“总司令”，洪兆麟说，“这样很明显是我们干的，外面传开了我们是不得人心的。是不是采用……”

“造成一个强奸的现场嘛!”陈炯明打断他的话。

“我明白了!”洪兆麟想了想又问，“对凶手呢?”

“封口，去执行的杀手一律装进袋子，装上石头沉进江底!”陈炯明说，“除了你我外，其余知道的人一律处死。这年头什么事不封口，很快就会传开!”

洪兆麟点点头:“我明白，杀死后制造一个强奸的现场，明天再在报纸上登出廖夫人遭强奸……”

“快去准备，说一千不如做一件呢!”陈炯明说。

外面，熊略偷听到了，他不霞声色地命令武力锡与陆志云乘汽车赶去通报何香凝。

二十七、温树德的威胁

6月30日下午，海军司令温树德气势汹汹地赶到永丰舰。

他的卫队一律持快枪，其中有六名卫士持轻机枪。这时炮官韩长福正值班，舰长欧阳林乘差轮到同安舰有事尚未回来，大总统孙中山因忙了近10个小时刚刚躺下休息一会儿。韩长福看到温司令亲自率队赶到永丰舰，他心中早有了数，忙一边向值班官长报告，一边上前说："温司令官，请前舱休息，舰长马上就到！"温树德说要见大总统。

"报告司令，舰长离舰时有命令，任何人求见总统必须经过谢持秘书长同意，还有副官林树巍！"韩长福礼貌地上前说。

"向秘书长报告，我求见总统！"温树德强忍住蹿动的火苗。

韩长福请机枪手费光伊去报告秘书长谢持，一边两眼扫视眼前这位神色凶狠的温司令，心想过去他们都是神情热烈，今天为什么变了？

孙中山先生率舰队向叛军反击，但魏邦平陆军受陈炯明部数倍之敌的监视，很难与海军协同作战，陈炯明部未受到巨大打击，孙中山只好率舰队撤回黄埔等待北伐军回援。陈炯明最怕的就是北伐军回师广东讨伐他，他认为自己确是无力抵挡得住，所以他千方百计想尽办法处死孙中山。当洪兆麟的暗杀队一次次失败后，为稳住孙中山，争取时间，他决定派副官陈君韬亲自赴永丰舰找温树德海军司令商谈海军反叛。

这天下午，温树德从永翔舰舱内走上前甲板，陈炯明的作战参谋吴礼、副官陈君韬忙迎上前去，与温树德客气一下后，温树德对他俩说："我有些事全权委托肇和舰舰长田士捷与二位联络！"

"温司令"，吴礼说，"我们有……"

"跟田舰长联络！"温树德说完扭头又进舱了。

吴礼与陈君韬只好跟着田士捷走进另一舰舱。吴礼开门见山地问："田舰长，想必你是温司令的心腹，我只问一句，温司令是想死，还是想活？"

"吴参谋"，田士捷板起脸，"我从肇和舰赶到永翔舰，是充当温司令与你们陈司令友好的桥梁，不是来看你脸色的！"

“田舰长息怒”，陈君韬忙说，“吴先生被总司令训令后心情不畅，还请你海涵。”

“很对不起田先生”，吴礼不知道为什么转弯这么快，“有些事我心里闷得慌，说话没有掌握分寸，请你看在老朋友的分上，多加谅解。这次奉命找你们，也是给温司令与你们各位找出路嘛!”

田士捷的心绪稍好了点，沉默着不说话。

6 月 20 日上午，陈炯明严令部将钟景棠攻占长洲对面的牛山、鱼珠两个重炮炮台。当夜，钟景棠令陈炯明派到军中督战的吴礼赶到黄埔鱼雷局孙中山设立的总统行营，见到温树德派驻的海军作战参谋宋撼中，说：“宋参谋，牛山、鱼珠两炮台已被我钟景棠部攻占，请转告温司令，我们陈总司令决定与海军休战，否则牛山、鱼珠炮台的重炮就会监视贵舰队的行动!”

“你们攻我舰队?”

“请转告温司令，程璧光总长的下场，意味着什么!”

“你们什么都干得出来!”宋撼中参谋反击，“海军舰队不是陈炯明指挥的，而是护法舰队!”

“什么护法，那是孙中山以护法为名义，其实是为他统治中国，当大总统，做中国的皇帝做幌子！你们被愚弄了还不明白，嗯?”吴礼说。

“吴先生”，宋撼中以冷静闻名军中，“肇和舰舰长田士捷，是温司令的代表，请你跟田舰长联络!”说完拿起电话找田士捷。

很快，田士捷赶到了，吴礼与田士捷交谈一会儿后，田士捷就风风火火地去见温树德。

温树德听完田士捷的报告，心情沉重地说：“过去我们北洋海军第二舰队赶来广州护法，今天又反对孙先生，这事不能那么简单。走，下午我亲率永翔、同安二舰入省河与陈炯明协商。”

果然，叶举代表陈炯明赶到永翔舰，两人密商后，温树德怒气冲冲地说：“叶将军，杀死孙中山我不干，赶他走可以，我们做事不能太绝情了!”

“温司令，你要想想程璧光的下场!”叶举说着站了起来，“我只要封锁沿岸，你们舰队没有水，没有米，没有油盐和煤，你们会跪下来求我们!”说完扭头就怒气冲冲地走了。

叶举走了，温树德陷入极度的痛苦之中：怎么办？是率领舰队走，还是继续与陈炯明对着干？舰队的出路在哪里呢?

25 日夜，陈炯明又派吴礼上了肇和舰。田士捷舰长将其迎进舰长室时，吴礼用一种刁滑的语气问：“田舰长，听说孙大总统最近准备晋升你为舰队副司令

之类的官儿?”

“吴副官”，田士捷说着忙改口，“我说错了，阁下现在是陈炯明司令刚刚晋升的虎门要塞司令，我没说错吧？升了官得请我进广州德胜酒楼一饱口福吧?”说完，他注意吴礼的神情变化。

吴礼哈哈一笑：“你的消息很灵。怎么样，过来干个海军司令，本人在陈炯明那里还是说得上话的，就看你会不会抓机遇了。”

田士捷在“舰队司令”这一虚职的引诱下，心中翻滚起来，但没表现在脸上，而是一笑说：“别跟我开玩笑，你这么一来将来别人不说我跟温司令抢舰队的权？使不得，万万使不得!”

“大兄弟，我们都是安徽老乡，现在都出远门混饭吃，俗话说千里做官，为了吃穿。眼下吃饭是不成问题，可人总得有点想头才混下去吧?”吴礼说，“你从北洋政府过来，人家程璧光从北洋政府的海军第二舰队司令，跑到孙中山的政府中混上海军总司令，被桂系给杀了。你呢，混出点名堂来了吗？你忠于孙中山，他又给你什么好处？不错温树德很信任你，可是他下面那么多副职为什么不给你呢？那个赵梯昆、胡文溶、袁方乔会放过你吗?”

“你简直是陈炯明派进来的奸细，通过谁打听的这些事?”

“我还知道，以你为首的江浙安徽人是想投靠陈炯明，而以赵梯昆、胡文溶、袁方乔为首的及有些粤籍舰长是忠于孙中山。你们两派内部斗争也很激烈是不是?”吴礼故意将了解的一点点内部情况，用圆滑的语言表达出来，“温树德这个人也不是像程璧光那样死心眼跟着孙中山，他是谁是胜利者他跟谁，谁给粮饷就靠谁。其目的是舰队稳定他才有官做，离开舰队鬼才要他!”

“这么说温司令有投你们之意?”田士捷问。

吴礼想了想说：“从我们叶将军跟他交谈的情况来看，他是一味地应付各方。在他看来孙中山是失败了，靠不住了。他想继续做海军舰队的官，没有军饷来源是抓不住舰队的。但他又不甘心一下子投进我们陈总司令怀抱，还会观察一段时间才会作出选择。若有谁首先投我们，他马上会响应。”

“他投了你们，陈总司令还是会让他干海军总长的。”田士捷故意投石问，“总不能降他的级嘛。”

吴礼听出他的话味儿：“这你就错了，陈炯明的意思是，只要你先过来，海军舰队就会分化动摇，那时我们明确告诉温树德，田士捷担任海军总长，他担任粤军副总司令，分管海军及造船、学校、陆战队，不也是晋升了吗？你放心过来，肇和舰还是很有号召力的。”

“你为老乡着想我可以理解，可孙中山的敢死队是相当有实力的。”田士捷说，“万一做不成，反成刀下鬼，后悔也来不及。”

“只要你干，我给你一连的卫队。”

“别急，这事得慢慢来。”田士捷说。

“这事不但不能慢，还得快点行动。万一孙中山的北伐军回师，广州也许有场恶战，那时你们是坐舰观战呢，还是帮谁的忙呢？”

“事关大局，我单独不能行动。我只要一驶出西江，温树德睁只眼闭只眼，赵梯昆、胡文溶、袁方乔他们是不会放过我的。万一搞复杂了都不好办。等我有机会跟温树德研究一下再说。”

吴礼点头表示赞成走了，田士捷也赶去向温树德作报告。温树德感到舰队有分化的可能，所以找孙中山，研究舰队的命运。

孙中山的秘书长谢持听说温树德上了舰求见大总统，他跟温树德客气几句，问明求见的主要事由，他感到事关重大，忙向孙中山报告，孙中山听完报告急忙起身：“快，请温司令进来谈。”

温树德走进孙中山的办公舱时，孙中山热情地接待了他，而温树德面对孙中山的笑脸，表现出一筹莫展的神态说：“总统，你把我这个舰队司令撤了职，换人吧。我已经指挥不了啦！”

“怎么，你害怕啦？”孙中山问。

“陈炯明禁止一切舢板、小火轮接近我舰，断绝蔬菜淡水供应。粮饷军械都没有保障，官兵要在舰上造反啦！”温树德悲哀地说。

“有这么严重？”孙中山问。

“有些舰马上要驶出西江，是我阻止住了！”

“你看怎么办？”孙中山问。

温树德说：“陈炯明在广东的实力并不大，跟他公开妥协，我们做不到，再说凭他这点本事，失败只是迟早问题，而我们目前又面临粮饷的实际困难。海军这几年从北方到南方……”

“温司令”，孙中山打断他的话，“据我们所了解，吴礼与田士捷同为安徽老乡，他多次策反田士捷，你注意到没有？”

“没……没有听说。”温树德急忙否认。

“那我问你，20日那天你亲率永翔、同安二舰驶入省河与叶举谈什么？”孙中山再逼上去，“你今天来无非是来威胁我离开永丰舰，另谋生路？”

“总统”，温树德一听孙中山把他的底全部摸到了，断定陈炯明左右有孙中山的心腹在报告情况，只好站起来干脆坦白地说：“老实讲吧，我投谁都是为这支舰队，官兵从北方到南方，总不能像没有娘的孩子吧？从1917年护法进驻广州，桂系把你赶走了，我们泊在水中多艰难？现在陈炯明叛乱，万一打败了北伐军，他在广东得势，你又走了，我们又找谁吃饭呢？总不能说海军能主宰广东吧？”

“温司令，你说的事实我心里清楚，不过我请你去问官兵，除了田士捷还有谁想投陈炯明？他们用粤军副总司令的官职来吸引你，一旦你过去他们非杀你不可！”孙中山说，“过去桂系军阀在军政府内部制造混乱，一度向我提请程璧光作广东省长，用这种表面现象掩人耳目。而实际是广东派不满桂系人为省长，想推胡汉民做省长。结果桂系把程总长杀了，你说复杂不复杂？”

温树德想了想，说：“程总长是北洋政府的阁员，南下护法他是始终拥护军政府的，他们不杀他还会杀谁呢？”

“将来他们不杀你？改组舰队你不是坚决执行我的命令，使一千多闽籍官兵离舰？他们有些人还住在广州没有走，陈炯明就不利用这些人组织暗杀队来报复你？温司令，你要三思而后行啊！”

“总统，你也要为我舰队的出路着想。”

“北伐军回师广东，陈炯明必败，到那时我们再安排舰船维修、粮饷增加的问题。现在不是谈眼前困难的时候，希望你努力作战！”

“我们舰上的蔬菜都是问题了！”

“说一千道一万，你想率舰队走？”孙中山干脆直问。

“这……这不是我个人的愿望。”

“你是舰长中的关键人物”，孙中山说，“你今天来，就是威胁我，赶我走，陈炯明就给你补充粮饷，这是陈炯明的承诺、阴谋，你真的相信他？”

“总统，为了舰队的生存，我建议你暂时离开舰队，离开永丰舰，我联络一艘洋人军舰送你去上海，等我们北伐部队回师，打败了陈炯明你再回广东，那时你会把我们的用心看出来的。”

“温司令，请你别再威胁了，我肯定要在黄埔锚泊等待北伐军回师，不会轻易走的。请你转告陈炯明的使者，就说我等待北伐军援粤，总会打败叛逆！”

温树德呆愣地注视着孙中山，不知说什么好。

二十八、强袭车歪炮台

第二天上午8点，送走温树德的特使不久，海圻舰副舰长赵梯昆赶到永丰舰。孙中山正要跟他谈话，永丰舰舰长欧阳林走进舱低声说：“总统，陈炯明派钟惺到我永丰舰面谒先生。”

“我不见。”孙中山愤怒地一挥手，“除非陈炯明自己到永丰舰，其部下一律不见！”

钟惺怏怏地走了，陈炯明给孙中山的信放在了孙中山的桌面上。孙中山望着信沉思片刻后说：“拆开，看他又在耍什么阴谋！”

秘书长谢持奉命展开信送到孙中山手中。孙中山定睛一看：

大总统钧鉴，国事至此，痛心何极。炯虽下野，万难辞咎。自六月十六日奉到钧谕，而省变已作，挽救无及矣。连日焦思苦虑，不得其道而行。憔念十余年患难相从，此心未敢丝毫有负钧座。不图兵柄现已解除，而事变之来，仍集一身。处境至此，亦云苦矣。现憔是恳请开示一途，俾得遵行，使北征部队，免至相战，保全人道，经召无和。国难方殷，此后图报为日正长也。致此，即请均安。

孙中山先生读完陈炯明的信，冷笑道：“秘书长，你看看陈炯明想干什么名堂吧！”

谢持秘书长读完信气愤地说：“陈炯明的信有两个潜在意思，其一是逼总统下野，其二是为调兵遣将争取时间！”

“他们勾结温树德及海军中的动摇分子田士捷之流，就是逼我走！企图暗杀我！”

“总统，我舰队三大军舰海圻号、海琛号、肇和号有投靠北洋政府之说，你知道吗？”

“温树德找到永丰舰口头逼我，又命令三舰熄灯火以威胁，我想请赵梯昆先生来谈谈。”

“好”，谢持秘书长说着很高兴，“他已经来了，在外面等着大总统接见呢。”

“快请他进来！”孙中山也高兴起来。

昨天晚上，赵梯昆因有点不舒服早早地睡了。大约是凌晨1点钟左右，他的副官彭顺昌匆忙地将他推醒说：“副舰长，温司令召三个舰长开会，怎么不通知你呢？”

赵梯昆一听他话中有因，忙翻起来：“什么事？”

副官彭顺昌说：“我们舰长吴志馨、协长李毓藩、海琛舰舰长何瀚澜、肇和舰副舰长田士捷都集中在我们海圻舰中舱，神秘兮兮的不知在研究什么。”

“你先听听，我马上来！”赵梯昆说着就穿衣服，一边自言自语，“他妈的，搞什么名堂避着我。”

温树德深夜召开会议的几个舰长、协长都来了。他朝大家扫了眼后说：“各位，深夜找大家来，我想告诉诸位，我们逼孙中山先生离开永丰舰已经是不可能的了。你们提出投靠北洋政府，我心中没有底，投靠陈炯明，跟这种忘恩负义的家伙打交道，我感到后患无穷。陈炯明又派洪兆麟来找我游说，我们不投他们也行，请求我们赶走孙中山先生，他们就解决我们一些粮饷。何去何从，请诸弟兄决策。”

“我看这形势，”吴志馨说，“保持中立，我们反对陈炯明，他封锁我舰上粮菜，反对孙先生，有些太不义了，投靠北洋政府，好马不吃回头草……”

“吴舰长”，田士捷忙说，“我们要么回北方，要么投陈炯明，我们手中有军舰就是饭碗，陈炯明不会亏待我们的！孙中山已经是日落西山了，难道现在还看不清局势？不能再跟孙中山跑了，我们吃的亏已经不少了。温司令怕人背后指责的话，我先行动，你们看行不行？”

……

几个小时的交流、争论赵梯昆都听得很清楚，他也决定用实际行动稳定军心！

听了赵梯昆的报告，孙中山心中有了底，他对谢持秘书长说：“三艘企图投北京的舰，我没有办法调动它，但我们其他舰还是坚决反叛逆的。我请你立即通告永丰、豫章、广玉、宝壁等舰，炮火强击车歪炮台，进入白鹅潭以镇人心！”

“大总统，我无力使海圻舰进入战斗序列。”赵梯昆说。

孙中山说：“你就在永丰舰上指挥，今天不要回海圻舰了，温树德司令若要问，你就说我找你到永丰舰有事。再说胡文溶也会为你说话的。”

“好！”赵梯昆说着点点头，“我是炮手出身，我到主炮位去是个合格的炮手。请总统批准。”

孙中山愣住了，望着秘书长谢持不表态。

“总统，请你批准赵副舰长吧。”谢持说。

“不，你就在我左右，今天担任我的舰炮参谋!”孙中山说着向外扫了眼，“请赵参谋马上向各舰下命令，一小时后向车歪炮台发起攻击!”

“是，立即执行总统的命令!”赵梯昆深情地望着孙中山回答。

车歪炮台阵地上，叛军炮兵营长王三合，正在主炮位与炮兵司令部作战参谋钟齐武在办理移交阵地手续。王三合的副营长刘泰民不知为什么把钟齐武的副官肖运来给打了，还打死了卫队长。钟齐武气愤地指着王三合说：“王营长，你们营攻占车歪炮台有功，但也不能仗着战功显著就傲气十足，不服从军令，而动手打死我的卫队长呀?”

“钟参谋”，王三合苦苦一笑说，“你是中校，按军衔我应该执行你的命令。现在你奉命接管车歪炮台，我调炮兵司令部任炮兵参谋，也是执行命令。而我的副营长刘泰民不但没有升级，还调到炮兵卫队去任副队长，攻打车歪炮台他是立有大功的，炮击总统府他也是有功之臣。你对他又恶语中伤，他想不通，手枪走火打死了你的卫队长。你可以交叶举指挥处治，你没有权力砍断他的手。”

“砍了，你不服气是不是？我还要砍他的头!”钟齐武愤怒地吼，“王营长，我看刘泰民是有意打死我的卫队长!”

“钟参谋”，王三合强忍住怒火，“这么说你要处决我?”

“你当我不敢?”钟齐武瞪住他，“来人啦，把王营长押到司令部，他想反对陈总司令!”

“谁有这么大的狗胆!”王三合拔枪怒视左右，“谁敢上来?”

“上!”钟齐武命令。

“愣着干什么，把钟参谋长先给我绑起来!”王三合看自己的队伍都围上来，大声命令。

“唰”地，炮兵们站上来将钟齐武扭住，又有一伙人扑上缴了钟齐武带来的十几个人的枪。

“统统捆起来!”王三合命令。

“快，把干了的大便抓几块来堵住他的嘴!”王三合的副营长刘泰民命令一个士兵。

“报告，永丰舰出现!”一个炮兵瞭望哨恐惧地奔过来，打断他们的争闹，“孙中山指挥舰队压过来了! 快，还有好几艘军舰呢。”

“怕什么”，王三合忙跑上瞭望塔举起望远镜观察，口里不停地说：“永丰、楚豫、广玉、宝璧等舰驶过来了。”

“长官”，中尉参谋赶过来，“有多少军舰?”

“根据温树德与我军叶举将军达成的协议，他们是不会再向我开炮攻击的，这几艘军舰是干什么的还不清楚，但孙中山在永丰舰不会错。”

“轰！”一发示警的炮弹在舰队上空爆炸，紧接着王三合命令，“各炮备弹，听候命令攻击！”

“快，军舰向我开炮……”

“轰……”几艘军舰几乎同时开炮，霎时间车歪炮台上空的硝烟翻滚开了。

永丰舰上，韩长福一连打出四发炮弹，大炮正在备弹之时，赵梯昆奔过来对韩长福说：“注意，听我的命令调整方位、角度，打那个有红旗的地方！”

韩长福点点头说：“有红旗的地方好像是指挥部或瞭望塔？”

“红旗右侧200米，有两门大口径炮，干掉！”赵梯昆命令。

“明白！”韩长福回答时命令炮手，“向左修正15度！备弹！”

叛军占据的车歪炮台上，已经有两门炮被舰炮一阵纵射捣毁。王三合正要命令另外两门隐藏的炮开火之时，一个少尉赶过来：“报告长官，钟齐武参谋被四枚炮弹击中炸死！”

“啊，你们怎么不好好照顾他呢？”

“长官命令我们将他们统统安排在四号炮后面，四号炮被捣毁，他们也跟着炸死了。”

“刘泰民副长官呢？”

“他也被炮弹炸死了！”

“立即向炮兵司令部报告，孙中山以永丰舰为旗舰，强袭车歪炮台，舰队直向白鹅潭前进！”

“是！”少尉走了。

“报告，钟景棠将军的电话！”

“告诉他我在一线操炮还击，没有时间接电话。”

“钟景棠将军执意要长官接电话！”

王三合只好从一个小土坑里爬上来，飞快地奔向一个人工制作的防炮洞中，跟钟景棠通电话。王三合说：“请求炮火支援！”

“王营长，钟齐武参谋赶到了吗？”

“赶到了，他们正集中时，被八枚炮弹同时击中，全部被炸死了！”王三合说，“一具完整的尸体都没有，四肢都炸飞了，真惨呢！”

钟景棠一听大吃一惊问：“舰队是以孙中山的永丰舰为旗舰吗？”

“是的！”

“你们好好打，温树德是不会派海圻、海琛这样的大舰来了，温树德与我们达成互不攻击的协议。永丰舰上的孙中山送上门来，你们车歪炮台要狠打，打死孙中山，陈总司令晋你为少将！”

“请钟将军转告陈总司令，只要卑职不死，孙中山的舰队是绝不会通过车歪炮台，进入白鹅潭的！”王三合满有把握地回答。

这时，永丰舰已经抵近车歪炮台了。广玉舰与宝璧舰分左右在协同攻击，而豫章舰处于车歪炮台左前，由于是点射，几门叛军大炮被炸哑后，豫章舰加速抵得更近直射攻击。

“楚豫舰与豫章舰同时向正面攻击，快！”赵梯昆命令，“炮火要猛，注意炮火的死角！”

韩长福一看各舰打得正来劲儿，突然，曲线推进的永丰舰左右仅 20 米的距离内，两枚炮弹“咚”地爆炸，巨大的水柱冲在后甲板上。这是敌人集中炮火攻击，不打掉敌炮，永丰舰有可能负伤。

“目标，修正 10 度！”韩长福命令，“放！”

炮弹直坠目标。车歪炮台上，叛军炮兵营长王三合被炮弹炸死。孙中山率领舰队强袭车歪炮台，重创叛军。消息传到叛军总司令部，陈炯明胆怯地问：“叶举，叶举，孙中山的舰队又进入了白鹅潭，这是给陆军撑腰。魏邦平更不会轻易投降了！”

叶举咬着牙拿着电话不吭声。

孙中山率永丰舰又一次锚泊白鹅潭了，这给广州卫戍部队以巨大的支援。然而，孙中山哪里知道，陈炯明又命令叶举、洪兆麟两人连夜研究新的手段对付自己。按照陈炯明的命令：首先是杀死孙中山，杀不死也要将他赶出广州，赶下永丰舰，否则北伐军回师就灾难临头了！孙中山处于叛军的明炮暗枪之中！

二十九、活捉徐直

叛军在车歪炮台上受到舰炮的猛烈攻击，叛军总指挥叶举与洪兆麟、熊略看到炮毁人亡，气急败坏地赶去向陈炯明报告。连夜，叶举会见了英国公馆二等秘书凯西特。凯西特是个中国通，能讲一口流利的汉语。听了叶举的请求，他同意第二天上午赶到海圻舰，然后由小火轮送他去永丰舰求见孙中山先生（有文称是孙中山先生赴海圻舰会见凯西特）。不久，洪兆麟又搬来了法国领事波尔斯。两个洋人坐进永丰舰孙中山先生的办公舱等了一会儿。孙中山在左右陪同下走了进来，双方客气了几句话。法国领事波尔斯从座位上站了起来，用一口流利的汉语问：“请问先生，你们每天向广州及其军事设施打炮，还要打到什么时候?”

孙中山一听忙拉长脸问：“领事先生，你问这个问题是为什么?”

“因为你们的炮击，妨害了我们法国人、英国人的商务与侨民的安全，请你不要再开炮了。”波尔斯停顿了一下又接着说，“你打也没有用。陈炯明将军已经占领了广州，孙先生最好是马上离开广东!”

“什么?”孙中山一听拍桌而起，“你要我离开广东?”

“先生”，波尔斯竭力保持镇静，“你的势力小，陈炯明的势力大，跟他打你会吃亏的。”

“你不是这个意思，你是替陈炯明说话，要赶我离开广东!”孙中山说。

“不，我是为保证我国侨民的安全、商务而来请你离开的，你不走双方炮击对我国商务不利!”

“你以为我是什么人?”孙中山盯住对方，“我是中国大总统，我在中国任何地方讨伐叛军，皆有自由权，你们凭什么跑来干涉?”

“孙先生，沙面是中国租给我们的，你们为什么在这里打仗?你的炮舰为什么多次驶往这里?”波尔斯也怒气冲冲地站起来说，“我们抗议，抗议!”

“波尔斯先生”，孙中山针锋相对，“我们是把沙面租借给你们了，但水面并没有租借给你们!”

“如果孙先生不考虑我国侨民的安全，我们将调军舰来保护我侨民的利益!”

“你们若要干涉我国内部事务，你们调军舰来有什么可怕的，中国海军将对这些干涉中国内部事务的势力开战。中国人历来是不怕死的硬汉!”

听孙中山这么一说，波尔斯顿时又软了，急忙转弯说："大总统先生，我们无意干涉贵国事务，对于贵国广州兵变我国政府还没有作出什么反应。我刚才所说调军舰来保护侨民一语，并非政府意图，而为本人失言，请你谅解！"

孙中山也将阴沉沉的脸色揭去，用和蔼的语气说："波尔斯先生，既然贵国政府并没有命令你们干涉我国内政，想必你们是受了陈炯明的利用，是他们请你们来的。请你转告陈炯明，企图借外国朋友来赶我走，是行不通的。广州是中国的广州，是中华民国政府地盘，在必要时，我可以离开广州，但也可以随时来广州。他借任何外国势力或是他的军事势力赶我走，是办不到的！"

"大总统不要误会，我们这次来并没有被陈炯明或其他势力利用！"波尔斯解释说。

"我们英国人是不会被别人利用的！"凯西特也说。

"凯西特先生，你需要什么样的证实？"孙中山问，"你对你的语言、行动负责吗？"

"友好的凯西特先生，你是否需要冷静？"谢持秘书长也补上一句，"我们不会像陈炯明一样靠说谎话过日子。"

凯西特不以为然地一笑："有证据吗？"

"有！"孙中山先生对谢持秘书长说，"拿出来！"

谢持秘书长将一本公文夹打开，抽出一张纸送到凯西特面前："二位先生，你们可以认清汉字吗？"

波尔斯忙伸手接过来，上面的汉字是：

> 陈炯明派叶举找到法国人波尔斯，英国领事馆二等秘书凯西特，于明天到舰威胁先生离开广州。这是陈炯明借助外部势力的证据。先生可向英、法两国照会，因为这二位并不是代表该国政府，而是以私人身份，冒充是政府代表的私下行为，不足代表该国。请揭穿他们的金钱交易……

"凯西特，我们被陈炯明的朋友出卖了，出卖了！"波尔斯咆哮着，"陈炯明把我们出卖了！"

凯西特忙接过来一看，顿时面红耳赤，无言再答，站起来向孙中山表示道歉。

"二位放心，我们不会向贵国政府揭露你们的贸然行动！"孙中山说，"也请你们转告叶举，陈炯明现在可以叛变我，总有一天会把他们赶出军营，不义的主子不可信，更不能作为政治依靠！"

凯西特与波尔斯碰了个大钉子，也认识到陈炯明部内部有孙中山的人，再也不敢轻易接受这种冒犯两国利益的外交事宜了。而孙中山驻扎永丰舰，不时炮击叛军军事要地，每日有专艇供应生活物资，传递各方情报，叛军是无法阻挡的。孙中山在困境中等待北伐军回师广州。

利用外部势力没有赶走孙中山。这天晚上陈炯明专门召开军事会议，研究炸毁永丰舰。当会议开到深夜时，新任参谋长张录村将一个高而瘦的中年男人领进来："各位，这就是我从香港请来的鱼雷专家徐直工程师，大家欢迎！"

在一阵并不热烈的掌声中徐直如同救世主般扫视一眼陈炯明等，然后打开一张自画的军事图由张录村提着，开始解说。

"将军们"，徐直的开场白与神情异常傲气，"根据张将军提供的情报，我在香港草拟一图，也就是你们与孙中山指挥的海军对阵具体战术。"

"徐工程师是世界上著名的鱼雷专家，早年留学日本，去年赴英、法、美三国考察。徐先生称，区区一艘永丰舰，算不了什么，他保证为陈总司令除去心病，以安国人之心！"张录村吹捧着说，"下面，请徐先生介绍具体战术情况！"

徐直向大家又扫了一眼，将目光停在陈炯明脸上："总司令，这是永丰舰的位置吧？"

"永丰舰一直在美国军舰旧金山号巡洋舰后面，如果我们攻击不当，就有可能炸沉旧金山号，那会影响中美关系，这可是国际关系的大事，所以，我以六艘小火轮为前导进入，在距永丰舰极近的位置投雷。这样必须由我亲自操作指挥"，徐直说，"我冒的风险之大可想而知吧？"

"徐先生只要炸沉或赶走孙中山，我们会对徐先生的全家提供经济担保、安全担保。民贼不除，终为国患！"陈炯明说。

徐直心里有数，一笔极可观的美金就要进账了："我徐某一定效力！"

"徐先生，有把握炸沉永丰舰吗？"熊略问。

"有，只要按照我图上标示的部署进攻！"徐直回答，"这位将军对我没有信心？"

"不是那个意思"，熊略说，"几次进攻我们都失败了，这次我们希望只能成功！"

"有信心才有胜利"，徐直又说，"我与张录村将军、周天禄先生共同选定了五枚水雷，决定明晨进攻，只要水雷炸中永丰舰，其他十几艘伪装的渔船、小火轮上的机枪一响，孙中山还往什么地方跑？"

"要他死在乱枪之中！"叶举得意地说。

"炸不死，也跑不掉！"洪兆麟说。

"明天早晨干，有准备吗？"熊略问。

"一切都准备好了，只等陈总司令的命令！"张录村回答，"安排海军陆战队

的机枪进入小火轮与渔船，这些艇船也都进入指定位置了。”

“明天，时间不变！”陈炯明咬着牙说。

“五枚水雷同时攻击永丰舰，民贼一定会去见阎王！”叶举兴奋地说，“袭击永丰舰的机枪由熊略将军再派出二十挺，小火轮再增加五艘！”

“行，就这么办！”熊略回答。

第二天清晨，永丰舰上舰长欧阳林、炮官韩长福都集中在军舰甲板左右，晨雾中韩长福手持排雷工具在观察四周动态，美国巡洋舰旧金山号也接到情报，同时派出多名排雷水兵乘小艇在水面游动。

“轰！”一枚水雷在美舰与永丰舰之间被水兵们引爆，巨大的水柱冲上天空。永丰舰上的人们都紧张地关注这一事态的发展。

“韩长福，你们第一反击队出发！”欧阳林命令，并赶到他跟前，“注意，敌人在那面有小绿旗的小火轮上，要活的，不要死的！”

“是！”韩长福回答时，向赶过来的水兵们一挥手，“走，抓叛匪去！”

乘上一艘送生活物资的小火轮时，韩长福立即命令绕过美军巡洋舰，向西北方位前进。果然发现一艘插有绿色小旗的小轮在十几艘小火轮中间缓缓游动。这时太阳已经出来有两杆子高了。韩长福对水手田易闻说：“准备！”

田易闻点头说：“弟兄们，我一挥手就跳帮，动作要快！”

“是！”五个水手各持一把锋利的大刀，腰里插着一支短枪，异口同声地回答。为了避免误伤，他们头上都捆着红色头巾，在阳光下很显眼，小火轮向插有绿旗的小火轮开去。

“喂，干什么的？”有绿旗的火轮上面有人问。

“差轮，返回的！”韩长福回答，并指了指小火轮前后甲板上装菜的竹篓子。

对方不再吭声了。

昨天深夜，陈炯明召开水雷攻击永丰舰的会议，刚一散会，熊略忙命令连长武力锡，派陆志云向永丰舰舰报告，并再三说明徐直将会乘插有小绿旗的小火轮亲自督战。根据陆志云送达的叛军攻击图，永丰舰长欧阳林制定了反击战术，决定派韩长福率敢死队捉拿徐直！美军巡洋舰得到孙中山的情报，也做好了排雷准备，所以水雷无法炸中永丰舰，其他满载叛军敢死队的火轮，只得望舰长叹。徐直立即亲赴现场再次组织水雷攻击，为了那笔钱他决心冒险！

韩长福指挥火轮，几乎要擦着徐直的小火轮之时，大吼：“跳！”“唰”地，水兵们飞跃到对面小火轮上：“杀，缴枪不杀！”

顿时，徐直轮上一个大个子水兵挥枪就打。韩长福闪电般一刀削去，一颗血淋淋的头掉在小火轮甲板上滚到水中。

“谁敢反击！”韩长福愤怒地吼叫，“快投降！”

“上！”小火轮中七八个叛军从惊恐中冷静下来，“打！”

“谁动打死谁！”田易闻怀抱机枪。

几个没死受了伤的叛军忙跪在舱中不敢反抗了。

“徐直，给老子走过来！”韩长福命令。

徐直在陈炯明面前的威风，激昂的神情此时烟消云散了，他跪在叛军中贼眼溜溜转，直纳闷：他们怎么知道我在这个舱上面呢？

“再不出来我用枪点名啦！”田易闻说，“快出来！”

一听说用子弹点名，一个叛军连长忙说：“他就是徐直，是他指挥水雷攻击的！”

徐直慌了：“我……我是……”

“徐先生，你别操多了心，这些赶来的小火轮是我们派来增援的，陈炯明派来的怕死鬼都在争相逃命呢！”韩长福说。

徐直悄悄地扫了一眼水面，可不是吗，与他同时偷袭永丰舰的小火轮都在逃跑。他哭样地大吼：“周天禄派来的都是怕死鬼！”

叛军江防司令周天禄这时也在指挥部里怒骂：“徐直，老子用重金买来的五枚水雷都送在你这个牛皮袋子手里了！”

陈炯明软硬兼施企图赶走孙中山的阴谋一次次破产了。孙中山在永丰舰上等待着北伐军回师。

不日，谢持秘书长将一封电报送达孙中山手中：

> 第一师已经倒戈，北伐军内遂形分化；各军中饷弹奇缺，无力回师讨陈了。许崇智部已返入福建，李烈钧、李明扬、朱培德各部正向贵州撤退，赖世璜部也已退回赣州……

读着电报中这么一段，孙中山心中泛起一股痛楚的苦水。陈炯明在一面软硬兼施逼其下野离开广东，一面调兵遣将抵御北伐军。他命令亲信翁式亮督师于黄任寰的师部，据守韶关的有利地形抗击北伐军，又密令隐蔽在北伐军军中的粤军第一师，日夜兼程回师。该师是陈炯明的亲信师，早在北伐前就有密码相约。师长梁鸿楷接到陈炯明的密令，全师分三路回师，叶举又用汽车运兵支援黄任寰师。北伐军在陈部夹击中惨败……

孙中山先生在广州永丰舰上苦苦企盼三个月，因北伐军的惨败而不得不从永丰舰转移到一艘英国驱逐舰来到上海。广东暂时由陈炯明统治，讨陈的战役在组建之中……

第三卷 中山舰事件

小引

1921年，孙中山经中共党员李大钊介绍，在广西与共产国际代表马林相识，马林向他建议组建军官学校，建立自己的革命军队。特别是经历了1922年6月16日的陈炯明叛变后，孙中山更是认识到联俄联共是革命需要。1924年孙中山改组国民党，组建黄埔军校。苏联派出优秀军事、政治教官，支援两百万现金办学，并运大批武器，中共党员给予他极大的帮助。本来孙中山只任命国民党元老程潜担任校长，但蒋介石左右周旋，最后孙中山任命他为粤军总司令部参谋长兼黄埔军校校长，廖仲恺为党代表。根据组织原则，军校的一切都由党代表任命签署，校长只是执行党代表的命令。1924年5月5日第一期500新生入学，6月16日开学典礼。8月孙先生督师韶关北伐，不久挥师歼灭反动商团。1925年2月孙中山先生接受中共的建议，从广东革命根据地第一次东征，3月孙中山先生病故。为纪念孙中山先生，永丰舰更名为中山舰。8月廖仲恺先生被蒋介石派人暗杀。1926年1月，汪精卫主政的国民党召开第二次代表大会，采取无记名投票自由选举，当选者大部分为中共党员，蒋介石一看共产党如此得人心大为吃惊，并注意到海军局长李之龙是中共党员，第一军中高、中、下级军官及士兵多为中共党员，他感到这支政治军事力量对他的威胁，决心除之！于是1926年3月20日爆发了中山舰事件——

三十、廖仲恺的境遇

1925年3月12日上午9时30分，北上谋求和平的孙中山先生，不幸病故于北京铁狮子胡同行辕。1924年11月13日，孙中山先生偕同夫人宋庆龄，随行官员汪精卫、陈友仁等30余人，乘永丰舰离开广州赴香港，在香港改乘日本春阳丸号赴天津，于12月4日进达天津，31日抵北京，没想到仅两月余便不幸仙逝。他在遗嘱中明确地表示，国民政府要继续联俄、联共、扶助农工的三大政策。然而，国民党内部争权夺利的斗争，随着孙中山先生的不幸逝世而更复杂、更尖锐了。

1925年7月的一天晚上，廖仲恺刚刚回到家里，夫人何香凝从内室迎了出来，一边从他手中接过公文包，一边神色惊慌地说："快坐下喝口水，我给你看封信！"

"信？"廖仲恺一边拍打帽子上的灰尘，一边问，"谁给我的信，这么神秘？"

"又是个好心朋友写的信。"何香凝说着把信递给他。

廖仲恺接过来一看，上面写：

有人一连开了几次会搞阴谋，有的主张暗杀你，主要是那几个右派在动你的脑筋，他们声称，只要把廖仲恺推倒了，就推翻了联俄、联共、扶助农工的三大政策……

"这封信从哪里来的？"廖仲恺拧紧眉头问。

"又是从门缝里塞进来的"，何香凝说，"你逃出了陈炯明的屠刀，又要防我们国民党右派的暗枪啊！"

廖仲恺听着，沉重地遥望窗外叹息……

那是廖仲恺被陈炯明扣押的8月一天上午（1922年8月），何香凝正要出门，以前在日本留学的朋友龙荣轩匆匆赶来看何香凝。龙荣轩在日本学军事指挥专业，做过武官，一直与廖仲恺夫妻是很友好的朋友。何香凝请客人进来坐下，龙荣轩说："你们的情况我都清楚，我与陈炯明很有交情，明天上午陈炯明在白

云山上开会，通知我也去。廖先生最近的情况我也不知道，需不需要我去找陈炯明请求什么?”

何香凝神情烦闷地说：“陈炯明命令手下的人，在廖先生身上捆三道铁链子，又叫洪兆麟来找我，说什么只要我领三个人去永丰舰求见孙先生，他们就放廖先生，我不能为了丈夫而出卖孙先生，做对不住孙先生的事呀。”

“廖夫人气节高尚!”龙荣轩忙说，“我们想个什么办法救廖先生呢?”

“陈璧君、伍朝枢、古襄勤都跑到了香港，说什么收买绿林好汉去劫狱，托人问我。我表示不赞成，让他们不要做这些劳民伤财的事了。”

“为什么?”龙荣轩问，“让我们行动!”

“不行，我去过三次，足有一个营的兵力据守。再说仲恺个子矮小，眉毛有痣，特别好认，不好隐蔽。”何香凝说，“朱执信的夫人找我讲过，我请他们不要行动，这样会加快他们杀害廖先生。”

“啊，对对对!”龙荣轩连连点头，“现在廖先生与陈炯明的关系改善了没有?”

“哎”，何香凝更加痛苦，“我听几个人都在传说，最近陈炯明准备枪毙他，也不知道是不是真的。”

“照说陈炯明不会这般绝情吧?”龙荣轩说着顿了下又说，“明天我去开会，得好好跟他谈谈。”

“我找了很多跟他关系很好的人说情都没有用，他说廖是孙中山的金袋子，是孙中山的坚决支持者，杀了廖先生，孙中山就真正是孤家寡人了!”

“那……那总不能等死吧!”龙荣轩性急地说。

“我想明天跟你一同乘车去，不知道你同不同意?”

“行，你明天乘我的车同去!”龙荣轩欣然同意。

“你不怕陈炯明追查你的动机?”何香凝问，“万一连累你引来杀身之祸，我们可担当不起。”

“没事，明天乘我的汽车去，不然你是上不了白云山，更见不到陈炯明的!”

“对，不见陈炯明，无论叶举还是洪兆麟、熊略都当不了这个家!”何香凝说，“要真有事，我跟陈炯明拼了，反正人总是要走那条路的，无非是早与迟而已。”

“好吧，明天早上我的车来接你!”龙荣轩说。

何香凝用感激的目光望着这位关心自己一家的朋友，一时无法用语言表达。

第二天，果然龙荣轩的车赶来接何香凝了。何香凝乘坐龙荣轩的开会专车到了白云山下，因道路问题汽车不能开上山，又没有轿子，只好步行上山。途中下起雨来又没有雨具，正艰难行进时，上山开会的洪兆麟也赶上来。何香凝边与其同行，边探询着陈炯明对廖仲恺的态度，心中更有底了，不知不觉就到了开会的房子门口。何香凝一看到会的军官很多，陈炯明一听说何香凝找他，忙请她屋里坐，何香凝说："我又不是你召来开会的，这样机密的会你能让我听?"

陈炯明被弄得哭笑不得，只好提了把椅子出来："请坐，天气有点冷，你把这杯白兰地喝了。"

何香凝举着白兰地一饮而尽。

"廖夫人，你衣服湿了，是不是找个地方先烤干衣服呢?"陈炯明假惺惺地问。

"陈总司令，你真关心我吗?"

"叶举的家眷在此，你到她那里换件干衣服吧。"

"你想把我支走?"

"不不不，我是说不要受了寒气，听说你病了一些日子，刚刚才好一点嘛。"

"衣服湿了怕什么"，何香凝迎住陈炯明虚情假意的目光，"我今天来还打算血湿衣服呢。"

"廖夫人，有事好商量嘛，何必发这么大的火呢，有些事我也是左右为难的。"

"陈炯明，当初邓铿被人暗杀，听说你不敢来参加邓铿的追悼会，担心孙先生对你不利，我当时对邓铿的夫人说，孙先生绝对不会背后要阴谋，你不信我可以带子女去做人质。如果孙先生对陈炯明不利，就杀我全家。你说，我们对你怎么样?"何香凝说。

陈炯明不语，只是望着她。

"你好好想想，仲恺有什么事对不住你?孙先生又有什么对不起你?你们在漳州的两年多，手头资金困难，孙先生几次将上海莫利爱路的房子作抵押给你们集款。你们在漳州的两年多，要钱要物都是仲恺日夜奔忙，弄几个钱就派人送去，自己连一件像样的衣服都没有。我有一天给他吃三个鸡蛋，他说炯明他们很困难，把钱节约下来给炯明送去，我们再不要吃鸡蛋了。你说，仲恺对你好不好?现在他帮孙先生筹款，也不是为自己。就算你跟孙先生争广东，争地位，可仲恺有什么不对?"

陈炯明听着这时双眼也垂下去了。

"不谈现在，就看在过去仲恺连三个鸡蛋都舍不得吃，把钱省下来送给你搞军事，你也要拍拍良心吧?我今天来，也不打算回去了，你把我砍成肉酱也不怕。仲恺是杀是放，你今天一定要回答我!"何香凝说完朝椅子上一坐，"你说话呀，这里的军官都是你手下的人，他们哪一个过去没有得过仲恺的好处?你可以现在问他们!"

“廖夫人”，陈炯明面露难色，“有些事我就是浑身长满嘴都说不清楚。你看这封电报吧。”

“我不看你的军事秘密，只求你放仲恺！”

“都是部下做的鬼事，我真不知道。现在开会，就是讨论这些下面违纪事情嘛。”陈炯明说。

“好好好，就算你过去不知道，可现在知道了，为什么不放人呢？他过去帮你筹粮饷，现在你们吃好了喝足了，反过来打他，良心何在？”

“这样好不好？”陈炯明看到毫无办法掩盖自己的罪恶，急忙打断何香凝的话，“我给你写个条子，让龙荣轩陪你去兵工厂，把仲恺接到白云山来嘛。”

何香凝拿着条子扫了眼，立即意识到陈炯明要的鬼把戏，当面将条子还给他说：“炯明，你在敷衍我，并无立即释放人的意思。”

“副会长，我们开会研究，你先回去，会给你满意答复的。”叶举忙过来说。

何香凝朝叶举冷冷一笑说：“叶将军是个明白人。当初你在漳州当参谋处长，收了多少仲恺给你们送去的款子，你还不知道？今天你们扣押过去的恩人，又欺骗我，你的良心被狗吃了！”

“你……你出口伤人……”

“你做的事，比我的口更伤人一百倍！”

“滚！”陈炯明对叶举吼，“在这里多什么嘴！”

“陈炯明”，何香凝不松劲，继续严厉地说，“我想过，人死有的重于泰山，有的轻于鸿毛。今天你把我杀了封口，虽然死得轻于鸿毛，但我相信总有一天会有价值的，对于廖仲恺的生死，我知道你有决定权，不要拿电报给我看了。我也不一定要你们放他，但一定要你今天给个决定他生死的答复，不然你把我斩成肉泥也是不走的！”

陈炯明沉默地来回踱步。

“廖夫人”，陈炯明的副官马玉航忙走到何香凝跟前，“总司令让廖先生到白云山，就是放他嘛。你怎么可以对总司令发这么大的火呢！”

“马副官，这是你们总司令暗杀的阴谋，要放，今天跟我一块回去，要杀就留在白云山，我跟他一块死！”何香凝说。

陈炯明停止了踱步。这时熊略走过来向陈炯明使了个眼色，陈炯明走了过去，盯住熊略问：“怎么办，把她关起来一同除了？”

熊略说：“孙中山已离开广东去了上海，回师广东的北伐军也大败，军事形势对我有利，而我部高、中、低三级干部都对廖仲恺有好感，因为部队都得过他筹的粮饷。你现在这般明目张胆杀他，只怕会出现众叛亲离的局面。”

“对，万一有人说总司令是忘恩负义的总根子，将来有人会倒我投孙！”叶举也过来说。

“那怎么办?”陈炯明问叶举。

“现在把他放了，免得他夫人在众军官面前揭我们的短，等深夜再暗杀也不迟!”叶举建议说。

熊略听着眉头一皱。

陈炯明默默地点点头又回到门外，对站在门外的何香凝问：“廖夫人，你到底想怎么样?”

“你是个高级军人，做事要光明磊落，要杀仲恺就随你的便，要放，现在叫他同我回去，不要送到白云山来明放暗杀!”何香凝说。

陈炯明回过头：“龙荣轩，廖培南!”

“到!”两人挺立于陈炯明面前。

“你们二位陪同廖夫人，到兵工厂接廖先生，护送回家!”陈炯明说完又回头对叶举说，“你打电话给守备营，把我的命令传达给他们，快!”

陈炯明终于同意了叶举的阴谋!

廖仲恺回到家中已经是很晚了。陈炯明的阴谋又由不知姓名的好心人送来情报，廖仲恺夫妇连夜乘船离开广州去了香港，再由香港乘船去上海找孙中山先生。果然第二天一大清早，陈炯明的部队包围了廖仲恺的住地。

……

回想着这次遇难，廖仲恺回过头凝视着妻子何香凝说：“上次陈炯明囚我，在你的各方努力下，我多活了两三年，帮助孙先生做了一件大好事，那就是改组国民党，实施国共合作，联俄、联共、扶助农工，确定三大政策。现在孙先生谢世，他们反对我，要杀我，就是因为我坚决执行孙先生的三大政策嘛!”

“不管怎么说，你要多加几个卫兵，这些打着孙先生旗帜，干着反孙先生勾当的家伙都很狠毒!”何香凝说，“千万小心。我还听说他们要用手提轻机枪扫死你，我真担心你的安全啊!”

廖仲恺没有说什么，心中巨浪滔天!

三十一、杀手入境

8月20日上午，一支暗杀廖仲恺的队伍开始进入实际操作了。这时，杀手陈顺已经潜伏在国民党中央党部（惠州会馆）门口。杀手丁哲英、于隆银、黎建中、左德元、苏启志、梁传泉各持左轮手枪，等待着廖仲恺的汽车投入他们的暗杀陷阱。

廖仲恺的汽车正向中央党部开来，按照昨天晚上的工作安排，今天上午9点钟在中央党部开常务会议。廖夫人何香凝、妇女部的陈秋霖及卫士同乘一辆汽车直奔中央党部所在地惠州会馆。

这次阴谋暗杀廖仲恺是经过朱卓文、胡毅生、魏邦平、孙科（孙中山的长子）、邹鲁、伍朝枢、邓泽如、傅秉常、吴铁城（时任广州市公安局局长）、林直勉、林拯民、余和鸿等的研究的，他们对于是否暗杀廖仲恺进行了十几次研究，而这天的会议是决定廖仲恺的生死会议！

这天，会议开到了深夜，原为孙中山先生副官的林直勉发话了，他将跟吴铁城反复研究的意见摆在众国民党右派面前："陈炯明叛变后，孙中山先生在永丰舰上对我说，只有联俄、联共、扶助农工才是中国的唯一出路。我当时就反对，他说我是右派。现在孙先生谢世，廖仲恺坚持这一错误，我们应该除掉坚持孙中山先生这一错误主张的廖仲恺，否则我们国民党要死亡，共产党要占领中国！"

"诸位，本人完全同意直勉兄的建议！"胡毅生赞同说，"应尽快将廖仲恺除了！"

"毅生兄"，朱卓文阴阳怪气地说，"你就这么相信直勉兄讲的完全正确？廖仲恺真正在向共产党的方向走？有证据吗？"

"有。"吴铁城看出了朱卓文的意图，忙说，"孙先生在世时，一次胡汉民、居正、冯自由、张继、邓泽如和我，在孙先生那儿吃完饭随便说话时，孙先生对冯自由说：'你反对国民党改组，反对联俄、联共、扶助农工，就是怕共产党。那好，你可以退出国民党！'"

"是这样说过，我也在场……"林直勉忙补充说。

原来，那天晚上本来大家吃完饭就走的，张继不同意孙中山的三大政治主张，孙中山就留大家共同随便谈谈，结果谈成了一个较多人参加的会议。张继说："孙先生被陈炯明打了几下吓破了胆，跑到永丰舰上萌发了联俄、联共、扶助农工的三大政策。而以此政治纲领来改组我国民党，我看你是吃昏了头。除了廖仲恺、柳亚子、彭泽民几个人支持你外，你还能找到谁支持你？"

"张继先生，你不同意改组我党，那就解散国民党嘛，我个人可以参加共产党。"孙中山说。

"什么，你改组本党就是极大的错误，还要解散本党，你犯了什么性质错误？"张继说。

"卫士长！"孙中山生气地命令。

"到！"卫士长马湘跑步过来。

"把张继押下去！"

"你枪毙我，我也反对你改组本党，反对你提出的三大政策！"张继呼叫着被推出门。

这一夜张继被软禁了十几个小时，但第四天他纠集邓泽如、林直勉联名上书孙中山，反对孙先生的三大政治主张。

孙中山先生不幸病故后，又是这帮子国民党上层右派骨干分子召开会议。朱卓文开门见山地说："现在孙先生仙逝了，只有廖仲恺有权力继续坚持孙先生的政治主张，不杀是阻止不住的！"

"廖仲恺被共产党利用，祸害国民党！"张继说。

"铲除算了，还研究什么！"朱卓文说，"由我找人执行！"

国民党右派密谋杀死廖仲恺形成了决议，由朱卓文具体找杀手实施。

廖仲恺那天得到消息后，找到广州市公安局局长吴铁城（当时并不知道他是谋杀者的同伙），他对吴铁城似真似假地问："你是广州市公安局局长，听说有人要谋杀我吗？"

吴铁城听着故作惊异地问："廖先生，我们没有得到这个情报，如果真有情报，我给你再增加卫队，特别是便衣卫队。"

"我在国民党政府中担任 14 个职务"，廖仲恺说，"执行孙中山先生联俄、联共、扶助农工的三大政策，他们为什么要杀我？"

吴铁城不假思索地说："联俄、联共搞不得，共产党是想夺我们国民党的权！"

"联合共产党，国共两党合作又有什么不好？"廖仲恺问，"我们就是不行，为什么不团结他们共同建国，达到国富民强的目的？"

"今后有机会再研究"，吴铁城推托说，"今天我还有事。"

廖仲恺见其站起来避而不谈，也只好作罢。这时一贯公开反对共产党的邓泽如突然进来了，他一看廖仲恺与吴铁城的脸色都不怎么好，忙问："廖部长身兼 14 职，是想放副担子给铁城挑呢，还是对我们反共又有什么新的批评思路？"

“泽如，你的话中有音啊！”廖仲恺说。

“我告诉你廖公，你跟警卫队多要几个卫兵，防止别人谋杀你，我看不是办法。关键是要团结同志，把国民党朝正路上引。孙中山先生在中山舰上萌发并制定联俄、联共、扶助农工的三大政策，是不符合中国革命实际的。我们国民党是中国的救星，你又拉进个共产党，这不是搞了个不团结分子进来吗？”

“邓公，共产党是由很好的人组成的，像周恩来他们，你说好不好？”廖仲恺问，“他在黄埔军校当政治部主任，有几个在背后说他不好的？”

黄埔军校在校长、党代表之下分设有政治部、教练部、教授部，另有军需处、管理处、军医处，在这六个部门之间还有政治总教官、军事总教官。政治总教官第一任为戴季陶，不久戴季陶离开广州，由政治部副主任邵元冲代理。由于邵元冲封建思想浓烈，官僚作风极浓厚，与学生、党代表、苏联顾问都搞不好关系，师生强烈要求他滚出黄埔军校。于是廖仲恺、蒋介石、苏联顾问加伦将军共议，由加伦将军提出，请中共推荐一适当人选任政治部主任。中共方面就选调了周恩来。廖、蒋、加伦三人表示同意。经过双方一段时间的合作，三人及其他国民党方面的人员，也对周恩来的人品、工作都表示认可。现在廖仲恺提出请他们评价周恩来为代表的共产党，邓泽如沉思片刻后说：“中共的人不可能都像周公，中共里面野心家很多，我告诉你，总有一天中共是要提国民党的首级的，那时你会后悔莫及！”

“现在不是有人想谋杀你嘛，我给你多派了几个卫兵，就是为了你的安全！”吴铁城忙说。

“我早就听到外面传说，有人想谋杀你！”邓泽如又补上一句，“有人向朋友借钱买黑杀手，就是想提你的头，晓得吗？”

“二位都是国民党员，又都是国民党政府中的高级干部，都知道我廖某的为人。我生平为人做事，凭良心自问没有做对不起国民党，对不起国家，对不起民众，对不起诸公的事。我们努力了多年，为什么中国总不能统一，总在军阀混战之中？中山先生在中山舰上反复考虑，中国只有联俄、联共才有出路，我本人完全同意先生的意见，决定在他仙逝后坚持他的政治主张。如果谁想谋杀我，达到阻止中国革命的步伐是办不到的。我的生死由他去！”说完转身走了。

孙科进门时廖仲恺刚刚离去，他询问了邓泽如几句后，就对吴铁城、邓泽如说：“你们不能这样跟廖部长闹吧？”

“有人已经要杀死他了！”邓泽如说。

“谁？”孙科追问。

邓泽如不吭声了。

孙科说：“倒廖仲恺的台是要的，但是采取暗杀万万使不得！”

“孙公，你要明白这样做的目的，不单是要杀死廖仲恺，不单是要把廖仲恺这样一个人除掉，而是他搞联俄、联共、扶助工农的政策必须除掉。民贼，他现在是民贼，而不是你父亲的同志了！”邓泽如说。

“还有徐谦、彭泽民、柳亚子、朱明臣都是廖仲恺一派的。他们都在坚持联俄联共，都得挨枪子！”吴铁城说，“他们组织青年军人联合会，就是跟我们孙文主义学会唱对台戏的！”

“用手提机枪把他们扫死，扫死！”邓泽如咆哮般呐喊，“他们联共成功了，就是我们的绝路！”

“他联共，也是他的绝路！”吴铁城说。

“对，廖仲恺一意孤行，不能放过他！”邓泽如说，“朱卓文、林直勉、林拯民、胡毅生他们一大串弟兄都不会放过他的。这年头只要送几个臭钱给外头的混混，这帮混混什么都干得出来！”

“朱卓文最恨他！”吴铁城说，“朱卓文在行动了！”

“是吗？”邓泽如吃惊，“莫出大乱子，坏了我们的事呢！”

“不会”，吴铁城说，“那天……”

在广州麦栏街，部分军政要员组织的俱乐部里，一天晚上朱卓文对打牌消遣的吴铁城、郑润琦（粤军魏邦平部师长）、许无民（曾任江门警察厅长）、罗晓峰（曾任广东省议会议长）、沈次高（汪精卫外甥）等人大呼：“各位，请资助朱某一些钱，本人有大事急用！”

吴铁城放下手中牌扭头问：“卓文兄，你当起叫花子来了？”说着一笑，“请问要钱是娶姨太太呢，还是到夜花楼小聚花娘？”

“钦城兄”，朱卓文站起来如同作报告，“本人一贯心善身正，本次集钱是为党国除狼，为四周扫除障碍，请各位等着看！”

很快，在座的都给他送了钱。朱卓文将钱卷起放进箱子提在手中，说：“诸位，等我除狼消息！”

听完吴铁城的话，邓泽如心中有了底，他说：“明白了！”

“明白了就好！”吴铁城说，“我看这场戏演到何时？”

朱卓文是广东中山县丫乡人，少年时野心勃勃赴美洲寻找出路，在当地加入洪门组织，后来又相继参加兴中会与同盟会。他最辉煌时曾侍从孙中山先生周游美洲各埠宣传中国革命。辛亥武昌起义，他随侍孙中山由美经欧洲、南洋等地归国。国民党光复后，他深得孙中山信任，任南京总统府庶务，香山县县长，民军司令兼大本营航空局局长等要职，是一个众所周知的习染黑社会作风的暴徒，常受中山先生诫饬。孙中山先生谢世后，他宦途失意，而素好挥霍的朱卓文一时困乏便向时任财政部部长的廖仲恺请求承包广东省的财政厅捐税。朱卓文原任香山县长时因主政不力而被廖仲恺撤职。廖仲恺这时为整顿税收坚持捐税必须公开投标承包，不许徇私收受，拒绝了朱卓文的请求，再加上朱卓文对廖仲恺平日即有嫌怨，现在他筹钱声称是除狼，可见他心目中的狼是谁了。

有了钱，朱卓文赶到香港，找到早就到达香港的胡毅生等人，将用金钱雇来的杀手集中训练。其中陈顺是朱卓文最信任的杀手，他将手枪交给陈顺的那天，把一杯血酒递到陈顺手中说："陈兄，你知道你要杀的人是谁吗?"

"共产党的猛人!"陈顺说。

所谓猛人，就是广东话中的首领。朱卓文一听高兴地问："谁是你这次要杀的猛人?"

"廖仲恺!"

"他是什么猛人?"

"他是国民党中主张联俄联共的猛人，是身兼14职的国民党猛人，除掉了他，我就会有很多钱!"

朱卓文笑了问："你怎么知道的?"

"胡毅生先生都告诉我们了!"

"对"，朱卓文说，"你放心打，你的背后、左右都有人保护，广州公安局长是我们的人，保你平安无事!"

"万一被廖仲恺的卫士打中呢?"陈顺问。

"我们有手提机枪在左右掩护，他们没有还手的机会。"

陈顺点点头说："我家太穷，事成后请朱先生多给些钱，今后有什么事尽管开口!"

朱卓文点头，一行杀手从香港悄悄向广州窜来……

三十二、廖仲恺遇刺

现在，陈顺潜伏在国民党中央党部门前一处石头后面，杀手丁哲英有些沉不住气了，问：“怎么人还没有到呢?”

“别慌，肯定会来的！”陈顺说。

在中央党部楼上，邓泽如已经早早地到了，但他一直不露面，而在另一处，朱卓文、胡毅生、文华堂、魏邦平在等待暗杀的枪声。

“喂，有汽车的声音！”担任放风的女人钱荣世向众杀手报告。

“快，你到左边竹林里去”，陈顺对钱荣世说，“快走，等着跟我到香港数钱了！”

钱荣世朝他调情地一笑，就朝旁边的竹林走去，她要观战，亲眼看到陈顺是怎么样打死廖仲恺的，她感到这个美差真好！打死几个人就成了大富翁，这才是天下难得的发财机会呢！

陈顺是香港一家纸袋厂的员工，因工资太低又自命不凡，跑出来借钱与人合伙开了一家贸易公司，自任经理，因诈骗被香港警方关押近一年，出来后其妻被人拐到新加坡，他四方打听才知妻子已病故。陈顺只好领着三岁的女儿相依为命。不久他在广州龙银商行认识一个学校教师的女儿金秀。这金秀对绘画艺术稍有点认识，自认为是画家。陈顺虽然读书极少，但其父是前清的秀才，陈顺跟着能学说几句艺术家们惯说的艺术话，便也自称什么作家，其实他什么都不懂，只是偶尔在当时香港一个叫康平关的人写的小说或散文后面，挂上陈顺的名字。而他自己从未单独写过什么作品。两三年后他通过各种关系也在香港报纸上发表了一豆腐块般的小文，他便拿来给众人看：“我又发表了文章！”

也就是凭这些玩意骗得金秀。不到一年他的鬼把戏被金秀看破，赶他出门了。陈顺又怏怏地回到香港鬼混，按他的话说是穷得没有路走。不久他在一个同伙家中认识了钱荣世。钱荣世的丈夫两年前因车祸死去，靠在外面混几个钱养活自己与女儿。这时与陈顺一见面，简直是干柴碰到烈火，两人很快就同居了。但由于钱财的问题他俩又若即若离。这次陈顺因找到发财的机会，特地将钱荣世找到，其一，确实需要一个女人放风，其二，也要让钱荣世看看他是靠什么发财的！

而廖仲恺夫妇根本就没有想到罪犯会潜伏在中央党部门口。昨天晚上开完会，廖仲恺还对汪精卫说："听说有人要用手提机枪扫死我，你知道吗？"

"还说要扫死我呢。"汪精卫说，"蒋介石这个人不知道怎么搞的，组织什么孙文主义学会，煽这种风的都是他那个学会的人。"

"这就是将国民党右派联合起来，把我打倒，推翻三大政策的反革命阴谋！"廖仲恺说，"你要从中做些工作，要像徐谦、彭泽民、柳亚子他们一样真心拥护孙先生的遗志，改组国民党，实行三大政策！"

汪精卫听着不语。廖仲恺就赶往黄埔军校交款去了。

自从讨平杨、刘两匪军后，广东统一了，国民党与共产党多次协商。国民党中央执行委员会决议改组广东军政府为中华民国国民政府，于 1925 年 7 月 1 日在广州正式成立，委员由胡汉民、汪精卫、许崇智、孙科、徐谦、伍朝枢、张继、林森、谭延闿、程潜、张静江、戴传贤、廖仲恺、古应芬、朱培德、于右任担任；选出的五个常委是廖仲恺、胡汉民、汪精卫、许崇智、谭延闿，政府首脑为国民政府主席汪精卫，外交部部长胡汉民，财政部部长廖仲恺，军事部部长许崇智，司法部部长徐谦，交通部部长孙科。国民政府设军事委员会，委员会主席汪精卫，委员由汪精卫、蒋介石、胡汉民、伍朝枢、廖仲恺、许崇智、朱培德、谭延闿担任。取消粤军、湘军称呼，部队改称为国民革命军，使用"青天白日满地红"旗帜。然而，在这个矛盾重重的政府中暗藏着杀机，其中第一暗枪就对着廖仲恺！

……

汽车在距中央党部门口还有两百米时，何香凝一看中央党部门口没有警察站岗，就感到奇怪。一般情况下都是有两个警察站岗的，今天怎么没有呢？正想着时汽车到了门口，何香凝拉开车门刚走下来，一位妇女部的干部迎了上来对廖仲恺说："廖部长我有事向你报告，只要 20 分钟。"

廖仲恺微笑着走下汽车刚站住，只听到"砰砰"一阵枪声。廖仲恺"啊呀"一声栽倒在地。两名卫士和随车的干部陈秋霖也紧挨着他倒下了。

"快抓坏人，快抓坏人……"何香凝一边俯身去抱住廖仲恺，一边大声呼叫。

杀手陈顺一连向汽车开了几枪，见三男全部中弹，急忙拔腿就跑，他看到倒在血泊中的廖仲恺的卫士向溃逃的杀手开枪，正要回头开枪时，卫士一枪击中他头部，他倒下了。另几个杀手一看他负伤倒下了，恐惧他被俘，就向他一连开了几枪后恐慌地跑开了。何香凝抱住丈夫之时，杀手们对她瞄准，就在她的头向下一低之时，两发子弹几乎是擦着她的头皮飞过，若不是弯下腰去抱住重伤的丈夫，她可能也中弹了。

杀手们是在中央党部门前骑楼底下的石柱后面隐蔽的，得手后立刻四散逃命，陈顺的情妇钱荣世由杀手丁哲英拉着拼命逃向一辆早就备好的汽车。

“廖部长怎么样？”听到叫声，从妇女部冲出来的女干部刘家桐奔到何香凝跟前，抱住廖仲恺问。

“敌人打的！”何香凝沉痛而又气愤地哭叫：“快抓敌人！”

陈家桐与何香凝吃力地架起廖仲恺时，廖仲恺浑身是血，地下已是一片殷红。

两位卫士倒在血泊中，陈秋霖也在血泊中挣扎……

凶手陈顺头部被廖仲恺的卫士击中后，又被同伙连开两枪打在背部，但他一时没有死，也被抬进了医院，由于他是唯一的活口，乘其尚未断气立即进行审问。何香凝悲痛地站在医院急救室，廖仲恺已经没救了。她忙几步跨到杀手陈顺所躺的床前，抓住陈顺的手说：“你是谁派来的？”

“香港有200万元专打共产党。”

“廖先生不是共产党！”

“他是猛人，有几十万元专门打猛人！”

“猛人是谁！”

“廖仲恺，谭平山。”

“谁派你来的？”

“朱卓文……”

陈顺翻了翻眼睛头向右一歪断了气……

廖仲恺先生被害后不久，蒋介石来到廖仲恺家，见到灵堂正中间挂着廖先生的遗像，急忙脱帽深深地三鞠躬。何香凝怀着悲愤的心情接待了他，蒋介石用关切的语气说：“廖夫人，请多保重！”

“蒋先生，听说元凶中只有林直勉抓到了！”

凶手供出朱卓文后，又顺藤摸瓜查明胡毅生、魏邦平、梁鸿楷、林直勉，还有胡毅生的妻舅赵公璧为同谋，而通缉令发出前，胡毅生、魏邦平、朱卓文早逃到香港去了，只抓到了林直勉。

“廖夫人”，蒋介石沉默一会儿说，“凶手是跑不掉的，跑到香港我们迟早会抓回来处决的！”

“听说朱卓文是公安局长吴铁城放走的？”何香凝问。

蒋介石不答，只是拧紧眉头。

“那么吴铁城也是刺杀廖先生的策划者！”

蒋介石起来踱步。

“你为什么这么优待吴铁城，不把他抓起来？”

“廖夫人，李章达怎么样？”

“有些人两面三刀，一时还识不破！”

“我命令李章达担任公安局长，已经将吴铁城扣押起来了！”蒋介石说，“我今天来也是向夫人通报的。”

何香凝听着点点头正要说什么时，周恩来走了进来，他同样向廖仲恺致哀后，何香凝拉住他的手说：“周主任，自从仲恺遇难，你就天天抽时间来看我，感谢你的关心！”

蒋介石忙走过来说：“廖党代表与周主任合作共事，亲密相处，真诚无间，是国共合作的楷模。我们都应该向他们学习！”

“校长也很支持我们的工作嘛！”周恩来忙微笑着说，“我写了篇《勿忘党仇》的文章，不知校长看了没有？”

“读过，很好，很好！”蒋介石说着邀请周恩来里间坐。

走进里间客厅，蒋介石与周恩来低语。

原来，廖仲恺被人暗杀的当天晚上，国民党政府委员会、军事委员会立即召开联席会议，指定由汪精卫、许崇智、蒋介石三人组成特别委员会追查此案。当天深夜吴铁城赶到粤军总司令部，一见三位特别委员都在，忙说：“向三公报告紧急情况！”

“什么事？”许崇智迎住吴铁城问。

吴铁城说：“梁鸿楷军长说，请你们三位审查凶手是很好的人选，因为廖仲恺的死，是由于他联俄联共，对我党不利。朱卓文打死联共的廖仲恺，有什么不敢承认，跑什么呢，支持他的人多得很，其中你们三人内心不会不支持，请你们审查时放松点，都是自家弟兄嘛。”

“他真这样说，由此可推断案情复杂，牵连很广。”蒋介石说，“应该听听各方情报。”

“情报基本清楚”，汪精卫说，“朱卓文是主犯，胡毅生也是，林直勉也是嘛。”

“二位”，蒋介石对汪精卫、许崇智说，“廖先生的死，有 20 多万民众参加追悼会，可见廖公是得人心的。周恩来的悼文《勿忘党仇》，请各位认真读一读。”说完他沉默了。

……

现在，面对周恩来，蒋介石低语几句后说：“周先生，廖公被害后两天，也就是 8 月 22 日，我得到密报，文华堂、胡毅生等十几个同伙在魏邦平家开会策划对付我的报告；23 日，驻珠江南岸的粤军首领李福林向我报告，说胡毅生对他说，党军由粤汉路攻打李福林，造这么多谣言。不久，梁鸿楷、魏邦平、杨锦龙、梁士锋等策划推翻我国民党政府，要将汪精卫与我统统杀死，逮捕所有中共党员。”

“本案真相大白，但真正的凶手胡毅生、文华堂、魏邦平、朱卓文等已经脱逃，请校长与各方协调，尽快捉拿归案！”周恩来说。

蒋介石表示赞同这一建议。

时兼任广州卫戍司令的蒋介石，对梁鸿楷部分驻广州内外的一万余众采取行动，因为梁鸿楷是刺杀廖仲恺的元凶之一。8 月 24 日夜，蒋介石来到北校场党军第一师司令部，命令何应钦召开全师营以上军官会议，限 25 日拂晓前解决梁鸿楷部。何应钦照办了，不但按时缴了梁部的械，还逼走了许崇智，因为蒋介石给许崇智的信明确表示，刺杀廖仲恺的元凶几乎都是许崇智的部下，要许崇智离广州赴香港。胡汉民胞弟胡毅生也是要犯，胡汉民为避免嫌疑只好辞职离开广州。蒋介石利用廖案排除了政敌，安排了自己的人，第一军军长蒋介石，副军长何应钦，第一军政治部主任兼第一师党代表周恩来，第一师师长何应钦，一团长刘峙，二团长沈应时，三团长钱大钧；第二军师师长王懋功，四团长刘尧宸，五团长蒋鼎文，六团长金益山；第三军师师长谭曙卿兼七团长，八团长陆瑞荣，九团长卫立煌。第二军长谭延闿，第三军长朱培德，第四军军长李济深，第五军军长李福林。

蒋介石利用廖仲恺之案大抓了一把军权。

1925 年 9 月 28 日，国民党第二次东征，蒋介石为东征军总司令，统领第一、二、三、四各军，向林虎、刘志陆、熊略残部进击！

三十三、李之龙

1926年1月末的一天上午，广东虎门要塞炮兵指挥官彭宜根，气呼呼地赶到虎门要塞司令部向司令陈肇英报告："司令官，海军局派人向我几艘装有走私货物的军舰冲来！"

"什么？"陈肇英惊异地问，"重复一遍！"

"海军局的几艘军舰，正在向我装有走私品的军舰靠近，命令我舰船停住，接受检查！"彭宜根喘着气再次重复。

"有这种事？"陈肇英不相信谁敢动他，忙抓起望远镜向外跑。

黄埔江口，虎门要塞正前方的赤湾（今宝安县）水面上，中山舰舰长欧阳林正执行海军局局长李之龙的命令，他命令炮官韩长福："炮口对准中间的龙兴号军舰命令他们锚泊，不准开走！"

"是！"韩长福回答后，打出信号，命令龙兴号军舰立即锚泊。

海军局的几艘军舰乃原护法舰队留在广州的快舰。1922年10月海军因粮饷危机，内部分化。永丰舰随海圻舰、海琛舰到达汕头后又逃到厦门，被福建舰队包围，永丰舰忙悬白旗表示投降，夜间灭灯逃往海南岛，赶回广州后，因陈炯明叛变时孙中山曾在永丰舰避难，故改名中山舰纪念孙中山先生。1923年7月，西南护法舰队因粮饷及舰只维修等问题不能解决，在司令官温树德统领下投奔了吴佩孚，而永丰、飞鹰、福安、舞凤等舰未去，至此，西南护法舰队宣告结束。

现为中山舰（原为永丰舰）的国民政府海军旗舰，是当时装备最好的军舰。欧阳林按照李之龙的命令，直驶龙兴号军舰。

虎门要塞瞭望塔上，陈肇英司令目睹中山舰直逼龙兴号，生气地问："跟海军联络，他们要干什么？"

"海军局李局长在中山舰上，听海军局刘参谋说，我们四艘军舰走私，奉汪主席命令扣押审查！"副官尚营初回答，"海军局请司令马上去！"

"他妈的，海军局怎么不查一下老子的底牌！"陈肇英骂着又命令，"向四舰发报，抗拒中山舰等舰的命令，不准跟他们走！"

"是，立即传达司令的命令！"

前天晚上，海军局长李之龙赶到国民政府主席汪精卫官邸时，已经是深夜

11 点钟了。汪精卫低头一看李之龙递给他的报告：

> 以龙头号为首的五艘小型军舰，装有大量走私货物，其中以烟土毒品为多，等待贵州、湖南、湖北、山西商人来提货。海军局已经查实无误。这些地方的商人集中于川和酒店，正在与陈肇英派去的代表商谈烟土价格……

“情报可靠？”汪精卫问。

“汪主席，情报绝对准确无误，山西商人胡梁夏已经跟我来了，他在门外等待，听从主席的召见。”李之龙说，“请汪主席考虑。”

“你了解陈肇英吗？”汪精卫沉默一会儿问。

“听说他跟蒋校长是换帖兄弟，又是日本士官学校的同学，而且感情较深，黄埔军校传说他是校长的心腹之一。”李之龙说。

“有这么回事”，汪精卫说，“为纯洁军人之魂，无论罪犯靠山多硬都要军法处治！”

“怎么处治？是扣押陈肇英送军法处，还是将走私舰、物资统统扣下？”李之龙问。

“我马上下达一个命令给海军局”，汪精卫若有所思地说，“严禁各级军警机关走私，并命令由海军局执行缉私。你拿着我的手令把陈肇英他们收拾了！”

“万一校长过问呢？”李之龙问，“他现在是国民政府军事委员会的主席呀。”

“1924 年初到 1925 年秋”，汪精卫背手踱步咬着牙说，“蒋介石这个无名小卒，上海洋场的地痞，利用各种矛盾，特别是廖仲恺先生被暗杀后，他利用这一机会驱逐了胡汉民、许崇智，玩弄手法当上了军委会主席，借东征之机编了一共六个军并兼任六个军的总监，将整个部队抓在手里不放，企图逼迫我辞职。我偏不走，非收拾他四周的国民政府中的败类！”

“政府军警内的腐败分子不除，国民政府不得安宁！”李之龙说，“卑职执行军令！”

“李局长”，汪精卫突然站住，“你听到一些关于我与蒋校长的关系的传闻吗？”

“报告汪主席，卑职忙于公事，从不打听是非之事，更不介入。”李之龙回答。

汪精卫笑了笑说：“廖仲恺先生被人暗杀后，有人说我与蒋校长貌合神离，特别是第二次东征后，你认为呢？”

李之龙笑笑不语

汪精卫继续说："当初我为什么选拔你为海军局长呢？我认为你是个很有前途的青年。你看这是蒋校长的拜把兄弟，黄埔军校教育长王柏龄交给蒋校长的信，关于你的材料。"

李之龙一听忙举目读其中一段：

……李之龙原系烟台海军学校学生，"五四"运动时因参加学生运动被学校开除，后加入共产党，曾在上海、武汉等地工作成绩突出，深得中共高级干部的赏识。国共两党合作时，他在广州担任过苏联顾问鲍罗廷的翻译，接受苏俄思想极快。黄埔军校成立后，他奉共产党的特殊使命，投入黄埔军校第一期读书。第二次东征时他受苏联顾问团的力荐担任海军局政治部主任，是一个鼓吹联俄、联共、扶助农工的积极分子，此人被汪主席任命为海军局局长，实为引狼入室……

"汪主席，你怎么看这份王柏龄给蒋校长的信？"李之龙问，"联俄、联共、扶助农工是孙中山先生的三大政策，是国民政府的希望，中国的前途，难道我拥护孙先生的三大主张有错误吗？"

汪精卫说："蒋校长信任的都是什么人？王柏龄狂嫖滥赌，娶三个老婆，贪污腐化，虎门要塞司令陈肇英狡黠诡谲，广州公安局长吴铁城，黄埔军校军需处徐桴，海军方面的陈策、欧阳格，出卖老长官的许崇智，都得到蒋校长信任，被委为第二师师长兼广州卫戍代理司令的王懋功，他们敢在背后造谣言中伤我，就是有蒋校长做后台。蒋校长所用之人，有几个是清官？他们吃、喝、嫖、赌、贪，数毒俱全！"

李之龙听着不发言，他不明白汪精卫是否又在耍什么花招，潜伏着新的阴谋。

"我任命你为海军局长是没有经过蒋校长的，他肯定反对，因为他将这个局长一职拿在手里，又可以去拉拢一个死党！"汪精卫又说，"不管他，只要是他的人犯事，严惩！"

……

现在，李之龙拿着汪精卫的手令站在中山舰上，一艘小轮向中山舰驶来。炮官韩长福报告："轮上虎门要塞司令陈肇英求见！"

"请他上舰！"李之龙命令。

陈肇英走上中山舰前甲板，傲慢地走进指挥舱问："李局长，是你要扣押我的军舰与几艘小艇？"

"陈司令，汪主席手令，国民政府军警机关，一律不准走私，命令海军局缉私！”李之龙回答。

“我要是不执行命令呢？”陈肇英冷笑着问。

“汪主席严令海军局，对拒绝检查的任何一级长官，立即扣押！”李之龙迎住对方的目光。

“你是什么海军局长？军事委员会蒋主席没有下命令任命你，汪主席是政府主席，他有什么权力任命？告诉你李之龙，我要到蒋校长那儿告你去，你等着吧！”说完扭头就走。

“站住！”李之龙命令。

“怎么，你要把我扣押起来？”陈肇英冷笑。

“陈肇英”，李之龙两手支住桌子怒视着他，“你身为国民政府高级军事长官，违反政府军警机关不许走私的规定，汪主席手令，扣押你及你手下走私的官员与舰船，走私物品一律没收充公！”

“你……你敢！”

“来人啊！”

“到！”一队卫士立正在舱门口。

“把陈肇英扣押起来！”

“李局长”，陈肇英一看李之龙动真格了，霎时间转变了态度，“本职为虎门要塞司令官，万一军事上有什么事，要塞群龙无首！”

“陈司令”，李之龙忙上前一步，“国民政府在虎门要塞有的是军事指挥官，用不着你操这份心！”

“走！”卫兵命令。

陈肇英刚才的傲气被迎面一闷棍打散了，他抓住李之龙的手低声说：“李局长，我怎么说也不是犯死罪，给我留个面子吧？”

李之龙说：“各位请到外面去一下，我跟陈司令有事商量！”

卫兵们退到舱外了。李之龙给了陈肇英一个面子，但是所缴获的军舰、炮艇、伪装成渔船的走私船，包括陈肇英在内的所有与走私有关的官员，由中山舰押送到汪精卫指定的地方，等待着处理！

李之龙与陈肇英从此也结下了不解之仇！很快，陈肇英以下走私嫌疑军官全部受了处分，货物被没收充公，舰船一律被拘留了。二十多天后，教育长王柏龄，师党代表包惠僧，陪同蒋介石到虎门、东莞检阅部队训练，陈肇英刚刚受完处分出来同行，途中向蒋介石告汪精卫与李之龙。蒋介石听着咬牙瞪眼，新的阴谋在萌芽之中。

三十四、雨夜阴谋

3月的一天晚上，广州下着倾盆大雨，雨雾与夜雾交织着，伸手不见五指，不知是谁在雷雨交加之夜，赶到了王柏龄的公寓外面，侧身向房间内昏暗的灯光下窥视。

此刻，海军将领欧阳格（原飞鹰舰舰长）、陈策都围住原黄埔军校教育长，现任第二师师长王柏龄，倾听他的高见。只见王柏龄缓缓地举起茶杯，又缓缓地放下，一字一顿地说："廖仲恺死后，本应权力都落在校长手中，但共产党在中间搅和，本党要发展，一定要打倒共产党。共产党利用中国青年军人联合会来与我们作对，你们知道他们是些什么分子？"

"好斗分子！"陈策说。

"不对！"王柏龄说。

"野心家！"欧阳格说。

"也对，也不对。"王柏龄说。

陈策与欧阳格对扫一眼不知道怎么回答好。

王柏龄冷冷一笑说："早在李之龙读书时，他已经是这个联合会的主要头目，还有蒋先云、周逸群、傅维钰、徐向前、陈赓、王一飞、许继慎、左权、陈启科、黄鳌、李汉藩、杨其纲、袁策夷、刘云、张际春、余洒度等人；在黄埔教员中，有金佛庄、郭俊、唐同德、茅延桢、鲁易等人。从这些人来看，有谁不是中共党员的？"

陈策点点头，欧阳格只是望着王柏龄。

"第二次东征"，王柏龄说，"校长（指蒋介石）在前线日夜拼杀打江山，而汪精卫身为本党主席，又是军校党代表，不考虑本党的人，将海军局长这一重要职务交给共产党员李之龙，你们说汪精卫是不是个混蛋？"

"他有眼无珠！"陈策迫不及待地骂开了。

欧阳格只是听，暂时不发言。

王柏龄一看火烧起来了，但欧阳格身上的火烧不燃，忙两眼迎住欧阳格投来的目光，说："本人原为军校教育长，对学生、对军人是否有前途，是将才还是帅才，一眼就能看透……"

外面的黑影在雨中向王柏龄的窗台靠近，一支手枪从湿透了的衣服中抽了出来。

“依我看”，王柏龄站起拍着欧阳格的肩头：“海军局长正副职，你俩是最好的人选，为什么交给李之龙呢?”

“教育长”，欧阳格说，“听说李之龙当海军局长是苏联人力荐的呀。”

“苏联人只是力荐，但决定权还是在国民政府汪主席手中嘛，人家苏联参谋顾问团，只是参谋、顾问嘛，他们没有决定权的，关键还是糊涂蛋汪精卫，不该把海军的大印交给李之龙!”王柏龄说着马上又一转，“当然，李之龙这个人，就他的人品来说，无论是苏联人，还是我们看，都的确是中国的优秀分子，可是他是共产党，国民党政府中怎么能把重要军权交给共产党呢!”

“对对对!”陈策说，“完全正确!”

欧阳格点点头说：“也真有些怪，参加了共产党的人，几乎个个都人品不凡。就拿蒋先云来说吧，在校读书时实为优秀，校长看重他，调他当了随从秘书兼总司令部的警卫营长。将来的仕途肯定好吧?校长软硬兼施他就是不脱离共产党，不知道共产党给他吃了什么迷魂药!”

“对，我们是要认真研究共产党的政治纲领”，王柏龄说，“不过当务之急是要夺取海军的权力，说白了就是怎么样赶走李之龙，把海军局长一职交给你们二位，正副职由你俩分好了!”

一听说要当海军局长，欧阳格的心里如同吃了蜜样甜透了。陈策更是想得好，他认为欧阳格只配当他的副手。

“派出暗杀队，干掉他!”陈策说。

“我去组织，只要肯花钱，什么样的杀手都能请到!”欧阳格也应和着。

王柏龄明白，海军局长及副局长两个职务，对眼前两人来讲具有极大的诱惑力，心中很是高兴，但表面他装出冷静的神态：“二位，处理像李之龙这样的人头脑不能发热。你们不要简单看到他只是一个李之龙，而要看到他后面是共产党，这个偌大的群体，对李之龙的存在是不会不闻不问的。廖仲恺之死就是朱卓文他们策划不周，弄得吴铁城他们一大串受牵连，影响今后在军中的威信。当然，校长很高明，利用廖案赶走了许崇智、胡汉民，总算夺取了现在的权力!”

“不暗杀又有什么办法?”陈策困惑地问。

“这个问题要认真研究。邓铿之死，廖仲恺之死很多人受到牵连，最后不但做不成官，还身败名裂。”欧阳格说，“是不是请教育长再串联几个朋友策划一下，除李之龙，要除得万无一失。”

王柏龄点点头问：“陈肇英现在怎么样?”

“不是他，还有谁?”欧阳格说，“把校长的面子丢光了，军舰走私，扣押的军官个个交代是陈肇英指使他们走私的，还说什么私货换黄金校长也有份。陈肇英把这样的人也拉在一起干，要是我早就杀了他们灭口！”

“这件事确实很被动”，陈策说，“搞走私的都是国民党，而且后台是跟校长有关系的高级军官。校长肯定很生气，但又不好从中说话。”

“是呀”，王柏龄叹口气，“到过广东或住在广东的共产党，像毛泽东、刘少奇、李大钊、彭湃、周恩来、董必武、林伯渠、李富春、吴玉章、聂荣臻等等，他们确实优秀，为什么我们国民党中就没有这样的优良分子呢？”

“我们中的人吃、喝、嫖、赌的太多！”陈策说。

“不讨论这种事了！”欧阳格一听陈策在揭王柏龄的痛处，忙打断他的话，“李之龙怎么办，是除，还是赶他走？绝不能留在海军局掌大印！”

“对！”两人异口同声表示支持欧阳格的意见。

“啊，对了”，王柏龄说，“这里有一封阮崇斌的太太送给汪主席的信，被我一个朋友截下来了，你们可以看看。”说着起身去拿。

阮崇斌也是蒋介石在日本士官学校的同学，是陈肇英的副官，关于用军舰走私全部由阮崇斌负责，他跟陈肇英自称为割头换脑袋的朋友！

那天李之龙将所有走私军舰、艇、船全部扣押军部，阮崇斌不服校尉军官的命令，坚持要见海军局长李之龙，否则以自杀相威胁！李之龙得到报告就命令将阮崇斌带到他的办公室。

阮崇斌走进李之龙办公室时，一见李之龙照样以军礼致敬，然后立正道：“报告局长，阮崇斌在执行命令中，被海军局的人扣押，失去自由，请求立即解除！”

“阮副官”，李之龙一边示意他坐下，一边说，“汪主席有令，军警机关不准走私，发现后绳之以法，这道手令你读过吧！”

“李局长”，阮崇斌左右扫了眼，为难地低声说，“有件事我想单独跟你讲一讲。”

李之龙就他的意思，命令左右：“请各位在外面候令，我跟阮副官有点事商量。”

左右退出。

阮崇斌刚才进门时挺胸昂头，现在却拉长脸沉重地说：“李局长，有些事我讲了，请你为我保密好不好？”

“阮副官，这就要看什么事了，你总不能要我无原则地承诺你吧！”李之龙出言字字是正气。

阮崇斌心里一凉：这怎么办呢？

“军舰几乎是艘艘走私，装满私货，炮艇为走私船护卫，我看你阮副官还没有这么大的胆！”李之龙干脆把他内心想说而不敢说出来的事托出来点一点，让

他去认识，看他的表演。

果然，阮崇斌上钩了，他苦苦一笑说："军中经费困难，校长在前方也要花钱。陈肇英司令不好出面，只有我在前面挡起来嘛。李局长何必让我为难呢?"

"阮副官，这么说你干走私是蒋校长、陈司令官命令你干的啊！"李之龙问。

"也可以这么认识。"阮崇斌说，"蒋校长与陈肇英，还有我都是日本士官学校的同学，他们飞黄腾达了，官做大了，这类不合法的事，自然不会亲自干，只能是幕后操作。我为什么干呢？其一，无非是讨好他们；其二，确实是为军中筹集经费；其三嘛，我自己也不会白干，多少也吃点黑，弄几个小钱花花。李局长，我可是把心里的黑肝烂肺都掏出来给你看了吧?"

李之龙望着他不吭声。

"前不久蒋校长要一大笔钱送回老家，就是我亲自带人送回浙江奉化的。那都是走私赚的！"阮崇斌继续说，他竭力扯住蒋介石这张虎皮护住自己。

"阮副官，你可以下去休息了"，李之龙说着对门外叫，"黄参谋，带阮副官下去休息。"

"李局长，我……我还有……"

"阮副官"，李之龙打断他的话，"你先休息，我还有点事，明天上午再谈。"

"那……那刚才所谈的……"

"你放心"，李之龙拍着他的右胳膊，"这里说的事，就放在这里了，我不会外传的，问题是你所讲的校长与陈司令在幕后操作，由你出面实施的走私行动，这类话你还对别人讲过没有?"

"反正很多知情的人都心里明白，只是不像我这样向你和盘托出"，阮崇斌说，"据陈肇英讲，海军部你的身边，有他的好朋友经常给他通气，你要小心啊。"

"你知道是谁吗?"李之龙问。

"跟陈司令是单线联络，我们都不知道。不过据陈肇英跟我讲，说你主事公道，不搞阴谋。"

"好，明天谈，你先休息！"李之龙向进来的参谋挥了挥手。

阮崇斌被带了下去。

陈肇英果然知道了阮崇斌与李之龙交谈的内容。第二天晚上，陈肇英派杀手处死了阮崇斌，并派人去威胁他太太杨迎春："告诉你，你要在外面乱讲，跟你先生一样的下场。祸从口出，这就是你必须记住的！"

……

欧阳格首先看完信，说："阮崇斌是只疯狗，乱咬人嘛，陈肇英派人杀他封口是对的。他太太向汪主席控告阮崇斌是被陈肇英谋杀的，只是猜测没有证据，不怕。"

“快告诉陈肇英，把这个婆娘的口封了。假话说一千遍都成了真话，何况他这是真的谋杀呢。”陈策说，“再说陈肇英的后台是校长，把他这个朋友拉到一堆，将来是会有大用处的！”

“陈策说得对”，王柏龄说，“我对陈肇英印象很好。这次他受了李之龙的打击，舰、船至今扣着，很多人还没有放，他自己也受了处分，对李之龙一头火。我看把他请来共谋处治李之龙的办法，肯定会有谋略。再说他跟校长是换帖兄弟，校长一支持什么事都好办了。校长最恨共产党，你们还不知道吧！”

“咚咚咚！”门响了三下。

三人都惊异地抬起头：“谁？”

“陈肇英！”门外的人回答。

“哎呀，说曹操，曹操就到！”王柏龄忙起身，其他两人也跟着起身，三人争着去开门迎接。

四人坐定，陈肇英异常兴奋地对众人说：“真佛面前不烧假香。老实讲，本人早来了，干了点不道德的事，在外面听了三位兄长的交谈，胜读十年书呀，不除李之龙，陈某誓不为人！”

三人都惊异地望着他。

“邓铿的死，是陈炯明派人杀的。蒋校长跟邓铿是极好的朋友。他一死使得很多人看出陈炯明对朋友不忠，因为邓铿一直是忠心为陈炯明抓队伍的。”陈肇英说，“廖仲恺之死，多少对蒋校长的威信有些影响，而蒋先生借机除政敌，达到全盘抓住军权的目的，这叫大智！”

“对对对！”陈策忙应和。

“像阮崇斌这样的草包，遇到一点风险就和盘托出，不晓得将计就计，把我与校长都向李之龙出卖了，不除行吗？杀他如同踏死一只蚂蚁，鬼把他当事。是我干的，他老婆杨迎春告也没有用，谁去为一个无用的小人物说话呢？过几天老子连他老婆都要占了，让他在阴曹地府还看着！”陈肇英越说越激昂，“这回对李之龙，本人有一计！”

“快说出来！”三人异口同声问。

“欧阳格，你兄欧阳林，现是中山舰舰长吧？快叫他走”，陈肇英说着放低声音，“我的意见是……”

三人听着脸色由阴转晴。王柏龄一拍大腿：“好，很好！肇英还真是个才子，到底在东洋喝了几年洋水，脑子好使多了，你们两位都要学学啊！”

“对对对！”陈策与欧阳格点头称是。

“走，找校长去！”陈肇英说着站起开门。

雨中，一辆汽车驶向蒋介石住地。

三十五、蒋介石出手

就在陈肇英他们乘王柏龄提供的汽车直奔蒋介石住地策划新的阴谋时，蒋介石正在与何应钦低声密谋。只听到何应钦对蒋介石说：“校长，再不动手共产党成了气候，我们就没有办法了！”

“我看从第一军开刀！”蒋介石沉默一会儿后咬牙切齿地说。

何应钦没有吭声，他抓起一个花名册在翻看，蒋介石也探过头来看。

黄埔军官学校一共举办七期军官之外，于1924年12月又成立一个教导团。教导团的新兵中来自浙江、江苏、湖南三地者为多数，几乎都是工人、农民，其中纺织工人占有一定比例，由于人员多就编成两个团，这两个团的各级军官一由黄埔军校的教职员与毕业生担任。当时第一团团长为何应钦，第二团团长为王柏龄，而钱大钧、刘峙、顾祝同、沈应时、蒋鼎文、刘尧宸分别担任营长；陈诚、郭俊、惠东升、部子举、宋元竞分别担任副营长与连长；副连长、排长、特务长职务一般由第一期毕业生担任。按苏联军队建制实行三三制：每团三营，每营三连，每连三排，每排为二十六到三十名官兵，团部有直属两个机枪连，一个特务连，另外还有通讯队、卫生队、侦察队、炮兵队。作战时以连为单位，军官在前面持驳壳枪指挥，士兵持枪跟着军官冲，每连有九位军官，其中一半军官是共产党员。几个月后改编成两个师，由何应钦、王懋功分别任师长。1925年10月改编成国民党革命军第一军，蒋介石任第一军军长。这时的共产党员在第一军中比例更大。

蒋介石探头看了一会儿花名册，又收回头在房间里踱步沉思，过了一会儿他搓着手说：“去年（指1925年）10月13日惠州血战谭鹿鸣怎么死的？”

“攻城时冲在一线战死的。”何应钦回答。

“28日收复东江一役唐同德的死呢？”

“是追歼残敌时被敌机枪扫死的。”

“傅维钰、李劳工呢？”

“他俩都是黄埔学生中的宣传员，在战场附近进行宣传时，被反对派用刺刀割下了头。”

“沙基惨案以文起代为代表的烈士有多少？”

蒋介石指的沙基惨案，是指省港大罢工时组织的武装纠察队遭到反动派大屠杀。何应钦听着愣了下问：“校长，你提起这些是想说明什么？”

“这些英勇作战的都是共产党员，省港大罢工时的武装纠察队大半都是共产党。他们这个党的党员都不怕死，冲锋在前，而我们国民党中大多数人，一天到晚争权夺利、争官争财。我们为什么不能把党员培养得与共产党员一样呢？”蒋介石说，“周恩来是共产党派来的，工作很出色，你为什么不能找一个像周恩来这样的人才，协同我工作呢？”

周恩来是当时国民政府中的总党代表，兼第一军的党代表，他的人品及工作是国共两党有目共睹的。何应钦到什么地方去找周恩来这样人品的人，跟着蒋介石左右呢？

“中国的军阀我不怕”，蒋介石说，“我完全有办法收拾割据各地的军阀，只是时间问题，我最怕的是共产党，说不定有那么一天他把我们国民党赶下台，掌握中国的军政大权，不信你等着瞧。”

“校长”，何应钦忙讨好，“目前有谁能统帅国民党呢？只有您，有校长指挥，共产党翻不了大浪！”

“汪精卫在利用共产党削弱我的势力，他把共产党员李之龙扶上海军局长的位置，就是用的这种歪心眼！”

“校长，李之龙是共产党安排进黄埔军校的。他过去是被烟台海军学校开除的！”

“我知道，他参加‘五四’运动嘛。”蒋介石说，“如果要赶走李之龙……”

“暗杀，暗杀是最好的手段！”何应钦说。

蒋介石沉默着。

“杀死李之龙的同时，把黄埔军校的共产党统统赶走。我们为共产党培养军事干部，将来他们毕业出来会指挥部队推翻我们的！”何应钦激昂地说。

“全部赶走黄埔军校的共产党条件不成熟”，蒋介石说，“最好是先把第一军中的共产党员扫出去，让第一军成为我手中的一个铁拳头，指向什么地方，就打到什么地方，刚才名单上的共产党一律清除，有反抗者就地处决。由你们一师组织执法队，定一个统一的行动时间，你看怎么样？”

何应钦听着沉思片刻问：“只清除第一军中的？”

“先走一步棋看看，学校若动静不大，我们再搞第二步。第一步不能跨得太大了。”蒋介石说。

“统统先软禁起来，看看共产党方面有什么反应。注意，只能搞第一军中的。”蒋介石强调。

“报告，王柏龄将军求见校长！”副官在门口说。

“他这么晚来干什么？”何应钦愣了一下问。

“他这个人无事不登三宝殿，你先到里间喝口水，我接待一下。”蒋介石说。

何应钦急忙起身向里面的房间走去，并关上门。

蒋介石开门，一看王柏龄身后有一溜他熟悉的面孔，忙似笑非笑地迎住他们说：“啊，这么大的雨赶来，有急事吗？”

“校长，各位是为了你的位置问题，才这样冒着风雨而来的。”王柏龄说着如同主人一般，“各位快落座吧。”

陈肇英、陈策、欧阳格一行对蒋介石敬礼问好。

“我的什么位置呀？”蒋介石问王柏龄。

“人家要抢你的位置，把你赶下台去！”王柏龄说，“你还高枕无忧呢，大事不好啦！”

“啊，有这么危险吗？”蒋介石故作惊异地问。

“你让他们说吧。”王柏龄向陈肇英他们三人一指，“都是忠于你的，忠于国民政府的，你就大胆用他们吧，一个好汉三个帮。”

蒋介石笑了，心里明白这些人是来要官做的。

“校长”，陈肇英因与蒋介石关系非同一般，首先发话，“你在前线东征血战，汪精卫在广州作了些什么贡献？”

蒋介石没有料到陈肇英会这么问，而且问的是他心里不悦的事，就愣了一下：“你好像有话要说？”

“没有话说，我们三更半夜冒雨赶来干什么？”陈肇英说，“这些人”，他向欧阳格、陈策一指，“都是为了你才赶来的，王教育长心里最清楚！”

“我明白，我明白，谢谢各位的关心！”蒋介石说，“有什么事开门见山讲，我会看重朋友的友情！”

陈肇英向王柏龄使了个眼色。

王柏龄会意地说：“校长，有件事不知当问不当问？”他说完环扫众人，又将目光盯住蒋介石，“李之龙就任海军局长，是你批准的？”

蒋介石皱了下眉头问：“你们就是为这件事来的？”

“请校长正面回答，我们都想知道。”陈肇英说。

蒋介石沉默了一会儿说：“孙中山先生仙逝之前，大本营直辖的海军局与航空处，是由苏联人分别担任局长与处长的。但这两个单位都没有正式挂牌。国民政府表示，如果让中国人担任这两个职务就正式挂牌，苏联专家也执意让中国人担任这两个机关的职务。苏联参谋团就与汪主席协商，决定由张静愚担任航空处长，李之龙为海军局长。”

“这两位任职，听说你都不知道？”王柏龄明知故问。

“我在前方打仗，是汪精卫安排的，事先他没有征求我的意思。”蒋介石说。

“李之龙是中共党员，而且是共产党里面的重要负责人，你知道吗?”陈肇英问。

“你不要认为共产党员陈赓救了你一命，就对共产党有好感，他们总有一天要杀死你，夺你的权力的!”王柏龄说。

“校长，陈赓救你不足为奇，陈赓不救你，肯定有别人会救你，他不过是做给你看的，是别有用心的。”陈策也跟着说。

去年（指1925年）第二次东征，9月28日国民政府任命蒋介石为东征军总指挥，11月21日蒋介石亲率独立旅及两个补充团向河源推进。这时华阳战场告急，蒋介石率部驰赴华阳督战。第一补充团团长周保山阵亡。蒋介石一看粤军改编的第三师已被敌人打垮，官兵死伤甚众，忙对警卫连长陈赓说：“快去向第三师师长谭曙卿传达我的命令，不准退却，可枪毙任何一级临阵脱逃的军官!”

“是!”陈赓立正回答后又转身对一个中尉说，“一排长，我传达命令马上回来，校长的安全你负责，有闪失我要你的脑袋!”

“执行连长的命令!”一排长宋仁明立正回答。

陈赓传达完命令赶回来时，总指挥部前面的山头已经出现了敌情。不等陈赓报告，蒋介石焦急地问：“谭师长他们怎么还没有打退敌人的进攻?”

“报告校长”，陈赓喘着粗气，“敌人进攻凶猛，兵力数倍于我，谭师长亲率部队据守一高地反复冲杀，也无济于事，第三师全线崩溃，谭师长无力组织反击!”

“你立即代理第三师师长，收集溃散部队，重新组织兵力阻止敌人!”蒋介石命令。

“是!”陈赓执行命令。

共产党员陈赓为黄埔一期毕业，时在第三师担任连长。由于蒋介石对其有好感，第二次东征组建时，特地将他从第三师调来担任总司令部卫队连长。此刻他奉命四处奔跑也毫无办法，只好跑回来对蒋介石说：“校长，第三师大溃败，总司令的很多参谋也在溃逃，我们被敌人包围了，我连掩护你立即撤!”

蒋介石这时赶出来一看，总司令部的人都在争相逃命，谁也不顾谁了，敌人四周咆哮着冲上来了。除了陈赓的警卫队，就见不到一个司令部的官员了。他一气之下拔出手枪对着自己的脑门：“陈赓，我的好学生，关键时刻还是你这个共产党员不怕死，还守着我不走。部队大溃败，没脸见学生，我唯有自杀以成仁!”

“校长”，陈赓扑上去夺下他的手枪，“你不能死!”

“敌人来了，我不能做俘虏!”蒋介石与他争执。

“全连拼死掩护，我背校长走!”陈赓命令完，不管蒋介石同不同意，背起他就跑。

在陈赓的拼死冲杀中蒋介石突出重围!

就这样，军中传递着陈赓救校长的传奇故事。

现在，众人又提起陈赓救他的战场传奇，蒋介石朝大家扫了眼说：“这次东征，敢于拼杀的补充一团团长周保山是共产党员，在生死存亡之时将敌人挡住救我的陈赓也是共产党员。是的，我在战场是说过，关键时刻还是共产党员行……”

“校长，你不能被这一时之事给蒙住了眼睛，共产党的真正目的是把我们国民党打垮，由他们统一中国!”陈肇英焦急地说，“他们的最终目的是夺取全国政权!”

“校长”，王柏龄忙接上，“好戏还在后头!”

“什么好戏?”蒋介石问。

“李之龙控制的海军，要把校长送到苏联去!”陈策说。

“啊，有这种事?”

“校长”，欧阳格以老海军的资格出现，“据情报，共产党阴谋暴乱，推翻国民政府。李之龙从中接应，他命令中山舰劫持校长，送到海参崴，然后转到莫斯科。”

“不错，跟我获得的情报完全一样!”陈肇英说。

“这是千真万确的。我们应该早点下手，再不下手就晚了，李之龙野心很大，当了海军局长就不把校长放在眼里，他公开对我讲，校长是上海十里洋行的什么货色，混进黄埔军校当校长”，王柏龄说着一看蒋介石拉长脸，忙又道，“他骂校长疯狂得眼睛长到头顶上了。我们黄埔军校师生都担心校长的安全呢。”

“他们真要把我劫到莫斯科去?”

“真的!”几个人异口同声回答。

蒋介石沉默了一会儿说：“共产党要叛乱，国共合作只是短时间互相利用，这一情况我心里有数”，他说着踱了两步后又站住，“今夜各位都不要走了。”说着向里间叫，“应钦，你过来一下!”

何应钦神情严肃地走出来了，众人都扭头望着他。

“刚才他们谈了些情况，我们好好议一下。”蒋介石说。

一个新的阴谋在雨夜中产生了。

三十六、逮捕李之龙

3 月 19 日晚，蒋介石在广州火车站附近的经理处直接下达逮捕李之龙与军中共产党员的命令。会议室里已经坐满了接到命令赶来的军官，大家都在等待蒋介石的命令。

蒋介石环扫众将校后，用极其气愤的语气说："各位，我向大家宣告一个极不好的消息，共产党决定于明天暴乱！"

会议室里的气氛顿时更凝重了。

"海军局长李之龙，是共产党员，他已经命令中山舰明天进黄埔，将我绑架送达海参崴，转送莫斯科"，蒋介石说，"我命令平暴！"

陈肇英异常激动地望着蒋介石。

"陈肇英、王柏龄！"

"到！"两人站起来接受蒋介石的命令。

"今天夜晚，你俩率部将海军局长李之龙逮捕，有反抗者就地处决！"

"是！"

"坐下"，蒋介石说着点了点头，目光向正前方一转，"刘峙！"

"到！"

"你团占领海军局的同时，将第二师中的各级共产党员、党代表全部扣押起来！海军局的卫队及海军陆战队，一律由你去解除武装！"

"是！"

"请坐下"，蒋介石挥了下手又道，"陈策，欧阳格！"

"到！"他俩同时站起。

"你们占领中山舰，解除中山舰武装，将舰上的党代表、共产党员一律扣押，反抗者就地处决。欧阳格代理中山舰舰长！"

"坚决执行校长的命令！"两人异口同声。

蒋介石满意地点点头，他一手栽培起来的左右军官都称他校长，以示是他的学生，表示尊敬。

"新编第一师师长吴铁城！"蒋介石命令。

吴铁城是反共极其有力的一员，他不但是广州公安局长，还兼新编第一师师长。现在他平视着蒋介石等待命令。

“你率部包围汪精卫主席的住宅，注意他的安全，如果共产党反击，你们师协同公安部队包围扫荡，不准放走一个共产党员！”

“明白校长的命令。”

“惠东升！”

“到！”

“你团协同公安部队包围苏联顾问团的住宅、共产党的机关、省港罢工委员会，不得有误！”

“是！”

“蒋鼎文！”

“到！”

“你部协同陈肇英、王柏龄他们行动！”

蒋鼎文表示服从地挺立回答。

蒋介石下达完命令回到经理处长徐桴办公室时，徐桴问：“校长，军法处长马文车怎么还没到？”

“你不是派车去接了吗？快派人去看看，不能出什么事。”蒋介石说完就去与刚赶到的滇军将领朱培德密谈。

“快，再去问一下马文车怎么还没来！”徐桴对副官说，“快点，校长命令他这个军法处长必须到！”

马文车是10点钟左右被汽车接来的，他一进门就看到刘峙与蒋鼎文、惠东升两个团长都在。徐桴说：“马处长，校长等着见你！”

马文车走进里屋，蒋介石劈头就问：“马处长，今夜广州戒严，卫戍总司令部的印信在哪里？”

“校长，印信早就不归我主管了，不过总在卫戍总部吧。”

“你马上去拿来，快！”

“是！”

卫戍总部因第二次东征军总部成立，大部分官兵调离，只有参谋长李章达与少数人员留守。马文车由卫戍总部参军晋升为军法处长随东征部队去了汕头，刚才蒋介石派他去取印信，见其还没到来，担心马文车潜逃或向李之龙报信，所以追着徐桴问。

马文车与蒋介石的侍从秘书吴家施赶回来时，徐桴接过印信拍着马文车的肩头说：“校长担心你当叛徒去了。”

“徐处长，你是什么意思嘛？”马文车愣了下问。

“等会儿你就知道的。有电话，请你接一下。”徐桴拿着印信就走。

果然不一会儿，马文车接起电话，电话是卫戍总部参谋长李章达打来的，他在电话中听出马文车的声音，就问：“马处长，今晚为什么要戒严呢？”

“我刚到，不知道。等会我问了打电话给你！”马文车放下电话一扭头，正好迎住欧阳格的目光，“今晚怎么戒严？”

“告诉李参谋长，共产党要暴动，中山舰已于昨日窜泊黄埔水面，企图劫持校长到苏联。各位都是来执行命令的。”欧阳格回答。

马文车不好多问，赶到卫戍总部值班，并向李章达通报情况。

夜茫茫，忙乎了一天的李之龙将军已经入睡。由于他新婚不久，所以住在广州文德路附近新建的一处房子（他住二楼，王柏龄住三楼），门口还贴着大红喜字。

蒋鼎文部解除了门口的卫兵武装，对李之龙有刻骨仇恨的陈肇英率领一溜士兵赶到李之龙门口，两个士兵正要敲门时，他一把拉开士兵：“让我来！”说着飞起一脚，“咚”地踢开门。

李之龙夫妻在睡梦中被惊醒，听到声音立即从床上翻起时，一道电筒光照住李之龙的眼睛，紧接着电灯也亮了。李之龙的眼睛还没适应过来，陈肇英逼过去冷笑着问：“李局长，还认识本老爷吗？”

“陈肇英，你要干什么？”李之龙一下子就听出声音是谁，立即反问，并伸手去摸枪。

“上！”陈肇英命令。

“唰”地，几个士兵扑上去扭住李之龙向床下拖。

“抓匪徒，快抓匪徒……”李之龙呼叫。

“快，把他的嘴堵住！”陈肇英命令。

两个士兵抓起废纸朝李之龙口里塞，李之龙的嗓子被堵住了。

“李之龙”，陈肇英走过去一手握枪，一手揪住他的头发，“虎门要塞司令陈肇英，你认识吧？还扣我的舰，押我的货、人吗？”

李之龙两腮鼓动但说不出话，只有用愤怒的目光盯住他。

“混蛋！”陈肇英挥手狠狠打了李之龙两耳光。

“校长命令，把李之龙这个王八蛋捆紧些！”陈肇英命令士兵。

李之龙被陈肇英、王柏龄他们反捆住押送到经理处时，上身只穿一件衬衣，下身穿了条短裤，双手反绑，眼睛用布蒙住了，嘴里塞满了废纸，由两个士兵如同架“肉票”一般弄进蒋介石指定的办公室，进行连夜突审。

军法处长马文车与李之龙有一定交情，看了后不忍心忙对陈肇英说：“是不是先松了绑？”

“马处长”，陈肇英说，“当初他扣押我的军舰、货、人，你怎么不叫李之龙高抬贵手?”

“老兄，这……这跟那是两回事嘛!”

“校长命令，把这个王八蛋捆紧些。”

马文车命令：“把他口里堵的纸拉出来，现在开始审问!”

一个士兵用刺刀从李之龙口里挑出纸来。李之龙的口里流着血水，他喘着粗气一时说不出话来。当他刚刚平静一点，陈肇英走过来说：“李之龙，汪主席（汪精卫）怎么不下令放了你呀?”

“你们凭什么抓我?”李之龙扫了他一眼，将目光停在马文车脸上，“马处长，你是法官，是不是陈肇英不满我扣押他走私的舰船，是他陷害我。”

马文车气愤地站起来一拍桌子：“陈肇英，我奉校长的命令连夜审讯，你凭什么破坏法庭?”

“啊，马处长，你的……”

“我正在执行校长的命令，请你出去!”马文车再次命令。

“好，我出去，今天总算认识马大法官了!”陈肇英的威风被马文车扫掉了，只得怏怏地退出门，在外面跟一些士兵一起挤着听。

“马处长，你们凭什么抓我?”李之龙问。

“李之龙”，马文车摆出法官的架势，“你勾结汪主席、苏联顾问，还有现任教育长邓演达与共产党合谋，企图将校长劫持到海参崴转到莫斯科，有这个罪行吗?”

李之龙抬起头说：“马处长，这完全是陷害，莫须有的罪名!”

“李之龙，你身为共产党员，现在是国共友好合作共谋建国大业之时，你企图劫持国民党革命军主席到苏联，实为共产党暴乱，破坏两党合作……”

“马处长，这实在冤枉。本人就任海军局长前后，从未想过劫持校长的阴谋。请法官侦查。”李之龙连称冤枉。

马文车问：“那么你把中山舰开到黄埔干什么呢?”

“马处长，中山舰开进黄埔锚泊，是17日下午，黄埔军校驻省办事处主任朱一鸿，亲自到海军局向我传达校长的口头命令，称军校急需使用中山舰，命令中山舰开往黄埔锚泊候调，中山舰是18日晨驶往黄埔的，不信你马上问朱一鸿。”

反复审查李之龙都是这样回答。

马文车审不出什么，就到另一间房给蒋介石电话报告。

蒋介石今夜将兵力部署完后，担心部队打起来对自己有伤害，就跑到造币厂隐蔽起来了，只有马文车等少数几个人知道他的位置。他的秘书陈立夫守在蒋介石家挡驾，谁来电话陈立夫都说：“校长不在家，昨夜三点钟就走了，不知道是处理什么公事。”

现在，马文车在电话中向蒋介石报告了审问情况。蒋介石不满地在电话中说：“马处长，如果李之龙坚持说是朱一鸿要他把中山舰开到黄埔，你马上去逮捕朱一鸿好了！”

马文车一听蒋介石发火了，知道对他审问李之龙不满意，忙低声在电话中说：“朱一鸿在电话中已经证实了是他传达的命令。”

蒋介石拿着电话沉默起来。

朱一鸿是驻省城专管招待与艇船事务的，家中有电话，马文车有了李之龙的口供马上进行了电话落实，秘书立即赶去取证。

“马处长”，蒋介石在电话中说话了，“你一个人审问不了他，我已加派第二军军法处长戴贞缵赶来与你一起会审。今夜一定要搞个初步情况，天亮后好向各方作个交代，你明白吗？”

“明白校长的意思，戴处长来了我们马上再会审！”马文车见风使舵地回答。

“我等你们的消息！”蒋介石说。

马文车放下电话再次审讯时，李之龙除了回答与原来的一样外，就是大呼冤枉。这时戴贞缵赶来了，听了马文车说的情况，他一拍桌子：“李之龙不肯承认，是他知道谋反是死罪，动刑！”

“不能动刑，万一弄错了将来你受得了吗？”马文车说。

“有校长的命令怕什么！”

“校长没有叫动刑嘛！”马文车坚持不准动刑。

戴贞缵只得同意马文车的意见。会审，仍然一无所获。马文车只好在案卷中向蒋介石报告，其中一段是：

> 李之龙案迭经会审，仍无充分罪证，原报告是否完全属实，有待调查。意见：拟先准保释。请校长定夺。

三十七、清党

刘峙所率第二师第五团一部包围共产党员住地时，蒋介石派往刘峙部督战的侍从秘书兼行动队副队长夏英局上校也随后赶到，刘峙拿着名单册正在说什么时，夏英局走过来气势汹汹地问：“动作怎么这么慢？海军局已经行动了！”说着用电筒照住花名册看了看又问，“行动队员都到了吗？”

“都到了！”刘峙唯恐得罪他抢着回答。

夏英局朝排成方队的行动队员望去，他们个个神色紧张，手枪、绳子都备好了，有的腰里还别着匕首。

“弟兄们”，夏英局说，“明天，共产党决定暴乱，他们将杀死忠于国民政府的军人，逮捕黄埔军校的各级军官，将校长押送到苏联去审判……”

“报告上校”，一个站在前面的中尉发话打断夏英局的声音，“我们怎么没有发现一点动静？”

“代立岗”，刘峙忙跨前几步走到这个提问的中尉面前，“你不相信我们啦？”

“报告长官，我感到太突然了！”代立岗立正道。

“突然的事还在后头呢！”刘峙在他脸上狠狠扇了一耳光，“共产党要兵权，就是从我们第一军开刀，他们勾结北方反动势力，企图在22日前暴动占领广州。我们不动手，他们就动手啦！”

“你们难道没有发现，中山舰已经开到黄埔水面，海军局长李之龙是共产党员，他已经在调动兵力。我奉命率领各位，清除第二师中的共产党，请各位坚决执行命令。这是一场你死我活的斗争，谁手软，谁的头将会被共产党砍下来！”夏英局说着又转向刘峙，指着代立岗，“这位老弟是不是送去休息，他好像神经太紧张？”

刘峙会意地点点头对刘中尉说：“代立岗！”

“到！”代立岗出列站在刘峙面前。

刘峙对右侧的卫队长说：“石从四，请代立岗去休息！”

代立岗立即明白这是要将他关起来，在刘峙与夏英局之间，可能夏英局更能当家。眨眼间他跨到夏英局面前：“上校，共产党要夺我们的权，要劫持校长，我跟共产党拼命，为国民政府出力！”

“我看你不地道！”刘峙走过来发狠地说。

“卑职忠于校长，跟校长在第二次东征途中多次立功，被校长提拔为贴身卫队！”代立岗说。

夏英局朝刘峙扫了一眼说：“好，让他同行！”

这时，在第二师中的七连党代表殷漳柑，九连党代表甘汉祥，十一连党代表沈九湖，正在营部左侧的营党代表季力先卧室，四人围住小桌在会议。这四个人都是共产党，青年军人联合会的会员。今天下午，殷漳柑赶到沈九湖处时，沈九湖一看他来了惊喜地说：“好，正要派人去通知你呢。走，到季力先那里去碰头，有紧急情况！”

两人赶到营代表季力先处时甘汉祥也在，四人同坐下，殷漳柑开门见山地说：“我听到一个消息，说什么共产党要暴动，推翻国民政府，组织工农政府！”

“我也听到了”，甘汉祥打断殷漳柑的话，“说什么汪精卫、王懋功都悄悄地加入了共产党，你们知道这是怎么回事吗？”

“我听说共产党准备倒蒋，正在黄埔军校查他蒋介石的开支账，以他有贪污罪为名收拾他！”季力先说，“沈九湖，你把了解的二十师党代表包惠僧的情况，向各位讲讲，让大家心中有数。”

沈九湖被任命为十一连党代表后，由于一贯对工作负责且正派，很受二十师党代表包惠僧信任，被任命为师特务连长，现在仍然兼任十一连党代表，包惠僧到各处工作一般都率一个班的卫队同行。前天下午，包惠僧赶到东莞去见驻防东莞的王柏龄，晚饭后王柏龄送包惠僧走，站在王柏龄司令部外面的树下，王柏龄说：“惠僧兄，时局有些变化，你知道吗？”

包惠僧扭头问：“怎么个变法？”

“蒋校长的大舅子，东莞县太爷从广州回来对我讲，广州反对校长的传说很盛，你不知道？”

包惠僧奇怪地问：“谁反对校长，就追究！”

“你不要装糊涂，除了我们的汪精卫主席，还有谁敢反对蒋校长”，王柏龄说着叹口气，“校长率部东征西剿打天下，他做主席不出城，现在还想把打天下的人赶下台，真是岂有此理！”

“如果真是这样的话，广东的军队都是我们的，汪精卫就是自找死路了。”包惠僧回答，“好吧，我再探听一下！”

在一旁的沈九湖都悄悄听到了……

众人一听沈九湖的话，营党代表季力先说：“廖党代表被暗杀后，汪精卫担任黄埔军校党代表，而以蒋校长为首的各级军、师、团、营、连级指挥官，多为蒋校长保定军官学校与日本士官学校、云南讲武堂出身的军官。担任这些职务的共产党员不太多，但担任党代表的共产党员在一军中有不少，这一传言与这些政治问题有没有关呢?”

“根据我所了解的情况，这一传言多来自孙文主义学会的人，王柏龄是传言的制造者。”沈九湖说。

“我听说，包党代表向校长报告时，蒋校长说，见怪不怪，其怪自败。”甘汉祥说。

“周恩来是总党代表，也是第一军的党代表，这些情况我们马上去向他报告。”季力先说着站了起来，“大家遇到情况要冷静，他刚从汕头回来。”

“党代表”，一个少尉跑过来拍门，“党代表!”

大家愣了一下，季力先忙开门。这时共产党郭友发与蔡根先出现在门口，两人惊恐地说：“外面刘峙的部队正在戒严，怎么回事?”

“有这种事?”季力先用疑惑的目光朝外扫了眼，发现军营外面人影晃动。

“出什么事啦?”季力先问蔡根先。

“不知道”，郭友发说，“你看，二营有骚动!”

季力先忙向二营望去，发现二营党代表、共产党员严福明被人架住朝汽车上拖。

“不好了”，季力先说，“严福明被绑架了!”

“季党代表”，从门里赶出来的甘汉祥说，“你看，三连党代表周润发也被抓了!”

“怎么搞的，怎么都绑架我们共产党员呢?”沈九湖敏感地问，“这里有情况!”

“殷漳柑”，季力先说，“你悄悄过去看看!”

“是!”

“郭友发、蔡根先!”

“到!”

“你俩尾随殷漳柑保护他!”季力先说。

“是!”

三人刚走，一个黑影直奔过来，季力先拔出手枪要闪身，代立岗已经飞快地冲过来了：“季代表，刘峙率人来捕捉共产党员了!”

“为什么?”季力先问，“凭什么要来抓我们?”

代立岗简洁地报告了今夜行动正要离去，一道电筒光扫过来照住代立岗的脸，一声冷笑接着也传过来：“代立岗，原来是你呀!”

代立岗一听是夏英局的声音，忙冒死大呼：“共产党快跑，校长下令抓你们啦!”

一声枪响，代立岗倒在血泊中，在他左右的共产党员们都没有跑，而是“呼”地围住他。季力先一把抱住他：“代立岗，代立岗……”

“力先兄”，代立岗吃力地说，“本人是国民党员，但你们共产党员作战勇敢，堂堂正正做人的榜样众人皆知，现在上面诈称你们暴乱捕杀贵党党员，本人实不理解……”

“你！”夏英局命令人冲上来，从季力先怀里夺过代立岗，“打死他，这个国民党的叛徒！”

夏英局再次开枪，这一枪是抵近击中代立岗脑部的，他死了，死在他的同党枪下……

“夏英局，你身为党军上校，为什么开枪杀死忠于国家的代立岗?”季力先气愤地问。

夏英局冷冷一笑：“党代表，你是共产党员吗?”

“谁不知道我是共产党员?”

“好”，夏英局点点头，向左右命令，“这里四五个都是共产党员，统统给我绑起来！”

“跟他们拼了！”季力先扑上去。

但是力量悬殊太大，夏英局的人“呼”地扑上去，将共产党员统统扭住绑起来了。

第二师的共产党员被夏英局他们全部绑起来了，押到师部训练场时，季力先对一个与他平时比较接近的国民党员团长小声说：“你们要干什么?”

“校长命令，把共产党从一军中清除干净。”团长回答。

“宋团长，我与你是同学，你还不了解我吗?”

“党代表”，宋团长左右扫了眼说，“我是国民党员，但我认为共产党跟我们是同心同德的，现在蒋校长传出命令，说你们要暴动，先下手为强搞掉你们，我真不相信呢！”

“请你快去向周恩来党代表报告！”

“我已经派人去向周恩来先生报告了”，宋团长低声说，“你别吭声，夏英局过来了，我得装着把你捆紧些的样子给他看。”宋团长说完装着拉紧绳子。

夏英局、刘峙走过来了。

“宋团长”，夏英局走到宋团长背后，“你们把代立岗的尸体送到什么地方了?”

“抬走了，我正给共产党员的绳子加紧呢。”

“告诉你宋海特，你他妈的平时就跟共产党混在一块儿，这回该清醒了吧?蒋校长讲了，共产党迟早是要坏我们的事的。我们不灭亡他们，他们就要灭亡我们。”说着抓住季力先的头发，“季力先，你们是什么时候暴动，接到了命令吧？”

“夏英局，你们破坏了两党合作！”

“什么两党，三党的，军人以执行命令为天职！”刘峙在一边呐喊着一挥手，“推上汽车，送到军校第四室囚禁！”

第一军的共产党员全部被抓捕了，蒋介石在造币厂得到报告后命令：“中山舰上开始行动！”

陈策、欧阳格早就准备好了，他们对敢死队命令：“登上中山舰，出发！”

中山舰上，一场夺舰战又开始了！

在陈策、欧阳格他们直扑中山舰时，中山舰代理舰长张慎恫并不知道将要发生什么事。他安排好舰上哨位就走进自己的卧舱，这时炮官韩长福“咚咚”地敲开了他的舱门，不等他回答，韩长福就叫：“舰长，岸上有部队在放警戒哨！”

“啊”，张慎恫开舱门惊异地迎住他的目光，“你都看清楚啦？”

“你看，汽车拖了几门炮过来了，步哨正在抢占我们码头对面的高地呢。”韩长福说。

张慎恫立即向舰首跑去！

17日深夜，张慎恫正在家里睡觉，海军局代理局长李之龙电话命令：“把中山舰开到黄埔候命。”

“长官，执行什么命令？”张慎恫问。

“执行命令！”李之龙放下电话。

中山舰原舰长为欧阳林，也就是欧阳格的胞兄。前不久辞职后，李之龙任命张慎恫为代理舰长。张慎恫马上再打电话到李之龙宅时，李之龙说：“蒋校长有急用，你还是快开去吧！民生舰也去！”

第二天，也就是18日上午，张慎恫邀请民生舰舰长一同去拜见李之龙。李之龙也不明白到底是执行什么任务。民生舰舰长舒宗鎏与张慎恫只好执行，将两舰于下午同时开到黄埔码头，两舰长又赶到黄埔军校教育长邓演达处，询问两舰担负什么任务。邓演达只说不清楚，让他俩去问问长洲要塞司令，蒋校长的老师王萼参谋长。王萼参谋长一见他俩同时来了，忙对舒宗鎏说：“你来得正好，这是军校军械处的邓士章处长。”他介绍说。

“我们很熟悉。”两人异口同声地说。

“认识更好”，王萼说，“你们民生舰是运军人，将邓处长仓库的一万支三八式步枪，两百挺俄式重机枪装上舰，开到黄埔对岸的新洲海面锚泊。”

“是！”民生舰舰长舒宗鎏回答。

“你们中山舰”，王萼说，“泊于省河的东何村海面，欧阳格奉广州卫戍司令（蒋介石兼）命令，担任舰队指挥官！”

张慎愊听着不理解地向舒宗鎏扫了一眼。

回忆着这两天的情况，张慎愊作为代理舰长感到很奇怪：现在岸上又有步兵架炮放哨位，到底是怎么回事呢？

“报告，有汽艇要求靠舰！”一个水兵报告。

“是谁？”

“不知道，只说是海军局的长官。”

“是李长官吗？”

“不是李局长”，又一个水兵赶过来说，“好像是欧阳林长官的弟弟欧阳格。”

“他已经升任海军舰队指挥官了，快让他上来！”张慎愊说着迎过去。

欧阳格已经在卫队的保护下走上中山舰的中甲板，他一看代理舰长张慎愊走过来，忙命令：“张慎愊，命令全舰官兵都在前甲板集合！”

“是！”张慎愊执行命令。

一阵急促的集合哨音后，中山舰全体官兵在前甲板集合了。

韩长福站在左后第三排中间。张慎愊对众官兵扫了眼说：“欢迎新来的舰队指挥官欧阳格先生光临我们中山舰。”

一阵不冷不热的掌声响过后，欧阳格大声命令：“党代表、共产党员一律出列！”

中山舰党代表及所有共产党员并没有立即站出来。欧阳格担任豫章舰舰长时，其兄欧阳林担任同安舰舰长，中山舰上官兵都认识他。前不久欧阳林还是中山舰舰长时，欧阳格不时来探视胞兄，在过去的岁月中他与中山舰的官兵相处不错，今天他傲气十足地面对众官兵讲话，中山舰党代表、共产党员于庆丰有些忍不住了，在队列中大声问：“请问今天是干什么？”

“中山舰被共产党利用，开到黄埔是要炮击黄埔军校，劫持蒋校长到苏联！”欧阳格说着一挥手，“把准备暴乱的共产党员绑起来！”

卫队“唰”地冲上去了。

“你们要干什么？”韩长福冲上去护住党代表于庆丰，“你们的行动要报请海军局！”

“你是炮官韩长福吧？”欧阳格走过来冷笑道，“共产党要暴乱，海军局李之龙局长是暴乱的头目，你知不知道？”

韩长福愣住了。

“滚开！”两个士兵拉开韩长福，扑上去扭住于庆丰。

“你们干什么？”中山舰上的士兵自发地扑上来保护于庆丰，“他不会暴乱，共产党不会暴乱！”

“军人们”，陈策一边指挥卫队用枪瞄准官兵，一边挥着手枪呐喊，“大家静一下，静一下！”

中山舰的官兵们都静下来了，因为他以前也担任过中山舰的舰长，官兵们清楚他。

“这是蒋校长签发的命令，欧阳格先生为海军舰队指挥官兼中山舰舰长！”陈策说着展开给众人看，“你们该相信了吧？李之龙是共产党，共产党要暴动，将中山舰开过来劫持校长。这些军中秘密你们怎么会知道呢？”

官兵们被欧阳格与陈策的谎言蒙骗住了。

此时民生舰舰长舒宗鎏，按照海军礼节上舰拜见新任舰队长官兼新任舰长欧阳格，一上舰他便吃惊地问：“你们怎么把党代表都捆起来了？”

“这是政治问题，与带兵的人无关！”陈策走过来说。

“舒舰长，你回舰去，校长马上要去你的舰！”欧阳格说。

舒宗鎏只好扭头就走。

欧阳格一见民生舰舰长走了，扭头对舰上列队的官兵说：“诸位各就各位，蒋校长马上会来中山舰！”

不一会儿，蒋介石乘坐江风号汽艇赶到了民生舰。舒宗鎏舰长正好赶着迎接他。当全舰官兵立正在甲板欢迎蒋介石时，蒋介石向官兵微微点了点头后向舒宗鎏使了个眼色。舒宗鎏忙跟在蒋介石左侧。

“武器，装载的武器呢？”蒋介石问。

“报告校长，武器全部装进中舱。”舒宗鎏回答。

“走，看看去。”蒋介石说。

一群卫队将中山舰戒严起来，江风号汽艇上几挺俄造重机枪、轻机枪在对着民生舰。欧阳格、陈策分别在蒋介石左右跟随。

“都在这里。”舒宗鎏说。

看到武器全部装在民生舰上，蒋介石不放心地问：“不会有什么问题吧？”

“校长，这是苏联接济我们的第一批武器，当初也是我们舰去海参崴接运回来的。”陈策说。

蒋介石点点头对舒宗鎏说：“没有我的命令，不许把军火交给任何人！”

“是，执行校长的命令！”

“走，回中山舰！”蒋介石对欧阳格说。

蒋介石回到中山舰时，他看到党代表与那些海军中的共产党员都被捆绑在中山舰后甲板上，小声问陈策：“舰上官兵怎么样？”

“他们听说共产党要暴乱，要劫持校长到莫斯科都很气愤，捆绑共产党与海军中的党代表，他们没有什么反对的。”欧阳格回答。

蒋介石反背着手站在中山舰上向四周扫视了一会儿说：“李之龙已经抓了，第一军中的共产党也解决了，你估计会不会有什么动乱？”

“只要说是共产党要暴动，抓党代表、扣押共产党就不会有什么问题”，欧阳格说，“学生们都是支持校长你的，劫持你到莫斯科，海军必会支持校长，共产党要反对，必有一场血战！”

“校长”，陈策问，“为什么第一军中还有些共产党员没有抓呢？”

蒋介石沉默了。

“其他军中的共产党与党代表怎么办？现在已经打草惊蛇了，我们不动手，他们会动手！”欧阳格说，“这些人在黄埔军校与各军中很有势力，又有号召力，要尽快下手！”

“周恩来是共产党在黄埔军校的总后台，先把他悄悄抓了！”陈策建议道，“暗杀也由我干！”

“你们知道什么？”蒋介石气愤地瞪了陈策一眼，“不许再在公开场合说这件事了！”

陈策本来是想讨好蒋介石，没想到说错了，只好点头称是。

“传我的命令，调惠东升团立即回造币厂担任警卫，我马上去造币厂！”蒋介石命令。

中山舰向黄埔军校驶去。

三十八、智斗

总党代表兼第一军党代表周恩来，在四个警卫员的陪同下，乘汽车直奔造币厂！

第二十师党代表，共产党员包惠僧这时正在家里休息，并不知道外面已经出了大事。新任第二十师副师长林振雄带着警卫风风火火地赶来了，随行的还有入伍生团团长张叔同。包惠僧不知道他们是来做客，还是有工作前来研究，正要问时，林振雄副师长问："党代表，外面有些马路都戒严了，各个十字路口都有轻重机枪架着，我们师的炮队也出动了，第五团全副武装向省议会赶（海军局在里面办公），到底出了什么事，你知道吗？"

"是吗？"包惠僧吃惊地回答，并拉开门向外看。

二十师在东莞驻防，包惠僧是二十师的党代表（共产党员），与师长王柏龄的关系较好。一天王柏龄邀请包惠僧到他家吃饭，席间王柏龄似醉非醉地说："惠僧兄，汪精卫主席决定调你到政治训练部担任副主任，你知道吗？"

包惠僧愣了下问："我……我不知道，蒋校长知道吗？"

"不瞒你说，蒋校长正是认为党代表的权力太大了，特别是党代表由共产党员担任，他心里很不安呢。"王柏龄说，"你听了不要朝心里去啊。"

包惠僧一听大吃一惊，但表面不动声色：这就是汪蒋合谋将我们从军中清除的第一个计划？

按照孙中山先生的政治主张，联俄、联共、扶助农工的三大政策，改组国民党后，孙先生按照苏联建军的策略，各部队层层派出党代表。党代表的职权很重要，有权监督部队人事安排、军事态势、经费的收支，还有权力监督同级主政官，必要时对同级官以及同级以下官员可采取特殊处治。由于有党代表监督执行，从军长到班长谁都不敢克扣军饷，随便开支，公费私用。

自从蒋介石担任军事委员会主席以来，他大多提拔选用他保定军官学校的同学和他日本士官学校的学友。这些人在第一军中任职极多。他们也都知道任何命令没有党代表签署是无效的。所以他们对党代表恨之入骨，多次联名要求取消党代表制度。

"柏龄兄"，包惠僧寻思着总算找到了问题的根源，"有人反对党代表，但又不敢公开反对这个制度，就先从反对共产党员下手，这是搞阴谋，有很大的政治潜伏阴谋!”

王柏龄不语，只是一脸刁笑。

“把我弄出二十师，就是首先把二十师的共产党员全部排挤出去，拿我开刀嘛，换成清一色的国民党员?”

“你怎么想都可以，反正你应该心里明白，校长对党代表这个制度不满意，取消只是时间问题，你不要老想不开，不做党代表这个官，校长总要给你找个好庙的。现在调你当政训部副主任，汪主席说比二十师的工作重要一百倍。”王柏龄说。

包惠僧心里有了数。

第二天，包惠僧去见蒋介石，蒋介石正好与王柏龄、陈肇英三人同在客厅讲话，门是虚掩的。包惠僧没有立即推门进去，而是站在门外，只听到陈肇英说：“汪主席把海军局交给李之龙，就是把海军交给了共产党。共产党的目的是搞垮我们，这是明摆着的!”

“校长”，王柏龄说，“他们打着拥护孙先生三大政策的名义，干着夺我们权力的……”

“校长，非把李之龙搞下来不可，他在准备造反。若共产党找我们的是非也不怕。我抓李之龙，并不就是抓共产党嘛。”王柏龄忙说，“首先把一军中的共产党清除，跟我们关系好的一下子不好撕破脸，可以采用搞明升暗降或同级调动的办法。”

房间里一时死般的寂静。包惠僧从门缝里朝内看，发现三人都在对视之中。包惠僧愣了下忙退后几步坐在左侧的小会客厅。他想起1926年1月的国民党第二次代表大会前，按要求黄埔驻汕头的部队中选出代表出席二次代表大会，无记名投票时大多选的是共产党员，蒋介石一看共产党在军中具有极高的威信，忙在他的孙文主义学会中选出十三名团、营军官列席会议，并亲自从汕头赶回广州开会。汪精卫说：“党军方面的候选人，蒋先生是不是提点意见呢?”

蒋介石听着抬眼望着汪精卫。

圆滑的汪精卫忙说：“我们在你没回之前作了个研究，除了蒋先生、何应钦二位应该当选外，还有王柏龄、王懋功二位也应该考虑。”

“我还是在军事上多尽点力，不要当什么中央委员，王柏龄、王懋功也没有这个必要。”蒋介石说。他神情极不好，总像有话而又不好讲出来似的。

第二次代表会后的一天早上，王懋功到东山去向蒋介石汇报工作，蒋介石下令解除他的卫队武装，对他说：“东成兄，有人企图杀你，我阻拦得住今天，也防不了明天，为了你的安全，这3 000块钱和一张船票交给你了，请你马上走。过了现在，我不敢担保你的安全!”

王懋功还能说什么呢，只好扭头走了。

蒋介石的亲信之间内部矛盾重重。一次王懋功到包惠僧家去小坐，酒过三杯王懋功突然问：“听说你跟王柏龄喝了血酒拜了把兄弟？”

包惠僧放下酒杯问：“谁说的？”

“陈肇英、吴铁城、徐桴、陈策、欧阳格他们都这样讲。”

“你相信？”包惠僧说，“我听人说你才是校长的拜把兄弟呢。”

“我是跟校长有那么一层关系。这又有什么不好？陈肇英也是嘛。吴铁城、陈策、欧阳格，我们这些人都是孙文主义学会的发起人，校长是我们的头。但陈肇英他们背地骂老子贪污腐化，狡黠诡谲，你听到了吗？”王柏龄问。

“没有听到。”包惠僧回答。

“还有王懋功这个老奸巨猾的官僚，在背后骂老子是逃跑将军，贪财贪色，你听到了吗？”

“没有，真没有啊！”

“他王懋功算什么东西，校长一时哄着他弄个第二师师长兼代理广州卫戍司令的帽子戴起，长不了的，他吃亏只是时间问题。校长的心很黑，鬼点子也多。党代表，你也要当心呢。”王柏龄说。

王柏龄的话充满了包惠僧的耳朵。陈肇英、吴铁城、徐桴、欧阳格与王柏龄都不好，特别是王柏龄与陈肇英为走私也发生过冲突，王柏龄与吴铁城为包赌、包烟、包娼矛盾极大，双方都视如仇人。现在王柏龄这么一煽，无非是要将包惠僧卷进他们的明争暗斗中。

“我告诉你惠僧，王懋功跟我们过不去是要吃亏的，我们几个团结起来在校长那里进言，非把他赶走不可，他不走老子找江湖上的人放他的血！”王柏龄说，“你跟我们相处不错，今后多联系。”

包惠僧不好回答，只是默默地抽烟喝酒解解闷。

果然不久蒋介石打发了王懋功，第二师师长的位置交给了刘峙。

……

现在，包惠僧把过去了解的情况梳理了一下，完全清楚了。送走林振雄与张叔同，他抓起电话要蒋介石家，蒋介石的秘书陈立夫一问三不知，叫他有急事到造币厂找蒋介石。包惠僧又打电话问刘峙，刘峙说以校长的意思为意思，别的什么都不说了。包惠僧一看有问题，立即在电话中向周恩来总党代表报告。周恩来在电话中说：“请你马上去海军局看看，我马上到造币厂去！”

“总党代表”，包惠僧说，“一军中的党代表都捆在黄埔军校，海军中的党代表全部扣押在中山舰上！”

“知道了，请你马上去几个地方看看，把情况告诉我。我与何香凝女士马上去见蒋校长！”周恩来在电话中大声说。

放下电话的包惠僧赶到海军局代理局长李之龙家时，他所住的那栋房子上下布满了士兵，王柏龄住在三楼，李之龙住二楼。

包惠僧一看李之龙家一片狼藉，什么人也没有，忙敲开了王柏龄家的门。王柏龄正在跟人通电话，一见包惠僧进来忙放下电话故作惊喜地问：“啊，你怎么不在家休息，这个乱枪乱炮的时候，怎么到处跑呢？”

“柏龄兄，这……这是怎么回事，怎么都不和我打个招呼就下手了呢？”包惠僧迎住他问。

王柏龄一边让座，一边说：“李之龙要造反，勾结汪精卫、季山嘉（苏联共产党驻国民政府代表），预谋将蒋校长骗上中山舰，送到海参崴转到莫斯科，中山舰正在升火待发的紧急关头，被我们发现了。校长命令陈策与欧阳格去解除了中山舰的武装，我与陈肇英又捉拿了李之龙！中山舰上的官兵与李之龙的卫队都缴了械。如果他们反抗的话，那又是一场大血战呢！”

“是同海军局打吗？”包惠僧问。

“那就不能简单地说成是海军局吧！”

“按你所讲的情况是要把汪精卫、季山嘉都逮捕起来，也就是……”

“是有这个意思，但校长不同意。他说汪精卫从法律上讲还是本党主席，那季山嘉又是客人”，王柏龄说着将包惠僧的肩头一拍，“还是上次我餐桌上的酒话，校长容不下共产党，也容不下汪主席，他要在中国做一个说一，没有人敢说二的领头人！”

“我明白！”包惠僧回答，起身就走。

包惠僧驱车赶到第二师司令部，刘峙还是过去那样很客气。包惠僧跟他握过手后问：“今天究竟是怎么一回事？”

刘峙心平气和地说：“我不是在电话中答复你了吗，以校长的意思为意思，校长命令我干什么，我就干什么。”他说着又朝外面扫了眼，“就这样吧，校长在造币厂等我，一同去吧。”

包惠僧就一同乘车向造币厂赶。

周恩来与何香凝乘坐的一辆汽车开到造币厂时，蒋介石的一群卫士将汽车围住。周恩来的四个卫兵都持枪护卫着自己的首长。蒋介石的卫队团长惠东升站在门口大声问：“干什么的？”他故作不认识周恩来。

“报告团长，总党代表周恩来先生求见蒋校长！”一个上尉跑步来向惠东升说。

“什么总党代表，马上要取消这个制度了，今后校长说了算。你去告诉姓周的，哪儿好到哪儿去，这里不是他光顾的地方！”惠东升说着一挥手，“特务排，把周恩来赶走！”

一群士兵向周恩来的汽车走去，但没有士兵向周恩来下手，周恩来挺胸昂头地走过来了。惠东升忙命令那个上尉：“把总党代表的卫队枪给缴了！”命令完扭头向里间走。

“惠团长”，军法处长马文车赶了过来，“谁来了，门口乱哄哄的，都在干什么？”

“周恩来不知道怎么找来了。看他进得来，就出不去！”惠东升说，“校长就是要抓共产党，他还找上门来送死！”

“现在是国共合作期间，你可不能乱讲，校长知道了是要处治的！”马文车忙制止他，“北伐还没胜利，我们与友党不能搞坏了关系，这是谁都知道的道理。”

惠东升冷笑说：“一大早他们都来跟校长吹这种风，马处长也唱起这种调了。怎么，你们……”

“报告团长，周恩来卫队的枪缴了！”一个中尉跑进来报告。

“好，让周恩来与何香凝在外面等着！”惠东升说，“没有命令，不准他们这些共产党进来，还有何香凝，校长最恨她！”

“惠团长，没有校长的命令而缴总党代表的卫队武器，是违反军纪的，你别把事情看错了，校长正在研究会见周恩来，释放一军中扣押的共产党员呢。”马文车说。

一听说要释放共产党，惠东升马上问：“抓的目的不是都要杀掉吗，怎么能放虎归山呢？”

“校长说北伐没有成功，我党羽毛不丰满，现在还不是时候，得罪共产党，就是得罪苏联。我们革命的武器、经费还要苏联支持，冲锋带兵打仗都还要靠共产党员呢！”

“快，把枪还给周总代表的卫队！”惠东升命令。

这时马文车又被蒋介石召进去了。

过了一会儿蒋介石出来接见周恩来，不等周恩来说话，他就先发制人地说：“啊，总党代表”，他握住周恩来的手，“海军局代局长李之龙要叛变，我已经把他押起来了。”

“那么一军中的党代表与共产党员，是谁命令扣押捆起来的呢？”周恩来逼住蒋介石问。

蒋介石一听扭头对走进来的惠东升问：“是谁叫你们把一军中的党代表捆起来的！”

惠东升正欲说什么，蒋介石一挥手对陈肇英说：“把这个破坏友党的家伙扣起来！”

“校长，我……我是……”

“押下去！”蒋介石命令。

惠东升被陈肇英亲自扭住朝下拖时，挣扎着不服气，陈肇英忙贴住他耳朵低声说：“别闹了，演给周恩来看的戏！”

“走，到里面谈！”周恩来明白，忙示意蒋介石到里间去。

所谓中山舰事件，其实是一艘由上海开来的商船在虎门锚泊时被盗，需黄埔军校派舰协助追查。学校管理处就用蒋介石的名义（连教育长与办公厅都没有通告），电话通告海军局，要他们只派两艘炮艇去黄埔协查，欧阳格、陈策、王柏龄、陈肇英等利用这个机会编织骗局。蒋介石本来在黄埔军校只是投机革命，取得中山先生的信任，这时羽毛还不丰满，过早反共独裁将是自取灭亡。于是他下命令把逮捕的共产党员全放了，唯独把李之龙关押审查。

不久，蒋介石写出书面检讨送达周恩来与汪精卫。汪精卫称病不视事。蒋介石还要利用共产党的力量来进行北伐，于是又演出一场大型苦肉计：解除王柏龄第一军第二师师长职务；解除虎门要塞陈肇英职务，将其驱逐出广州；免去欧阳格代理中山舰舰长职务，令其到海军部听候处治；免去吴铁城新编第十六师师长兼广州公安局局长职务，将其押送到虎门炮台软禁！

第一军军法处长与第二军军法处长戴贞缵会审李之龙，会审书面报告蒋介石，上面是：“李案迭经会审，仍无充分罪证，原报告是否完全属实，有待调查，拟先准保释！”

而蒋介石的批示是：暂行看管，再侦查！

7 月，李之龙才被释放出来，这是后话。

中山舰事件后，蒋介石派他的亲信缪斌为党代表，第一军就成了他真正的嫡系部队。不仅如此，他还借此机会提出整理党务案，命令共产党员、国民党员都造册登记，并派邓演达接替了周恩来的潮州分校教育长及第一军政治部主任职务。从此蒋介石在黄埔军校的声誉一落千丈。汪精卫也于 4 月离开广州，蒋介石为装门面，把他的阴谋掩盖几日，就命令支持他的谭延闿代理国民政府主席；国民党中政会主席改为国民党中央委员会主席，由他的支持者张静江继任；蒋介石自任军事委员会主席。为了讨好谭延闿这个好好先生，蒋安排谭担任第二军军长，其实都是由蒋介石控制。蒋介石对谭延闿、张静江只是利用一段时间。蒋介石控制了党政军大权后，请马文车密电陈肇英、徐桴、欧阳格、王柏龄、吴铁城回来升官。

“中山舰事件”也就大白了！

第四卷　血染长江

小引

1937年7月7日，日军在中国卢沟桥向中国守军第二十九军三十七师二百一十九团发起攻击，中国守军奋起反击。不到一个月时间内，日本向华北调集5个师团近10万兵力，飞机500余架及大批坦克装甲车。中国急调几个师进抵华北前线，又以80个师作预备队。7月16日，中国二十九军与敌殊死血战，仅十几天北平、天津相继失守，二十九军副军长佟麟阁，一百三十二师少将师长赵登禹阵亡。汤恩伯奉命率第十三军，卫立煌率第十四集团军驰援华北，南口大战拉开！

这时，为分散日本侵略华北兵力，中国决定在上海地区打击日军。8月13日上海大战再次拉开，日本损失6万兵力侵占上海。12月13日中国首都南京失守，日军杀害中国南京30万军民。与此同时中国第五战区副司令兼第三路军总司令韩复榘不放一枪丢掉山东，被军法处决。1938年3月23日到4月7日，台儿庄血战，中国守军歼敌2万余。日军为报惨败之仇，决心在徐州地区围歼中国50万兵力。中国部队突围，后续掩护部队损失较大。日军企图在徐州与中国军队决战，却扑空，华北、华中、华南等地日军向华中重镇武汉直扑，特别是华中日军由上海顺江而上，中国海军近50艘战舰集中于这一战区，长江血战又一次展开，中国海军总司令陈绍宽上将奉命率部冲杀在长江一线——

三十九、可怕的敌人

1938年10月的一天上午，两架日本飞机尖叫着追击地上的一辆吉普车，只见吉普车在长江边的公路上飞驰，后面卷起的尘土如同一条黄龙。

空中，两架日军轰炸机一左一右地交替向地面的吉普车俯冲，一枚枚黑色的炸弹不断地从机腹下吐出坠向地面，在公路后掀起巨大的气浪。汽车内，中山舰舰长萨师俊稳坐于后排，两眼直视前方，命令司机："快，再快一点，冲进前面那片树林!"

"轰!"一枚炸弹在汽车左前方爆炸，被硝烟吞没的汽车霎时间又冒了出来，两架日军轰炸机发疯般又扑过去，一枚枚黑色的炸弹又纷纷从空中坠下……

中山舰舰长萨师俊被硝烟呛得双手捂住嘴……

今天清晨，中山舰电讯官张嵩龄刚刚接班，便收到一封紧急电报，他忙将电文译出送到正在右后甲板炮位的舰长萨师俊手中。萨师俊是位职业海军军官，对来自清晨的电文立即敏锐地意识到情况有异，接过电文就读了起来：

> 日军已经迂回包围武汉，陆军各部队正浴血激战，请你收到电文立即赶到9号锚泊地，我在舰上等你，传达统帅部最新作战命令……

读着海军上将总司令陈绍宽亲自发来的命令，中山舰舰长萨师俊不敢多停留半分钟，他忙从锚地出发，乘上陆军部队提供的一辆早停在公路上的吉普车，直向9号锚泊地赶去!

海军，在长江抗日战场是多么悲壮啊!

早在6月的一天上午，萨师俊舰长参加了由海军总司司令陈绍宽召开的一次紧急会议，那天武汉市的气温异常闷热，海军总指挥部里的军官们都大汗淋漓，但谁也不吭声，两眼始终盯着上将总司令陈绍宽那高大的身躯。

"诸位"，陈绍宽上将语气具有绝对的威慑力，"现在我向大家介绍战场态势"，他说着，手中的地图指示棒向地图的一个蓝色箭头指去，"日军华中派遣军中的敢死队，为波田支队……"

波田支队这支日军敢死队，对萨师俊舰长来说并不陌生，早在日军攻击上海时，中国驻军的一个团驻军于黄浦江口的一个海军锚地，拥有六门大炮和十几挺重机枪，还有一支实力较强的高射机枪防空部队，团长尤昌金是一个很有民族风骨的河南汉子。一天下午，打败了日军数路攻击部队后，他调整兵力，安排好火力部署，已经到了深夜。突然，一封密电送到他手中：

> 日军敢死队由波田指挥，于凌晨3点偷袭你团阵地，情报绝对可靠！
>
> 中山舰舰长萨师俊

读着中山舰萨师俊舰长发来的紧急情报，团长尤昌金用无限深情的目光遥望着大江，企盼着萨舰长的高大身影能出现在他的眼前。多少次生死血战，舰炮在激战中支援着陆军作战。这一次敌人又来了，而且是一支敢死队来争夺具有战略意义的锚泊地，一定又是一场残酷的拼杀！

中山舰这次得到情报也是偶然。白天血战后，江面上漂泊着一具又一具日军死尸，但也漂泊着中国阵亡军人的遗体。萨师俊命令官兵在江面寻找阵亡官兵之时，突见左侧舰后有一艘救生艇直向中山舰冲来，艇上有一挺机枪。少尉参谋一看忙高呼：“敌人！”呼叫时就抱起机枪。

“慢！”萨师俊忙放下手中的望远镜，“上面是日军，正挥舞着一条白毛巾呢！”

“舰长，不能上当，万一敌艇靠近了放水雷怎么办?”少尉胡申江吼叫开了，“敌人在欺骗我们！”

日军中确有那么一些被武士道精神迷住心窍的官兵，他们浑身绑着炸药冲进中国军人阵地，有的驾驶小艇直扑中国军舰。萨师俊虽然没有目睹，但多次看到战情通报。今天这艘救生艇真是日本鬼子想突袭中山舰?

“各位注意”，萨师俊舰长大声对众官兵命令，“敌救生艇一艘，机枪一挺架于艇首，已发现艇内有两名日军，正向我舰冲来，没有我的命令不准开炮、开枪！”

舰上官兵接到舰长的命令，急忙抓住手中的武器盯住这艘小小的救生艇。少尉作战参谋胡申江担心敌人机枪扫射指挥塔，忙说：“舰长，你站在这儿！”说着用自己的身子堵在舰长胸前。

萨师俊舰长用感激的目光扫了他一眼后，小声对他说：“别把我当怕死鬼！”说着拉开他。

“打旗，命令敌艇停止前进！”萨师俊命令。

一名水兵打着只有海军明白的国际通行旗语，在距军舰较近的地方，小艇停了下来。一个日军将架在艇首的机枪搬进了艇舱。

“报告舰长，日军要求上舰！”

萨师俊沉默了刹那说：“胡申江，乘小艇过去，看看这两个日军到底要干什么？”

少尉胡申江奉命与两个水兵驾艇很快冲过去，用日语跟两日军对话时，其中一个日军用汉语大声说：“长官，你们舰长在吗？”

“你是什么人？”胡申江少尉问。

“我是日军波田支队的中尉小林秀，我反对日军侵略中国，有重要情报向舰长报告！我要亲自向舰长报告！”

“我就是中山舰副舰长！”胡申江忙使用策略，“有什么情报你讲吧，我会转告给舰长的。”

“请问副舰长先生，你贵姓？”小林秀说，“中山舰是中国海军的主力舰，舰长是萨师俊先生，我没说错吧，长官？”

敌人将舰长的名字都讲出来了，说明敌人的情报确实做到了一定程度。不过这也不奇怪，无论中国陆军，还是海军中的一些中、下、高级军官，很多都毕业于日本军事院校，其中不乏汉奸，有极个别卖国贼在军中为日军递送情报，出卖灵魂。这些败类海军中有，陆军中有，连各军司令部也不敢说没有这些家伙潜伏。胡申江为舰长萨师俊的安全一直捏着一把汗。现在日军点名要见萨舰长，他更感到自己的任务重大！

“我们舰长到锚地去开会，今明两天不会回来，有什么事你跟我讲吧！”胡申江说。

“我是在中国长大的日本人，在中国读完书回日本的，对中国很有感情，我向贵军投降，真心为贵军服务，请你同意我上你们的舰！”小林秀请求。

“你艇上还有一个呢？”胡申江问。

“他是我的朋友，送我来了，他马上也会设法脱离战场，请求你们不要伤害他，放他走吧！”

“你泅水过来！”胡申江向他甩出救生圈，“只要是真心投降我们，我们是不会伤害你的。”

“我知道中国人很讲感情。”小林秀说着抓起甩过来的救生圈，跳进水里但不游动，两眼看着同伙驾艇飞快地驶离。

胡申江命令水兵韩光旭：“瞄准那跑的家伙，这家伙有异动，就先敲掉逃跑的！”

神枪手韩光旭点头，悄悄地举起手中的步枪。这支德国造步枪具有远程攻击效果，在他手中创造过无数次惊人的奇迹。就是昨天，韩光旭还用这支枪结束了一个企图从水中逃命的日军陆军少佐与两个卫兵。今天只要有情况他是不会放过敌人的。

“游过来，你还观望什么?”胡申江命令。

“等我的朋友走远了我会游过来!”小林秀回答。

胡申江眼球一转：有鬼!

“再不过来我就不讲交情了!”胡申江命令。

日军小林秀只好游过来，他一抓住胡申江他们艇的舷，马上身子朝上一纵，右手“唰”地抓住胡申江的右腿军裤，左手猛地拉燃背后绑着的炸药导火索，眨眼间火光一闪，黑烟一冒，“轰”的一声巨响，炸药爆炸了，小艇炸飞了，少尉胡申江及两位水兵遇难。

“追!”萨师俊大吃一惊，一艘早就隐蔽的小艇冲上去，生俘了那驾艇逃跑的日军。

审问后一切都明白了。日军波田支队长为了夺取中国陆军在黄埔江口的尤昌金团阵地，决定首先干掉中山舰，因为一下子干掉中山舰还有困难，只有设毒计首先炸死舰长，使中山舰群龙无首，然后再向陆军尤昌金团发起攻击，妄图一举攻占锚泊地。没想到中山舰舰长萨师俊智高一筹，胡申江少尉敢于牺牲自己，侦知了日军阴谋。

尤昌金团根据中山舰舰长萨师俊提供的情报，做好作战准备。果然，凌晨3点日军大部队向尤团阵地发动偷袭。波田支队长的敢死队600人，刚刚进抵尤昌金团炮火死角时，波田支队长兴奋地对部队官兵说：“这是中国军队的炮火死角，我们绝不会有大的伤亡!”

尤昌金团长在阵地的制高点上举着高倍望远镜注视敌人的动向。按照他与萨舰长共同制订的作战方案，将阵地分成12个目标，对岸炮的死角又标出特殊标志5个目标。现在日军波田支队已经进入2号特殊目标。尤昌金团长兴奋地命令道：“发信号，快发信号!”

两盏汽油灯高高地挂了起来。

看到暗号，中山舰舰长萨师俊立即命令：“2号目标，火炮急袭攻击!”

舰炮齐鸣，波田支队的600名敢死队官兵淹没在炮火之中，几乎不见一个活着窜出来……

第二天上午，尤昌金团长率官兵代表赶到中山舰向舰上官兵表示感谢，并将截获的日军电文交给萨师俊舰长过目。日军电文是发往总司令部的，上面一段是：

> 昨夜，我大日本皇军波田支队六百余官兵，在与中国军队尤昌金团作战中，突遭中山舰炮火猛袭，除波田支队长与一名士兵幸免于难，其余官兵全部为天皇殉职，请求司令官阁下给波田支队补充兵源，增加攻击武器，为死难的官兵报仇……

回忆着那次全歼波田敢死队的大捷，中山舰舰长萨师俊心里涌起一股莫大的快慰。这时，上将海军总司令陈绍宽的声音又增大了。

“中山舰过去对波田支队有过毁灭性打击”，上将总司令盯住萨师俊舰长，“萨舰长，你对这次作战有什么看法?”

两眼迎住上将总司令的萨师俊舰长，看了看地图后沉重地说：“总司令官阁下，敌波田支队，经我多次打击后，兵力补充较快，他们在日本海军舰炮、航空兵轰炸机战斗机支援下，与我川军25军、50军在安庆地区进行半个月争夺战后，用官兵的死尸铺平了通向安庆城的道路，从战略上看是打开了长江通向武汉的第一道大门，我们海军不能说没有责任！今后的仗怎么打，请总司令下达命令。”

“萨舰长说得对”，陈绍宽上将接过话，“6月8日，日军第六师团近3万之众，从安徽的舒城地区快速南下，直逼我军阵地，他们几天后就攻占我潜山守军阵地。这样，第六师团不但加强了波田支队的反击力量，同时也是波田支队的有力后盾。弟兄们，你们明白这种战局是什么形势?”

“很简单，安庆失守后，我长江中游的马当、湖口等江防工事重地，就成为武汉的前哨阵地了。”萨师俊舰长说。

“理解正确”，上将陈绍宽点点头，接着说，“我海军奉军委会命令（实指蒋介石的命令），海军会同第九战区、第五战区所部，在马当到汉口之间，构筑若干个可攻击敌沿江而上部队的炮台，组成江防要塞司令部，要塞司令官为谢刚哲将军担任!”

舰长们听着，做着笔录。

陈绍宽上将左右扫视了一眼各位军官，当看到他们几乎都停住笔，抬头望着他时才一字一顿地又说：“根据这一战略部署，最高司令部命令，要塞司令部将军舰、炮艇、海军陆战队，统一改编为三个总队。第一总队驻守九江上游的田家镇、葛店一线；第二总队驻守于马当地区；第三总队进驻湖口地区，这几个地方都是江防要塞，为海、陆军协同作战的长江防守线。”

萨师俊舰长快速地记录着总司令的命令。

“在马当与湖口要塞司令部之上，我们还设立了马湖江防要塞总指挥部。总指挥官由陆军16军中将军长李蕴珩担任；湖口江防要塞司令长官由陆军77师少将师长彭位仁担任。请诸位按防区马上赶回各要塞，接受要塞指挥官的指挥！”陈绍宽上将讲完，各位舰长按照三个总队的编队序列，立即向各江防要塞司令官报到去了。

……

汽车还在敌机的追炸中飞速行驶。

“炸弹！”司机狂吼，汽车“咔”地停住，萨师俊探头向汽车外面望去，两枚空投下来的炸弹，插在公路上没有爆炸。就在汽车前进不得后退不能之时，一架敌机呼啸着几乎是贴着地皮扑上来了。

“舰长！”司机不顾一切地扑上来抱住舰长萨师俊。

“轰……”两颗汽油燃烧弹在汽车旁边爆炸了……

四十、舰炮的力量

当追炸中山舰舰长萨师俊的日军轰炸机驾驶员东乡二中尉，从1 500米低空拉起机头进入5 000米空域时，紧跟在后面的同伙山田中尉大呼：“东乡，东乡，目标在你的左下，左下又出现，投弹！”

东乡二中尉急忙低头向飞机的左下面看去，只见那辆汽车不但从硝烟中冒出来，同时正发疯般地直向前面的江防林带冲去，他心里不由一惊：若是进了那片林子就不好办了。东乡二中尉闪电般作60度回旋后，飞机从5 000米处向地面高速俯冲下来……

地面，萨师俊乘坐的汽车裹着硝烟仍在呼啸前行，就在两架日军轰炸机再次对其轰炸之时，树林里突然吐出一串串炮火与高射机枪的密集子弹。

“舰长，树林里有我们的防空部队！”司机欣喜地叫起来，“有我们的炮兵部队！”

“快，乘炮火的掩护，冲进树林，将军等着我们开会呢！”然而，不等萨师俊把话说完，汽车的右后胎被打穿了，汽车尾部像泄了气的皮球瘫软在空旷的山脊上，“哒哒”又一串敌机扫来的机枪子弹击中了汽车发动机的一个部件，汽车喘着粗气熄火了。

“嘿！”萨师俊舰长无奈地从汽车中跳了出来，透过炮火的硝烟只见有一个人直向汽车奔来。

“舰长，是我，刘恩家，刘恩家！”

听到自报姓名的声音，萨师俊顿时身上每个细胞都活跃起来，急忙寻声奔过去时，两枚重磅炸弹呼啸着从头顶坠下来，不等萨师俊舰长反应过来，汽车驾驶员冲上前将他推进一个炸弹坑，然后又“呼”地扑到他身上压住他。

“轰……”一阵震耳欲聋的爆炸声中，有人在声嘶力竭地叫着：“萨舰长……”

萨师俊吃力地用双手支起身子，几次都支不起来，他忙将头从砂石中挣扎着抬起来，发现两只血淋淋的手在他左右肩头奋拉着。

“冯正理，冯正理！”萨师俊呼唤着汽车驾驶员的名字，这时从冯正理口里吐出的一股鲜血顺着萨师俊的脖子向脸上流下来……

“冯正理，我的好兄弟！”萨师俊发疯般从泥土中挣扎出来，双手抱住已经死去的汽车驾驶员。

“舰长，大哥！”

萨师俊扭头一看是中山舰上的中尉舰炮指挥官刘恩家。

根据上将海军总司令陈绍宽的命令，中山舰上几门大炮搬到江岸作要塞大炮使用，但当时陆军炮队中会使用舰炮的指挥官伤亡很大，将军命令萨师俊派一员得力舰炮指挥官随大炮行动。刘恩家毕业于舰炮专业，又对防空攻击颇有研究，舰炮搬下中山舰炮塔时，他奉命支援江防要塞做炮兵指挥官，时间为两周。

现在，刘恩家从萨师俊舰长手中，双手托过阵亡的司机冯正理，两眼发红地盯住天上疯狂的日军飞机，扭头对萨师俊说：“舰长，我要为阵亡的弟兄报仇，报仇！”

萨师俊冷静地环扫了一下四周，又看看天空日机的位置，沉重地问：“几门大炮都在这片林子里？”

“都在，还有高射机枪！”刘恩家回答。

略思片刻，萨师俊从炮弹坑中站起来，给阵亡的冯正理整理了一下被弹片撕破的军衣，又将自己的军衣脱下来盖在他身上。然后对刘恩家说：“树林里现有的炮、机枪是从中山舰上撤下来加强江防要塞火力的，现在我们用中山舰上的火力打击敌人，就是中山舰在与敌人拼杀，请告诉弟兄们，中山舰舰长萨师俊已经在这里指挥作战，这片树林就是中山舰，我们的炮火要狠狠地教训这两只黑头狼！”

“服从舰长指挥！”炮手们与机枪手们在树林里向这位来自水面的指挥官回礼。

“舰长，这是从中山舰上搬下来的最好的一门大炮，我也是随刘长官下舰支援江防要塞的炮兵，请舰长督战我的大炮！”

“宋仁国”，萨舰长上下打量了一下这位已 30 岁的老兵，上前两步双手紧紧地将他抱在怀里，无限深情地说，“你是我舰炮老炮手了，刁狼自有老猎手收拾。有你们这些血性汉子，我萨师俊与日本鬼子血战到底的决心更大！”

“打！”刘恩家中尉命令。

树林里喷吐的烈焰直逼日军轰炸机！

日军东乡二中尉一看汽车被他炸中，在空中对他的同伙山田兴奋地说：“山田，我炸中了，炸中了！”

“汽车里的人跑出来没有？”山田问。

经山田这么一问，东乡二立时产生对山田中尉的不满。他不能忘记在进攻安庆的一天下午，他们也是同时进入安庆以东的长江水面上空，东乡二刚刚在江面上空一露面，就发现了两艘大木帆船，他急忙对山田说："左前江面，有两艘可疑帆船！"

"我们各收拾一艘吧！"山田中尉说着急推机头。

"山田，有什么好抢功的，不就是两只小小的帆船吗？我拉起来，你炸吧，功劳留给你！"东乡二说着时，果然拉起机头，飞机直线向8 000米跃升。

山田毫不客气地在电台中说："东乡，只要是对日本军人有利的作战，我们谁尽力都一样，既然你让我首先攻击，请你观战吧！"

一枚炸弹从机腹下投向一只帆船，而且是正中船中间，随着轰隆隆巨响，在烈焰中帆船被炸得粉碎。

"好，再炸！"东乡二在空中赞扬道。

山田从空中3 000米拉起机头，轰炸机向南飞不到8 000米，又迂回向东，头向西，机腹下面又出现了长江那奔腾的浪涛，那只没有被炸中的帆船在江面惊恐地向西驰去。山田推了下油门，拉了下操纵杆，正要猛推机头之时，东乡二在电台中惊叫："快拉起，快拉起，别投弹！"

原来，东乡二中尉在观战之时，发现第一艘帆船被炸毁后，第二艘帆船的上面一下子挂起一面太阳旗。

"山田，再仔细看看。"东乡二中尉说，"说不定是中国军人假冒皇军！"

"嗯，有这个可能吗？"山田问。

"我们的人是不会乘这种老船的。炸，若出了问题由我承担！"东乡二决断地说。

经东乡二这么一说，山田也认定这两艘船有诈，于是再推机头从5 000米处俯冲下去，几乎是贴着帆船的风帆呼啸着一连投去两枚炸弹，两艘帆船消失了，几乎没有一个活人在江面出现。东乡二与山田返航了，向基地指挥官报完功的第二天，少佐长田新一向他俩通报，他们炸沉的两艘木帆船，是陆军波田支队的便衣侦察，两船47人毙命，4人被生俘，9人逃回波田支队报告。波田支队长请求航空军指挥部追究这次误炸的责任！由于华中派遣军空军指挥官在中间多次调解，总算是大事化小，小事化了。山田与东乡二各花了一笔钱，放了一点血，总算由少佐长田新一出面解决了。事后东乡二请山田喝酒压惊时说："山田君，你炸第一艘，我就发现江面有穿我军服装的官兵漂在江面挣扎，你怎么没有长眼睛呢？"

"你……你为什么不提醒我呢？"

"我担心是伪装的中国人嘛。"

山田中尉将东乡二的话记在了心里，他对东乡二的结论是：有功是他的，出了问题就千方百计无中生有地把事推给别人！所以今天，他提醒东乡二，汽车中是否有人跑出来，也就是说不会又看到跑出了日本军人吧？

摆脱不愉快的回忆，东乡二将飞机提升到8 000米，突然心中冒出一股欣喜的感觉：乘坐吉普车的一般是中国军队的长官，而且官是比较大的，如果明天或后天少佐长田新一中队长大大地奖赏他，表扬他炸死了中国什么战区长官或什么军长、师长的那该多好啊！

“山田，你看今天炸毁的汽车中是中国军队的什么官长？”东乡二一边寻找攻击目标，一边在电台中问。

山田在电台中沉默了刹那，说：“据我看，是个小小的官！”

“啊，你太不了解中国军队了，他们小官是不会有汽车坐的。一般骑马的多呢。”东乡二忙说。

“其一，汽车左右没有卫队，其二嘛我一时也说不清楚，反正不会是什么大官，若你真炸死了大官，过两天就会知道的，现在开始激动是否早了点？”

“好吧”，东乡二有些不耐烦了，“地面树林里有中国人的重炮阵地，我要用炸弹消灭它！”

东乡二的轰炸机向地面俯冲之时，一发炮弹“轰”地击伤了飞机的机尾部，飞机开始抖动，他拉起机头向左转，试图再次冲向3 000米投弹时，两串高射机枪子弹击中了飞机右发动机，飞机作一上一下的“大跳舞”。

“山田，我的飞机中弹，你攻击！”东乡二在电台中惊恐叫时，发现山田的座机在5 000米空中像断了线的风筝七歪八斜地盘旋下坠。

“山田，山田，你怎么样，你怎么样？”东乡二焦急地问，并死死抓住重伤的飞机操纵杆，竭力向5 000米跃升，因为越低，飞机越难控制，再就是地面火力太猛，如果再次中弹被击中油箱或是发动机的要害部位，那时就只有死路一条了。

山田中尉的腹部中弹，血水溅满了飞机驾驶舱，他左手抓住油门，右手抓住操纵杆，两条腿蹬住左右舵试图稳住飞机时，四肢却不听大脑指挥，嘴张开要说什么又出不了声音，他只好绝望地坐在失控的飞机中……

东乡二的机舱中充满了浓烈的烟火味，他看了看山田，正要再次扑灭机舱中的火时，又一发动机中弹起火。东乡二没有跳伞，他抱住飞机操纵杆，呼叫着“天皇陛下万岁”与飞机同归于尽了。

山田的飞机从5 000米高空坠下来了，长江中泛起一股回旋的浪涡。

击落了两架日军轰炸机，萨师俊舰长与他的官兵们从炮位、机枪阵地冲出来，互相拥抱着欢呼着胜利。而萨师俊舰长没有沉浸在这胜利的喜悦之中，他摸着这些与他朝夕相处的舰炮，又看看浪涛滚滚的长江，对站在后面的炮兵指挥官刘恩家中尉说："老弟，立即转移！"

"舰长，陆军司令官命令我们……"

"请你告诉陆军长官，从中山舰上搬到这里作江防火力的炮与高射机枪，是一支隐蔽火力点，是给敌机或敌舰船突袭的，现在我们在这里打下两架日军轰炸机，敌机会马上倾巢而来，扫荡这片树林，我们不能让中山舰上的这些精良武器，毁灭在敌机的狂轰滥炸之中！"

刘恩家中尉默默地站着，可是他官职太低，陆军长官没有命令，他不敢下达撤出阵地的命令呀。

"我还要赶路，请你立即向陆军指挥官报告我的建议！"萨师俊说完挥手告别树林中的弟兄。

恶战，在等待中山舰舰长萨师俊！

四十一、战局恶化

1938年10月21日晚上，皓月当空，照得长江江面上波光粼粼，星星在夜空中伴随着月亮，眨着凄婉的泪眼，注视着长江，注视着被炮火摧残的山山水水。长江，中华大地上一条洁白的缎带，如今被日寇的铁蹄践踏得伤痕累累。

突然，月亮钻进云层，一股巨大的江风骤起，刹那间雾锁长江，被掀动的江水，形成巨大的浪头向岸边的石头撞击，发出震耳欲聋的轰鸣，站在浪头最前面的日本国华中派遣军总司令官畑俊六大将匆忙地向后一退，但江水还是“唰”地溅了他一身。空军指挥官小泽一郎少将忙讨好地脱下自己的大衣双手递过去：“将军，快脱下来，换上我的军服吧。”

日本国华中派遣军总司令畑俊六大将斜了他一眼没有表示同意，而是一挥手：“走！”

一辆越野吉普车在夜幕中向日军华中派遣军司令部匆忙驶去！畑俊六大将坐在副驾驶位上，两眼注视车外成群的日军战车、坦克，官兵排着多路纵队在战车前后两侧奔跑，他的思绪也随着行进的队伍和官兵的步伐蜿蜒起伏……

1937年7月7日，日军驻中国屯军步兵第一联队所部，在卢沟桥与中国守军第二十九军三十七师二百一十九团发生激战，听到这个消息的畑俊六大将，按捺不住内心的狂喜，乘专机赶到关东军司令长官部，一见关东军司令长官植田谦吉大将与参谋长东条英机中将正议论着什么，就大声说：“将军们，中国人终于上当了，我们怎么办？”

“畑俊六君”，植田谦吉大将连忙起身，“是什么风把你给吹来了？”

“战争，夺取华中的战争风啊！”畑俊六大将一本正经地说，“怎么，你们害怕，还是……”

“哈哈哈……”植田谦吉与东条英机异口同声地狂笑开了。

“哈哈哈……”畑俊六大将也跟着发狂般笑开了。

三人收住笑，东条英机出于参谋长的身份，在植田谦吉大将的眼色下，“唰”地拉开正面墙上巨幅作战地图，一脸冷笑地说：“畑俊六司令官，请你看看标示好的战区兵力态势图！”

“请你看的目的就是请你动动脑子，我们关东军与华中派遣军的使命，是幸运还是……”植田谦吉说。

“植田君，肯定是幸运啦！”畑俊六大将忙打断他的话，“我今天风尘仆仆赶来，就是要知道各方面情况，以便在华中制订切实可行的作战计划！”

“好好好！”东条英机中将急忙点头表示，语气显得异常亲切，表示出对这位大将的恭谦。

畑俊六点点头也表示出友好的姿态时东条英机手中的地图示意棒被植田谦吉大将接过去了，东条英机忙说：“司令官阁下，还是我来讲吧，讲错了请你指正就是了。”

畑俊六大将的目光早就扫到地图上，他在寻找那水红色箭头的位置指向，那是代表大日本皇军所攻占的地方与进攻的方向，偌大的中国东北及华东地区，已经布满了这种水红色箭头。

“我们在卢沟桥打响后”，东条英机说，“中国军队拼杀凶狠，我们已电告统帅部，华北局势正在按我们的意向发展，我们已经命令机械化装备的独立混成第一旅团，还有两个航空兵主力团队，做好了随时出击准备！”

“东条君，华北中国驻军非常多，且敢于拼命，仅动员两个旅团，几个轰炸机团队又能解决什么问题呢？特别是万一战场变得于我军不利时，应急部队从何而来？”畑俊六说完瞪着东条英机等待回答。

“畑俊六君，华中地区中国军队到底有多少？”植田谦吉问。

“统计数字与我们上次估计的基本一致。”畑俊六大将回答说，“海军的精锐都在长江一线。”

“中国海军几条破船算得了什么！”东条英机忙说，“我庞大的第三舰队只要一出现，这些小艇都会自动沉没！”

“参谋长先生，中国海军虽然装备低劣、兵力单薄、吨位极小，但是你别忘了甲午海战啊！”畑俊六说。

“对，应该记住历史，甲午海战虽然我们大日本海军打了胜仗，但中国海军拼杀勇猛的军人作风，是不可小看的！”植田谦吉说，“畑俊六将军对华中战局的未来也不必担心，陆军部杉山陆相，已经电令驻朝鲜屯军中将司令官小矶国昭，第二十师团随时可进军华北！”

“好，那么外交上有什么大动作呢？”畑俊六大将问。

“我驻中国大使，已在南京会见了中国外交部部长王宠惠，通报了卢沟桥是中国军队挑起战事！”东条英机说。

“仅仅这样是不够的，应该更大地刺激中国人，让他们跳起来跟我们作战，那时我们占领整个中国就有充足的理由啦！”畑俊六说。

“你放心，我国大使已向中国外长提出四条通告：其一，中国向日本国赔偿一切损失；其二，中国军队撤出卢沟桥、永定河地区；其三，处决在卢沟桥下命令攻击日本驻军的中国军队指挥官；其四，在国际上，中国政府向日本国政府公开赔礼道歉！”

“好！”畑俊六大将拳头兴奋地在空中挥舞，“中国人就是欺软怕硬，我们这着棋，必定使他们将华北拱手交给大日本帝国！”

“不不不，畑俊六君错了”，植田谦吉忙说，“中国人这次的回答是，坚决与我们拼到底，打败我们！”

“打？他们凭借什么力量打？”畑俊六冷冷地一笑，“他们凭几条破枪，几门旧炮能跟我们干？”

“他们士兵手上的枪连刺刀都很少呢！”东条英机说。

“据我们获得的最可靠情报，中国人这回是下决心跟我们拼的”，植田谦吉说，“我国政府已经决定对中国全面开战，开往华北的三军准备起程，为策应我华北主力作战，海军主力在华中、华南诸地进行牵制作战！”

“请畑俊六君看”，东条英机指着地图，“我主力集中于华北，围歼中国二十九军，该军有 10 万人左右，军长宋哲元，该军不是中国的精锐部队。我们只要攻占华北大平原，就打开了通向华中、华南的大门，然后在长江一线集中歼灭中国中央军的精锐军团，达到摧毁中央国民政府的目的。这就是我们大日本帝国的对华全部战略！”

畑俊六大将听着异常高兴，他明白植田谦吉大将既是日本关东军总司令官，又是满洲国武装部队的首脑，消息灵通，对政府的很多高层决策比较清楚。

畑俊六离开植田谦吉赶到自己的临时指挥部，部署华中大战。一天晚上，他的副参谋长、空军作战指挥官小泽一郎少将，匆匆赶到畑俊六的办公室，一见畑俊六正拥着译电员浅田秋子说着情话，立时扭头就走，畑俊六忙叫住他：“小泽君，有事吗？”

小泽一郎连忙站住，浅田秋子起身走到办公室后面的畑俊六大将的卧室去了。小泽一郎正色说道：“报告将军阁下，刚刚收到来自中国最高统帅部内部的情报，中国中央军汤恩伯部，正向华北八达岭、南口一带行进，企图在北平地区阻击我南下主力！”

“啊，情报准确吗？”畑俊六问。

“一个打入中国军队统帅部的少将军官送出的情报，准确性是不会有问题的。”小泽说，“我们还花了一大笔钱呢。”

“这个家伙，在我们得势时，他为我们服务，将来中国人若得势，他会出卖我们的。没有利用价值时，通知 07 号干掉他！”

“明白!”

畑俊六大将走到地图前，自言自语地背手踱步说：“汤恩伯有什么可怕，他不就是指挥一个第十三军吗?”

“还有卫立煌的第十四集团军!”小泽一郎补充说，“他们都在日夜驰援华北，不可轻视呢。”

“小泽君，怎么仗越打，你的胆子越小呢?”畑俊六说着放开嗓门，“当我军在华北集中了近10万兵力时，中国统帅部向华北增兵100个师，另有80个师作为总预备队，结果呢？我们仅仅只用了十几天决战，相继攻占北平。天津重镇，击毙中国第二十九军副军长佟麟阁与第一百三十二师师长赵登禹两将。”

“对，无论仗怎么打，中国人怎么硬，我们只看结果!”小泽一郎点头说，“不过今天的情报必须立即向华北集团军通报。”说着将情报拿出来展开。

侵华日军司令官香月清司中将接到来自畑俊六大将发来的情报，立即命令两个师团主力，向南口的中国军队汤恩伯部第十三军发起攻击!

汤恩伯在南口与日军中国屯军司令官香月清司所部血战之时，卫立煌部快速从保定附近越过山林，向西猛击日军左背后!

就在中日两军在南口厮杀的时候，日军畑俊六大将的情报官清水一行中佐，将一封情报亲自交到畑俊六大将的手中：

> 据南京中国最高统帅部情报：中国统帅部为避免两个方向作战，防止我大日本帝国三军在华东沿海进攻，分散中国三军北上决战，中国统帅部命令华中守军，在同一时间内向华中我大日本帝国驻军发起总攻……

这份绝对机密的情报被日军获得后，很快，上海激战展开了。

日军向华北增兵的计划改变，而快速向华中调遣部队，它们是：

驻大连的天谷支队；

驻台湾的重藤支队；

第三、第九、第十三、第一百零一师团；

野战重炮旅团；

独立野战重炮一个联队；

迫击炮一个大队；

航空兵飞行团队；

上海战区的日本兵力达10万余众，重炮360余门，坦克车240余辆，飞机338架，大小舰只76艘!

10月2日到10月16日，日军又向上海战区增兵：

独立攻城重炮一个大队；

独立野战重炮两个大队；

坦克一个大队；

独立轻装甲车三个中队；

第十军第六、第五、第十八、第一百一十四师团及军直属队；

第一、第二后备步兵团；

海军第四舰队。

日军华中方面军由大将松井担任，主管指挥第十军与上海派遣军；整个华中日军兵力分为两个军，陆军九个师，海军第三、第四舰队，航空兵及各直属部队，总兵力达36万余众。

1937年11月20日，日本三军以死伤六万余人的代价攻占上海。几天后苏州失陷，首都南京危在旦夕，中国政府宣告迁都重庆。

1937年12月13日，南京被日军侵占！

1938年3月23日到4月7日的台儿庄血战，中国第五战区司令官李宗仁将军，挥师歼敌第五、第十两个主力师团共计11 984人。

1938年4月7日，日军企图在徐州地区围歼中国军队50个主力师的计划成泡影。

徐州日军报复作战扑空，决定攻占中国三军华中大本营武汉！

日军华中派遣军畑俊六大将，决心在长江武汉战区显示他的军事指挥艺术。根据日军大本营的命令，畑俊六大将指挥一个军的兵力，沿长江由东向西攻击武汉，华中派遣军一个主力军，也在沿淮河由东向西，最终是华北派遣军攻占郑州后，两大主力会攻武汉。

畑俊六大将给陆相的报告中有一段是：

> ……我们的战术是按照大本营的战略意图而制定的，陆军、空军、海军协同作战，从长江水路直取武汉；参加徐州决战的我南路兵团，继续尾随徐州突围出来的中国军队，向皖省淮河流域的蚌埠地区追击，华北方面军的第二军沿陇海铁路南下直取郑州，这样我军将席卷汉口……

1938年5月中旬，华北日军第十四师团2.3万余众，在师团长土肥原中将指挥下，分乘几百辆战车、汽车牵引着各种大炮挺进，击败了中国守军，攻陷了内黄、楚庄岩等地，陇海铁路线被卡断。

1938年6月9日上午9时，中国军队在郑州以东不远的花园口，掘开了黄河

大堤，汹涌咆哮的黄河水一泻千里，它暂时阻止住了南下的日本大军，也给沿河一线的中国居民带来深重的灾难……

6 月 14 日，畑俊六大将攻占安庆，但九江以下长江航道被中国海军布下的水雷封锁，日军第三舰队无力再进，日军除派水兵下江摸雷外，又命令空军倾力攻击中国海军在长江的舰艇。

长江血战，中国海军所作出的悲壮牺牲，是世界各国海军战史上所罕见的……

汽车在黑夜中进行，日军大将畑俊六恐惧地回忆着激烈战况的一幕幕……

四十二 、安庆空战

1938 年 6 月 24 日上午，日军轰炸机驾驶员兼空中指挥官大岛少佐，率领八架战斗机沿长江一线，以高度仅 3 000 米直逼中国守军最前沿阵地马当，紧跟着他的南云原中尉，不停地提醒他："01，01，应进入 6 000 米，应进入 6 000 米，以防中国空军突袭！"

一提起被中国空军突袭，大岛少佐顿时心惊肉跳，他不能忘记 6 月 13 日下午 2 点，他率轰炸机十架，零式战斗机八架向安庆方向飞去，支援陆、海军作战。飞机还在距安庆有一段距离的 104 号目标上空，掩护的战斗机飞行员，极具战斗经验的龙肥清大尉，突然在电台中呼叫他："01，01，在你左前方江面发现攻击目标！"

"01 明白！"大岛少佐驾机闪电般飞扑向江面目标。

在空中观看万里长江，如同一条白色的飘带系在中华腹地。江中分布着中国海军大小五十余艘舰艇，它们的火力虽然不能与日本海军相比，但是舰艇上的每位中国海军，都怀着与舰艇共存亡的决心，誓与日军血战到底！

日军少佐大岛驾驶轰炸机进入 5 000 米时，他环扫四周没有发现异样，忙将飞机从 5 000 米下降到 3 000 米，由于视线极好，江面的目标越来越大了。空中那一片又一片的云层统统都在他的飞机上面，万一遭到沿江炮火突袭，他一提机头，飞机就会刹那间冲进云中，在云层的掩护下他不但安全，而且可以继续寻找攻击目标。

轰炸机以最快时速顺着浩荡的长江飞行，突然耳机中传来一声惊叫："01，你右上方发现可疑黑点，快拉起来，赶快拉起来！"

听到龙肥清大尉的呼叫，大岛少佐有些不耐烦，心里嘀咕着："这家伙真是他妈的胆小鬼！"

"01，快拉起来，快拉起来！"龙肥清大声疾呼，"你右后有攻击机，右后有攻击机！"

"你掩护，我攻击江面那艘艇！"大岛少佐说完又提高嗓门，"各轰炸机注意，战斗机掩护我们，不要跃升，跟着我向纵深寻找大型攻击目标！"

十架轰炸机不改航向、高度，反而加快时速顺江而上，目标：中国海军及沿江两岸中国陆军阵地！

“01，中国战斗机，中国战斗机，快拉起来，快拉起来！”龙肥清大尉再次急切地呼唤。

“中国战斗机来了，你是干什么的？废物！”大岛少佐骂着又命令道，“龙肥清大尉的8架战斗机，将中国战斗机咬住不放，牵制住他们，掩护我轰炸机攻击！”

对于固执的空中指挥官大岛少佐，龙肥清大尉一贯不愿与其合作，但又无法摆脱，因为他们同在一个联队。大岛少佐为副联队长之职，正好分管战斗编制，每次他出航都编制最好的战斗机飞行员作掩护部队，龙肥清是联队飞行技术全面的战斗机飞行员，所以每次作战，大岛少佐都指令其担任他的轰炸机大队的掩护机空中指挥官，协同轰炸机作战。

现在，龙肥清大尉一看大岛少佐他们十架轰炸机不听劝阻在2 500米低空顺江而上，心中异常气愤，他拉起机头进入6 000米时，左右七架战斗机跟上来了，僚机08号紧紧地咬住长机龙肥清，他机身上醒目的07号字样，被僚机08号盯住不放，万一僚机与长机脱离，双方就都没有战斗力和安全感了！

“07，07，在轰炸机右后3 000米处，发现中国飞机！”

“07明白，请08跟上！”

“轰……”一发炮弹在大岛少佐座机的机背上爆炸，弹片几乎砸破了驾驶舱盖板上的有机玻璃。

“07，07，我遭到攻击，01遭到攻击！”大岛少佐终于叫开了，“轰炸机拉起来，进入6 000米继续前进！”

看到前面的空中火光一闪后，硝烟在云层上面腾空而起，龙肥清大尉一推油门，战斗机箭般地向中国战斗机扑去！

“07，我们上面发现攻击目标！”僚机08提示。

龙肥清大吃一惊，抬头一看，16架中国战斗机分四个攻击编队直接向轰炸机大队压上去了。

“01，01，你被中国战斗机咬上了，立即拉起！”

“07，把中国飞机吸引过去！”大岛少佐命令。

中国战斗机空中指挥官刘展山在空中命令：“第二、三、四小队攻击敌轰炸机，第一小队跟着我截住敌零式战斗机，不准他们接近轰炸机位置！”

“明白！”众飞行员异口同声地回答。

按照飞机的作战要求，一般由四机为一组，也就是一个作战小队。刘展山他们所驾驶的战斗机，两翼下面都挂有副油箱，可延长空中作战时间。昨天晚上空军基地指挥官徐华林少将兴致勃勃地赶回基地时，海军总司令部派来的作战参谋王兴扑中校也赶到了，他将情报交给徐华林少将，少将读完大喜，“快，命令刘展山赶来！”

刘展山赶到了，少将亲自将情报交到刘展山手中，刘展山读完立时皱紧眉头说：“将军，这个任务交给我吗？”

“可以这样理解，一定要打好！”

“打好”这两个字说着容易，实际操作起来就不是那么简单了。日军十架轰炸机由八架战斗机护航，而且飞机性能优良，战斗的激烈便可想而知了。

“搞到这份情报，是相当危险的，有几个弟兄险些把命搭上了！”徐华林少将说。

“请长官相信，我刘展山就是战死，也决不会……”

“你错了”，徐华林忙打断他的话，“这么多日本人杀进了我们的国土，不把他们赶回东洋，你是不能死的！”

“对，我不能死！”

“要知道生命只有一次，是上帝给的单程票，为了打鬼子，我恨不得多活几回呢！”

刘展山乐了。

“快去研究战术！”徐华林少将说。

这一夜，刘展山没有睡，他与他的官兵们在海军派来的顾问，陆军派来的作战参谋的协同下，大家共同制订作战计划，制定战术。那就是用四条破机帆船并列在一块儿捆扎在江中，制作几个木头人穿上军衣，将敌轰炸机吸引过去。这时只要敌人进入木船上空，由三个小队对轰炸机进行攻击，一个小队将敌战斗机拦截住。

现在，敌人的行动一切都是按照中国空军、海军、陆军组成的战术研究小组的分析进行的。刘展山的第一攻击编队刚刚跃入预定空域，其他三个战斗编队对敌轰炸机打响了，只见空中火光一闪一闪，硝烟几乎淹没敌我飞机。

“各机注意”，刘展山拉起机头，“双机编队攻击！”

日军轰炸机指挥官大岛少佐率领十架轰炸机刚一进入目标上空，云缝中喷出一串炮火，他左前的一架轰炸机顿时被击中，他亲眼看到这架轰炸机油箱着火之时，右侧的云缝中又喷出一团火球，本来就已着火的轰炸机，又挨了一炮，大火立时吞没了轰炸机。

“不准跳伞，与飞机共存亡！”大岛少佐命令。

飞机浑身燃烧，在空中作垂死挣扎。

“跃升，进入云层！”大岛命令。

“轰！”那架被击中的飞机在空中爆炸了。

大岛少佐率领机群跃升到9 000米时，大岛少佐一看中国战斗机紧追不舍，同时又占领了攻击位置，忙在电台中呼叫："龙肥清，龙肥清，轰炸机遭到攻击，立刻赶来掩护！"

耳机中没有回音。

"大尉，轰炸机……"

"报告少佐，我战斗机遭到大批中国战斗机拦截，无力突破中国战斗机防线！"龙肥清回答。

"轰炸机遭到攻击，你不能来掩护，我要你来干什么?"大岛恼怒了，"立即杀过来，掩护我们突围！"

龙肥清大尉不敢再吭声了。

"大尉，快冲过来，我又有一架轰炸机被击中，快冲过来掩护！"

"少佐，少佐，我的飞机中弹！啊……"

一声惨叫从电台中传来，大尉的战斗机凌空爆炸了……

在三毁两伤的结局中，大岛少佐返航了。如果他当初按照龙肥清大尉的提示，早就拉起机头，不在低空飞行，就不可能有这么惨的结果。

今天，回忆在安庆的失败，大岛少佐一咬牙，决心在马当干个漂亮的仗来印证他的才能！

四十三、血战宁海舰

日军空军少尉驾机进入马当江面时，地面海军无线电指挥中心的声音传了上来。

“少佐，少佐，请注意马当的16号水域，刚才我们的远程望远镜看到16号水域有舰艇在运动！”

“明白”，大岛回答后又问，“不会将自己的舰船看成是中国军舰吧？我们在安庆等地都受过骗的！”

“注意寻找目标！”地面指挥中心的人显然有些不耐烦。

这时的日军飞机全部进入到6 000米的空域，八架战斗机紧紧地压在他们上面，其中有两架在轰炸机前面保持距离开道，担任今天战斗机指挥官的吉田新一中尉，比他的长官龙肥清大尉头脑似乎清醒些。特别是6月13日龙肥清等被中国军队击毙之后更是胆怯了，他今天将轰炸机编好战斗序列后，自己将飞机悄悄地拉起，比其他战斗机又高出500米，一有情况他便会闪电般自卫或脱离。上飞机之前出于是同学、同乡的关系，大岛少佐走到吉田新一中尉跟前，吉田新一中尉“啪”地向大岛少佐敬了个军礼。大岛少佐朝他笑了笑拍着他肩头说：“现在我们之间没有上下级差异啦。”

吉田新一松了口气，就改用学生对老师的语气说：“先生，龙肥清长官的死，说明……”

“说明他无能！”大岛少佐忙打断他的话，“一个没有战术的军人，除了死，还有什么用？军中不能留着这些造粪机！”

“安庆血战，中国空军的损失大吗？”吉田新一忙避开这个不愉快的话题，他不想在出发前给长官找些烦恼，“听说我们有几架川崎九五式驱逐机被击中？”

“空战的情况你应该也清楚”，大岛说，“中国海军在安庆反击极其凶狠，别看只有四十几条舰船的中国海军，我们有四五架川崎九五式驱逐机都是被他的炮火与机枪扫下来的！”

“第三舰队是干什么的？”

“他们被水雷套住了，一步都迈不开！”

“那么马当没有海军支援我们？”

“江面、陆地都没有火力支援。我现在找你谈，就是告诉你要特别警惕啊。”大岛有些悲哀地说。

对战争一贯充满信心的大岛，今天表现出一副悲观的神态不是没有根据的。自从在安庆等地日本空军被中国海军与地面火力交织抗击，日本空军损失惨重后，大岛少佐匆匆地赶到第三舰队设于长江南岸的基地指挥部，正好与第三舰队副参谋长南乡云二相遇。少佐南乡云二毕业于日本海军士官学校，跟大岛少佐在中学是同学。大岛凭着空军高于海军、陆军一等的思维，气冲冲地盯住南乡云二说：“你们海军是来中国视察的，还是来旅游的，嗯？”

“大岛君，你……你先坐，我知道你们在安庆空域损失惨重，你心里不好受。来，先坐下喝口茶压压气。”南乡云二很会来事。

“空军只是协同你们作战。我们在空中拼命，地面中国海军火力反击极猛，你们第三舰队都干什么去了，嗯？”大岛继续说，“我找你们长官去！”

“大岛君”，南乡云二见其不知趣，也板起脸，“据我们搞到的可靠情报，6月14日我们即将攻占安庆之时，中国海军上将司令陈绍宽，乘指挥舰从武汉直下安庆前线督促海军协同陆军拼杀，太阳快下山时他命令战舰一律撤退。途中命令舰炮将安庆以上江中及岸边航标、海军特航标志一律击毁，使我舰队一时无法航行。同时，在九江以下水域的马当布下水雷近700颗，东流方向布雷150余颗，湖口地区1 600余颗，水雷密布封江，我强大第三舰队无力展开，只有你们空军扫荡中国布雷海军舰艇，我们再派海军官兵下水捞雷。这样的情况你向我发什么脾气呢？”

大岛少佐沉默了一会儿说：“过去的事就不讲了，马当前线只要一发现中国舰艇布雷，我非扫荡他们不可！”

现在，大岛少佐驾驶他的轰炸机出现在马当江面空域了。

“报告少佐，16号水域发现中国海军布雷艇一艘！”战斗机空中指挥官吉田新一中尉带着几分欣喜的语气报告。

“警戒四周空域，确保我轰炸机的安全！”大岛少佐命令。

江面上，中国海军威宁号炮艇上，艇长李孟元正按照海军部的命令，在江中布水雷。当他将水雷布下正要走向艇尾时，炮手突然大吼：“长官，敌机！”

李孟元艇长抬头顺着炮手傅正初的手势望去，敌机黑压压的一大片冲过来了。他忙命令：“快把雷布下去，边打边撤！”

“艇长”，机枪手沈易翔搬起一箱子弹放在身边，“我要像宁海舰的机枪手黄庆波一样，死守战位，与炮艇共存亡！”

宁海舰的血战壮举发生于1937年8月22日，早在八天前，也就是8月14日

中午，普安号战舰马上就要沉没在董家渡水道了，机枪手沈易翔从舰位上扛下机枪，沉重地站在舰首久久不肯离去。战舰对水兵来说就是生命，为了抗日现在将它沉进江底堵塞航道，阻止日军舰队。水兵们哭了，舰长跪在江边凝视着渐渐下沉的战舰……

“沈易翔，上宁海舰！”副舰长含泪命令他。

走上宁海舰，高射机枪手黄庆波一屁股沉坐在舰首的机枪后面，宁海舰上的机枪排长这时走到他跟前也坐下，他们都默不吭声，双方沉重的心情是互相了解的。

两天后，8 月 16 日，日军轰炸机不断空袭海军舰队。20 日敌机大举进攻淞沪中国海军舰艇。轰炸的时间长、火力猛。海军对空打击毫无收获。宁海舰舰长请求地面部队炮火攻击，但各炮兵阵地炮火刚一开始，就引来了大批日军飞机轰炸，几个炮兵阵地在 30 分钟内遭到毁灭性打击，为了保存实力教训日本地面部队，21 日日军大批飞机沿江搜索我舰艇时，各炮兵阵地始终保持沉默。

22 日上午 11 时，宁海号炮长张忠清举着望远镜站在舰首，防空警报“呼”地响了起来。张忠清一看黄庆波已经转动了高射机枪，而他左前的高射机枪手沈易翔似乎在对空发愣，忙气愤地吼叫：“新来的中士，敌机来了，快转动机枪瞄准目标！”

“炮长，我没有发现目标！”

“东北角，东北角的云中有狼！”

在炮长的提示下，沈易翔发现云缝中不时闪过一个黑点点。机枪排长黄庆波叫开了：“中士，快把机枪扛过来，快！”

沈易翔与副手韩德立将高射机枪搬到黄庆波指定的位置时，已经能听到飞机的轰鸣声了。舰长在指挥塔上下达命令：“各战位官兵，敌机 16 架正从东北方位扑来，怕死的现在可以乘救生艇逃，不怕死的跟着我与敌机拼了！”

“跟着长官与敌机拼了！”众官兵异口同声。

沈易翔热血沸腾，拍着机枪对黄庆波说：“长官，敌机的致命点在什么地方？”

“油箱，但不好打”，黄庆波说着一挥手，“反正对着狗娘养的打，不准它接近战舰！”

“敌机 13 架向南飞了”，瞭望哨报告，“三架向我舰冲来！”

沈易翔看到了，有 13 个小黑点向江南飞去，那里有步兵与炮兵阵地，而正压过来的三个黑点，不用说是三架日军轰炸机，他们是针对宁海号的。舰长陈宠泰一看忙从指挥塔上跑下来，对站在沈易翔左前的机炮官陈嘉说：“陈嘉，快到炮长张忠清那里去！”

“是，协同炮长攻击!”陈嘉立正回答后就跑。

“军需员陈惠!”

“到!”

“协同枪炮官刘崇德，注意在舰尾发挥炮火威力!”陈宏泰舰长命令道。

“是!”

“见习官孔繁均!”

“到!”见习官一听舰长如此尊重自己，将“生”叫成“官”，更是热血沸腾。

“你协同机枪官黄庆波对空扫射!”

“执行舰长的命令!”

各炮位，机枪攻击位置眨眼间安排好了，这时瞭望哨兵报告：“三架敌机消失，13 架敌机也去向不明!”

“敌机在耍小聪明，注意警戒!”舰长陈宏泰命令道。

“敌机!”黄庆波不等舰长的声音落，大呼，“敌机在东南方位!”

“敌机，敌机!”沈易翔也发现了并且大声报告。

“轰……”一枚重磅炮弹从天而降，在战舰的左前方江水中炸起巨大的水柱。战舰轻轻地摇动了两下。

“把敌机赶开!”陈宏泰舰长命令，“打!”

“敌机 13 架，向我舰袭击过来!”瞭望哨报告。

舰长陈宏泰惊住了。

机炮官陈嘉叫着：“将正面三架先收拾掉，机枪开火，炮火直袭敌大机群!”

在炮火的最佳射程内，舰炮齐鸣，但偷袭的日机以四架与三架一组地反复俯冲攻击，战斗异常激烈。

沈易翔在机枪官黄庆波的指挥下，两眼盯住了那架飞在最前面的日军轰炸机，它从云缝中冒出来后，突然在云中又隐去，霎时间出现在舰的上空了，一头栽下来。

“打!”黄庆波命令，四挺高射机枪几乎同时对空扫射。

日军轰炸机拉起来的刹那间，从屁股后面一枚炸弹坠下来了，幸亏炸弹没有击中战舰，而是在舰的右后方江水中爆炸了。

“好险啦，离舰仅只三米多呢!”黄庆波惊叹说。

“黄庆波，黄庆波!”

黄庆波一听是舰长陈宏泰的声音，忙扭头。

“你们怎么搞的?”陈舰长阴沉着脸，“机枪火力在敌机要俯冲而尚未俯冲的刹那间就打，等它俯冲下来打什么？刚才多险，你一失手就是战舰沉没的代价，明白吗?”

黄庆波沉重地点点头。

沈易翔听着心中也不好受，自己也是一个老机炮手了，为什么不能像舰长那样认真研究战术呢？飞机时速快，当它俯冲下来你再打，确实是慢了半拍呀！

“各位注意”，黄庆波命令，“敌机第二小组攻击又来了，这回是五架在我舰上空回旋！”

沈易翔注意到了，敌机五架从云缝中探出头后又隐进云中。看来敌机正在调整攻击角度。

“打！”黄庆波命令道，两架敌机已经从舰前俯冲下来。

这回是两架战斗机，一阵密集的空对舰扫射，舰上的甲板被打得如同放鞭炮一般“啪啪”响成一片，火星飞溅如同夜空中的星星一般。黄庆波右大腿中弹，血流如注。这时两架敌战斗机正昂头拉起，又有两架轰炸机向战舰咆哮着俯冲下来。

“快打！”黄庆波推开为他包扎伤口的沈易翔，“打轰炸机，打轰炸机！”说着转身抓住机枪对着机腹一阵急袭。

机枪的火力是急袭的，在敌机腹几乎要擦着军舰指挥塔冲过的刹那间，四挺高射机枪直接扫射，顿时一架敌机屁股后面冒出一股浓浓的黑烟。沈易翔兴奋地狂叫开了：“打中了，打中了！”

黄庆波没有欢呼，默默地倒在机枪后面，腿部、背部的血已经浸透了军衣。这时沈易翔才发觉黄庆波倒在甲板上，赶紧跑过去将他抱起来，黄庆波已停止呼吸。沈易翔眼睛里涌出悲痛的泪水，大声呼叫：“机炮官，我为你报仇，报仇！”

四十四、威宁号血染长江

从黄庆波战死，到现在编入威宁号炮艇在马当布雷，机枪手沈易翔时刻记住黄庆波的战术与英勇作战的精神。

“艇长”，沈易翔又扛来一箱子弹，“高射机枪专打敌机腹部，那天我在宁海号上作战，目睹敌机被击中坠进江里的!”

“好”，艇长李孟元边回答，边赶到小炮的炮位上，“我来收拾敌人，你们用机枪射击!”

炮艇处于江面毫无隐蔽之地，完全暴露在敌机轰炸范围内。按照两岸炮火的射击区域，目前炮艇也处于炮火射击区外围，若驶进两岸炮火掩护范围，有地面炮火掩护，情况也许会好一点。

“加快航速，加大航速!”李孟元艇长命令。

炮艇在快速向两岸炮火能掩护的范围内前进，只要进入炮火掩护的区域，就可以想办法安全转移。

“机枪注意”，李孟元艇长命令，“进入攻击时注意瞄准，节省子弹!”

“是!”沈易翔边回答，边搬起机枪向左移了移。这时，敌机也顺江直扑过来了。

“打!”李孟元艇长命令道，沈易翔的手指立时勾动机枪扳机。

“哒哒哒”一阵急袭之中，第一波两架敌机从艇上空掠过，虽然炸弹没有击中炮艇，但艇上的火力也没有击中敌机。艇长李孟元的军帽被飞机掠过炮艇上空时吹掉，可想飞机几乎是擦着炮艇飞过去的。他又转动炮口对准天空，相隔第一波攻击仅只几分钟，敌机第二波攻击又开始了。

“机枪，机枪攻击!”艇长李孟元沉着地下达命令。

沈易翔眼睛里冒着火花，操纵着高射机枪将死神射向敌机。在机枪间歇时，二副手韩一大抢过机枪：“机炮长，我来打!”

“怎么，我打出的子弹不长眼睛?”沈易翔知道二副手是爱护他，故意板起脸，“老实当好你的副射手，我阵亡了你立即补位!”

“机炮手”，韩一大也板起脸，“黄庆波打下一架敌机阵亡，我也不能……”

“备弹!”沈易翔只好打断他的话，“多备弹!”

第二波攻击的敌机已飞临炮艇上空，四枚炸弹从敌机屁股后面冒出来，驾驶炮艇的蒋继传猛地驾艇向右转150度，四枚炸弹被蒋继传副艇长摆掉了。炸弹掀起的几丈高巨浪摇动着炮艇，满江都是被炸弹炸起的漂浮物，硝烟弥漫了江面。

空中，日军大岛少佐似乎很兴奋，他拉起机头作第六波攻击时，他的视线范围内不见江水，更不见中国炮艇，只有如云的硝烟充满长江。他什么也看不到，只好作了个60度的回旋后对跟进的同伙说："06，06，贴近江面搜索，看看是不是炮艇已经被击沉！"

飞行员赤石秀少尉明白，在视野范围内看不到中国炮艇，并不意味着中国炮艇被击中沉没。他忘不了1937年8月25日，他驾机跟随大岛轰炸中国军舰永健号。当时永健号正在黄浦江中向空中反击。当日军轰炸机进行了第九波攻击之后，大岛少佐在无线电台中兴奋地惊呼："着火啦，中国军舰起火啦！"

紧跟着大岛少佐的赤石秀少尉拉起机头正要观看江面情况时，耳机中传来大岛少佐的命令："赤石秀，给已经着火的永健号再投两弹，要彻底把它炸沉。"

"报告长官，赤石秀弹药已空！"

"什么？"

"赤石秀挂弹投完，只有机枪可供弹！"

"妈的"，大岛少佐在电台中骂开了，"小林秀泽，小林秀泽，你在哪里，你在哪里？少佐呼叫，少佐向你呼叫！"

"报告长官，小林秀泽正在你左下观察江面。"

大岛一听心里很高兴，因为小林秀泽在江面硝烟弥漫，空中对江面视线完全不清的情况下，能主动贴近江面观察，足以说明他敢于拼命。

"江面有什么情况？"大岛问。

"永健号已经被击中，舰上官兵正在扑火。"

"你的高度？"

"3 000米！"

"航向？"

"30！"

"航速？"

"300！"

"我命令你"，大岛少佐说，"高500，航向25，时速200，超低空侦察江面，寻找机会再投炸弹，决不让永健号返航！"

"小林秀泽明白！"小林秀泽回答上司大岛少佐，一推机头，轰炸机几乎贴着江面向硝烟窜去……

永健号军舰被日军炸弹击中了前后与中间，弹药舱爆炸后军舰正缓缓地下沉。舰长阵亡，副舰长拖着一条炸伤的腿伏在一个救生圈上，与机枪手卢国大在一块儿。卢国大见副舰长王丛飚身后的江水中漂起一片血红色，心痛地抱住副舰长的双肩：“长官，再忍着点，我一定把你救上岸，送你上医院。”

王副舰长咬着已经被咬破的嘴唇，瞪着血红的眼睛，愤怒地对空中看了看说：“卢国大，你要真心对我好，就打下这架敌机为我报仇，为永健号和阵亡的舰长报仇！”

“长官，你……”

“别管我，快上炮艇”，王副舰长喘息着说，“机枪还有子弹，狠狠地揍它个狗日的。”

江面上水流很急，一个旋涡套着一个旋涡，一个负伤的水兵正在旋涡中挣扎。一个浪头打来，把那个负伤的水兵淹进了江水里，一会儿那个负伤的水兵又从江水里冒了出来。他满脸惊恐，看见了不远处的王副舰长吃力地喊道：“长官，长官，救救我，救我……”

王副舰长无力地将救生圈推给了那个负伤的水兵，自己却被卷进了奔腾的江水之中！

“长官，长官”，那个负伤的水兵含泪看着被江水渐渐淹没的副舰长，心如刀绞。他声嘶力竭的哭喊，搅动了满江的江水！

机枪手卢国大擦干了眼泪，眼睛渐渐地燃起了怒火。他架好机枪，等待着那架贴着江面直扑而来的敌机。

飞机轰鸣声越来越近了。敌机像一只凶恶的秃鹰，狂吼着在江上寻找猎物。

卢国大两眼扫视一下江面，江面上零零星星还有几个在江水中挣扎的水兵。

“狗日的，你来吧，尝尝老子的‘花生米’！”他转动着机枪紧紧地咬住敌机。

小林秀泽一边将飞机降到离江面仅500米贴江而飞，一边向上空的大岛报告：“永健号正在下沉，永健号正在下沉，江面只有几个垂死挣扎的水兵。”

“用机枪扫射落水的中国水兵，用机枪扫射落水的中国水兵，不能让他们活着上岸！”大岛少佐命令。

“小林秀泽明白！”他正要开火，突然机身一抖，一串子弹打在飞机左边机翼上。

“我遭到江面机枪攻击！”小林秀泽报告，“江面有火力攻击！”

“投弹，投弹！”大岛吼叫着，自己并没有降低飞行高度，只是探头观察着江面。

小林秀泽立功心切，不顾一切地俯冲下去，投下两枚仅有的炸弹，与此同时，一发机枪子弹从机舱外射进来击中他右下腮，他一阵晕眩，差一点把飞机栽进江里。他咬咬牙，提提精神，发现江面有一挺机枪正向他射击。他“呀……”地吼叫着，飞机的机枪向江面吐出一道恶毒的火焰，吼叫声还没有停止，他感到腹部被重物猛击了一下，紧接着飞机舱中冒起一股黑烟。

“报告少佐，飞机中弹，我两处负伤！”小林秀泽哀叫着，失控的轰炸机直向江面栽下去。

“啊……”小林秀泽在号叫中与轰炸机一同栽进了江水之中，江面腾起一股烈焰……

现在，大岛少佐又命令赤石秀少尉贴近江面搜索目标轰炸，他打了个寒战轻轻转动一下操纵杆，飞机的机翼下面没有见到江水，更不见要攻击的目标，他只好穿过硝烟拉起机头。大岛在电台中命令：“江面有火，江面有浓烟大火向上蹿，是不是击中目标？”

“长官……”

“少废话，到里面看看！”大岛少佐命令。

“明白！”赤石秀少尉推下机头，贴近江面飞行。

江面上，威宁号炮艇首炮被炸毁，后舱又中弹燃起大火，一股黑烟席卷整个炮艇。机炮长沈易翔从硝烟中冲到艇中间，看到韩一大中弹阵亡，他倒卧在一个子弹箱上，头不见了，血水洒了一大片，惨不忍睹。水手长的腹部中弹，正伏在机枪上向空中射击……

“沈易翔，把机枪抱过来，快！”艇长李孟元催促着，“快！”

“是！”沈易翔抓起机枪就向上跑。

“怎么搞的，水手长的机枪不响啦？”李艇长问，“沈易翔，快去看看是怎么回事！”

沈易翔放下机枪，赶过去一看，水手长已经停止呼吸，而另一个负伤的水手郭友务在拼命向机枪爬过来，他身后印下一道鲜红的血迹。

“机枪官，我来打！”郭友务挣扎着一边爬，一边叫，“让我跟他们拼，为水手们报仇！”

“别爬了，我给你！”沈易翔提起沾满血迹的机枪赶到郭友务跟前，“老弟，你伤怎么样？”

“两条腿不好使，但手能动，誓与炮艇共存亡！”郭友务说着转过机枪口，向空中的日机射出一道道复仇的火焰。

看着水手郭友务血胆忠肝的姿态，沈易翔抱住机枪跑到艇长指挥塔，指挥塔已经中弹起火，艇长李孟元从火海中冲了出来，背上背着作战参谋左远先，他一见沈易翔冲过来，忙说：“快给左参谋包扎头部伤口，机枪给我！”

“长官，我来打！”沈易翔说着就伏在一座被炸毁的炮塔上，“谁还能动，帮我举起机枪，举起机枪！”

艇上除了炸弹的爆炸声，机枪的射击声外，就什么声音也没有了，沈易翔将机枪架在炮塔上试射了几下，死角太多，对空中俯冲下来的敌机没有构成威胁，敌机的轰炸更猛、更凶狠了。沈易翔正准备变换射击位置，他的右腿被弹片撕开一道口子，鲜血涌了出来。他有些支持不住，一屁股坐在了前甲板上。

“机枪，机枪射击！”李孟元艇长冲了上来，他一看沈易翔负伤倒下了，忙举起机枪，“打，我来举着你打，打！”

李孟元艇长两手举着机枪坐在燃烧着的甲板上，沈易翔扣动扳机……

大岛少佐在炮艇的上空作回旋飞行，观看飞机与炮艇的厮杀。赤石秀少尉扔下两枚炸弹后，正要升空逃窜，他立即向赤石秀命令道：“赤石少尉，将飞机降到300米，再向炮艇攻击！”

“明白！”

炮艇上，中国海军不顾惨重的伤亡，继续反击……

浩浩长江，滚滚浪涛在咆哮，中国海军威宁号炮艇在马当前沿布雷，遭9架敌机反复轰炸攻击，炮艇多处负伤，烈焰腾空，艇长没有弃艇求生，他与他的战友一起沉进那万里长江……

四十五、激战平海舰

炸沉中国炮艇威宁号，大岛少佐驾机返航了。他赶到基地指挥部报功请赏时，正巧日本华中派遣军空军作战指挥部作战参谋千叶中佐刚刚赶到，他俩是老相识。大岛向他立正敬完礼后，千叶中佐故作亲热地走上前："大岛君辛苦了。"

"千叶君比我更辛苦！"大岛忙讨好地说。

两人客气几句，大岛正要坐下，千叶突然挥起右手"啪"地一巴掌击在大岛的腮上："混蛋，你这个只知道邀功请赏，不知道巩固胜利，扩大战果的家伙！"

上级打下级这是日军中的普遍现象，大岛急忙忍气吞声地立正，不敢正面回答。

"海布君，进来！"千叶中佐对门外喊着。

身着海军制服的日本海军第三舰队作战部副官海布中佐，听到喊声匆匆地跨了进来。大岛一看海布杀气腾腾的神态，肺都气炸了，但不敢吭声，只好立正在两个中佐面前。

"海军第三舰队今天损失炮艇两艘，你作为空军空中指挥官，手中既有轰炸机大队，又有战斗机大队，为什么不执行空军指挥部、海军第三舰队指挥部的命令，将16号目标以西的中国陆军四个炮兵阵地炸毁，你干什么去了？"

按照海军与空军的作战命令，十天前这两个中佐同时奉命赶到空军基地，与基地空中轰炸机指挥官大岛少佐一同，研究轰炸目标以西地域，也就是马当地区以西的中国炮兵阵地与往返这一地区的中国海军舰船，为第三舰队顺江而上，掩护陆军攻占武汉创造伤亡小、代价小的战局，大岛少佐当时的表态是：扫荡16号目标，围歼中国海军舰船，是我空军义不容辞的责任。我机群所到之处，绝不许可中国海军及沿长江炮群存在，请海军、陆军、空军长官相信我大岛！

表态的时候趾高气扬，实施中大岛多次亲自驾机出航轰炸，按照战况他距表态有一定差距，可是他确是在为大日本帝国在拼命！

"你说，去年（指1937年）你大败回来是怎么交代的，嗯？"中佐千叶质问他，"你说呀？"

一提去年9月22日战事，大岛少佐的胆都吓破了。那天上午，还没有接到出击命令的大岛少佐，刚刚走上塔台，千叶中佐也突然冒了出来。千叶中佐凭借着长官的身份，冷冷一笑说：“8 月 22 日，中国宁海号炮舰击落你们一架飞机后，25 日你们在黄浦江炸沉永健号中国军舰，26 日，中国海军测量舰被我三艘战舰包围击沉于通州附近，从几次包围战可以认定，中国海军是一支血战舰队，空军不能小看他们的战斗力。9 月 8 日，中国海军又用水雷炸毁浦东新三井的三、四号码头与趸船，这些情况你了解吗?”

“听说了，也看了海军发的战情通报。”大岛说。

“还有”，千叶狠狠地一挥手，“对江阴中国海军防务有什么高见?”

“千叶君，你想用我空军扫荡江阴中国军精锐舰队?”大岛少佐问。

“我想请海军出击，第三舰队战舰的炮火，足可扫平江阴中国海军舰队。”

“第三舰队算什么?”大岛少佐出言不逊，“没有我们空军，第三舰队永远只能在长江口打转转!”

“话可不能这样讲啊”，千叶中佐忙说，“据可靠情报，中国海军第一舰队司令长官陈季良，第二舰队司令长官曾以鼎，相继赶到了江阴防区，这就是说中国海军决心在江阴阻止我海军舰队顺江而上。”

“我们空军去教训他们!”

“我也是这样想的”，千叶说，“机会来了，中国海军的平海舰、应瑞舰已经在 08 号战区出现，我命令你马上出击，将这两舰炸沉。这就是我们分别献给中国海军第一舰队司令长官陈季良、第二舰队司令长官曾以鼎的礼物!”

“好”，大岛少佐咬着牙点头，从腰里拔出飞行员佩带的手枪，双手托着送到千叶中佐跟前，“千叶君，我们朋友是朋友，军务是军务，现在我将手枪交给你，若我未炸毁中国军舰而空手归来，请你用这支手枪处决我，以整饬军纪!”

千叶沉默了刹那抬头问：“海布君，你认为呢?”

海军中佐海布似笑非笑地朝大岛上下打量了一下说：“大岛君，人的生命是单程票，拿头打赌是否代价大了点?”

“海布君，我既然用生命作赌注，就知道分量了，请你们相信，中国的海军，还有海军陆战队，统统都是我飞机下面的死鬼!”大岛少佐决断地说。

“既然你这样讲了，我当然相信你的空军指挥才能，我们等着喝你的庆功酒呢!”海布说。

大岛想着两个来自空军、海军的上级都将去长官那儿为自己请战，心里乐滋滋的。

上午 11 点，一封来自海军第三舰队的密电送到空军中佐千叶手中，千叶急忙赶到飞行塔指挥部，一见大岛正在地图前沉思什么，忙冲上去兴奋地道：“你看，是时候了!”

大岛一看，是中国两舰在08号区域处于最佳轰炸位置，惊喜地说："二位长官，看我的了！"

中国平海舰舰长高宪申，刚刚将两枚水雷布好，应瑞舰便打出空袭的信号，他忙拉响防空的警报。放好漂雷的见习官孟汉霖、高昌衢立即回到机炮位置，舰长高宪申命令："左前炮注意，与两挺重机枪协同作战！"

"报告长官，左前炮已经与两挺高射机枪处于同一战位！"炮手安起华回答。

高宪申朝两位正在高射机枪前忙乎的见习官扫了一眼，还没有来得及说什么，一架敌机已从舰右后方的云缝中"呼"地冒了出来。

"打！"舰长高宪申命令。

"轰……"

"哒哒哒……"

炮弹在空中炸开了一朵朵火花。

相距不远的应瑞舰也开火了，敌机立即分四波展开攻击！

平海舰舰长高宪申毫不惊恐，多次与日军血战的经验告诉他，越是大批敌机突袭，越是要头脑冷静，同时要集中火力，在其他各方火力的协同掩护下，闪电急袭，首先打下一架压住敌机的攻势，振奋舰上官兵歼灭敌机的信心！

"舰长"，副舰长踟蹰了一阵后赶到高宪申背后，"你看！"

随着副舰长叶可钰的手势望去，一架日军轰炸机在舰的左后方，借助炮火的硝烟作掩护，左右闪动，不时又上又下，但没有向军舰发起攻击。

"是一架指挥机？"高舰长问。

"肯定是！"叶副舰长说，"把这家伙打掉了，敌机就会乱套！"

"命令孟汉霖、高昌衢敲掉这个王八蛋！"高宪申舰长命令，"前主炮与前左炮同时劲射！"

"是！"副舰长叶可钰回答。

敌空中轰炸机中队长河川二郎大尉，这时奉大岛少佐的命令，指挥轰炸机攻击中国海军平海舰，而大岛少佐率另一架轰炸机急袭应瑞舰。大岛给河川二郎的命令是："不炸沉平海舰，就冲向平海舰作自杀攻击！"

河川二郎的回答很简单："长官，对付中国海军用不着作出这么大的代价，只要我的手指轻轻一动，几枚炸弹扔下去，中国海军舰队有多少舰船不能炸沉？"

"不要耍嘴皮子，我们与中国海军交战，损失已经不小了！"大岛少佐说，"一个不吸取失败教训的军人，永远不是个好长官！"

"是！"河川二郎不敢再作别的申辩。

现在，河川二郎正在中国战舰平海号上空，但他挂弹没有直接进攻。当平海号上的火力纵射长空之时，他明白在如此密集的炮火中俯冲很不安全，很有可能炸弹还没投下去，就会机毁人亡。于是他决定让别人先冲出一条血路，待战舰炮火遭到毁灭性打击后再驾机冲下去，用两枚炸弹撕开军舰甲板，炸沉平海号。

“浅田少尉，从右后方攻击！”河川命令。

“浅田明白！”浅田少尉拉起机头，向左30度，调整航向、油门、操纵杆。

平海号战舰上，副舰长叶可钰赶到高射机枪手、见习官孟汉霖跟前，孟汉霖挥手指向硝烟弥漫的天空：“长官，你看那架轰炸机在作航向与高度调整！”

“马上要俯冲下来了！”叶可钰很有战斗经验地说，“快，枪口跟着敌机转！”

“是！”孟汉霖回答，并飞快地转过枪口瞄向敌机。

“高昌衢，高昌衢。”叶可钰扯起嗓门。

“长官”，高昌衢在炮声、轰炸声中也扯起嗓门，“什么事，什么事呀?”

“那架正爬升的家伙！快盯住它，孟汉霖与你两人齐射，听我的口令，快把机枪移过来！”

“是！”

四个弹药手各扛一箱子弹跟上来了，子弹闪着金黄色的光芒。

孟汉霖与高昌衢各持一挺高射机枪，按照副舰长叶可钰的命令，两挺机枪暂停射击，只有左右炮在向空中射击，中间形成一条无火力带。日军少尉浅田驾驶轰炸机，将航向从30度调整到60度，正在观察平海舰上的火力间隙，大尉河川命令：“舰首前，左右炮火中间有条火力间断带，冲下去，快冲下去！”

“明白！”浅田少尉回答时，狠狠地一推机头。

战舰上的孟汉霖、高昌衢两双目光已经盯住了浅田少尉，这条狼在轰炸我通州附近的测量舰时，炸死我戴贵生、谢仁仁等官兵；我永健号军舰被炸沉于黄浦江也有他的“战功”；轰炸我宁海舰他也出过力。今天他又企图在我平海舰上作出新的“贡献”，特别是河川二郎督战空中，使他更有一种疯狂劲。现在他一推机头，轰炸机就顺着两门炮火中间的一条炮火空白带，直冲平海舰舰首甲板，只要两枚炸弹投上了舰首甲板，舰首就会被大火淹没，弹片就会使官兵大批伤亡，那时他再拉起又回旋冲下去，配合河川二郎发起攻击，平海舰就会沉进江底了。

平海舰上，孟汉霖与高昌衢的机枪在跟着敌机的高度、航向转动，当敌浅田少尉驾驶的轰炸机正沿着无炮火空间直冲下来仅500米左右，眼看就要冲到舰首空间的刹那间，两人异口同声地吼：“打！”

“哒哒哒……”一阵急袭的弹雨洒向天空，只见敌机顿时在空中火光一闪，机腹下冒出一般黑烟，眨眼间“轰”的一声凌空爆炸了。

河川二郎大尉大吃一惊，正要在电台中向大岛少佐报告什么，攻击应瑞舰的上空也有两架日本轰炸机凌空爆炸。

“河川，河川”，大岛在无线电中号叫，“我们已经损失四架轰炸机，再不能有闪失了。”

“长官”，河川二郎大尉在电台中说，“请你下达命令！”

“炸沉平海舰，炸沉平海舰！”大岛少佐反复命令着。

“河川明白！”

河川二郎大尉看了看机上的各种仪表，又看了看平海舰上的攻击火力，闪电般将航向从60度调整为120度，一推油门，轰炸机顺着舰首俯冲下去……

孟汉霖与高昌衢已经瞄准了敌机，也看出他摆开了自杀的架势，当河川二郎的轰炸机刚一进入高射机枪与炮火的有效射程，枪炮齐鸣，河川二郎大尉机毁人亡。

大岛少佐一看自己的飞机五毁一伤，只好夹着尾巴返航了。回到基地，千叶中佐将压满子弹的手枪递给他：“少佐先生，知趣点！”

“明天，再看我一次！”大岛少佐阴沉着脸说。

“你怕死啦？”

“今天河川不执行我的命令，自作主张地调整攻击编队，使我轰炸机大队五毁一伤。明天我一定扳回这一败局！”大岛少佐说。

千叶中佐听着不表态。

“空军像这样老是吃败仗，机毁人亡，怎么样协同我们海军攻占武汉！”海军中佐海布在一边帮腔。

“二位长官”，大岛少佐挺立，右手提着飞行服，“1937年9月23日，是我轰炸机攻击联队扫荡平海、应瑞舰的时间！”

“我听你的这种豪言壮语听得太多了。”海布中佐说。

“你每次说起来神情激昂，为什么总是毫无结果？”千叶中佐质问他。

“二位中佐先生，请你们看明天，明天是我复仇的最佳时间，我这是按照中国的算命术算出来的幸运日！”大岛少佐坚持说。

千叶中佐收回手枪：“我等着1937年9月23日！”

“你什么时间出发？”

“明天上午9点，江雾正浓时出击！”大岛说。

千叶与海布对视了一下，默默地点点头，大岛向两位中佐敬礼，回身对排队在后的飞行员们吼叫般命令：“立即准备，明天上午9点复仇！”

血战后的平海舰，硝烟弥漫，舰首、舰中、舰尾弹痕累累，舰长高宪申从塔台指挥室走出来，看见副舰长叶可钰的炮位上没有人，忙探头向舰中望去时，听到有人在急促地呼叫：“长官，给我一枪，快给我一枪！”

“谁在那儿叫喊？”高宪申舰长问。

“报告长官”，军需官匆忙地跑过来，“机炮官田尚伦左腿炸断，右胳膊也没有了，舰上没有医疗条件，血流如注。刚才他昏死过去了，现在醒过来他痛得难受，请求补一枪！”

高舰长上下扫了眼军需官仆利洪问：“田尚伦呢？”

“在舰尾左炮位。”

“走！”高宪申说着向舰尾赶去。

机炮官田尚伦是条血性汉子，今天日军轰炸机刚刚进入炮火射程时，军需官仆利洪与三个水兵各扛一箱炮弹赶到，仆利洪见其在炮位亲自操炮，忙喊道：“机炮长，快开炮哇，敌机马上要俯冲了！”

田尚伦扭头一笑：“军需官，我请日军飞行员吃炮弹，越近越吃得饱！”

“机炮官，敌机消失！”瞭望官王昭迪举着望远镜报告。

田尚伦一听大吃一惊，忙向敌机刚才出现的方位望去，果然敌机无影无踪了。

“在左前的那块云中搜索！”田尚伦说着，忙抓起脚边的那架德国造望远镜。

“敌机！”军需官仆利洪突然惊叫起来，“在头上，头上！”

刁滑的敌机并没有顺江而上，当它发现中国战舰后，认定各种炮、机枪会向它瞄准。于是一头扎进云中，但它明白云块中是中国炮火追寻的地方，轰炸机不能久留。在云层上面敌机驾驶员通过云缝注意到，平海舰上的火炮、机枪几乎都在搜索前后左右，并没有盯住舰的正上面。

“机不可失！”敌机驾驶员东乡五十二乐了，他的轰炸技术，跟少佐大岛相比不会差到哪儿去，只是大岛少佐吹、捧、拍样样精通，这方面他是望尘莫及的。

“大岛长官”，东乡五十二在电台中呼叫，“我是01，我是01，在我的机翼下是中国平海舰正中，处在舰炮火力薄弱的区域，请求攻击！”

“东乡”，耳机中传来气愤的声音，“我是河川大尉，攻击平海舰的指挥官是我，你难道不知道？”

“啊，报告大尉长官，01号失误，01号失误。现在向你报告，01正处在平海舰正上方火力薄弱的区域。”

“攻击，还犹豫什么！”河川大尉命令。

“01明白！”东乡五十二猛推机头，轰炸机穿云破雾，向中国海军平海舰高速突袭下来。

“头上有敌机！”平海舰上军需官仆利洪发出一声呼叫。机炮官田尚伦一看果然是一架偷袭的敌机，忙命令：“头顶目标，准备，放！”

炮弹向空中喷着火，平海舰在颤抖！

“敌机跑了，敌机跑啦！”瞭望员报告，“敌机向东，向东跑啦！”

“各炮注意，跟踪目标！”田尚伦命令。

驾驶敌机的东乡五十二确实极为刁滑，当他发现平海舰上的炮火向他射来时，认定偷袭的时机已经失去。于是他极其沉着地猛拉操作杆，提起机头，加大油门，迅速向高空逃窜，脱离了炮火有效射击范围。进入云层上面，他贼心不死，略作调整，飞了一个大回旋后一头扎到500米超低空，再次发起突袭！

平海舰上的田尚伦机炮官眼明手快，当敌机在云层上面作大回旋时，通过云层缝隙他已经盯住了敌机，并告诉各炮手：“敌机正在作大回旋调整航向，有可能作大坡度俯冲，在超低空向我突袭！”

“报告，两架敌战斗机在我舰右前方佯动！”瞭望哨报告，“左前方也出现战斗机佯动！”

“别管它们，那是吸引我注意力，掩护轰炸机进攻我舰！”田尚伦一眼识破敌人阴谋，“注意轰炸机！”

各炮位的炮手们无论来自何方的干扰都没有分散他们的注意力。他们在四周及头顶搜索敌机是否进入我炮火的有效射程。

“机炮长，应瑞舰打下一架敌轰炸机！”有人在惊喜地欢叫，“应瑞舰打下敌机一架！”

“好，他们打一架，我们争取打下两架！”田尚伦兴奋地说着，一抬头，疾呼，“500米有敌机！”

各炮手一看，好家伙，一架敌机从云中偷偷溜出来后，在距江面仅500米的低空向平海舰扑来。

“打！”田尚伦命令，“打掉敌机！”

敌机在呼啸的炮弹群中，顺江直扑上来，不怕死，不避弹，大有不炸毁平海舰决不罢休之势。

“我来！”田尚伦奔到右炮位拉开主炮手，操炮瞄准，炮镜中出现正要投弹的敌机的影子，由小到大，他大吼一声：“放！”

一发炮弹直飞过去，敌机顿时凌空爆炸……

“打下一架，打下一架！”炮位上的官兵欢欣地互相祝贺。

“轰……”又一架敌机偷袭上来了，一枚炸弹在前方不远处爆炸，将一挺高射机枪炸毁，机枪手的腹部被弹片撕开了，血水涌到甲板上。田尚伦冲上去一把抱住被炸成重伤的机枪手蒋继峰，顺手抓起他被炸出来的肠子塞进腹部，嘶哑着嗓门大声叫喊着：“继峰兄，继峰兄……”泪水盈满了眼眶。

蒋继峰吃力地睁开双眼望着他，扇动嘴唇：“是条汉子，就跟敌人拼到底！”

蒋继峰在田尚伦的怀中永远地去了。

“为高射机手报仇!”田尚伦发狂般跑到炮位。

敌机的攻击波一次比一次激烈!

田尚伦打完四发炮弹，硝烟使他视线极为不好，他忙赶到舰中间去寻找高射机枪，就在这时，敌机凌空爆炸的弹片炸断了他的腿，撕掉了他的一条胳膊，但他伏在甲板上坚决不下去，一只手扣动机枪扳机与日军轰炸机较量到昏死过去。醒来时他才知道战斗暂时结束，浑身的伤口疼痛实在难忍。

舰长高宪申赶到田尚伦跟前，田尚伦静静地躺在血泊中如同熟睡一般。他俯下身子用嘴对着他的嘴，又拍着他的脸，摸着他的胸口，高宪申长长地叹口气站起来：“他流尽了最后一滴血!”

“机炮长，机炮长!”军需官仆利洪扑上去了。

“机炮长!”在场的官兵痛心地长呼。

舰甲板上，副舰长叶可钰从炮位上又抱起一位阵亡的炮手，血淋淋地走到甲板中间，一排并列的阵亡官兵身上盖着白色的布单，幸存官兵将被弹片撕出一个又一个洞眼的军衣、军帽折叠好放在烈士们腹部，叶可钰又将一位炮手的炸断胳膊从炮弹箱后面拉出来，双手托着亲吻着昔日弟兄举杯的手，然后吃力地走到这位弟兄跟前，单腿跪着将那条断臂放在烈士的衣袖里。

“副舰长，高长官到!”一个作战参谋报告。

叶可钰副舰长抬头向舰长高宪申望去，沉重地站起来两步跨过去，挺立于舰长跟前举手敬礼：“报告舰长，阵亡官兵全部集中，请求命令!”

“啪!”高舰长向副舰长立正还礼，并命令，“向后转，归队!”

这时的叶可钰副舰长才注意到，幸存官兵已经自觉地列队在甲板上为阵亡弟兄送行来了。有的官兵互相扶着，有的头上、胳膊上、腹部还绑着血迹斑斑的绷带，有的用枪支住伤得有些支持不住的身子，他们站在血泊中，神情激昂，具有一种视死如归的精神!

高宪申舰长扭过头看看应瑞舰上忙乎的弟兄，扭过头挺立，面对排列的阵亡官兵，又扫了眼列队的官兵：“立正!”

官兵们挺立!

“为阵亡的弟兄送行!”高宪申说着“唰”地跪地。

“唰”地，官兵全部跪在舰甲板上，跪在阵亡弟兄们的遗体旁。

“脱帽致哀!”高舰长命令，并自己首先脱帽。

官兵们跪在甲板上垂下头默哀。

“弟兄们，他们为什么死!”高舰长问。

“抗日，打鬼子!”众官兵异口同声。

“我们活着干什么!”

“打鬼子!”

“弟兄们，明天鬼子是不会放过我们的，他们是要炸毁我平海舰，我们就要小日本给我们垫背!”高舰长说着拔出手枪，“谁要是怕死，就是条虫！跟着我拼了的是条龙!”

“跟鬼子拼了!”众官兵吼叫着。

“孟汉霖、高昌衢两个都是见习官，他们用机枪击落敌机，他们双双战死，我的两个好弟兄”，舰长高宪申跪着移到一具遗体前，揭开白被单，露出血糊糊的脸，高舰长用袖口擦去烈士脸上的血，又用双手托起烈士苍白的脸，无限悲痛地道，“高昌衢兄弟，500 年前，我们是高家一个祖宗，你阵亡了，我还有报国、报仇的热血!”

“报仇，报仇!”官兵们的吼声，与拍打战舰的浪涛声交织着，风，在吹散着硝烟……

担架抬走了烈士，目送的眼光是那样深情……

“哒哒哒……”叶可钰副舰长举起机枪对空扫射，他在为阵亡的弟兄们送行……

四十六、突袭日军机场

1937年9月23日，也就是轰炸平海、应瑞两舰的第二天，日军千叶中佐亲率一支庞大的轰炸机群，在两个中队的战斗机护航下直逼平海、应瑞两舰。少佐大岛驾机跟进，两眼不时地扫视飞在左前的千叶中佐，心里一股又一股无法用语言表达的味道在翻滚。

昨天告别两个中佐，决定今天9点再次与中国海军厮杀，大岛少佐怏怏地回到卧室，尚未坐定，门外机场上突然响起一阵猛烈的手榴弹爆炸声，紧接着子弹像炒豆子一样在机场上响了起来。

“快，中国军队攻上来了，中国海军陆战队攻上来了！”门外的乱枪声中有人在呼叫。

大岛少佐一听，拔出飞行员佩带的自卫手枪，快速冲出门，中尉飞行员提着飞行帽、飞行服正背靠门框站着，他大叫：“名古，名古，你他妈怎么堵在这儿?”

名古中尉继续站着，脑袋靠在门框上，不见其反应。大岛上前一推，名古如同一块门板般倒在地上，左耳边血糊糊的一片，右下腮的血朝脖子里流，他的头部连中两颗子弹，看来他是听到枪响，就急忙抓起飞行服企图驾机出击，赶到门口被打死的。大岛少佐来不及多看一眼死去的同伙，正要向基地指挥部跑，千叶中佐与海布中佐迎面赶到了，不等他问，千叶就说：“快，通知飞行员从后院翻过去，进入机场卫队的阵地！中国海军陆战队突袭机场，专门枪杀飞行员！”

“啊”，大岛大吃一惊，“卫队，卫队呢，他们都死光了?”

“正在激战，你快去组织飞行员突出去！”

“是！”大岛少佐扭头就跑。千叶、海布中佐也跟着往外跑！

“王家书，用机枪堵住敌飞行员住的房子，徐述径跟着王家书，其余人跟着我炸飞机去，掩护队的刘一平不能撤，死守阵地，保证我们打掉敌人飞机，消灭敌人的飞行员！”

“是！”刘一平在前面黑暗中回答。

部队按照战场情况突变，本着敌变我变的原则，中国海军陆战队队长方守力在紧急下达命令。

部队分头出击了！机场上的血战更加激烈！

原来，9月22日日军轰炸我海军舰队后，看到舰队官兵英勇作战的激烈场面，在舰上化装成商人的少校方守力决心临时组织一支部队，夜袭日军机场。方守力会讲一口流利的日语，他持日军大尉军官通行证赶到机场副官部时，翻译洪勋泽已经关门出来了，一见他来了吃惊地问：“伙计，你怎么来了？”

“杀豺狼！”方守力说着向左右一看，“走，到你房间谈！”

日军翻译洪勋泽与方守力是同班同学，当方守力回国入海军服役时，洪勋泽在日本投靠日本空军任汉语翻译官。日军进攻中国，特别是对我海军、空军、陆军及其城乡展开轰炸后，身在日本军营的洪勋泽日夜不安，他要寻找最佳时机投入抗日阵营。前不久日军调他进入09空军基地时，他一看就知道这是前线基地，千叶中佐也告诉他这是围歼中国海军舰队的空军基地，并说他虽是中国人，但在日本生活多年，在日本有漂亮的妻子和孩子，有一个温暖的家庭，一定要忠于大日本帝国！

看着千叶中佐的凶相，洪勋泽说：“中佐先生，本人虽为华人，但自娶日本帝国将军的女儿为妻后，血管里的血就换成日本帝国的血液了，那颗中国心也换成日本帝国心了。本人身为大尉皇军翻译官，又有日本帝国将军的女儿为妻，就是投向中国军队，他们也绝对不会相信我，一定会处决我的。请长官放心，空军围歼中国海军全力以赴，我也决不会袖手旁观！”

“好样的，军人尽天职是不分国籍的！”海布中佐忙从后面走过来说，“你是陛下的优秀军人！”

洪勋泽点头。但是他心中的仇恨和怒火，却在熊熊地燃烧着！很快，洪勋泽与中国海军陆战队取得联系，并打听到老同学方守力是海军陆战队中的军官，一个大胆的计划在洪勋泽脑子里形成了。他决心与方守力协同里应外合炸毁日军机场，消灭日军飞行员！

经过五次联络商量，洪勋泽将日军这一飞行基地的兵力、飞行员住地、军官、塔台、卫队、后勤及所有情况，特别是轰炸机与战斗机混停在机坪上、油库紧靠卫队东侧的情况，在图纸上标得清清楚楚。今天因日军损失较大，估计明天会对中国海军进行大规模报仇轰炸。方守力经与总部研究决定，深夜突袭机场，炸毁敌人飞机，歼击其飞行员，支援海军据守长江！

洪勋泽事先将一挺供演习用的轻机枪、两箱子弹悄悄地搬进床下面隐蔽起来，供深夜作战用。

夜，日军已经入睡，只有哨兵在月光下游动。洪勋泽与方守力穿着日本空军作战服走到东门，正站岗的两个日本哨兵忙立正向他俩敬礼。洪勋泽左右扫了一眼，走到两个哨兵跟前，指着其中一个大个子问："本多酒沼少尉呢？"

"报告长官，本多酒沼少尉正在休息。"大个子哨兵回答。

"我要见他，你带路！"洪勋泽说。

"长官，哨位……"

"小山正美不是在吗？"洪勋泽指着小个子日本兵，"他过去是我的卫队员，你不知道？"

"长官，按军规我俩应该都在哨位……"

"别废话，我们这位长官陪小山正美一会儿，你马上回来嘛。"洪勋泽说完又把自己的日本名字说了一遍，"我是成田利秋长官，小山正美认识我。"

"对对对，这位是成田利秋官长"，小山正美说着忙上前，"我以前给长官当过卫士。"

洪勋泽拍拍小山正美："好好干，过些日子再调你回卫队。"

小山正美高兴地点头。

大个子日本兵听着只得服从命令，带着洪勋泽顺着一条石头铺成的小道向机场警卫队的宿舍走去。

而机场警卫队小队长本多酒沼少尉，此刻并不在宿舍里，他吃完晚饭，安排好哨位，命令副队长林清六督岗查哨，他自己潜出基地到妓院风流去了，谁知道他心爱的妓女小苹果被一个大尉占有，只好怏怏地往回走。

来到东门他负责的哨卡门口，他朝哨位走去，既不见大个子，也不见小个子小山正美，而是一个中年的哨兵正召唤一队官兵向机场内跑。本多酒沼是一个服役多年的老兵，晋升到大尉后由于两次失职，使五名官兵死于自相残杀，他从大尉降级到少尉。现在他一看一队官兵从机场东门进去，忙跑步冲过去问："干什么的？"

"海军陆战队的"，方守力操着日语回答，"你是谁，干什么的？"

"这是我的哨门，没有基地指挥官的命令，不准进去！"本多酒沼说着赶过来，"请长官出示证件！"

方守力正要出示伪造的证件时，机场里面枪声大作，并有两颗红色信号弹升空，这是洪勋泽打出来的，是告诉他已经惊动了敌人，立即动手，情况不妙。方守力举枪"砰"的一声结果了本多酒沼。

"打！"方守力命令。

"哒哒哒……"洪勋泽的机枪架在日军飞行员正对面的小房子里开火了。

方守力四下环顾后，带着人直奔机场停机坪，远远的他看到机坪上一架架罪恶的轰炸机、战斗机，他恨不得一跃扑上去将手榴弹扔进机坪上所有的飞机，将所有的日军飞机炸毁，但是一堵火墙压住了正在冲击的队伍，前面两位弟兄倒下了。

“穿过火力网，炸掉敌人飞机！”方守力命令着。

“队长，长官”，爆炸手戴小华爬过来了，“机枪掩护，我从左边迂回上去！”

方守力伏在地上没有立即表态，他观察了一会儿后问：“小老弟，有把握冲进机坪吗？”

“长官，今天来了我就没有想活着回去！”

“我掩护，你上！”方守力说着，奋力向敌机枪火力点投去几枚手榴弹，“快，从左迂回上去！”

具有牺牲精神的爱国士兵戴小华冲上去了。

再说洪勋泽带着日兵大个子，途中狠狠一刀结果了这小子。刚抽回匕首，日军副队长林清六正巧路过，在一丛树下将洪勋泽刺死大个子哨兵的一幕映进眼眶，仔细一看是基地翻译官，忙藏在暗处问：“翻译官，你为什么杀死我的哨兵？”

听到暗处有人恶狠狠地质问，洪勋泽明白遇到了对手，忙一闪身伏地反问：“你是谁？”

“东门哨卡副队长林清六！”对方回答。

“我是翻译官……”

“我知道，你是个中国人！”林清六说完手中的枪响了。

“打！”洪勋泽向枪响处投去一弹，在爆炸声中日军林清六去了他该去的地方。这一下敌人被惊动了，洪勋泽只好打出攻击信号。

日军守备部队几乎是全体出动，机场四周及里面枪声大作。日军里外无法联络，互相之间打起来了。

“方兄”，洪勋泽赶到方守力跟前，“怎么办？”

方守力向前看了看说：“敌人火力封锁了我攻击机坪的道路，弟兄们伤亡很大，今天这一仗，……”

“我上！”洪勋泽扭身奔去。

“洪兄，你掩护我上！”

“你掩护，快！”洪勋泽顺着一条战壕，抱着炸药包冲向敌机坪。

“哒哒哒……”方守力抱起机枪掩护，将敌人火力吸引过来了。

“哎呀呀……”一个日军号叫着，从背后向方守力杀来。

“哎！”方守力猛地扭头，双手抓住日军刺来的尖刀，日军一看刺刀被抓住刺不中腹部、胸部，又抽不回来，只好咬着牙转动枪刺，方守力的双手血淋淋的，头上大汗淋淋，突然他猛地一拖，那个日军向前一扑，他抢上前一把抱住日军，拉响了他身上的手榴弹。

方守力与日军同归于尽了，手榴弹爆炸的硝烟之中，千叶中佐指挥机场守备部队与中国海军陆战队敢死队展开了激战，由于火力悬殊，敢死队的官兵们全部阵亡了。但是日军上下惊异了。当大岛少佐抱着在激战中死去的日军飞行员，赶到千叶跟前时，他愤愤地问："中佐先生，守备机场的守备队长干什么去了?"

负责守卫机场的野田大尉愣住了。

大岛少佐指着野田大尉狂叫着："让他死在这里!"说着朝一个破汽油桶一指。

这些天来，日军守备机场的野田大尉对部下管理特别严格。大岛的亲弟弟在守备队任少尉，由于他失职使机场两部电台被烧毁，是野田在破油桶中装上30公升汽油，又命令士兵将大岛的弟弟捆住四肢甩进破油桶，点燃汽油活活浇死的。大岛少佐眼前回荡着弟弟被活活烧死的情景，坚决地向千叶中佐要求烧死野田大尉。

"处死失职的军官，是对陛下的最好效忠!"大岛对千叶说。

"大岛君，你想报杀你弟弟之仇?"野田大尉问。

"你怎么这样!"大岛少佐怒视着野田大尉，"中国海军陆战队的敢死队都冲进机场了，你这个守备官干什么去了?"

"你率机群出击，今天被击落五架，击伤一架又怎么样向中佐长官交代?"野田在生死关键时刻，毫不犹豫地反击，"我今天失职，可是中国人极其勇敢，你不知道?"

"明天，我要炸毁平海、应瑞两舰!"大岛吼着。

"我看你又在……"

"甩进油桶，烧死他!"千叶中佐打断野田大尉的话，并挥手命令，"烧死他，拿汽油来!"

野田咆哮着正要拔刀反抗，四个士兵冲上去拧住他。野田向千叶愤呼："中佐，请求你……"

大岛扇了他一耳光："失职的狗!"

"野田"，千叶中佐走过去，"机场是我军的最重要地方，扫荡中国海军、陆军，进占武汉，空军是一支巨大的打击力量。而你自己与女人同居，让中国敢死队冲进机场，使我守备官兵死伤几十人，你这条命还留着干什么?"

"中佐长官，我是大日本帝国优秀军官，在北满、南满、北平、上海战区都是战功显赫，我是由士兵晋升到大尉的，请求你……"

"点天灯!"千叶中佐命令。

野田大尉在狂叫声中被甩进他自己设立的刑具——破油桶中。大岛少佐亲自点燃汽油，野田在油桶中挣扎，火焰吞没了这个双手沾满中国人鲜血的家伙……

今天，千叶中佐亲自驾机来了，他要与大岛一同扫荡中国舰队。大岛的心总算平静了一点，因为处死他同胞弟弟的野田，也被他用同样的方法处死了！

“报告，大岛长官，中国海军平海号与应瑞号军舰出现！”大岛耳机中传来侦察机驾驶员的声音。

“明白！”大岛回答时，忙转过无线电钮，“报告千叶长官，中国平海、应瑞两舰出现，我请求由你督战，我率第四中队攻击！”

“大岛君”，千叶中佐命令，“你率领四中队，轰炸军舰！”

“大岛明白！”大岛拉了下机头，轰炸机向上昂了昂头，他命令，“第四中队跟上，攻击平海舰！”日军轰炸机大队分成两个中队，分别向平海、应瑞军舰展开了进攻，一场大血战又开始了。

四十七、两舰殉国

中国海军平海号军舰舰长高宪申，现在站在舰塔的指挥位置上，副舰长叶可钰扛着一挺机枪走进来了，高宪申放下手中的望远镜扭头问：“老弟，一场恶战马上就要开始了，要有准备啊！”

“快向 2 号炮台发信号，协同我们今天作战！”叶可钰副舰长说着放下机枪。

一面红色与一面绿色的信号旗挂到塔台左前的杆上了，协民守卫的海军炮台上的台长何为少校一见到信号，忙赶到 2 号炮位对炮手说：“邓祥华，看到没有？”

“看到了，又是一场恶战！”邓祥华说。

“敌人要毁灭我们海军……”

“敌机，敌机来了！”有人大声报告。

空袭的警报响了。平海、应瑞两舰都发出敌机来了的信号。炮台指挥官何为少校飞快地直奔 4 号炮位：“左先明，左先明，快装掩遮物！”

昨天血战，击落敌机五架，击伤一架，海军上将陈绍宽司令长官特发来嘉奖令。同时也是提醒两舰官兵，23 日日本轰炸机会更凶狠地来报复。两舰官兵表示浴血战场，誓与战舰共存亡。陈绍宽上将连夜命令海军陆战队炮队，在两舰相距的有效炮火射程内，隐蔽炮火，支援两舰血战，出其不意地攻击敌人的轰炸机！

从昨天下午 4 点到深夜 12 点 40 分，少校炮兵指挥官何为就将火炮运到了重新选定的炮位。以邓祥华为首的优秀海军炮手组成的炮台炮战队，备有充足的炮弹，阻击敌舰与敌机的进犯。

“炮长，长官，你看，背后的树林里有人打信号弹！”邓祥华惊异地报告。2 号炮炮长听炮手邓祥华一叫，忙扭头一看也大吃一惊，空中三颗红色信号弹正挂在半空，格外刺眼。

“罗福长，跟我来！”炮长宾云斌抓起一支步枪，“肯定是狗特务或是卖国的汉奸！”

一棵不太大但有几丈高的枫树丫上，站着两个家伙。他俩都握着枪，其中一个腰里挂着五枚手榴弹，背上还有一个小型炸药包，别看他有点胖，但在树上窜

动却异常自如，瘦子举着望远镜朝江中的军舰看，小声说着什么，胖子手中的电台受话器不停地转动。

“井上长官”，瘦子对胖子说，“没有发现贵国飞机，但中国军舰上出现了空袭信号。”

“电台有故障，你会修理吗？”井上问。

“不会”，瘦子说，“再说时间来不及了。”

“周兴润，你他妈不是说是全能电台操纵手吗？”井上说，“当间谍不会摆弄这玩意儿？”

“太君”，周兴润忙讨好地一笑，“我在国民党军队中用的电台是德国造的，跟你们的不一样。”

“大同小异嘛，快看看。”井上恼怒了，“这个今天刚露出的炮台不报告给空军基地，我们的飞机是要遭殃的。”

周兴润只好立即接过来摆弄，井上举着望远镜向有飞机来的东北方向观察。

日本特务井上中尉，是一年前潜入上海一家电报局的。由于他能讲一口流利的天津话，伪称是天津人，又由于对电报业务较熟，以此混进电报局。通过一段时间工作，他认定电务员周兴润爱钱不爱国，在金钱的诱惑下，周兴润投入他的怀抱，并成为一个地道的汉奸特务，为井上搜集了各种军事情报，也得到一笔又一笔的美金存入日本东京银行。日军空军开始向中国海军展开攻势后，井上奉命率领周兴润日夜监视中国舰队行动，用无线电密报日本空军基地，日空军根据各路间谍的情报，派出大批飞机对中国军舰进行疯狂的进攻！

昨天下午，周兴润从妓院出来时，看到驻在小镇上的一些国民党步兵向镇外赶，他们没有扛枪，也没有扛弹箱，而是背着绳子，扛着扁担，周兴润忙回到小旅馆向井上报告。井上迟疑了一会儿马上说：“他们是抬炮上山！”

“走，去看看！”

“你去，要隐蔽”，井上说着将两枚揭开盖子的手雷塞进他衣袋，“若被发现，立即自杀，否则，你老婆、两儿一女，还有你父母弟妹，统统的死了死了的，明白吗？”

“明白！”周兴润阴沉着脸回答。

间谍纪律是极其严格的，而日本间谍井上中尉也是一条极毒的蛇。自从周兴润被金钱收买后，井上告诉他，加入日本间谍，从事特高科行动，是要用全部家人性命作赌注的。如果背叛日本皇军，全家就会遭到惨杀，决不留情！周兴润也产生过逃跑的念头，但一想到日本特务已经将家人监控起来了，只好听天由命了。

三个小时后，周兴润赶回来了：“井上君，有六门大炮拉上了海里山，这些炮都用树枝掩蔽着。”

井上会意地点点头说：“这些炮对我第三舰队、轰炸机都不利，我得马上报告！”

“夜深了再报告吧，现在报告有点危险！”周兴润说。

井上觉得有道理，没有行动。但昨天深夜发报时，才知道报话机出了故障，他命令周兴润赶紧维修。三个小时的抢修没有进展，所以他只好向空中打信号弹，向轰炸机驾驶员报告，这里有隐蔽炮兵阵地，不能超低空通过这里。至于空中的大岛少佐他们是否看到信号，井上心里没有底。

“信号弹打早了，打早了！”井上对周兴润说，“你再上到大树的丫枝上，观察到信号最佳位置时再打三发信号弹！”

周兴润握着信号枪正要再爬高一截，井上一把抓住他的胳膊：“慢！”

“什么事？”周兴润问。

“把背对着我，绑上这个。”井上说着，将背上的小型炸药包解下来，绑在周兴润背上，“有情况拉响它！”

周兴润的心里像敲鼓一样咚咚直响，额头上冒着冷汗。

“装在内衣口袋，由我控制。”井上摸出两枚打开保险盖的手雷，塞进他内衣口袋，又将一根绳子拉在自己手心，“只要我一拉，手雷就要爆炸的。”

“井上君，我跟你有些日子了，你还不相信我？”周兴润的声音有些发虚发颤。

井上苦苦一笑：“这年头干这种事，谁能过分相信谁呢？你是否真心为大日本帝国效劳还要看你的行动。大本营官长命令你要多立功，明白吗？”

周兴润胆寒地摸摸背后自己解不掉的炸药包，又隔衣摸摸打开保险盖的两枚手雷，再看看套在井上指头上连着导火索的小绳子，忙哀求道：“井上长官，万一树枝绊住导火索绳子，我就没命啦！”

“这年头命值什么钱！”井上质问，“我们昨天在平海、应瑞两舰上空，死了五个飞行员，你比他们的命还值钱？”

“太君，话不能这样讲，万一我死了谁跟你跑情报？我身上的手雷爆炸了，会引来中国官兵，他们来了你往什么地方跑？你考虑后果没有？我这是为你着想呢！”

“少废话，说到底你就是怕死！”井上一针见血地指出来，“快去观察！”

周兴润一看井上如此不通人情肺都气炸了，但也不敢吭声，他白了井上一眼就向上面的枝丫爬去，左手悄悄地去摸那把锋利的剪刀。

井上没有朝上爬，背靠着一根粗枝丫两眼盯住周兴润，这时左前方的树丛中一阵骚动，定睛一看几个中国官兵正悄悄地摸过来了。居高临下他看得清楚。看来是跑不掉了。他忙一拉周兴润身上的手雷导火索，手雷却没有爆炸，他哪里知道周兴润已经乘其不备，用自备剪刀剪断了那根连着他生命的导火索。周兴润再准备剪断绑在背上炸药包的绳子，井上没有听见手雷爆炸，知道情况有异，赶紧拉着了他背上的炸药包上导火管，导火线吱吱响着，火光喷射，周兴润一看反正完了，忙大声吼道：“井上，你这个王八蛋！”叫着，从树上扑下来，死死抱住井上不放，“老子跟你一块完蛋！”

“你！”井上拼命想摆脱周兴润，炸药包“轰”的一声巨响，两条狗命同时化作一股黑烟。

赶来的中国炮兵们在树下愣住了，很快他们明白了这是两个间谍为日本天皇送了性命。

“敌机来了，敌机来了！”炮台上邓祥华呼叫。

敌机向平海号战舰扑去，应瑞号军舰也处于黑压压的敌机包围之中。一场恶战降临了……

炮台上，炮兵指挥官何为少校在 6 号炮位，静静地挺立于树枝的隐蔽处命令：“炮火准备，把敌机吸引过来，高机注意最有效射程！”

高射机枪一律安排在炮兵阵地右后的小山包上，与炮火可形成交叉火力网。高射机枪阵地的上尉柳志纯极富反空袭经验，每挺机枪都有三个隐蔽攻击阵地，打一阵换一个地方，而炮是拉不动的，若敌机倾泻炸弹，就只有挨炸了。

“报告，有 16 架轰炸机，分两批向我两舰冲去！”瞭望哨兵呼叫。

“敌机在东南方位又出现 16 架！”又一哨兵报告。

“什么机型？”

“轰炸机！”哨兵回答何为少校。

“柳志纯，敌机 32 架，准备射击！”何为对高射机枪阵地上的官兵们发布命令，“要全力消灭敌机，保护我战舰。”

“是！”柳志纯答道，“长官，今天我们跟这群飞贼拼了！”

“敌机从东北方向出现，大约 40 架！”观察哨兵复述着报告，“敌机从东北方向出现，大约 40 架。”

“好家伙，一共来了七十多架！”何为少校瞪大双眼，“向两艘战舰发出信号，敌机七十余架空袭！”

平海舰舰长看到炮台发出的信号，印证了舰上瞭望哨的报告是准确的。轰炸两艘军舰出动七十余架轰炸机，可想日本人今天是倾注血本拼命了。高宪申舰长咬咬牙从一机枪手手中接过机枪，扭头对见习生刘馥说：“左边那挺机枪，由你操作协同炮火射击，快去！”

“舰长，我走了，谁保护你?”

“我不用你保护，要狠狠地揍那些从天上来的狗杂种!”

“舰长，我走了。”

高宪申舰长深情地目送刘馥跑向机枪位置。

隐蔽炮台上，炮兵少校何为看到七十余架日军轰炸机扑向两艘军舰，心里无比愤怒。他从 13 岁进入海军学堂，习英文，攻舰炮指挥，四年后毕业进吴淞海军专科学校学习一年，后又进南京鱼雷学校和机炮学校各学习六个月，毕业后上了平海舰，由现在的舰长高宪申手把手教实战，成长为舰炮指挥官。自从敌机进攻两艘战舰以来，何为心里异常的焦虑。当年的教官成了副舰长，而敌机七十余架来攻两位老教官所在的战舰，何为的心情怎么能够平静呢?

“各炮注意，将敌机吸引过来，消耗他们的弹药，减轻我两艘战舰的压力!”何为少校命令。

“弟兄们，我们是海军陆战队炮队，第一舰队司令长官刚刚发来电报，命令我们一定多打敌机，吸引敌人火力，让平海舰重创敌轰炸机!”电讯官通报各炮兵。

“打!”何为见敌机正处于我火力射程内，调整航向准备进攻战舰，立即下达命令。

敌机受到地面炮火的轰击感到格外惊恐，大岛少佐在电台中呼叫：“报告中佐，我们突遭岸炮袭击!”

“脱离岸炮火力，集中攻击军舰!”千叶中佐在电台中命令。

“岸炮与舰炮火力组成了交叉火力网，对我轰炸军舰构成极大威胁，请求第二大队攻击岸炮!”大岛急切地请求。

“第二大队攻击岸炮!”千叶中佐命令。

16 架轰炸机脱离攻击机大队机群，他们是日军第二轰炸机大队，对何为少校的岸炮阵地展开了一场极为残酷的凶猛轰炸……

岸炮阵地被硝烟淹没了。

平海舰在炸弹的黑浪中挣扎，高宪申舰长重伤，叶可钰副舰长代替指挥，刘馥等一批官兵相继在战斗中阵亡，日军被击毁六架轰炸机，何为少校从炸弹坑中爬出来，看到我两艘战舰伤痕累累，渐渐地沉入江中，两眼涌出了悲愤的泪水!

大战后的夜晚格外寂静，战场弥漫着硝烟和血腥的气味。中国炮兵少校何为在弹坑中跌跌撞撞地穿行，清冽凄婉的月光下，一截黑糊糊的东西横在他的脚下，他弯腰拾起一看，是一条人的大腿，被炸弹炸开的创面血肉模糊。他双眼盈泪，吃力地用双手将大腿抱在怀中，悲愤地向空中搜索那可恶的敌机，又回过头来在炮兵阵地扫视。那威武的大炮被炸得四分五裂，一截又一截的炮管、钢片到处可见。官兵们的大腿、胳膊、头、肠子、军衣、军帽被炸飞挂在树枝上，夜风吹得树叶沙沙作响，如诉如泣。

“阵地上有人吗，有人活着吗？”何为少校支持不住，半跪在地上，胳膊支着一个炸翻的炮弹箱，“有弟兄活着吗？”

“砰！”一声枪响打破沉闷的夜空。

“谁？”何为惊喜地忙支起身子寻声望去，可什么也没有看到，他想站起来，但两腿发软站不起来了，“是谁，我是何为少校。”

“砰！”又是一声枪响，子弹闪着淡红色的光环直射夜空。

“好兄弟，伤得很厉害吗？”何为向枪响的方位爬去。

打枪的是炮手邓祥华，一个极壮实的湖南长沙汉子，他的大半截身子被炸翻的土埋着，嘴也被炸弹片撕开了，嗓子眼里还堵着血水泥沙，呼吸有些困难。听到何为少校的呼叫，他挣扎着扣响了右手握住的手枪，向何为长官报信他还活着。

邓祥华今天打得异常英勇，也打得极其艰苦，当炮火向日军轰炸机急射，吸引敌机，掩护平海等舰打击敌机之时，一架日军飞机突然穿过硝烟，擦着树梢高速俯冲下来，进入炮火的死角。邓祥华听见机枪响声，朝机枪阵地看去，年轻的机枪射手两手抱住机枪歪倒在战壕里，头被炸弹炸飞了，双腿还在缓缓地蠕动，颈部创面上鲜血喷涌，一腔热血将土地染得通红通红！

“我为你报仇，小兄弟！”邓祥华悲愤地呼唤着，闪电般地跃进机枪阵地，从烈士手中提起机枪，飞快地奔到一块巨大的石头上，对着投弹后快速拉起、昂头升空的敌机屁股一阵劲扫，终因机枪火力有限，敌机闪电般直向平海舰扑去。

“炮，邓祥华，快打炮！”倒在血泊中的二炮手张炎赤呼叫着，“把敌机吸引过来，快快快！”

二炮手两腿炸断在炸弹坑里挣扎呼唤。

“炎赤兄”，邓祥华冲进炸弹坑抱起二炮手，“我给你报仇！”

“为我报仇还抱着我干什么？快抱住炮弹，上膛，打敌人去！”张炎赤推开邓祥华。

这时那架向炮兵阵地投弹，炸伤张炎赤的敌机向平海舰投弹，由于舰炮火力的倾力反击，两枚炸弹都投进舰后的江水之中，巨大的水柱冲向天空，又呼呼地坠下来，掀起的浪涛拍打着军舰。

邓祥华对着这架正作回旋调整航向，准备再次攻击平海舰的轰炸机，当炮镜中出现敌机的投影时，他死死地抓住转动的炮口，投影越来越大时，敌机又呼地拉起来脱离了他的跟踪。邓祥华急转炮口再次捕捉敌机，狠狠地向敌机速射打出

三发炮弹，但没有命中，敌机进入距地面仅200米左右的空间，悄悄地向平海舰接近。

“打，快打！”三炮手忙说，“给平海舰炮创造机会！”

邓祥华打出两发炮弹，果然敌机发现屁股后面的攻击，急忙提起机头，平海舰上的炮手一看敌机昂头，正好是攻击的时机，只见舰炮齐鸣，敌机机腹火光一闪，黑烟一冒，“轰”地在空中爆炸。

协同舰炮击毁一架敌机，炮兵阵地一片欢呼，邓祥华转动炮口对赶来祝贺的长官何为少校说：“长官，30多架敌机在攻击平海舰。”

何为少校阴沉着脸说：“很危险，是不是命令高射机枪一律转到08号阵地，那里距平海舰更近，火力支援也许更有效些。”

“08阵地没有草丛树木作掩护，高机处于这样的阵地太危险了。”炮兵参谋纪国贤上尉说。

“不怕”，机枪指挥官李正松中尉说，“有敌无我，今天拼了！”

“肯定今天是拼了”，何为少校说，“问题是要多拉几个垫背的，敌人没有付出高昂的代价，我们决不能死！”

“各位长官”，邓祥华凭着过硬的炮兵技术，在众长官眼里有着良好印象与威信，“高机进入08阵地完全正确，这样可将更多敌机吸引过来，我炮火可纵射08阵地上空，直接支援高机阵地。”

“邓祥华说得对”，李正松中尉回答，“只要能减轻平海诸舰的压力，我们的命搭上值得！”

何为少校扫了眼正围住平海舰轰炸的敌机，又扫了眼正在头顶俯冲轰炸、扫射的敌机，一挥手：“高机进入08阵地，快！”

高射机枪是海军陆战队中一支实力雄厚的地对空打击力量，日本轰炸机、战斗机在进行对地面攻击时，并不十分害怕炮火。因为炮弹是单发，速射时间差很大，再说中国炮兵不可能一下子在某一阵地集中几百门大炮一齐向空中纵射，而高射机枪射速快，十几挺高射机枪集中使用，打超低空俯冲的轰炸机效果极佳，子弹无论是击中飞行员、油箱、发动机都会造成机毁人亡的效果。

很快，高射机枪在08阵地上打响了，高机指挥官李正松中尉一展射击技术，对正冲向平海舰的敌机后面、侧面展开追踪纵射。

“高射机枪”，敌轰炸机驾驶员千田吉吼着，“义井，跟上！”

空中，敌千田吉、义井两个家伙从机舱中探出头来向高射机枪阵地遥望，拉起机头直冲而来。

炮兵阵地上，邓祥华刚刚赶走临空的两架日军轰炸机。炮兵作战参谋纪国贤上尉从敌弹爆炸的硝烟中冲出来，赶到邓祥华的炮位，向前一指：“注意，敌机两架向08阵地突袭上去了!"

邓祥华一看果然两架日机一前一后直逼08阵地。

"目标08阵地上空，敌机两架，射击!"邓祥华命令。

横空几炮打去，炮弹几乎是擦着机腹飞过，吓得日军千田吉与义井赶紧闪电般地转过航向，千田吉对义井命令："再攻炮兵阵地，快去，我在高射机枪阵地上空掩护!"

义井驾驶轰炸机飞快地进入炮火死角，三枚炸弹集中攻击邓祥华的炮位，邓祥华被炸伤，半截身子埋在了炸弹坑中。

炮兵作战参谋纪国贤上尉指挥的另一门炮也被炸毁，他从炸弹坑中挣扎着爬起来，看到邓祥华重伤躺着，半截身子不能动，正想去救他，邓祥华用手指着一挺尚未炸坏的机枪。纪上尉拖着浑身血水抱住机枪，爬到一块石头上，朝向平海舰俯冲的日机纵射。在舰炮火力的协同攻击中，敌机扎进长江，江面腾起熊熊火焰……

敌千田吉中尉机毁人亡了，义井这家伙炸毁了邓祥华的大炮，又盯住了上尉纪国贤的机枪所在位置，他在空中从云缝中看到喷火的机枪，一推机头扎了下来，"哒哒哒"，在一串机载12.7毫米机枪扫射声中，又投下一枚炸弹，纪国贤上尉在硝烟中栽倒了……

义井拉起机头又冲向平海舰……

现在，邓祥华被少校从炸弹坑中拉起来，他死死地抱着少校何为呜呜地哭了起来："长官，我们的弟兄呢，我们的兄弟呢!"何为一踉跄，差一点倒了下去，邓祥华这才发现何为少校的腹部正流着血，他瞪大双眼："少校，你负重伤了，赶快包扎!"何为少校咬着牙将掉出的一截肠子塞进腹部，抓起一件满是尘土的军衣死死扎在腰里，堵住伤口，扶住邓祥华，吃力地说："走，寻找重伤的弟兄去。"

月光下，中国海军陆战队的炮车在向炮兵阵地奔驰。

江中，落水的官兵在江水中挣扎，一艘艘救生艇在江水中搭救官兵。一艘军舰拉响汽笛，向阵亡的海军官兵致哀!

四十八、敢死队

第二天，也就是1937年9月24日晚上，中国海军陆战队第一百零六6分队分队长赵伦文中校，率一支铁血敢死队从逸仙舰上乘小艇上岸了。赵伦文腰里插着一支日造手枪，手里提着一挺捷克造轻机枪，少尉侦察队长汤延平一见中校已经来了，忙朝正对面的小山包下闪着亮光的地方一指：“敌骑兵，战马驮着第三舰队的十几门炮、炮弹，正在作短暂休息。”

赵伦文中校左右看了看队伍，对站在前排的一个军官说：“巩汉发！”

“到！”巩汉发上尉出列挺立于中校面前。

“你的队伍”，赵伦文中校说，“顺着左侧一条羊肠小道迂回过去，截住敌退路，不准他们撤到江里的舰上！”

“是！”巩汉发回答。

“敌军舰放下小艇增援骑兵时，坚决把小艇上的敌人歼灭在江里，绝不准其上岸！”

“明白！”巩汉发回答完扭过头，“第一敢死队，跟着我，动作要快、要轻，不许讲话，没有命令不许开枪！”月光下，第一敢死队跟着巩汉发沿着一条小道渐渐消失在黑夜之中。

“程长明！”

“到！”程长明中尉挺胸昂头。

“你的第二敢死队，迂回到敌骑兵左侧潜伏，待敌进入你正面开阔地后，用机枪扫射！”

“是！”

“第三队跟着我，从正面发起攻击。大家要隐蔽接敌，没有我的命令不准开枪！”赵伦文中校下达完命令，拍着第三敢死队队长的肩头，“范又地，决一死战，歼灭敌人，将敌炮与炮弹全部夺回，装备我们，攻其舰队！”

“是！”范又地少校转身对列队在月光下的敢死队员，“弟兄们，日本人想在我021高地以西建立江南炮兵阵地，对空，可控制我空军打击其舰队；对江，可攻击我江阴防区舰队；对岸上，可阻击我陆军及炮队突袭敌舰队。这样一支可恶的炮队，有大炮12门，小炮6门，高射机枪22挺，由敌少佐指挥官池田四郎率

领，没有国，哪有家？没有家还要我们干什么？是血性汉子跟我上，是条虫快滚出队伍！”

“跟着长官，血战到底！”众官兵视死如归，大声回答。

“对，跟敌人血战到底！”赵伦文中校斩钉截铁地说，“坚决消灭敌人骑兵，夺回敌人的大炮！”

“出发，分多个小组出发！”范又地少校命令。

队伍出发了，赵伦文中校率卫队五人走在队伍中间，一只训练有素的军犬跟着他，另一卫士手中也牵着一只军犬。今夜，敢死队员们都做好了拼死决战的思想准备！

23日又被击落六架轰炸机后，日军对来自江岸炮台的攻击不敢再轻视了。千叶中佐一回到机场，赶到基地指挥部见到大佐板垣正在指挥部背手沉思，忙“啪”地立正道：“报告参谋长，千叶中佐奉命轰炸中国海军舰队，胜利返航！”

板垣大佐朝他扫了眼问：“战绩呢？”

“炸沉两艘中国军舰。”千叶中佐回答。

“我们损失呢？”板垣大佐问。

千叶中佐犹豫了刹那说：“损失轰炸机六架，长官，你的弟弟不幸中弹坠江。”

板垣一听损失飞机六架，同胞弟弟刚刚晋升到大尉飞行员就战死，心情异常沉重，气愤地走到千叶中佐跟前：“七十余架飞机，大机群作战是占有绝对优势的，仅只炸沉两艘小小的军舰，而自己损失了六架轰炸机，你不知道丢人不丢人？”

“长官，我……”

“你什么，你无能！”板垣瞪着吊着的三角眼，“啪啪啪！”连续打了千叶中佐几个耳光。

“嗨嗨嗨！”千叶中佐两眼直冒金花，嘴角边流着血，挺胸抬头，竭力不使自己后退。

“为什么损失这么严重？中国的几艘破军舰难道有这么凶狠的火力？”板垣问。

“中国海军岸炮火力支援，与舰炮火力协同作战，对我轰炸机构成巨大威胁。”千叶中佐说。

板垣大佐沉思一会儿说：“立即组建一支岸炮大队，明天下午就抢占这个地方”，他说着指向地图上一个三角坐标，“这个地方不但能掩护我空军作战，而且能打击中国海军舰队。”

千叶中佐随着板垣的手势，走到地图前观看一阵：“好，参谋长这个作战方案实在好。”

“命令池田四郎少佐指挥炮队，注意隐蔽！”大佐又说。

千叶中佐沉思片刻后谨慎地问：“长官，大炮太笨重，道路又很不好，运输问题不好解决。”

“用马驮，用马驮大炮，运输工具不就解决啦？”

“战马嘶叫，万一惊动了中国部队呢？”

“给马戴上口套，不准马叫，绝对不能暴露！”

“是，我马上布置行动！”

池田四郎少佐是千叶的内弟，本来他在台湾日本警备队任少佐作战参谋，9月中旬他听说驻台北的重腾支队增调中国上海战区，他想到千叶已经在上海空军任职，互相间有个照应，便申请飞行基地的少佐警备参谋官，具体负责炮队指挥。这次千叶中佐传达板垣大佐的命令：率炮队脱离大部队，潜进中国军队防区内，构筑炮兵阵地。池田四郎少佐忧心忡忡，他接到命令后对千叶说：“这一去有两个可能。”

“怎么有两个可能？”千叶惊异地问。

“第一，创造奇迹，一跃晋升为少将。”

“你就这么得意？”千叶中佐冷笑一声。

“其二，陷入中国部队包围，全炮队覆灭！”池田四郎说，“这个可能性很大，中国人打仗不怕死，冲起来相当凶狠呢！”

千叶中佐听着思索着，过了一会儿，长叹了一口气说：“板垣大佐的胞弟阵亡，他对我没有保护好他的胞弟恨之入骨，今天他点名要你去执行这一作战任务，是想报复我，用你的生命去换取他一点快慰。哎，不恨天，不怨地，只怪老子官小点，他才敢这般无理，等你成功了晋升为将军，首先拿他开刀，命令他亲自督战一线，也让他去尝尝中国枪炮的子弹！”

池田四郎听着沉重地拧紧眉头，中佐与大佐相隔仅一级，但官大一级压死人，何况是军人在战场上呢。

经过一夜的准备，池田四郎壮胆上路了！

当板垣大佐作出决定后的三个小时，也就是24日凌晨1点10分，一匹东洋战马飞奔进江阴中国海军防区逸仙舰附近的给养基地。从战马上跳下一个身着日军中尉军服的青年军官。接待他的中校赵伦文上下打量着他问：“你见过狼吗？”

“见过。”

“在什么地方？”

“日本富士山下。”

“什么样的狼?’”

“灰色的，尾巴上被人绑着太阳旗!”来人答。

赵伦文中校一听兴奋地握住对方的手：“李凡先生，你辛苦了!”

李凡也极度兴奋：“在狼窝里简直不是人过的日子。快，我要见第一舰队司令官陈季良将军!”

“走，我带你去!”赵伦文中校忙说。

李凡是地道的日本人，他早年在中国大连读书，习海军舰炮，不久随父亲回日本进航空专科学校，习空军塔台指挥，也就是空军作战参谋业务。生母是中国血统，病故后父亲一直守着他这个独子，并为他取了生母的“李”姓，取名为“凡”，其意为长大了与母亲一样做一个增进两国人民友谊的不平凡的人。他在大连、上海、北平、天津、丹东都有中国同学，其中不少人分在海军、空军、陆军中任中下级军官，也有一部分战死在抗日战场上了。进入中国战区后，看到日本军人到处烧杀奸淫，无恶不作，他的武士道精神全部坍塌了，心目中的圣战也荡然无存了，并悄悄加入了反战同盟，成为反战同盟的重要骨干。他在上海时，就与中国军队取得了联络。1937 年 8 月 13 日日军驻上海海军陆战队协同陆军六千余众，沿四川路、江湾路、军工路向中国守军张治中部发起进攻，与中国军队展开了淞沪决战，他连夜悄悄爬出工事赶到张治中部，找到昔日的同学，现任张治中警备司令部作战参谋的唐炳辉，通报了日军兵力部署及动向，并告知张部军官童文清是日军间谍，张治中部决定提前进攻驻上海日军的情报，就是童文清报告给日军的。日军在获得中国军队要先发制人进行大举进攻的情报后，日军武汉以下长江中的日本海军舰船，长江中下游沿岸部署的海军陆战队，在中国部队尚未展开进攻之前，便悄悄地收缩到上海一线。当张治中将军奉命于 8 月 13 日对日军进攻时，遭到日军第三舰队与空军的协同反击，使中国军队损失惨重!

李凡送出情报，奉命又潜回日军空军基地，建立了完备的情报网络，制定了传递情报的方法及用语。

中国海军第一舰队司令长官陈季良将军，读着来自日本军中的情报，明白日军池田四郎的炮队路线及装备情报，连夜组建了以赵伦文中校为首的敢死队，赵伦文中校与他的官兵们，在陈司令官面前举手宣誓：为歼灭日军炮队决死战斗!

现在，赵伦文中校站在一棵大枫树下面，卫队及两只军犬都伏在地上等待命令，其中一只的腹部捆着一个炸药包，其威力足以炸毁一辆坦克或装甲车。赵伦文中校举着望远镜看了一会儿，对第三攻击队的队长说：“老范，上!”

“是!”范又地走到杨安博面前，“告诉大家，射手死了，副射手上，你的动作要快!”

杨安博指挥着六挺机枪为火力组，接受命令就悄悄出发了，范又地紧跟在机枪手向选知后面，副机枪手江克保扛着一箱子弹在右。

敌人正在吃干粮、喝水。范又地悄悄地爬上一棵树，拨开浓密的树叶一看，马背上驮的全是大炮和炮弹，几十个日军分成五六堆正在吃东西。

“准备好没有?”杨安博问机枪手们。

“准备好了!”机枪手们异口同声回答。

“打!”范又地下达进攻命令。

“哒哒哒……”一阵阵机枪的狂射，将寂静的夜打破，日军顿时大乱。只见一个日军军官拔出战刀：“向西突，快向西突，撕开一道口子冲出去!”

日本官兵也顾不上战马了，更不顾战马驮着的大炮与炮弹，他们有的卧地反击，有的抱着轻武器向西突。一时间混乱的日军阵营枪声、手榴弹的爆炸声大作。池田四郎万分惊恐，在向西突围的队伍中，他跑在最前面。

“安博，把那家伙干掉!”范又地命令。

杨安博举目一看，由三挺机枪组成的火力网，将正面冲击的日军阻止住了，副机枪手冲上去抱起机枪刚打出一梭子，就头部中弹栽了下去，杨安博不能再等了，他抓起机枪一溜小跑迂回过去，刚站起要开火，一个日军从地上跃起抱住他的机枪号叫着，并用右脚狠狠朝他下腹踢来，杨安博忍痛与敌搏斗!

范又地见杨安博未能得手，敌机枪还在扫，忙对赶上来的一个士兵说：“快向长官发信号，敌火力点在隐蔽处，对我冲击部队构成威胁!”

“是!”士兵向空中打出一发红色信号弹。

赵伦文一看急忙命令预备队：“上!”说着他冲在了部队的最前面。

赵伦文带着两只军犬赶到了范又地所在阵地的掩体里，范又地指着敌机枪火力点说：“长官，用军犬吧?”

赵伦文摸着爱犬的头，又望望敌火力点，小声问：“杨安博呢!”

“他迂回去没有回音。”

“报告长官，杨安博迂回的方向响起过一阵激烈的枪声。”一个士兵说。

“用军犬的时间过早，走，顺着杨安博迂回的方向去看看。”赵伦文中校说。

杨安博已经与一个日军抱成一团了，敌人凭着力气大将杨安博压在下面，两手卡住杨安博的脖子，杨安博两手死死抓住敌人两手腕，俩人在地上滚，一时谁也制服不了谁。两个日军发现了他们，飞快地冲过来……

“长官，敌人!”赵伦文的一个卫兵报告。

赵伦文闪身到树后，发现两个日军直向他所在的方向跑。他还没有开枪，范又地手中的枪就响了，两个日军的其中一个栽倒了，另一个倒地反击。

“手榴弹!”赵伦文命令。一个卫兵狠狠地投去一枚手榴弹，在手榴弹的爆炸声中，那日军的枪声停止了，紧接着前面又响起手榴弹的爆炸声。赵伦文奔过去一看，杨安博与敌人同归于尽了，敌人的腹部炸开了一个洞，他自己的胸部也被弹片撕开了……

“上，为杨安博报仇！”赵伦文中校与众官兵怒吼着直扑敌人。敌人原来只有三挺机枪的火力，现在又增加了三挺，打得战场火光闪闪，呐喊声与枪声交织成一片。

“报告，敌退路已被堵死！”第一敢死队报告。

“告诉巩汉发，跑了一个敌人，我要枪毙他！”赵伦文中校对通信兵命令。

“是！”通信兵转身消失了。

“报告，第二敢死队在敌左侧发起攻击，敌人被压缩进44号高地下面的小山沟里了，程长明长官请求火力支援！”

“好”，赵伦文中校兴奋了，“走，消灭敌人去！”说完又回过头，“命令二号军犬，正面攻击由六挺机枪组成的火力点！”

“是！”训练员拍了一下那只腹部捆着炸药的军犬一指，“上去，喷火光的地方！”

军犬箭般地冲上去了。

赵伦文中校与他的弟兄们向第二攻击队所在的方向赶去，当他们听到“轰”的一声巨响，回头向后望去时，敌人那个六挺机枪的火力点消失了，英勇的军犬献出了它宝贵的生命，赵伦文沉重地摘下军帽向军犬阵亡的方位垂下了头。他又摸着跟随的又一只军犬，自言自语地说：“伙计，为抗日而死，死得光荣，我向上级申请为你们授勋。”

日军池田四郎，此刻在用电台呼叫：“我遭到中国部队伏击，我遭中国海军陆战队伏击！”

“长官，我的退路被截断！”

“报告少佐，我处于44号高地下面的山沟，四周被中国伏击部队包围！”

“报告，电台炸坏！”

池田四郎少佐恐惧地环扫四周，子弹像下雨一样倾泻在他的阵地上。他沉默片刻拔出战刀：“跟着我冲出包围圈，冲出包围圈是唯一出路！”

赵伦文中校一看日军不顾死活地冲向第一敢死队所在位置，忙命令左右：“上，追击敌人！”

厮杀中的铁血敢死队第一攻击队队长巩汉发战死，第二攻击队程长明队长阵亡，第三攻击队队长范又地重伤。赵伦文中校在血战四个小时后，将敌人又压进44号高地下面的石洞中。他一看敌人在洞中隐蔽寻求天亮后再战，忙命令身边的军犬：“上，炸毁敌洞！”

又一军犬背着炸药包冲进洞去！随着一声巨响，日军池田四郎与他的炮队全部覆灭了。中国海军陆战队铁血敢死队官兵伤亡大部，赵伦文中校带领幸存的官兵，抬着伤员和烈士遗体撤退。

日军板垣大佐听到千叶中佐的报告：“池田四郎少佐以下官兵全部阵亡，战炮、马匹被中国海军陆战队敢死队俘获！”

板垣大佐简直不敢相信自己的耳朵，可是事实又无法回避。他问：“这次行动都有谁知道？”

“只有基地作战部与守备部队少尉以上军官。”

“你注意审查，我们军有中国间谍！”

“那该是谁呢？”

“我与你，司令官以外，统统都是怀疑对象！”板垣大佐说。

千叶中佐正要说什么，一个军官走进来：“第106号情报！”

板垣大佐忙接过情报读起来：

> 中国海军第一舰队司令长官陈季良，于今天凌晨移住逸仙号军舰，坐镇督战江阴防区。逸仙舰目前锚泊江阴附近。

“好”，板垣大佐对千叶说，“我炮队的损失，会换来巨大的胜利，你命令大岛少佐，25日炸沉逸仙舰，要将中国海军第一舰队司令长官陈季良炸死，他是中国海军司令陈绍宽的一条大腿！”

千叶点点头，为报池田四郎少佐战死的仇恨，他决定亲自率轰炸机大队再次出击！

中国海军逸仙舰，又将处于血战之中！

四十九、逸仙舰殉国

1937年9月25日上午11点，中国海军第一舰队司令长官陈季良将军正在逸仙舰上巡查舰炮左主炮，空袭的警报急促地响了起来，电讯官、机炮官、军需官、航海员、轮机员等舰上官兵全部各就各位，进入紧急作战状态。陈季良司令官转身赶进指挥部，舰上的各类火器都开始运转了。

机炮长许宁沙赶到瞭望哨下面大声问："代传忠，敌机多少架？"

"注意听报告！"代传忠举着望远镜，"不要干扰我！"

许宁沙忙又回到炮位，两眼向东北方位望去。

"各炮注意，敌机16架，敌机16架，正向我舰正面逼近，高度500，高度500。"电讯官在报告。

许宁沙听着抬头向司令官所在的位置望去，陈季良司令官正举着望远镜，舰长、副舰长都在忙着观察敌情。曾率海军陆战队敢死队歼灭日军炮队的中校赵伦文，因伤不能站起，这时也坐在甲板上扶住高射机枪，两眼望着敌机进攻的方向。

"许宁沙"，舰长的副官，特等神炮手刘余收上尉跑步过来了，他跟许宁沙是老乡，又是他介绍许宁沙上的逸仙舰，所以两人相处得很好，不分官兵级别，"你拖住这个家伙！"他将一挺机枪送到许宁沙手中，"炮给我，好好教训这些王八蛋！"

许宁沙一看神炮手来了，打下敌机更有信心了。再说刘余收的到来，本身对大家的士气就是一个鼓舞！

8月13日夜晚，上海正处在中日双方激战之中。身为海军的刘余收中尉是陆战队副连长，许宁沙是机枪班班长。白天与日军在上海四川路血战后，转移到军工路时，与日军突击队遭遇了。刘余收一转身闪进军工路68号左前的巷道里，许宁沙持枪一连扫死四个鬼子也闪进巷道里。两人隐蔽到一个防空洞中度过了漫长的夜晚。第二天，也就是14日，中国军队反击日军，由于日军凭借坚固工事与舰炮火力的支援固守待援，中国军队攻击受阻。

8月21日夜，中国军队海军陆战队组织敢死队，向敌48个据点突袭，而许宁沙跟随刘余收中尉，乘一艘缴获的日军小艇悄悄驶向一艘日本货船。据侦察，日本货船满载日军军需补给品，刘余收奉命去烧毁这条船。

“干什么的?”小艇刚刚驶近日本货船，船上一个日本兵打着手电筒扫过来问。

“第三舰队的巡逻艇，你他妈瞎了眼?”刘余收用纯熟的日本神户地方语骂了日本哨兵一通，并指着巡逻艇上的日文给哨兵看。

哨兵一看身着大尉军官服的人，又说一口流利的日本神户方言，顿时解除警惕，忙说：“报告长官，我是看守船的海军陆战队的……”

“放下吊梯，我是苫米地大尉，奉命搜索刚刚逃跑的战俘!”刘余收命令。

哨兵不敢抗命，急忙走过来放下吊梯。刘余收忙向许宁沙等弟兄使了个眼色，留下两个士兵守卫艇，许宁沙与另三个士兵跟着他爬上了货船。

哨兵不知是哪根神经出问题了，突然警惕起来，就在刘余收正向船舱搜索，许宁沙也刚爬上货船还未来得及挪步时，哨兵突然用枪逼住刘余收：“长官，请你出示搜索证!”

“给。”刘余收将一个小本子摸出来递到哨兵跟前，顺手闪电般一拳击在哨兵的太阳穴上，不等哨兵吭声，许宁沙的锋利匕首已刺进哨兵的胸窝，敌哨兵一声不吭倒下了。

“什么人?”许宁沙还未从敌尸中拔出匕首，一个日军士兵从船中间走过来大声问。

“我，海军陆战队搜索队的!”刘余收忙回答，并用电筒照过去，射向敌人的双眼。

“大队敌人!”刘余收小声对许宁沙说，“撤!”

“队长，哨兵失踪了!”船上有敌人惊呼。

“哒哒哒……”许宁沙手中的机枪响了，将刚刚露面的敌人扫倒了几个，其余的家伙滚进了船舱。

“快，开足马力撤!”刘余收他们在撤离。但是同行的七人，有三亡两伤。第一次偷袭敌人失败了。

8月23日，日军从本土运来的援军从吴淞、川沙等地登陆。24日夜，刘余收再次率敢死队偷袭日军兵船，虽未成功，但途中他与许宁沙等50名官兵，全歼日军一个刚刚登陆的海军炮队，自己无一伤亡，受到海军总司令长官陈绍宽将军赞扬。刘余收因战功显著晋升为上尉，并担任逸仙舰舰长的副官。多日海空血战，他明白逸仙舰凶多吉少，但他一再声明，他这个神炮手决不放过打击敌机的机会!

“敌机16架，已经进入主炮射程!”舰长命令，“准备射击!”

刘余收飞快地转动炮口，几个炮手都在各自岗位上紧张操作，大炮与炮手们一起吼起来，一架敌机即刻与炮弹一起凌空爆炸！

“许宁沙，注意我炮火死角，防止敌人偷袭上来！”刘余收提醒许宁沙，“盯住炮火死角！”

这一血的教训是不能不提醒各位枪手的！

23 日，平海舰战炮正与日军血战之时，舰长重伤，副舰长叶可钰接替指挥，当主炮手阵亡，几个副炮手全部负伤倒下时，叶可钰冲上炮位开炮，第一发炮弹没击中，敌机壮起胆子直冲上来，叶可钰急忙速射，将敌机击中坠入长江。又一架敌机发现主炮位置，忙利用炮火死角冲了上来。由于这一死角没有机枪火力封锁敌机航道，敌机高速俯冲下来将主炮炸中，使平海舰失去主炮反击，这也是很快被敌击沉的原因之一。

“余收兄”，许宁沙好像心中预感到什么，“敌机是集中精力攻击主炮的，我来打，你到右前副炮上指挥吧，我一定打好！”

“许宁沙，你是说我怕死？”刘余收生气了，“你的好心我理解。但我是全军有名的神炮手，现在正是用武艺的时候，你让我跑开，那不是让我空有一个神炮手的名号，神炮手不仅仅只是为了比赛，更重要的是参加战斗消灭敌机。”

“刘大哥，我………”

“你要真关心我，就用机枪封锁炮火死角，让我好好收拾这些王八蛋，为我们中国海军出口气！”

许宁沙还能说什么呢，他深情地看了眼刘余收，扭头对副手说：“小老弟，我俩协同，专打炮火死角的敌机，决不许它们偷袭主炮！”

“主炮注意，主炮注意”，舰长在驾驶舱中大声说，“敌机一架作正面佯攻，另一架敌机偷偷向你的炮火死角扑过来，协同主炮的机枪咬住向主炮死角逼近的敌机，抓住时机给予迎头痛击！”

“许宁沙，瞄准！”刘余收命令，“打机头！”

“明白！”

“轰！”刘余收向那企图利用炮火死角偷袭的敌机试射了一炮。日机驾驶员龟藏中尉见中国战舰对炮火死角采用特殊技术射击，顿时明白主炮手非同一般，忙提起机头向正佯动的大岛报告：“少佐，少佐，敌舰主炮死角有炮火准备，突袭有危险！”

“中尉先生，只有舞厅、妓院比较安全，你最好还是去那里吧，别的我找不到更安全的事给你干了！”大岛少佐生气地说完，又加重语气，“航向 60，高度 6 000，再次准备进攻主炮，不准犹豫，动作要快要猛，如同闪电！”

“龟藏明白！”龟藏边回答，边按照大岛少佐的命令，爬到 6 000 米高度，迅速调整航向，准备再次攻击！

击沉逸仙舰是千叶中佐今天用生命作赌注立下了军令状的。

炮队被中国海军陆战队敢死队聚歼后，板垣四郎非常恼火，要追究千叶中佐的责任，千叶中佐马上向他保证：“不炸沉逸仙舰，教训中国海军第一舰队司令陈季良，决不返航！”

千叶中佐将情报、出击的时间向大岛少佐交代后，又对大岛说：“大岛君，我在板垣长官那里立下了军令状，可是拿生命作赌注的，你一定要炸沉逸仙舰，击毙第一舰队司令陈季良，有足够的信心吗?”

大岛沉默片刻说：“千叶君，我与你除了上下级关系外，应该说个人友谊是很深的，说实话，逸仙舰是中国海军的主力舰，第一舰队司令又移住该舰督战，肯定会集中了一批神炮手在舰上，这对我轰炸机来说，可能是一次灾难！”

“据情报，中国海军中的神炮手刘余收，就在这艘舰上。他是留学我国的海军舰炮高才生呢。”

“真是有意思，我们的三军院校，培养了大批中国军事人才，现在都成了与我们作战的生力军。”大岛冷笑道，“我们将来的三军院校，再向中国开放，大日本帝国就会走向灭亡！”

“好啦，好啦，这些国际大事非我们能说清楚，现在当务之急是击沉逸仙号，这艘舰是用中华民国开国元首孙中山的名号命名的，打沉它对于威慑中国军队具有重要意义，甚至会引起国际反响。中国人也是知道这个道理的，他们可能要拼命保卫逸仙舰！”

“明天”，大岛少佐说了两个字又顿住了，过了一会儿才接着说，“我率几个强手组成空中敢死队，你组织掩护，督战，警戒。打不沉逸仙舰你活不成，我也不会有命！”

“有你这句话，我就有信心了。”千叶中佐说，“请大岛记住，只要我在，我是会关照你的。如果我战死了，我们将成为大日本帝国的战神，进入靖国神社，受大和民族千年万年的朝拜！”

“有千叶君这句话，我大岛赴汤蹈火，在所不辞！”

“哈哈……”大岛与千叶同时狂笑起来，侵略战争已经使他们变得无比疯狂！

现在，大岛已进入逸仙号军舰的上空，作正面佯动攻击，同时命令敢死队的第一架轰炸机首先利用主炮死角试冲，没想到龟藏中尉攻击失败撤回到高空。

龟藏又奉命对逸仙舰进行第二次攻击，航向、高度、时速都处于最佳攻击数据上，不知大岛突然犯什么毛病，在电台中大声呼叫：“龟藏闪开，让后宫少尉攻击，快闪开！”

不等龟藏完全拉起机头，凶狠的后宫少尉驾驶轰炸机，一头扎下去直冲逸仙舰主炮位。

“轰!”一发炮弹在后宫机腹下掠过爆炸，飞机没有负伤，以最大时速冲向主炮。

“轰!”逸仙舰在发射第一发炮弹后，马上发射了第二发炮弹，在距离军舰仅500米左右的空中命中目标，后宫的飞机凌空爆炸了。

“混蛋!”大岛少佐骂了句，又命令，“龟藏，攻击，从左侧接敌，注意攻击角度!”

收拾了一架敌机的刘余收，心里非常高兴，神炮手的称号总算没白叫。填弹手与二炮手也高兴得手舞足蹈。

“敌机又进攻了!”许宁沙大声报告。

“立即用机枪拦截敌机。”刘余收命令。

敌机飞得很低，几乎是贴着江水飞。许宁沙瞄准敌机“哒哒”地一阵猛射，龟藏大吃一惊，担心被机枪的火力击中，赶紧一拉操纵杆，飞机一昂头准备向高空逃窜。刘余收一看机会来了，敌机逃跑的航线正好在舰炮的射击范围内。他抓住战机一炮命中敌机。龟藏同他的飞机一起栽进长江里了。

“横宾大尉，上!”大岛少佐终于拿出了手中的王牌，“冲上去，炸毁敌舰!”

一脸横肉的横宾大尉推了下油门转过机舵，号叫着“天皇陛下万岁”扑向逸仙号战舰主炮位，将四枚炸弹投向军舰的同时，他的飞机也在前甲板上空仅只100米的空中爆炸了。

神炮手刘余收、机枪手许宁沙都阵亡了。这时逸仙舰失去主力火炮，火力大为减弱，大岛少佐兴奋地命令:“中国军舰像一条大船一样，没有反抗能力，全力击沉它!”

在一枚接一枚的炸弹攻击中，多处中弹的逸仙舰开始下沉了。驰援的建康舰一边反击，一边开始救援逸仙舰上的水兵和伤员。

千叶中佐一看逸仙舰在下沉，赶紧命令说:“大岛少佐，我命令你将建康舰也收拾掉，再建奇功!”

“报告长官，各机弹药投空，油料也将燃尽，请求立即返航，备弹加油，再出击!”大岛回答。

“好，立即返航!”千叶中佐下达返航命令。

驰援的建康舰上整齐地站着全舰官兵，以及从逸仙舰上救上来的官兵，望着逸仙舰缓缓沉入江涛之中，他们默默地脱帽向战舰致敬。

五十、喋血建康舰

建康舰驰援逸仙舰刚刚进入龙梢港，日军大岛少佐指挥的16架轰炸机编制的飞行大队，又浩浩荡荡地赶来了。建康舰发出战斗警报，舰长齐粹英，副舰长严又彬各自赶到自己的指挥位置。这时航海员孟维光吼叫着跑来：“长官，给我一挺机枪！”

“后舱去领，就说是我的命令！”严又彬副舰长说，“快去，跟胡发梦一块儿组成火力网！”

“是！”孟维光转身跑走了。

这是9月23日下午，上午血战的硝烟还没有完全散尽，龙梢港的上空又响起了隆隆的飞机的声音，日军飞机由远而近像一群凶恶的乌鸦直扑龙梢港。大岛少佐拉起机头越过飞在前面的木暮雄中尉，并很不满意地在电台中命令：“航向60，跟上！”

“明白！”木暮雄回答着，将航向调整到少佐指定的航向。

今天上午炸沉逸仙舰返航后，千叶中佐心情无比激动，板垣四郎大佐破例地为他举行了庆祝宴会，亲自举杯向他祝贺。千叶中佐忙说：“这杯酒先留下，驰援逸仙舰的建康舰，有可能泊在龙梢港，我马上要去干掉它，回来再喝您这杯酒！”

“你先休息！”板垣大佐说着扭头喊道，“大岛！”

“嗨！”大岛忙放下手中的酒杯走到板垣四郎面前。

“下午，你率你的轰炸机大队，炸沉建康舰！”

“嗨！”大岛听说让千叶休息，兴奋极了。

大岛现在是空中唯一的指挥官，没有千叶这个魔鬼在空中督战，他感到非常轻松，嘴里哼着家乡小调。

“龙梢港出现，注意躲避岸炮攻击！”飞在前面的木前雄继续报告说，“发现建康舰，请求低空攻击！”

“各机按编组飞行，第一组四机攻击！”大岛少佐命令。

建康舰上，舰长齐粹英挺立在指挥塔上，大声发布命令：“全舰注意，敌机四架波浪式攻击，炮火准备！”

大岛少佐对建康舰的攻击，是起飞前就研究了战术的。每四架轰炸机为一个攻击编组，前面的四架俯冲拉起时，后面四架跟进俯冲轰炸，16 架轰炸机分四个攻击波为一个回合，根据飞机挂弹的数量，进行三个回合的轰炸。“各飞行编组注意，紧跟第一编组，进行第一回合攻击！”大岛少佐发布第二道命令。

“轰……”第一波敌机冲过来后又闪电般拉起，八枚炸弹从机舱投了下来，其中两枚击中了军舰前甲板，顿时两门主炮被炸毁，抱着机枪扫射的航海员孟维光被弹片削掉了左胳膊，但他从熊熊烈焰中挣扎起来，架起机枪朝天空猛扫：“来吧，狗日的！”

舰首大火正在借助风力窜动，浓烟如同一条黑龙在江面滚动。

“舰长，中舱炸坏，中舱炸开了！”轮机官罗林行惊呼着从机舱探出头来，“快派人来堵，快派人来堵！”

“火力封锁敌机俯冲航路，火力封锁敌机！”舰长齐粹英下达完命令，跃身跳进中舱。

战舰的机器不能停止转动，若是停下来就更无法与敌机周旋了。齐舰长跃下轮机舱一看大吃一惊，一枚炸弹没有爆炸，但它击穿军舰的舰体钢板，正好插在舰体上，江水沿着炸弹与舰体之间的缝，呼啦啦直朝里冒。机舱的官兵有的在机器上不能走开，有的在舰甲板上对敌机进行攻击，只有轮机官罗林行在忙乎，左胳膊上被弹片撕开一个洞，血水浸透了半边身子，他像没事一般堵水，口里不住骂着日本人。

“舰长，这家伙得拔出来吧，万一爆炸了怎么办！”罗林行一见舰长跃下来，忙上前说。

齐粹英舰长阴沉着脸说：“拔也拔不出来，就是拔出来了偌大个洞，江水也堵不住。看样子一时半刻不会爆炸。你马上堵……”

“轰……”巨响声打断齐舰长的话，轮机舱里顿时硝烟弥漫，齐舰长几乎被震昏了。他背靠一根油管左右一看，水已经淹到他的小腿上，罗林行与其他的官兵不见了。

“罗林行，罗林行！”齐舰长呼叫。

“轰！”舰上面的甲板上又是巨大的轰鸣，齐舰长抬头一看，前甲板被炸开一个洞，一个人头血淋淋地吊在洞口摇晃着，血水洒向轮机舱里。

“二炮手，肖咬记！”齐舰长认出来了，这是他最喜欢的二炮手肖咬记，一个才 22 岁的水兵英勇地为祖国殉职了。

“副舰长，副舰长”，齐舰长朝甲板上呼叫着，“轰！”又一枚炸弹的声音淹没了齐舰长的喊声。

前甲板上刚才的弹洞被炸得更大了，阵亡的二炮手肖咬记的尸体，从甲板洞口“咚”地甩下来，甩到了轮机舱中刚刚停转的机器上。

“二炮手！”齐舰长冲过去抱住军衣正在燃烧的肖咬记的遗体，“我的好兄弟，国民会永远记得你的！”

二炮手肖咬记是个勇敢的舰炮手。上午，他得到驰援逸仙舰的命令，赶到战区时，敌机已经消失在水天之间了。他看到逸仙舰正在下沉，舰首的水兵与舰尾的水兵都站在齐腰深的水中，他知道水兵们恋舰不愿离开，要与战舰共存亡，忙划着小艇冲到艇首，抱住一个少尉说：“长官，命令弟兄们上艇吧，我们今天不死，就是为了明天消灭豺狼！”

小艇在江水中纵横，肖咬记说服了一位又一位弟兄回到建康舰上。当逸仙舰完全沉没后，他看到水中漂着一件被炮火烧成黑团的军衣，他想这一定是阵亡水兵的遗体。他忙划艇过去伸手一抓，抓到一条被江水泡得苍白的胳膊。

“有人！”肖咬记用力抓住胳膊一拖，一个人头从水中冒了出来。

这是逸仙舰上的炮手关银京，江苏南京人。当逸仙舰上的炮火正浓，他打下一架日机正在高兴时，又一架日机乘其炮火死角，机枪卡壳没有反击的刹那间高速俯冲下来，关银京被飞机的机枪射成重伤倒在炮后的甲板上。三炮手阵亡，一炮手将关银京背到后舱的一块木板上回到炮位时，也不幸中弹阵亡，逸仙舰中弹不支开始下沉了，关银京躺着的木板也漂进了江水之中，没想到被建康舰的弟兄救上了艇。

关银京得救了，被救上建康舰的官兵都知道建康舰上有个肖咬记，逸仙舰舰长高宪申重伤中醒过来对副舰长叶可钰说：“我们是建康舰的小艇救上来的，那个水兵叫肖咬记。”

现在，二炮手肖咬记阵亡了，齐舰长抱住他从机器上跳下来，站在淹没大腿的水中，对官兵们说：“快上甲板，快，轮机舱进水堵不住了！”

甲板上，激战还在进行。副舰长严又彬一见齐舰长，忙跑过来：“舰长，只有后甲板有一门炮了，其余炮全被炸毁！”

看到舰甲板上硝烟翻滚，烈焰冲天，炮被炸翻扭曲，到处是胳膊、大腿、肠子、冒烟的军衣军帽，阵亡的官兵倒在血泊中。由十几挺机枪组成的活动火力，还在集中攻击俯冲的敌机，齐粹英舰长对副舰长说：“严老弟，安排好伤员撤退，我跟这些飞贼拼了！”说完抓起一挺机枪，“没有伤的，能够动的，跟着我拼了！”

“齐舰长，你护送伤员，我来打！”严又彬副舰长说，“我来打！”

“都什么时候了，争什么！”齐粹英深情地看了眼严又彬，冲进了机枪阵地所在的舰中甲板上。

后甲板最后一门炮还在拼命反击，但在16架日本轰炸机的攻击下，一门小

炮显得那样地无力。炮手张宗海在两次攻击未命中，调整炮位之时，敌机呼啸着投下四枚炸弹，其中有三枚炸中炮位，炮位上的官兵全部被炸弹淹没了，撕碎了。张宗海被炸弹的气浪甩到了中甲板，一头扎在齐舰长跟前，血淋淋的脑袋和四肢还在挣扎。

“快给张宗海包扎！”齐舰长命令。

一个水兵抱起张宗海就向后跑……

日军轰炸机驾驶员木暮雄中尉拉起机头，大岛少佐兴奋地说：“中尉，建康舰炮火全部被毁，你再来几个俯冲炸沉它！”

“报告少佐，建康舰上放下几艘救生艇，一个水兵抬着伤员正在军舰后面借助硝烟作掩护准备溜走！”

“炸毁它，不准他们逃命！”大岛少佐命令。

穷凶极恶的大岛少佐，连中国海军伤员也不放过，他命令木暮雄展开攻势还不放心，又“呼”地从5 000米下降到距江面300米高度，寻找救生艇轰炸。

“全部上舰，全部上舰！”副舰长严又彬一看敌机集中兵力来袭，知道上了救生艇不但不能求生，反而会更快遇难，不如就在硝烟弥漫的舰上暂避一时，寻找机会再下舰撤退。

齐粹英舰长一看大家从救生艇上又返回军舰正要说什么，副舰长严又彬讲明了情况，他一听有道理，沉思片刻后说：“舰正在下沉，已经没有办法了，凭十几挺机枪也不顶事。命令停止射击，敌人误以为舰上没有反抗力量了，敌机返航，伤员也就有救了。”

严又彬点了点头，他给齐舰长包扎了伤口，又将航海员孟维光的绷带拉紧了些，对左右官兵们说：“弟兄们，把甲板上阵亡的官兵抱回来，我们不能让他们泡在江水中啊！”

一位位被硝烟熏黑的水兵，抱着战死的弟兄向小艇走去！

一个个伤员在前后甲板上互相搀扶着，遥望着滚滚长江。

舰长齐粹英看到舰尾已经沉进江中，舰首昂起，他深情地摸着舰身，热泪纵横……

建康舰在龙梢港的激战中，与敌16架轰炸机搏斗，以7死、27伤的代价告诉世人，中国水兵个个都是顶天立地的英雄好汉！

五十一、血战海军基地

就在中国海军舰队在江阴防区与日本海、空军血战之时，一支在龙杨泊率领下由各舰优秀官兵组成的敢死队，于9月25日夜直逼日军海军位于上海吴淞口的海空三军补给基地。

夜，已经是凌晨1点钟了，龙杨泊上尉率领的由26名官兵组成的敢死队，出现在日军海空军补给基地西南角的哨楼里。两个日军哨兵其中一个被干掉，另一个被俘后正由韩长福在审问，舌战正在激烈地进行。

早在8月23日，日军陆、海、空军通过各条道路，用各种交通工具在上海的吴淞、川沙地区登陆，增援上海战区。同时在飞机的舰炮协同作战中，陆军组成一支支敢死队直扑罗店、宝山中国守军阵地。中日双方激战几十天，双方你进我退，我退你进，进行着犬牙交错的拉锯战。战略要地罗店镇被炮火炸成了一片焦土。中国陆军用血肉之躯在罗店筑成一道坚固的防线，使日军的进攻受阻，日军原打算侧背迂回进攻的战术也落空了。于是9月初更改作战计划，命令海军36艘军舰上所有炮火，在吴淞口以排炮射击中国陆军与海军陆战队固守的阵地，其目的是夺取又一战略要地宝山县城及其附近高地。中国守军阵地依然不动。日军又以硫磺弹进行攻击，将宝山城打成一片火海。守军工事与一切房屋建筑化为灰烬。驻守宝山的中国陆军第十八师五百三十八团三营500余官兵与日军恶战两昼夜全部殉国，他们的壮举极大地鼓舞着海军陆战队官兵。

9月初，日军又向上海战区增援3个陆军师团、大批战斗机。下旬，中国陆军守备部队退守蕴藻浜南岸阵地，双方以大场为中心展开争夺战。日本海、空军在这一时期声言，要在极短时间内打通长江一线，歼灭中国海军！

9月25日上午9点，龙杨泊赶到中国陆军在大场的指挥中心，作战参谋郭友章上校对他说："这些天日本轰炸机多次窜到我江阴防区，轰炸我军舰，企图尽快打通长江航线，进军长江中游，今天上午炸沉我逸仙舰，下午又出动飞机炸沉我建康舰。总部命令你们今夜出击，炸毁敌昨天运达的航空汽油！"

航空汽油是飞机的血液，没有汽油飞机是不能上天的。龙杨泊一听说有仗打心里就兴奋："长官，敌人有多少汽油，存在什么地方？"

“据情报，日军从海上运抵上海的航空汽油，已经到达吴淞口的海军基地。昨天上午船一到，就开始向下卸货了。不少汽车等在那儿拉油。管油船的船长叫麦克，丹麦人。日本海军陆战队一个队担任警卫，小队长叫南云四郎，是个少尉”，郭友章上校说，“这是海军基地的地图，你看看。”

看着地图，想着这些汽油供给敌机，又将会有多少生灵涂炭，龙杨泊不禁心血沸腾，恨不得冲上去一把火烧毁日军海军物资基地！

“我们的内线下午突然失踪，情况很复杂”，郭友章上校说，“希望你随机应变。海军长官陈绍宽上将，对你们的行动寄予巨大的希望！”

“请长官转告司令官，龙杨泊和他所指挥的弟兄，为国为民，为海军的胜利去战斗！”龙杨泊情绪激昂。

天还没有黑，龙杨泊一行乘坐一辆日本大卡车，身着日军军服，大摇大摆地进入吴淞口以西的一个日军临时阵地，乘四周日军回营房吃饭的时机，将汽车停在正在抢修的工事外面，他们混在日军队伍中，摸进了一间偌大的原棉纱仓库，全部藏了进去。按照计划，这个仓库后面有一条不宽的公路，可通日军补给基地，只等凌晨1点动手！

同行的韩长福翻译官，在海军陆战队散打比赛中历年为第一名。他按照行动方案出现在日军补给基地西南角。日军哨兵一看一个军官浑身是血，脸上、头上缠着绷带，由一个军官搀扶着吃力地向这边移步。日军哨长用电筒照着他们问：“干什么的？”

“修工事被中国人埋的地雷炸伤了！”韩长福忙用日语装作吃力地回答，“快来帮帮忙，少佐阁下受伤了，我的腿也伤了走不动。”说着，伤者向下一倒，韩长福两腿一软也坐到了地上。

哨长向中士说：“走，过去帮帮官长！”

两个日军走过来了，他们手中的电筒向四周扫视一圈：“你们是哪个部队的？”

“海军陆战队督导队的”，韩长福回答，“今天修工事，我陪少佐阁下去检查工程进展，刚好遇到这种不愉快的事。”

日军哨长与中士快步走过来了，伪装成受伤军官的黄中建对韩长福故作不耐烦地骂：“混蛋，你没看长官浑身是血吗？快背他走，蹲下，快蹲下去！”

日军哨长挨了长官的骂是不敢吭声的，忙蹲下去背对着“伤者”，韩长福将伤兵抱到他背上，并讨好地对“伤者”说：“长官，他背你走，你的两只手尽量抓住他的肩头吧。辛苦你了。”

“伤者”故作心烦地白了他一眼，无力地说：“走吧。”

日军哨长背着“伤者”黄中建，韩长福被日军搀扶着朝岗哨走来，黄中建悄悄地收回右手，从袖口拔出匕首狠狠地刺进日军哨长脖子里，那个日军哨长一声不吭两腿一软倒下去了。后面的日军还没有发现哨长已经栽倒，韩长福动作麻利地卡住了他脖子，他一愣正要反抗，龙杨泊冲上来一把夺过他手中的枪，韩长福说：“吭声就打死你！”

日本哨兵在死与生之间选择了后者。1 点 30 分，龙杨泊在敌哨兵的引导下来到基地的第二道门。韩长福用手枪悄悄地顶住他的后背，正要进门，一个中尉从里向外走来，左手牵了一只猎犬，身后是四个手持武器的士兵，其中两个士兵手中是三八式轻机枪，长长的子弹带绕在身上，月光下一闪一闪地发出令人颤抖的寒光。韩长福对日本哨兵低声说：“沉着点。”

敌哨兵一看就知道是长官查哨来了，眼球一转突然大呼：“他们是敌人！”

“砰！”韩长福一枪结果了敌哨兵，不等敌中尉巡逻官一行反应过来，转过枪口就扫射。

“打！”敌中尉倒在污血中还在号叫，顿时基地二道门枪声大作，两挺日军机枪将韩长福等人压得抬不起头，喘不过气来。

“轰！”龙杨泊向敌群中一连投去两枚手榴弹，敌两挺机枪哑了，“撤，快撤！”

朝哪儿撤呢，龙杨泊飞快地向冲过来的敌人又投去三枚手榴弹。韩长福他们在龙杨泊的掩护下，已经撤到了第一道门口。韩长福一看上士乔晓太被日军扫来的机枪打伤，倒在地上挣扎着想站起来，忙寻声一看，好家伙，日军从第一道门外的楼房里同时喷出几挺机枪火舌，堵住了退路。

“龙队长”，韩长福见龙杨泊爬过来忙道，“退路被敌人火力封锁，四周全是敌人，我们被包围了！”

龙杨泊伏在地上向封锁退路的敌人火力点看了看，摇着头说：“敌人的火力是我十几倍，又在房子上面，居高临下，很难冲过去。”

“给我把机枪拖过来！”韩长福说，“我掩护，你们拼命突，天一亮我们一个也跑不掉了！”

“就这样走？”龙杨泊一咬牙，“打蛇的头去！”

“龙队长”，机枪手费永阳爬过来，“这里有个木匠师傅，要见你！”

木匠？龙杨泊心里一动，这个时候木匠不跑，反而找到枪林弹雨中来了，一定是有情况。忙就地一滚，翻到一个坑中，中年木匠一见长官忙说：“我带你们跑！”

“朝什么地方跑？”龙杨泊问。

“有一条敌人埋大管子的沟，刚刚挖好还没下管子。我就是被他们抓来给他们做木工活的！”木匠说。

龙杨泊上下打量了一下木匠，果断地下达了跟着木匠撤退的命令。

"听我的命令，韩长福开路，我断后!"龙杨泊说，"其余人依次撤退。"当他们跟着木匠越出敌海军基地的最后一道火力封锁线时，前面公路上开过来十几辆汽车，汽车上全是全副武装的日本兵。敌人在车上说着什么，一句都听不清。

韩长福刚下达部队卧倒的命令，汽车也停住了。一个日军军官在大声命令："包围搜索，中国军队敢死队已经被我们包围了!"

"副队长"，机枪手顾保顺小声说，"打，我掩护你们跑，快呀!"

"木匠师傅，还有地方可以冲出去吗?"韩长福问。

木匠师傅发愣了，抓着头皮不语。

"老韩，怎么回事?"龙杨泊赶过来焦急地问。

"你看!"韩长福向正在下汽车的日军一指，"怎么办，敌人包围我们了。"

龙杨泊拧紧眉头不语。

"队长"，韩长福低声说，"我从这边……"

"行!"龙杨泊一挥拳头，"顾保顺，你小子快准备一下，听我的枪一响，就冲向鬼子第一辆汽车!"

机枪手顾保顺汽车驾驶技术相当过硬，机枪也打得好，步枪点射可打飞鸟，是海军陆战队中不可多得的全能人才。

韩长福见敌人向他们右侧展开，部队的正面没有敌人的搜索队，突然从沟中站起来，用流利的日语问道："谁是你们长官，你们长官呢?"

日军听见喊声，"唰"地都把枪指过来，一个军官骄狂地问："你们是哪部分的?"

"基地守备队的。中国敢死队向西跑了，还不快追，还在这儿干什么?"韩长福说完向西边扫着电筒光。

"报告大佐，第四大队已经追上中国敢死队!"龙杨泊故意用日语大声道，使对方完全能听到。

对方指挥官仅只是少佐，一听这边是大佐亲自督战指挥，忙命令："向西，向西跑步追击!"

沿江一带全是日军临时军帐与棚子，挖的一条条战壕纵横交织，日军在这些障碍物中奔跑着。

"上!"龙杨泊命令。

顾保顺一口气冲到第一辆汽车上，拉开汽车门，发动了汽车，其余内的人爬上汽车，汽车在一条沿江修建的土公路上奔驰着，很快冲进夜色中了。

接到堵击中国军队敢死队命令的日军大尉松尾，这时正站在公路哨卡的中间，听到电话响了，忙跑进哨楼抓起电话。

"4 号，是 4 号哨卡吗?"电话中传来一个焦急的声音。

“我是4号……”

“叫你们指挥官接电话！”

“我是松尾大尉！”

“松尾君，我是小岛少佐”，小岛在电话中急切地说，“我的一辆汽车被敢死队开走了，请你赶快设置障碍，截住汽车。”

“啊，这是要杀头的呀！”松尾忙又说，“你放心，只要在4号哨卡出现，我一定收拾他们！”

公路上，顾保顺驾驶汽车加大油门飞驰。龙杨泊、韩长福他们都抱着枪准备决一死战！

松尾大尉走出哨楼，一阵汽车的轰鸣声由远而近传了过来，他命令道：“机枪、迫击炮准备，对着我要检查的这辆汽车！”

“嗨！”五个日军提起机枪冲到了哨卡中间，挥着手中的手电筒，手电筒的光束划着圆圈，示意停车检查。一盏汽油灯吊在哨楼的外面，将哨卡照得通亮。

汽车内，龙杨泊借助灯光将哨卡前的敌人阵势看得清清楚楚。顾保顺问：“长官，是不是冲过去？”

“老韩，你看呢？”龙杨泊问。

“好！”韩长福赞同，并扭头对车厢的人命令，“汽车冲哨卡，大家准备战斗！”

“是！”官兵们异口同声地回答。

汽车减速来到哨卡前，然后突然加大油门冲了过去。敌人一见汽车冲卡急忙开枪、开炮。汽车中弹冲进了一条水沟里，两发炮弹命中汽车箱，在巨大的爆炸声中，敢死队员们伤亡惨重。龙杨泊、韩长福各扶住一个伤者朝黑夜中撤退，后面是日军火力追击！

日军哨卡跟前，日军少佐小岛双眼盯住松尾大尉：“这么多部队，为什么堵不住敌人？”

“报告长官，在没有弄清汽车里到底是谁之前，我不能开炮开枪。”松尾忙辩解说，“他们拒绝检查冲卡时，我下令开炮开枪，已经尽了我的职责！”

“你在狡辩！”小岛少佐将战刀甩到他手里，“你自裁吧！”

“小岛君，我……”

“你放走了中国敢死队，还有什么说的！”

松尾态度强硬起来：“请把我交给军法官！”

“你！”小岛狂怒地举枪击毙了松尾。

“天皇陛下万岁！”小岛号叫着，举枪朝自己脑门扣了扳机。

远处的黑夜中，龙杨泊又中弹负伤，韩长福搀扶着龙杨泊与另外两个伤员，在艰难地行进……

五十二、水雷杀敌

9月29日晚上，由中山舰上的炮官韩长福组成的敢死队出发了，这一次他们乘坐一艘快艇，利用夜色作掩护，直逼日军旗舰出云号！

韩长福对25日夜晚付出的惨重代价记忆犹新。那一次既没有炸毁敌海军基地，也没点燃敌航空汽油，不知道是哪一个环节没有计划好，出了问题。26日下午他赶到龙杨泊的病床前，摸着他后背的枪伤说："杨泊兄，这次伤亡太大，作战任务也……"

"别说了，找鬼子报仇的机会有的是，只要我们去寻找！"龙杨泊安慰着他，说完盯着他看了老半天，又缓缓地说，"你老弟命大福大，你看我伤成这个样子，动也动不了，咳，要不……"

"又有情况？"韩长福说完急切地盯着龙杨泊。

"我给你看一张图，这是情报官刚送来的"，龙杨泊说着从床头被子里摸出一张纸，指着地图说，"这是黄浦江，这是301码头，在这个301码头左上锚泊着日本海军旗舰出云号。"

韩长福认真地看了看图说："炸毁它？"

"是这个意思！"龙杨泊说，"你敢去吗？"

"敢！"韩长福很兴奋地说，"只要是打鬼子，刀山火海我也敢去！"

"敌旗舰四周有很多护卫的艇船，要炸沉它困难很大。"龙杨泊说。

"没有困难要我们干什么？"韩长福说，"漂雷、触角雷、电放雷等各种水雷都有，炸不中它，也要把它吓个半死，让它知道中国军人的厉害。总有一天我们要把日本鬼子统统赶出中国！"

龙杨泊一听心血沸腾，恨不得跟他一块儿杀进敌阵，用水雷炸沉敌旗舰出云号！可惜背部枪伤使他只能躺在病床上。

"我已经跟作战部建议了，若你去，就让冯正平、李绍生、张雨泰一同去，另外找几个水性好、枪法准、敢于拼命的士兵，乘夜色掩护，打它个出其不意！"

"我明白！"

这又是一次险阻重重的艰巨任务，必须将执行任务的每个细节考虑好。28日下午，韩长福将挑选的敢死队员再次召集到海军陆战队作战室，决定对敢死队

员们决战的信心，以及自我牺牲的准备作最后一次检查。他扫视了大家一眼，点起了冯正平。

“到!”冯正平站立起来，向韩长福行注目礼。

“如果炸不中敌舰，反被敌人抓住怎么办?”

“我早有准备!”冯正平拉开军衣，六枚手榴弹绑在腰里，导火索拧在了一块儿系在军衣的扣子眼上。

“李绍生!”

“到!”李绍生跟冯正平并列挺立。

“没有炸中敌旗舰，又惊动了敌人怎么办?”

“攻击其他军舰，转移敌人视线。”

“张雨泰，敢不敢与敌舰同归于尽?”

“炸毁敌舰为我陪葬，我高兴还来不及呢，有什么不敢的?请韩兄放心。”

大家哄堂大笑，表现出既乐观，又视死如归的气概。

韩长福打心眼里为这些水兵感到高兴，有这么些从各舰抽来的英勇的战友，什么样的敌人不能打败呢?

“大家记住，29日夜行动!”

夜，已经很深了，月亮朦朦胧胧，喧闹一天的黄浦江显得神秘莫测。日军旗舰出云号泊在黄浦江中间，如同一只爬在江中间的巨大怪物，担任护卫旗舰的大小二十几艘舰船也像一只只围绕大怪物的小怪物，给黄浦江添了许多不安。在这群护卫舰中，最大的是1404号炮艇，警卫旗舰的大尉队长富苫士就驻扎在这艘炮艇上。艇长大森清二中尉，唯恐招待不周，日日夜夜派人到岸上给他准备上好的饭茶，有时候还将妓女悄悄引上炮艇，供富苫士大尉享受。所以大森很快就从少尉晋升到中尉。

今天晚上，大森清二用小皮艇送富苫士大尉到岸上一处花街玩耍回来，刚刚在卧舱躺下，通信兵走进来小声说：“长官，司令部日野六中佐命令你，无论多晚回来都必须到他那里去一下!”

日野六中佐是日本第三舰队作战部副官，主管情报，他的召见多有重大事宜。富苫士忙披衣而起，跨进为他准备的小皮艇正要划动时，一声巨大的轰鸣声从背后传过来，他惊异地扭过头去，只见江面上火焰冲天。

“看看，怎么回事?”富苫士吃惊地问。

“不……不知道。”赶过来的大森清二中尉忙回答。

“快过去看看。”富苫士大尉不敢下水了，急忙爬上炮艇。

刚才一声巨响是中国海军敢死队韩长福及其弟兄们干的。韩长福的敢死队乘快艇到达301码头的9号舰泊位时，9号位锚泊的日军军舰已经开走了。韩长福命令将快艇驶进9号泊位，利用夜色的掩护，混淆敌人的视线。然后他问冯正平："你看怎么样，这个距离可以吗？"

冯正平测了测江水流速，点点头说："还行！"

"长官"，李绍生报告说，"漂雷效果好，触角雷也行，我建议，同时施放两种水雷。"

"这颗不响，那颗响。"张雨泰说。

韩长福还在思索，一架日军夜航机从黄浦江上空飞过，巨大的轰鸣声极其刺耳。不一会儿一艘船由上而下开过来了，老远就拉响了汽笛。韩长福忙举起望远镜，借助船上的灯光一看，好像是艘货船。船上的灯光向江北岸扫视，他们正好在船的南边，避免了暴露目标，韩长福指着亮灯的船，对艇上的弟兄们说："你们看！"

由于船上的灯光帮助，他们注意到这是一艘货船，韩长福一挥手："跟上去！"

借助日本货船作掩护，日船在前，韩长福的快艇在后放慢速度跟着，直向日军旗舰出云号驶去。日军货船上的敌人万万想不到，跟在背后的伪装成日艇的快艇上，中国水兵准备的水雷正在向日舰漂去！

中国的兵器工业的确陈旧落后，1937年卢沟桥战火燃起，海军上将司令陈绍宽一看阻止日军西进的长江兵力单薄、军舰陈旧，只好电令驻英国海军武官周应骢赶回国。周应骢一看敌我兵力态势，就感到阻止日军西进存在很大的问题。因此，陈司令官在南京接见他时，他毫不犹豫地说："'八一三'上海战况不好，海军群龙无首，恐怕需要你亲自坐镇上海指挥海军协同作战，利用长江天险阻止日军西进！"

"司令官"，周应骢是在中日两军炮火下，乘船经吴淞口抵达上海的，对战局有一个大概的了解，他接着说，"海军舰队是无力担任阻止日军顺江西进的任务的，只能利用长江迟滞敌海、空军西进的速度。要达到这个目的，也需要大批水雷！"

"嘿，海军所存的水雷所剩无几呀！"

"沿长江及各河道，需要大批水雷，我们应在上海等地购买制造水雷的器材运往湖南、四川，在内地建立水雷制造工厂，才是真正从战略上阻止日军西进速度！"

海军上将陈绍宽司令官，采纳了周应骢将军的建议，命令南京两家兵力工厂日夜制造水雷急送前线。爱国的老工程师、老工匠们不讲任何条件24小时守在工厂加班加点生产。很快，一大批水雷运到长江前线。

“再放三枚漂雷!”韩长福见已放下水的两枚触角雷顺江而下速度很快，心里很高兴，水流速越快，对他们今天的水雷战越有利。

“返航!”艇上的雷全部放完，韩长福命令返航。

快艇在夜色中顺江而上。

日军大尉富苦士被巨响炸醒了，中尉大森清二赶过去很快就乘另一艘快艇返回了，他从快艇中拖出一个血淋淋的日军少尉。那日军少尉正痛苦地叫着，一见富苦士大尉忙挣扎着想坐起来。

富苦士问：“怎么回事?”

“一枚水雷炸沉了我的艇。”少尉回答。

“从什么地方来的水雷?”

“不知道。”

富苦士一惊正要说什么时，有人大叫：“雷，水雷……”

“轰……”富苦士倒在艇的甲板上，他忙双手支起身子抬头一看，大森中尉被炸成重伤倒在甲板上，一块撕开的甲板压住了他的头，一条腿炸飞在离身子一米多远的地方。

炮艇在下沉。当两个士兵架住富苦士正要向紧靠过来援救的炮艇转移时，那艘炮艇触动水雷“轰”的一声被炸中了，巨大的水柱直冲上天，炮艇在强烈的摇晃中渐渐地沉下去了。

出云号旗舰上一片惊慌，探照灯在江面上乱照，搜索可疑的目标。一个个排雷水兵从军舰上下到江水中，在出云号军舰四周搜寻排除水雷。

富苦士满脑子挤满了水雷，耳朵响着水雷爆炸的声音。突然，他挣扎着跳起来，狂呼：“水雷，水雷，他妈的水雷!”“呼”地一下跃进江中，江水立时淹没了这条罪恶的生命!

五十三、笕桥空战

10月的长江下游地区，天气还有些闷热，日军空军基地千叶中佐，海军海布中佐、大岛少佐三个佐官正在研究战术。海布中佐是海军第三舰队派驻空军轰炸机基地的联络官。今天，他是奉命向空军具体实施对中国海军舰队轰炸的空中指挥官，直接下达攻击命令。

“在上海战区”，海布手握地图指示棒，指着布满红蓝箭头的巨幅地图，“陆军在我海军舰炮支援下，已经突破宝山中国军队防线。为打通南京，攻占武汉打下基础，空军在今后的两天里，协同我舰炮攻击大场，看来这是没有多大问题的，而问题核心在这里！”说着他拿起一张纸在空中摇动着。

大岛少佐瞪起双眼抬头望着他，似乎并不太在意。

千叶中佐冷冷一笑：“大岛君不要小看这张小纸条啊。当初上海空战，你不是也轻视我手中的纸条吗？”

那是8月13日，日军在上海拉开了战幕，日军第三舰队司令长官对驻上海的三军下达与中国军队决战的命令。千叶中佐从第三舰队司令官那里赶回空军基地，连夜召开紧急作战会议。大岛少佐作为一个空中作战指挥官，当然是会议的一个重要角色。各路轰炸机大队长坐定，千叶中佐在板垣大佐的示意下，简单地介绍了一下13日白天上海战况，话锋一转说：“根据司令官的命令，空军明天攻击上海笕桥机场，将中国飞机炸毁！”

日军飞行军官们都没有动静，只是望着千叶中佐，等待他点将下达作战命令。

大岛一看这气氛，眨了眨眼站起来：“报告长官，我的轰炸机大队，要求承担这一决定上海战局胜败的攻击任务！”

“我们去！”小山京大尉“呼”地立起，“我们大队的官兵请求这次作战任务，我的飞行员个个都是真正的帝国军官，飞行技术也是一流的，一定能炸毁笕桥机场，歼灭上海的中国空军力量！”

看到小山京大尉与自己抗争，大岛根本不把他看在眼里。早在东京航校，大岛与小山京同为一个班的学员，同飞初级教练机，中级教练机，高级教练机。进入朝鲜作战后，一次与海军协同作战，小山京大尉首先出击，结果被朝鲜舰炮与地炮一阵齐射，飞机被击落四架，小山京的指挥机右发动机被打坏，好在他的飞行技术高超才得以返航。大岛当时也跟小山京一样同为大尉空中指挥官，第二天他奉命执行小山京未能完成的作战任务，炸毁两艘朝鲜战舰，摧毁地面防空炮兵阵地两个，自己无一伤亡。战功显著，千叶与板垣共同给他请功，使他提前从大尉晋升为少佐。小山京从此怀恨在心，他认为大岛是踏着他的肩膀上去的。因为第二天他再率部征战，势必大获全胜，大岛的取胜，只不过是拣了个便宜而已。大岛也明白小山京看不起自己，因此，他俩时时刻刻都在明争暗斗。

大岛少佐见千叶与板垣大佐都对小山京争夺打击笕桥机场的要求不表态，抓住这一时机马上说："请二位官长注意，我大岛大队在朝鲜战区、中国北满战区都是立过赫赫战功的。"

小山京一听大岛专拧自己的痛处，立即回击说："我请二位官长注意，战场上没有常胜将军，也没有常败将军，笕桥一战关系到打掉中国空军的威风，削弱本来就脆弱的中国空军力量，这关系到振奋我海军、陆军官兵的作战士气。本大队甘愿冲锋陷阵，为大日本帝国的空军树立楷模形象！"

"这不是演习，而是一场关系到歼灭上海中国空军的决战，我建议由大岛少佐征战！"一个被大岛眼神激励起来的大尉，站起来为大岛说话。

"如果大岛君急于晋升为中佐，本人愿意给他一个晋升的机会！"小山京大尉气愤地说完，一屁股坐下去。

"小山君"，大岛少佐语气缓和，表现出少有的大度，"我们都是大日本帝国的军人，为天皇陛下而战是我们军人的天职，你怎么认为我是为个人升官发财去作战呢？"

"小山大尉，你的心胸应该可以通过第三舰队，而不应该只能航行一艘小小的汽艇啊！"千叶中佐一句话，给小山京大尉定了调子。

小山京立即悟出什么，忙又"呼"地站起来，用180度转弯的语气说："服从长官命令，为圣战效力！"

"这就对了！"板垣大佐忙笑着补上一句，"效忠天皇陛下，军人有的是机会，笕桥一战，我相信大岛少佐是能打好的。请千叶中佐回去后制订一个详细作战计划，立刻报来。"

"感谢板垣大佐关照，我大岛决心为天皇、为圣战赴汤蹈火，在所不辞。"大岛一脸战胜对手的得意之色，说完傲慢地看了小山京一眼。小山京阴沉着脸，一声不吭，像一只斗败的公鸡，打不起精神。

板垣朝大岛点点头，马上收回挂在脸上的一丝笑意，用一种狂傲的语气对众官佐说："在中国这样一个大战场上，大日本帝国军人尽可纵横驰骋，诸位都有

立功晋升的机会，特别是空军将士，创造功绩的机会更多。大战在即，诸位都要精诚团结，同仇敌忾，为攻占长江流域，征服中国，创万世功业!”

“为天皇效劳，为圣战尽职!”众官佐的情绪被板垣大佐几句话煽得激昂起来，笔直地站在会议桌旁，昂首挺胸，大有壮士一去不复返的气概。

板垣笑了，千叶笑了。他们为手下有这么一批用武士道精神武装起来的亡命之徒感到高兴。散会后，千叶让大岛留下来，从口袋里摸出一张纸条，在他眼前晃晃，说：“大岛君，你知道中国空军在笕桥的实力吗？知己知彼，方能百战百胜啊!”

“请长官通报。”大岛少佐忙说。

“你先看看这个。”千叶说着把纸条递给了大岛。

“就一个空军第四大队？”大岛傲慢地说，“收拾一个飞行大队，那不过是小菜一碟。”

“你不要太轻敌了。”千叶说，“据我所知，那个中国空军第四飞行大队的大队长高志航就是一个不好对付的人。”

“那好，明天清晨我给他一个偷袭，把他们歼灭在机场上!”

“对，我命令明天清晨，不管气象条件，大岛少佐率队炸毁笕桥机场，歼灭中国空军第四大队!”板垣大佐说着一挥手，“祝贺大岛少佐马到成功!”

“嗨!”大岛少佐挺身立正，转身出了会议室……

第二天清晨7点，大岛少佐率领11架轰炸机，悄悄地向上海中国空军笕桥机场飞去……

笕桥机场，中国空军第四大队大队长高志航，率领全体飞行员守在值班室里，等待作战命令。飞行员边吃早点，边议论战局。高志航一个人待一边，仔细地看着一张地图，不时抬起头来，望着窗外的天空。自从8月13日上海开战以来，他们就24小时吃住在值班室里，随时准备出击。因为他们都知道，中国空军在笕桥的一支部队，是日军进攻上海必须要拔去的一道屏障。因此，日本视笕桥的中国空军为眼中钉，肉中刺，随时都会进攻笕桥，发生一场恶战！飞行员们的每根神经都是绷紧了的。

塔台上，空军指挥官傅玉晖上校一进作战室，通信兵就从塔台瞭望台上冲下来：“报告长官，东北方向云层中有黑点出现!”

“什么？”傅玉晖上校大吃一惊，急忙爬上瞭望塔，举起望远镜盯住瞭望兵指定的方位，高倍望远镜的镜片中雾气沉沉。在白茫茫的雾气之中，有几个黑点在缓缓移动：“敌机偷袭，东北方向敌机出现，命令第四大队起飞迎击敌机!”

一阵阵起飞的警报声在机场上空回荡。

高志航率领飞行员冲向停机坪，登上战机。战机咆哮着直冲云霄！

日军大岛少佐并不知道中国战斗机已经升空迎战，在他眼里清晨突袭胜券已经操在手中，他再次让板垣大佐、千叶中佐、海军联络官海布中佐看看，大岛是什么样的军人，让小山京大尉心服口服地拜倒在他脚下！

“少佐”，飞在前面的日军第二中队长渡边林在电台报告：“飞机已达预定空域，正前方就是进攻目标，请求降低高度！”

大岛听着看了看飞机上的各种仪表，又轻轻揉了揉飞机的操纵杆，抬眼向正前方观察了片刻才说：“渡边，高2 000，航向60，时速300，接近目标！”

“渡边明白！”

“三中队，三中队，我是大岛少佐，我是大岛少佐！”

“少佐，我是三中队川崎！”

“川崎中队，从二中队左侧接近目标，实施第二波攻击！”大岛命令，“动作要快！”

“川崎明白！”三中队队长川崎边回答，边在机舱中手忙脚乱地拉起机头，“三中队跟上，保持编队！”

三中队的三架轰炸机按前一架、左右各一架的三角形编队保持距离在晨雾中进行。

“一中队，保持原来队形不变，注意空中警戒，在二、三中队展开攻击后，随时准备打击从机场蹿起来的中国飞机！”大岛少佐下达紧急命令。

11架日军轰炸机，在大岛少佐的亲自指挥下，加快速度直逼笕桥机场，今天不知道到底是他创造奇迹呢，还是中国歼击机给他留下不可磨灭的记忆！

高志航率领中国空军第四大队进入晨雾时，他命令：“高5 000，航向30，快！”

战斗机跟着他们的队长呼啸着直冲云霄，很快占领有利空域。

“1号，1号”，高志航耳机中传来声音，“我左前方发现目标，我左前方发现目标！”

“咬住目标！”高志航命令道，“全体跟上，保持战斗编队，注意提前发现目标，隐蔽自己！”

飞行员们一边操纵着飞机，一边仔细地搜索着目标。

高志航目不转睛地盯住前方。他轻轻地收了下油门，拉了下机头，蹬右舵，飞机从一片云中穿出来，沿云边飞行。这样既能隐蔽自己，又能观察敌机的行动。“1号，你的右前方发现敌机，你的右前方发现敌机！”高志航耳机里传来飞在最后的飞行员的报告。

顺着飞行员的提示，高志航忙转过目光一看，好家伙，敌机正在他的右下方借助晨雾作掩护，快速向笕桥机场赶去！

“不能放过这群天狼！”高志航再次转动机舵，两眼对着机炮瞄准具看了看，心里说：“决不准这群天狼进入我机场上空！”

日军轰炸机全部进入 1 000 米高空了，高志航闪电般命令：“保持队形，攻击！”

“轰……”

“哒哒哒……”

中国歼击机首先开炮，杀进敌机群中，凭借高度的绝对优势，向敌机群倾泻一阵弹雨。

日军大岛少佐大吃一惊，不等他反应过来，他左侧一架轰炸机中弹，如同醉酒般在空中乱窜，机尾部拖着一条浓浓烟柱，机舱里也喷射着火光。

“渡边，渡边”，大岛看到渡边的飞机被击中，在电台中疾呼，“控制飞机，快控制飞机！”

“少佐，飞机两发动机燃烧，无力控制！”

“不许跳伞，机在人在，机毁人亡！”大岛少佐狠毒地说。

渡边的手指已经放在跳伞按钮上，在大岛的命令声中他只好移开手指。他在电台中对大岛说：“大岛少佐，遵照你的命令，我为天皇尽忠，但愿你不要……”话还没说完，“轰”的一声飞机爆炸了，渡边同他的飞机一起在空中化作一股黑烟。

大岛一看渡边中队长阵亡，急忙拉起机头向左转，还来不及躲避，中国战斗机就扑过来了。他急忙扔下所有的炸弹，减轻飞机负荷，以便快速灵活地逃命。

“川崎，川崎，把我正面的中国战斗机引开，快引开！”大岛少佐命令第三中队的中队长。

“川崎明白！”日军中队长川崎边回答，边拉起机头向中国战斗机靠过去。

中国航空军第四大队队长高志航已经盯住了日军少佐大岛，当他加大油门，将航向从 90 调整到 30 时，耳机中有声音提醒：“1 号，你左后有敌机偷袭！”

高志航扭头一看，好家伙，一架日军飞机直冲过来，大有撞下他飞机的架势，高志航毫不犹豫地放弃攻击敌大岛少佐的计划，一拉机头，飞机呼啸着直冲云霄。敌川崎一见中国歼击机要跑，加大油门切半径追了上去。高志航一看敌机上当，猛地转过机舵，调整好航向。当敌机追升到 5 000 米左右，仪表显示敌机距他的飞机仅 300 米时，他果断地按下机关炮的按钮，一串喷射的火焰，像一把把锋利的战剑，刺进了川崎的飞机。川崎在发现高志航的飞机的一瞬间，已经感到死神降临了。他企图逃脱，这个念头刚一闪，就感到飞机猛地动了一下，接着右发动机起火了。同时他也打出一串机枪子弹，但由于这是在慌乱中射击，连目标都不知道在哪里，当然不会损伤高志航的一根毫毛。

“打!”高志航咬着牙对着敌机再次冲去，敌机拖着黑烟不顾机毁人亡，也拉起来迎战。

“大岛少佐，立即增援我!”川崎在电台中悲哀地呼叫着，“快增援我!”

大岛少佐正跟中国战斗机在空中激战，两架中国战斗机在他的左右冲杀，听到川崎的呼叫，扫了眼川崎正冒黑烟的轰炸机，忙命令：“投弹，减轻负担，立即撤出战斗!”

“我被咬住了，根本不能撤出来。”川崎哀求地说，“请立即增援我。”

大岛少佐这时也顾不上川崎的生死了，他闪电般拉起机头，然后突然栽向低空企图脱离追击。他的这套鬼把戏当然没有骗过中国的飞行员，两架中国飞机还是死死咬住他不放。他不得不向第一飞机中队求救：“一中队，快掩护我，掩护少佐撤!”

川崎看到大岛已被两架中国飞机缠住，根本不可能来增援，他决心驾机拼命。高志航一眼就看出了川崎想撞飞机的恶毒打算，一蹬左机舵偏过机头，快速从川崎的侧面呼啸着掠过去了，并快速转过机头，再次切半径追了上来。高志航一推机头，凭借高度压住敌机，当敌机企图抬头时，他的指头点动机炮钮，一串炮火再次击中敌机。川崎这时头部中弹，血流满面，两手离开油门、操纵杆，飞机在空中盘旋直向地面坠下去!

“轰……”地面腾起一股黑烟。

高志航兴奋地拉起机头，东方朝霞满天，晨雾在渐渐地消失……日军轰炸机开始溃逃了。高志航率领第四大队创造了击落敌机四架，自己无一伤亡的功绩!

大岛少佐心情沉重地飞临机场上空，塔台上板垣大佐、千叶中佐、海布中佐在遥望返航的轰炸机，一个个都阴沉着脸……

回忆着笕桥空中血战，也是一张小纸条，上面只是写着“中国空军第四大队高志航部，驻守笕桥机场”的情报，当时不以为意，而遭到惨重的损失。那么今天千叶中佐手中的纸条又是什么情报呢？对我空军又有什么威胁呢？

“这个情报，并不比‘中国空军第四大队高志航部，驻守笕桥机场’这一情报轻多少”，千叶中佐说，“中国海军为阻止我三军进攻，特别是海军第三舰队西进，已经组建成太湖区炮队!”

“炮队，对我航空军不会构成巨大威胁。”一个中尉低声对大岛少佐说。

大岛少佐白了他一眼没有吭声。

“中国炮队的大炮，全部是从军舰上拆卸下来的舰上重炮，空军必须在很短时间内，炸毁这些炮火，让第三舰队尽快进入长江，向中国中部进军!”板垣大佐说。

“大岛少佐”，听到千叶中佐的命令，大岛立即站了起来，“从笕桥失败，到这次进入长江流域攻击，你的战绩并不能使人满意。请你注意，明天，也就是 11 月 30 日，五艘我战舰将进攻六助港，你随舰队观战，带上地图标出中国炮队火力网点，12 月 1 日攻击!”

“嗨!”

“海布中佐，将安排你与你的飞行大队，全部上加贺舰观战，欣赏海军舰炮火力!”板垣大佐说。

日军新一轮的攻击波开始了。

五十四、击毙丰田

1937 年 11 月 20 日，日军以死伤近六万官兵的代价占领了上海。11 月 30 日凌晨，由日军丰田征六郎大佐率领的五艘军舰，在夜幕的掩护下，全速向中国军队控制的六助港驶去。以板垣为首的空军观战队就在丰田征六郎的旗舰上。

清晨 4 点 40 分，前面的六助港隐约可见。大岛少佐听说六助港就要到了，忙走出卧舱赶到军舰的前甲板，海布中佐已经站在前甲板上举起望远镜向六助港瞭望，听到背后的脚步声，海布扭头一看是大岛少佐走过来，忙说："你看，六助港锚泊地好像没有大的军舰，也没有发现炮兵阵地。"

"中佐阁下，笕桥机场当初还不是没有什么动静，结果损失战机四架，我还差点丢了性命。"

"大岛君，你应该对这场战争充满胜利的信心。淞沪之战我们虽然付出了六万多将士的代价，但终于全部占领上海，中国人不但丢了上海，而且还付出近 20 万人的伤亡代价呢。"海布给大岛打气。

8 月 13 日上海战事拉开，8 月 15 日蒋介石电召军政部政务次长，年仅 39 岁的陈诚赶到南京，决策中日战事。陈诚是蒋介石的浙江同乡，1924 年他就追随蒋介石，在黄埔军校任上尉教育副官，1936 年 12 月西安事变，陈诚作为蒋介石的随从大员也同时被张学良、杨虎城扣押。面对张学良、杨虎城及其卫队黑洞洞的枪口，陈诚突然一变过去怕死鬼的样儿，抬头盯住张学良说："你是国民政府陆海空三军副总司令，委员长哪一点对不住你，嗯?"

"本人不是要做官，而是要抗日，请陈政务次长不要误会我是认为官小了!"张学良针锋相对，"我只是挂牌三军副总司令，一点实际兵权没有! 你次长还不清楚?"

陈诚心里当然明白当初蒋介石封张学良为陆海空三军副司令长官的政治意图，主要是为了把东北军控制在蒋介石手里。然而这些政治骗术现在已经不值钱了，现在当务之急是要设法使张学良放蒋介石回南京。他冲着张学良吼："你想处决委员长，就将我先毙了吧!"

张学良沉默，杨虎城圆睁着双眼不语。

"副帅"，陈诚软硬兼施，语气软中夹硬，"你将委员长扣押西安，中国由你统治，你就有能耐将河川整治好，理顺民心？全国这么多军队，天各一方都能听你指挥跟日本人拼？”

……

西安事变后，蒋介石更是加倍信任陈诚。

南京，蒋介石召开国防会议，各路将帅云集，围绕着上海一役是打还是不打展开热烈的论证，只见白崇禧站起来环视将帅，语气悲观，神态黯然地说：“各位将军，我认为，鉴于我华北战场的形势，战场不断扩大，日军不断推进，上海战事应该停，不能再打了。”

陈诚看看蒋介石的脸色，蒋介石对白崇禧的一席话毫无反应，其他将帅，特别是顾祝同、汤恩伯、卫立煌、李宗仁等都在互相使眼色，什么意思不清楚，但各位的眼色中都有很丰富的潜在内容。陈诚不解其他人的内心，只好把自己的想法和盘托出：“根据各方情报和华北态势，上海战事我认为必须打，只是大打还是小打，请诸将军论证，委座定夺！”

“请你通盘论证！”蒋介石忙扭过头对陈诚说。

陈诚沉默片刻，用一种深谋远虑的神情与语气说：“在我华北战场，中日决战已经拉开架势，我汤恩伯、卫立煌所部，已经进占八达岭、南口一线阻击日军，这两把战剑已经插进敌侧背上！”

“敌人迟早是要南下的！”顾祝同忙插上一句。

“八达岭、南口是守不住的！”白崇禧说。

“大家静一静，请陈诚将军说下去。”上将参谋总长程潜拦住大家。

大家停止了插话，蒋介石、李宗仁、白崇禧、顾祝同、程潜等将帅都将目光盯住陈诚。

陈诚理了理思绪继续说：“日军南下是无疑的，争夺南口的血战也不可避免，华北战场将很快扩大也在眼前。诸位担心的是，华北一马平川，日军机械化部队推进极快，又有关东军与朝鲜方面军作后盾。日军将很快在华北突破我军防线，再以主力师团沿平汉路向南推进，进取武汉，到那时我华中各路主力的后路将被切断，无险可守，撤退路线被敌堵住。处于这种态势，我华中主力不是很快被敌一鼓作气围歼干净了？

“华北危机迫在眉睫，特别是在千里大平原上的日军机械化部队，可谓一日千里地向华中推进，华中重镇武汉很快就会陷落，那时上海、南京、徐州等地将会被日军包围，在日军坦克、装甲车、飞机的集中攻击下，都将各个击破！

“战局不敢想象。特别是占领武汉后顺江而上的日军舰队，那将会在长江上游造成什么样的恶果呢？”

“这么说我们完了，没有胜利，只有失败？”程潜上将参谋总长问。

“你认为该怎么办呢?”李宗仁问。

“这么说我们只有投降才能求生存?”白崇禧问。

陈诚喝了几口水望了蒋介石一眼，蒋介石向他微微点头：“按你的想法说下去，不要怕讲错了。”

陈诚点点头后说：“目前，日本人想一口吞下上海，扩大华东占领区，逼近我首都南京，进军武汉，攻占华中。这是他的整体战略，我们不如将计就计，在上海大打其气焰，将日军在华北主力吸引过来。我华中地区江河纵横，山脉起伏，不利敌人机械化部队运作，敌之优势转变成劣势，而我军利用山川江河打击敌人的优势就可以发挥出来了。”

众将帅听着陈诚发表的高论，有的赞同，有的反对，互相之间耳语起来。

蒋介石是决定上海战役的关键人物。他对陈诚发表的意见没有立即表态，而是在地图前沉思很久，才跟程潜耳语了几句。程潜为三军上将总参谋长，头脑冷静，善于在复杂的政治、军事斗争中寻找最佳策略，此刻他当然要首先听听蒋介石的意见。谁知蒋介石要先听他的意见。他跟蒋介石耳语了一阵后，蒋介石转过身面对众将帅，激昂地一挥手说：“上海一仗要打，狠狠教训日本人!”

上海战事升级，中日双方大批部队集结，双方从8月13日厮杀到11月20日，日军死伤六万之众占领上海、苏州等地。而这时日本国三军统帅部下令组编华中方面军，由日军大将松井担任方面军总司令长官，统领日军侵华上海派遣军，第十军，陆军九个师团，日军军直属特种部队，海军第三舰队和新组编的第四舰队。这个舰队专门为上海、华中地区运送兵源和补给品，还有日本人庞大的航空军部队，总兵力共达33万之多，而此时的华北战区，日军仅有两个陆军师，七个师的兵力，果然如陈诚所预测的那样将华北敌主力吸引到了上海。

当然别说日军下层军官，就是高层军官当时也并不知道这是计谋，像日军参谋本部第三部部长深田攻少将、武腾大佐，后来都分别担任华中方面军正副参谋长，都是极力主张向华中增兵的。八年抗战中国胜利后，他们才悟出来中了中国的计谋，这是后话了。

……

大岛作为空军轰炸机少佐指挥官，这次观战海军舰炮与中国炮队作战，心里总有一种不祥的预感。他不止一次吃过中国炮队的亏。日军舰队已经驶近中国海军驻守的六助港了。丰田征六郎大佐异常满意这种神不知鬼不觉的偷袭，只要舰炮一响，中国海军战舰就会沉没，而岸炮队的重炮即使一时不能被舰炮摧毁，但空军指挥官统统都在舰上，他们会把中国炮队的位置标在作战地图上，明天轰炸机一到，这些重炮就会成为废铁。

“再驶近些，听我的命令开炮!”丰田征六郎命令，“开足马力，各炮位准备

战斗!”

五艘日军战舰呈战斗队形，全速行驶。战舰上的大炮都在转动炮口，大岛少佐与其他飞行指挥官都拿着军事地图，仔细核对着六助港的实际地形地貌与地图上的差别，并且加以修正，以便在飞机进攻时，能够更准备地命中目标。

六助港中国部队岸炮炮队并没有睡大觉。此刻，炮队队长陈秉清正站在炮兵观察所的塔台上，两手握着一架英造高倍望远镜，紧锁着双眉说：“敌舰五艘，进入 8 号水域……”

一个作战参谋迅速地记录队长报出的数据，而这些数据正是炮手们打击敌舰的重要参考资料。

昨天下午，陈秉清队长从 109 号炮位刚刚回到炮兵指挥部，副队长蔡智海带来一个商人打扮的青年人，陈秉清队长一眼就认出他是海军陆战队的情报官戴小华，马上迎了上去，拍着他的肩头：“戴情报官，又搞到什么秘密消息?”

戴小华急忙说：“请陈队长赶快派医生把邓环民中尉救醒，他肚子里有重要情报!”

原来，戴小华奉命赶到六助港下面的 11 号水域东的树林里与情报员邓环民接头时，在日军担任翻译的邓环民被日军谍报队长九腾盯住。戴小华与邓环民刚一进树林，还没有来得及说一句话，九腾率着人冲上来了，邓环民胸部连中两弹，戴小华背着他边打边撤，好在增援部队及时赶到，将九腾及其同伙全部击毙。但是邓环民因两处中弹，一直没有睁开眼睛。

陈秉清队长二话没说请来胸外科医生路熊鸣急救，邓环民终于在药物的作用下苏醒过来，他只说了一句：“日军舰队明天凌晨偷袭六助港。”就永远地闭上了眼睛。

这是用生命换取的情报。陈秉清队长向邓环民的遗体庄重地敬了一个礼，沉痛地说：“邓环民兄弟，六助港的全体弟兄感谢你，我们一定为你报仇。”他连夜部署兵力、调整炮位，并通报海军六助港舰艇，请他们做好准备，协同作战!

现在，敌舰终于出现了，陈队长经过认真观察小声对炮手钱录举说：“打中间，从西向东数的第三艘!”

神炮手钱录举是位老兵，参加过护法战争，这次将重炮从军舰上搬下来部署在长江沿岸打击敌舰，虽然有些想不通，但是现在有敌舰可打，他的思想一下子就通了，按照命令他立即转动炮口瞄向三号敌舰。他的目标是第一炮击中舰指挥塔，第二炮狠捶弹药舱，第三炮射击敌舰主炮，绝不给敌舰有喘气的机会。

天已经开始亮了。陈秉清队长没有下达攻击命令，因为引诱敌舰进入我岸炮最佳火力范围的我舰刚刚开始起锚。按照昨晚与军舰指挥官制订的作战计划，当敌舰出现后，我六助港的所有舰艇一律向西顺江而上，引诱艇舰加速追赶。六助港我海军所有军舰突然间拉响了警报，寂静的清晨，汽笛声传得很远。“怎么搞的，我们的行动让中国人知道了？”丰田征六郎狂叫着，“传我的命令，各舰全速前进，不能让中国人的一艘军舰跑掉。”

陈秉清队长已经等得心急了，过一会儿就看看手表。他大声喊道：“旗语兵，给马舰长打旗语，让他们打几炮，欢迎欢迎敌人的军舰。”

我六助港的所有军舰开炮了，“轰隆隆”的炮声引得敌舰发了狂似的猛扑过来了。

日军丰田大佐看见中国军舰开火了，也沉不住气了，狂号着：“开炮！统统开炮！”

“长官，距离太远，炮弹只会落在舰后的水中。”一个有经验的炮长报告说。

“打几炮吓都把他们吓跑了。今天六助港是我五战舰的锚泊地了”，丰田说着回过头，“板垣君，这出戏你们恐怕看不成了。”

“但愿是这样。”板垣说着向千叶扭过头，“海军是很威风的，打几炮就把军舰吓跑了，有时不打炮他们也跑。我们空军什么时候也能打出海军的威风！”

“板垣君，空军在中国是一支实力……”

“别吹了”，丰田忙打断千叶的话，“上海笕桥一战，你们损失多大？人家无一伤亡。在这样的事实面前，你们空军还不把吹牛的嘴贴上封条！”

板垣等飞行指挥官都不好再说什么了，大家都遥望着正在晨雾中快速顺江而上的中国舰。

日军的五艘军舰上舰炮齐鸣，震天动地，打得江水翻滚，硝烟弥漫江面。

“打！”中国炮队陈秉清队长下达了攻击命令，只见十几门大炮向第三艘日舰狠狠发射，愤怒的炮火霎时间覆盖了日舰。

丰田征六郎大佐一看炮弹雨点般袭来，知道中了中国人的埋伏。他在强烈的武士道精神的驱使下，拔出战刀，狂叫道：“前进！”

“轰”，一发炮弹在他不远处的甲板上爆炸了，他被炮弹爆炸的气浪推倒在甲板上。副官池田中尉一看大佐被炸倒，冲进硝烟一把抱住丰田征六郎。丰田征六郎圆睁着双眼吼道：“还击，命令炮火还击！”

“长官”，池田中尉吃力地说，“五艘战舰都遭到中国岸炮的袭击，尤其是我们所在的旗舰，是中国炮攻击的主要目标。我想我们这次行动有可能被间谍泄密了。”

“谁……谁是间谍，嗯？”

“现在还无法知道。”

“返航，全速返航！”丰田征六郎一看势头不对，忙对副官说，“命令主炮还击，掩护舰队撤退。”

“大佐命令，舰队返航！”池田中尉传达着丰田征六郎的命令。

“空军的那些饭桶呢？”丰田征六郎突然想起了空军观战队。

“长官，板垣大佐、千叶中佐、海布中佐、大岛少佐以及所有的观战飞行员全部进了中舱，那里比较安全。”池田中尉回答。

“他们不观察中国炮队的准确位置，明天怎么好轰炸？一群怕死鬼。传我的命令……”

“轰……”一阵急袭的炮弹炸中了丰田大佐与他的副官，两条狗命结束了，一条血淋淋的大腿飞在大岛少佐所在的舱门口，大岛少佐定睛一看惊恐地叫起来：“丰田长官阵亡，丰田长官阵亡了，你们看，这条腿上的皮鞋是他穿的！”

板垣从中舱里探出头，丰田征六郎那颗被炸飞的头挂在舰栏杆上，张着嘴，两颗金牙在阳光的照耀下显得格外刺眼。还有那具无头、无腿的死尸横在甲板上，衣领上缀有大佐军阶标志。

“丰田被炸死了”，板垣沉重地自语着，“他的副官也被炸死了。”

“长官，请飞行员出去观察岸炮阵地吧！”海布中佐建议道。

板垣没有立即回答，过了一会儿他指着被炸得千疮百孔的军舰说：“海布君，你当海军的不知道航空兵的情况啊，培养一个飞行员，比培养几千个海军都难啦，现在让他们上甲板观战，不是把他们朝死里推吗？”

“那……那明天航空兵怎么报复攻击呢？”

“我心里多少有点印象了。”板垣说着，各舰都拉响了撤退的汽笛。

偷袭六助港的五艘日军军舰，被中国炮队重创后溃逃了。中国炮队队长陈秉清并不感到取得了巨大胜利，因为明天将有一场更加激烈的血战！陈队长遥望着11月20日失守的上海方向，再看着整个六助港，还有具有战略意义的巫山台的海军炮队阵地，他沉重地垂下头，扛起一发炮弹向炮位走去。他手下的官兵也正在忙乎着推炮、擦炮、扛炮弹……

五十五、巫山台阵地

1937 年 12 月 1 日，日军为报五舰重创、大佐丰田征六郎被击毙之仇，出动陆海空三军协同作战直逼巫山台炮队！

一场争夺巫山台炮队阵地的血战拉开了。

上午 9 点，七十余架日军轰炸机由东北方向黑压压地飞了过来，炮队长陈秉清站在指挥塔上朝敌机方向望了望，冷冷一笑对左右说："传我的命令，没有信号不准开炮开枪！注意隐蔽！"

陈队长对付敌人的战术是经过无数场血战总结出来的。现在敌机七十余架直逼巫山台，但敌人并不知道我军炮位，凭借极好的掩体，敌机不可能炸得那么准，等敌步兵来了再收拾他们！

日空军板垣大佐、千叶中佐、大岛少佐等空军指挥官，率领 76 架轰炸机浩浩荡荡地从空中扑了过来。按照他们昨天在军舰上观战的初步印象，在 306 号目标区以西，就是中国海军炮队的阵地，就是这里的大炮重创了日海军五艘军舰，就是这里的大炮击毙了丰田征六郎大佐及以下 69 名官兵，伤者更众。昨天返航后，空军中佐千叶连夜绘制中国炮队所在位置地图，千叶中佐对大岛少佐说："按照这张地图的方位，明天去捣毁中国海军炮队，为丰田长官报仇！"

大岛看着中佐绘制的地图，听着中佐下达的明天出击命令，皱了皱眉头说："千叶君，根据我今天观战的印象，好像中国炮队在 306 号目标以西，炮火是从那里射出来的。"

"没错吧？"

"八九不离十吧"，大岛少佐说，"可以多找几个人核实一下，以免浪费炸弹，给步兵造成巨大的伤亡。"

"报告大岛少佐，发现中国炮群！"日军中尉飞行员向大岛报告，"发现炮群！"

"高度 1 000 米，抵近观察！"大岛命令。

日军飞行员花石中尉将飞机头推了一下，飞机向 1 000 米的低空俯冲，当飞机的仪表提示飞机进入 1 000 米时，惯性的作用使花石连拉两次飞机都没有稳住，而是在 800 米的高度保持了平飞。在他的视线下，炮管披着树枝直指天空，但没有开炮。

“发现重炮阵地，有士兵在炮阵地跑动！”花石报告。

“炸！”大岛命令。

大批的飞机出动了，一颗颗罪恶的炸弹直泻而下，顿时地面一片火海，不时有几挺机枪对空扫射，引来敌机更疯狂的轰炸。

中国炮队队长陈秉清沉着冷静，没有丝毫惊慌。因为敌人轰炸的炮兵阵地是他利用楠竹作炮管伸向空中，然后用树枝伪装起来的假阵地。当敌机认定这是炮兵阵地而轰炸时，他又命令隐蔽在山洞中的机枪手，对低空盘旋的敌机进行扫射，引诱敌机再次攻击，让他们将炸弹扔光！

大岛的轰炸机将炸弹全部扔完后轻松多了，他拉起机头朝下面看时，地面浓烟翻滚，火焰喷射，见不到一门大炮反击，刚才昂头朝天的大炮不见了。大岛一乐，忙对着电台受话器：“地面指挥官，中国炮队全部被我轰炸机摧毁！”

“明白！”日军海军陆战队迟井少佐回答。

看到日军轰炸机一架架昂头拉起，返航而去，中国炮队队长陈秉清冷笑一声，他忙抓起电话大声说：“范长官，小鬼子从军舰上下来多少？”

“一大串儿，多得很，好像在迂回包围我们！”海军陆战队中校范长生抓住电话回答，“请陈长官部署好，我掩护炮队，没有你的命令不退半步！”

“谢谢范长官！”陈秉清说完登上瞭望塔，在隐蔽得极好的瞭望塔上，可以看到炮队四周的一切。

“长官，敌人陆战队正在17号目标集结！”瞭望哨兵说，“请长官朝这里看。”

陈秉清急忙从瞭望哨手中接过望远镜举起，转动了两下焦距定睛一看，好家伙，日军正在集结，有的安装迫击炮，有的在摆机枪，更多的是将背着的东西放下，看架势是要向炮台方向冲击了。陈队长立即抓住战机，命令：“传我的命令，向17号目标集中炮火攻击！”

“17号目标，集中攻击！”传令兵对各炮长传令。

“轰……”炮声惊天动地，炮弹像长了眼睛一样在敌群中开花，顿时敌人血肉横飞，有的树枝上挂满了日军的胳膊、大腿、军衣、军帽。

日军地面部队指挥官迟井少佐几步冲进一个小洞，气愤地抓起无线电受话器大骂：“空军、航空兵，你们他妈的根本没有捣毁中国炮队，我遭炮火突袭，我遭炮火突袭！”

航空兵没有回答迟井少佐，他气愤地一甩手枪：“命令部队冲上去，后退的一律处决！”

“突进炮兵阵地，突进炮兵阵地！”迟井命令着冲出小洞。

日军中尉谷乡云这时浑身是血从前面赶过来，一见迟井少佐忙道：“长官，我们遭到炮队警备部队反击，已伤亡36人！”

“你突上去，决不能让中国炮队撤走了！”迟井望了眼巫山台炮队阵地后说，“快报告长官，立即增兵，中国炮队有可能突围！”

“撤，快把炮火拖下来，炮弹箱装上汽车！”炮队长陈秉清指挥着炮火撤出阵地。

马车、汽车、大卡车正在忙着装炮、拖炮，为了打好下一仗，部队不得不快撤下去。而这一撤，担任掩护的海军陆战队范长生他们就苦了。敌人为了突进炮兵阵地，将中国炮队围歼，正拼命攻击404高地。

据守404高地的是各舰勇士组成的中国海军陆战队敢死队。韩长福将机枪阵地安排好，赶到范长生队长面前时，日军迫击炮的攻击达到了白热化程度。韩长福拍着身上的尘土：“队长，再给一挺重机枪吧，鬼子迫击炮与机枪交织的火力，将我404高地打成一片焦土啦！”

“长福老弟”，范长生队长说，“这比你们潜进敌补给基地的血战更凶呢。”

“不就是一条命吗？”

“怎么，命不值钱？”范长生反问，“不赶走东洋鬼子，我是不想死的！”

韩长福笑了笑点点头，这时炮队长陈秉清赶来了：“二位老弟，404高地不能丢哇，我们炮队撤下来需要时间呢！”

“陈老兄”，范长生走上前，“只要我俩还有口气，炮队就能撤走，鬼子休想夺走一门炮……”

“敌人冲上来了，敌人冲上来了！”有人在大叫。

“快，敌人上来了！”韩长福说，“注意，等敌人爬近了再打！”

“我走了！”范长生对韩长福说，“记住，没有命令不能撤！”说完又扭过头，“陈队长，你还要多少时间？需要人抬炮吗？”

“我需要的是确保404高地不被敌人攻占，争取在很短时间内将敌刚刚架在404高地下面的七门迫击炮炸毁，这些王八蛋对我们威胁太大！”陈秉清说。

“韩老弟”，范长生说，“你守住404高地，将敌火力吸引住。我去干掉敌人的迫击炮！”

“不，你在这儿，我去！”韩长福说着，并扭头大声喊道，“第二敢死队！”

二十多名官兵从掩体中冲了出来，齐刷刷地站在韩长福跟前。

韩长福打量了一下队伍说：“敌先头部队七门迫击炮，专门点射我机枪与炮车，给我突围炮队造成巨大伤亡，现在我带你们去干掉它们！”

“跟长官去拼杀！”第二敢死队官兵回答。

范长生激动得正要说什么时，韩长福一挥手："快，出发！"

第二敢死队顺着一条山间小道直扑敌先头部队的迫击炮阵地。

"火力掩护，把敌火力吸引过来！"范长生队长命令。

正队长在404高地，副队长率敢死队走了，炮队长陈秉清赶向炮队，整个巫山台处于炮火的硝烟之中！

韩长福赶到敌迫击炮阵地前的一道坑道里，借助树林作掩护，他注意到，敌人不是七门迫击炮，而是九门迫击炮并排着，在两个指挥官的旗帜下，正在发射炮弹，从炮声爆炸的方位，可以听出是我炮车队的阵地。韩长福对左右神枪手们说："每两个人射击一个炮手，两个旗语兵由王后传与何厚箴各击毙一个，我喊一、二、三，大家一齐开火！"

"长官，有一个日军官，在中间那门炮的后面站着的，左右还有持机枪的士兵呢！"远投手姜殿云说，"我收拾当官的，机枪手交给谁击毙？"

"我打敌机枪手"，韩长福说，"你稳着点，打当官的必须一枪打死，千万别让他跑了！"

"长官，看我的！"姜殿云操起步枪瞄准，就用这支日本造三八式步枪，去击毙日本鬼子！

"大家注意"，韩长福喊着，"一、二、三！"

"砰……"二十多条枪同时响了，大家一个齐射，敌军官、敌炮手全都倒下了。敌人像捅了马蜂窝一样乱了营，没有死的趴在地上胡乱打枪。韩长福知道若不能速战速决，等敌增援部队赶上来，不但不能歼灭敌人炮队，连自己这二十多个人的命也可能搭上。

"何林，何林！"韩长福叫着，"快过来！"

何林，这位来自杭州的小伙子，腰上插一排手榴弹跑了过来："长官，下命令吧！"

韩长福没有马上下达命令，他扭过头："姜殿云！"

"到！"

"你掩护何林，距敌30米时用手榴弹炸炮，我带人从两侧迂回攻击！"

"是！"俩人回答完就向敌人奔去。

上士杨仗修上去了，从左侧迂回攻击；中士钱晏林冲向敌右侧开始迂回攻击；正面韩长福命令号兵："吹号，呐喊！"

少尉夏局英倒下了，正面的机枪一哑，皮新洪抱起机枪就打！肖运针向敌人投去一枚手榴弹，脸部中弹，代玉蓝奋不顾身地跃出战壕，双手各握一枚手雷顺着坑道冲向敌人。韩长福忙叫："代玉蓝，别冲得太快，隐蔽点！"

"长官，我要为肖运针报仇！"代玉蓝回答着，又扭过头继续朝前冲。

“哒哒哒……”日军机枪封住了代玉蓝进攻的道路，韩长福看到代玉蓝扑倒在地上，敌机枪还在对他射击，韩长福为代玉蓝捏着一把汗，大呼：“代老弟！”

战壕里没有回答声。

“李百滔、杨海箭、张佩剑，你们三人上，快！顺着右边这条坑道上，避开敌机枪火力！”

“是！”三名士兵冲上去了，他们手中的枪喷吐着火舌。

这时，404 高地上打得异常激烈，韩长福朝高地扫了眼，发现 404 高地左侧阵地枪声渐渐地弱了，他愣了一下回头说：“曹瑛，你代替我指挥，我到 404 高地左侧看看去！”

404 高地左侧眼下是最危险的时刻，队长范长生战死，两挺轻机枪、一挺重机枪被敌迫击炮炸毁，官兵不是阵亡就是负伤。日军一支敢死队快冲到阵地上了，只有陈文斌、张晓琛、刘华三个伤员在拼命反击，从尘土坑中爬出来的李力沙两条腿受伤了，但他仍一个劲地向敌人投弹，手榴弹在敌群中炸成一片烟雾。

“弟兄们，只要有一口气就打！”韩长福赶到左侧阵地时，一边激励伤员作最后一搏，一边命令跟上来的士兵，“李洪进、沈林麦，机枪快扫，不停地交换位置，别让敌人盯住了位置！”

敌人的冲锋被压住了，敌炮队的迫击炮声也暂时停止了。但是第二敢死队的弟兄们只剩下六个人了。韩长福看到陈秉清队长打出了信号弹，告诉他炮队安全突围，正在顺利撤退，他脸上露出了欣慰的笑意。他的阵地已经陷入敌人的重重包围之中。他从战壕里抱起伤员胡全智，又指着伤员黎明青对其他官兵说：“弟兄们，背起负伤的弟兄，跟着我突围，快！”

官兵们在机枪火力掩护下，背着伤员在硝烟中奔跑，海军陆战队在掩护巫山台炮队突围中，付出了惨重的代价！

五十六、冯玉祥的愤怒

1937 年 12 月 13 日，国民党政府的首都南京被日军攻占。蒋介石从江西庐山飞抵武汉，建立华中三军总司令部。

这天晚上，蒋介石刚刚送走几个高级军官，第六战区司令长官冯玉祥气冲冲地从华北赶到了武汉，直接来见他的拜把老弟蒋介石。蒋介石一见他这么晚风尘仆仆赶到武汉，惊异地问：“玉祥兄，你怎么这么晚赶回来啦？”

冯玉祥一屁股坐在沙发上，左右扫了一眼，然后朝蒋介石冷冷一笑说：“你这大元帅就是不一样咧，你这跟在南京总统府没有两样嘛！”

蒋介石听出了他的话外音，忙亲自给冯玉祥倒了一杯茶递了过去。冯玉祥没有表示感谢，而是叹口气说：“我是到你大元帅面前出气的，不是来喝茶的，明白吗？”

面对冯玉祥洪钟般的声音，蒋介石了解他的性格，也知道他目前的心情，马上换上一副笑脸说：“有话慢慢讲嘛，发这么大的火干什么？不知道内情的，还以为我俩在争权夺利呢。”

“权？我有什么权？权都在你手里！”冯玉祥说，“你心里还没有数？”

蒋介石一听两眼盯住他：“这是什么意思嘛？”

“意思很清楚呢！”冯玉祥针锋相对，“请问，我的第六战区司令官是不是你大元帅任命的？”

“军委会一致同意的，有什么错吗？”蒋介石说。

“那么万福麟的部队归我指挥？”

“中央明令，他归你指挥！”

“可是他连军司令部在什么地方都对我保密，还叫兄弟部队封锁我的电报电话。这不是故意躲着我，拒绝我的命令，不服从我指挥又是什么？”

蒋介石阴沉着脸不语，右手在太阳穴上反复揉着，左手反在背后，目光显得阴森逼人，翻着白眼在屋子踱着方步。自从 8 月 20 日国民政府进入战争状态，就以大本营取代了军事委员会。大本营的最高统帅是海陆空三军的大元帅，这个头衔自然由蒋介石担任。他死死抓住军权不放，日夜担心别人乘机抢走军政大权，于是将全国三军驻扎地又分割成五个战区。华东地区以上海、苏南、浙江三个区为中心，定为第三战区，司令长官由冯玉祥担任，他的心腹顾祝同担任副司令长官，战区内又将浦东划归张发奎指挥；上海近郊命令张治中固守，江防区命令陈诚全方位指挥。上海、苏南、浙江这三个区域的局势演变得极快，华北战况更是不尽如人意了。

9 月 21 日，蒋介石调冯玉祥赴华北组建第六战区。第三战区司令长官由蒋介石兼任，并督战上海。11 月 20 日兵败上海，南京危在旦夕……

想着这些，听着冯玉祥的话，蒋介石的气不打一处来，他停止踱步，眼睛直视冯玉祥，语气沉重地说："玉祥兄，我们跟日本人已经打了半年，你认为怎么样?"

"大元帅是要我说几句好听的话哄哄你呢，还是说几句真心话使你心烦?"冯玉祥问，"你得把话挑明，我才能打开话匣子，不然的话，我也只好生生闷气!"

蒋介石冷笑加苦笑地扇动嘴唇说："现在都什么时候了，你作为兄长应该进言嘛。"

冯玉祥知道蒋介石总是口是心非，说吧，他喜欢听过年的话，不说吧又关系到亡国的大事。而他又是大元帅，第三战区司令长官。

"应该这么看吧"，冯玉祥比较客观，语气缓和，但用词很尖锐，"六个月的血战，我们三军的问题都暴露得使人担心啦，特别是第三战区。"

"啊，有这么严重吗?"蒋介石故作惊异地问。

"我们跟日本人作战，武器是差了点，但只要大家同仇敌忾，英勇作战，再强大的敌人也能消灭。"冯玉祥愤怒地说，"问题是各部队不执行命令，各行其是，不服从统一指挥。这样的军队又有什么战斗力呢?"

"玉祥兄，你是不是夸大了我三军的问题?"蒋介石问，"上海战区打得应该还是可以向国民交代的吧?"

"我不这样看"，冯玉祥说，"上海会战时，官兵大部打得壮烈，打出了中国人志气。但是你 11 月 9 日下令部队从上海战区撤退，各部队如同决堤洪水竞相逃跑，你难道充耳不闻，视而不见吗? 1934 年到 1936 年的血汗不是白流了吗?"

冯玉祥挖到蒋介石祖坟上了，钢针扎进了蒋介石心头上。从 1934 年到 1936 年，国民政府为防御日本人进攻，保证南京的安全，花费巨款用四个师兵力，几万民工，另加两个工兵旅，在上海到南京之间，构筑了两道坚固的国防工事，并于 1936 年由蒋介石亲自指挥进行反击演习。这两条国防工事应该说是相当坚固的。上海前线撤下来的部队，完全依靠这些工事反击日军，然而，这些夺路而逃的官兵，混乱中刚一进入第一道防线，日军机械化部队就追上来了，还没找到反击的位置，日本空军一炸，这些部队又被日军像赶羊群般赶到第二道防线，简直是一片混乱，兵败如山倒地溃退……

“哎，不讲啦，不讲啦！”蒋介石回忆着，显示出痛心疾首的样子，望着冯玉祥说，“这次从上海大撤退，实际搞成了大溃败，我算丢尽了脸！”

“中下级军官，特别是士兵，他们是没有罪的！”冯玉祥忙说，“关键是我们的高级将领，战区指挥官失职！”

“谁失职，嗯？我这个大元帅没有上前线？上海血战，我与李宗仁、白崇禧乘列车到一线督战，遭日机几十架轰炸，险些连老命都丢啦！”蒋介石一下子猜出冯玉祥是指他失职、怕死，连忙解释，“我夫人到上海前线去慰劳将士，也遭敌机轰炸，汽车炸翻到路下，美龄肋骨折断几根，报纸都报道过的！”

“我的大元帅，我不是指你的，别多心了！”冯玉祥忙笑着说，但很快就收住笑容，“南京失守，我们的唐生智将军怎么样？他可是自告奋勇当守城司令官的。日本人攻破了外围防线，还下令撤退，守城官兵与市民争夺逃路，连城门都给堵住了，踩死的老百姓很多，很多淹死在江里，江面上漂浮着许多尸体。日军倾力攻城，城外部队不但不支援，反而退离得远远的。这些情况不是我高级指挥官的问题，又是什么？像唐生智这样的战区司令官，谁不服从命令就枪毙谁，那些当兵的，下级军官谁敢跑？”

冯玉祥把这些老账都翻了出来，让老蒋清醒清醒，刺激刺激他有些麻木的神经。

“这些王八蛋，就知道保存实力！”冯玉祥骂了一句。

“他妈的这些混蛋还在各自为政，保存实力，总有一天我要好好收拾他们！”蒋介石一拳击在桌子上。

“华北的万福麟就是这号王八蛋，你最好把他收拾掉！”冯玉祥火上浇油，趁热打铁，“他经常为了保存实力置战役全局于不顾。”

“其他将领呢，都这样吗？”蒋介石问，“你直说！”

“我直说，你肺都要气炸！”冯玉祥见蒋介石气呼呼的，又这样来了一句，“你要亲自看到了，非当场毙掉他们不可！”

“他……他们都说什么了？”蒋介石认为众将领在背后指责他丢了上海、失了南京，骂他无能，忙追问。

冯玉祥故作卖关子地冷冷笑起来：“不好说，不好说。”

“嘿，有什么不好讲的？”

“我讲得心烦，你听得不更恼火？”

“讲，我好知道这些饭桶的心肠！”

在蒋介石的追问下，冯玉祥喝了口茶，一板一眼地继续说：“我到华北后……”

那是冯玉祥将军赶到华北前线的一天晚上，他带着第六战区长官部的官员们在沧州一线阵地巡逻，月光下部队正在加固工事，几十门大炮正在构筑隐蔽工事。第六战区副司令长官鹿钟麟正在指挥炮兵部署炮位，一见冯玉祥走过来，忙扭头快步迎上来。冯玉祥问："部队都退到沧州，情绪怎么样?"

"好像还可以。"鹿钟麟回答。

"工事呢?"冯玉祥问。

"所有坚固工事全部被我军控制，战略要地都有重武器与战斗力的部队扼守，看来沧州一线是没多大问题的。"

"我拟订了个作战计划，请立即到各军传达我的命令，告诉李文田（曾为张自忠将军的参谋长，张自忠在十里长山战死，他突出来跑到重庆，并没有受到蒋介石严处）、黄维纲、刘振三几个军、师长，完不成作战任务，军法处治!"

"是!"鹿钟麟副司令官离开冯将军，策马消失在月光下，他的左右卫队、作战参谋们相继跟进。

第二天上午，鹿钟麟副司令长官召开了一次作战会议，在一幅巨大的地图前，鹿司令官挥了挥手说："诸位弟兄讲的情况，跟我了解的差不多，我再重复一次，本人传达冯司令长官的命令，李文田将军、黄维纲将军、刘振三将军，你们分四路，由右翼包抄敌人的后路、中路，一定能取得很大的胜利，华北日军的狂妄劲儿也就打下去了!"

三个将军都没说什么，只是望着地图沉思。

战场上，日军在日夜行进，战车、战马、战炮、大批军队拥挤在一条又一条公路上。

第六战区副司令长官鹿钟麟策马扬鞭赶到冯玉祥将军面前时，又是一个月夜了。冯玉祥急上前将其迎下马，一边拍打着他军服上的尘埃，一边问："前线情况怎么样？三位将军出击截住了敌退路，打断了敌人的腰吗?"

"我这一走就是三天，战局不是长官你想象的那么好呢。"鹿钟麟说，"下面根本不听你的命令!"

冯玉祥的脸色顿时变了："他们怎么啦!"

"你命令他们四路出击，他们有一路敲打了几下日本人，其余三路都没有动呢。"

"李文田与黄维纲呢?"冯玉祥对老部下寄予希望。

"他俩更没法说啦，只带着队伍像耍猴一般，绕了五六里就回头溜出战场啦!"

"他……他们都昏了，不怕军法处治?"

"长官，他们才没昏，心里可明白呢"，鹿钟麟说，"李文田对我说，请鹿副司令官为我们想想，手头就这么点兵力了，日本兵强马壮，武器精良，又有大批空军协同作战，地下战车如同蝗虫，我们不能白白送死！再说部队打光了，拼完了，我们还当什么军长，你们没有兵还当司令长官？总不能司令手中只有一个军长，军长手中只有一个师长装门面吗？”

……

冯玉祥将军一五一十地把鹿钟麟了解的李文田、黄维纲、刘振三的语言、态度、兵力情况向蒋介石作了报告，然后一下子从沙发上弹起：“我的大元帅阁下，这次本人北上，挂着军委会副委员长、战区司令长官的官衔，指挥不动自己多年栽培的老部下，从华北大败而归，多丢人哪！”

“将你从第三战区调任第六战区司令长官，就是想到华北多为你的旧部，没想到这帮混账东西坐地为王，各称诸侯，竟连老长官的账都不买，坐失战机，使我华北三军溃败，除这三个杂种以外，还有谁？”

“你最信任的诸侯！”

“谁？”

“山东大王！”

“韩复榘？”

“这个混蛋胆大包天，他要起釜底抽薪的阴谋！”

冯玉祥当时指挥不动李文田、黄维纲、刘振三，只好又找到国民党第一集团军代理军团司令官冯治安，冯治安避而不见。冯治安是冯玉祥的老部下，一个偶然机会他们在一个山沟相遇了，冯玉祥生气地问：“你怎么老是避着我，我是老虎吗？”

“司令官到泰山养病去了，我只是个代理，说话谁听呢？”冯治安故作为难地道，“嘿，宋司令早不病，晚不病，偏偏这个时候福体欠佳，我也不知道这里面五谷杂粮的吃着伤了哪根肠子。宋司令是长官你的老部下，比我更清楚。”

听冯治安代司令官这么一说，冯玉祥心里更是像打翻了五味瓶，不是滋味。冯玉祥奉命北上主政，第一集团军司令官宋哲元心里不悦，认为蒋介石不信任他，怀疑他的指挥能力，于是装病跑到泰山疗养，暗示冯治安保存实力将来好向蒋介石要价，冯治安坚决执行宋哲元的命令。冯玉祥无奈，只好电告蒋介石：

> 华北宋哲元所部各路部队无心作战，不服从指挥，战区全线动摇，请求山东部队支援！

蒋介石收到冯玉祥的电文，明白华北局势太坏，忙操起电话与山东主席韩复榘通话：“你马上调两个主力师交给冯司令长官指挥！”

“执行命令！”韩复榘在电话中坚决地回答。

韩复榘也是冯玉祥的老部下，接到蒋介石的命令他采用观望的态度。这时冯玉祥找到韩复榘：“华北局势已经恶化了，对山东也构成了威胁，你口头答应委员长给我两个师，拖到现在还迟迟不给，贻误战机是要杀头的！”

“冯司令长官，委员长会杀我的头？”韩复榘傲慢地反问，“华北丢了杀我的头？宋哲元怎么办？上海丢了杀谁没有？南京是首都也丢了，该杀谁？”

“你……你反啦！”冯玉祥恼怒地一拍桌子，“军委会命令你给我两个师，你必须给，别的事今后再议，现在不是议事的时候！”

“华北的险情到了什么程度？”韩复榘问。

“华北部队已经贻误战机，小鬼子正沿津浦路南犯，你再不出兵，华北就完了，你山东的日子也不一定好过！”

“两个师能打什么样的仗？摆在哪儿？”

“开到德州，支撑一下正垮下来的前沿阵地。”

“那不成”，韩复榘摇头晃脑，“敌人张开狮子大口，我两个师还垫不了他的肚子底，我的兵也是白银换来的，不能这样白白送死！”

“你这个王八蛋！”冯玉祥气急了破口大骂，“要亡国了，你还在保存实力，你是不是中国人？”

韩复榘任凭冯玉祥怎么骂，就是不肯出兵。

“滚，滚出去！”冯玉祥咆哮着。

韩复榘没有反抗，还是装着老实给冯玉祥挺立敬礼才离去。

目送韩复榘离开，冯玉祥痛心疾首地双手抱住头：“连老子都不认了，坐失良机。中国抗日不能指望这些王八羔子了！”

“给军委会发报，给委员长发报！”冯玉祥对副官命令。

蒋介石收到冯玉祥再次请求增援的电报，又一次电令韩复榘派两个师交冯将军指挥，韩复榘回电坚决执行命令，但就是按兵不动。冯玉祥将军只好命令各路部队退守德州一线。韩复榘一不做，二不休，他给各部队发布命令：

> 各路军司令长官，为保境安民，凡华北败退下来的军队，一律不准进入我山东境内，已进入者，应尽力说服他们离去，如不从，你们有权采取其他手段……

冯玉祥将军看到山东部队不让华北部队进入山东地盘，致使华北部队损失惨重，再次电告蒋介石，逼韩复榘收回命令，并出兵由他指挥。于是韩复榘只好服从蒋的命令，调两师交由冯玉祥指挥。

冯玉祥将军是华北的一员老将，对战略战术颇有研究，得到韩复榘的两个师后，当天就主持召开军事会议，布置反攻。他命令说：“我军要趁日军在德州立足未稳，而敌主力远在山西很难策应的机会，反攻德州，进击沧州，达到牵制敌西线主力之目的！”

到会的众将校坚决拥护冯玉祥将军的作战方案。冯玉祥趁热打铁，率曹福林所部从骇河开始反击，21 日攻占德州、桑园等地，并马不停蹄地挥师北进，直指日军控制的沧州、马厂战略要地。正当第二十一师、八十一师血战追杀日军之时，韩复榘命令前线指挥官展书堂：“立即撤军，不能再推进了。限 10 小时内撤到禹县集结！”

韩复榘釜底抽薪，日军绝处逢生，回头分数路反击上来，冯将军由胜转败……

蒋介石听着冯玉祥将军的诉说，气愤至极。他脸色铁青，连骂了几句“娘西皮，娘西皮”。冯玉祥将军又道：“我冯玉祥个人算不了什么，谁反对都行，但这次我是中央派往第六战区的指挥官，是军委会委员长派去执行命令的战场司令官，我是执行委员长的命令，华北也好，山东也好，各路长官都应该明白我是代表谁，若都这样随便，不服从命令，今后跟日本人还怎么打？”

“华北，华北完了！”蒋介石说。他踱了几步，突然停下来问，“你看这个情况如何处置？”

“你是三军大元帅，架不住各路将帅，你也是空帅了。这件事你自己决断吧！”冯玉祥望着他说。

蒋介石铁青着脸陷入沉思。

五十七、处死韩复榘

蒋介石对韩复榘不服从命令，致使冯玉祥率部血战由胜转败，心中极为恼怒，他愤恨这支杂牌军没有尽早整治！

早在1934年末的一个下午，陈诚走进蒋介石官邸，将一个《关于整编统训全国陆军》的报告送到蒋介石手中。蒋介石读完报告，于1935年1月同意陈诚的报告，将把中央军与地方部队分期进行编练统训，时任赣绥靖预备军总司令的陈诚兼任统编统训处处长。但由于这一统编统训触及了地方军阀根本利益，受到各地军阀的暗地联合抵制，韩复榘就是其中一员干将，蒋介石早有所闻。

韩复榘在蒋介石心目中一直被认为是信得过的，现在不得不重新认识韩复榘其人了。1890年生于河北霸县东台村的韩复榘，20岁时投奔冯玉祥门下，1910年11月被冯玉祥将军晋升为队官，1927年一跃爬到军长的宝座。冯玉祥率部连年征战，韩复榘作战勇敢又有文化，很快与孙良诚、石友三一起被称为冯玉祥的十三太保。韩复榘在军中最得冯玉祥将军信任。

史称二次北伐的1928年4月，冯玉祥命令韩复榘，率三个主力陆军师，并给他配备了炮兵大队、骑兵大队、战车大队，从河南直指河北徐口、曲沟地区，血战奉军主力。战斗打得异常激烈，韩复榘督战阵地进行厮杀，于6月6日杀到北京南苑，被冯玉祥称为“打不败的飞将军”！

冯玉祥为自己拥有韩复榘这样的勇将感到非常满意。1929年5月中旬冯玉祥举兵反蒋，命令韩复榘及其部将勇杀蒋军。部队直指南京之时，冯玉祥万万没有料到，由他一手培养表面一直拥护他的韩复榘，暗地与石友三等部相勾结倒冯拥蒋，冯玉祥得知后坐在马背上对空长叹，遥望着叛军转过炮口打自己，气愤得大呼：“一群狼！姓韩的、姓石的统统都是狼！”

在蒋介石为韩复榘、石友三众将校举行的盛大宴会上，蒋介石大加赞扬韩复榘，其夫人宋美龄拉着韩复榘对众人说：“这位，就是我们的常胜将军韩复榘司令官！”

从韩复榘倒冯拥蒋到1930年上春，一连发生冯玉祥、石友三、阎锡山联合反蒋的大战不断，而韩复榘于1930年5月被蒋介石任命为山东省主席，一直站在蒋介石一边，支持蒋介石，在一次军事会议上，蒋介石对众将军说：“山东省

主席韩复榘，是党国信得过的！”

蒋介石这么一赞扬，谁还敢说个不字呢？蒋介石的红人谁又敢轻视、反对？

“七七”事变后，蒋介石将全国划分为五个战区。韩复榘在一次招待顾祝同的宴会上，用一种十分得意的语气举杯祝酒说：“今天的盛大宴会，我们山东将士，将对委员长的感情盛在酒杯中，请顾长官向委座转告我山东将士的情意，干杯！”

顾祝同代表蒋介石向韩复榘表示感谢，并表示晚上就在电话中转告蒋介石，韩复榘非常高兴。顾祝同酒足饭饱在韩公馆客厅里一边听着留声机，一边说：“只要你跟委员长走，今后飞黄腾达的机会有的是，韩老弟到时候别忘了我们啊！”

“顾长官，你在委座身边转，前途比我大得多，别在这里说我的风凉话。”韩复榘将削好的苹果递给顾祝同，“今后有什么事，还望顾兄多指教。”

“我说韩老弟，这次第五战区司令长官由委员长兼任，你当副司令长官，足见委座对你的信任吧？”顾祝同说，“李宗仁在南京上蹿下跳，又是桂系的总头目，仅只捞了个预备军司令长官。你说委座信不信任你？”

韩复榘喜形于色，心里头就像抹了二两油一样舒服。

转眼到了 1937 年 10 月 12 日的晚上，韩复榘吃完夜餐早早跑到小老婆那儿正要上床，电话响了，是山东省府驻首都军事特办梅根瑞上校打来的，一开口就在电话中说：“韩主席，报告你一件大喜事！”

“说吧，别卖关子！”韩复榘因心里想着别的事，有些不耐烦。

“今天顾祝同的秘书告诉我，委座不再兼任第五战区司令官，而兼第三战区司令官，主持上海战事。委座不兼第五战区司令官，无论是实力，还是凭你与委座的关系，凭山东的战略位置，第五战区司令长官的位置非韩主席莫属啦！”

“谁说的？”韩复榘忙问。

“顾祝同的副官与委座侍从室的顷南将军都这样讲，要我跟你通气，这几天跟委座多通气。”

“我说梅根瑞，在南京加强跟有关方面的联系，该花的大洋别小气，过两天我派人过来让你手头宽裕点，就这样吧，遇事儿沉着点。”韩复榘心里高兴，忙承诺把大洋拿出来给上校打通关节，唯恐司令长官一职丢掉了。

人有旦夕祸福，月有阴晴圆缺。这搞政治与发财差不多，三十年河西，三十年河东。不几日，南京电台广播“……第五战区司令长官为李宗仁，韩复榘仍为副司令长官……”

韩复榘一听这消息当天就不理政务了，跑回家靠在沙发上一声不吭，无论小老婆怎么样变着戏法调动他的感情，他都是阴沉着脸，不发一语。到了晚上他还茶水不进，副官温盛均上校赶来劝他想开点，韩复榘才勉强吃了几个饺子。他盘坐着对温盛均说："他娘的个蛋，老子鞍前马后为姓蒋的提着头玩，还不如一个反蒋的李宗仁吃香，他多次发动反蒋大战，现在成了大红人了。不信我，还有什么干头，老子得动动脑子！"

"韩主席，也许委座有难处，对李宗仁不好安排，你还得大度一点，小不忍则乱大谋。再说你也要坐在磨子上吃藕，想转点，看穿点嘛。这年头日本调兵遣将出兵华北、华南，又把战事推向华中，第五战区这个官也许是火坑，蒋委员长是利用日本人之手，杀反对他的人，这不就是他惯耍的阴谋吗？"温盛均开导说。

韩复榘听着沉思着不知如何是好，经过温盛均这么内外正反一说，心里更是乱成一团麻。

第五战区司令长官李宗仁走马上任之时，日军向山东的进攻已经全面展开，李宗仁召见韩复榘的那天晚上，山东济南的形势很不好。李宗仁指着地图上一处位置说："日本人已经在这里集结战车了，骑兵和海军战陆队一部，已经越过东线我第二战略目标，你看怎么打？"

"李长官不是说调给我一个炮队的吗？没有炮队支援，步兵有多少都死完了！"韩复榘没好气地问。

"我确实是想调给你一个炮兵旅，但当时南京方面战事太紧张，委员长命令这个炮兵旅支援南京防区，我不能说卡着不给吧！"

"委员长牺牲我山东保南京，山东人就不是中国人啦？"韩复榘借机发泄内心不满，"守山东，我尽力而为，但中央要从人力、物力上多支援。"

李宗仁望着他说："中央是支持山东的，委员长是信任你的，过去委座对你有求必应，唯独一个炮旅的事没有满足你，你何必在心里不舒服呢，偌大个中国几百万部队，他能都照顾周到？"

韩复榘一听忙说："李长官，这么说我对委员长不忠，想离心离……"

"你自己心里明白嘛。韩主席是个聪明人。"李宗仁忙来了这么一句。

"我……我明白什么？"

"西安事变刘熙从赴西安干什么去了？"李宗仁问。

西安事变，韩复榘给张学良发了电报，其意是支持张学良扣蒋，并告张学良，他的山东部队奉南京命令开赴西安地区，请不要误会，他只是无法抗拒命令而已。蒋介石早就派往山东的心腹蒋伯诚看到电文的底稿，马上板起脸问："韩主席，张学良马上就放委员长回南京了，你怎么还发这么个破电报支持张、杨呢？这不是引火烧身吗？"

韩复榘大吃一惊知道出了毛病，弄不好会引来杀身之祸，忙解释说："这都是他妈的何其巩干的，我也没仔细看就签发了。"他将责任推在副官头上。

“听说刘熙从此行赴西安，带有你的特殊使命？”蒋伯诚问。

“谁说的，他是奉我的命令去西安营救委员长的！”韩复榘忙说，“不信你可以问他。”

刘熙从是韩复榘的心腹参事，张学良兵变西安，韩复榘认为张学良是擒虎容易放虎难，绝不会很快放蒋，于是，一面发报支持张、杨二将，一面与张学良联络派代表刘熙从前往西安议事，张学良高兴地忙派飞机到山东接刘熙从，结果飞机在济南机场出故障停飞，刘熙从只好乘火车前往。中日战事拉开，韩复榘为找退路，又令刘熙从往返于四川实力派刘湘、郭春涛之间，寻找新的立足之地。

……

“好啦，过去的事不多议了，只要一个心眼跟着委员长走就行！”李宗仁见其脸色顿变，知道他心中有鬼，“今后好好守济南，委员长对山东寄予厚望呢。”

跟韩复榘正面交谈没有谈出什么明确答案，李宗仁赶到蒋介石官邸跟冯玉祥一样气愤至极。蒋介石见其气色不好忙示意左右退下，李宗仁开口便道：“委员长，山东那个姓韩的不好搞哇！”

“怎么，他又不服从命令？”蒋介石问。

“我告诉他，军委会决定，委员长命令，山东必守，济南不能丢，他说南京不能丢，国人都知道，唐生智把南京丢了，军法处睡觉去了？”李宗仁说着一拍桌子，“这不是冲你委员长骂吗？”

蒋介石不语，背手站着沉思，两眼盯住山东地图。

“他放弃济南，我命其固守兖州，他却退到鲁西，大批物资运抵河南，根本不听指挥，还说委员长又怎么的，他有本事把日本人赶出国门，那才是有本事。一天到晚跑东跑西瞎嚷嚷，就知道吓唬我们杂牌军！”李宗仁气愤地将一切事全抖出来。

“我明白！”蒋介石说着回过头，“西安张学良扣押我，他发电支持张、杨，四川刘湘反对中央，他韩复榘跟刘湘打得火热，中间没有阴谋？1927 年任第二集团军政治部主任的郭春涛一贯反对我，他姓韩的派刘熙从去郭春涛那儿多次，难道仅仅只是联络一般感情？一枪不放丢掉山东仅仅只是表面现象，我自有办法……”

什么办法呢？

1938 年 1 月 11 日，国民党高级军事会议在开封南关的袁家大楼召开，会场为礼堂式的，到会的三四百名将军在听取蒋介石的报告，宋哲元坐在第一排，韩复榘紧挨宋哲元左侧坐下。大会中间休息时，一个上校走到韩复榘跟前：“韩主席，委员长有事请你过去一下。”

本来这次开封会议，韩复榘是不敢来的，他担心蒋介石扣押他，因第五战区长官部的人说过，韩复榘跟中央作对，胳膊是扭不过大腿的，总有一天委员长要收拾反对他的人！但中央急电命他必须参加会议，蒋介石的心腹刘峙在电话中担保，他才怏怏地赶来。现在委员长要单独见他，他心中不免敲起小鼓。

“走，我陪你去。”刘峙一看韩复榘不敢单独前往，忙赔着笑脸说。

“有什么事，上校？”宋哲元愣了下问。

“宋将军，委员长请韩主席议事，还得先通报你？”上校不耐烦地说，“你们都坐，刘司令官陪同韩主席。”

蒋介石侍从室的人谁敢得罪，一个宋哲元又算得了什么，蒋介石一句话他不就解甲归田啦！韩复榘跟着上校，在刘峙的陪同下刚一走进礼堂后面的小房，两个士兵迎住他：“韩复榘，你被捕啦！”

“刘司令官”，韩复榘大吃一惊，忙扭头拉住刘峙，“这……这是怎么回事，我犯什么……”

“走！”两个士兵挟持着他就走。

刘峙一声不吭一甩手摆脱他的拉扯。韩复榘哪里知道这是刘峙执行蒋介石的命令，设计捕杀他。

半小时后，会议照样进行，蒋介石坐在首席位置上面对众将军凝视半天才说话：“韩复榘支持张学良扣押我，与四川某些人勾结反对中央，不服从冯玉祥、李宗仁将军指挥，将山东送给了日本人。作为山东省主席兼第三路军总指挥，多次违抗中央命令……”

宋哲元听着心里顿时明白，蒋介石杀韩复榘，是吓唬北方各杂牌军首领的，杀一儆百，不等蒋介石讲完他冒死站起来说：“韩复榘不服从中央命令，罪有应得，但他是个粗人，没有多少知识，请委员长从轻办他！”说到这里他扭过头，“众将军，请站起来在委员长面前为韩复榘求情！”

前面的人站起来了。

蒋介石一看阴沉着脸大声说：“散会！”

没有人能救韩复榘的性命。1938 年 1 月 24 日，蒋介石命令何应钦组成会审团，在汉口以不服从命令、擅自撤退为由将其处死！这是武汉会战的一个小小插曲，但这个小曲子给读者诸多想象，不能不在这里作一个小小的交代。

五十八、大通歼灭战

1938年3月的一天下午，大通港十多艘中国军舰正在调整编队，空袭的警报撕开了沉闷的空气。从巫山台撤到这里的中国海军炮队，占领了大通以南的708高地。炮队长陈秉清站着观察时，海军陆战队指挥官韩长福，从炮兵阵地下面跑过来，气呼呼地叫："陈队长，敌人四艘军舰奔过来了！"

陈秉清急忙迎过去。巫山台突围，海军陆战队付出惨重代价，韩长福副队长在炮兵撤出来的关键时刻与敌激战，是完全可以值得信任的军官。

"韩队长"，陈秉清握住他的手，"又是一场恶战吧？"

"你看，情报。"韩长福从口袋里摸出一张纸条。

陈秉清队长忙接过来看：

> 日军军舰五艘，在轰炸机掩护下，今天下午攻击大通，海军陆战队的目标是占领大通以南的708高地，敌海军陆战队指挥官少佐东条京岸，配有多挺机枪及迫击炮19门，迫击炮指挥官为土肥清一大尉，另有一中尉为副手，此人为日军海军陆战队中的神炮手，炮击命中率为90%以上……

"送肉进灶台了！"陈秉清读完忙说，"我炮队撤出708高地，你们在什么方位呢？"

"我们在708高地右下方"，韩长福一看，"敌海军陆战队登陆地，很可能选择在那里！"

"敌机来了，敌机来了！"有人在呼叫，"大批敌机来了！"

两位队长的话被敌机的轰鸣声打断，各自奔向自己的阵地……

日军的轰炸机开始轰炸708高地了，日军空中指挥官大岛少佐正在空中用电台命令部下："围绕708高地，反复轰炸，从巫山台撤下来的中国炮队都在这里，绝决不放掉一门炮一个人！"

"大岛少佐，大岛少佐"，大岛耳机中传来地面指挥官的声音，"我们海军陆战队马上开始登陆，请你扫荡708高地下面沿江一线，为登陆部队扫除障碍！"

“大岛明白！”大岛回答完地面部队指挥官，急忙蹬右舵，提机头，“跟上，跟着我轰炸。”

一片较为平坦的江边沙地，中国军队阵地上，官兵们正在飞快地奔向防空掩体，日军飞机窜上阵地上空，一枚枚炸弹直坠下来，顿时阵地上浓烟滚滚。

江面上，日军五艘战舰正在放下各类小艇，日军海军陆战队官兵正在向小艇上走去。

中国海军陆战队指挥官韩长福站在炮队长陈秉清左侧，举着望远镜说：“看到了吧？”

“明白！”陈秉清点点头脸上浮出少有的微笑，“巫山台我们吃了这帮小子的亏，今天我得要这帮小子们赔血本！”

“好！”韩长福也乐了。

“左得子！”陈秉清向前叫，“左得子！”

“到！”从一个掩体中冒出一个人。

“快过来，快！”陈秉清说着向左前方的一块较高的石头快步走去，韩长福也忙跟上去。

在四五棵如同伞般的大树下面，那块石头平静地卧在树丛中，陈秉清站在石头上向江面眺望一会儿，指着江面说：“左得子，迫击炮打，两发炮弹出膛，立即转移位置！”

“明白，打游击炮！”

“对！”陈秉清回答时拍了下左得子的肩头，又转过身，“韩队长，等敌人与你们陆战队短兵相接，我炮火突袭敌舰！”

“行！”韩长福点点头，“我走啦！”

陈秉清送走二位，急忙又跳下石头，向几门重炮掩体走去。

陈秉清队长原为舰上的一位副舰长，主持舰炮火力，“东航”号军舰被敌击伤后，他跟着重炮一起转移到沿江岸的炮台上。今天敌机突袭，掩护敌海军陆战队企图打下大通这一战略要地。他沉着冷静，在敌机、敌舰炮火下面始终不暴露重炮阵地的目标，他要等敌机把炸弹扔完，海军陆战队开始登陆时，协同韩长福他们打一场歼灭敌海军陆战队的大胜仗！

迫击炮指挥官左得子这时出发了，他命令16门迫击炮排成一字形在一个护堤林里摆好攻击阵势，载着海军陆战队的敌小艇开始在江中游动了。日军大尉富田寿男乘坐在第六艘登陆艇上，两挺轻机枪架在小艇上，他坐在艇里感到很奇怪，在昨晚的战术研究会上，海军中佐海布告诉各参战部队指挥官，在大通有比巫山更大更多的中国炮队，从巫山台跑出来的中国炮队正在这里集结，海军陆战队应在海军舰炮、舰空兵轰炸机掩护下，一举夺取大通这一战略要地。当时海布中佐把目光放在众军官中扫来扫去，当他的目光与富田寿男的目光在空中相碰，海布一挥右手："寿男大尉！"

"到！"寿男忙"唰"地站起来，"请长官下达命令。"

"我希望你担任海军陆战队敢死队队长，首先登上大通，占领其炮兵阵地，为大部队登上大通开路！"海布说。

"中佐先生，寿男大尉请求作战！"

在众军官的目光下，海布中佐将这一开路作战任务交给了他。

现在，寿男大尉百思不解，为什么在飞机的轰炸后，舰炮又展开攻击，而不见中国炮兵反击呢？

日军登陆艇开始在江中观察，他们最怕脱离舰炮火力掩护。

"打！"中国迫击炮指挥官左得子一看敌艇停住，时机已到。

点射的迫击炮弹直击敌登陆艇，顿时敌军大乱，敌舰炮响了，雨点般的重炮弹，向迫击炮阵地急袭上来。

"撤！"左得子一声令下，每门迫击炮发射两发炮弹后迅速撤退到防空洞掩体里。

"快，冲上去！"寿男大尉命令登陆艇开足马力冲上滩头。

中国海军陆战队队长韩长福，在敌舰炮火力下，已经悄悄地带着官兵跃出掩体，借助各种伪装潜伏在战壕中，机枪管、步枪管伸出来了，打开保险盖的手榴弹、手雷，还有揭开保险机的迫击炮弹，一枚枚、一颗颗地摆在战壕的官兵手边，众官兵圆睁着双眼盯住敌人，看到他们被我冷炮打得有的从艇上翻下水，有的艇被炸飞，但这些亡命之徒在其强大舰炮火力下，仍然不顾死活地朝上冲！

"高绪车！"韩长福突然扭头，"快过来！"

身材高大的战士高绪车，扛着一门迫击炮奔到韩长福跟前。

"有多少炮弹？"韩长福问。

"左队长给的16发，全是德国造，发发响！"

"在我重炮压制敌舰炮火力时，你点射敌群，专炸敌机枪火力点，掩护我们杀进敌群肉搏！"

"韩队长"，老炮手高绪车眨了眨眼，"有句话不知该不该说？"

"说，快说。"

"左队长的迫击炮能不能支援一下？"

"不行，他们要打击在我东边冲滩的日军海军陆战队。"

"有两路敌人想登陆？"

"三路，我们打的一路是敌主力，其他两路是小股，企图将我主力吸引过去。"

“敌人登陆了，敌人登陆了！”前沿有人报告。

韩长福向敌人登陆部队观察着。

炮手高绪车扛着炮管奔到一棵树下，在三个副手的协同下，很快将敌置于炮口之下了。

“迫击炮，打！”韩队长命令。

炮弹在敌群中开花了，日军大尉命令：“四门炮，还击！”

高绪车在一连打出10发炮弹，给敌人巨大杀伤后正要转移炮位再攻时，一发炮弹将副炮手艾汉青炸中。艾汉青手中抱住的迫击炮弹也被引燃，正冒青烟的刹那间，炸伤的艾汉青反应极快，他恐怕炮弹爆炸危及其他弟兄的安全，忙一翻身将炮弹压住，只见火光从他腹下一闪，黑烟翻滚，在巨大的爆炸声中他与弟兄们永别了。

“汉青，我的好弟兄！”高绪车抱起被炸得面目全非的艾汉青，“汉青，我们一定为你报仇！”

“敌人上来了，敌人上来了，迫击炮，迫击炮！”

机枪手严立颜在叫：“炮火，炮火支援！”

高绪车放下烈士，又赶快回到阵地向敌人看去，登上江岸的日军，正沿着一道不知什么年代修筑的低矮防洪堤摸过来，机枪火力被这道江堤遮拦，对日军杀伤力不大，只有曲射炮火才能将敌赶出江堤，然后用机枪纵射才能彻底消灭。

“弟兄们，打！”高绪车开炮了，躲在江堤后面的敌人被炸得无法隐蔽，只好爬过江堤向中国海军陆战队阵地展开攻击，一下子暴露在中国机枪的火力下了。

“打！”韩长福命令轻重机枪纵射！

高绪车他们正反击有力之时，一连几发敌迫击炮弹攻过来了。高绪车调整了一下炮位，副炮手安志搏忙说：“高兄，你看！”

“什么?”

“敌人三门炮正在一块儿攻击我们呢！”

高绪车忙顺着安志搏的手势一看，三门日军迫击炮全部集中在江堤下面一堆乱石后面攻击。高绪车命令：“备弹，速射！”

两发炮弹速射，敌炮兵阵地一片火海，三门迫击炮哑了，敌人炮手被炸倒在硝烟之中，日军寿男大尉看着炸死的炮手，又望望中国军队阵地，从跟上来的无线电通信兵手中夺来电台受话器：“舰炮，舰炮攻击，掩护我们冲锋！”

日军舰炮开始攻击了！韩长福他们的阵地受到巨大威胁。中国重炮无力压制敌舰炮，只能起到吸引一部分火力的作用。

“队长”，一个中尉奔到韩长福跟前，“只有杀进敌阵，敌炮火才会失去杀伤

我们的作用！”

“吹号，冲锋！”韩长福命令。

“冲啊！”阵地一片呐喊，一场激烈的肉搏战展开了！

日军寿男大尉一看三倍于己的中国官兵扑上来，顿时大吃一惊。退，后面是浩浩江水，进，前面是闪着寒光的大刀，喷吐火舌的机枪，他忙命令卧倒在左右的机枪手：“扫射，快扫射！”

韩长福一看冲到前面的官兵纷纷被敌机枪火力扫倒，顿时气不打一处来，命令赶上来的远投手：“朱大个子，给老子炸！”

朱大个子朝前冲了两步，在距敌左侧不远处，狠狠地投去三颗德国造手雷，敌机枪哑了。部队又“呼”地直扑上去。

“朱大个子，把那蛇头炸死！”

听到韩队长的命令，朱大个子认出敌指挥官寿男大尉。这家伙不知什么时候越过我先头部队，指挥部队拦腰杀进我突击部队。朱大个子不敢使手雷了，他顺手从一名阵亡兄弟的怀里操起一挺机枪，对着敌指挥官猛扫。敌大尉顿时被击倒，但失去指挥官的日军并不退，大有一拼到底的架势。

这时，敌舰炮更凶狠了，他们企图用舰炮掩护撤退，从舰上冲过来几艘登陆艇，不用问他们是来接溃退的海军陆战队队员的。韩长福一个士兵说：“吹号，告诉陈队长，炮火攻击敌登陆艇，不让敌人逃跑，坚决彻底干净地歼灭敌海军陆战队！”

“是！”

军号响了，陈秉清队长指挥着炮队将一发发炮弹砸向敌人的登陆艇，韩长福率领海军陆战队冲杀在敌群之中！

五十九、艇战

大通血战的第四天上午，安庆江面的激战打得天昏地暗。日军海军中佐海布乘日舰在江面督战，航空兵千叶中佐也同乘一舰，他的手中握着电台受话器，一个背着电台的士兵紧紧地跟在他的后面，千叶观察了一会儿后，对着受话器喊叫：“大岛注意，大岛注意，我是千叶中佐，听到没有?”

“千叶中左，我是大岛。”

“在安庆江面有中国舰 11 艘，鱼雷快艇不详，岸炮火力集中于安庆南岸 340、422 高地，北岸没有火力暴露，进攻时要谨慎，以防遭到北岸炮火偷袭。”千叶中佐大声说：“我命令，大岛轰炸机大队投入战斗!”

“大岛明白!”

安庆港的争夺战今天进入最激烈的阶段，是有一定背景的。在大通的日本海军陆战队寿男大尉所部，包括寿男大尉在内的日本官兵全部被中国海军陆战队击毙于大通港沿江一线，日军军舰也被中国海军岸舰炮击伤两艘，日本空军板垣大佐面对来自大通的悲哀，苦苦寻找对策之时，华中日军派遣军参谋部的电文发来了：

> 航空兵在大通，没有扫荡炸毁中国炮队及海军陆战队阵地，给海军及海军陆战队造成巨大伤亡，板垣大佐所率的轰炸机群，应承担责任。为掩护我台儿庄部队突围，吸引中国部队南下，你们应立即向安庆突袭，争取一举突破安庆中国三军防区，直逼武汉重镇……

台儿庄，中国部队正在围歼日军第五、第十两个师团主力。从 3 月 23 日展开，双方已经到了厮杀得难分难解的状态。

自从韩复榘被处决后，第五战区司令官李宗仁调动第三集团军就不那么困难了，日军顺长江进击大通、安庆之时，长江战事日趋紧张，日军各部队直逼华中武汉的箭头，都在中国三军地图上标示出来。3 月的一天晚上，李宗仁将军的作战副官詹波山上校赶进李宗仁司令官办公室，见李宗仁正在地图前沉思，忙走上前：“长官，敌第五、第十师团，狼奔豕突，孤军深入，闯入我徐州门户台儿庄地区!”

“啊，情报可靠?”李宗仁问。

“完全可靠!”上校詹波山回答。

这时，原韩复榘所指挥的第三集团军，由于韩不服从命令被处死，现在李宗仁指挥就异常顺手了，李宗仁司令官命令第三集团军向运河西部出击，突袭济宁、淮河上的日军，各路部队与日军厮杀得颇为壮烈，都是在处死韩复榘以前所未见过的。

李宗仁将军很快将敌在台儿庄一线集结的情报急报武汉行营，军委会命令：“第五战区聚歼日军第五、第十师团于台儿庄!”

台儿庄一线，已经驻有中国部队孙连仲部第二集团军；汤恩伯部第二十军团；川军孙震部第四十一军；张自忠部第五十九军；庞炳勋部第四十军等数十万官兵。中国三军大本营为确保战役全歼日军，又从武汉急调桂永清、黄杰、宋希濂、俞济时、李汉魂各军，日夜兼程急奔徐州地区增援第五战区作战，军委会给第五战区的死命令是：“各部死守台儿庄，若丢失阵地，包括战区司令官在内的旅以上军官，一律处决!”

日军板垣、矶谷师团被重围炮击!

读完来自华中派遣军指挥部的电文，日军航空军板垣大佐只好命令，千叶中佐与海军协同，在江面亲自观察中国军队炮兵、步兵、舰队阵地，以便组织空军进行最有效的攻击，使海军一举攻占安庆，牵制在台儿庄攻击板垣第五师团、矶谷第十师团的中国陆军南撤。

中国海军与炮队协同固守安庆的血战寸土必争。当日军大岛的轰炸机进入安庆中国阵地上空时，对空打击的机炮火力是毫不客气的，大岛少佐有一种说不出的痛苦，飞过了，炸不准，超低空，又随时会被击中。他为了确保自己的性命安全，将飞机拉起进入 7 500 米，命令轰炸机群，一律超低空轰炸!

超低空轰炸，效果的确很好，霎时间整个安庆江面一片火海，硝烟如一条黑龙在江中翻滚……

中国鱼雷快艇艇长成先羊，这时将艇绳解开准备起锚了。在锚泊地岸边的海军敢死队队长韩长福，突然从隐蔽地冒了出来大声道：“先羊老弟，先羊老弟!”

成先羊看见是韩队长，惊喜地问：“你来干什么?”

“戴里国昨天阵亡在敌飞机炸弹下，我们驾他的艇跟你一块儿上!”韩长福奔过来说，“李友义，把艇开过来!”

“为戴里国艇长报仇!”泰山号鱼雷快艇副艇长李友义吼叫着，快艇一个 160 度大旋转冲过来了，韩长福他们一跃上了快艇。

两艘鱼雷快艇，并列悄悄驶向一艘日军军舰。那日军军舰正在集中炮火攻击

安庆港内的军事设施、岸炮阵地以及中国军舰，炮战异常激烈！

日军海布中佐所在的军舰上，有一个日军炮手叫中川，是个炮兵少尉，对舰炮的攻击颇有研究，他指挥着前甲板上的两门主炮。并亲自操纵一门重炮。打完四发炮弹，安庆港上的两处中国海军设施顿时大火熊熊。他正得意忘形，突然发现硝烟中两艘小艇直逼过来，急忙对另一炮手说："开炮，瞄准鱼雷快艇!"

但是由于鱼雷快艇时速快，已经抵近日舰，鱼雷艇进入炮火射击的死角，中川急得直打转。

"机枪，机枪扫射，快打攻上来的鱼雷快艇!"中川少尉命令。

"哒哒哒……"一串子弹直扫日军舰首，日军士兵中弹倒下了。

"打!"中川一看急了，跑过去抱起机枪反击。

中国鱼雷艇上，艇长成先羊一连放出两枚鱼雷没有击中敌舰。他回头正要撤，发现敌舰上放下两艘快艇向他们冲过来，大舰上的机枪火力将韩长福他们打得抬不起头，情况异常危险。

"机枪，扫射冲过来的敌艇!"成先羊命令。

两艘日军快艇冒着密集的弹雨冲过来。

"韩队长，我掩护你撤，快!"成先羊艇长大声喊着。

"敌舰炮封锁了我们的退路!"韩长福回答着，"跟他们拼了!"

成先羊艇长一看，日军舰炮不但压制着我舰炮、岸炮的火力，同时还封锁着两艇的退路，炮弹打得艇后面水柱冲天，一片烟雨。

"敌艇冲上来了!"一个机枪手头部中弹，副手在一边接着打。

"轰!"敌快艇右前一发炮弹爆炸，这是中国炮队在用火力支援成先羊他们的快艇。

日军两艇不顾伤亡将成先羊他们的快艇夹在中间，大有生俘快艇之势。韩长福他们也遭到三艘敌快艇的围攻，互相之间不能支援，只能各自为战，争取突围。

双方支援的炮火也停射了，都担心伤着自己的快艇。

中国快艇艇长成先羊，向左侧冲过来的日军快艇一连投去两枚手雷，结果两枚手雷都被日军快艇上的水手反投过来在空中爆炸了。右侧的日军快艇乘机直冲过来，几挺机枪"哒哒"地直射，将成先羊他们压得抬不起头。

"准备!"成先羊与几个士兵伏在快艇内，将仅有的一枚鱼雷打开保险盖，"洪包中，举起来!"

已经三处负伤的水手洪包中，在枪的刺刀上挑起一条白毛巾，吃力地举了起来在江面的硝烟中有气无力地摇动。

"弟兄们，打开引火装置!"成先羊命令。

浑身是血的水兵们在艇舱里吃力地忙开了。

日军两快艇一看中国快艇上摇起白毛巾，一个军官忙对另一艇上大叫：“停止射击，他们投降了，抓活的，抓活的！”

白色的毛巾还在硝烟中飘动。

日军两艘艇大概是为了抢功，都想生俘中国快艇，争先恐后地冲了上去，其中一艘艇上伸出了几十米长的抓钩，一下子钩住了成先羊他们的右舷。另一艘日艇也不甘示弱，急忙也伸出抓钩，将成先羊他们艇的左舷钩住，两日艇互相拉着，一下子三艘艇靠在了一块儿，当两艘艇上的日军都跃起正要向成先羊他们艇上跳过来时，成先羊引燃了艇上那枚唯一的鱼雷，只见火光一闪，黑烟冲天，巨大的爆炸声中，成先羊他们永垂不朽了，两艘敌艇四分五裂地炸飞了，艇上的日军也给中国海军官兵陪葬了。

“弟兄们，成先羊艇长为国捐躯了，我们也不能当孬种！”韩长福看到成先羊他们与敌人同归于尽的伟大壮举，极其悲愤，大声命令道，“李友义，全速前进，撞沉敌人快艇！”

日军三艘快艇上的敌军一看另外两艘被中国快艇炸毁，几乎是同时作180度转舵逃跑。其中一艘不知是转快了，还是机械事故，“唰”地一下子转翻了，艇上的日军全都被扣进了江里，另两艘快艇又慌忙转过来营救。韩长福一见机会来了，果断命令：“撞上去，撞上去！”

日军一水兵从翻艇的下面冒出来，一手抓住艇舷，一手举枪向韩长福射击。韩长福身边的机枪手一个点射，这个日军被击毙。又一个日军从江水冒出来，举枪向韩长福射击，机枪手中弹，韩长福抱起机枪，不等敌人开火就一阵猛扫，敌人中弹，江水中荡起一股血水，敌人在江水中挣扎着渐渐下沉。

“队长，敌人反击上来了！”

“战斗准备！”韩长福沉着地下着命令，刚才两艘快艇上的敌人看见韩长福他们只有一艘快艇孤军奋战，回头准备拣个便宜。

“迎上去！”韩长福命令，“开火！”

枪炮声中，中国海军的鱼雷快艇迎着日军快艇冲了上去……

六十、义胜号

韩长福他们终于向敌艇扔出四枚手雷，将敌艇内官兵全部炸死，失控的日军快艇在江面划出一个半圆爆炸了，另一艘快艇惊恐地逃跑了。然而，敌人更大的阴谋又要开始实施了！

1938年3月27日上午，长江江面雾气沉沉。中国军舰义胜号锚泊于江面，炮手、机枪手们在各自的战斗位置上遥望长空，空袭的警报还在撕肝裂胆地长鸣。

江岸，中国炮队的官兵们已经脱去大炮的炮衣，进入紧急攻击前的准备！

而在同一时间内，台儿庄血战已经达到白热化，其激烈、残酷的程度是任何一次战役所不能相比的。日军航空兵基地指挥官板垣大佐，企盼着千叶中佐在长江上炸沉中国军舰，以便海军第三舰队顺江而上，直取武汉，将台儿庄战场的中国军队主力吸引过来，为日军华中派遣军作出贡献！

千叶又亲率大批轰炸机升空了。他不止一次督战大岛少佐，然而大岛少佐却不为他争气，每次战斗都没有多少令人满意的战果，吃亏的时候倒是不少。

“江面出现中国军舰！”飞在前面的一名日军飞行员向大岛少佐报告，“江面发现中国军舰！”

“注意江面左右两岸中国炮兵阵地！”大岛命令，“超低空搜索江岸，引导地面火力暴露！”

“明白！”担任搜索的日军飞行员天谷中尉回答，并轻轻地一推机头，飞机向一片护堤林上空窜去。

大岛少佐的心情是复杂的，在出发前，也就是昨天晚上，他飞往台儿庄战场执行轰炸任务回来，没有吃饭就躺在床上，两手枕住头瞪着房顶沉思，上午，他们没有轰炸命令，刚刚从日本国内赶来的飞行大队副队长加南少佐，将一份战况通报甩到他跟前，语气沉重地问：“大岛君，你在中国作战已经大半年了，有什么想法？”

“你刚到中国战区，还没有升空作战，等打几仗你就明白了，现在我讲是多余的。”大岛也不知出于什么心理避而不谈战事。

“现在正进行的台儿庄战场，战况怎么样？”加南少佐又提示着问，“你看过战场通报吗？”

“我们攻占南京后”，大岛颇有一点将军神气地点了下墙上的地图，“我大本营三军首脑，决定打通南北战场，所以一定要攻取徐州，就是这个地方。”

加南跟着大岛的手势看到两个红色的箭头：“就是这里？”

加南少佐的手势刚刚放下来，大岛冷冷一笑说：“没有这么容易啊”，他顿了下才说，“我军于去年（指 1937 年）12 月渡过长江后，相继攻占滁县、蚌埠等战略要地，但在这个河流上，受到中国守军拼死阻击！”

“啊，淮河？”加南少佐问。

“对，淮河，中国军队在沿岸建筑坚固工事反击，有一段时间双方在这条河上对峙，我们伤亡很大！”大岛少佐说，“空军出动，我们联队也去过几次，但都无力支援地面部队突破中国军队防区。”

加南少佐在地图前看日军攻击线路，大岛少佐不停地介绍空军作战与地面部队态势，两人都拧紧眉头，担忧着军事形势的发展。

“听说第五师团一直进展很不顺利，伤亡比所有部队都大？”加南少佐问。

大岛少佐沉思片刻说：“没有看到详细战报，只是板垣大佐透了点风声，第五师团 2 月下旬向山东战略要地临沂推进，在临沂城遭到中国守军五十九军拼死反击。战到 3 月 14 日，中国增援部队进抵临沂，城内外夹击，我五师团损失惨重，少佐以上军官死伤众多，飞机被击毁多架，我的联队多田大尉与石井少佐都死在临沂空中。”

“我听说第五师团只好退守莒县是吗？”加南问。

“你对中国战区有所了解嘛”，大岛忙说，“你从哪儿知道的？”

“我的大哥在第十师团骑兵大队，是他写信讲的。”

“啊，第十师团的战况你了解？”

“知道一点点”，加南说，“我大哥讲，第十师团是北路攻击部队沿津浦路南进，3 月 16 日进攻藤县，中国守军第四十一军第一百一十二师与我主力血战三昼夜，中国少将师长王铭章战死。如果不是我军武器装备精良，攻占藤县谈何容易，你看，中国军队并不是我们想象的那样是一团豆腐渣，一捅就散！”

“嘿”，大岛少佐一拍桌子，“第十师团攻战藤县后，不应该南下的。他们到了台儿庄被中国军队包围啦！”他说着一指，“就是这里，距徐州东北 30 公里的战略重镇台儿庄！”

加南少佐认真地观察这一地理位置，双方各路部队集结的阵地，兵种、兵力部署位置。

“24 日，我们联队出动 70 架轰炸机，掩护第十师团进攻台儿庄，没有战绩，大炮、坦克在进攻时损失很大，中国守军固守拼杀，我军毫无进展，这一情况你大哥告诉你了吧?”

“他在3月21日阵亡”，加南沉重地垂下头，“我是昨天刚到中国的，第十师团指挥部的一个作战参谋把这个消息转告了我。”

“你哥哥战死了”，大岛少佐语言充满悲哀，“据板垣大佐与千叶中佐说，27日第十师团向台儿庄发起总攻，我们在长江也发起猛攻。你一到就赶上一场恶战，我希望你明天交上好运，武运长久！千万别像我这样没有多少建树!”

加南少佐心情更沉重了，他默默地垂头不语。

“你对中国地面炮火不太熟悉，明天出击你跟着我，别进入实际攻击。听我的，看我的行动吧!”

“谢谢大岛君关照!”加南抬起头十分担忧地说，“这可由不了你我，千叶中佐与我关系不太好，板垣大佐过去是我的飞行教官，我的妻子杏子是他过去的女友。板垣认为我占有了他心爱的女人，心里一直耿耿于怀，他这次点名要我到你的联队充任副队长，其用心可想而知!”

“我真不知道你们还有这些纠葛!”

“是呀”，加南很心烦，“他们快结婚时，杏子认识了我。她爱我，放弃了板垣大佐。为这事，我和板垣曾发生过一次很大的冲突!”

“板垣点你来，说明其中必有阴谋”，大岛少佐说着踱了两步问，“你妻子跟板垣有来往吗?”

“好像没有”，加南说着想了想又说，“不过他回东京时，有几次请我妻子吃晚饭，她没有去。他总是写信，她也没有回信。”

拧紧眉头的大岛叹口气说：“事情可能不那么简单，如果你妻子是板垣的第一个女友，板垣也是你妻子的第一个男友，他们之间的情感是很珍贵的，互相之间不会那么容易忘记的。这种情感纠葛是无法用语言表达的。”

“这么说板垣偏偏要调我来，是想要什么阴谋?”

大岛望着他说：“上海大战后，我们攻占了南京，目前又在山东拼杀，最终目的是顺长江西进，占领华中，与华北主力会合于武汉，而我们联队面临的长江战场，既有中国空军阻击，又有强大的地面防空火力反击，空军损失很大，板垣大佐会不会把你作为中国地面部队炮火的牺牲品，达到霸占你妻子的目的呢?”

加南少佐不语，脸色异常难看。

“我们联队的轰炸任务是，为第三舰队顺江西进开路，而中国沿江船队，两岸防空火力极猛，我们空军损失很大，说不定明天又有几架轰炸机机毁人亡。”大岛少佐说，“如果你有什么办法，最好是离开我的联队，我并不是怕你夺了我的什么权。”

“走是不可能的”，加南说，“板垣大佐在空军中有一定关系，他又惯于耍阴

谋哄骗一批长官，我只是个少佐，而且是驾驶员的资历晋升的。”

“那就只有听天由命啦！”大岛少佐拍拍他的肩头，“别怕，跟着我干吧，你哥死在中国，我不会让你也死在中国的。”

“感谢大岛君的关心。”加南说着，忙拿出从东京带来的点心、酒，“来喝一杯。”

……

“天谷中尉，继续超低空搜索。”大岛命令说，“必要时对两岸进行试探性扫射，引诱中国防空炮火尽早暴露。”他自己拉起机头钻进了云中，加南少佐跟着他没有作实施突袭的架势，按照大岛的安排只是先观战熟悉战场。

“加南少佐”，千叶在命令，“实施轰炸才能尽快了解地面火力，老跟着大岛干什么，他不需要警卫，明白吗?”

加南少佐一听立即意识到其中有阴谋，忙在电台中回答：“中佐长官，我正寻找攻击目标，侦察地面火力!”

“你的左下方，中国军舰四艘，攻击!”千叶中佐命令。

“加南明白!”加南回答时气愤至极，但又不敢表露，只好推下机头向下俯冲。

“加南，注意高射机枪，我在你左后!”大岛少佐关照着加南，“航向30，高度1 500，速度350，投弹后快速拉起来!”

“加南明白!”加南一边操纵飞机，一边回答。

中国海军战舰义胜号，这时正在与敌机展开大周旋，副舰长马世炳一看十几架日军轰炸机袭来，跳出指挥塔赶到前甲板，信号兵大声报告：“敌机几十架，敌机有几十架从东北方向压过来!”

炮舰的炮火打得有些艰苦，高射机枪火力在飞机的反复攻击下显得无力，马副舰长赶到机枪指挥官跟前：“中尉，机枪一律集中舰塔上，快!”

“是，执行长官的命令!”机枪官王桂林兴奋地回头命令，“前后机枪一律上舰塔，快!”

听到命令，机枪手们扛着机枪，副手抱住机枪子弹箱，直冲军舰塔台。

前甲板上的两门高炮在急射，两架敌机从舰尾俯冲下来，投下两弹在舰中间左舷水下爆炸，几十米高的水柱在舰中间的甲板上哗啦啦响成一片，同时也摇动着义胜号巨大的舰体。这艘由日舰改造的义胜号战舰，头一次受到轰炸机的攻击，官兵们在激战中对战舰饱含着无限深情。

“注意，前后炮火注意，敌机两架又在舰后调整轰炸角度!”马世炳副舰长在舰塔上大声说，“炮火阻击敌机航道，炮火阻击敌机航道，不准它进入舰的上空!”

炮手们在瞄准敌机，炮火在阻击敌机俯冲，军舰在作蛇形航行避弹！

“敌机！”机枪官王桂林吼了一声，发现一架敌机突然在舰首出现，正好是前甲板炮火的死角，显然这是一个老练的飞贼，“机枪，打！”

在炮火的死角区，高射机枪倾泻出一串串火舌，敌机闪电般拉起，慌忙投出两弹，在舰首前十几米的江水中爆炸，弹片飞起，一块弹片钻进前甲板主炮手王胜国左大腿。王胜国恼怒地转过炮口，嘴里骂着瞄准，当瞄准具套住敌机的刹那间，大炮发怒了，但没有击中，那敌机发疯般不顾一切转过机头，“唰”地俯冲下来，一枚炸弹又坠进江中，而扫射的机枪子弹击中了信号兵。

“王胜国，快下去包扎伤口！”马世炳副舰长奔过来，“我来操炮，你下去包扎伤口！”

负伤不肯下火线的王胜国，被两个医生拉下去包扎伤口，马世炳见敌机又冲下来，“咚咚”连发两炮。敌机没有被击中，这架敌机转过机头再次俯冲！

这家伙就是加南少佐，是千叶中佐逼着他反复攻击！大岛在高空无法支援。

马副舰长见这架敌机凶狠且不顾伤亡地反复轰炸，他断定敌人不投完弹不会罢休，忙命令他后面的一门炮：“注意，集中打这一架！”

“是！”

“高射机枪，注意打炮火死角，封锁敌俯冲航路，引诱敌进入我的炮口！”马世炳命令。

机枪在马副舰长的炮火死角处扫射。加南没有办法，只好拉起进入 3 000 米，将航向从 120 度调整到 60 度后，一头从 3 000 米扎下来，正好扎在义胜号前甲板上空，几乎是擦着主炮口掠过，将两枚炸弹扔下来，正在拉起机头的刹那间，马副舰长开炮，击中加南的飞机，敌机凌空爆炸，而马世炳舰长也阵亡在炮位上。

“为马长官报仇，打！”义胜号上的官兵异口同声吼叫，大炮、机枪猛射空中敌机，打得空中一片火花。

六十一、突袭波田司令部

面对日军大规模进击，中国海军陆战队韩长福等敢死队员们，千方百计地对日军进行反击！

这是日军波田支队攻占安庆市的一天晚上，中国海军陆战队韩长福，率铁血敢死队员16人，身上一律前后绑着炸药包、手榴弹、手雷，挎着德造长短枪、大刀，巧妙地避开敌人视线，潜进了日军波田支队占据的安庆。当他们干掉日军一个哨卡，来到两辆坦克并列的敌波田支队指挥部外面对，一排日军不知为什么突然从司令部出来散开，“哗啦啦”地将这座房子三步一岗，五步一哨地警戒起来。伏在一墙角的韩长福大吃一惊，忙悄悄地问许庆修：“日本鬼子在说些什么？好像是日本富士山一带的语音。”

“听不清。”许庆修有些焦急的样子，正要起身向前再移一点，韩长福一把按住他：“别动，沉着点！”

“长官”，许庆修说，“好像是在说有什么大官来了。”

“好，老子把命拼了也值，只要干掉波田或是比他大的官！”韩长福自语着。

许庆修是韩队长在日本读书的同学，是他亲自选定的随队翻译官，也是敢死队的成员，是一个颇有传奇经历的人物。

3月27日，长江中义胜号军舰与日军空军拼杀，副舰长马世炳阵亡，击毁日军加南少佐驾驶的轰炸机之时，台儿庄血战也在同一时间进行得异常激烈。27日上午9点开始，日军在炮火准备后，又命令坦克作试探攻击，当中国将士反击火力暴露后，坦克退出，用无线电指挥飞机展开轰炸。轰炸机离去，坦克掩护步兵冲击，企图一举突破台儿庄的北门，进而直逼城内守军。北门守军是孙连仲第二集团军第三十一师将士。双方在城北门展开拉锯战。当日军又一支部队赶到城门口时，孙连仲部增援部队也赶到，双方在城内反复冲杀难分胜负。战局进行到4月3日，日军向大本营得意地发出即将庆功的电文：

到目前为止，中国军队孙连仲部第二集团军，已经被吸引到台儿庄四周，我第十师团已经攻占台儿庄大部地区，中国军队仅据守南关据点……

日军第十师团长矶谷为了尽快攻占台儿庄南关中国军队唯一据点，命令集中重炮、坦克、装甲车连续发起攻击，中国守军组织一批又一批铁血敢死队反复拼杀，夺取一部分阵地。在争夺南关的同时，中国将士在外线取得兰陵歼灭战的胜利，并一鼓作气又在杨楼、底阁大败日军主力，切断了来自台儿庄北面日军对我攻击部队的威胁。

4月6日，中国汤恩伯部第二十军团赶到日军后方，将日军退路截断，陷敌于重围之中。6日夜，中国军队统一行动，大举反击，一夜扫清台儿庄内日军。第二天，也就是7日，中国军队乘胜追击，日军残部趁夜突围一部。中国军队从3月23日到4月7日，重创日军第五、第十师团主力，歼敌两万余众。台儿庄战场的硝烟还没散尽，日军经多方侦察得知中国精锐部队在徐州地区有60万人，立即增兵企图在徐州地区聚歼中国主力部队，报台儿庄大败之仇。中国部队为保存实力，长期抗战，立即突围，使日军阴谋破产。5月19日侵占徐州，中日双方争夺仅次于上海的工商城市武汉，会战的炮声沿江隆隆响起。

武汉，是上海、南京陷落后，中国抗日的政治、军事、经济中心。日军进击武汉的战略思想是，围歼从徐州突围的中国主力野战军，占领了武汉，不但能打击中国三军的士气，同时可迫使中国政府向日本屈服求和。

日军的情报搜索也是无孔不入的。不久，日军统帅部收到华中派遣军情报官信原大佐的报告：

> 据中国三军作战部最新决策，在武汉地区中国三军集中主力为129个师，组成左翼兵团、右翼兵团，他们两个兵团的作战任务是分别防守长江以北、长江以南。他们的战略计划是，利用鄱阳湖、大别山、长江两岸丘陵、湖沼与我拼杀四到六个月……

日军大本营了解到中国三军的战略战术，命令第六师团在6月份之前攻占桐城、潜山、黄梅等地；波田支队一定在6月份攻占安庆、湖口、九江地区，取得向武汉进击的战略集结地！

这是个闷热的晚上，韩长福赶到中山舰上听从命令时，海军总司令官陈绍宽将军的副官处作战参谋胡智全早就在中山舰舰长萨师俊陪同下等待他了。韩长福与胡参谋互相握手问好后，中山舰舰长萨师俊说："胡参谋请你来，是想请你看看这个敌军情报！"

韩长福接过情报，上面一排排字迹：

> 日军波田支队长及其作战参谋们，昨天住进安庆一座大地主宅院，

具体地点详见送达地图，日军翻译官许庆修是山东青岛人，在日本读书多年，此次随波田支队行动，两次试图击毙这条狼未成功，不得不潜出狼窝，是否请他做向导，请长官定夺。

“我们的人打入敌司令部啦？”韩长福兴奋地问。

“送情报、搜集情报的是位日本朋友，据我们刚刚了解的情报，他送出情报返回途中暴露身份，已被日军特务击毙在安庆港外江面。”胡智全参谋沉重地说。

“我率人潜入安庆，提波田的头！”韩长福一拍桌子，“这条狼太可恶了！”

“胡参谋召见你，也是这么个想法。”萨师俊舰长说，“不知道你对安庆城是否熟悉？”

“能不能请许庆修先生同行，引路做翻译对付日军呢？”韩长福问。

“行！”胡智全参谋回答，“他随日军一到中国，就向我情报部联络，递送过大批日军情报，很可靠！”

“很好，谢谢胡长官支持！”

“在你们偷袭时，我们组织舰炮轰击敌人。晚上攻击，敌机夜航能力很差，我舰队有夜幕作掩护很安全，你们大胆攻击！”胡参谋扭头问萨师俊舰长，“组织一次舰炮攻击没多大问题吧？”

“完全正确！”萨师俊舰长回答，“敌舰已经在我炮火控制范围内！”

深夜，韩长福与同学许庆修见了面，研究了战术，现在他们按照情报图提示的方位，总算找到敌波田支队的司令部，却不知道敌军突然有什么变化，这么多官兵对司令部实施警卫，敢死队员都在沉思。

“向中山舰发信号，请求开炮！”韩长福命令。

信号兵黄生泰一闪身跃入另一条黑暗小巷，向空中连发四颗红色信号弹。不知为什么这些红色信号弹并没有引起日军注意，他们都认为是其他部队打着好玩，庆祝占领安庆的胜利。

“舰长，信号！”担任瞭望的信号兵吕文化兴奋地说。

萨师俊舰长看着空中的四颗信号弹，扭头问副舰长吕叔奋（1996 年 5 月 24 日在广州逝世）：“老吕，怎么样？”

吕叔奋朝夜幕中的安庆港瞭望后说：“还向前推进两公里，请义胜舰与我舰同步。”

“好，向义胜舰发信号，与我们同步前行！”萨师俊舰长命令。

信号兵按照舰长的命令发出信号。

义胜号军舰立即回信号：同行！

五艘战舰向敌舰锚泊地行进！

岸炮手们在紧张地调整攻击方位！

萨师俊舰长拿着一架望远镜观察，突然看到又腾起两发红色信号弹，他马上挥手命令："开炮！"

中山舰八门舰炮与义胜等五艘战舰大炮一起，向安庆波田支队攻击，霎时间敌舰反击。萨师俊命令信号兵："向岸炮发信号，压制敌舰炮火力！"

一发发炮弹在日军波田司令部四周、中心爆炸，岸炮狠狠地压制住了敌舰炮，敌人由于没有轰炸机作掩护，白天的疯狂劲已经烟消云散，回击是那样无力。安庆城的步兵、海军陆战队一片混乱。许庆修与韩长福在房顶上用日语大呼："中国大兵团攻进来了，中国大兵团攻进来了，快向西南跑，快向西南跑，那儿有军舰接应！"他们反复呼叫这段话。

敢死队员们乐了，每个人手中的枪都瞄准了敌波田司令部门口，只要这个罪恶的脑袋一露面，他们就会给他一阵急袭纵射！

日军波田支队司令部大尉警备队长大森，在炮弹爆炸声中奔出门时，一发炮弹"轰"地爆炸在左前方，三个军官与四五个士兵炸翻在司令部门口，他忙从硝烟中拖出一个军官，见其还有口气忙问："你他妈的……"

"报告长官，中国大部队已经攻进城！"

"什么？"大森问。

"你听，中国部队已经攻进城！"

大森一听果然有人在大呼，中国大部队攻进来了，他忙命令："撤，向西南撤！"

韩长福他们一看日军大部队发疯般向西南方向乱窜，忙命令："解下身上的炸药包，甩进敌群！"

一个个炸药包扔进了奔跑的日军群中，炸得日军晕头转向，发疯般地向港口奔。

手榴弹在敌人中间爆炸了，轻机枪"哒哒哒"的短促火力，打得日军中死伤一片。

"大森，大森"，日军陆军少佐奔过来了，他一看大森的头被炸开了，腹部也被弹片撕开，忙抱住他。

"他死了，他死了！"陆军少佐松下定造气愤地举起枪对空射击，"停住，原地反击，攻下对面的房子，上面是中国敢死队！"

原来今天波田开会还没有回来，当电台收到波田陪同华中派遣军副参谋长到来时，松下定造忙部署戒备森严的警卫，命令大森大尉亲自带队，没想到队伍刚刚部署完毕，波田他们还没有来，中国舰炮攻击就开始了，波田他们一行在安庆郊外停车不敢进城。

“打!”韩长福一看敌人悟过来了，跃下房子对许庆修说，“你快走，我掩护你们撤!”

“杀进去，杀进敌司令部!”许庆修咆哮着冲下去，一群日军倒在他枪口下。

“快撤，快撤!”韩长福命令许庆修。

许庆修根本听不见，发疯似的抱枪猛烈扫射。

“杀进去!”韩长福只好命令敢死队。

这时，十几个日军从司令部内部冲出来，其中有三个家伙抱着机枪扫射，许庆修不幸中弹，一头栽倒在地。战士孙庆国冲上去抱住他正要走，又中弹倒下。韩长福一看急忙从怀里拔出一颗手雷扔过去，“轰”的一声，十几个日军被硝烟淹没，两盏汽油灯也给炸灭了。只听见日军司令部门口一片厮杀声。

“队长，日军大部队围过来了!”一个战士奔过来说。

韩长福左右扫视大吃一惊，自己四周全是敌人，但他很快就稳住神情说：“敌人在混乱中，还没有完全分清情况，一阵扫射后立即向西撤!”

手中的枪在环扫，日军的手榴弹扔过来了，炸得四周火光一闪，又有几个士兵阵亡，韩长福向信号兵命令：“打信号，炮弹直射目标!”说完，背起一个伤员边打边跑。

萨师俊舰长看到直线升起的信号弹，他明白是指示他炮击的方位、目标，忙命令：“八门大炮齐射，开炮!”

舰炮将敌司令部门口炸得一片狼藉。安庆城，今夜不安静!

夜幕与硝烟融为一体，笼罩了安庆城。韩长福率领敢死队突出敌人包围后，正在小路上飞奔，后面是日军骑兵在追赶……

六十二、歼灭松下骑兵

“舰长，敌骑兵，敌骑兵！”中山舰上，水兵高明春大声报告，并指向江岸。

萨师俊舰长仍然举着望远镜，他没有立即作出反应，而是继续观察着，头也不回地喊道：“吕副舰长！”

“到！”副舰长吕叔奋忙上前回答，“舰长，我在！”

“你认真看看，韩长福他们到底在哪儿，我怎么没有看到？”萨师俊担心敢死队的命运，“还有，敌骑兵有多少，仔细观察一下。”

“好！”吕叔奋副舰长的视力很好，他忙举望远镜向枪声密集的方位观察。

夜幕下，日骑兵大队由松下定造少佐亲自指挥，顺江而上直追韩长福他们，不知为什么追着追着中国军队不见了，却看见江面上有一艘中国军舰。松下定造少佐忙举起电台受话器：“681，681，在我前方江面上，有一艘中国军舰正在向我炮击！”

日军战舰编号为681，实际它是日军第三舰队的一艘不足700吨的小铁木混合舰，跟681号舰同型号的682号舰被日本海军称为兄弟舰。早在3月初，681、682号兄弟舰炮击我岸炮阵地，中山舰正好奉命协同作战，已经打过一次交道了。安庆下游的江面时常雾气沉沉。日军682号与681号一前一后企图偷袭锚泊江面的中山舰。其实中山舰是奉命引诱敌舰进入我重炮射击范围，让敌舰前进、后退都是死地！

“快，前面是中山舰，追上去！”日军682号军舰舰长石谷在呐喊，“全速前进，追！”

吕叔奋副舰长赶到尾甲板上时，炮手侯远捷报告说：“副舰长，敌人追上来了，你看！”

“别慌”，吕副舰长压制住有些激动的心情，两眼盯住敌舰，“速射！”

“明白！”侯远捷炮手回答。

当时中国海军最大舰炮口径是八英寸，这些八英寸的大炮安装在海圻号舰上，像中山舰与其他舰上的舰炮口径一般仅只六英寸。四英寸舰炮一般来自英国、德国、日本或俄国，射程有远有近。欧洲、日本的舰炮相比都是火力、机械操纵，有的巡洋舰还安装了火箭、火箭炮，而中国舰炮是将炮弹存放在炮弹舱

中，用人扛出来放在炮位上，一发发地使很大气力推进炮膛才能发射，不仅射速慢，而且射程近。中山舰上多为这样的炮，抗战爆发后，舰炮死角多，易遭敌机攻击，才装备了极少的高射机枪。驾驶、轮机方面国外多用机械或电力操纵，我们的中山舰与大多数中国舰艇一样都是人工操纵，与日军舰炮对舰炮的对抗，我军舰吃亏得多。所以海军部决定用海军重炮组成炮队，分布于沿江各战略要地隐蔽起来，让军舰将敌舰引入潜伏的岸炮射击范围攻击敌舰，这种战术往往收到一定效果。

敌682号军舰冲上来了，时速为13.5海里的中山舰八门主、副炮一下子都停射了，敌舰开足马力猛追，敌舰长说："中国舰炮炮弹奇缺，只能放几炮过过瘾，我们只管追！"

"打信号，我们已经进入安全区！"萨舰长命令。

信号兵向岸炮指挥官打出信号，顿时岸炮齐鸣。在一阵重炮的轰击下，日军682号军舰淹没在炮火之中，近30分钟后，又摇摇晃晃地从硝烟中驶出来了，前后甲板都是火焰，如同一条火龙在江面滚动。中山舰上的炮手们正发愣，有人高喊："舰长，给它几炮，准沉！"

"浪费炮弹！"萨舰长回头说，"敌舰马上就要爆炸！"

果然不到10分钟，江面火光一闪的同时轰隆隆一声敌682舰爆炸了，火光映红了半边天。日军水兵全部随舰葬身江底！

……

现在，敌人又一艘军舰上钩了，进门的狼是不能轻易放走的！萨师俊朝副舰长吕叔奋看了看问："怎么样，打两发引诱炮吧？"

吕副舰长微笑着点了点头说："骑兵呢？"

"应该说都跑不掉吧。"萨师俊说完将手放在炮管上，"给韩长福发信号！"

夜，江风习习。

中山舰发出的信号很快与韩长福队长他们联络上了。萨师俊看到空中的那两颗绿色信号弹，兴奋起来："吕老弟，韩队长他们切断了敌人的退路！"

"太妙了！"吕叔奋副舰长一拍大炮，"伙计，该作贡献了！"说完回过头，"鲁城中，向敌骑兵齐射！"

"是！"神炮手鲁城中回答，"各炮注意，覆盖射击，开炮！"

日军骑兵正在江边集中向江中眺望，四五个日军骑兵在向前搜索。日军松下定造少佐这时大声问："中尉，发现他们了吗？"

"没有。"

"向左前方沿江搜索……"

"轰……"炮弹在日军骑兵群中爆炸，顿时人喊马叫，乱成一片。松下大吃一惊，肝胆俱裂。

“快撤退，突出炮火区！”松下少佐声嘶力竭地狂叫着。

韩长福他们已经伏在日军退路的两侧，专等敌人从原路退回来。机枪手唐叔真一看有敌人退下来了，正要瞄准开火，韩长福一把按住他胳膊：“放走两个敌人也是跑不远的。你枪一响后面的敌人会跑。”

唐叔真一听很有道理，忙将机枪交给副手黄善峙：“注意敌人大队！”说完抓起一锋利的大刀向前奔去。

两个日军士兵正没命地往回跑，他们一前一后，就像互不认识一样。唐叔真跃上前追上两个敌人。这两个家伙并没有在意，以为是溃退的同伙，只顾埋头狂奔。唐叔真照跑在后面的敌人挥刀猛砍，只见寒光一闪，那个敌人的脑袋飞出去了，身子还往前跑了两步才咕咚一声栽倒在地上。

前面的敌人一听背后有响动，扭过头来，一把闪着寒光的大刀已经削到脖子上了。他还不知怎么回事，也来不及喊叫，就身首异处了。

“哒哒哒”，机枪响了，唐叔真飞快地猫腰赶回阵地，弟兄们争先恐后地向溃退的敌人投弹射击。手雷、手榴弹、炸药包在敌群中开花，被炸飞的战马与炸成肉块的敌尸在空中横飞。

“杀进去！”韩长福命令。

这时中山舰上乘舢板赶到的一路人马，也从江边呐喊着杀过来。

韩长福看到萨师俊舰长的援兵到了，信心大增。他明白聚歼敌骑兵的时机不能错过，而且要速战速决，在敌增援部队到之前歼灭敌人骑兵。

日军松下少佐吃力地从地上爬起来，一看身边只有三四个士兵，吼道：“人呢？人呢？”

一名少尉跑过来：“报告少佐，大部分阵亡，还有一小部人都跑散了。”

“给我把电台找来！”松下少佐握着战刀，气呼呼地说，“电台也死了？”

“报告少佐，电台被炮火炸毁！”一个日军士兵忙说。

“杀开一条血路，突出去，给我突出去！”松下少佐瞪着血红的眼睛，“杀开一条血路，掩护我突出去！”

“长官，前后都是中国部队……”

“跟着我，突围！”松下命令，他自己向枪声最弱的地方窜去。

中国海军陆战队韩长福他们的几挺机枪，将敌人的溃逃道路堵住。不知是谁在左右又使上了冲锋枪，打得溃逃的日军都伏在地上，借助有利的地形地物进行反击。韩长福从掩体中抬起头，忽见机枪手唐叔真不知什么时候已经跃进到敌人一挺机枪后面，正猫着腰朝上冲。

“注意隐蔽！”韩长福叫着。

唐叔真没有听到队长的话，他伏在距离敌机枪阵地背后仅只几十米的小沙坑中，发现敌机枪阵地背后的敌人正在脱衣服，几个家伙在拧手榴弹的保险盖，看样子他们是要拼死杀开一条血路突围了。唐叔真忙从口袋里摸出四颗手雷拧开保险盖，对着日军那一堆突围的家伙,猛地投了过去。

“杀!”唐叔真又用机枪扫射着从硝烟中逃出的敌人，打得正上劲儿，一颗子弹击中他右小腿，他支持不住倒下了。他正要爬起来，一个日军骑兵举着战刀冲过来了。从那个家伙的疯狂劲儿，可以看出恨不得把他碎尸万段。唐叔真举枪扣动扳机，但枪中没有子弹了。

“嘿……”日军举刀吼叫着猛扑上来。

唐叔真在敌人的战刀就要捅进他胸部的一瞬间，就地一滚，避开敌人的一击，敌人的战刀一下子插到地上泥土里。敌人正要拔出刀来，唐叔真不知哪儿来的一股狠劲，举枪向敌人砸过去，把那个敌人砸得晕头转向，他趁机扑了上去，用匕首狠狠扎进了敌人右胸。敌人也很顽固，在两处重伤的情况下，双手死死抱住唐叔真。唐叔真顿感那个敌人力大如牛，若僵持下去敌人来了援兵，自己肯定会吃亏。他用头狠狠朝敌人脸上撞去，敌人“哎哟”一声双手一松，唐叔真从敌右胸拔出匕首，再刺向敌左胸!

干掉了这个敌人，四五个日军包围上来了，他们号叫着不知在喊叫什么。唐叔真的伤腿已经站不起来了，他抱住炸药包，等待着日军到来。狡猾的日军举枪扫射不敢前进，唐叔真阵亡在敌人的乱弹之中……

韩长福从掩体中跑到唐叔真阵亡的沙坑里时，日军已经失去了抵抗力。从中山舰上赶来支援的海军陆战队弟兄，押着日军少佐松下走来了。他用汉语一个劲地声明他要求见战地最高指挥官，声称有重要情报报告，请求免他一死。两个战士押着他走到韩长福跟前时，松下猛地扑上来企图抱住韩长福，腹部的军服下冒出一股黑烟。

“打!”一个战士从背后举枪砸向松下的脑袋，松下扑倒在地上，韩长福就地一滚冲出去好几米，松下少佐腹部隐蔽的炸弹爆炸了……

“撤!”韩长福命令。

韩长福的敢死队在敌波田司令部大闹一场后，又在江边歼灭了敌骑兵。他们乘小艇登上了中山舰。夜幕中他们在中山舰甲板上兴奋地欢庆胜利。

六十三、敌空军的罪恶

1938年10月23日上午，武汉地区的气候出奇地闷热。中山舰舰长萨师俊走出舰舱，向空中望望，双眉微皱，沉思着缓步向舰首走去。站在甲板上的副舰长吕叔奋见状，紧走几步，来到舰长身边。舰长只是看了他一眼，仍未言语。吕叔奋知道一定有事，便开口低声问："舰长，有敌情吗？"

"刚刚得到情报，今天上午敌人可能出动大批飞机，轰炸我长江里的舰船"，萨师俊沉声说，"而我舰必须将一批弹药按时送到总司令部指定的地点。"

吕叔奋心里顿感沉甸甸的：万一遭到敌大批轰炸机攻击，中山舰如何能承受得了？

"更为困难的是我们没有岸炮的帮助。"萨师俊似乎是自言自语。

萨师俊的话唤醒了吕叔奋的回忆，6月21日，日军10艘炮艇向我马当炮台攻击，被我岸炮击沉三艘；6月25日，失败的日军再用巡洋舰、驱逐舰向马当攻击，又是我岸炮将敌巡洋舰击成重伤；7月15日，以民族英雄文天祥的名字命名的快艇，在岸炮火力支援下，突袭敌舰队成功。从这些战绩足见岸炮在支援舰船作战中所起的重大作用。

"我们所在这段长江水域，两岸没有炮兵阵地"，吕叔奋不无遗憾地说，"我楚同、楚谦、勇胜几艘小舰，也是敌人的攻击目标，今天的形势对我们极为不利！"

"拼他个你死我活！"萨师俊语气很坚定，字字落地有声，"有人请我到福建去做地方官，说那里比军队安全。前些时甚至已任命我为鄱阳湖警备司令。国家兴亡，匹夫有责，在这抗日的关键时刻，我岂能只顾自己的安乐，逃离一线？再大的官我也绝不会去的！再者，我们努力奋战还有另一个目的，就是要国人知道，我国需要海军，只有拥有强大的海军才会有真正的国泰民安！"说完萨师俊长长地叹口气，"可惜，了解这些情况的人太少了，特别是那些身居要职却只知争权夺利的人和一些酒囊饭袋们，根本不把国家大事放在心里！"

"报告舰长，前面出现敌机12架！"一个瞭望兵报告，"正从东北方向快速过来！"

"拉防空警报！"萨师俊马上命令，"机枪全部集中到舰的中部，集中火力攻击敌人轰炸机!”

“是!”传令兵转身离去。

“舰长，舰长”，炮官韩长福的声音急促且满含焦虑，“你们看，前面有艘客轮正向上游行驶!”

听到炮官韩长福的喊声，萨师俊急忙举起德造高倍望远镜，只见该轮上下的舱里密密麻麻挤满了人，就连客轮的两边都趴满了一个个急于逃生的难民。

“快，告诉客轮敌机来了，要他们迅速向我们靠近!”萨师俊命令。旗语兵打出了向军舰靠拢的旗语。

“机枪，炮火准备掩护客轮!”萨师俊舰长又下了一道命令。

战舰快速靠向客轮。逆水而上的客轮由于超载过多，在江心吼着，行动却犹如老牛拖破车般缓慢。船长马德华焦虑万分，坐立不安，来到客轮顶部向东北方位看，却看到了云层中不断移动的、越来越清楚的黑点。他更加着急了，立即命令:“会游泳的都到船两侧去，每人带一个不会游的快跳，敌机来了，敌机来了!”

“日本的飞机来了!”船舱更加乱了，慌乱的人们挤来挤去，有人开始跳下江;有的互相拥抱，呼天叫地;有的手足无措，面色苍白，呆立着任凭被推来彼此去……

船长马德华、大副康玉杰、副驾驶仲伯南都是水兵出身，各自从伤兵手中接过一挺机枪坐在船顶上，但每人只有几十发子弹。他们从不时相碰的眼神中都能了解另外两人焦急而又无奈的心情。客船在缓慢地向中山舰靠近。中山舰也在加速地向客轮赶。

日军轰炸机空中指挥官是大岛少佐。他们飞在5 000米的江面上空，薄薄的江雾掩盖不住他们黑狼般的轰炸机。这位侵略军中的小头目，一边命令机群顺江而上，寻找中国海军仅有的几艘战舰，一边命令担任掩护的战斗机中队南云大尉:“我们不需要你掩护，你们加快速度向宜昌江面搜索，寻找攻击目标!”

“明白，少佐阁下!”南云一推油门，零式战斗机快速跃升，很快就听到他的报告，“少佐阁下，正前方江面发现有舰船!”

“哦?!”大岛兴奋地急拉起机头，轰炸机越过一片云层后，他再推机头，轰炸机从云缝中钻了出来。此时大岛竭力睁大那对小眼向江面看去，少顷他通告，“南云，南云，江面有军舰，江面有军舰!”声音中带有明显的兴奋，犹如恶狼捕到食物。

“少佐阁下，有一艘正向上游运行的客轮，可能装有从武汉向宜昌溃败的中国军官!”南云报告。

“对”，大岛很同意南云的推测，他再次加大油门，轰炸机群跟着他直逼客轮，“各机长注意，下面是一艘满载中国军官的客轮，我们要赶在中国军舰对它形成火力保护之前，也就是要在30分钟内炸沉它！”

“执行命令！”众轰炸机机长异口同声地回答。

“南云，南云”，大岛又叫，“请回答，请回答。少佐呼叫，少佐呼叫！”

“少佐阁下，我是南云。我战斗机群正执行你向宜昌江面搜索目标的命令！”

“立即吸引中国军舰，掩护我们炸沉客轮！”大岛号叫着，“快！”

中山舰上，舰长萨师俊眼看日军轰炸机直扑客轮，焦急而又沉重的心提到了嗓子眼，他恨不得眨眼间将战舰开抵客轮跟前，用火力掩护客轮上的同胞撤离，用自己的生命去换取他们的生存。

“长官，敌人开始轰炸客轮！”炮官韩长福沉痛地大声报告。

虽然敌机不在舰炮火力攻击的范围，但眼看自己的同胞遭敌人的肆意摧残又如何能沉住气？萨师俊冒火的双眼怒视空中：“敌零式战斗机六架，注意攻击！”

舰上的官兵紧握着手中的武器，等待着打击日军零式战斗机的命令，但是突然间不知为什么战斗机顺江而上。萨师俊感到奇怪：敌人怎么会放弃攻击军舰呢？会不会是在耍什么阴谋？

一个个问号悬在萨师俊与他的官兵心中。

日军空中指挥官大岛少佐的确是只又刁又滑的老狼。就在他的轰炸机马上就要向客轮实施攻击的当口，他却突然改变零式战斗机的战术，在电台中命令：“南云，不要马上攻击，执行第202方案！”

“南云明白！”南云右手抓住操纵杆一拉，战斗机昂起机头从中山舰左前掠过，没有投下一枚炸弹，也没有对军舰进行扫射。

大岛少佐命令执行的202方案，就是他的轰炸机对江面目标展开攻击时，战斗机越过中山舰进入战舰左前方的上空，中山舰没有放松对敌机警戒的同时，仍在急切地向客轮驶援。中山舰的炮官韩长福向萨师俊舰长大声报告：“长官，敌机跑了！”

萨师俊没有回答炮官，他举起望远镜跟踪着敌战斗机。他没有忘记7月20日上午9点30分钟，日军27架轰炸、战斗机群直逼驻守岳阳的中国舰队。中山舰为葛店总指挥部运送炮弹刚刚返回，锚泊于江贞、民生两舰之间。正接受5艘小轮轮流送来的炮弹，准备在次日上午8点准时起锚，将满船的弹药又分送葛店、新洲等地。

随着“敌机，敌机！”的报告声，刺耳的防空汽笛声响起，萨师俊抬头向发出嗡嗡如同蚊虫叫声的方向看去，黑压压的机群已经清晰可见，眨眼间，它们就接近中山舰了。高炮与高射机枪阵地的对空打击与敌人的狂轰滥炸几乎是同时展开的。可忽然之间，敌机飞走了，副舰长吕叔奋报告：“舰长，敌人放弃了向我们的进攻!”

“敌人不会如此轻易放过我们的。”深知日军残暴的萨师俊摇摇头。敌机冲进了云层，当军舰上的官兵正在注意岸炮阵地之时，敌机却又从云缝中冒出，一个个俯冲下来的黑点霎时间进入军舰上空，不等舰上官兵反应过来，一枚炸弹“轰”地在中山舰左后方炸起几丈高的水柱。

“打!”萨师俊话音刚落，一阵急袭的弹雨倾泻，敌机拉起“呼”地作回旋平飞，又向江贞、民生两舰攻击……

见敌机要着花招向我舰队攻击，怒火满腔的萨师俊抱起一挺机枪大喊:“韩长福，跟我来!”

“是!”炮官韩长福也抓起一挺机枪，对二炮手说，“严文焕，顶替我的炮位，快!”

太阳从云缝中射出一道道强烈刺眼的光环，被滚滚硝烟遮住。残酷的炸弹片击破一艘艘战舰的舰体，打死打伤一个个中国海军官兵。

韩长福赶到舰顶上时，只见先到的舰长萨师俊，机枪官傅欲初、吴鲜明、龙水生已各抱一挺机枪组成了一道火力网，封锁着敌机向中山舰轰炸的航道。愤怒的机枪声与敌机的低空狂叫声交织着，形成巨大的轰鸣震动着战舰。韩长福刚冲到弹药手跟前，便见到四架敌机并列从舰尾向舰首冲过来。

“舰长，你快走!”韩长福抓住萨师俊的右胳膊，“敌机来了，敌机来了，舰上不能没有你!”

“哒哒哒……”第一组两架日军战斗机冲过中山舰上空时，向舰顶上反击的中国官兵扫来一串串密集的子弹，打得甲板上火花直冒。机枪手刘超潜中弹倒在甲板上，鲜血湿透了他的军衣，染红了他深爱的舰船……

“快，刘超潜负伤了!”韩长福一边怀抱机枪追扫着敌机，一边为受伤的战友担忧。

“机枪，给……给我……枪!”激烈的枪炮声将刘超潜从昏迷中震醒过来，他的第一个反应就是要枪打击敌人。

“快，把刘超潜抬下去，包扎伤口!”萨师俊舰长万分痛惜地看着浑身是血仍不愿下战场的刘超潜，这时已有救护员在为他包扎。

“谁敢要我下去?!我死也要在前线!”刘超潜拔出手榴弹，手指钩住导火索，“枪，给我机枪打敌人!”

没有谁给他机枪，但大家都用敬佩的目光盯住刘超潜。

“把枪还给我，让我打敌人!”刘超潜挣扎着坐在甲板上叫。

“好老弟”，萨师俊舰长奔过来，拖住刘超潜，“养好伤再打，我命令你下去，我们都等着你回来!”

“你……你不能让我躲起来！”刘超潜推开萨师俊，“我打！”

“超潜老弟”，萨师俊见刘超潜如此坚决，心中万分感动，不由得声音已有些哽咽，深情地说，“感谢你！”

敌空中指挥官大岛少佐见中山舰、江贞、民生各舰及其岸炮火力极其猛烈，慌忙拉起飞机进入云层中，思索片刻后，他觉得与其分散火力四处打，最后一无所获，不如集中火力打出效果。于是他对所率领26架战斗机、轰炸机命令：“各机长注意”，他语气凶狠，“集中攻击江贞、民生两舰！”

“报告长官，我们的重点目标中山舰出现！”一个日军驾驶员向大岛少佐报告。

“第六中队攻击中山舰！”大岛少佐命令。

“是！”日军第六轰炸机中队长松下一雄上尉回答完，推下机头向中山舰冲去。

大岛少佐求功心切，拉起飞机在3 000米处督战战斗机、轰炸机攻击。

7月19日，也就是前一天夜里，睡梦中的大岛少佐被通信兵喊醒，赶到战区指挥部时，空军基地作战参谋部副参谋长中野中佐异常热情地接待了他，以少有的温和语气说：“少佐的机遇到来了！”

“机遇？”大岛少佐不解地问。

“据我空军反复侦察证实，中国海军有一支舰队隐蔽在湖南岳阳水域。基地指挥部命令我，明天上午前往围歼！”中野中佐的声音中透出杀机。

大岛少佐接受了任务，连夜制订攻击方案。

今天，大岛少佐刚出现在岳阳东南方向，就受到地面炮火与舰队炮火包围攻击。大岛明白将有一场激战，中国人绝不会轻易放弃反击。事实上，中国人不要说放弃反击，就是略为减弱反击，也就意味着束手待毙，因为武器装备程度太差。但不论怎么说，对方顽强的反击对自己这方来说总是一个极大的威胁，于是大岛只隐蔽在云中指挥，不作亲自攻击。

“松下一雄上尉负伤，飞机右发动机被击中起火，请求返航！”

大岛忙向第六中队所在区域观察，松下一雄上尉驾驶的轰炸机在空中已燃起大火。就在大岛同意松下上尉立即返航的话音未落之际，上尉的飞机在一声巨响后，分解成碎片飘向大地。

是夜，中山舰舰长萨师俊召集全舰官兵，在硝烟尚未散尽的甲板上，沉重地向全舰官兵说：“弟兄们，今天，在27架敌机的空袭血战中，我江贞、民生两舰被炸搁浅，官兵伤亡34人之多。在国家生死存亡的时刻，作为龙的传人、炎黄子孙，尤其是我们军人当以身殉国，遗嘱已立，个人生死祸福置之度外。此后，唯有一腔热血与侵略者周旋血战！”

“为国而死！”众官兵挥拳表态，情绪激昂。

看到全舰官兵士气高昂，热血沸腾，萨师俊舰长精神更加激奋：“弟兄们，我代表国家首先谢谢你们！”

“跟着长官，为国家而战！”众官兵又异口同声呐喊，这喊声传得很远很远，震撼人心。

……

回忆着岳阳血战，看着眼前敌人的刁滑、猖狂，官兵们义愤填膺，他们同仇敌忾，反击敌人的火力更猛了，手中的机枪管打红了，换一杆枪又接着打！

“长官，你看！”韩长福急切地呼叫，“客轮，客轮……”

跟着韩长福的手势，大家看到毫无反抗能力的客轮在日机丧心病狂的狂轰滥炸之下解体了，手无寸铁的百姓们纷纷落入江中，然而可恶的敌机还不放过在水中挣扎的中国人，它们几乎贴着江面用飞机上的机枪向水中的人们扫射，江面泛起一片又一片的鲜血，霎时间这里的江水变成了触目惊心的红色！

“开足马力，开足马力！”尽管知道自己的舰早已是用最快的速度在向客轮靠近，再喊也是无益的，可萨师俊舰长还是忍不住一再下令，“全力向沉没的客轮靠近，搭救落水的同胞！”

中山舰一边对空射击，一边向落难同胞驶去！

江水中，船长马德华怀抱着两个不满两岁的孩子，正吃力地向江岸游动。突然三枚炸弹在他右前方爆炸，巨大的水柱冲上天又狠狠地甩下来，汹涌的浪涛将船长怀里一个正挣扎的孩子冲走，随后，急流中的漩涡将孩子吸入，可怜的小生命甚至没来得及再喊一声就永远消失了。几位在水中挣扎的成年男女在大声呼叫，又一个恶狠狠的浪头将他们也吞没了。

马德华船长愤怒至极，他咆哮着骂着日本侵略军。一架敌机从他后上方高速俯冲下来，对着水中扫来一串串罪恶的子弹，马德华船长背部中弹，鲜血染红了江水，他挣扎着将孩子推给了左侧的大副：“救孩子！”这是一位中国船长留在人世的最后一句话。

大副刚一把抓住孩子，正准备去抓船长，敌机又一轮反复扫射过来，大副头部中弹，怀中挣扎的孩子和大副一同被江水卷走……

中山舰上，萨师俊舰长举着望远镜看到了这一切，他的双眼由于愤怒变得血红，他不停地吼叫：“恶狼，罪恶，这仇一定要报！”

六十四、噩梦来临

第二天上午9点，楚谦舰副舰长莫兰国，楚同舰副舰长牛历山，勇胜舰副舰长求法语，湖隼舰副舰长晋显海都奉命来到了中山舰，因为是非常时期，大家都无心谈笑，相互间只是稍事寒暄便静静坐着，海军部少将副参谋长吕克赫一看该到的都已到了，从座位上站起来，环扫众军官用加重的语气说："今天，我请各位来，是要传达司令官的命令！"

众舰长一听就知道这个"司令"是指上将海军司令陈绍宽，每个人都绷紧神经，聚精会神地听着。舰长们不能忘记，去年（指1937年）8月，舟山群岛、长江口外，还有那浩荡的黄海水域，拥挤着日本帝国侵略军的第二、第三两个海军舰队。此外，还有日本皇家空军的第一、第二航空队的航空母舰，他们的战列舰、巡洋舰、驱逐舰上的膏药旗在江面飘动，中国海军官兵看了感到撕肝裂肺的痛苦。这些侵略强盗的目的是对中国三军进行毁灭性打击。当时中国三军司令部收到的情报是：日本海空军的第一个目标，是用10小时或更少的时间消灭中国海军！那天晚上，也是少将吕克赫向大家传达了日军的阴谋。萨师俊得知后心急火燎地赶到海军司令部，找到海军司令部少将作战参谋主任，他的老师洪剑峰，以恳切的语气说："老师，请求你同意，让我担任海军海上敢死队队长，我一定要小鬼子领教一下中国人的力量，以解心头之恨！"

洪剑峰静静地听着，带有明显赞赏之意的目光一直没有离开眼前这位血气方刚的学生，眼睛甚至眨都没眨一下。洪剑峰清楚地记得，自己任中国海军烟台海军学堂副校长的那一年，迎来了该校第八届学生。报到的那天，教务主任吕克赫领着一个很精神的新生走过来，他的手在学生的头上抚摸着，满面笑容地对他说："你看这位小同学是谁？"

洪副校长愣了下走上前说："是我认识的朋友的孩子？"说着认真端详着新同学。

"他是萨镇冰将军的侄孙，叫萨师俊！"

"啊，欢迎欢迎！"副校长洪剑峰握住萨师俊的手，"如果我没记错的话，你哥哥已经考入江南水师学堂！"

"是的"，萨师俊笑眯眯地回答，"我弟弟明年也准备考海军，他想考船政

学堂。”

“兄弟三人同服务于海军，都成海军之家了，好！”洪副校长很高兴地边说着，边领着萨师俊向办公室走，又用充满鼓励关心的口吻说，“好好干，有什么困难直接找我。”

在良师益友的关心教育中，聪颖好学的萨师俊经过系统学习，以优异成绩毕业，被分配到海军舰队，历任三副、副舰长、舰长、海军第一舰队参谋长等职。有一次洪副校长巡视他所在的军舰时说：“海军靠青年一代，现在日本海军在拼命扩充，我们要有充分的思想准备啊！”

萨师俊睁大明亮的眼睛，表情严肃地点点头。

抗战前夕，萨师俊被召到海军舰长作战部，又是老师洪剑峰亲自找他谈话，任命他为中山舰舰长。萨师俊一贯喜爱研究海军历史，对永丰舰为纪念孙中山先生而更名为中山舰的历史及其政治意义极其清楚，他决心率领中山舰为保卫中国海域而战！洪剑峰一直为有这样的学生而自豪！

现在，真正用行动来保卫国家的时刻到了。洪剑峰身为少将作战参谋主任，既兴奋也担忧，对萨师俊说：“你了解日本人的战略意图吗？”

“报告校长”，萨师俊习惯地称道，“据我了解，日本人的整体计划是，攻占京津后，控制整个华北的政治、经济，然后从陆路调集六个师团的兵力，在空军四个团的掩护下，沿铁路线南下，攻占通往华中的各个城市，最终攻占华中的中心城市武汉，以城市为中心又控制城乡！”

“嗯，看得正确！”洪剑峰点头，“日本人若能征服我铁路沿线守军，他们再下一步计划是什么？”

又一个问号摆在萨师俊眼前。

“校长，日本人在沿铁路线直逼我华中武汉的同时，又会发挥其海上军事力量，沿长江直逼华中，他们攻占上海后将集中陆海空军溯江西犯，进窜南京，迫使我政府在古都城下屈服，然后在武汉与北路向南攻击的部队会合，最终灭亡我中华！”萨师俊回答，看来他对此颇有研究。

听着萨师俊一板一眼的分析，看着他那自信的神态，洪剑峰少将更加坚信这位性格倔强、为人正直的学生是块经得起狂风暴雨的材料。

“萨师俊”，洪剑峰说，“你堂祖父萨镇冰将军是我国近代海军的名将，老将军率领我国海军多次与日本海军较量，我们也有惨痛的教训啊！”

“校长，我研究过北洋海军史，早在我海军位居世界八强之列时，日本人排名是第11。日俄战争时，日本海军跃居第7位。华盛顿会议时，日本海军实力又猛扩大到居世界三强之列。我们现在与日本海军实力相比，只是1比20。我宁海、平海、逸仙、应瑞四舰主力的总吨位，还不及日人巡洋舰出云号，在这样实力不平衡的战况下，我们军人只有凭智与勇才能给敌人沉重打击！”萨师俊说完两眼平视对方，他在等待老上司的回答。

洪剑峰面对成熟而又能深思熟虑的下级无比兴奋，但没有表现在脸上，他极力使自己的表情一如既往，用低沉而又有力的声音问：“你的想法是组成一支海上敢死队，炸小鬼子的军舰？”

“对”，萨师俊说，“凭实力我们海军暂时是打不败日本舰队的，但是我们的志气不败，我有信心用小艇炸沉敌人的大军舰！”

“我们研究过组成快艇敢死队冲进敌人军舰中，拼个鱼死网破，但现在不是时候，现在你们中山舰担任军需补给任务。必要时我会命令你赶往最需要你的战区！”洪剑峰的语气毫无商量余地。

萨师俊接受运输军械补给的任务，中山舰冒着敌机的密集轰炸穿梭在长江水域之中。

战炮轰击，战机狂叫，战舰对射，中国海军在海上与敌争锋的兵力显然不够，只好暂作防御战。中山舰满载大批水雷交给兄弟舰，这些水雷将淞沪一带的港汊江河全部隐蔽封锁，令日军第三舰队不得不逆流内犯。与此同时，中国海军开始运用一种古老战术，那就是用训练舰船来阻止敌舰。

一天晚上，萨师俊来到海军作战部，洪剑峰主任给他下达的任务是：“阻塞董家渡！”

第二天清早，萨师俊就到了董家渡，战区指挥官海军练习司令王寿延走上中山舰，对萨师俊命令：“明天（8 月 14 日），你将普安号拖至董家渡航道中心下锚，沉舰阻塞航道，迟滞日本军舰进入！”

前沿阻塞线是董家渡，大型运输舰普安号作为第一艘阻塞舰空舱降旗，由中山舰拖着进入指定航道，在预定地点普安号被打开海底阀注水，舰体缓缓沉入水中，萨师俊率中山舰全体官兵与沿岸官兵一同，心情沉重地向勇于献身的普安舰敬礼。一时间，很多海军官兵流下泪水，泪水里含着对日本侵略者的痛恨，更含着对自己的祖国海军强大，三军有力，国泰民安的强烈希望！不久，中山舰又协同上海市警察局水上巡逻总队，将富阳、中兴等 11 艘商船和 4 艘铁驳先后沉入 16 铺阻止日舰；有 6 艘滞留在日清轮船码头的日本商船，也由中山舰协同沉入江南造船所附近，中山舰与兄弟舰一起努力，终于形成了黄浦江口阻止敌舰进犯的三道“横江铁索”。

16 日（指 1937 年 8 月）上午，中山舰将鱼雷送到中国海军江阴江防司令部快艇大队。大队长安其邦特意到中山舰向萨师俊舰长敬礼感谢。萨师俊上前几步双手搭在上尉的肩头说：“此行杀进敌营，本舰长赠你一句：军人以身殉国，生死祸福置之度外，唯有一腔热血与敌周旋！”

安其邦大队长再次举手敬礼，庄严地说：“长官，我全大队官兵记住您的赠言！”

“我的好兄弟，祝你成功！”萨师俊回礼说。

是夜，安其邦指挥的两艘英式快艇，装载着萨师俊指挥的中山舰送来的鱼雷、水雷，装载着中山舰与中国海军的企盼，在夜色的掩护下悄悄驶向敌舰。

黄浦江中锚泊着英、法、意等国军舰多艘。安其邦率英式快艇从新龙华出发，绕过三道舰船封锁线，紧贴着英、法、意、美等舰一侧隐蔽前进，对日舰实施毁灭性攻击！

抗战爆发前，冯玉祥等经过周密研究，决定在江阴构筑一道坚固的“江水长城”，这就是要在江阴以船、水雷形成阻塞线，以擒获日军滞留在武汉江面的第十一舰队。不料，这个绝密作战内幕被行政秘书黄浚泄露给了日军。日军第十一舰队侥幸逃走。时任战区司令的冯玉祥将军，海军司令官陈绍宽将军不解，研究这一战略的只有他俩与秘书黄浚。冯玉祥亲自审问黄浚，黄浚坦白交代了自己的罪行。盛怒中的冯玉祥将军拔出手枪亲自击毙了这个无耻的民族败类！

由于黄浚泄密，使中国三军处于被动地位，中山舰奉命护送刚从英国参加英王乔治六世的加冕典礼归国的海军总司令陈绍宽，到江阴一线指挥。

江阴前线，陈绍宽命令 20 艘商轮，八艘旧军舰，从江阴南北沉船封江，又用水雷再加一道防线。中山舰就在这一战区护送陈司令督江指挥。一天，海军部次长兼第一舰队司令陈季良将军对中山舰慷慨陈词：“军人当忠于职守，勇于作战，以身报国。陆军战场，军人要有马革裹尸之雄心；而海上战区，海军要有葬身鱼腹之壮志……”

萨师俊两眼深情地紧盯住陈季良司令。萨师俊早知道陈季良司令，就是 1918 年在黑龙江庙街，敢于反日军武装干涉苏联，而以军火支援苏军抗日的名将陈世英，听着这位老抗日夙将临危受命的陈词，更是热血沸腾！

江阴血战拉开！日军集中 76 艘战舰，300 多架战斗机、轰炸机窜犯江阴！中山舰满载军械直奔江阴，平海舰舰长高宪申腰部中弹，宁波舰舰长陈宏泰左腿炸伤，陈季良将军负伤，陆军第十五军团长刘兴、第二舰队司令曾以鼎接替指挥。上海失守后江阴才落入敌手。这一期间中山舰往返前线多次，给激战中的中国各艘战舰补充弹药……

由于兵力、装备等诸多因素，马江、湖口、马当等地相继失守，武汉告急，在武汉构建拦江封锁线已经是力不从心了。华中腹地武汉处于敌人多方攻击圈中，长官陈绍宽立即派出各位将校亲赴各战舰，传达他的命令，督师最后一线！

“中国海军的战将们”，吕克赫少将综述完战况以及敌我兵力态势后，极其激昂而又悲痛地说，“我们今天从武汉撤退了，但是我们是会回来的，夺回武汉

只是时间问题!”

“我们一定打回来!”众舰长异口同声地举手向长官发誓。

吕克赫少将饱含深情的目光环扫众校尉，默默地点头向各位表示敬意!

“据可靠情报”，吕克赫将军说，“日军空军轰炸机300余架，今天将顺长江而上攻击我撤出武汉的各路军民。海军部命令各舰，为掩护水路撤往重庆、宜昌、恩施的部队、民众，拼死血战!”

“是!”校尉们又异口同声地回答。

“萨舰长”，吕克赫开始点名。

“到!”萨师俊迈出一步出列。

“中山舰在撤退途中担任后卫，注意掩护楚谦、楚同、勇胜、湖隼舰的安全!”

“坚决执行命令!”

吕克赫少将指定掩护的几艘战舰，舰炮火力有限，但装有海军的重要物资与大批伤病员。萨师俊对这些情况了如指掌，他顿感责任重大。

“敌人的中心目的是炸沉我们舰，请各位舰长做好再一次血战的准备，争取安全撤达目的地!”吕克赫少将提高嗓门。

“敌机来了，敌机来了……”

“呜……”刺耳的防空警报声包围了中山舰，众校尉在刹那间冲出会议舱，向敌机出现方位遥望。

萨师俊赶到了自己的指挥岗位，四名机枪手各抱一挺机枪直奔舰顶，他叫住其中一位机枪手:“曾玉林，多背些子弹上舰顶，快!”

六十五、血染长江

日军空中指挥官大岛少佐驾驶战斗机，已经越过武汉近郊的凤凰山，当前面的六架轰炸机在侦察机引导下从5 000米进入3 000米时，轰炸机中队长多植大尉在电台中用气愤的语气说：“报告少佐，第二中队四架轰炸机，为什么绕开目标不进行攻击？”

“他们的任务是轰炸楚谦、楚同两舰，不要去关心别人”，少佐带着讥讽的语气，“注意寻找中山舰，一定要炸沉它！”

“多植明白！”大尉回答，忙将机头轻轻拉起，蹬左舵，轰炸机顺着长江直向上游寻找攻击目标。

昨天晚上，多植大尉走进少佐位于机塔右侧的办公室，大岛用调侃的语气说：“大尉先生，你看到了自己灿烂的未来吗？”

“大岛君”，多植不明白这位顶头上司的意思，不知道怎么回答好，讪讪笑着：“我倒是想有好的前途，不过，那还要靠你的提携。”

“明天，陆军对武汉进行攻击，你必须炸沉长江里中国海军的最后一艘核心军舰！”大岛少佐说着一指桌上的电报，“三军司令部电令，你必须炸沉中山舰，同时协同我们围歼其他几艘小舰！”

“葛店、新洲、赵家矶等地，中山舰与其他中国军舰协同，击毁我们19艘战舰！……”多植站在地图前，心里默默地回忆着。

地处长江下游的葛店，当时是中国海军司令部的所在地。故而日军想用舰队直逼武汉时，位于葛店水域的中国海军舰队理所当然成为日本三军攻击的主要目标。10月19日下午3时，多植奉命率七架轰炸机进入葛店与新洲之间的长江上空，飞在右前方的中尉海布突然在电台中大叫起来：“中国军舰正向我展开攻击！”

“炸，开炸！”多植命令。

海布中尉接到命令刚一推机头，又兴奋地报告：“发现中山舰，正在我机下左方！”

“中山舰是中国海军补给舰，炸沉它就截断了中国海军诸舰弹药补给，集中力量攻击，炸！”多植歇斯底里地叫着，“各机跟上，选中目标，攻击！”

海布中尉要抢头功，赶紧第一个向中山舰高速俯冲攻击，但是他刚临近中山舰上空，机尾部就中弹，紧接着两发炮弹击中飞机腹部，来不及投下炸弹，海布的飞机凌空爆炸，海布成为碎渣掉入江中。在各机投完机载炸弹后，多植率队悻悻无功返航。此役，多植受到严厉批评，同时也领教到中山舰官兵不怕死的民族风骨！

……

“报告少佐，中山舰正在磁矶山下的江面！”多植报告大岛，“请求攻击！”

“是！”大岛恶狠狠地一咬牙猛推机头，“跟上！”

中山舰上，炮官韩长福瞪圆着双眼向空中寻找打击目标的最佳位置，突闻背后抱着机枪的陈智海的声音：“敌机，右后方有敌机！”话音未落，他怀中的机枪咆哮开了，“哒哒”的声音顿时响成一片，一串串子弹纵射敌机。

时年仅只22岁的陈智海是杭州人，毕业于马尾海军学校航海班第六期，1936年毕业，今年9月才步入中山舰，手中这挺机枪是他随炮官韩长福血战敌骑兵时夺取的。今天他一见有敌机来袭，马上冲上舰首三寸炮位投入战斗。

敌机是借助云层作掩护接近中山舰空域的。在被舰机枪突袭的刹那间，日军大尉多植蹬左舵拉机头，飞机“唰”地上升欲溜进云层，一发炮弹紧跟着飞机，在机后仅仅四五十米处爆炸，闪出淡蓝色的火花映照着他的脸。多植惊恐地对着电台受话器命令：“长岛，攻击！”

“长岛明白！”少尉长岛回答的声音在多植耳边响起，多植两眼瞪着长岛的飞机。

在中国领土上空的日本侵略军轰炸机肆无忌惮地向下投着炸弹，他们还在寻找攻击的最佳角度。中山舰上，炮手、机枪手们紧张而又沉着地转动着炮口、枪口。炮手韩长福刚才向日机一连打出两发炮弹未命中，犹如给他心中那股愤怒之火浇上汽油，他忍不住咬牙骂了一句：“狗杂种！”

“填弹！”韩长福命令弹药手，同时发现一架日机正在云缝中作回旋，显然是在选择攻击时机。

瞄准具中敌机的投影像幽灵，出没无常。

“轰……”几架敌机投下的黑色炸弹，分别在中山舰前后左右爆炸，一股又一股江水被炸起水柱直冲硝烟中的空域，巨大的浪涛摇动着军舰。战舰在硝烟中向空中喷吐着火舌。

“魏行健负伤了！”有人呼叫。

魏行健这位出生于湖南衡阳的28岁汉子，与陈智海同校毕业。他于1934年毕业于航海专业，是一位很有培养前途的海军。1935年中国海军部送他进英国海军学校留学深造，今年5月走上中山舰，现在的职位是航海候补员，为了打击敌人，他主动充当炮官韩长福的二炮手。

魏行健从昏死中醒过来，两眼盯住陈智海，声音微弱地说：“你抱我干什么，快打敌人！”

“行健兄，你的左腿，左腿！”陈智海痛苦不堪。

魏行健这时才朝自己下半身看去，一个弟兄正奋力包扎的左大腿仍是血流如注，小腿不见了。这时他明白自己的小腿被炸飞了。魏行健摇摇头，脸上竭力保持平静地说：“没左腿了，不影响我打敌机，快把你手中那挺轻机枪给我使！”

“不行，你快躺下，救护队马上到！”

“好，你快去打小鬼子，我还好！”魏行健安慰陈智海。

等陈智海包扎好同伴伤口转过身去打击敌人，魏行健便拖着半条腿向舰首爬去，在他身后留下一条血路。这时他发现机枪手洪幼官，这位来自福建连江，毕业于马尾训练营的二等兵，两腿已经被日军的炸弹片切断，但他仍伏在甲板上瞪着血红的双眼对敌扫射。

突然，洪幼官手中的机枪哑了，他的头垂落在机枪后托上。“洪幼官，我的好兄弟！”魏行健在硝烟中呼叫。

魏行健右手抓住中山舰的护栏挣扎着站起来，背靠着护栏，靠右腿支撑着身子，从牺牲的战友洪幼官怀中拿起机枪，正要向一架从左前方向中山舰低空俯冲轰炸的日本轰炸机开火之时，中山舰被炸起的江浪掀动着向左右大幅度摇动。魏行健一下子摔倒，扑倒在甲板上，机枪也被甩到两个炮弹箱上。魏行健更加愤怒了，他拖着伤腿，又吃力地向机枪爬过去……

日军多植大尉是个穷凶极恶的家伙，三次向中山舰投弹没有命中，有些气急败坏。此时他快速拉起飞机，扭头向江中扫视，发现中山舰向空中打击的火力既狠又准，尽管如此他仍然立即一推机头，又要向中山舰发起第四次冲击，不料一串机枪子弹在他的机腹下打出一片火花，其中有一串子弹将他的左机翼打得火花四溅。他深知万一油箱被击中，后果不敢想象。

“我不能放过你！”多植号叫着，驾驶飞机由东向西顺江直上，在中山舰上空，他注意到舰首甲板上，有一挺机枪正跟踪追射他的飞机。

“川崎，川崎，你炸舰尾的那几门炮，我收拾舰首的火力！”多植命令少尉川崎。

“川崎明白！”

中山舰前甲板上，炮火正在对敌机反击。机枪手魏行健仍伏在空炮弹箱上对敌机纵扫，机枪副手陈有富扛着一箱子弹奔到魏行健跟前，“唰”地脱下被弹片撕成布条的军衣，伏地抱起魏行健那条血淋淋的腿，将伤口加压包扎，他想利用截断供血的方法来达到止血的目的。

“你疯了，疯了！”魏行健扭头用右腿蹬开陈有富，“都什么时候了，还有时间那么仔细地包扎?”

“魏兄，你的血会流干的。”陈有富焦急万分。

“别管我，别管我，快用那挺机枪打！”魏行健向陈有富一指。

“你……你再不包扎……”

“快打，快打，别管我！”

陈有富只好放弃给魏行健包扎伤口，赶到一挺机枪跟前，原来的那位机枪手洪幼官的头被日军的炸弹片削掉了，但那挺沾满鲜血的机枪还在机枪手怀中。其状惨不忍睹，陈有富抱起已经断气的洪幼官放进舰舱，又匆匆赶出来，提起机枪奔到魏行健右侧，持枪向敌机纵扫。两挺机枪齐射，将一架企图低空攻击的日机，赶进了一块云层。

“魏行健，左前方有敌机！”有人在喊。

魏行健这时因失血过多，已感头重脚轻，没有一丝力气，实在有些支持不住了，但他神志尚清醒，他力不从心地双手搭在机枪托把上微睁着双眼。

“打！”陈有富呼叫着向敌机开火，而那架从云中冒出来的敌机，猖狂地直扑中山舰，“快开火，行健快打！”

敌机从舰首低空俯冲过去，将一枚炸弹投进了舰首右侧的江中，“轰隆”一声，几十米高的水柱“哗啦啦”地倾泻在舰首甲板上，将前主炮位的几位炮手浑身淋得透湿。

陈有富多么急切地要打下敌机啊！但半晌未听到魏行健的声音，他心感不妙，扭头看时魏行健已倒在枪托下。陈有富心急如焚地扑过去，魏行健已经为抗击日军流尽了最后一滴血，霎时间复仇的怒火冲到了陈有富的脑门：“小鬼子，跟你们拼了，拼了！”

日军空中轰炸机中队长多植大尉，已经多次强行突破中山舰火力，对中山舰进行反复轰炸、扫射了。这时他从低空 1 500 米拉起，进入 3 000 米，又将航向 120 改变为 90，他注意到从磁矶山背后冲出来的轰炸机，正在围轰另外几艘从武汉水域撤出来的军舰、客轮。由于炮火、高射机枪火力的反击，这些战斗机、轰炸机要想集中炸沉中山舰还有相当大的困难，看来只有炸毁中山舰的主力炮，才有可能炸沉中山舰。

“多植，炸沉中山舰！”大岛少佐命令。

“多植明白！”他回答时蹬左机舵，向中山舰上空作迂回冲击。

大岛少佐拉起机头也准备亲自轰炸中山舰。

中山舰上，舰炮火力似乎显得有些单薄。机枪手陈有富这时也负伤了，他支撑着爬到舰首的韩长福炮官左后方，不知是谁又在大叫：“敌机，敌机！”

战舰上空硝烟滚滚，战舰甲板上更是烟雾弥漫，相距只几米都看不清对方的面孔，向空中寻找攻击目标亦是相当困难。中山舰上的官兵们，在极其困难的情况下，仍然打出一发发有效的炮弹、子弹，使敌机不敢贸然进入中山舰所在空域。中山舰，处于极端危险之中！

“各炮注意，机枪手们注意，重伤但能动的尽最大努力坚守作战位置，轻伤官兵寻找打击敌机的最佳位置，没负伤的注意补位，集中攻击敌机！”舰长萨师俊铿锵有力的声音响起，“掩护兄弟舰突出敌火力圈！”

“轰……”巨大的炸弹爆炸声淹没了舰长的声音，陈有富打出一串子弹正换弹夹时，军舰大幅度摇晃起来，他忙抓住炮座上的钢板站起，背靠军舰护栏，双手抱住机枪，对着一架正作高速俯冲的日机猛打。这架日机的驾驶员是日军大尉多植，此时他拼命想拉起飞机可已经来不及了，只好快速蹬右舵，飞机刚刚一偏机身，一串机枪子弹扫进了机舱盖，多植头部中弹，飞机摇晃着向长江坠去。陈有富乐了，但他也不幸中弹了，他怀抱机枪，背靠着军舰栏杆，没有倒下……

三等信号兵李炳麟目睹战友陈有富牺牲，愤怒的烈焰直冲脑门，他不顾枪林弹雨，从陈有富脚下抓起机枪就要扫。机炮兵张昌金冲上前，一把将他按倒，大喊：“敌机扫射！”同时扑在李炳麟身上，准备用自己的身体挡住射向战友的子弹。

“呜……”日军轰炸机发出魔鬼般的怪叫，带着一股阴风从低空扑向战舰，紧接着“哒哒哒”一阵急袭的重机枪子弹从机腹下吐出来，打在战舰甲板上“哗啦啦”响成一片。

“昌金兄，你伤着没有？”敌机刚飞过，李炳麟急切地推开张昌金翻起来。

张昌金站起来拉了拉被飞机旋风卷起的军衣，憨厚地一笑说：“没有”，说着收起笑意又道，“只有保存自己才能更有力地歼灭敌人。否则，不但打不到敌人，反把自己的命白赔进去了。”

“昌金兄，谢谢你！我……”李炳麟脸红了。

“快，敌机又来了！”张昌金打断对方的话，转过机枪口，“快，与高炮协同打击！”说完拉起李炳麟就向炮位跑。

一门瑞士造欧迪肯20厘米高射炮在舰首耸立着，炮长是炮官韩长福，张昌金很清楚高射炮在与机枪协同的情况下打击超低俯冲攻击的敌机命中率最高。

日军多植驾驶的轰炸机完蛋了。待目睹多植挣扎全过程的大岛少佐清醒过来，发现自己已一身冷汗，脊骨阵阵寒意。定定神后，一蹬左舵，飞机向磁矶山上空飞去，同时发出命令：“三中队攻击！”

“清水明白！”

侵入金口镇上空的日军清水中队长此刻位于中山舰左上空，他低头看到被硝烟笼罩的中山舰，正在艰难地作“S”形航行，嘴角泛起一丝狞笑。

“304，304与307协同向中山舰舰首轰炸！”清水命令。

“304明白！”

“307明白！”

无线电中传来两个日军轰炸机驾驶员的回答，随后他们各自驾驶飞机向中山舰正上空驰去。

“307，跟上！”304号日军飞行员龙吉叫着。

“307明白！”

两架轰炸机以空中一块乌云为掩护，恶狠狠地向中山舰偷偷靠拢。

中山舰舰首炮位，此刻怀抱机枪，身边放着满满一箱子弹的机炮官张昌金一直目不转睛地盯着中山舰上空，他犀利的目光透过烟雾看到一个黑点晃了一下又不见踪迹。起初，他认为自己是花了眼，突然，一个念头闪过，他打了个激灵，马上对李炳麟说：“注意，前方那块云中有狼！”

“你看清了？”李炳麟皱紧眉头，两眼盯住那块云疑惑地问，“我怎么没有看到什么？”

“云层里肯定有问题！”张昌金很决断地说，他抱起机枪站了起来。

李炳麟也跟着站了起来。

“敌机！”张昌金低声说，“那个黑点是敌机！”

两个黑蝇般的黑点从云缝中冒出来了。张昌金两眼盯住黑点咬着牙说：“炳麟老弟，你打右边的疯狗，我打左边的恶狼！”

“好！”李炳麟点点头，目光聚集，直盯右侧的敌机，“昌金兄，你注意安全！”

张昌金向关心他的战友报以一笑。

这时见习官周福增过来了：“敌机来了，敌机来了。炳麟兄，我当你的副手！”

“好！”李炳麟向张昌金左边靠了靠，“昌金兄，机枪协同高炮教训敌机的力量就大了。”

“对，绝不能让敌机把我们的舰打坏了。”张昌金边回答边向前立即卧倒，机枪口跟着敌机在转动。

“轰！”舰首的高炮打了一个点射，敌机立刻作躲避动作，其中一架立即拉起，与另一架没有改变航向的飞机分开，从左右两个方向继续下降高度向中山舰压下来。

张昌金分析敌机的行踪后冷冷一笑说：“你们看，敌机要耍花招！”

“两架分开飞，企图分散我们的火力，我们集中火力打先闯过来的龟孙子！”李炳麟骂着揭穿敌人的阴谋。

“周福增，我们谁死了，你都接着打！”张昌金说。

“二位放心，我周福增虽是见习官，但打敌人是只猛虎！”

“好样的！”张昌金与李炳麟同声称赞。

李炳麟是福建闽侯人，毕业于马尾海军训练营，时年 24 岁。见习官周福增是浙江常山人，马尾海军学校航海班第六期毕业后，今年 9 月在中山舰上服役，比李炳麟小两岁。自认识以来，张昌金和他们相处得很好，如同亲兄弟一般。今天同与日军作战，三人更是团结得如一人。

“张昌金、周福增、李炳麟，速到驾驶台来！”三位军人听到了舰长萨师俊的命令。

“是！”三人回答着向军舰驾驶台冲去。

机炮官康健乐（现在台湾）操纵驾驶台上的两门机关炮中的一门，接受了命令的张昌金、周福增、李炳麟三人操纵另一门，两门机关炮的威力将给敌人有力的打击。

“敌机从正面来了！”张昌金操纵着一门机关炮盯住敌机大声报告。

给张昌金当副手的李炳麟很快反应过来：“昌金兄，另外那只狼也来了！”

“放那只狼多活几分钟，我们先收拾正面这只！”张昌金说着向敌机瞄准。

“昌金兄，你看这两架飞机是怎么回事？”周福增两眼跟着敌机转，一边大声问。

张昌金仔细观察了敌机的行动后说：“敌机绕着我舰飞，第一圈距我们远，是侦察我舰动态，第二圈虽然近，但在我炮火射程之外，可见敌人了解我舰火力配备。”

“嗯，有道理。”周福增佩服地直点头，“看不出昌金兄还是个帅才呢。”

“打完这一仗昌金兄就要升大官了！”李炳麟笑着说。

“到那时可别忘了我们啰。”康健乐也打趣地说。

“我要是做了大官，首先买舰造艇，把海军壮大起来！”张昌金说着一拍机关炮，“各位，敌机来了！”

“送死来了。准备干吧！”李炳麟摩拳擦掌。

敌机分两个方向快速向中山舰的驾驶台扑过来了。张昌金从瞄准具中看到敌机身上那刺眼的膏药旗时，他扳动了机关炮，急袭的弹雨喷向敌机 304 号飞机。

“注意，跟上纵射！”张昌金叫着。

“轰，轰”，一架日军轰炸机从驾驶台上空掠过，扔下的两枚炸弹在舰首爆炸。

“打，跟上去！”张昌金自言自语着转动机关炮。

由于舰首几门炮的急袭，机枪的纵射对敌机构成了极大的威胁。敌机高速俯冲投弹后，就闪电般拉了起来，眨眼间冲进空中的那块云里面。

“304，307，304，307，向舰驾驶台攻击！”日军少佐大岛在空中命令。

敌机304与307再次向中山舰高速俯冲。由于害怕舰上火力，他们根本没有看准方位，匆忙扔下几颗炸弹就跑，没有击中中山舰，只是炸起数个几十米高的水柱而已。

“机枪，机枪扫射！”大岛少佐在电台中命令，“扫射驾驶台，扫射驾驶台！”

“报告阁下，中山舰在作蛇航回避，攻击效果不佳，请求战斗机攻击！”敌304号飞行员向大岛报告。

“304攻击，307掩护，我从舰尾吸引舰上火力！”大岛少佐没有松口，而是加紧催促，“炸沉中山舰，有特殊的意义！”

“304明白！”

“307明白！”

由于心里恐慌，此次攻击效果仍然和前几次相同，似乎炸弹离目标更远了些。

“看我的！”大岛恼极了，他口里骂骂咧咧，脚蹬右舵，飞机在他的操作下向中山舰尾部冲去，清水中队长紧跟其后。

李炳麟双目圆瞪，他看到有几架敌机向舰尾冲去，同时，刚才扫射驾驶台的两架敌机一前一后又压过来。舰尾的炮火开始纵射了，敌机仍向舰尾逼近。李炳麟有些沉不住气了：“我们打！”

“别急”，张昌金沉着冷静，“你们看，那两只狼正想偷袭我们呢。”

“想利用我们向舰尾敌机开火的机会偷袭我们，狗杂种！”周福增骂着。

“打！”见敌机已进入射程，张昌金一声大喝，狠狠扳动扳机，机关炮喷吐着火舌。但这次由于是大岛亲自带队，没有谁敢轻易离队，故敌机都顶着舰船机关炮射出的密集弹雨，死命往下钻，靠近中山舰。

“哒哒哒……”

“哒哒哒……”

舰对空、空对舰的攻击异常激烈。敌机扫来的罪恶子弹击中周福增的右大腿，顿时血流如注，周福增咬着牙继续为张昌金压弹。

“啊……”一声痛苦的惨叫声后，李炳麟手中的机关炮哑了。

张昌金扭头看到李炳麟又被康健乐抱着，头部鲜血如同水流般往外涌。

“康健乐，快把炳麟兄抱下去，敌机又来了！”敌机又开始俯冲了，张昌金大声叫道。

“为炳麟报仇！”来不及送走伤员，康健乐咆哮着向敌机反击。

“我来！”激烈的炮声将李炳麟从昏迷中震醒，他嘴里说着：“我来打！”就要扶着炮弹箱站起来，刚抬起上身又重重倒在周福增的伤腿下。

周福增忍着巨大的悲痛双手扶住李炳麟。此时两架日机又扫射过来了，张昌金叫着：“压弹，快压弹！”

当敌机再次掠过驾驶台上空后，驾驶台里火药味更浓了，呛人的烟雾也更浓了。周福增抱住李炳麟不放：“炳麟，炳麟兄……”

康健乐一边抓紧时间为李炳麟包扎伤口，一边注意着敌机动向。张昌金大叫：“军医，军医……”

老军医官赶过来了，李炳麟在周福增怀里脸色苍白，他瞪着双眼，嘴唇微微地颤抖，但说不出一个字。周福增对着他耳朵大声叫：“炳麟兄，我们为你报仇！”

“舰长，炳麟兄他……他……”周福增一见舰长萨师俊来了，赶紧报告，怀里仍抱着李炳麟。

萨师俊急忙弯下腰，双手托住重伤的李炳麟，看了看鲜血浸透了的绷带，眼睛转向军医官问：“还有办法吗？”

“报告舰长，李炳麟已经牺牲。”军医官沉痛地低声报告。

萨师俊轻轻放下李炳麟站起来，脱下军帽，垂下头：“炳麟老弟是中国军人，他在军舰上为中华民族而战死，他死得值，不愧是一名炎黄子孙，我们为有这样的弟兄高兴，为有这样的弟兄骄傲！”

“为李炳麟报仇！报仇！”周福增挥拳大呼。

“为李炳麟报仇！报仇！”众人吼着。

敌机没有停止攻击，清水中队长在大岛少佐的督战下，指挥304、307继续向中山舰驾驶台发起攻击，恶战越来越激烈。

萨师俊向正在调整航向的敌机看了看，扭头对康健乐说：“反击时，注意敌机的距离！”

“是！”康健乐回答。

“昌金老弟”，萨师俊对张昌金说，“你们要协同反击，不能让敌机炸毁舰的驾驶台！”

“是！”张昌金挺直身体回答。

“周福增”，萨师俊扭过身，“你的伤不轻，本应下火线……”

“舰长”，周福增打断舰长的话，“我死也要死在机关炮上，为炳麟兄报仇！”

萨师俊凝视着自己的部下，眼眶发热了，深情地举起手向他们敬了个礼。众官兵立即举手还礼……

敌机又向中山舰驾驶台冲过来了，张昌金与康健乐各自操纵着机关炮向敌机急袭，又一发子弹击中了正忙乎的周福增……

“昌金兄，我支援你们！”

张昌金寻声看到跑近前的二等兵陈永孝，一边射击，一边高兴地问：“你怎么来了？”

“舰长命令我支援你们！”

“快，替换康健乐！”张昌金说着。被硝烟熏得睁不开眼睛的康健乐，正吃力地揉着眼睛。

“健乐兄，我来！”陈永孝抓住机关炮向敌机射击。

1932年7月毕业于马尾海军训练营的陈永孝，时年仅25岁。离开福建闽侯家乡时，心里想的是当兵报国，平素练兵时他想的是养兵千日，用兵一时。现在国家用他的时候到了。眼看很多弟兄战死在眼前血流成河，陈永孝更是恨不得将一架架敌机全部击落！

敌机向驾驶台袭击一轮后拉起来，进入中山舰左侧舰炮射程外盘旋着，做下一轮攻击准备。

张昌金摸着打得发烫的机关炮管，对陈永孝说：“伙计，敌机马上又会俯冲了！”

“昌金兄，打左前方那架正作低空盘旋的家伙！”陈永孝说，“你看，来势比刚才还凶呢。”

“这帮狗强盗在田家镇、富池口都犯下了滔天罪行，今天在金口江面，我们得教训这群狼！”陈永孝咬着牙说。

9月4日中山舰就接到任务，向田家镇、富池口部队阵地急送一批弹药。中山舰不顾日军轰炸日夜兼程。

位于湖北境内的田家镇是长江边的战略重地，对岸是富池要塞，中国海军炮队与陆军炮队在这里建筑了一道坚固的防线。日军无力从正面突破中国军队防线，便改从广济包抄田家镇中国军队后方，他们还另派一路军队在武穴登陆吸引中国守军。9月中旬田家镇已三面被敌围困。中国陆军9师黄连长率全连弟兄为掩护大部队突围奋起反击，最后全连阵亡。中山舰官兵得到消息后受到极大的刺激，他们按期将弹药送达一线，得到弹药补充的中国57师官兵血战数日，击毙击伤日军第六师团3 000余众。中山舰，使陆军部队如虎添翼。

敌机的又一轮空袭开始了。

张昌金左右扫一眼，周福增伤后失血过多，脸色极为难看，但他仍为两门机关炮拼命压弹，康健乐挺立在战位上对张昌金说：“昌金兄，我要是战死了，请你告诉我家里，就说我是为国家战死的，没有当逃兵！”

“健乐兄，不赶走小鬼子，我们不能死！”张昌金说着看到两架敌机从右向左压过来，便提醒康健乐，“敌机，注意距离射击！”

“报告舰长，敌机向我舰首集中攻击，炮官韩长福阵亡！”江钊官三步并作两步，急急来到指挥台向萨师俊报告。

听说韩长福阵亡，萨师俊心往下一沉，匆匆向舰首赶去。

舰首，刚才日军轰炸机中队长清水率队向中山舰舰首攻击时，韩长福不幸中弹，机炮长林逸资闪电般从二炮手位置进入炮位，另一机炮长魏振基正在推弹入膛，同时命令赶到的三等信号兵江钊官：“快，进入二炮手位！”

“是！”江钊官迅速跃入二炮手位置。

魏振基向敌机瞄准攻击！

林逸资打得正起劲，两架避开炮火的日机从右侧低空炮火死角冲过来。林逸资跳下炮位抱起一挺捷克式轻机枪，对着敌机急袭过去，并大叫：“炮火急袭！”

“明白！”魏振基转动炮口。

敌中队长清水一见舰首炮火密集，只好懊丧地拉起机头向舰载机炮射程之外窜去，但他在无线电台中命令：“304，307，向舰首攻击！”

林逸资被敌机扫来的子弹打伤了，他用左手压住正流血的后背近臀部区域，鲜红的血液从指缝中冒了出来。打得枪管发红的机枪掉在他脚下的血泊中，冒起一股青烟，魏振基正打得激烈，没有办法去为战友包扎。恰在这时萨师俊舰长的勤务兵黄珠官赶来了，不等他张口魏振基就大声问：“小老弟，舰长有什么命令？”

“机炮长，舰长命令轻重机枪协同好，不能让敌机毁坏我舰首机炮！”黄珠官一口气传达完命令。

“请转告舰长，我魏振基只要还有一口气，就不会便宜小日本鬼子！”魏振基说完手一指，“小老弟，快帮林逸资机炮长包扎伤口！”

黄珠官顺着魏振基手指方向望去，只见林逸资背靠着炮弹箱，脚下一摊看了让人心寒的鲜血，但他还是双手抱住机枪在对空射击。

“机炮长，我来给你包扎伤口！”黄珠官几步冲上去抱住林逸资。

“快，打敌机！”林逸资指了一下左后方那挺阵亡的战友胸前的机枪，“快，有几架敌机来了。”

“我先帮你包完伤口后再打！”黄珠官急了。

“都什么时候了，快打敌人！”林逸资瞪住黄珠官。

黄珠官忍住满眶热泪，抓起机枪就要扫。可就在他抓机枪时，却一眼看到倒在血泊中的机炮上士王兆祥。他忙奔过去抱住王兆祥大声喊起来：“兆祥哥，你不能死！”

实际上王兆祥还没有死亡，刚才是昏迷了。在黄珠官的呼唤声和摇晃下，他慢慢苏醒过来，睁开眼睛。强烈的爱国之心和对敌人的愤怒支撑着他吃力地支起身子：“珠官，快……快把我扶起来，让我用最后一口气打……打……鬼子！”

“你伤成这个样子，我来打！”黄珠官从他手中夺过机枪，“快给我，你坐着帮我压子弹！”

王兆祥服从了，他坐在血水中时，黄珠官的机枪已经“哒哒”地响了。

日军中队长清水不敢接近军舰，只是命令部下：“304，304，打掉舰首两挺移动机枪火力！”

敌304号轰炸机不想服从命令，但他绝对不敢反抗，于是他做攻击的架势，实际上大部分时间还是在射程外盘旋。这时309号飞行员平泽压下机头避开舰首正面火力进入炮火死角，从左侧寻找攻击机会，并在电台中呼叫：“304，304，掩护309进攻！”

“304明白，304明白！”

平泽转过机头，又在电台中呼叫：“307，307，你与304同时掩护我攻击！”

“307明白，307明白！”

驾驶轰炸机的平泽得意了，他轻轻压了机头，飞机在3 000米高空从中山舰上空掠过，他看到正向自己扫射的两挺机枪在作移动攻击，轰炸机对付舰炮火力的最有效方法，就是找到炮火死角，而手提轻机枪非常灵活，虽然杀伤力有限，但子弹密集，只要有一发子弹击中飞机油箱就会机毁人亡。对这一点，平泽是很清楚的，提起那次的交战，他还心有余悸。那是在田家镇日军与中国地面部队较量时，在水面日军出动96艘战舰溯江西上，几百门舰炮轰击田家镇要塞核心工事，在空中日军飞机110余架协同炮舰攻击。日军恨不能一口把田家镇吞了。一天，平泽驾机进入田家镇上空，突然发现几架中国空军的CB－2轰炸机直奔日军舰队空域，作为飞机驾驶员平泽知道这种苏制CB－2轰炸机速度快，飞得高，又有轰炸瞄准装置，缺点是要拉计算尺算风向、风速等，中国空军装备的另一种飞机是美国轻型轰炸机，它是凭肉眼瞄准的，只要飞机与攻击目标处于45度夹角射击，比CB－2更准确。

“101，中国苏制CB－2偷袭舰队！”平泽赶紧报告。

日军零式战斗机起飞了，直扑中国轰炸机群。平泽由于只顾观察中国轰炸机群，放松了对地面火力的警惕，结果飞机被地面机枪火力击中，油箱着火，平泽拉起机头跳伞。当他刚刚离开，飞机就凌空爆炸了。平泽跳伞后狼狈不堪地回到基地，大岛少佐与清水中队长不问青红皂白，一连扇了他十几耳光方罢休。打得平泽十几天后还张嘴就痛，更不用说吃饭说话了。今天再与中国部队交战，平泽一点不敢松懈，他要用这架新座机去立功，去讨好上司。

“309，309，打掉舰首的移动机枪！”大岛少佐命令。

“309 明白，我已发现目标！”平泽回答。

“打掉移动机枪后立即拉起来，由清水中队长轰炸舰首舰炮！”大岛又命令。

“309 明白！”平泽兴奋地蹬左舵。

中山舰首，林逸资打得正起劲，下士陈恒善扛着一挺捷克式机枪跑来了：“机炮长，萨舰长命令我来支援舰首！”

“正是时候，感谢感谢！”魏振基说，又抽空对林逸资说，“让恒善替你，你把伤口包扎一下再打！”

林逸资在硝烟中向魏振基投去感谢的目光。

“呜……”一架敌机掠过，一串串密集的子弹打在舰首。黄珠官中弹倒下了，林逸资扑上去抱住他，又有人大呼：“敌机！”

林逸资抬起头，不由得更是怒火冲天，三架日机大模大样鱼贯般直朝舰首压过来了。已经 47 岁的老兵陈恒善下士虽为中山舰簿记兵，但平时比较注意练习机枪对空打击，技术比较好，今天是他显身手的好时机。此时，他看到林逸资因受伤后只草草处理了一下就坚持战斗，现在因流血过多，抱着重伤的黄珠官一时站不起来，忙奔过去一把扶住林逸资说：“机炮长，你背靠炮弹箱帮我压弹，我来打！”

“多挺机枪，多一个歼击敌机的机会”，林逸资很虚弱地说，“我也打，你……”说着他头一歪，不省人事了。

“逸资，逸资兄弟……”陈恒善呼叫着。

“敌机来了，快准备！”魏振基用心痛的目光看了一下受伤的战友，但他不能停下来去帮助他们，否则后果会更严重。

陈恒善放下已经昏迷的战友林逸资，抱起机枪抬头时，魏振基手中的机枪已经咆哮开了。

“快，先把正面那架打回去！”魏振基命令。

“好，看我的！”陈恒善抱起机枪。这时舰首的三寸炮与其他各炮也都开火了。敌机立即拉起来在江面空域躲躲闪闪。

战舰仍然在作蛇形航行避弹。

“恒善兄，你的右前低空好像有什么。”魏振基在震耳欲聋的枪炮声中，两眼盯住江面空中说。

陈恒善循着魏振基的提示方位一看，果不其然，一架日机几乎是贴着江面向中山舰舰首直逼过来。

“机炮长”，陈恒善对魏振基呼叫，“敌机贴着江面偷袭来了，你快过来，快

快快!”

“好!”魏振基抱住枪弓着腰身冲过来。

“机炮长，我来当副手!”炊事员陈宝通也赶来了，“我帮你们压弹，打狗日的小日本!”

今天，陈宝通带病为全舰官兵做了一顿可口饭菜后，萨师俊舰长与副舰长吕叔奋都命令他休息，说来也奇怪，陈宝通得的是打摆子病（又称疟疾），连续几天都是中午前后发病，发作时，先是寒战，盖几床被子还抖得床响，随后就发烧，烧得满脸通红，走近他就如同靠近小火炉，热气扑人。发病时全身发软，一点劲也没有。可今天，病魔似乎被陈宝通坚强的意志吓退了没敢来。此刻他心里充满了对敌人的愤恨，哪里可能想着休息。从床上一跃爬起到甲板上，映入眼帘的是一幅激战场面，整个战舰被硝烟笼罩了。帆缆下士刘则茂正在对空射击，看到陈宝通忙说：“快，舰首告急，吕副舰长在亲自操炮!”一听此话，陈宝通心急火燎，飞也似的向舰首跑去。

陈宝通的到来给予陈恒善、魏振基极大的帮助，使他们劲头更足。两位机枪手得到压满的一梭梭子弹，密集的子弹迎住偷袭的日机急袭，火力封锁了敌机的航道。

敌机驾驶员平泽是低空向中山舰压过来的，他的机腹几乎贴到江面，企图凭借舰炮火力死角攻击中山舰。但是他的算盘打错了，当平泽的战机越过高射炮的射击死角，直逼中山航主火力死角之时，陈恒善与魏振基几乎是以微笑的面容“迎接”他。

“敌机!”陈宝通叫起来。

“急什么，送死的!”陈恒善说着，可他的话音未落，敌机不知为什么突然拉了起来，陈恒善吸了口气，“他妈的，跑啦!”

“不会”，魏振基很有把握地说，“他是在引诱我们开火，侦察我们轻武器的位置。说不定另外还有什么阴谋呢，注意点!”

“有道理”，陈恒善醒悟过来，直点头，“我们得冷静点。”

“哎，你们看!”魏振基突然向右前一指，“敌机，那里来了一架敌机。”

陈恒善和陈宝通俩人同时顺着魏振基指向的方位望去，都吸了口冷气：“又一架敌机从右前低空偷袭来了!”

“小鬼子偷偷来，我们以牙还牙，悄悄地打!”陈恒善咬着牙，“振基兄，再有一挺机枪就好了!”

“找找看”，魏振基说，“别着急，左前那架还在耍花招吸引我们呢。”

左前那架敌机，它没有转到另外的方位，只是时高时低地上下窜动，活像乱蹦乱跳的小丑。敌人认为炮火的死角处相当安全。

“你俩打右方过来的狗，我管左前这只狼！”魏振基说着一挥手，“好了，各自多注意安全！”

陈宝通找到了一挺压满子弹的轻机枪，三挺机枪集中在一起显然打击的力度大得多。

从右侧偷袭的日机是大岛少佐，他要在他的部下面前创造奇迹！现在他从中山舰右前借助硝烟的掩护窜过来了。不知为什么，当他利用中山舰舰炮的火力死角逼近舰体，且快要进入轻武器火力射程时，又突然在电台中命令：“309，309，我放弃，你攻击！”

平泽一听恼怒地在心里骂着：“怕死鬼！”但说出口，传到少佐耳中的却是：“309 从左侧火力死角进攻！”

“速度要快，我在中山舰右侧吸引舰上火力！”大岛少佐命令。

平泽没作出回答，他轻轻提起机头蹬机舵，轰炸机顺着中山舰左侧的火力死角快速逼近。平泽心里在想：“我若能把有辉煌历史的中山舰炸沉，那该能名利双收吧！”

“打！”陈恒善首先开枪，一串串子弹直袭平泽的机翼，魏振基在“打”声中机枪也欢笑起来。

平泽受到攻击急忙拉起机头，在电台中报告：“少佐，少佐，舰左侧有轻武器集中反击，不易接近！”

“压上去，我掩护你！”大岛少佐命令。

“明白！”平泽只好向右飞去，在磁矶山上空作了个大回旋后，进入江北面的大军山上空，他看到中山舰上空还弥漫着硝烟。

中山舰上，萨师俊、吕叔奋都在组织火力奋力反击敌机，舰上的所有炮火直指五架敌机（六架已经被击落一架）。

陈宝通打完一个弹夹再换弹夹时，陈恒善也要换弹夹了，这时只有魏振基一挺机枪在抗击冲过来的敌机。敌机上的机枪也在扫射，打在甲板上火花直冒。一位炮手被击中倒下了，已打红了眼的电讯兵张嵩龄放下手中的机枪，冲上炮位，对着敌机急射。

亡命的日机不顾机枪的纵射逼过来了，陈恒善、陈宝通换好弹夹继续射击。陈恒善的机枪管打红了，他正想对陈宝通说什么时，敌机上扫过来的机枪子弹打中他右胸，顿时鲜血直涌，陈恒善急忙用左手捂住伤口，魏振基冲上来一边给陈恒善包扎，一边高声叫：“军医官，陈恒善负伤了！”

“我没关系，不要管我！”陈恒善顽强地向敌射击。

敌机驾驶员平泽中尉死死地盯住魏振基他们所在位置冲过来，当他试图将飞机稍拉高一点时，一发复仇的子弹击中他右腹部。平泽慌忙拉起机头在电台中报

告：“少佐，我腹部负伤。”

萨师俊看到舰首一片浓烈的硝烟，正要赶过去，敌机高速俯冲下来，对着指挥台一阵扫射，炸弹一枚接一枚地爆炸。簿记下士林寿祺倒下了，但他手没松。看到这位来自福建闽侯，1928 年毕业于马尾练营，年仅 33 岁的部下阵亡时还紧紧抱住机枪不放，萨师俊悲痛万分，他把悲痛化作力量，把力量集中在手中的枪上。这时一等轮机兵郭奇珊满头大汗跑来报告：“舰长，轮机舱进水了！”

“快堵住，不能停车！”萨师俊一边命令，一边冲出来直奔轮机舱。

原来，平泽在偷袭中负伤拉起机头逃到舰上火力射程外后，日军空中指挥官大岛少佐怒气冲冲命令平泽：“带伤攻击，炸左舷！”

“长官，左发动机被打坏熄火！”

“就是机毁人亡也要攻击，这是中山舰知道吗？是非同一般的军舰，炸沉它也有着非同一般的意义。不炸沉我们绝不能收兵！”

大岛少佐咬牙切齿地命令。

平泽只好忍着痛驾机向中山舰又冲过来。

“各机注意”，大岛在电台中命令，“中山舰舰首火力太猛，跟着我炸舰尾！”

“明白！”另外几个敌飞行员异口同声地回答。

敌机在凤凰山、江北的大军山上空作回旋调整编队，并从远处观察中山舰的火力死角与炮火弱点，选择最佳的攻击方位。

舰尾也是萨师俊很担心的一个部分。昨天晚上，副舰长吕叔奋陪同萨师俊巡视舰炮，当他俩走到舰尾时，吕副舰长摸着舰尾那门德国制造的 20 厘米苏勒功高射炮说：“舰长，这门炮要连夜赶快清洗一下关键部件，万一明天有敌人袭击，到时候打不出炮弹可就麻烦了呢。”

萨师俊略一思考后马上对站在左侧的魏振基说：“机炮长，这门高炮是从沉舰上撤下来的，年久失修肯定有些毛病，你马上组织人员今夜抢修，要试炮，明天对付敌机空袭！”

“是！”魏振基回答完，立即去组织人做维修工作。

萨舰长非常重视吕副舰长的意见，是事出有因的。前不久副舰长张天宏调离后，年仅 20 多岁的吕叔奋调到了中山舰任副舰长，这位英俊的高个子上尉非常勤奋，什么事都抢着干，而且对舰船很熟悉，处理事情细致周全，让人心服口服。舰上官兵都很信任他。他到轮机舱，组织郭奇珊、张培成、陈利惠、董树仁等对动力机械进行全面维护保养。有天董树仁与张培成忙到深夜，他亲自将热乎乎的夜餐送到他们手中。董树仁不好意思让长官为自己服务，不肯接受，吕叔奋拍着董树仁的肩头说：“我们到了一条舰上，就是兄弟，还分什么长官、士兵呢，

等打完小鬼子，我请你们到我家做客，好好喝一杯！”

董树仁与张培成对视一下，舒心地笑了，他们一手拿夜餐，一手举起向吕叔奋敬礼。

晚上维修高炮，吕叔奋没有立即走开，当魏振基带着人开始动手时，萨师俊、吕叔奋也与几个机炮兵一同动手，维修舰尾的另外两门37毫米机关炮与两挺捷克高射机枪，这些武器在某种意义上说是中山舰的生命。长江中没有空军掩护，岸炮阵地也撤走了，中山舰只能靠舰上火力保护自己了。

舰上的武器维护了一次，萨师俊与吕叔奋这二位正副舰长也陪着官兵熬了一夜。经反复检查，战舰上的武器都能发射，二位舰长才放心地去休息一会儿。

敌机还在轮番向中山舰舰尾发起攻击，反击的炮火、机枪在怒吼。吕叔奋副舰长先舰长一步赶到舰尾，只见舰左舷被炮弹炸开近一米长的洞，江水呼啦啦地直向机舱涌。轮机兵董树仁用自己的身体堵在洞口并大声呼叫：“快拿东西来堵，拿东西来堵洞！”

“我们来了！”轮机长黄孝春带着人冲过来，“快，被子，用被子堵！”

几个人争先恐后地抱着被子朝洞口堵，但是江水的力量太大，很难堵住，眼看着无情的江水冲进了舰舱，不一会儿轮机舱中水就有半人深了。轮机兵们没有离开机舱，继续在用自己的身体，用被子等一切可以用的东西努力堵着炸开的洞。

“怎么样？”萨师俊快步走过来问。

“舰长，水马上就会淹到锅炉了。”董树仁抢着报告。

萨师俊正要跳进轮机舱，吕叔奋一把拉住他：“舰长，快回指挥室，指挥全舰作战，这里有我！”

“吕副舰长”，萨师俊点点头说，“现在情况非常紧急，我回驾驶台，你指挥舰尾作战，这里就交给你了！”

“是！”吕叔奋回答。正副舰长紧紧握手后分开了。

萨师俊急匆匆地赶向指挥台，敌机的子弹在周围尖叫着掠过。

“各位兄弟注意，你们要坚守战位迎战，现在是国家最需要我们的时刻了，为国家战死才是军人的骄傲！”萨师俊在指挥台上对各位官兵宣传。

在炸弹的爆炸声中吕叔奋一面组织一部分官兵反击敌机，一面组织另一部分官兵抢救轮机舱。但已无回天之力了。军舰的锅炉淹没了，火熄灭了，军舰的机械航速没有了，只是在江水的浪涛中向下游漂去。

“吕副舰长，命令舵工吴仙水稳住舰向岸边靠去！”萨师俊命令。

“吴仙水，你是舵手，快采取应急办法稳住战舰！”吕叔奋传命令，“快，向江边靠拢！”

“我已经下达了向长江南岸靠拢的命令！”吕叔奋向舰长报告，“请舰长放心，舰尾有我！”

“好，命令火力猛一点，千万别再中弹！”萨师俊强调。

吕叔奋也担心舰尾再次中弹。当一门37毫米机关机炮的炮手中弹倒在炮位上时，他两步冲上去：“我来打！”

“副舰长，我来打！”黄孝春也冲上来。

“我来！”郭奇珊也奔过来了。

吕叔奋咬着牙向敌机反击。

“副舰长，我们过去都干过炮兵，你让我们打！”黄孝春大声说。

吕叔奋理解自己的同伴们此刻的心情，轮机舱被炸，轮机舱淹水，战舰失去动力，这对轮机兵来说是多么大的痛苦啊……

“轮机长，我帮你找炮弹！”董树仁抱起炮弹跑到黄孝春跟前。

“你去为高射炮找弹，快去！”黄孝春命令董树仁。

董树仁飞快地跑到高射炮手跟前，充当二炮手的角色，舰尾的反击更加有力了。

“轰……”一枚炸弹又在舰尾爆炸了。硝烟与烈焰充满舰尾部，董树仁不顾一切地冲进滚滚烈焰中，片刻，他抱着血淋淋的黄孝春冲了出来，一边呼叫着：“军医，军医……”

几个闻讯而来的官兵有的从董树仁怀里接过重伤的黄孝春，有的冲进火焰里。董树仁扭头再次冲进火海抱出郭奇珊，但是由于伤势过重，董树仁的战友黄孝春、郭奇珊牺牲了，牺牲在罪恶的日本帝国主义的炸弹中。董树仁呼叫着：“报仇，报仇！”抱起炮弹奔向高炮炮位。

舰尾的血战更激烈了……

就在舰尾血战时，舰首的一轮战斗更加险恶。在舰首的萨师俊舰长亲自抱着机枪向敌机扫射，一等号兵李麟奔过来：“舰长，我来打！”

“你……你快去找挺机枪来打！”萨师俊命令。

“舰长，副舰长叫我来请你上指挥台，指挥全舰反击！”李麟回答。

“告诉副舰长，我马上去，请他立即到舰首来！

“是！”

吕叔奋回到舰首时，萨舰长也已经到了指挥台，正通过扩音器向官兵下达攻击角度。

舰随着江水向下游漂浮而去，舵工吴仙水在施展自己的技艺，奋力使军舰向浅水滩漂去。

敌机又在空中作回旋，显然下一下轮集中狂轰的时刻又要到了。疯狂的敌人这次是集中攻击舰尾呢，还是舰首或舰中部？萨师俊与吕叔奋都在仔细观察敌机的动态。

敌空中指挥官大岛少佐这次放过了平泽，他命令：“平泽，掩护，看我的！”

“309 明白！”平泽不顾伤势执行上司的命令。

304，307，336 几个飞行员都驾机冲上中山舰空域，他们也在掩护大岛少佐。

大岛是个刁滑的家伙，当舰尾火力猛烈时，他在舰炮火力射程外督战，眼看舰尾火力渐渐减弱，军舰又没有作蛇形避弹，大岛断定舰尾炮火损失很大，军舰动力系统坏了，只要炸毁舰首火力，炸沉中山舰只是时间问题了。现在大岛拉起机头来到了中山舰舰首上空，突然他兴奋地发现舰首的那门对飞机威胁极大的高射炮没有喷吐火舌了，这一下，大岛更是有些忘形了：一定要亲自炸沉中山舰回去领奖晋升。于是他命令别人掩护自己向中山舰发起攻击。

中山舰舰首那门高炮是老炮，射击时间较长后便卡壳了，舰首的火力网立即出现了中断空间，几个机炮长正在抢修之时，大岛猛推机头冲来了，当飞机怪叫着掠过军舰上空时，机腹下几枚炸弹被抛出，其中一枚击中舰首，随着“轰”的一声巨响，在火光的闪跃中，战舰大幅度摇晃起来。

“打！”萨师俊命令另外几门 37 炮追击敌机。

大岛少佐狂笑着刚刚拉起机头，正要向江北大军山上空飞去之时，两发 37 炮弹击中了他的飞机尾部，只见火光一闪，飞机拖着浓烟在江面爆炸了……

“好，打得好！”萨师俊向正在操作 37 炮的吕副舰长，用赞许的口吻又说了一遍，“吕副舰长，你打得好！好！”

大岛一死，另外四架敌机发疯般围过来了，炸弹狂风暴雨般在军舰四周爆炸。一阵狂轰滥炸后，陈宝通、张昌金两人同时报告：“副舰长，萨舰长的指挥台炸坏了！”

吕叔奋从炮位上跳下来：“张昌金，接替我！”

张昌金立即补位开炮。

吕叔奋冲到指挥台，只见萨舰长左腿被炸断，靠在指挥台边。一见吕叔奋忙两手支着半截身子吃力地说：“吕副舰长，快扶我一把，我得站起来指挥作战！”说着伸出手来抓住吕副舰长的衣服挣扎着站起来。军医也已来到要为舰长处理伤口。

日军的轰炸机还在发疯，中山舰处于炸弹的包围之中。

吕副舰长扶住萨舰长深情地说：“舰长，你与伤员都撤上岸，我们继续战斗！”

“不”，萨师俊摇摇头，他用仇恨的目光盯着那一架架日本轰炸机，“打，我们的舰要保存……”话没说完又昏倒在吕叔奋怀里。

敌机向中山舰投来密集的弹雨，江水在翻腾，无数巨大的水柱冲天而起，中山舰被烈火罩住了，舰身开始倾斜并开始下沉……

“快，把舰长抬走，把舰长抬走！”吕叔奋抱住萨师俊命令。

萨师俊从昏迷中醒过来，见自己被吕副舰长抱住，挣扎着下来，在别人的帮助下坐着：“快，把舰朝浅滩运动，修好后还可作战……啊……”一架敌机从空中掠过又一发子弹击中萨师俊左胳膊。

“组织火力反击！”萨师俊面色苍白，他使着最大的劲说：“把重伤员撤走，我不能离舰！”

“舰长，军舰已经无动力了，官兵伤亡很大，军舰在向下沉……”不等吕叔奋说完，萨师俊又一次昏迷过去了。

“快，把伤员抬上舢板！”吕叔奋在硝烟中抱着重伤的萨舰长。

魏振基、陈昌金他们都动手将重伤员背过来往舢板上送。

此时，军舰左舷已倾斜达50度了，炸弹炸起的江水顺着甲板从舰尾涌向舰首。官兵们并不撤退，仍顽强地继续对空射击。

日机驾驶员平泽在大岛机毁人亡之后，已经沮丧地加大油门逃走了。灭绝人性的日机307号驾驶员六波四郎狼一样地四处搜索。不久，他发现了正向南岸移动的小舢板。小舢板上满是从中山舰上撤下来的官兵。六波四郎兽性大发，拉起机头朝舢板方向冲去。吕叔奋此时明白敌人的目的是要杀害包括萨舰长在内的那批重伤员，他心急如焚地命令魏振基他们：“掩护舢板！”

罪恶的敌机一个闪电般俯冲，两枚炸弹“轰，轰”接连爆炸，小舢板消失在滚滚长江中……

“舰长，萨舰长……”官兵悲痛，吕副舰长的泪水夺眶而出。

中山舰上的官兵在吕叔奋组织下开始撤退……

落日是那样凄凉地映照着凤凰山，长江水滚滚东去，江畔上，一批中国海军官兵在吕叔奋副舰长的带领下怀着无比沉痛的心情向牺牲的战友告别：“萨舰长，弟兄们，你们是为国捐躯的，你们是好样的，我们会永远记住你们，历史会永远记着你们！”他们举手敬礼，许多在战场上从不流泪的铁打的男子汉此刻也泪流满面。

幸存的官兵面对滚滚长江，久久不愿离去。

一代名舰沉入江底，多少位战士为国捐躯了，中国人民永远记住了这一天：1938年10月24日。

抗日战场上为国捐躯的烈士们永垂不朽！

附录一：护法舰队

海圻舰，巡洋舰，排水量4 400吨，官兵460人，舰长汤廷长。
海琛舰，巡洋舰，排水量3 100吨，官兵280人，舰长程耀垣。
肇和舰，巡洋舰，排水量2 700吨，官兵210人，舰长林永漠。
永丰舰，炮舰，排水量836吨，官兵105人，舰长魏子浩。
永翔舰，炮舰，舰长陈鹏翔。
楚豫舰，炮舰，排水量800吨，官兵100人，舰长邓祖怡。
飞鹰舰，驱逐舰，排水量900吨，官兵160人，舰长方佑声。
同安舰，驱逐舰，排水量450吨，官兵70人，代舰长梁渭璜。
豫章舰，驱逐舰，排水量400吨，官兵65人，舰长吴志馨。
舞凤舰，座舰，排水量250吨，官兵45人，舰长邬宝祥。
福安舰，运输舰，排水量2 000吨，官兵45人，舰长李国堂。

附录二：金口血战中山舰阵亡官兵

萨师俊：舰长，中校。牺牲时43岁。
魏行健：航海官。湖南衡阳人。牺牲时28岁。
陈智海：见习官。浙江杭州人。牺牲时22岁。
周福增：见习官。浙江常山人。牺牲时22岁。
黄孝春：中山舰轮机军事长。福建连江人。牺牲时48岁。
王兆祥：中山舰枪炮上士。福建闽侯人。牺牲时54岁。
陈恒善：中山舰簿记下士。福建闽侯人。牺牲时47岁。
刘则茂：中山舰帆缆下士。福建闽侯人。牺牲时39岁。
林寿祺：中山舰簿记下士。福建闽侯人。牺牲时33岁。
吴仙水：中山舰舵工下士。浙江黄岩人。牺牲时32岁。
林逸资：中山舰一等兵。福建闽侯人。牺牲时36岁。
李麟：中山舰一等信号兵。福建闽侯人。牺牲时26岁。
郭奇珊：中山舰一等轮机兵。福建闽侯人。牺牲时27岁。
张培成：中山舰一等轮机兵。浙江诸暨人。牺牲时27岁。
陈利惠：中山舰一等兵。福建闽侯人。牺牲时30岁。
陈永孝：中山舰二等兵。福建闽侯人。牺牲时25岁。
张育金：中山舰二等信号兵。福建闽侯人。牺牲时25岁。
洪幼官：中山舰二等兵。福建闽侯人。牺牲时27岁。
严文焕：中山舰三等兵。福建闽侯人。牺牲时23岁。
李炳麟：中山舰三等信号兵。福建闽侯人。牺牲时24岁。
江钊官：中山舰三等信号兵。福建闽侯人。牺牲时25岁。
黄珠官：萨师俊的勤务兵。福建闽侯人。牺牲时19岁。

附录三：金口血战中山舰幸存者

吕叔奋：中山舰副舰长
叶炳中：中山舰书记官
魏振基：中山舰枪炮长
张嵩龄：中山舰电讯官
康健乐：中山舰航海见习
林鸿炳：中山舰航海见习
陈鸣铮：中山舰轮机见习
张奇骏：中山舰轮机见习
董树仁：中山舰轮机兵
张昌金：中山舰枪炮兵
陈宝通：中山舰炊事员
程乃祥：中山舰枪炮兵
邱奕殿：中山舰枪炮兵
……

附录四：中山舰大事年表

1910 年 10 月，载洵、萨镇冰在日本三菱船厂订购永丰舰，日币 34 万元，排水量 836 吨。

1913 年 2 月，李国圻等奉袁世凯之命赴日监造永丰舰。

1913 年 4 月，永丰舰竣工回国，编进北洋海军第一舰队进驻上海，首任舰长为少校林霆亮，上尉副舰长陈天经。

1913 年 8 月 20 日，永丰舰参与袁世凯镇压二次革命。

1917 年 7 月，永丰等舰组成护法舰队南下广州，舰长为少校魏子浩。

1919 年 7 月，北京政府与护法军政府和谈，永丰舰送以林葆怿为首的护法军代表前往山东接谈。

1922 年 4 月，温树德奉孙中山命令接替海军司令官，永丰舰舰长为冯肇宪少校。

1922 年 6 月 16 日凌晨，陈炯明反叛炮击总统府，17 日孙中山驻永丰舰达 55 天。

1922 年 7 月 19 日，陈炯明命香港水雷专家徐直企图谋炸永丰舰。

1922 年 8 月 9 日，孙中山率领汪精卫、蒋介石、永丰舰舰长冯肇宪等离开永丰舰前往上海。

1922 年 8 月 10 日，欧阳林任永丰舰舰长。

1922 年 9 月 20 日，常光球任永丰舰舰长。

1923 年 2 月，永丰舰重返广州，欧阳林重任舰长。

1923 年 8 月，孙中山偕夫人宋庆龄登永丰舰并与官兵合影。

1924 年 8 月 10 日，永丰舰扣押给反革命商团送枪支的“哈佛”号船。

1924 年 11 月 13 日，孙中山乘永丰舰北上，与冯玉祥将军共谋国事。

1925 年 3 月 12 日，孙中山病故。4 月 13 日，为纪念孙中山的伟大功绩，永丰舰更名为中山舰，首任舰长中校欧阳林。

1925 年 6 月，中山舰平叛，炮击观音山、白云山叛军总指挥部。

1926 年 3 月 20 日，蒋介石制造中山舰事件，逮捕李之龙等中共党员，代舰长章臣桐被迫离职，吴嵎任舰长。

1928 年 6 月 8 日，北伐军进驻北京，北伐战争结束，国民政府统一全国（除东北外）。11 月 29 日，张学良接受国民政府领导，全国统一，中山舰编入第一舰队。

1932 年 6 月 30 日，中山舰与汪精卫的广州国民党政府决裂，进驻福建海面与蒋介石为代表的南京国民党接洽，编进南京中央的海军第一舰队。

1932 年 7 月 3 日，中山舰进抵南京，罗致通任舰长。

1933 年 11 月，中山舰驶往福建镇压李济深、蔡廷锴为首的 19 路军反蒋行动。

1934 年 1 月，中山舰镇压“闽变”有功，受蒋介石政府嘉奖。

1934 年 2 月，中山舰进南京八卦洲接受训操。

1934 年 5 月 5 日，中山舰等进驻烟台等海域会操。

1934 年 12 月，萨师俊任中山舰舰长。他 1913 年 7 月于烟台海军学校毕业。

1936 年 6 月，李宗仁等反蒋，中山舰编为西江舰队第二队南下广州。

1936 年 7 月，蒋介石平息李宗仁等反蒋军人组成的集团，中山舰回原建制。

1937 年 7 月 7 日，抗战爆发。

1937 年 9 月 8 日后，中山舰进入长江沿线，为海军上将陈绍宽座舰。

1938 年 10 月 24 日，中山舰在金口长江水域被日军炸沉。

1986 年 5 月，中共湖北省政府要求打捞中山舰。

1995 年 11 月，中国政府批文，同意湖北省政府打捞中山舰。

1996 年 11 月 4 日，由湖北省政府组织，在北京人民大会堂发布打捞中山舰新闻大会。

1996 年 11 月 12 日，在金口中山舰沉舰水域附近举行打捞开工典礼。

1997 年打捞出水，并筹集 3 000 亩土地作中山舰纪念馆。

1999 年 12 月，武汉市批准成立中山舰博物馆。

1998 年 10 月 24 日，在湖北船厂举行中山舰蒙难 60 周年纪念大会。

2001 年 12 月，中山舰修复保护工程竣工。

2010 年 9 月 21 日，“辛亥首义·武汉文化周”活动在台北市圆山饭店举行，其中中山舰出水文物展颇受欢迎。

2010 年 9 月 21 日，台北国父纪念馆内展出中山舰出水文物，97 岁的中山舰幸存者陈鸣铮看到后激动不已，他说：“这些文物让我们看到过去国家、民族的苦难。百年前无数仁人志士为国家复兴、民族独立义无反顾地投身辛亥首义，开创了中华民族发展史上的新纪元。今天我们更应该怀着和平发展的愿景开创两岸关系的新篇。”

难忘今宵

——与中山舰幸存者在一起的日子

1998年10月24日，是中山舰蒙难60周年纪念日。这一天，我与五位中山舰幸存者度过了一个难忘之夜……

在白天的纪念活动中，中山舰幸存的前辈们都认识我了。

当董树仁先生的外孙女、中山医院院长陈文英，征得郝兵主任的同意，陪我与董树仁先生握手问好后，董树仁先生激动地说："作家啊，你把我写活了，你再写，把他也写进去！"说着，朝后一指。

我顺着董树仁先生手指的方向看去，董老忙说："这是我的战友邱奕殿，我被炸弹震昏了时，是他把我抱住，不然我早作古啦！"

邱奕殿伸出大拇指对着董树仁，表示董树仁是英雄！

这时，董老又把程乃祥先生介绍给我。程乃祥先生兴奋地抱住董树仁："树仁兄，你和我把阵亡的严文焕抬起时，敌人又扫射来了，我俩都不怕，照样抬着文焕兄！"

董树仁低下头擦了把泪："忘不了，忘不了……"

"树仁兄！"这时郝兵主任扶着陈鸣铮走过来，是陈鸣铮在叫董树仁。

董树仁急忙抬头，陈鸣铮紧紧地抱住董树仁，颤抖着嘴唇说："当年我在舰上当见习官，是你一路照顾我，那天激战你拉着我冲出来，多亏你呀……"

董树仁忙道："活着出来就好。"

陈鸣铮握住董树仁的手，两人对视老泪纵横！

今天，在《中山舰》出版之际，沈淑君女士按郝兵主任的要求，发来我与四位英雄一起的照片，同时也告诉我：程乃祥、邱奕殿、董树仁、陈宝通四位前辈已驾鹤西去，我心悲伤。我深深地怀念他们："英雄们，安息吧！"

然而，也有我高兴的，当我看到97岁的陈鸣铮于2010年9月21日在台北参观中山舰模型的照片时，心中非常激动，我遥祝他健康长寿！

作者

2011年3月